W0313676

Mascha Matysiak

# Schmetterlings-kuss

PINK • Ein Imprint von Oetinger Taschenbuch

Für Ulf, ohne den die Schmetterlinge in meinem Bauch nicht flattern würden

PINKpressum

**PINK** • Ein Imprint von Oetinger Taschenbuch

1. Auflage 2015

© Oetinger Taschenbuch GmbH, Hamburg 2015
Originalausgabe
Alle Rechte vorbehalten
Umschlaggestaltung: ZERO Werbeagentur, München
Umschlagmotiv:
Mädchen: © Getty Images/ONOKY – Fabrice LEROUGE
Tasche: © Getty Images/clubfoto
Hintergrund: FinePic®, München
Druck: GGP Media GmbH, Pößneck
ISBN 978-3-86430-041-7

FSC www.fsc.org MIX Papier aus verantwortungsvollen Quellen FSC® C014496

# 01

»HM, LECKER.« Ich nippe am Fruchtpunsch und wärme meine abgefrorenen Finger an der dampfenden Tasse.

Nina nimmt eine geringelte Pudelmütze von der Ablage und zieht sie sich auf. »Wie findest du die?«

Schnell schlucke ich runter, damit ich die heiße Flüssigkeit nicht über die Auslage pruste. Mein Keuchen geht in ein unterdrücktes Lachen über. Kritisch betrachtet meine Freundin sich in dem Handspiegel, der an einer Schnur über den ausgestellten Mützen baumelt. »Hast recht. Oberdämlich.« Ihr Blick fliegt über das restliche Angebot. »Alles viel zu öko.«

Unauffällig stoße ich ihr den Ellenbogen in die Rippen, weil die Verkäuferin uns schon böse anfunkelt. »Komm weiter.«

»Ich werde dich ganz fürchterlich vermissen«, jammert Nina, als wir unsere leeren Tassen zum Getränkestand zurückbringen.

»Ach, ich bin doch nur zwei Wochen weg.« Leider,

möchte ich hinzufügen, tue es aber nicht, um sie nicht zu kränken. Am liebsten würde ich länger bei Chris in Berlin bleiben, aber wir haben nun mal nur vierzehn Tage Weihnachtsferien. Endlich sehe ich ihn wieder. Keine Mails. Keine Telefonate. Chris live und in Farbe. Ob er noch genauso lecker nach Sommer und Sonne riecht wie beim letzten Mal? Vielleicht hat er sein Parfüm der Jahreszeit angepasst und den leichten Zitronenduft gegen etwas Winterlich-Schweres getauscht? Honig-Sandelholz zum Beispiel. Mhm. Nina und ich schlendern an duftenden Äpfeln mit Vanillesoße vorbei. Bergamotte mit Orangenblüten würde sicher auch passen oder …

»Maronen.«

Das Quietschen meiner Freundin reißt mich aus meinen Gedanken. Wir halten an einem Stand mit brutzelnden Esskastanien, die dieselbe Farbe haben wie Chris' Augen. Dunkelbraun mit einer bronzenen Note. Ich seufze.

»He, Erde an Mimi.« Nina winkt vor meinem Gesicht herum. »Ich wollte wissen, ob wir uns eine Tüte teilen.«

»Ja, klar.«

Sie schnauft leicht genervt. »Du siehst deinen Liebsten vom anderen Ende des Planeten doch schon morgen!«

Die Beschreibung trifft es ziemlich auf den Punkt. »Wieso musste ich mich ausgerechnet in einen Typen verknallen, der fast achthundert Kilometer weit weg wohnt?«, jammere ich. »Lukas und ich haben noch nicht mal vierhundert geschafft.«

»Chris ist aber nicht so doof wie dein Ex. Der sucht sich nicht gleich bei der nächstbesten Gelegenheit eine andere. Lukas war echt ein Hornochse.«

»Das kannst du laut sagen.« Ich bin noch mit Nicken beschäftigt, da holt Nina schon tief Luft, um mich beim Wort zu nehmen. Schnell presse ich ihr meine Hand auf den Mund. »Nicht so laut, dass es der ganze Weihnachtsmarkt mitkriegt, klar?«

Kichernd schlendern wir weiter und knuspern die heißen Maronen.

»Allerdings war die Aktion Ich-fahre-in-die-Hauptstadt-und-erobere-Mimi-zurück schon cool.« Nina wirft ein Stück Schale auf den Boden und freut sich über das knackende Geräusch, das es unter ihrer Schuhsohle macht.

Mit Schrecken erinnere ich mich daran, wie Lukas während meines Praktikums in Berlin plötzlich reuevoll vor der Tür stand. Ausgerechnet in dem Moment, als Chris mich zum ersten Mal küssen wollte.

»Kannst du mich nicht einfach mitnehmen? Ich würde deinen Liebsten so gerne kennenlernen.« Noch immer ist sie untröstlich darüber, dass sie ihn verpasst hat. Als er mich in Rust besuchen kam, war sie nämlich gerade beim Geburtstag ihres Onkels am Bodensee.

»Klar, wenn du ohne deine Familie Weihnachten feiern willst?«

Energisch schüttelt sie den Kopf. »Nee, das geht nicht.«

Wir kommen an der Eisbahn vorbei und bleiben vor einem Sternenzelt stehen. Räucherstäbchenmuff schlägt mir entgegen.

»Komm.« Bevor ich protestieren kann, nimmt Nina meine Hand und zieht mich hinein. »Wollen doch mal sehen, was die Zukunft bringt.«

Inmitten der dicken Dunstschleier, die an künstlichen Bühnennebel erinnern, sitzt eine Frau. Sie könnte aus einem billigen Zauberer-Merlin-Film stammen. Ihr glänzendes Kleid mit silbernen Monden ist sicher ein Überbleibsel vom letzten Faschingsumzug, und ihr Gesicht gleicht dem wirren Werk eines Action-Painting-Künstlers. Bei dem Gedanken daran, wie KDW das fände, muss ich ein Glucksen unterdrücken. Mein modebewusster Großstadtfreund würde die Hände über dem Kopf zusammenschlagen und vor Verzweiflung heulen.

»Tretet ein, tretet ein. Ich bin Ute Starlight«, sagt die Frau. »Setzt euch.« Mit einer einladenden Geste fordert sie uns auf, eine Karte von einem Stapel zu nehmen.

Nina lässt sich nicht lange bitten und dreht die oberste um.

»Nummer neunzehn: die Sonne«, verkündet Pseudo-Merlin. »Eine durchweg positive, geradezu märchenhafte Tarotkarte der großen Arkana.« Ihre Augen beginnen zu leuchten. »Versöhne dich mit der Welt, und sage dir selbst: Ich bin offen für die Wunder in meinem Leben.«

Zufrieden strahlt Nina mich an. »Ich bin offen für die Wunder in meinem Leben. Jetzt du.«

Widerwillig ziehe ich eine Karte aus der Mitte des Stapels.

»Oh.« Das Glitzern in Frau Starlights Augen verschwindet so schnell, wie es aufgetaucht ist. »Nummer sechzehn. Das darfst du jetzt nicht überbewerten.«

Ich wedele den Dunst beiseite und versuche zu verstehen, was den Stimmungswechsel verursacht hat. Auf meinem Blatt befindet sich ein schwarzer Turm, in den ein greller Blitz einschlägt und von dem kopfüber eine Person herunterstürzt. Sieht wirklich nicht wie ein Glücksorakel aus. Verunsichert schiele ich zu Nina rüber, doch die zuckt nur ratlos mit den Schultern. »Ähm, was genau soll ich nicht überbewerten? Das schlechte Wetter?«, hake ich nach.

»Der Fisch wird in das kalte Wasser geworfen.« Merlins Stimme ist tief. Fast ein wenig bedrohlich kommt sie mir jetzt vor. Von welchem Fisch redet sie bloß? Die Dunstschwaden im Raum werden dicker. Ich muss husten. Mitfühlend tätschelt sie mir die Hand. »Beim Turm kracht es! Es tobt eine Revolution auf der Lebensbühne. Kein Stein bleibt auf dem anderen. Die erschütternde Realität offenbart sich, und die Illusion bricht zusammen.«

»Aha!?« Ich ziehe meinen Arm zurück, bevor die

Frau noch auf die Idee kommt, meine Lebenslinie zu lesen.

»Betrachte es als Zeit der Lehre. Die Auseinandersetzung mit der Realität wird dir neue Wege öffnen. Sage dir immer wieder: Alles, was in meinem Leben geschieht, dient zu meinem Besten.«

Statt den Satz nachzusprechen, wie Nina das gerade getan hat, krame ich hektisch nach meinem Geldbeutel. »Was kriegen Sie?«

»Das war gratis. Behalte das Omen, meine Liebe.«

»Ähm, danke.« Schnell stecke ich die Tarotkarte ein und husche mit meiner Freundin aus dem Zelt. Draußen atme ich erst einmal tief durch. »Von was hat die Tante bitte schön gesprochen? Ich setze mich schon seit Wochen mit der Realität auseinander. Mein neuer Freund wohnt verdammt weit weg und wird noch dazu von einem Supermodel umgarnt. Da mache ich mir keine Illusionen.«

»Hake es einfach als Begegnung der dritten Art ab«, versucht Nina mich zu beruhigen. Sie drückt mir eine Marone in die Hand. »Und vergiss Lola endlich. Chris stand noch nie auf sie.«

Nachdenklich schäle ich die Kastanie. »Da gibt es aber auch noch diese Naomi aus seinem Zeichenkurs. Was soll ich von der halten?«

Sie zuckt mit den Schultern. »Vielleicht könntest du erst mal ganz unvoreingenommen feststellen, dass sie einen hübschen Namen hat?«

Dieses Mal stupse ich Nina nicht so sachte in die Seite wie vorhin am Mützenstand, sondern ramme ihr ordentlich den Ellenbogen in die Rippen. »He, du gehörst zum Team Mimi. Ist das klar?«

Sie quiekt laut. »'türlich. War ja nur ein Witz.«

»Wenn Naomi hält, was ihr Name verspricht«, seufze ich, »muss ich es wohl mit einer weiteren Schönheit aufnehmen. Ob das mit dem einstürzenden Turm gemeint war?« Ich wedele mit der Karte herum.

»Ach, zum Teufel mit dem Tarot.« Beruhigend legt sie mir den Arm um die Schultern. »Jetzt holen wir uns noch einen Punsch und genießen den Tag.«

»Na gut.« Wir schlängeln uns durch die Massen zurück zum Getränkestand. Kurz vor dem Ziel muss ich Nina allerdings hinter einen Ständer mit glitzerndem Christbaumschmuck ziehen. »In Deckung!« Stumm zeige ich zu der Glühweinausgabe, wo mein Ex herumlungert. Lukas hat mir gerade noch gefehlt.

# 02

»LOIS LANE IN SUPERMANS STARKEN ARMEN.« Nina kichert. »Ich kriege das Bild eurer letzten Begegnung echt nicht aus dem Kopf.«

»Sehr witzig.« Notgedrungen tue ich so, als würde ich mir die mundgeblasenen Glaskugeln anschauen. Aus meinem Versteck heraus beobachte ich, wie Lukas mit ein paar Freunden herumblödelt. Hoffentlich verzieht er sich bald. Unser letztes Treffen war alles andere als lustig. Chris war überraschend in Rust aufgetaucht. Ich war total glücklich. Meine Abreise aus Berlin lag schon einige Wochen zurück, und ich vermisste ihn so sehr, dass es fast wehtat. Wir hatten zwar viel gesimst, telefoniert und geskypt, doch ich wollte ihn endlich wiedersehen und mit ihm zusammen sein.

Ich verbringe also einen wundervollen Bauchkribbel-Tag mit ihm im Europapark. Alles ist perfekt, bis mein Ex dort auftaucht. Chris kauft gerade Zuckerwatte, und ich warte am See bei den afrikanischen Dschungel-Flößen, als plötzlich Superman neben mir steht.

»Hi«, sagt Lukas in seinem Comicfiguren-Outfit.

Verdutzt mustere ich ihn von oben bis unten. »Hi. Was, äh, machst du hier? Wieso bist du nicht im Internat in der Schweiz?«

»Wir haben Herbstferien. Ich jobbe hier.«

Hätte ich mir denken können. Freiwillig wird er sich nicht in die Gummistrumpfhose gezwängt haben.

»Ich mache bei der Helden-Show mit. Drüben im *Globe Theater.*« Er kommt einen Schritt näher. »Wir haben uns lange nicht gesehen.« Tiefer Röntgenblick.

Nervös sehe ich mich nach Chris um, der gerade die Zuckerwatte zahlt und sich zu uns umdreht. Ein hupendes Elektroauto kommt angerauscht.

Lukas umarmt mich. »Ich muss dann.« Über seine Schulter hinweg sehe ich, wie Chris verwirrt die Augen zusammenkneift.

»Überleg's dir doch noch mal mit uns«, haucht Superman mir ins Ohr.

Ich glaube, ich höre nicht recht. Der Typ ist echt schmerzfrei. Dass ich ihm einige Wochen zuvor eine klare Abfuhr erteilt habe, spielt offensichtlich keine Rolle mehr. Bevor ich etwas erwidern kann, schwingt er sich zu Spiderman, Catwoman, Hulk und Batman auf den Caddie und rast mit wehendem Umhang davon.

»War das Lukas?«, will Chris gleich darauf wissen. Er wirft mir denselben fragenden Blick zu wie damals, als Lukas mich vor seinen Augen in Berlin küsste.

Stumm nicke ich und würde gerne das Thema wechseln.

»Ich dachte, er wohnt jetzt woanders.«

»Tut er auch. Er jobbt nur in den Ferien hier.«

»Habt ihr noch Kontakt?«

»Eigentlich nicht.« Ich stopfe mir die Zuckerwatte so schwungvoll in den Mund, dass ich mir mit dem Holzstab fast den Rachen aufspieße. »Lust auf 'ne Dschungel-Floßfahrt?«

»Von mir aus ...«

Danach war der Nachmittag erst mal gelaufen. Chris schien irgendwie auf Abstand zu gehen, und auch meine Laune war im Eimer.

»Die Luft ist rein. Wir können.« Nina tritt aus unserem Versteck heraus, und ich lege den gläsernen Tannenzapfen mit der silbernen Spitze wieder zurück auf die Auslage. Lukas ist mit seinen Freunden in Richtung Autoskooter geschlendert, womit der Weg zum nächsten Zimt-Orangen-Punsch für uns endlich frei ist.

Nach einem tränenreichen Abschied von Nina und einer unruhigen Nacht, weil ich, ob ich will oder nicht, ziemlich aufgeregt bin, wirft Mama mich schon früh aus dem Bett.

»Meinst du, ich soll das rote oder doch lieber das gelbe Kleid für morgen mitnehmen? Weihnachten ist ja schon was Besonderes.«

Ich blinzele unter meiner Decke hervor. »Schon mal

was von Anklopfen gehört?« Bereits seit Tagen macht meine Mutter mich verrückt. Seit Tine sie auch nach Berlin eingeladen hat, dreht sie am Rad. Die beiden sind alte Freundinnen, haben sich aber seit Ewigkeiten nicht mehr gesehen. Nach dem Telefonat neulich war Mama Feuer und Flamme. Sie kann wegen der Arbeit nur bis zum zweiten Feiertag bleiben, aber ich freue mich total, dass sie mitkommt. Nur sehr ungern hätte ich sie alleine hiergelassen. Mit Papa zu feiern, stand nicht zur Debatte, obwohl die beiden sich seit der Scheidung wieder gut verstehen. Ein gemeinsames Fest inklusive Papas neuer Freundin wäre doch zu viel des Guten gewesen. Und auf ihren Kaffeeklatsch-Club, der auf Mallorca eine Finca gemietet hat, hatte Mama auch keine Lust.

»Das Gelbe ist legerer, das Rote eleganter. Bei Tine wird es sicher schick, oder?« Meine Mutter sieht mich verzweifelt an.

Gähnend zucke ich mit den Schultern und steige aus dem Bett. »Tine ist immer ein bisschen schräg angezogen. KDW wirft sich bestimmt in Schale. Das heißt aber nicht, dass wir uns auftakeln müssen. Der hat mich sowieso als Provinzfee abgestempelt.«

»Was?« Jetzt sieht Mama aus wie der kleine Mausmaki Mort mit den riesigen, verängstigten Knopfaugen aus dem Film *Madagascar*. »Vielleicht doch besser die schwarze Hose und die Bluse?«

Im Vorbeigehen drücke ich ihr einen Kuss auf die

Wange. »Das meint er nicht böse. Nimm einfach das, worin du dich am wohlsten fühlst.«

»Aber die arbeiten doch alle in der Modebranche.«

»Gar nicht wahr. Pit ist Lehrer und trägt Cordhosen.« Meine Güte, das müsste sie doch besser wissen als ich. Immerhin war sie früher nicht nur mit Tine, sondern auch mit Chris' Vater Pit befreundet.

»Ich habe ihn mindestens zehn Jahre nicht gesehen«, verteidigt sie sich.

»KDWs Freund Michael kommt sicher auch nicht im Anzug. Er ist Krankenpfleger und mehr so der Holzfällertyp.« Zum Glück ist KDW nicht mehr mit diesem fürchterlichen Schmuckdesigner zusammen, der aussah wie Harald Glööckler. Schnell verschwinde ich im Bad.

Vor dem Frühstück packe ich noch die restlichen Geschenke ein. Für KDW habe ich einen glitzernden Charm-Anhänger in Form eines hochhackigen Stiefels gekauft. Bei eBay. Zu einem Spottpreis, obwohl er von Swarovski ist. Mama bekommt den Thriller *Bad News*, den sie unbedingt haben wollte, und dazu eine Hörspiel-CD. Bei Chris habe ich mich schwergetan. Lange hatte ich keine passende Idee. Bis ich auf dem Flohmarkt eine wunderschöne alte Fototasche aus schwarzem Leder entdeckte. Sie passt perfekt zu seiner in die Jahre gekommenen Kamera mit dem silberschwarz gefleckten Gehäuse. Ich hoffe, er freut sich.

Der Wind peitscht an mein Fenster. Draußen ist es so

düster, als wäre es schon spätnachts. Das ist wieder einer dieser Tage, an denen es einfach nicht hell wird. Normalerweise macht mir so was schlechte Laune. Jetzt allerdings nicht.

**Nur noch ein Tag bis Weihnachten und wenige Stunden, bis du bei mir bist. Ich freue mich,** simst Chris mir. Das ist heute schon die fünfte Nachricht.

Mein Herz schlägt einen Purzelbaum. **Ich mich auch :-***

Schon wieder trampelt Mama rein. »So, jetzt habe ich mit Tine telefoniert. Sie sagt, es gibt keinen Dresscode. Ich soll das anziehen, worin ich mich am wohlsten fühle.«

»Ach nee.«

»Ja, ich weiß, ich übertreibe. Aber ich will auf keinen Fall so peinlich sein wie Mark Darcy.«

»In *Schokolade zum Frühstück*?« Das ist ihr Lieblingsfilm.

Mama nickt. Sie meint die Szene, in der Mark Darcy seiner zukünftigen Angebeteten Bridget Jones auf einer Weihnachtsfeier im absoluten Anti-Dress begegnet. Ich muss lachen. »Erstens sind wir morgen unter uns, und zweitens besitzt du keinen Rentier-Pulli.«

Seufzend verschwindet sie wieder. Normalerweise legt sie genauso wenig Wert auf diesen Modeschnickschnack wie ich, aber Tines Fashion-Design-Welt scheint sie ganz schön einzuschüchtern.

»Was ziehst du eigentlich an Heiligabend an?«, ruft

sie mir aus dem Flur zu. »Ein kleines bisschen rausputzen wirst du dich doch auch, oder?«

Mein Blick fällt auf den grauen Hoodie und die Jeans in meinem Koffer. Hm. Ziemlich sportlich. Ob das okay ist? Na toll, jetzt hat Mama es geschafft und mich mit ihrer Unsicherheit angesteckt. Ich krame eine Strumpfhose und ein dunkelblaues Strickkleid aus dem Schrank. Mehr kann ich nicht bieten.

Nachdem Papa uns noch besucht hat und wir Geschenke ausgetauscht haben, verlassen wir das Haus. Es war schön, ihn wenigstens kurz zu sehen. Im neuen Jahr wollen wir ganz in Ruhe zusammen essen gehen.

Draußen hat heftiger Schneeregen eingesetzt. Man sieht kaum die Hand vor Augen. Zum Glück ist der Bahnhof zu Fuß gut erreichbar. Es dauert nur wenige Minuten von unserer Tür bis dorthin. Mama rennt wie eine Verrückte, obwohl der Zug erst in einer Viertelstunde fährt. Sie hechtet mindestens drei Meter vor mir her, doch ich halte stur mein Tempo. Kein Grund, sich unnötig zu stressen. Ich bin schon aufgeregt genug, weil ich Chris in wenigen Stunden wiedersehe.

Plötzlich höre ich hinter mir knatschende Schritte, die schnell näher kommen. Im dichten Schneegestöber erkenne ich Lukas.

»Verfolgst du mich?«, fahre ich ihn an.

»Gewissermaßen.« Er verzieht den Mund zu einem Grinsen.

»Woher wusstest du, dass ich auf dem Weg zum Bahnhof bin?«

»Superman hat übermenschliche Fähigkeiten.« Gekonnt übersehe ich sein Zwinkern. »Infrarotblick, um deine Wärmesignaturen aufzuspüren, und ein Supergehör, um das entfernte Klicken deiner Haustür wahrzunehmen.«

»Quatsch«, sage ich und kann nicht verhindern, dass mich sein Lachen ein bisschen ansteckt.

»Ich wollte eigentlich bei dir klingeln und dir das geben.« Er hält mir ein kleines Päckchen vor die Nase. »Dann habe ich euch weggehen sehen und bin hinterher. Frohe Weihnachten!«

»Lukas …« Ich schüttele den Kopf. Der letzte Rest meines Ärgers schwindet. Irgendwie ist das süß von ihm. Auf einem Anhänger am Geschenk steht: **Für meine Mimi, von Lukas**. Okay, das ist vielleicht doch ein bisschen zu viel. Abwehrend hebe ich die Hand. »Das geht nicht.«

»Nimm es einfach.«

»Ich will's nicht haben. Ich bin auf dem Weg nach Berlin. Zu meinem Freund.«

»Mimiiii.« Mama ist bereits um die nächste Ecke gebogen. »Komm endlich, der Zug steht schon auf dem Gleis.«

Lukas lässt nicht locker. »Bitte.«

Seufzend stecke ich das Päckchen in meinen Koffer. »Ich wünsche dir auch schöne Weihnachten!«

# 03

**IM ZUG GÖNNEN WIR UNS** erst mal eine Runde Bordrestaurant. »Wie schön«, meint Mama seufzend. Die Welt rast an uns vorbei, während wir gemütlich Tee trinken.

»Letztes Mal auf der Fahrt habe ich mit Caro gehäkelt. Das war superentspannend.« Ich ziehe mein Handy aus der Tasche, um ihr zu simsen. Vielleicht klappt es ja mit einem Treffen. Mama bestellt uns derweil zweimal das Tagesgericht.

»Gab es da nicht noch ein anderes Mädchen, mit dem du dich angefreundet hattest?«, will sie wissen, während wir Fleischklößchen mit Kartoffelecken futtern.

Nickend puste ich auf meine Gabel. »Ja, Mary, die so ein tolles Julia-Roberts-Lächeln hat. Leider ist sie im Skiurlaub.« Wieso konnte sie Lola nicht einfach mitnehmen? Vielleicht wäre ja eine Lawine über sie drübergerollt.

**Bin im Zug. Nur noch vier Stunden,** simse ich Chris. Sosehr ich mich auch auf ihn freue, ein kleines bisschen

Angst vor unserem Wiedersehen habe ich schon. Hoffentlich hat er mich genauso sehr vermisst wie ich ihn.

Mein Herz pumpt wie verrückt, als wir im Hauptbahnhof einfahren. Auf dem Bahnsteig entdecke ich zuerst KDW inmitten all der Menschen. Seine rote Haarsträhne, die er zu einer seltsamen Tolle gedreht hat, leuchtet mir entgegen wie ein Stoppschild. »Schätzchen«, brüllt er und sprintet auf mich zu. Hinter ihm schlängeln sich Tine und Chris zwischen den Leuten hindurch. Bei seinem Anblick springt mein Herz fast aus der Brust. Im nächsten Moment schließt mich KDW so fest in die Arme, dass ich kaum noch Luft bekomme. »Ich hab dich so vermisst.«

»Ich euch auch«, presse ich hervor.

»Darf ich mal?«, meldet sich Chris hinter ihm.

»Nein, ich bin noch nicht fertig.« KDW will mich gar nicht mehr loslassen. Erst nach einer gefühlten Ewigkeit entlässt er mich, um meiner Mutter die Hand zu reichen. Grinsend macht Chris einen Schritt auf mich zu. Ich schmiege mich an ihn. Holzig. So riecht er jetzt also. Und ein bisschen orientalisch. Sofort muss ich an einen kuschelig warmen Abend vor dem Kamin denken. Ich atme tief ein und entspanne mich endlich. Dieses Mal bin ich diejenige, die stundenlang so stehen bleiben könnte. Irgendwann greift Chris nach meinem Kinn, schiebt es hoch und drückt mir einen Kuss auf den Mund. Meine Güte, wie sehr habe ich ihn vermisst.

Nachdem sich alle ausgiebig begrüßt haben, setzen wir uns in Bewegung. KDW hakt sich bei mir ein und nimmt mir den Rollkoffer ab, sodass ich auf der anderen Seite mit Chris Händchen halten kann.

»Schätzchen, es ist so viel passiert in der letzten Zeit«, plaudert er los und mustert mich von der Seite. »Du hast dich aber kein bisschen verändert. Noch immer dieser Provinzfee-Alltags-Style.«

»Klar, du Profi.« Ich zwinkere ihm zu. »Eigentlich habe ich erwartet, dass du wieder mit Jorge-Gonzales-Tretern kommst. Bin etwas enttäuscht, dass es nur für Boots gereicht hat.«

»Wo du gerade beim Thema bist, Schätzchen, meine Schuhmodelinie läuft super an.«

»Er hat ein paar seiner Kreationen übers Internet verkauft«, flüstert Chris mir grinsend zu. »Seitdem nervt er uns mit seinen hochtrabenden Plänen.«

»Ich kann dich hören«, zischt KDW von der anderen Seite. »Was spricht denn bitte gegen einen Laden in der Friedrichstraße?«

»Die schweineteure Miete zum Beispiel.«

KDW wischt mit der Hand durch die Luft. »Mal abgesehen von dieser unwichtigen Kleinigkeit aber nichts.«

Chris lacht lauthals, woraufhin KDW gespielt empört über seine Tolle streicht. »Der Mensch braucht Ziele. Und man wird ja wohl noch träumen dürfen. Blödmann.«

»Selber Blödmann.«

»Juhuungs«, gehe ich dazwischen. »Vertragt euch.« Ach, wie schön es ist, wieder hier zu sein.

Mama und Tine spazieren, vollkommen in ihr Gespräch vertieft, auf den Haupteingang zu, doch statt ihnen zu folgen, zieht KDW uns im Erdgeschoss in die entgegengesetzte Richtung.

»Er will dir unbedingt was zeigen«, raunt Chris und legt seinen Arm um meine Schultern. »Wahrscheinlich, weil ich dir auch gleich noch was zeigen will.«

»Nein, stimmt gar nicht. Meinen Lieblingsweihnachtsbaum hätte ich Mimi auf jeden Fall vorgeführt.« KDWs Stimme klingt so übertrieben entrüstet, dass ich glucksen muss.

»Wie habe ich es nur so lange ohne euch ausgehalten?«

»Das ist mir auch ein Rätsel«, bemerkt KDW kichernd.

Vor dem Ausgang zum Spreeufer steht ein riesiger hellgrüner Tannenbaum. Er ragt mindestens 20 Meter in die Höhe und läuft so perfekt spitz zu, dass er aus Plastik sein muss. Doch offensichtlich ist es weder die Größe noch die Farbe, die KDWs Augen funkeln lassen. »Swarovski-Steine noch und nöcher«, verkündet er. »Hast du so was schon mal gesehen?«

Ich schüttele den Kopf. Tausende von Kristallen bedecken in gleichmäßigem Millimeterabstand das Immergrün.

»Da kann der Weihnachtsbaum vorm Rockefeller

Center so was von einpacken. Berlin ist das New York der Gegenwart.«

»Vielleicht solltest du Swarovski mal eine Kooperation vorschlagen«, meint Chris lachend. »Dann kannst du eine Schuhkollektion designen, die ähnlich glitzert wie der Tannenbaum.« Innerlich jubele ich bei dem Gedanken an mein Geschenk für KDW. Er wird ausflippen.

»So, ihr Turteltauben«, sagt er nach einem ehrfürchtigen Moment des Schweigens, »ich lasse euch jetzt allein und gehe zu den Frauen rüber. Sie haben sicher schon ein Taxi geordert und wundern sich, wo wir stecken. Deinen Koffer nehme ich mit, Mimi. Wir sehen uns nachher bei Tine, okay?«

»Alles klar.« Chris drückt meine Hand. »Lass uns spazieren gehen.«

Bereitwillig folge ich ihm am monströsen Glitzerbaum vorbei nach draußen. »Das Wetter hier ist noch biestiger als bei uns.« Ich ziehe den Reißverschluss meines Parkas hoch.

»Typisch Berliner Winter«, feixt Chris. »Wenn es dir zu kalt ist, können wir auch die Bahn nehmen. Das, was ich dir zeigen will, liegt ein Stückchen entfernt.«

Ich schüttele den Kopf. Er legt den Arm um mich, und sofort wird mir ganz warm. Die Spree zwischen Bahnhof und Regierungsgebäude ist so gut wie zugefroren. Wir schlendern eine Weile an ihr entlang. Verzweifelt versucht ein Schwan, auf der glatten Oberfläche zu landen.

Er rutscht über die dicken Schollen und bleibt unsanft in einem blattlosen Gebüsch hängen.

»Wohin gehen wir?«, frage ich, erhalte aber keine Antwort. Genau wie im Sommer. Da hat Chris mir auch nie verraten, was er vorhat.

»Mach mal die Augen zu«, fordert er mich auf, nachdem wir das Ufer verlassen haben und die Friedrichstraße ein Stückchen hinuntergelaufen sind. Blind lasse ich mich von ihm führen, bis er mich nach rechts dreht und stehen bleibt. »Jetzt mach sie wieder auf.«

Ein weiches Lichtermeer schwappt mir entgegen. Der Schnee dämpft die Autogeräusche der Allee vor uns. Es ist, als hätte jemand den iPod auf die unterste Lautstärkestufe gestellt. In der Mitte der Straße zieht sich ein Weg mit hohen Bäumen entlang, die mit Lichterketten behängt sind. Zwischen den Schneeflocken wirken die schimmernden Äste wie Millionen herumflirrender Glühwürmchen. Chris steht hinter mir und schirmt mich vom Wind ab. Ein Prickeln läuft über meinen Rücken. »Wow.«

»Unter den Linden«, flüstert er. »Dahinten ist das Brandenburger Tor.« Wegen der Verwehungen kann man es nicht erkennen. Der Lichterpfeil der Straße verschwindet in einem weißen Vorhang aus dichten Flocken. Wir flanieren zwischen den elektrischen Glühwürmchen in der Mitte der Allee entlang.

Nur wenige Touristen haben sich auf den Platz vor dem Tor verirrt. Die obligatorischen Japaner mit ihren

Fotoapparaten stapfen herum, und Schüler einer französischen Klasse reiben sich ihre roten Nasen.

»Da oben«, Chris zeigt auf die Quadriga, »steht mein Lieblingsweihnachtsbaum. Vergiss die Rockefeller-Kopie im Hauptbahnhof.«

Ich kneife die Augen zusammen und entdecke eine kleine Tanne zwischen den vier Pferden. Sie ist nicht beleuchtet, schmucklos und ein wenig windschief. Ihre dunklen Zweige wehen wild herum. Sie sieht aus wie ein zerrupftes Vogelbaby bei seinen ersten Flugversuchen.

Schwungvoll drehe ich mich zu Chris und küsse ihn lange und intensiv. Er hat diesen besonderen Blick. Inmitten des Großstadtglamours entdeckt er immer wieder den Zauber von schlichten Dingen. Genau deswegen habe ich mich in ihn verliebt.

# 04

**WEIHNACHTEN!** Ich schäle mich aus den Kuschelkissen und schaue Chris eine Weile beim Schlafen zu. Als wir gestern in Tines Wohnung kamen, hatten unsere Mütter es sich bereits auf der Wohnzimmercouch gemütlich gemacht. Mama warf mir vielsagende Blicke zu, als ihr klar wurde, dass Chris über Nacht bleiben und mit mir das Gästebett teilen würde. Bei seinem Besuch in Rust vor einigen Wochen pumpte sie ihm peinlicherweise eine Luftmatratze auf.

Ich habe ihre Beunruhigung einfach ignoriert. Was denkt die denn? Dass wir die Tür abschließen, uns die Klamotten vom Leib reißen und stürmischen Sex haben, während unsere Mütter nebenan sitzen?

Wir kuschelten uns im Bett lediglich aneinander und küssten uns eine Weile. Alles total jugendfrei. Außer Chris' Hand unter meinem T-Shirt vielleicht.

Chris gähnt. »Guten Morgen.«

Meine Güte, sieht er süß aus. Ich lächle ihn an. »Morgen, du Faulpelz.«

Frisch geduscht kommen wir in die Küche. Praktischerweise hat Chris bei Tine ein paar Klamotten deponiert, sodass er heute nicht noch mal nach Hause muss. Sein Vater wird später die Geschenke mitbringen.

Mama und Tine sitzen schon am Frühstückstisch. Sie schwelgen in Erinnerungen und kichern dabei wie junge Mädchen.

»Hallo«, murmele ich.

»Hey, ihr zwei.« Tine strahlt uns an. Sie scheint die Situation nicht annähernd so befremdlich zu finden wie meine Mutter mit ihrem Gluckenblick. Am liebsten würde ich ihr direkt ins Gesicht sagen, dass ich meine Jungfräulichkeit noch nicht verloren habe.

Lässig setzt Chris sich neben sie und greift nach einer Schrippe.

»Wollt ihr Tee oder lieber Kaffee?«, erkundigt sich Tine. So entspannt und ruhig wie im Moment habe ich sie selten erlebt. Anscheinend hat sie die Arbeit, in der sie normalerweise untergeht, weit von sich geschoben.

»Kaffee. Aber lass nur, ich weiß ja, wie es geht.« Grinsend denke ich an meine katastrophalen Versuche, dieser Profimaschine ein paar ordentliche Tassen Espresso zu entlocken. Das war während des Shootings im Sommer, als ich Lola zum ersten Mal begegnet bin.

»Machst du mir auch einen?«, bittet Chris.

»Na klar.« Während ich zwei wundervolle Cappuccinos mit fluffiger Schaumkrone zaubere, spüre ich förmlich Mamas Blick in meinem Rücken.

»Jingle Bells, Jingle Bells«, tönt mit einem Mal KDWs Stimme aus dem Flur zu uns herein. »Hallöchen. Seid ihr alle wach?«

»Spätestens jetzt wären wir es«, antwortet Tine grinsend. »Zum Glück bist du Make-up-Artist und kein Sänger.«

Gekonnt überhört KDW ihre Neckerei. Mit roten Wangen und einem ins Gesicht gemeißelten Lächeln, das jeden Shoppingcenter-Weihnachtsmann vor Neid erblassen ließe, kommt er in die Küche geschlendert. Ich beiße mir auf die Unterlippe und verkneife mir ein Kichern. Offensichtlich hat er bei seinem heutigen Outfit versucht, seinen Lieblingsweihnachtsbaum zu kopieren. Der Grundton seiner Klamotten ist grün, die Hose mit schmalen Silberfäden durchzogen, die Schuhe perlmuttfarben glänzend und die zuvor rote Haarsträhne nun milchweiß gefärbt. Sein weihnachtliches Erscheinungsbild wird durch kleine bunte Kügelchen abgerundet, die am blassgelben Halstuch baumeln. Er dreht sich einmal im Kreis, damit wir ihn ausgiebig bewundern können. Nachdem er zur Genüge in unserem Erstaunen gebadet hat, reibt er sich die Hände. »Wie ist der Plan für heute?«

Ich stelle die Cappuccinos ab und setze mich neben Chris. Unter dem Tisch legt er mir die Hand auf den Oberschenkel, was meine Wangen sofort zum Glühen bringt.

»Feiern und Spaß haben«, antwortet Chris dem wuseligen KDW, der sofort ungehalten mit der Hand in der Luft herumwedelt. »Das versteht sich von selbst.«

»Na ja, Tine und ich wollten ein bisschen in die Stadt gehen. Vielleicht noch shoppen«, erwidert meine Mutter kleinlaut. »Ich war jahrelang nicht mehr in Berlin.«

»Shoppen? Nicht euer Ernst.« KDW zieht die Augenbrauen hoch und tippelt nervös von einem Fuß auf den anderen. »Es gibt noch so viel zu tun.«

»Aber du hast die Lebensmittel doch vorbestellt«, bemerkt Tine. Sie beschmiert ein Croissant mit Marmelade und beißt genüsslich hinein.

»Natürlich, aber was ist mit den anderen Vorbereitungen? Dekoration, zusätzliche Delikatessen und so weiter.« KDW zieht einen Zettel aus seiner kristallfarbigen Tasche. »Die Aufträge der letzten Zeit sind schuld daran, dass wir noch nichts erledigt haben. Und jetzt ist plötzlich Weihnachten. Wir müssen strukturiert vorgehen, damit wir alles schaffen. Michael kann erst abends. Er hat noch Schicht im Krankenhaus. Also bleiben wir fünf.«

»Mein Vater wollte auch gleich kommen«, sagt Chris grinsend und nimmt seine Hand von meinem Bein, um die zweite Hälfte seiner Schrippe mit Nutella zu bestreichen. Sofort rücke ich ein Stück näher an ihn ran.

»Sehr gut. Dann hilft Pit mit.« KDW trippelt zur Kaffeemaschine und braut sich einen Espresso. Er pustet ein paarmal hinein, trinkt ihn in einem Schluck und füllt sich eine weitere Tasse. Dann setzt er sich neben mich. »Am besten, wir teilen uns in Gruppen auf.« Wieder leert er den Espresso und runzelt dann missmutig die Stirn, weil wir anderen gemütlich weiter frühstücken, statt uns von seiner Geschäftigkeit anstecken zu lassen. »Ich glaube, ich brauche mehr Kaffee.«

Bevor er aufstehen kann, packt Tine ihn am Arm. »Nee, mein Lieber. Kein Koffein mehr für dich. Sonst verbreitest du noch mehr Unruhe.« Sie zeigt auf den Küchenschrank. »Kamillentee. Der wirkt beruhigend.«

»Willst du mich veräppeln?« KDW stemmt die Hände in die Hüften. »Ich will Kaffee. Oder meinetwegen ein Schlückchen Prosecco.«

»Kaffee, koffeinfrei«, entscheidet Tine. »Bleib, wo du bist. Ich mach schon.« Sie öffnet eine Pulverdose und schüttet ein paar Löffel davon in den Träger.

»Aber …«

»Nichts aber! Heute ist Weihnachten. Es muss nicht alles so durchorganisiert sein wie bei unseren Shootings.« Ihre Stimme erinnert mich an meine Mathelehrerin Frau Gummert. Die wird auch immer streng, wenn nichts mehr hilft.

KDW seufzt theatralisch.

»Sind die immer so?«, flüstert meine Mutter mir zu, und ich nicke grinsend. Unter dem Tisch hat Chris wieder seine Hand auf meinen Oberschenkel gelegt. Mit dem Daumen streicht er sanft darüber. Es kribbelt bis in meine Fußspitzen.

Als KDW etwas beleidigt seinen – wie er es nennt –

»kastrierten« Kaffee schlürft und Tine im Vorbeigehen seine Schultern knetet, trifft Pit ein. Fröhlich winkt er in die Runde. Wie immer wirkt er sehr entspannt. Wahrscheinlich musste er in seinem Job als Lehrer eine gewisse Gelassenheit entwickeln. Als Überlebenstaktik sozusagen. Normalerweise bildet er damit das perfekte Gegenstück zu Tine, doch heute geht die Hektik ausschließlich von KDW aus.

Mama und Pit fallen sich freudig in die Arme. »Wie lange ist es her, dass wir uns gesehen haben?«, will meine Mutter wissen. Mit großen Augen starrt sie ihn an. »Bestimmt zehn Jahre, oder? Lass dich anschauen. Du hast dich gar nicht verändert.«

»Na ja.« Chris' Vater fährt sich lachend über die grauen Schläfen.

»Die mögen sich. Passen gut zusammen«, raunt KDW mir ins Ohr und grinst dabei frech.

Ich falle fast vom Hocker. »Werde ja nicht übermütig. Sonst verabreiche ich dir höchstpersönlich den Kamillentee. Intravenös, wenn es sein muss.«

Kichernd rammt er meine Schulter, sodass ich gegen Chris stoße. Nach Vanille riecht er heute. Ich schließe die Augen und atme seinen Duft ein. Mir ist völlig egal, was noch zu tun ist, Hauptsache, Chris und ich sind zusammen.

»Also«, lenkt KDW das Thema wieder auf seinen Tagesplan, nachdem Pit sich zu uns gesetzt hat und mit Kaffee versorgt wurde. »Michael und ich kochen heute

Abend das Menü. Die Zutaten haben wir bei einem befreundeten Restaurantbesitzer vorbestellt. Die müssten nur noch abgeholt werden.«

»Mache ich«, schlägt Pit vor. »Ich bin mit dem Auto da.«

»Super. Außerdem brauchen wir ein paar kulinarische Kleinigkeiten wie provenzalischen Weißwein und diesen Jamón Ibérico aus dem *KaDeWe.*«

»Das können Linda und ich erledigen«, sagt Tine. »Dann fällt wenigstens das Bummeln nicht ganz ins Wasser.«

Zufrieden überreicht KDW ihr eine Liste. »Ich komme mit und besorge währenddessen im Erdgeschoss die Weihnachtsdeko.«

»Davon haben wir wirklich genug.« Schnell huscht Tine ins Arbeitszimmer und kommt mit einer großen Kiste zurück. »Voilà!«

»Neeeiiiin!« KDW ächzt wie eine rostige Tür. »Nicht dieser Holzkram vom letzten Jahr.« Er zieht eine Handvoll Baststerne aus dem Karton. »Wir brauchen dekorativ-hippen Schmuck.« Er wühlt in der Kiste herum und findet mehrere braune Salzgebäck-Anhängsel, die seine Gesichtszüge entgleisen lassen.

»Ach, die habe ich mal mit Chris gebacken, als er noch klein war«, wirft Pit ein. Er stellt sich neben KDW, der noch immer aussieht, als hätte er soeben in eine Zitrone gebissen. »Die Dekorpilzchen sind auch ziemlich alt. Daran haben wir lange gebastelt.«

»Wie süüüüß.« Ich gehe rüber und nehme eines in die Hand. Dann drehe ich mich grinsend zu Chris um. »Du warst schon immer ein Künstler.«

Als er aufspringt, versuche ich, den Anhänger hinter meinem Rücken zu verstecken, doch er packt zielstrebig meine Handgelenke, schnappt sich den Pilz und wirft ihn KDW zu. »Ich bin definitiv auch für neuen Weihnachtsschmuck. Weg mit den Peinlichkeiten.«

»Da hast du es«, triumphiert KDW in Tines Richtung.

Als gute Freundin kommt Mama ihr natürlich zu Hilfe. »Das ist nicht peinlich. So was haben wir früher auch gemacht. Mimi hat ganz süße Engel geklöppelt.«

Och nee. »Verräterin«, zische ich. »Was ist denn noch in der Kiste?« Vergeblich kämpfe ich gegen Chris, der mich fest im Zangengriff hält und seine Brust vor mein Gesicht schiebt. Ich halte inne, schließe die Augen und lausche seinem gleichmäßigen Herzschlag. Tocktock – tocktock – tocktock. In den dunklen, beruhigenden Rhythmus mischt sich das nervöse Flattern der Schmetterlinge, deren Flügelspitzen an meiner Magenwand entlangkitzeln.

»Vintage ist schön und gut, aber wir müssen das Ganze unbedingt aufpeppen«, erklärt KDW mit einer Stimme, die keine Widerrede zulässt.

»Vielleicht sollten wir erst mal eine Tanne beschaffen, bevor wir uns über die Deko streiten«, wirft Tine ein.

KDW tippt mit hochgezogenen Augenbrauen auf seinen Zettel. »Habe ich auch noch auf meiner Liste.«

»Wir könnten das Swarovski-Schmuckstück aus dem Bahnhof stehlen«, schlage ich vor.

»Mimi.« Das war meine Mutter. Sie wirft mir einen strengen Blick zu, doch KDW zuckt nicht mal mit der Wimper. »Habe ich schon in Erwägung gezogen. Aber es passt hier nicht rein.« Er verschließt den Karton und trägt ihn aus dem Zimmer.

»Mimi und ich kümmern uns um den Baum.« Chris lockert seinen Griff, rutscht ein Stück von mir weg und sieht mich fragend an. Ich nicke.

»Na also, mein Lieber, dann steht dein Plan doch«, ruft Tine KDW hinterher.

# 05

»WIE FINDEST DU DEN?« Wir stehen auf dem Alexanderplatz, und Chris zeigt auf eine der wenigen großen Tannen, die der Händler noch hat.

»Traurig«, antworte ich mit Blick auf die lichten Zweige. »Aber der da ist doch hübsch.« Ich greife nach einem kleinen Bäumchen und rüttele leicht am Stamm. Es nadelt nicht.

»Viel zu klein. Überleg mal, wie der im Wohnzimmer aussieht. Die Decken sind gefühlte zehn Meter hoch. Man müsste ihn mit Studioleuchten anstrahlen, damit er nicht untergeht. Und KDW würde einen Nervenzusammenbruch kriegen.«

Ich nicke. »Hast recht. Das dürfen wir auf keinen Fall zulassen.«

»Komm. Hier finden wir nichts.« Wir verlassen den Stand. Die Luft ist glasklar und so kalt, dass es mir bei jedem Atemzug die Lungenflügel zerfrisst. Dennoch kann ich mir im Moment keinen Ort vorstellen, an dem ich lieber wäre. Nur wenige Autos sind unterwegs.

Die Menschen, die uns begegnen, sind gut gelaunt, tragen Geschenke in den Armen und wünschen uns Frohe Weihnachten. »Die sind alle so nett«, stelle ich erstaunt fest.

Chris schmunzelt. »Tja, immer für eine Überraschung gut, die Berliner.«

Wir biegen um eine Ecke, und schon blinken uns die Lichter eines weiteren Weihnachtsmarktes entgegen, in dessen Zentrum sich eine große Eisbahn befindet. Ich verlangsame meinen Schritt, um einen Blick daraufzuwerfen.

»Lust auf 'ne Runde?« Chris sieht mich fragend an.

»Wir haben keine Zeit. Und außerdem bin ich vor Ewigkeiten das letzte Mal gefahren.«

»Finden wir raus, ob du's noch kannst. Dauert ja nicht lange.«

Als ich mit wackeligen Knien hinter ihm auf die Fläche rutsche, bietet er mir seinen Arm als Stütze an. »Das Thema Schuhe scheint uns irgendwie zu verfolgen.« Er grinst schief. »Ich mochte dich schon, als ich dich zum ersten Mal auf High Heels im Studio gesehen hab, wo du beim Catwalk-Training jämmerlich versagt hast.«

»He, du Rüpel. Ich bin nur hingefallen, weil du plötzlich aufgetaucht bist und mich erschreckt hast.« Ein Pirouetten drehendes Mädchen schwingt an uns vorbei. Wie bei einer Ballerina fliegen ihre Beine über den Boden. »Außerdem kann nicht jeder so ein aberwitziges Naturtalent sein.« Ich deute auf die Eisprinzessin, und

Chris bleibt lachend stehen, um mich zu umarmen. »Du hast mir so gefehlt in den letzten Wochen.«

»Du mir auch.« Die Schmetterlinge in meinem Bauch trotzen den Minusgraden. Sie benehmen sich nicht so ungelenk wie meine vor Kälte erstarrten Glieder. Im Gegenteil. Federleicht breiten sie ihre Flügel aus und flattern herum, als wären sie auf einer kuschelwarmen Südseeinsel.

Über Chris' Schulter hinweg entdecke ich einen weiteren Tannenstand. »Der ist es.« Ich zeige auf einen Baum, der wunderbar groß und voll ist. Nur die Spitze ist krumm. Wie ein perfekt geformtes S windet sie sich in den Himmel.

Chris nickt. »Der hat Charakter.«

»Was ist denn das für eine Krücke?«, wimmert KDW, als wir keuchend, aber freudestrahlend die Wohnung betreten. An seinen schnurgeraden Swarovski-Baum kommt unsere Eroberung natürlich nicht ran, aber wie ich meinen Freund kenne, hat er bereits genug Accessoires gekauft, um den kleinen Makel zu kaschieren. Naserümpfend stellt KDW den Baumständer in der Mitte des Wohnzimmers auf.

Mama und Tine, die es im Stadtgewusel offenbar nicht lange ausgehalten haben, decken bereits den Tisch, zupfen Salatblätter und suchen den passenden Wein aus.

Mama hat sich umgezogen. Sie sieht toll aus in ihrem roten Kleid. Da fällt mir ein, dass ich eigentlich auch noch aus meinen Alltagsklamotten schlüpfen wollte. Aber in meiner Jeans und dem Hoodie fühle ich mich gerade so wohl, dass ich sie, glaube ich, einfach anbehalte. Chris trägt schließlich auch nichts Schickes.

Gemeinsam stellen wir die Tanne auf und schmücken sie mit KDWs ausgefallenen Accessoires.

»Was ist denn das?« Ich halte einen quietschgrünen Porzellanporsche-Anhänger in der Hand.

»Mal was anderes«, erwidert KDW, während er eine Sprühflasche mit Goldlack auspackt.

Pit betrachtet verwirrt einen Außerirdischen im Raumfahrzeug, der an einem goldenen Band baumelt.

»Sind die nicht der Knaller?« KDW jauchzt vor Freude und lackiert einen Astronauten- und einen Roboteranhänger mit dem Spray. »Für den festlichen Kick.«

Grinsend hänge ich eine untertellergroße Cinderella in einem rötlichen Glitzerkleid neben einen Prinzen, der auf einem Pferd mit wallender Mähne reitet.

»Und jetzt: Glamour pur!«, jauchzt KDW. Er drückt mir silberne Bilderrahmen in die Hand, die ich an sämtlichen noch freien Zweigen verteile. »Ein kreativer Eyecatcher, findet ihr nicht? Der Stern an der schiefen Spitze setzt dem Ganzen im wahrsten Sinn des Wortes die Krone auf!«

Chris und ich nicken zustimmend. Pit hingegen hängt demonstrativ ein selbst gebackenes Lebkuchenherz neben meine Cinderella.

Um fünf stößt Michael zu uns. Er sieht erschöpft aus.

Mit müden Augen bewundert er den Baum. »Oh, die Baststerne sind aber hübsch.« Chris und Pit prusten los. »Der Rest ist auch superschön«, schiebt er schnell hinterher, weil er das beleidigte Gesicht seines Freundes bemerkt.

»Das meiste hat KDW heute besorgt«, erkläre ich, und Michael nickt anerkennend. »Tolle Accessoires.« Er streicht ihm liebevoll über die Wange. Ich habe ihn von Anfang an gemocht. Er ist einfach ein lieber, sensibler Kerl und damit genau der Richtige für KDW.

»Wir legen schon mal unsere Päckchen ab«, zwitschert Tine, die zusammen mit Mama einen ganzen Berg von Geschenkschachteln ins Zimmer trägt. »Gleich zeige ich Linda noch mein Fotostudio unten.« Mama nickt mit strahlenden Augen und drückt mir einen Kuss auf den Kopf. Ich bin froh, dass sie hier ist. Es scheint ihr richtig gut zu gefallen bei Tine.

»Komm, wir stellen unsere Geschenke dazu«, wendet sich Chris an mich. Er schnappt sich eine Tasche im Flur, die sein Vater mitgebracht hat.

»Mimi-Schätzchen, könntest du Pit vielleicht beim Kartoffelschälen unterstützen?«, brüllt KDW mir zu, als ich auf dem Weg in mein Zimmer an der Küche vorbeilaufe. »Und Chris könnte bei der Gans helfen.«

»Ja, wir kommen gleich.« Schnell krame ich nach meiner Geschenketüte. Dabei fällt mir das Päckchen von Lukas in die Hände. Blödes Ding. Was soll ich nur damit machen? Vielleicht wäre es am besten, es ihm nach Weihnachten ungeöffnet zurückzugeben. Immerhin habe ich gleich gesagt, dass ich es nicht will. Oder ich schmeiße es einfach in den Müll. Wieso macht Lukas mir überhaupt ein Geschenk, obwohl wir uns im Grunde nichts mehr zu sagen haben? Ich wiege es in meiner Hand. Es ist leicht. Was wohl drin ist? Vorsichtig zupfe ich an der Schleife. Sie ist schön zusammengeknotet. Lukas hat sich Mühe gegeben. Ohne weiter darüber nachzudenken, reiße ich das Papier auf und öffne die Schachtel. Ein dunkler Stein liegt darin. Unter der Lampe schimmert er wie verrückt. Ob der echt ist? Jetzt entdecke ich auch eine Karte. Du bist für mich wie das blaue Kryptonit für Superman: Du machst mich ganz schwach ;-)

Oh Mann. Welchen Teil von »Wir passen nicht mehr zusammen, und ich bin nicht mehr in dich verliebt« hat er nicht kapiert?

»He, KDW braucht uns.«

Ich zucke zusammen. Chris steht im Türrahmen. Das kleine Anhängerschild mit der Aufschrift »Für meine Mimi, von Lukas« segelt zu Boden. Chris hebt es auf.

# 06

**SEINE AUGEN FLIEGEN** über den Text. »Ach, Lukas hat dir auch was geschenkt?«

»Ähm ...« Schnell nehme ich es ihm aus der Hand.

»Hat er wieder in Rust gearbeitet?«

»Nein. Ich meine, ich weiß nicht.«

Chris macht einen Schritt rückwärts. »Geht mich ja auch nichts an.«

Hektisch schiebe ich den Anhänger in die Schachtel und schließe sie. Dann schnappe ich mir die Geschenketüte. »Es ist ...« ... nicht so, wie du denkst, will ich sagen, aber der Satz ist ja wohl das Allerletzte. So ein Mist. Jetzt macht Lukas Ärger, obwohl er gar nicht da ist. Hätte ich das dämliche Geschenk vorhin bloß aus dem Fenster geworfen.

Abwehrend hebt Chris die Hand. »Schon okay.«

»Chriiiiis, Mimiiiii.« KDW klingt gereizt.

»Na komm, wir werden in der Küche verlangt«, sagt Chris in einem Ton, der mir nicht verrät, was er denkt.

Das Menü ist ein wahres Festmahl. Ich habe noch nie so viele leckere Dinge auf einmal gegessen. Wir setzen uns an Tines meterlangen Tisch im Wohnzimmer und lassen uns zunächst den Salat mit Shrimps schmecken. Immer wieder werfe ich Chris einen verstohlenen Blick zu. Doch nichts deutet darauf hin, dass er sauer ist. Deshalb entspanne ich mich nach der Vorspeise und denke nicht weiter an Lukas und sein Geschenk. Zum Hauptgang gibt es eine leckere, aufgrund der unwirklichen Größe sicher genmanipulierte Gans, dazu in Mandeln geröstete Kartoffelklöße, eine der besten Soßen, die ich je probiert habe, und selbst gemachtes Brot. Irgendwann brummt Chris' Handy.

»Liebe Grüße von Lola und Simon. Frohe Weihnachten an alle«, wünscht er in die Runde, nachdem er die Nachricht gelesen hat.

Lola. Allein der Name versetzt mir einen Pikser in der Magengegend. Ob Simon die SMS geschickt hat? Immerhin ist er Chris' bester Freund. Wahrscheinlich nicht. Lola hat sonst auch jede Chance genutzt, sich bei Chris zu melden.

»Liebe Grüße zurück«, bedankt sich Tine. »Sind die beiden bei ihren Eltern oder hier in der Stadt?«

»Sie wollten zu ihren Eltern nach Potsdam.«

Sehr gut. Dann bleibt mir ein Treffen erst mal erspart. Leider erhält Chris gleich darauf eine weitere SMS. »Am Dreißigsten geben ihre Eltern einen Empfang«, informiert er mich. »Sie laden uns ein. Hast du Lust?«

So viel zu dem ersparten Treffen. »Mal sehen.« Ich kneife die Augen zusammen und denke an die Party im Sommer. Das brauche ich nicht noch mal.

Chris lacht mich auffordernd an. »Na komm, lass uns hinfahren. Sie haben ein cooles Haus, und sicher gibt es leckeres Essen.«

»Na gut.«

Weil unsere Mägen nach der ganzen Schlemmerei eine Pause brauchen, verschieben wir den Nachtisch auf später und setzen uns vor den Baum aufs Sofa. Die verrückten Anhänger schimmern mit den alten Erinnerungsstücken um die Wette.

Von Tine bekommen Chris und ich einen Besuch im *Liquidrom*, einem Thermalbad am Anhalter Bahnhof. KDW schenkt mir ein Top mit schmalem Paillettenrand, das ich gleich anprobieren muss. Es passt wie angegossen. Natürlich kennt er meine Maße.

»Ich weiß doch, dass dein Kleiderschrank in puncto Eleganz gähnend leer ist.« Er zwinkert mir zu und packt seinen Swarovski-Anhänger aus. Verzückt betrachtet er ihn und drückt mich dann so fest an sich, dass ich mal wieder fast ersticke.

Als Mama und Tine in ein Gespräch vertieft sind, Pit zum Rauchen auf die Terrasse geht und KDW mit Michael knutscht, überreiche ich Chris mit klopfendem Herzen mein Päckchen. Vorsichtig öffnet er es. Seine Augen beginnen zu leuchten. »Wow, die ist total schön.«

»Gefällt sie dir? Für deine Kamera, dachte ich.«

Er nickt, holt seinen Apparat aus dem Flur und verstaut ihn darin. »Perfekt. So was kriegst du heute gar nicht mehr.«

Zufrieden taktet sich mein Herzschritt wieder ein. »Hab ich auf dem Flohmarkt ergattert.«

Chris beugt sich zu mir und küsst mich liebevoll. Dann gibt er mir sein Geschenk. Es ist in Zeitungspapier eingerollt und mit einem grauen Band verbunden. »Nicht so schön eingepackt wie das von Lukas«, flüstert er.

»Ach Quatsch«, winke ich ab. Mist, er hat die Sache also doch nicht vergessen. Vorsichtig wickele ich ein Bild aus, auf dem unverkennbar das Wahrzeichen Berlins abgebildet ist. Jetzt galoppiert mein Herz wieder. Chris weiß, wie viel mich mit dem Fernsehturm verbindet. Im Sommer war er mein fester Orientierungspunkt und somit ständiger Begleiter durch die Stadt. Kurz bevor ich abreisen musste, waren Chris und ich noch oben. Stundenlang saßen wir in der rotierenden Kuppel im Restaurant, haben Eiskaffee getrunken und die Stadt aus der Vogelperspektive betrachtet.

Behutsam fahren meine Finger über das Bild. Auf den ersten Blick sieht es aus, als wäre es gemalt. Ich erkenne verschiedene Bleistiftschraffierungen. Auf den zweiten Blick wirkt es eher wie ein besonders kunstvolles Foto.

»Für den Wischeffekt habe ich es überbelichtet. Der Rest ist mit Kohlestift und Aquarellfarben bearbeitet«, erklärt Chris, als könne er meine Gedanken lesen. Er ist näher an mich herangerückt.

Mir fehlen die Worte. »Wow«, presse ich hervor.

»Da ist noch was drin.« Er zeigt auf das Papier, das ich achtlos neben meine Füße gelegt habe. Hastig hebe ich es auf. Tatsächlich steckt in der linken oberen Ecke ein kleiner Umschlag. Mit glühenden Wangen öffne ich ihn und finde eine Brosche. Form und Farbe entsprechen dem Zitronenfalter, den Chris damals im Badeschiff aus meinen Haaren befreit hat. Er nimmt mir den Anstecker ab und befestigt ihn an KDWs Top, das ich noch immer trage. »Danke«, hauche ich. Oh Mann! Mindestens drei imaginäre Violinenspieler fiedeln jetzt in mein Ohr. Wenn Romantik tatsächlich einen Schmelzeffekt auslösen könnte, würde ich auf der Stelle durch den Parkettboden flutschen.

»*Activity*«, ruft KDW und wedelt mit dem Spiel herum, das er von Michael bekommen hat. »Es muss eingeweiht werden.«

Niemand widerspricht ihm, und so tragen wir gleich darauf in Gruppen den Wettkampf aus, während wir genüsslich Schokoladenküchlein mit Zimtsorbet schlemmen. Bei der Pantomime ist KDW eine totale Niete. Ich kringele mich vor Lachen, als er mit wachsender Verzweiflung Seiltanz und Scheuermilch darzustellen versucht, Michael aber nur Bahnhof versteht. Das Team Pit, Mama und Tine liegt lange vorne, weil Pit ein Ass im Erklären der absurdesten Begriffe ist. Spätestens bei Wörtern wie Drosselbart, Wadenbeißer oder Flickschuster hätte ich das Handtuch geworfen. Doch er erläutert alles so verständlich, dass Mama und Tine in null Komma nichts drauf kommen. Zum Glück brilliert Chris wiederum bei den Zeichnungen. Gegen Ende geraten wir deshalb noch auf die Überholspur und gewinnen die erste Runde.

»Wofür brauchst du eigentlich einen Zeichenkurs?«, meckert KDW, während die anderen das Spiel neu sortieren.

Chris knufft ihn in die Seite. »Weil er mir was bringt, du Schlaumeier. Außerdem lerne ich dabei tolle Leute kennen.«

Meint er damit die Kursteilnehmer im Allgemeinen oder eine Person im Speziellen? Naomi vielleicht?

Für einen Moment legt sich ein missmutiger Schatten über meine gute Laune. Zum Glück bleibt nicht viel Zeit für bedrückende Gedanken, weil KDW lauthals die nächste Runde einläutet.

# 07

**CHRIS IST SCHON NACH HAUSE GEFAHREN.** Er will ein paar Zeichnungen fertigstellen. Ich habe heute Morgen ganz in Ruhe gefrühstückt und mit Tine und Mama aufgeräumt. Jetzt bin ich auf dem Weg nach Kreuzberg, wo mich ein ganzer Tag Zweisamkeit mit Chris erwartet. Ich kann es kaum erwarten. Morgen und übermorgen muss er für ein paar Stunden in die Galerie, in der er seit einigen Wochen jobbt. Eigentlich hat er sich zwischen den Jahren freigenommen, doch dummerweise ist seine Chefin krank geworden und der Kollege bereits im Urlaub. Deshalb springt er kurzfristig ein.

Ich werde die Zeit nutzen, um Mama zum Zug zu bringen und mich mit Caro zu treffen. Bin schon sehr gespannt, was ihre Urban-Knitting-Pläne machen.

Lässig lehnt Chris an der Tür, als ich die Treppe hochkomme. Er trägt Baggy Pants, ein blaues Shirt und darüber ein offenes Hemd. Sein Anblick raubt mir den Atem, dabei keuche ich von den vielen Stufen ohnehin schon wie eine alte Oma. »Hi.«

Er schnappt sich meine Hand. »Hi. Komm rein. Mein Vater hat gebacken. Magst du Tee?«

Ich nicke. In der Küche liegt ein warmes Blech, von dem ich mir ein Plätzchen klaue. »Mhm, lecker.«

Chris füllt eine Kanne mit kochendem Wasser und legt mehrere Kekse auf einen Teller. Derweil gehe ich zu seiner Dunkelkammer, die an die Küche angrenzt. »Darf ich?«

»Klar.«

Vorsichtig öffne ich die Tür und schiebe mich durch den schwarzen Vorhang ins Innere. Hier hat er mich zum ersten Mal geküsst. Ich weiß noch genau, wie meine Knie weich wurden und mich das Gefühl der Schwerelosigkeit überkam. Im rötlichen Schein entdecke ich jede Menge Fotos, die mit Wäscheklammern an einem Band befestigt sind. Es handelt sich ausschließlich um Bilder vom Fernsehturm. Bestimmt ist das die Auswahl für mein Weihnachtsgeschenk. Auf jedem Bild sieht der Turm anders aus. Mal ist er verschwommen, mal gestochen scharf. Mal hell, mal dunkel. Auf einem Foto scheint die Sonne so grell, dass er fast schwarz wirkt. Das erinnert mich an die Karte der Wahrsagerin vom Weihnachtsmarkt. *Erschütterung, Krise, ernste Auseinandersetzung mit der Realität,* hallt Merlins Stimme durch meinen Kopf. Um das düstere Omen zu vergessen, verlasse ich die Kammer wieder.

Mit dem Tee und den Plätzchen gehen wir in Chris' Zimmer. Draußen herrscht trostlose Dunkelheit, obwohl es erst Mittag ist. Chris zündet ein paar Kerzen an und schenkt uns ein. Schon fiedeln die Violinen wieder in meinen Ohren. Weil er kein Sofa besitzt und sein Sessel nicht für zwei reicht, setze ich mich auf das Bett. Etwas unsicher fahre ich mir durch die Haare. Er kommt zu mir, rückt ein paar Kissen zurecht, lehnt sich gemütlich zurück und legt den Arm um mich. »Endlich ganz allein«, flüstert er mir zu. »Du hast mir gefehlt.«

Tief atme ich ein. Mir geht es genauso, dabei haben wir uns gerade mal zwei Stunden nicht gesehen. Seine Finger streichen zärtlich über meinen Nacken. Meine Güte, wie konnte ich es die letzten Wochen und Monate nur ohne diesen Kerl aushalten? Ich lege meine Hand auf seine Schulter, um ihn zu mir zu ziehen, und neige meinen Kopf nach oben. Endlich berühren seine weichen Lippen meine. Mir wird ganz warm, und die Violinen spielen so laut, dass ich das Klingeln der Tür erst gar nicht bemerke.

Chris hält inne. »Wer ist das denn jetzt?« Mit gerunzelter Stirn rückt er ein Stück von mir ab.

»Was? Wer?« Es klingelt wieder. »Wir sind offiziell einfach nicht hier«, schlage ich vor und will da weitermachen, wo wir aufgehört haben. Sein verführerisches Lächeln pumpt eine weitere Portion Hitze in meinen Bauch. Wie kann man nur so sexy sein? Jetzt klingelt es Sturm. Chris verdreht die Augen und schiebt sich vom

Bett. Kurz nachdem er den Summer betätigt hat, höre ich eine bekannte Stimme. »Überraschung.«

»Hier kommt dein Weihnachtsgeschenk.« Auch die zweite Stimme kenne ich. Leider!

»Hey, Leute.« Chris klingt ein bisschen verhalten.

Den Hoodie, den ich eigentlich gerade ausziehen wollte, lasse ich wohl lieber an. Zur Stärkung schiebe ich mir einen Keks in den Mund und linse durch den Türrahmen in den Flur, wo Simon gerade ein riesiges Paket ablädt. Auf der anderen Seite stemmt sich seine Zwillingsschwester gegen die massive Lieferung. »Der Weihnachtsmann hat das bei uns abgegeben für dich.« Lola strahlt Chris mit ihren Bergsee-Augen an. In ihrem Wollcape, dem Schlapphut und farblich abgestimmtem Make-up sieht sie mal wieder aus wie eine glückliche *GNTM*-Gewinnerin oder zumindest die jüngere Schwester von Heidi Klum.

»Mimi, schön, dich zu sehen.« Simon hat mich entdeckt, kommt freudig zu mir rüber und umarmt mich. Im Gegensatz zu Lola war er mir von Anfang an sympathisch. Sie entledigt sich ihres Capes, stellt ihre *UGG-Boots* neben meine Kunstfell-*Converse* und küsst mich rechts und links auf die Wange, als hätte es zwischen uns nie Spannungen gegeben. »Lange nicht gesehen. Frohe Weihnachten auch für dich.«

»Frohe Weihnachten«, antworte ich mechanisch.

»Was ist denn das?«, will Chris mit Blick auf das Geschenk wissen.

Simon lehnt sich grinsend gegen die Wand und macht eine auffordernde Geste. »Pack es aus, dann siehst du's.«

»Nicht euer Ernst.« Lachend betrachtet Chris den Tischkicker, der sich unter dem Papier versteckt hat. Wow, ein ganz schön teures Geschenk. Das Modeldasein hat in finanzieller Hinsicht echte Vorteile. Abgesehen davon sind Lolas und Simons Eltern, glaube ich, ziemlich reich.

Simon hält Chris seine Faust hin, und der schlägt mit seiner dagegen.

»Wie wäre es mit einem Spielchen?«, fragt Lola. Gekonnt wirft sie ihre 3-Wetter-Taft-Mähne zurück. »Wir Frauen gegen euch Männer.«

Hab ich mich verhört? Lola will mit mir ein Team bilden? Bei unserem letzten Treffen hat sie die Sozialkompetenz eines Kleinkindes an den Tag gelegt und mich aus Eifersucht mit Bowle beschüttet.

»Alles klar, Mädels.« Simon reibt sich die Hände. »Stellt euch auf sieben zu drei ein.«

Chris wirft mir einen entschuldigenden Blick zu, schleppt mit Simon den Kicker in die Küche und besorgt kühle Getränke für alle. Dann geht es los. Ich muss zugeben, dass wir eine Menge Spaß haben. Lola und ich lachen uns ins Fäustchen, als wir die Jungs gleich in der ersten Runde sechs zu vier schlagen. Nach ein paar Spielen setzen wir uns an den Tisch, und Chris bereitet eine Kanne Kaffee zu.

»Terrence kommt auch gleich«, sagt Lola mit Blick

auf ihr iPhone. »Er hat angerufen, als wir auf dem Weg hierher waren.«

Sehnsüchtig denke ich an vorhin. Chris und ich alleine. Violinen, Kerzen ... Es klingelt wieder.

»Terrence«, jubelt Lola. Sie springt auf und küsst den jungen Mann, der gleich darauf die Wohnung betritt. Innig. Auf den Mund. Sie hat einen Freund?

»Hey, Babe, hey, Guys. Was läuft?« Terrence ist in modischer Hinsicht ganz ihre Kragenweite. Er sieht ziemlich durchgestylt und markenfokussiert aus. Freundlich hebt er die Hand und stellt sich mir vor.

»Das ist Chris' Freundin aus Süddeutschland«, erklärt Simon. Bevor ich etwas sagen kann, schaltet sich Lola ein. »Wir haben die Jungs beim Kickern geschlagen.«

»Nur ein Mal«, stellt Simon klar.

»Na und? Immerhin.«

Terrence zieht seinen Parka aus, setzt sich neben mich und lässt sich von Chris Kaffee einschenken. »Wollen wir zusammen ins *Seaside*?«, fragt er nach dem ersten Schluck.

»Nee.« Lola schüttelt den Kopf. »Ich dachte eher an Kino. Chris und mein Bruderherz wollten unbedingt *Firedancer* sehen.«

»Im neuen Jahr«, bestätigt Chris. »Der Film startet erst Anfang Januar.« Er stellt sich hinter mich, weil alle Stühle besetzt sind, und streichelt mir über den Nacken. Ich lehne meinen Kopf gegen seinen Bauch. Die Vorschau zu diesem Actionstreifen habe ich schon gesehen. Hätte gar nicht gedacht, dass Chris auf so was steht.

»Heute ist Premiere.« Lola zieht die Augenbrauen hoch und grinst breit. »Zufällig kenne ich den Veranstalter. Es kostet mich nur ein Telefonat, dann haben wir Karten. Na, was sagt ihr?«

Eine Filmpremiere zwischen den Jahren? So was habe ich noch nie gehört. Aber in Berlin wundert mich so langsam gar nichts mehr.

»Du bist der Star des Tages«, ruft Simon keuchend. Er ist wieder mit dem Kicker beschäftigt und spielt gegen sich selbst. Ich könnte mich totlachen, weil er wie ein Irrer um den Tisch hechtet und in Windeseile an den Stäben dreht.

»Coole Sache«, erwidert auch Chris. Nur Terrence runzelt unentschlossen die Stirn.

»Komm schon. Trash muss sein, hm?« Lola setzt sich auf seinen Schoß.

»Von mir aus. Alles, was du willst, Kitty-Cat.« Er tätschelt ihren Hintern, woraufhin sie ein Schnurrgeräusch von sich gibt.

Ich glaube, mir wird übel. Am besten taufe ich sie um. Lola Langbein ist jetzt Catwoman. Zurzeit drängen sich mir diese Comicfiguren einfach auf.

Chris beugt sich zu mir runter. »Hast du überhaupt Lust? Eigentlich wollten wir ja hierbleiben.«

Sein warmer Atem an meinem Ohr und der Gedanke an unseren Kuss vorhin auf dem Bett lösen ein Kribbeln in mir aus. Sofort steigt Hitze in meinen Kopf. »Na ja«, beginne ich und trinke einen Schluck Sprite.

Doch bevor ich Nein sagen kann, werde ich von einer empörten Lola unterbrochen. »So ein Angebot gibt es nicht alle Tage, also los. Das wird lustig«, tönt sie und schlüpft in ihre Boots.

Simon, Chris und Terrence sehen mich fragend an. Ich lächle mühevoll. »Kino klingt gut.« Ich will kein Spielverderber sein. Das Timing ist zwar total daneben, aber mir bleiben ja noch ein paar Tage in Berlin und somit genug Zeit für Zweisamkeit, Kerzenschein, Violinen und Schmetterlingsküsse.

Am Potsdamer Platz ist die Hölle los. Ich staune nicht schlecht, als wir durch die futuristische Gebäudeansammlung des *Sony Centers* spazieren. Nur ein Mal bin ich hier mit dem Bus vorbeigefahren. Zu Fuß wirkt alles viel größer und beeindruckender. Wir kommen an einer hinter Plexiglas stehenden verschnörkelten Fassade vorbei, deren Stil so gar nicht hierherpasst, weil er aus einem anderen Jahrhundert stammt.

»Das ist ein Teil vom alten *Grand Hotel Esplanade.* Denkmalgeschützt«, erklärt Chris, als er meinen Blick bemerkt.

Der restliche Platz besteht aus modernen Stahl- und Glaskonstruktionen. Die Häuser sind gelb und orange angestrahlt. Über den Gebäuden erstreckt sich, leicht windschief, ein riesiges Zeltdach. Die Stoffbahnen an den breiten Trägern schimmern lila-violett. Dazwischen sieht man kleine Fetzen des schwarzen Himmels. Viel Zeit zum Staunen bleibt mir nicht, weil der Rest der Gruppe zielsicheren Schrittes in Richtung *Cinestar* trabt.

Tatsächlich ist ein Teppich für die Besucher ausgelegt. Allerdings kein roter, sondern ein blauer. Ein paar Promis rekeln sich im Blitzlichtgewitter der Presse. Nachdem Lola unsere Karten besorgt hat, posiert sie wie ein Vollprofi mit einem der Darsteller. Dieses Selbstbewusstsein ist echt beneidenswert. Ich klebe ziemlich verschüchtert an Chris' Seite. Zum Glück beeindruckt ihn die Aufregung vor dem Kino kein bisschen. Er umschließt beruhigend meine Hand mit seiner. Vollkommen entspannt schlendert er neben Simon durch den Eingang, als wäre es das Normalste der Welt, bei einer Premiere neben den Stars herzulaufen.

Während Terrence und Chris Getränke besorgen und Simon auf der Toilette verschwindet, suchen Lola und ich die Süßigkeiten aus den offenen Boxen neben der Theke aus.

»Mhm, lecker, Lakritzstangen.« Ich schaufle einen Riesenberg in meine Tüte.

»Die hasst Chris«, sagt Lola beiläufig und zeigt auf die giftgrünen Gummischlümpfe. »Nimm die für ihn mit. Die isst er gerne.«

Okay!? Ich schaue sie irritiert an, was sie aber ignoriert. Mein Blick fällt auf die meterhohen beleuchteten Glasröhren, in denen sich alle erdenklichen Sorten von

*Ritter-Sport-Mini*-Schokoladen befinden. Meine Güte, wie soll man sich da bloß entscheiden?

»Zartbitter«, haucht Lola mir zu. »Die mag er am liebsten.«

Ich unterdrücke ein Augenrollen.

»Wir waren vor einiger Zeit zusammen im Schokowelt-Shop beim Gendarmenmarkt. Kennst du den?«

Meint sie jetzt den Platz oder den Laden? Ich schüttle den Kopf, weil mir beides nichts sagt. Von dem Ausflug hat Chris mir gar nichts erzählt.

»Da kann man seine eigenen Schoki-Kreationen erstellen. Leider haben sie keine Low-Fat-Version. Deshalb habe ich den Jungs nur zugeschaut.«

Soll ich jetzt Mitleid mit ihr haben, weil sie so ein hartes Modelleben führt?

»Jedenfalls«, sie rückt ein Täfelchen mit Himbeer-Cranberry-Joghurt zurecht, »ist Chris in dieser Hinsicht eher der Mann fürs Herbe. Er hat sich eine Edelbitter-Variante mit Orangenschalen ausgesucht.«

Mann fürs Herbe? Und wennschon. Trotzig nehme ich eine Handvoll Weiße Crisp. Die mag nämlich ich am liebsten. Als Lola nicht hinschaut, werfe ich aber noch eine Zartbittertafel dazu.

Voll bepackt suchen wir unsere Reihe im Saal. Chris, der vorausgegangen ist, bleibt im Gang stehen. Ich stelle mich neben ihn und lasse Simon, Terrence und Lola durch.

»Komm, Mimi.« Lola klopft auf den Platz neben sich.

»Chris sitzt immer gerne außen. Ich glaube, wegen seiner langen Beine.« Sie lacht schallend, woraufhin Chris sie mit einem Popcorn bewirft. So langsam fühle ich mich wie in einer Nachhilfestunde der selbsternannten Lehrerin Lola: Hundert Dinge, die du über deinen neuen Freund wissen musst.

»Noch einen Absacker im *Seaside*?«, fragt Terrence beim Abspann. Seine Stimme geht fast im Gejohle der Zuschauer unter. Wie im Theater klatschen wir Beifall, während mehrere Darsteller, die in der ersten Reihe saßen, auf ein Podest vor der Leinwand treten und sich verneigen. Obwohl mir der Film nicht wirklich gefallen hat, bin ich begeistert von der Stimmung im Saal. Immerhin sieht man nicht alle Tage echte Kinostars.

»Ich glaube, wir gehen heim«, sagt Chris, nachdem sich der Jubel gelegt hat. Er nimmt meine Hand, und ich verhake erleichtert meine Finger mit seinen. Für heute hatte ich eine Überdosis Lola. Mehr braucht es nicht.

Auch Simon möchte nach Hause. Weil wir alle in dieselbe Richtung müssen, teilen wir uns ein Großraumtaxi.

»Mach mal lauter«, rufen Chris und Lola wie aus einem Mund, als ein Indie-Song im Radio kommt. Der Fahrer dreht auf, und die beiden beginnen zu grooven. Schließlich halten wir vor einem Glaspalast. *Seaside Palace Vier Sterne Superior*, steht über dem eleganten Eingangsportal. Hier will Terrence einen Absacker trinken? Da kostet die Cola doch bestimmt über zehn Euro.

»Home, sweet home«, flötet Terrence. Ich runzle die Stirn.

»Ihm gehört das Hotel«, flüstert Simon mir grinsend zu.

»Seinem Vater, besser gesagt«, korrigiert Chris.

Aha. Ein Hotelerbe also. Da hat sich Lola einen echt fetten Fisch geangelt.

»Wenn ihr wollt, können wir demnächst zusammen in den Spa gehen. Er wurde vergrößert. Der Pool ist phantastisch.« Terrence sieht uns auffordernd an.

»Nur, wenn Chris nicht seine Boardshorts anzieht«, witzelt Lola. »Damit kann man nicht unter Leute.« Ihr Blick streift mich. »Glaub mir, Mimi, die willst du nicht sehen. Mit dem Surfbrett und der Welle drauf ist die echt grauenhaft.«

Ich lächle gequält. Wahrscheinlich wäre es ihr lieber, wenn er nackt mit ihr baden gehen würde.

»Gar nicht, du Modeopfer«, verteidigt sich Chris und steigt nach ihr aus. Ich schiebe mich hinterher, höre aber noch, wie der Taxifahrer in seinen Bart brabbelt: »Fast wie 'n altes Ehepaar, die zwei.«

Autsch. Die Ohrfeige hätte es nicht gebraucht. Nur mit Mühe kann ich verbergen, wie angesäuert ich bin.

Vor dem Hotel verabschieden wir uns voneinander. Simon fährt mit dem Taxi weiter. Chris und ich laufen das letzte Stück zu Tine. Mein Hals brennt, als hätte ich eine Chilischote verschluckt. Ich ahne, dass das nicht nur an der eisigen Luft liegt.

»War nett heute Abend«, sagt Chris irgendwann und legt seinen Arm um meine Schultern. »Lola hat sich auch benommen. Keine Zankereien mehr zwischen euch. Das freut mich.«

»Hm«, brumme ich. So sicher bin ich mir da nicht. Zwar hat Chris damals klare Verhältnisse geschaffen, und Lola ist nun mit Terrence zusammen, aber trotzdem hat sie die Karte der Vertrautheit zwischen sich und Chris für meinen Geschmack zu offensichtlich ausgespielt.

Der Schnee knarzt unter unseren Füßen. Dünne Flöckchen fallen vom Himmel. Sie glitzern im Schein der Straßenlaternen. Chris bleibt stehen und küsst mich. Seine Lippen sind weich und zärtlich. Sie vertreiben das Kratzen aus meinem Hals. Ich sollte mich entspannen und das Ganze nicht überbewerten.

»Tut mir leid, dass wir nicht allein waren«, flüstert er, nachdem sich sein Mund von meinem gelöst hat. Sein warmer Atem hängt wie weißer Nebel in der Luft.

»Kein Problem.«

»Das holen wir nach.«

»Okay.«

# 08

»ICH HABE KEINE LUST, schon zu fahren. Gestern im Theater des Westens war es so schön mit Tine.« Mama drückt mich an sich. Wir stehen an Gleis dreizehn im Hauptbahnhof.

»Dann bleib noch ein paar Tage«, schlage ich vor, doch sie schüttelt den Kopf. »Ich muss heim. Im Geschäft stehen die Inventurvorbereitungen an. Genieß die Zeit und – sei vorsichtig.«

»Keine Sorge.« Ich lächle beruhigend. »Ich war schon mal hier, falls du dich erinnerst. Ganz alleine. Da kam ich auch klar.«

Jetzt runzelt sie die Stirn. »Das meine ich nicht.« Oh nein, da ist er wieder, der Gluckenblick. »Chris und du, ihr – ähm – passt doch auf?«

»Mama«, brumme ich und suche schnell nach einem anderen Thema, bevor es richtig peinlich wird. Zum Glück fährt in diesem Moment der Zug ein. Gemeinsam gehen wir zu dem Waggon, in dem meine Mutter einen Sitz reserviert hat. »Melde dich, wenn du gut angekommen bist«, verabschiede ich sie und mache mich dann, mit einer Google-Maps-Beschreibung im Handy, auf den Weg nach Schöneberg.

Es ist ziemlich voll im *Café BilderBuch*. Sämtliche Tische sind besetzt. Erst kann ich Caro nirgends finden, doch dann entdecke ich einen Gang neben der Küche, der in ein großes Hinterzimmer führt. Hier stehen Sofas und Sessel, die aus verschiedenen Wohnungsauflösungen stammen könnten. Stehlampen mit breiten Fransenschirmen und Regale voller Bücher sorgen für ein gemütliches Wohnzimmerambiente. Ganz hinten an der Wand befindet sich sogar eine kleine Bühne, auf die gerade ein junger Mann mit kariertem Hemd, Cowboyhut und einer Gitarre steigt.

»Hey, Mimi.« Caro winkt mir aus einer kuscheligen cremefarbenen Sitzecke mit Blumenmuster zu. Wie immer sieht sie ein wenig freakig aus mit den hochgeknoteten Haaren, in denen zwei Stricknadeln stecken, und dem hellen Kleid mit Printmuster, das sie heute trägt.

»Hey.« Ich schlängle mich zwischen den Garnituren hindurch.

»Merry Christmas«, heißt sie mich strahlend willkommen. Wir umarmen uns, als würden wir uns schon ewig kennen. Auch ihre Cousine Mirella lächelt mich fröhlich an. »Hallo, Mimi, mal wieder im Land?«

Ich nicke, und sie zwinkert mir zu, ohne ihre Häkelei zu unterbrechen. »Wieder für ein *Make the City yel-*

*low*-Projekt?«, frage ich mit Blick auf die sonnengelbe Wolle in ihrer Hand.

»Nee, eher: Make me yellow!« Sie lacht schallend und präsentiert mir ihr Werk. »Ein Pullover für mich.«

Bis ich den beiden Mädels letzten Sommer begegnet bin, war *Yarn bombing* oder gestricktes Graffito unbemerkt an mir vorbeigegangen. Bei uns in Rust gibt's kein Guerilla Knitting. Häkeln und Stricken gehörten für mich definitiv in die Kategorie »verstaubte Oma-Handarbeit«. Doch dank Mirella und Caro weiß ich nun, dass es moderne Street Art ist und ein weltweiter Trend.

Zufrieden setze ich mich neben Caro in einen Ohrensessel und überfliege die Karte. Von der Bühne aus dringt ein sanfter Gitarrensound in unsere Ohren. Nach dem Intro beginnt der Cowboy zu singen. Seine Stimme gefällt mir. Sie ist rau und markant. Ich recke den Hals, um ihn besser sehen zu können.

»Das ist Paul«, erklärt Mirella grinsend. »Er jobbt hier und ist Musiker. Außerdem unterstützt er uns bei unseren Aktionen.«

Caro nickt mit leuchtenden Augen.

Als eine Bedienung vorbeikommt, bestelle ich einen Chai Tea. »Er singt echt gut«, bewundere ich die professionelle Country-Darbietung und lehne mich zurück. Als hätte ich Caro ein Zeichen gegeben, drückt sie mir eine Häkelnadel mitsamt Wolle in die Hand. Genau wie damals im Zug versuche ich mich zunächst etwas unbeholfen an den ersten Maschen. Wie ging das noch? Einmal um den Finger, dann eine Schlaufe durch? Schon habe ich einen Knoten fabriziert, auf den jeder Seemann stolz wäre. Etwas verzweifelt entwirre ich meinen vergeblichen Versuch. Natürlich entgeht Caro mein Chaos nicht. Grinsend greift sie ein. »Da hilft nix mehr.« Sie zieht eine Schere aus ihrer Tasche, schneidet den Faden ab und zeigt mir dann mit stoischer Geduld, wie es funktioniert.

»Wie geht's dir denn?«, will sie wissen, als ich endlich den Dreh raushabe und mich nicht mehr ganz so doof anstelle.

»Gut. Ich bin froh, wieder in Berlin zu sein.« Umständlich ziehe ich den Faden nach. »In den letzten Monaten hatte ich gewissermaßen eine Fernbeziehung. Mit Chris, bei dessen Mutter ich damals das Praktikum gemacht habe.«

»Wieso gewissermaßen?« Sie trinkt einen Schluck von ihrer heißen Schokolade, und ich muss kichern, weil sie nach dem Absetzen der Tasse einen kleinen Sahnebart an der Oberlippe hat. Mit roten Wangen wirft sie einen Blick auf die Bühne, von wo aus uns Paul beobachtet.

»Wir waren erst zwei Wochen zusammen, als ich zurück nach Hause musste«, antworte ich, nachdem ich ihr ein Taschentuch gereicht habe. »Da war noch gar nicht klar, wie's mit uns weitergeht.«

»Verstehe.« Caros Wangen nehmen wieder eine normale Farbe an. »Ihr wohnt ziemlich weit auseinander.«

»Richtig. Auch für Berliner Verhältnisse kein Katzensprung.«

Ihr Lachen verrät mir, dass sie meine Anspielung auf die riesigen Dimensionen dieser Stadt versteht, die den Bewohnern sehr viel kleiner vorkommen als den Besuchern.

»Neulich habe ich einen alten Film gesehen, in dem sich ein Mann und eine Frau ineinander verlieben. Sie konnten auch nicht zusammen sein«, erzählt Mirella. »Nicht, weil sie in verschiedenen Städten wohnten, sondern weil er verheiratet war und sie auch in einer Beziehung steckte. Ihr Verhältnis entwickelte sich über viele Jahre nur durch Briefe.«

Caro und ich sehen sie überrascht an, weil sie sich so unerwartet in unser Gespräch eingeklinkt hat. »Trotzdem war's für beide die Liebe ihres Lebens.« Kritisch betrachtet sie die letzten Maschen und löst sie wieder auf.

»Total romantisch«, meint Caro seufzend. Sie greift erneut nach ihrem Kakao.

»Und tragisch zugleich«, fügt Mirella hinzu. »Ich meine, wenn man sich nie sieht, bleibt das total platonisch. Und wer verzichtet schon gerne auf Sex?«

Caro verschluckt sich keuchend, und meine Wangen beginnen zu glühen, weil ich daran denken muss, wie Chris mir in Tines Zimmer zuerst den Pulli und dann das Shirt auszog und mir sanft über den nackten Rücken strich. Nein, darauf würde ich wirklich ungerne verzichten. Zum Glück verfällt Mirella in lautes Kichern, sodass Caro und ich mitlachen und dabei unsere Verlegenheit überspielen können.

»Ich wollte eigentlich nur sagen«, fährt Mirella fort, als sie sich wieder beruhigt hat, »dass man sich richtig gut kennenlernen kann, obwohl man sich selten sieht. Klar weiß man weniger Alltagskram voneinander. Aber es gibt tausend Möglichkeiten, zu kommunizieren. Es ist doch heute alles viel leichter als früher per Brief.«

Ich nicke. »Stimmt, wir haben viel gemailt, telefoniert und geskypt in den letzten Wochen.« Trotzdem bin ich mir nicht sicher, wie gut ich Chris wirklich kenne. Eigentlich habe ich das Gefühl, so gut wie nichts von ihm zu wissen. Er ist wie eine Landkarte mit vielen weißen Flecken. Und dabei denke ich noch nicht mal an seinen Geschmack, was Bademoden betrifft.

»Hey, Mädels.« Paul schlendert mit einem Tablett an unserem Tisch vorbei. Der Auftritt des Cowboys ist also offiziell beendet. Schade, ich hätte gerne mehr gehört.

Er mustert mich neugierig und tippt an seinen Hut. »Neu in der Stadt?«

»Zu Besuch.«

»Bin wieder im Service. Mögt ihr noch was?«

»Nö, ich nicht.« Mit zusammengekniffenen Augen zieht Mirella am Saum ihres entstehenden Pullis herum.

Caro schenkt ihm mehr Beachtung. Sie reicht ihm ein leeres Glas. Als er es entgegennimmt, berühren sich ihre Finger. Sofort weicht die Lässigkeit aus seinen Schultern.

»Sag mal, gibt's heute wieder Apfelstrudel mit Vanillesoße?«, will Caro wissen, nachdem sie ihre Hand weg gezogen hat.

»Ähm, ja.«

»Dann bitte eine Portion für mich.«

»Wird gemacht.« Eilig verschwindet er zwischen den Gästen.

»Hey, Cowboy«, ruft ihm ein Mädchen von einem der Tische neben der Küche zu. »Heute Abend schon was vor?« Ich kann sehen, wie ein Zettel in seine hintere Jeanstasche wandert, was Paul mit einem sexy Grinsen quittiert. Ganz schöner Macho, der Typ.

Wenig später stellt er den Teller vor Caro ab.

»Lecker.« Sie haut sofort ihre Gabel in den Blätterteig.

»Hast du das extra gemacht?« Mirella zeigt auf das Herz aus Schokopulver über dem Puderzucker. »Du bist ja richtig romantisch.«

»Sehe ich so aus? Das war die Köchin.« Obwohl er ernsthaft empört wirkt und einen auf cool macht, verrät seine Körpersprache etwas anderes. Seine Augen fliegen verunsichert umher, und er weiß nicht, wohin mit seinen Händen.

Caro und Mirella bemerken das nicht, weil sie sich mit ihren Gabeln einen Kampf um die Rosinen im Strudel liefern. In letzter Sekunde halte ich einen Löffel fest, der von Pauls Tablett zu rutschen droht. Er hat begonnen, den Nachbartisch abzuräumen, seinen Blick dabei aber nicht von Caro gelöst. Ist er etwa verknallt in sie?

»Hat er eine Freundin?«, erkundige ich mich beiläufig, nachdem er verschwunden ist.

»Nichts Festes, glaube ich.« Schmatzend lutscht Mirella Vanillesoße von ihrem Finger.

»Bei all den Verehrerinnen fällt die Auswahl wohl zu schwer«, flüstert Caro.

»Vielleicht ist die Richtige nicht dabei«, gebe ich zu bedenken und warte auf Caros Reaktion. Doch die trägt mit ihrer Cousine immer noch das Gefecht um den Nachtisch aus.

»Du wolltest keinen Strudel, also iss gefälligst nicht meinen auf.«

Unbeeindruckt klaut Mirella sich ein weiteres Stück. »Ich glaube eher, dass er gerne sein Lonely-Cowboy-Image pflegt«, kommentiert sie mit vollem Mund.

»Hm, kann sein.« Ich nippe an meinem Chai und versuche es mal andersrum. »Was ist mit euch? Findet ihr ihn nicht heiß?«

Sofort schüttelt Mirella den Kopf. »So gar nicht mein Typ. Und abgesehen davon viel zu flirty, um ernst genommen zu werden. Aber, hey«, sie sieht mich streng an, »was interessiert dich das überhaupt? Du hast deinen McDreamy doch schon gefunden.«

Nickend werfe ich einen Blick auf Caro. Doch statt mir zu antworten, kramt sie lieber in ihrer Tasche nach einem neuen Wollknäuel.

# 09

»UND DANN HAT DIE FRAU sich auch noch darüber aufgeregt, dass das Bild fünftausend Euro kostet. Erstens mache ich die Preise nicht, und zweitens sind ein paar Tausender doch Peanuts in Galeriekreisen.« Chris erzählt genervt von seiner Arbeit. Vorhin haben wir Pizza bestellt und fläzen nun gemütlich auf dem Sofa. Tine ist nebenan, um ein paar Telefonate zu führen, und KDW schiebt eine DVD ein.

Ich kuschele mich in die Kissen und schließe die Augen. Im weiteren Verlauf des Abends kriege ich nur wenig vom Film mit, weil ich zu sehr damit beschäftigt bin, Chris' Nähe zu genießen.

Am nächsten Mittag schlendern wir gemütlich durch den Tiergarten, bevor Chris wieder in die Galerie muss. Außer uns sind nur wenige Jogger und ein paar Frauen mit Kinderwagen unterwegs. Die Bäume sind kahl, die Wiesen von einer zarten Schneeschicht bedeckt. Im Gegensatz zu Rust, wo am Horizont die Berge mit den immergrünen Tannen zu sehen sind, wirkt die Natur hier traurig nackt.

Mein Handy signalisiert, dass eine Nachricht eingetroffen ist. »Caro will wissen, ob ich später mit nach Neukölln komme, um eine Urban-Knitting-Aktion zu planen. Ab wann arbeitest du heute?«, frage ich.

»Erst ab vier Uhr.«

»Okay, dann treffe ich mich nachher mit ihr.«

»Soll ich den Zeichenkurs morgen lieber absagen?« Er sieht mich schuldbewusst an, doch ich schüttele den Kopf. »Quatsch. Mach nur. Geht ja nicht den ganzen Tag.«

Während ich Caro simse, tippt Chris auch eine Nachricht. Die Antwort, die im Handumdrehen aufblinkt, bringt ihn zum Schmunzeln.

»Was ist?«, will ich wissen.

»Ach, Naomi meckert, weil der Nachholkurs über die Feiertage stattfindet. Sie kennt ganz schön wilde Flüche.« Er antwortet ihr und erhält wieder eine SMS, die ihn glucksen lässt. Das Brennen in meinem Bauch versuche ich tapfer zu ignorieren. Chris wird doch wohl einem anderen Mädchen simsen dürfen, ohne dass ich eifersüchtig werde.

Wir überqueren den Landwehrkanal, der direkt an den Zoo angrenzt. Die Luft riecht würzig nach Tieren. Ich höre das Wiehern eines Pferdes und das Brüllen einer Raubkatze.

»Wo ist denn der Kurs?«, erkundige ich mich. Chris

hat seinen Arm um meine Schultern gelegt und mich eng an sich gezogen.

»In der UdK. Wo ich hoffentlich bald als richtiger Student ein und aus gehen werde.«

Ich streichle seine Hand. »Ja, das wäre schön.«

Am Bahnhof treffen wir Caro, sodass ich die beiden endlich einander vorstellen kann. Chris drückt mir einen kurzen, aber leidenschaftlichen Kuss auf den Mund und macht sich dann auf den Weg nach Mitte.

»Bei so einem Freund interessierst du dich für Paul?«, zieht Caro mich auf, als wir im Zug Richtung Neukölln sitzen.

Ich knuffe ihr in die Seite. »Quatsch. Eigentlich wollte ich nur wissen, wie du ihn findest.«

Wieder weicht sie einer Antwort aus, indem sie aufspringt und sich an die Tür stellt. »Wir müssen umsteigen.« Die plötzliche Eile ist eindeutig vorgeschoben, denn es dauert noch mindestens eine Minute, bis wir die Haltestelle erreichen.

»Wohin gehen wir überhaupt?«

»Dahin, wo wir vielleicht ein Street-Art-Projekt umsetzen dürfen. Ganz offiziell. Heute wollen wir alles sichten und mit der konkreten Planung beginnen.«

Ich staune nicht schlecht, als wir in ein Shoppingcenter stiefeln, mit dem Aufzug bis zur fünften Etage fahren und uns eine schneckenförmige Auffahrt zur nächsten Ebene hochschlängeln. Statt der erwarteten Parkplätze befindet sich hier eine Mischung aus Club, Gartenanlage und Strandbar.

»Ein noch nicht ganz populärer *place to be* über den Dächern Berlins«, sagt Caro, der meine Überraschung nicht entgeht. An einer Bar, die aus einer Holzbude mit altmodischen Hängelampen besteht, holt sie uns heißen Fruchtpunsch und lotst mich in ein Zelt, in dem Wärmestrahler und Decken auf den Stühlen für Gemütlichkeit sorgen. Inmitten einer Gruppe von Leuten entdecke ich Mirella. Wir gesellen uns zu ihr.

»Die alten Parkplatzmarkierungen könnte man mit einem neonfarbigen Gitter bekleben«, schlägt ein Mädchen mit wirren Locken vor.

»Zur Betonmauer passt Zickzackmuster«, wirft ein anderes mit einer stylischen Nerdbrille ein.

»Hier startet ihr also das nächste Knitted Graffiti Event?«, flüstere ich Caro zu.

Sie nickt glücklich. »Ja, wahrscheinlich. Wenn es klappt. Endlich mal legal, ohne die übliche Nacht-und-Nebel-Aktion.«

»Dank Paul. Er kennt die beiden Chefs.« Mirella sieht zum Eingang rüber. »Wenn man vom Teufel spricht.«

Ein paar Mädchen am Tisch neben der Bühne drehen sich tuschelnd um, als Paul mit wippendem Gang und einem Gitarrenkoffer unter dem Arm den Raum durchquert und vor unserer Gruppe haltmacht.

»Ich habe gerade mit Mark gesprochen«, sagt er ohne eine Begrüßung und zeigt auf einen jungen Mann mit

Dreadlocks, Holzfällerhemd und zerrissener Jeans, der einen Wärmestrahler anstellt und dann wieder nach draußen verschwindet. »Er hat kein Problem damit. Es geht klar.«

»Cool.« Das Mädchen mit den Locken klatscht mit ihrer Nerdbrillen-Freundin ab.

»Komm, ich zeig dir das Gewächshaus«, bietet Caro an. »Im Sommer wird es abgebaut, genau wie das Zelt. Dann ist das hier ein offener Dachgarten. Tausend Quadratmeter Holz wurden auf dem Parkdeck verbaut, hat Paul neulich erzählt.«

Draußen leuchtet der Fernsehturm am Horizont. Ich mache ein Foto und sende es Chris zusammen mit der Adresse.

**Ich hole dich nachher da ab, okay?,** antwortet er.

**Super Idee!**

**Klasse, bis dann :-***

»Dort hinten ist das *Europa-Center* am Zoo.« Caro zeigt in die Ferne. »Und da vorne im Osten die Plattenbauten.«

Ein beeindruckendes Panorama. Die flimmernden Stadtlichter liegen uns zu Füßen wie ein großer magischer Teppich.

Im Gewächshaus finde ich gleich darauf das, was ich im Tiergarten vermisst habe: Hunderte von Pflanzen, die in eckigen Blumenkästen in die Höhe wachsen. Sattes Grün, so weit das Auge reicht.

»Tolle Kräuter gibt es hier.« Plötzlich ist Paul hinter

uns aufgetaucht. Caro und ich drehen uns erschrocken um. Lässig lehnt er an der Tür. »Absinthkraut, Thymian, Oregano und so. Die sind für die Cocktails.« Er lächelt Caro an, und sie lächelt schüchtern zurück. Dann zupft er ein Pfefferminzblatt von einem Strauch und reibt es zwischen Daumen und Zeigefinger. »Hm, lecker.« Das zerquetschte Blatt schiebt er sich in den Mund und zermalmt es wie echte Cowboys ihren Kautabak. »Gleich trete ich auf. Wenn ihr mich sehen wollt, müsst ihr mitkommen.« Er macht auf dem Absatz kehrt und verschwindet wieder. Ein wenig verdutzt bleiben Caro und ich zurück. Was war das denn gerade? Ein Schnellkurs in Kräuterkunde? Eine Einladung zum Konzert? Der Versuch, in Caros Nähe zu sein, ohne dabei uncool rüberzukommen? Oder alles zusammen?

Als wir das Zelt betreten, steckt Paul gerade seine Gitarre in den Verstärker, kontrolliert das Mikro und legt los. Während die Street-Art-Stricker weiter ihre Pläne zur Verschönerung des Dachgartens besprechen, beobachte ich ihn. Kein Wunder, dass ihn jede Menge Mädchen anschmachten. Er sieht echt gut aus. Mehrere Grüppchen weiblicher Fans haben sich bereits um den dreistufigen Holzpodest geschart. Es würde mich nicht wundern, wenn gleich BHs oder Stringtangas zu ihm auf die Bühne flögen. Statt die Flirtversuche seiner Verehrerinnen zu erwidern, wandert sein Blick immer wieder zu Caro rüber. Passenderweise handelt sein Song von der ganz großen Liebe. Wieso merkt sie das nicht?

# 10

**DER LADEN IST** mittlerweile rappelvoll, und im Zelt wird es stickig. Ich gebe Caro und Mirella ein Zeichen, dass ich draußen Luft schnappen gehe und mir was zu trinken besorge.

»Hey, gehörst du auch zu den Straßenkünstlern?«, fragt mich der Typ mit den Dreadlocks, als ich an der Bar eine Fanta bestelle.

»Irgendwie schon.«

Meine vage Antwort scheint ihn nicht zu wundern. »Sei froh, dass Paul so ein Überredungskünstler ist.«

»Inwiefern?« Ich krame Geld aus meiner Tasche.

»Mein Mitinhaber war erst gar nicht begeistert von eurer Strickidee.«

»Echt?« Das klang vorhin ganz anders.

»Yep!«, bestätigt er. »Aber Paul kann ganz schön penetrant sein, und außerdem hatte er noch was gut bei uns, weil er hier von Anfang an tatkräftig mitgeholfen hat.«

Hinter mir drängeln die nächsten Clubbesucher an

die Theke. Also nicke ich dem Rastamann zu und mache Platz. Gemütlich lehne ich mich an ein Geländer neben der Bar. Einige Lampions mit Totenkopfmustern leuchten an Eisenstäben, und millimetergroße Kristalle schweben durch die Luft. Hier oben, sechs Stockwerke über der Karl-Marx-Straße, fühle ich mich wie damals mit Chris auf dem Fernsehturm: meilenweit von der Stadt entfernt und doch mittendrin. Zu meinem Glück fehlt jetzt nur noch mein Freund. Hoffentlich kommt er bald.

»Cool hier, oder?« Paul zwinkert mir von der Bar aus zu, wo er sich gerade ein Bier ordert. Mit der Flasche in der Hand kommt er zu mir, schiebt seinen Hut zurück und prostet mir zu.

»Ist dein Gig zu Ende?«

Er nickt. »Ich wurde soeben abgelöst.«

Ein etwas härterer Rocksound dröhnt aus dem Zelt heraus. Ich stoße mit Paul an. »Deine Musik gefällt mir. Schreibst du deine Songs selbst?«

»Die meisten.«

»Und was inspiriert dich zu deinen Texten?«

Statt zu antworten, wirft er mir einen draufgängerischen Blick zu und zuckt dabei mit der rechten Augenbraue. Meine Fragen scheinen ihm zu schmeicheln. Intuitiv rücke ich ein Stück von ihm ab. Ich möchte kein falsches Bild entstehen lassen. Immerhin recherchiere ich nicht für mich. »Ich meine, denkst du zum Beispiel an bestimmte Personen, wenn du schreibst?«

Jetzt grinst er. »Klar, hübsche Mädels wie du machen das Songwriting leichter.«

»Jetzt mal im Ernst.« So langsam bezweifle ich, dass er was von Caro will. Immerhin flirtet er gerade, was das Zeug hält.

»Wieso willst du das wissen? Wünschst du dir einen Song von mir?«

»Quatsch.« Oh Mann, er hält mich für ein Groupie. Ich schnaufe laut und schweige. Wie kriege ich bloß die Kurve? Ich will unbedingt rauskriegen, ob ich mit meiner Vermutung richtigliege. Aber ich kann ja schlecht fragen, ob er mit der großen Liebe in seinem letzten Lied Caro meinte.

»Ich finde kreative Entstehungsprozesse spannend«, sage ich nach einem kräftigen Schluck Fanta. Das klingt offenbar so hochgestochen, dass sein verführerischer Blick einem überraschten weicht.

»Mein Freund ist auch Künstler«, stelle ich klar. »Er fotografiert. Die Gedanken, die er sich zu seinen Projekten macht, und sein Spaß daran faszinieren mich.«

»Ach so.« Paul dreht seinen Kopf weg und betrachtet das Stadtpanorama.

»Es ist phantastisch, wenn man seine Kunst ausleben kann«, lege ich nach.

»Das stimmt. Geht es deinem Freund auch so?«

Ich nicke. »Er will an die UdK, um Visuelle Kommunikation zu studieren.«

»Sollte er unbedingt machen. Die Uni hat einen super

Ruf. Ich überlege, ob ich nächstes Jahr an der *Londoner Academy of Performing Arts* ein Sommerseminar besuchen soll. Ein Kumpel hat das gemacht und war total begeistert.« Endlich bröckelt die Machofassade.

»Wow, klingt cool. Es ist großartig, wenn man seinen Traum ausleben kann.«

»Stimmt! Ein unbeschreibliches Gefühl. Es ist …«

Während er nach Worten sucht, muss ich an Chris' Dreams-and-Wishes-Projekt für die Bewerbungsmappe der Uni denken. An seine Faszination für Menschen und deren Geschichten und an den einen besonderen Moment, den er sucht, um sie festzuhalten. »… wie Magie«, vollende ich Pauls Satz.

»Genau«, stimmt er mir nachdenklich zu. »Es hat etwas Magisches.« Nun wirkt er fast ein bisschen verletzlich.

Schweigend hängen wir unseren Gedanken nach. »Bei dir ist es die Musik«, nehme ich das Gespräch schließlich wieder auf, »bei meinem Freund die Fotografie und bei Caro das Guerilla Knitting.«

»Und was fasziniert dich?«, fragt Paul unvermittelt, womit er mich ein bisschen aus dem Konzept bringt.

Chris, denke ich. Und die Großstadt, die mich immer wieder aufs Neue überrascht und in der alles möglich zu sein scheint. Aber sonst? Darüber muss ich wohl noch ein bisschen nachdenken. »Ich weiß es nicht«, gebe ich zu und kann nicht verhindern, mich ein wenig langweilig zu finden inmitten all der kreativen und inspirierten

Leute um mich herum. Sie haben klare Ziele und Wünsche. Ich dagegen bin etwas planlos und dazu weder künstlerisch begabt noch mit einer strahlenden Schönheit ausgestattet, die alles andere kaschiert. Was in aller Welt findet Chris eigentlich an mir? Schnell schüttle ich den Gedanken ab. Selbstzweifel bringen mich auch nicht weiter.

Paul nimmt den letzten Schluck Bier aus seiner Flasche. Dann zuckt er mit den Achseln. »Macht ja nichts. Das findest du schon noch heraus.«

Ja, das wäre schön. »Caros Augen leuchten, wenn sie über Street Art spricht«, lenke ich von mir ab und nehme damit den eigentlichen Faden wieder auf.

»Ist mir aufgefallen.«

Ha, nach meinem misslungenen Einstieg in unser Gespräch habe ich die Kurve zu Caro doch noch gekriegt. »Ich find's übrigens großartig, wie du das hier für sie und ihre Truppe eingefädelt hast.«

Paul stellt seine Flasche auf dem Geländer ab. Sofort kommt eine Bedienung und sammelt sie ein. »Kein Ding. Einer der beiden Chefs ist ein alter Kumpel von mir. Ich habe ihn gefragt, und er fand die Idee super.«

Ganz so einfach war es nicht, wie ich weiß. Aber es macht Paul sympathisch, dass er in dem Punkt tiefstapelt.

Bevor er sich wieder hinter seiner Coolness versteckt oder das Weite sucht, presche ich vor. »Du magst sie, hm?« Plumper geht es kaum, ich weiß. Aber erstens fällt mir auf die Schnelle nichts Subtileres ein, und zweitens liegen wir gerade so schön auf einer Wellenlänge.

»Wen meinst du?«

»Na Caro.«

Ohne zu antworten, zupft er mit dem Zeigefinger an der Krempe seines Hutes herum.

Lächelnd überspiele ich seine Unsicherheit. »Ich hab's gemerkt. Sie allerdings nicht, glaube ich.«

»Ich habe sie neulich um ein Date gebeten«, gibt er zu. »Deutlicher geht's ja wohl nicht.«

»Echt? Und dann?«

»Sie hat mich abblitzen lassen.«

»Oh.«

Er nickt.

»Und jetzt?«

»Na nix.«

Der gibt aber schnell auf! So hätte ich ihn gar nicht eingeschätzt. Hat ihn die Abfuhr gekränkt? Zurückweisung ist er sicher nicht gewohnt. Ich denke an die kichernden Fans und das Mädchen, das ihm im *Café BilderBuch* seine Nummer zugesteckt hat. Bei so viel Superstar-Attitüde ist Caros Skepsis doch verständlich.

»Vielleicht solltest du ihr deutlicher zeigen, wie ernst du es meinst.«

Pauls Blick signalisiert mir, dass ich das Thema überstrapaziere. Er zwinkert mir zu, nimmt seinen Hut ab und setzt ihn mir auf. Schon ist er wieder ganz der coole Typ. »Komm, Cowgirl, wir gehen rein.«

»Okay.« Immerhin habe ich meine Mission erfüllt und Klarheit darüber, dass er wirklich an Caro interessiert ist. Fürs Erste muss das reichen. Als wir uns umdrehen, sehe ich, wie Chris auf uns zusteuert. Endlich. Mein Herz pocht wild. Schnell greife ich nach dem Hut und drücke ihn Paul wieder in die Hand.

»Hey.« Chris legt seine Hände um meine Schultern und drückt mich an sich. »Da bist du ja.« Er berührt sanft meine Lippen, und ich vergesse für einen Augenblick, wo ich bin.

»Dein Fotograf?«, reißt Paul mich aus dem prickelnden Glücksstrom, der mich erfüllt.

Ich muss mich erst räuspern, um meine Stimme wiederzufinden. Der warme Kuss hat sie irgendwo in die Kniegegend katapultiert. »Chris, das ist Paul. Paul, das ist mein Freund.«

Paul deutet eine Verbeugung an. »Dein UdK-Plan ist super.« Er haut Chris so fest gegen die Schulter, dass der ein Stück nach vorne taumelt.

»Äh, ja, find ich auch.«

»Bleib dran. Und vergiss nicht: Dein Mädchen ist magisch, Kumpel.« Schon verschwindet er inmitten der flammenden Blicke einiger Fans.

Irritiert sieht Chris hinter ihm her und zieht dann fragend die Augenbrauen hoch. »Was ist denn das für 'n Vogel?«

Ich lehne mich an seine Schulter. »Ein Freund von Caro. Er macht Musik.«

»Und was schwafelt er über mich und die UdK?«

»Ich hab ihm von deinem Plan erzählt«, druckse ich herum. »Wir haben uns über Kunst unterhalten.«

»Aha.« Chris setzt sich in Bewegung, sodass ich meine Kuschelposition aufgeben muss. »Der Typ ist ein bisschen zu cool für diese Welt.«

»Nee«, winke ich ab und nehme seine Hand. »Im Grunde ist er echt nett. Komm, ich stelle dir die anderen vor.«

Mirella grinst mich verschwörerisch an und formt hinter seinem Rücken ein »Wow« mit den Lippen, als wir uns bis zu der Street-Art-Gruppe durchgekämpft haben. Verliebt schmiege ich mich an Chris. Bevor wir uns auf den Weg zu Tine machen, lauschen wir noch eine Weile der Band.

# 11

**AM NÄCHSTEN MORGEN** muss Chris vor seinem Zeichenkurs noch nach Hause, um seine Mappe zu holen. Es fällt mir schwer, ihn gehen zu lassen. Wir sind erst wieder abends verabredet.

Kurzerhand fasse ich den Plan, ihn nachher zu überraschen und in der Uni abzuholen. Bei der Gelegenheit kann ich dann gleich mal diese Naomi unter die Lupe nehmen. Vorher treffe ich mich aber noch mit Caro. Sie hat mich zu sich nach Friedrichshain eingeladen.

An der Warschauer Straße winkt sie mir schon entgegen. Heute ist es nicht ganz so eisig wie in den letzten Tagen. Die Sonne scheint am wolkenlosen Himmel und wärmt mein Gesicht. Als wir auf die rote Oberbaumbrücke zusteuern, die über die Spree führt, sagt Caro: »Das ist 'ne ziemliche Sehenswürdigkeit in Berlin, denn früher trennte die Brücke Ost und West.«

»Ich weiß.« Ein bisschen kenne ich mich hier aus. Letzten Sommer hat Chris mich mit dem Rad darübergelotst. Auf einer unserer Erkundungstouren, bei der wir uns nähergekommen sind und die Schmetterlinge in meinem Bauch zum Leben erwachten. Sofort muss ich an seine Hände denken, die gestern vor dem Einschlafen über meine Arme und meinen Rücken strichen. Liebevoll und zärtlich. Ein Schauer überrollt mich, und ich sehne mich nach dem nächsten Kuss. Manometer, gibt es eigentlich eine Pille dagegen? Man sollte doch ein paar Stunden ohne den anderen aushalten, ohne vor Sehnsucht zu zerfließen. Wir biegen ab und spazieren an der riesigen Arena der *O2-World* vorbei. Seltsamerweise fällt es mir hier in Berlin schwerer, von Chris getrennt zu sein. Zu Hause in Rust weiß ich, dass Hunderte von Kilometern zwischen uns liegen. Hier sind es nur ganz wenige. Theoretisch könnten wir ununterbrochen zusammen sein. Theoretisch! Mein Bauch beginnt zu piken.

Hinter einem mehrstöckigen Clubgebäude führt ein Trampelpfad hinunter zum Wasser. »Ich dachte, wir wollen zu dir«, bemerke ich etwas verwirrt.

»Wollen wir auch.« Grinsend zeigt Caro auf das Schiff, das zwischen den Eisschollen im Wasser ankert. »Darf ich vorstellen: Das ist *Elsa*.«

*Elsa, das Hostelboot*, steht auf einem Schild neben dem Eingang.

»Wow, hier wohnst du?« Die Reling trägt eindeutig Caros Handschrift. Sie ist mit weiß-blauer Wolle umwickelt.

»Richtig geraten. Cool, was?«

Mehr als cool. Mit offenem Mund folge ich ihr über den Steg. Aus einem der Kajütenfenster winkt uns eine Frau entgegen. »Hallo, Mimi, ich bin Anita, Caros Mutter«, empfängt sie uns freundlich lächelnd. »Willkommen auf der *Elsa.*« Sie drückt uns zwei Tassen Kakao in die Hand, mit denen wir zu einem ausgiebigen Rundgang starten.

»Ganz schön groß«, bestaune ich das Außendeck und die obere Etage, bevor Caro mich nach unten lotst.

»Das ist mein Reich.« Ihr Zimmer besteht aus zwei durch eine offene Tür verbundenen Kajüten und einem angrenzenden Bad. Quasi einem Master Bathroom.

»Mama wohnt gegenüber, und hinten haben wir noch die Küche. Der Bauch von *Elsa* ist privat. Nur die obere Etage wird vermietet.«

»Ist ja irre. Lebt ihr das ganze Jahr über hier?«

»Mhm. Wir können uns vor Anfragen kaum retten. Bis weit nach Silvester sind wir komplett ausgebucht. Den Sommer sowieso.«

Wir machen es uns auf ihrem Sofa gemütlich, und natürlich dauert es nicht lange, bis ich wieder einmal ein Wollknäuel mitsamt Häkelnadel in den Händen halte.

»Übrigens geben wir eine Silvesterparty. Magst du mit Chris kommen?«

»Sehr gerne. Muss ihn aber erst fragen.« Wir haben noch gar nicht darüber geredet, was wir machen wollen.

»Mann, der ist echt süß.«

»Allerdings.« Ich werde ein bisschen rot. »Ähm, wer ist denn noch dabei? Mirella, nehme ich an.«

»Natürlich. Sie, ein paar Freunde und die Hausgäste.«

»Übernimmt Paul die Musik?«

»Ach, der hat sicher keine Zeit.«

»Du hast ihn nicht gefragt?«

Caro schüttelt den Kopf, trinkt einen Schluck und wischt sich mit dem Handrücken über die Lippen.

»Willst du nicht, dass er dabei ist?«, hake ich nach.

»Doch, schon.« Sie schnappt sich zwei Stricknadeln. »Ich hab mir übrigens was für unsere Aktion auf dem Dach vom Shoppingcenter überlegt. Magst du wieder einen Laternenschal häkeln?«

Dieses Mal bleibe ich hartnäckig. Themenwechsel kommt gar nicht infrage. »Ja, vielleicht, aber apropos Guerilla-Event: Anscheinend war es für Paul nicht einfach, den Chef von eurer Idee zu überzeugen.«

Überrascht hält Caro inne. »Echt? Das klang ganz anders.«

»Ich weiß. Er hat sich ziemlich für euch eingesetzt, weil ihm klar ist, wie viel dir die Aktion bedeutet.«

»Denkst du?«

»Ich denke nicht. Ich habe es aus erster Hand.«

Jetzt fabriziert sie einen Knoten, der meinem Klumpen von neulich sehr ähnlich sieht. »Das habe ich gar nicht gemerkt.«

»Ich schon, und ich glaube, er mag dich.«

Caro rutscht ein Stück von der Couch herunter, was

definitiv nicht an dem Schiff liegt, das gerade etwas schwankt. »Ach, der mag doch jedes Mädchen.« Ihre Stimme klingt nicht so locker, wie sie es wahrscheinlich gerne hätte. »Der bändelt ständig mit 'ner Neuen an.«

»Bist du sicher, dass er so viele Freundinnen hat?«

»Na, schau ihn dir doch mal an. Die Mädels liegen ihm zu Füßen!«

»Kein Wunder bei dem coolen Cowboy-Image.« Ich lache, und sie fällt mit ein. Es dauert eine Weile, bis wir uns wieder beruhigt haben. Immer noch kichernd schnappe ich mir eine Schere und schneide Caros unentwirrbaren Knoten ab. Dabei zwinkere ich ihr zu. »Weißt du, ich glaube, dass er die gar nicht alle datet. Da ist viel Show dabei.«

»Es wirkt jedenfalls so, als hätte er jede Nacht eine andere.« Caros Stricknadeln klickern unentwegt aneinander. Richtig rhythmisch klingt das.

»Nur, weil ihn alle heiß finden, bedeutet das nicht, dass es andersrum genauso ist. Er wollte mit dir ausgehen.«

Sie wird rot. »Du hast dich mit ihm unterhalten?«

»Yep. Er meinte, du hättest ihn abblitzen lassen.«

»Stimmt. Ich wollte kein weiteres Mädchen auf seiner Flirtliste sein.«

»Wieso nicht?«

»Sagen wir's mal so: Für Spielchen bin ich mir zu schade.«

»Vielleicht solltest du erst mal herausfinden, ob er

überhaupt spielen will. Den Eindruck macht er mir in Bezug auf dich nämlich nicht.«

»Da bin ich mir nicht so sicher.«

»Gib ihm wenigstens eine Chance«, bettele ich.

»Vielleicht hast du recht«, sagt sie nach einer Weile und unterbricht ihren musikalischen Stricknadelrhythmus.

Ich nicke zufrieden. Amor zu sein, macht wirklich Spaß. Natürlich wäre es leichter, das taktische Vorgehen über Bord zu werfen, Caro und Paul beim nächsten gemeinsamen Treffen an den Händen zu nehmen, sie voreinander zu stellen und zu sagen: »Zeigt euch endlich, dass ihr euch lieb habt.« Aber die beiden sind keine Kindergartenkinder und ich nicht ihre Erzieherin.

»Wo wir gerade beim Thema Jungs sind«, sagt Caro nach einem weiteren Schluck aus ihrer Tasse, »wie läuft es denn mit Chris und dir? Ihr wirkt total verliebt.«

»Sind wir auch. Es ist schön, wieder bei ihm zu sein.«

»Was macht er so?«

»Er hat viel um die Ohren. Momentan arbeitet er in einer Galerie und bereitet sich auf seine Bewerbung an der UdK vor.« Ich seufze. Wir verbringen deutlich weniger Zeit miteinander, als ich erwartet hatte. Das warme Kribbeln in meinem Bauch weicht prompt einem dumpfen Gefühl, das die Schmetterlinge betäubt. Chris fehlt mir, und der Gedanke an meine Abreise bereitet mir jetzt schon Kopfschmerzen. Ich wüsste gerne, ob es ihm genauso geht. Vielleicht genügen ihm die gemeinsamen Augenblicke mit mir ja? Vielleicht will er gar nicht mehr.

Caro betrachtet mich eindringlich. »Und wann seht ihr euch nach deinem Besuch wieder?«

Ratlos zucke ich mit den Schultern. »Wenn ich das wüsste, ginge es mir besser.« Ich habe absolut keine Ahnung, wie es weitergehen soll.

»Klingt schwierig.«

»Ist es auch irgendwie.« Bevor ich in einer Art Selbstmitleids-Sehnsuchts-Sumpf versinke, steckt Caros Mutter den Kopf durch die Tür. »Wollt ihr zwei Hübschen noch einen Kakao?«

Ein Blick auf die Uhr verrät mir, dass es Zeit ist. »Danke, aber ich sollte mich auf den Weg machen.«

Zum Abschied drückt Caro mich und schaut mir tief in die Augen. Ihr Blick sagt: »Genieß es einfach, und mach das Beste draus.«

Da heißt es immer, Mädchen können nicht nonverbal kommunizieren und müssten, im Gegensatz zu Jungs, immer alles ausdiskutieren. Von wegen.

Am Bahnhof Zoo kaufe ich zwei Latte to go für Chris und mich. Wie eines dieser coolen Großstadtgirls aus den Filmen tingele ich mit den Venti-Size-Bechern durch die Massen. Es fühlt sich großartig an. All meine trüben Gedanken von vorhin sind wie weggeblasen. Ich trinke ein paar Schlucke, und der heiße Kaffee wärmt mich von innen. Kurze Zeit später betrete ich die Marmorhalle der Uni. Zwei als Musketiere verkleidete Männer schlendern wild gestikulierend an mir vorbei. »Du musst das empathischer rüberbringen, verstehst du?«, sagt der eine.

»Ich will die Vorlage aber in die Gegenwart adaptieren. Postmoderne Avantgarde-Werke liegen mir mehr.«

Ich verstehe nur Bahnhof. In einer Ecke sitzt ein Mädchen, das auf ein Notenblatt blickt und leise vor sich hin summt. Ein Junge kommt mir entgegen. Im Arm trägt er eine Leinwand, auf die mit weichen Strichen eine nackte Frau gezeichnet ist. Wow, so viel los hier, trotz der Ferien.

Immer geradeaus und ganz hinten links, hat Tine gesagt, als sie mir heute Morgen den Weg erklärte. Ich folge dem Gang, in dem mehrere Türen offen stehen. Aus einem Raum tönt laute Technomusik. Ein Mann stampft im Takt des Beats mit den Füßen und wirft mit voller Wucht mehrere Farbeimer auf eine Leinwand. Dabei bespritzt er nicht nur deren Fläche, sondern zwangsläufig auch sich selbst. Ein kleines bisschen Irrenhaus scheint das hier schon zu sein.

Ganz hinten angekommen, dringt eine weibliche Stimme aus dem Raum zu mir raus. »Du bist phantastisch, aber meine Knie sind zu eckig.«

Vorsichtig schiebe ich meinen Kopf durch den Schlitz der angelehnten Tür. An einer menschenhohen Leinwand lehnt eine junge Frau mit dem Rücken zu mir. Sie stützt eine Hand in die Hüfte. Und sie ist nackt. Splitterfasernackt.

Tine muss sich in der Zimmernummer getäuscht haben. Wie soll ich Chris denn jetzt finden? Ich kann ihn ja schlecht anrufen, sonst wäre meine Überraschung hin. Gerade will ich mich unauffällig zurückziehen, da dreht sich die Frau um und entdeckt mich.

»Sorry«, wispere ich peinlich berührt.

»Mimi?«

Vor Schreck lasse ich fast die Venti-Size-Becher fallen. Ich schaue an der Klinke vorbei. Hinter der Leinwand lugt Chris hervor. »Hey.«

»Äh, hey.« Mein Blick fliegt zu der Frau. Nacktmodelle? Braucht Chris so was für seine Bewerbung?

»Lieb, dass du mich abholst«, unterbricht er mein Salzsäulendasein. »Ist der für mich?« Er kommt auf mich zu, gibt mir einen Kuss und greift nach dem Latte macchiato.

Die Frau reckt sich ungeniert wie Eva im Paradies. »Perfekt, dann können wir ja Schluss machen für heute.«

Ich weiß gar nicht, wo ich hinschauen soll. Ihre Brüste wippen hin und her, als sie zu uns rüberschlendert. Immerhin entdecke ich den Hauch eines hautfarbenen Stringtangas, der das Nötigste bedeckt. Bin ich die Einzige, die das hier peinlich findet? Chris wirkt entspannt. Als wäre es völlig normal, seine Freundin mit nackten Tatsachen zu konfrontieren und dabei einen Coffee to go zu schlürfen. Die beiden gehen dermaßen locker mit der Situation um, dass ich an mir zu zweifeln beginne. Bin ich zu verklemmt?

Die Frau gibt mir ihre Hand. »Hi, ich bin Naomi.«

Naomi? DAS ist Naomi? Mein beflügeltes Großstadt-Girl-Gefühl galoppiert endgültig mit wehenden Fahnen davon. Zurück bleibt eine dumpfe Taubheit. »Hallo«, murmle ich und starre ihr ins Gesicht, als wäre sie eine Außerirdische. Ich dachte, Naomi wäre eine Kunststudentin. Eine angezogene Kunststudentin, wohlgemerkt.

»Du bist Chris' Freundin. Schön, dich kennenzulernen.«

»Und du bist das Modell«, sage ich überflüssigerweise in dem Versuch, möglichst cool zu wirken. Wieso hat Chris mir weisgemacht, sie wäre eine Kursteilnehmerin? Angestrengt krame ich in meiner Erinnerung. Oder bin ich automatisch davon ausgegangen, dass sie das ist? Er hat es nicht so genau gesagt. Aber wie soll ich auch ahnen, dass Naomi keinen Pinsel schwingt, sondern die Bildvorlage ist? Sie nickt mir zu und geht wieder zu der Staffelei. Dabei schnappt sie sich endlich ihr Top von einer Stuhllehne. Verkniffen beobachte ich sie. Kann sie vielleicht auch was über ihren notdürftig bedeckten Po ziehen? Offenbar erhört sie mein stummes Flehen, angelt sich ihre Hose und zieht sie in aller Seelenruhe an. »Er ist ein Naturtalent.«

Das weiß ich bereits. Immerhin bin ICH seine Freundin.

»Danke für die Blumen«, scherzt Chris.

Von der Seite schiele ich zu ihm hoch. Ist er an ihr interessiert? Seine Augen leuchten bei ihrem Anblick nicht. Zumindest nicht so, wie wenn er mich ansieht. Oder irre ich mich da?

»Bilde dir ja nichts darauf ein. Du kannst trotzdem noch viel besser werden.« Lachend dreht sie die Leinwand um und zeigt auf die Zeichnung.

Ich schlucke. Chris hat Paradies-Eva wahnsinnig lebensnah umgesetzt. Ihre Augen sind verträumte Kreise, das Lächeln offen und sexy. Sogar an die Grübchen in ihren Wangen hat er gedacht. Und ihre Brust … Mein Gesicht wird heiß. Wenn er sie malt, muss er sie zwangsläufig genau unter die Lupe nehmen, seinen Blick nicht nur flüchtig über ihre Haut streifen lassen, sondern sie intensiv studieren. Er kennt den Körper dieser Frau besser als meinen.

Das ist nun mal seine Arbeit, ermahne ich mich selbst, um nicht davonzurennen oder an Ort und Stelle zu kollabieren.

»Das nächste Mal würde ich nicht die Graphitstäbchen nehmen«, überlegt Naomi. »Monochrome Künstlerkreide hat eine bessere Qualität, wegen der feinen Pigmente.«

Chris läuft zu ihr rüber. »Ich wollte mir einen Reißkohle-Stift aus Weidenholz kaufen.«

Sie schnappt sich seinen Kaffee und trinkt einen Schluck.

Mein Hals kribbelt, und mein Magen fühlt sich an, als hätte ich eine Packung Nägel verschluckt.

»Ich glaube, er schafft einen gleichmäßigeren und

dichteren Abstrich«, fährt Chris fort, nachdem er sich seinen Becher zurückgeholt hat.

»Richtig.« Naomi tippt auf ihre Brust. »Dann kommt die auch noch echter rüber.«

Ihr Lachen rauscht in meinen Ohren. Kann mir bitte mal jemand eine runterhauen, damit ich aus diesem Albtraum erwache?

# 12

»AUF GEHT'S.« Gut gelaunt schlendert Naomi an uns vorbei in den Flur. Der Kaffee liegt mir wie ein Zementsack im Magen. Ich werfe meinen noch halb vollen Becher in den Müll und folge Chris nach draußen.

Auf der Straße vor der Uni schmiegt Paradies-Eva sich zum Abschied an ihn. »Mach's gut.« Lächelnd küsst sie ihn. Obwohl es nur die Wange ist, könnte ich schreien. Da hilft es auch nicht, dass sie mich ebenfalls umarmt. Sie hält inne. »Oder wollen wir noch was zusammen trinken gehen? Wäre doch nett.«

»Nee, lass mal«, antwortet Chris zu meiner Erleichterung.

»Okay, dann habt noch einen schönen Abend. Tschau.« Katzenhaft-geschmeidig verschwindet sie um die nächste Ecke. Ich glotze ihr hinterher und merke nicht mal, wie Chris meine Hand nimmt. Erst als er mir einen Kuss gibt, erwache ich aus meiner Starre.

»Hunger?«, fragt er.

Der kalte Wind pfeift durch die Straße und zischt mir

um die Ohren. »Eigentlich nicht.« Wie soll ich nach diesem Schock auch nur einen Bissen runterkriegen?

»Ich würde dich gerne einladen. Hast du schon gegessen?«

Stumm schüttele ich den Kopf.

»Na also.« Zufrieden legt er einen Arm um meine Schultern. »Dein Bauch meldet sich bestimmt, sobald wir da sind, wo ich mit dir hinwill.«

Das tut er jetzt schon. Der Latte macchiato hängt mir nämlich so was von quer. Ohne darauf zu achten, wohin es geht, setze ich mich neben Chris in die nächste Bahn. Wir schweigen eine Weile, während er zufrieden die Mappe auf seinen Knien betrachtet.

»Mann, das war richtig gut heute«, sagt er irgendwann. »Naomi hat mir super Tipps gegeben.«

»Aha.« Mehr Begeisterung kann ich momentan nicht aufbringen.

»Endlich hab ich den Dreh mit den Händen raus.«

Klar, bei den Brüsten brauchte er keine Nachhilfe. Die sahen genauso perfekt aus wie in der Realität. Er drückt meine Finger und streicht liebevoll drüber. Normalerweise fängt meine Haut bei seinen zärtlichen Berührungen sofort an zu kribbeln. Jetzt ist sie taub.

»Das ist sauschwer«, erklärt Chris und fährt dabei über die Innenfläche meiner Hand. »Wenn man sie nicht nur frontal von oben zeichnen will, muss man enorm viel beachten. Sonst wirkt sie schnell verzogen.«

»Aha.«

»Das langweilt dich, hm?«

»Äh, nein.« Ich schüttele energisch den Kopf. »Bin nur ein bisschen müde.« Sofort fühle ich mich noch schlechter wegen der Notlüge, aber die vollgestopfte Bahn ist wirklich nicht der passende Ort, um über die Ursache meiner Magenschmerzen zu sprechen. Skeptisch schaut er mich von der Seite an, und ich lächle so munter wie möglich.

Wenig später sitzen wir in einem gemütlichen Fonduerestaurant mit dem Namen *Feuer und Flamme*, und Chris bestellt uns einen Karibischen Topf. Die Ananasstücke, die uns die Bedienung zusammen mit jeder Menge weiterer Beilagen bringt, sind in Herzform geschnitten. Alles ist liebevoll angerichtet, doch im Moment erscheint mir das ganze Ambiente so unpassend wie Sneakers zum Cocktailkleid. Oder um es geografisch auszudrücken: Der Name des Lokals und das kitschige Obst kommen mir wie der ferne Südpol vor, während ich mich zurzeit eher am Nordpol verorte. Manometer, Mimi, schimpfe ich mit mir selbst. Reiß dich mal ein bisschen zusammen!

Chris hält mir ein Fruchtstück unter die Nase. »Und? Hast du jetzt Hunger?«

Mein Magen antwortet für mich. Mit einem lauten Knurren vermeldet er, dass er trotz des Latte-Klumpens etwas vertragen könnte. Widerstrebend beiße ich in die Ananas, die köstlich nach Kokos und Vanille schmeckt.

»Na also.« Chris spießt die marinierte Putenbrust

und ein Stück Schweinefilet mit Limettendip auf und legt es in den Topf.

Ich hole Luft, um zu erklären, wie doof sich die Situation mit Naomi für mich anfühlt. Dann atme ich tonlos wieder aus und stochere im Melonen-Tomaten-Chutney herum. Sei kein Feigling, motiviere ich mich. Die Bedienung kommt vorbei und fragt, ob alles okay sei. Nichts ist okay, will ich antworten. Doch die Frau kann ja auch nichts dafür. Verdammt, wieso ist es so schwer, Chris zu sagen, dass das Treffen vorhin ein echter Schlag für mich war? Dass mich diese ganze Intimität umgehauen hat. Dass ich mich hundeelend fühle. Dass …

Chris' Augen funkeln, als er einen seiner Spieße in den Mund schiebt. »Hm, lecker.« Kauend schenkt er mir ein Lächeln und streicht über meinen Arm. Da ist es wieder, das Kribbeln auf meiner Haut. Er schluckt runter und gibt mir einen Kuss, der nach süßer Mangocreme schmeckt. »Magst du Garnelen mit Kokosraspeln?«

Wieder knurrt mein Magen. Ich nicke und seufze innerlich. Vielleicht ist es am besten, erst mal das Essen und die Zweisamkeit zu genießen. Später werde ich Nina anrufen und sie um Rat fragen. Danach sehe ich weiter. Ich schnappe mir eins von Chris' fertig gegarten Putenstücken aus dem blubbernden Topf. Dann verschlinge ich sämtliche Leckereien und ignoriere meine Paradies-Eva-Bauchschmerzen vorerst.

»Chris malt Aktmodelle?«, quietscht Nina.

»Ja.« Gleich nach unserer Ankunft in Tines Wohnung habe ich mich ins Bad verzogen und sie angerufen.

»Und er geht so verdammt entspannt mit der Situation um«, jammere ich meiner Freundin ins Ohr. »Ich habe noch nichts gesagt, weil ich nicht kleinlich oder verklemmt rüberkommen will.« Jetzt sitzt er drüben und spielt mit Tine und KDW *Monopoly*. Oh Mann, am liebsten würde ich mir die Haare raufen. »Diese Frau übertrifft meine schlimmsten Befürchtungen.« Ich werde lauter. »Sie ist ein echter Naomi-Campbell-Verschnitt. Okay, vielleicht nicht ganz so braun, aber genauso hübsch. Außerdem hat sie sich im wahrsten Sinne des Wortes an seinen Hals geworfen.«

»Inwiefern?« Endlich klingt Nina alarmiert.

»Aus seinem Becher getrunken«, hauche ich und setze mich auf den Wannenrand.

»Okaaayyyyy!?«

»Inklusive Abschiedskuss.« Ich betrachte meinen gequälten Gesichtsausdruck im Spiegel.

»Auf den Mund?«

»Quatsch.«

»Also auf die Wange.« Die Erleichterung ist Nina deutlich anzuhören.

»Grmpf«, brumme ich.

»Und wie war sie dir gegenüber?«

»Nett.«

»Irgendwie besitzergreifend in Bezug auf Chris?«

»Na ja, ich weiß nicht.«

Nina seufzt. »Haben die beiden geflirtet?«

»Eigentlich nicht.«

»Eigentlich?«

»Nein, nicht wirklich«, muss ich zugeben. »Trotzdem. Sie hatte die meiste Zeit nichts an, verdammt.«

Jetzt höre ich ein unterdrücktes Glucksen. »Verständlich, wenn sie das Nacktmodell ist.«

»Sehr witzig.«

»Mann, Mimi, bei genauerer Betrachtung ist das alles nicht so dramatisch. Ich meine, die Großstädter scheinen irgendwie lockerer zu sein. In der DDR gab's richtige Nackedei-Kommunen, FKK und so.«

»Na und, was interessiert mich das?«, fahre ich sie an.

Schnell räuspert sie sich. »Er hat nichts mit ihr. Das ist doch die Hauptsache, oder?«

Ich kaue an einem Fingernagel. »Trotzdem habe ich irgendwie das Gefühl, hintergangen worden zu sein. Wieso hat er mir nicht gesagt, wer Naomi ist?«

Nina schweigt einen Moment lang. »Ich bringe Lukas um, wenn ich ihn das nächste Mal sehe.«

Überrascht beende ich die Nagelknabberei. »Was hat der denn jetzt damit zu tun?«

»Na, er hat dein Vertrauen ins männliche Geschlecht für immer und ewig zerstört, weil er dich für das nächstbeste Sporthäschen verlassen hat, der Idiot.«

Stöhnend drücke ich meinen Kopf in ein Handtuch, das an der Wand hängt. »Danke, dass du mich daran erinnerst.«

»Aber Chris ist anders.« Ninas Stimme ist fest und voller Überzeugung.

»Meinst du, ich übertreibe?«

Ich kann Ninas Nicken geradewegs durch den Hörer spüren. »Du solltest dich nicht so reinsteigern. Es ist seine Arbeit, kein Date. Außerdem sind da normalerweise doch noch andere Leute im Kurs. Das ist also keine intime Face-to-Face-Sache zwischen ihr und ihm.«

»Nee, eher Boops-to-Face«, korrigiere ich und muss ein bisschen grinsen. Dann denke ich an den Jungen mit der Leinwand, der mir im Flur begegnet ist. Die Frau auf seinem Bild hatte eindeutig Ähnlichkeit mit Naomi. »Ja, stimmt. Normalerweise sind da mehrere Leute«, gebe ich zu. »Mir wäre es trotzdem lieber, wenn er Bäume, Blumen oder Stühle malen würde.«

»Er muss eben auch lernen, wie man Menschen zeichnet. So Anatomiekram gehört sicher mit in die Bewerbungsmappe.«

»Meinetwegen, aber wieso muss es gleich eine Sexgöttin sein?« Mit perfekter Körbchengröße und einem hübschen Knackpo, füge ich in Gedanken hinzu. »Die Haut einer schrumpeligen Oma ist eine viel größere Herausforderung für Künstlerkreide, Graphitkohle oder wie die Stifte auch immer heißen.«

Jetzt prustet Nina los. »Wenn du ihm vertraust, musst du in Zukunft entspannter mit so was umgehen. Sonst wird es mit der Fernbeziehung nix.«

»Ich will keine Fernbeziehung.« Mein Wimmern ist

filmreif. Könnte mich ein Hollywood-Produzent hören, wäre mir eine Nebenrolle als Opfer in einem Horrorstreifen sicher.

»Hör zu, ich reiße jetzt meine Tarotkarte durch und schenke dir eine Hälfte. Das Glück reicht locker für uns beide.«

»Okay, danke!«

»Tschüss, Süße.«

»Tschüss.«

Gleich nach unserem Gespräch erhalte ich eine MMS mit dem Bild einer halben goldenen Sonne. Nina ist einfach die Beste. Ich spritze mir mehrere Handvoll kaltes Wasser ins Gesicht und gehe zu den anderen rüber, die bereits sämtliche Straßen mit Hotels bebaut haben und sich gegenseitig in den Ruin treiben.

Nach einem gemeinsamen Frühstück mit KDW machen Chris und ich uns am nächsten Mittag fertig fürs *Liquidrom*, um dort unseren Weihnachtsgutschein von Tine einzulösen.

Meine Unsicherheit und Verletzung in Bezug auf Naomi versuche ich, so gut es geht, zu verstecken. KDW merkt trotzdem was. Er hat mich gestern schon so komisch angeschaut. Als Chris im Bad ist, stupst er mich an. »Alles klar, Schätzchen?«

Ich nicke schlapp. Bis auf die Tatsache, dass gewisse Lolas und Naomis mich von meinem persönlichen Glücksturm schubsen wollen, geht es mir ausgezeichnet. Zum Glück bohrt KDW nicht weiter nach. Stattdessen schleift er mich zu Tines umfassendem Klamottenfundus, um einen passenden Bikini für mich aufzustöbern. An den hatte ich nämlich nicht gedacht.

*Tempel der Erholung,* steht auf einem Werbeprospekt an der Kasse. *Verlassen Sie die Hektik der Großstadt und entfliehen Sie in eine Wasserwelt der Sinne.* Klingt schon mal gut.

Wir ziehen uns um und werfen unsere Handtücher auf zwei Liegen. Chris' Boardshorts finde ich übrigens gar nicht hässlich. Lola hat natürlich maßlos übertrieben.

Hinten beim Saunabereich entdecke ich ein paar nackte Frauen. Sofort taucht Naomis Busen vor meinem inneren Auge auf. Ich blinzele mehrmals, um das Bild wieder loszuwerden, und zupfe an meinem Bikini. Ob Chris mich sexy findet? Unsicher blicke ich an mir runter. Eigentlich hatte ich an mir nie etwas auszusetzen. Aber im Dunstkreis von Naomis Apfelbrüsten, ihrem knackigen Po und Lolas ellenlangen Giraffenbeinen kann man schon ernsthafte Komplexe bekommen.

Chris nimmt meine Hand. »Komm!« Er führt mich zur Kuppelhalle mit dem weitläufigen Becken. Meine abgefrorenen Zehen freuen sich über das warme Salzwasser. Als ich die Stufen runtersteige, fangen sie sofort an zu kribbeln. Zunächst schwimmen wir ziellos im Kreis herum, bis Chris an den Rand paddelt und dort auf mich wartet. »Leg dich auf die Wasseroberfläche.«

»Ich gehe unter«, protestiere ich.

»Quatsch, ich halte dich.« Er schiebt mir eine Schwimmnudel in den Nacken. »Ist alles okay?«, will er wissen, während er mich sanft an Schultern und Oberschenkeln stützt. »Du bist so still.«

»Ich?«, frage ich unnötigerweise.

Er nickt.

»Ja, klar, alles gut.«

Chris bohrt nicht weiter nach, sondern bahnt sich schweigend einen Weg durch das Becken. Immer wieder schaue ich zu ihm hoch. Im Grunde weiß ich nichts von ihm und seinem Leben hier. Und ich habe absolut keine Ahnung, wie ich die Sache mit Naomi ansprechen soll. Verdammt, wieso ist das alles so kompliziert?

Im grauen Zenit der Decke über mir spiegeln sich wellenförmig die Lichtspiele. Die entspannenden Walgesänge unter Wasser und das Gefühl der Schwerelosigkeit lullen mich langsam, aber sicher ein. Irgendwann bleibt Chris stehen und lächelt mich an. Ein Kribbeln durchströmt mich. Ich will nur noch seine Lippen auf meinen spüren und sämtliche Unsicherheiten ins tiefste Gedankenverlies meiner Hirnwindungen verbannen. Das gelingt mir endlich, als Chris seinen Kopf zu mir hinunterbeugt und mich liebevoll küsst.

# 13

**ABENDS FAHREN WIR** zu Simon und Lola nach Potsdam. Lust habe ich eigentlich keine, aber wir haben den beiden schließlich an Weihnachten zugesagt.

Vor der Villa, an deren Eingangssäulen meterhohe Fackeln flackern, parken mehrere Sportwagen. Die ersten Besucher stehen bereits mit Sektgläsern und Abendrobe in der Vorhalle und unterhalten sich angeregt.

»Sind wir nicht ein bisschen underdressed?«, hake ich nach, als ich Chris die Stufen hinauf folge.

»Auf keinen Fall.« Selbstbewusst nimmt er zwei Orangensäfte von einem Tablett und reicht mir ein Glas.

Ich beschließe, mich nicht einschüchtern zu lassen. Chris kennt diese Partys. Er kann besser einschätzen, welcher Auftritt angemessen ist. Also schlucke ich meine aufsteigende Nervosität runter und tue so, als wäre ich ständig auf solchen Events. Zum Glück hat KDW darauf bestanden, sich um meine Frisur zu kümmern. »Mimi«, hat er mit strenger Miene gesagt, als wir ihn nach dem *Liquidrom* in Tines Studio trafen, »dein Nasser-Pudel-

Look passt vielleicht zu einem Hoffest im Schwarzwald. Für Potsdam brauchst du mehr Glamour.« Im Grunde hat er meine Mähne nur glatt geföhnt und die Haarenden in großen Wellen auslaufen lassen. Femme-fatale-Effekt hat er das genannt. Die Hairstylisten brauchen für alles einen möglichst hochtrabenden Namen. Mir soll's recht sein. In dieser Schickimicki-Umgebung fühle ich mich definitiv besser so als mit einem Nullachtfünfzehn-Pferdeschwanz.

Wir betreten die hohe Halle, von der aus die Räume sternförmig abgehen. Die Durchgänge werden von massiven Steinsockeln mit halb nackten Skulpturen eingefasst, die wie altehrwürdige Türsteher wirken.

»Ah, hallo, ihr zwei.« Eine schlanke, hochgewachsene Frau im Cocktailkleid kommt auf uns zu. Ihre Augen leuchten ultramarinblau, und ihre Haut ist strahlend glatt. Sie gibt mir die Hand und stellt sich als Simons und Lolas Mutter vor. Unverkennbar haben die beiden ihre makellose Schönheit von ihr geerbt.

»Vielen Dank für die Einladung«, sage ich schüchtern.

»Sehr gerne.« Sie sieht Chris an und streicht ihm über die Schulter. »Du warst lange nicht mehr hier. Schön, dich zu sehen. Was macht die Bewerbung?«

»Sie läuft«, antwortet er lächelnd. »Viel Arbeit.«

»Das kann ich mir vorstellen. Aber heute Abend wird gefeiert und entspannt.« Sie zwinkert uns zu und wendet sich an neu eintreffende Gäste. »Viel Spaß«, wünscht sie uns noch. »Bis später.«

Chris lotst mich auf die Terrasse, von der aus man einen phantastischen Blick auf einen See hat. Auf der nur teilweise vereisten Wasseroberfläche spiegelt sich der Mond, und an einem Steg dümpelt ein kleines Boot. Meine Güte, ist das idyllisch hier.

»Dahinten steht Simons und Lolas Vater.« Chris zeigt auf einen perfekt gestylten Mann im schicken Anzug, der sich auf dem Rasen mit einer Gruppe Männer unterhält. Er hebt die Hand zum Gruß.

»Wie in einem mit Photoshop bearbeiteten Hochglanzmagazin«, raune ich.

Chris lacht herzhaft und führt mich wieder rein. Ohne Jacke ist es einfach zu kalt hier draußen.

»Ich schätze mal, Simon ist im Billardzimmer.«

Wir schlängeln uns durch eine Flügeltür in einen Raum, der offensichtlich als Bibliothek dient. Dunkle Holzregale stehen an den Wänden. Sie reichen bis unter die Decke. Im Gegensatz zur eher unpersönlichen Stadtwohnung in Mitte, die ich von meinem letzten Berlin-Trip kenne, ist es hier richtig gemütlich. Im Zimmer, das an die Bibliothek grenzt, finden wir die Zwillinge. Simon und Lola lehnen an einem Billardtisch. Zu meiner Erleichterung sind sie genauso leger gekleidet wie wir. Simon trägt ein Hemd über der Jeans, Lola ein schwarzes Oversized-Shirt und eine schmale Hose in Lederoptik. Nur ihre silberne Joop-Clutch verleiht ihr etwas Glamour.

»Hey, ihr.« Sie lächelt uns fröhlich an.

»Hi«, antworten Chris und ich gleichzeitig.

Die Jungs begrüßen sich mit Handschlag.

»Na, habt ihr euch durch die Massen der Schickeria gekämpft?«, will Simon wissen und boxt mir sanft in die Seite.

Ich nicke. »Und dabei eure Eltern begrüßt. Ihr habt es echt schön hier.«

Verschwörerisch beugt er sich zu mir runter. »Zu viel High Society. Zu wenig schräges Stadtleben, wenn du mich fragst.«

Ich muss grinsen. Er war mir von Anfang an sympathisch.

Auffordernd stupst er Chris mit dem Queue in den Bauch. »Los, spielen wir 'ne Runde.«

»Du kannst doch so schlecht verlieren«, reizt Chris seinen Freund, woraufhin der drohend den Zeigefinger hebt. »Das werde ich auch nicht, verlass dich drauf.«

Lola und ich bleiben bei den Häppchentellern zurück. Mehr aus Höflichkeit als aus Interesse erkundige ich mich nach Terrence.

»Er wollte eigentlich gleich da sein.« Sie zieht ihr iPhone aus der Clutch und schaut auf die Uhr.

Mit geübten Handgriffen drapiert Simon die Kugeln. »Wisst ihr schon, was ihr morgen an Silvester macht?«

»Noch nicht.« Chris schnappt sich ein blaues Kreidestück, mit dem er die Spitze seines Queues einreibt. Derweil zieht Simon das Plastikdreieck von den Kugeln und kneift konzentriert die Augen zusammen.

»Wir schmeißen eine Party in der Stadtwohnung unserer Eltern in Mitte«, erklärt Lola abwesend. Sie wischt wie wild auf ihrem Handy herum. »Kommt doch vorbei.« Ihr altbewährtes Zahnpastawerbung-Lächeln strahlt mir entgegen.

»Ja, das wäre klasse«, bekräftigt Simon.

Chris wirft mir einen fragenden Blick zu. »Wir müssen erst noch besprechen, was wir machen.«

Wie lieb von ihm, dass er nicht über meinen Kopf hinweg entscheidet. Gemütlich lehne ich mich an den Tisch und beobachte die Jungs. Simon schlägt so fest auf die weiße Kugel, dass das gelegte Dreieck fast explodiert und gleich mehrere bunte Kugeln in die Löcher poltern. Mit gespielter Entrüstung rollt Chris die Augen. »Angeber.«

Simon lacht schallend und schießt eine weitere Kugel rein.

Die beiden machen eine richtige Show aus ihrem Spiel. Eigentlich wäre jetzt eine Tüte Popcorn gut. Ersatzweise klaue ich mir zwei Cocktailtomaten von einem Teller.

»Ich hol schnell Nachschub«, flötet Lola und verschwindet mit der leeren Platte. »Wenn das die Angestellten hier schon nicht hinkriegen.«

Plötzlich brummt der Tisch hinter mir. Es ist Lolas Handy. »Terrence ruft an«, bemerke ich, als sein Name auf dem Display blinkt.

»Geh mal ran«, fordert Simon mich auf. Endlich verschießt er eine Kugel. Chris lacht hämisch und erntet einen leichten Schlag auf den Rücken.

Unsicher nehme ich das iPhone hoch. »Lola ist sicher gleich zurück.«

»Jetzt mach schon«, ruft Simon, der wieder dran ist, weil Chris nicht getroffen hat.

»Hey, Terrence, hier ist Mimi.«

»Ah, hallo, kannst du mir mal schnell mein Kitty-Cat geben?«

Catwoman. Stimmt ja, glatt wäre mir entfallen, dass ich Lola umbenennen wollte. »Ähm, sie ist gerade in der Küche. Soll ich sie suchen?«

»Muss gleich mein Handy ausschalten.« Im Hintergrund rauscht es laut. »Schaffe … heute nicht.«

Ich verstehe Terrence kaum. »Hallo?«, rufe ich.

»… Weg nach London … spontan …«

Stille.

»Terrence?«

Er antwortet nicht mehr. Die Verbindung ist weg. Irritiert betrachte ich das iPhone. Morgen ist Silvester, und es klang ganz so, als würde Lolas Freund gerade nach London fliegen. Das wird ihr gar nicht gefallen. Ich überlege noch, wie ich ihr das beibringen soll, da kommt sie schon mit einem voll beladenen Tablett zurück.

»Voilà«, ruft sie und bietet einem Pärchen, das neben dem Billardtisch steht, etwas davon an.

»Äh, Terrence hat gerade angerufen.« Ich zeige auf das Handy. »Simon meinte, ich soll drangehen.«

»Aha.« Sie sieht mich skeptisch an.

»Ich glaube, er kommt heute nicht mehr.«

»Was, wieso das denn?«

»Wenn ich ihn richtig verstanden habe, fliegt er nach London.« Ich schiebe mir einen Olivenspieß in den Mund.

»Wie bitte?« Sie wischt über das Display und ruft Terrence an. Wartet. Vergeblich. Mit gesenktem Blick knabbert sie an einem Keks.

»Alter, wenn du dich nicht ein bisschen ranhältst, mach ich dich platt«, johlt Simon.

Chris gibt sich sichtlich Mühe, den Vorsprung seines Freundes wettzumachen. Mit Erfolg. Nacheinander bugsiert er drei Kugeln ins Loch. »Schauen wir mal, wer hier wen plattmacht«, triumphiert er.

Noch einmal versucht Lola ihr Glück. »Hey«, sagt sie, als Terrence endlich rangeht. »Aha.« Sie schweigt. »Was? Ich kann dich nicht verstehen.«

»Fuck«, brüllt Simon. »So viel aufholen solltest du nicht.«

Lachend reibt Chris erneut Kreide an die Spitze seines Queues.

»Okay. Und morgen?« Langsam geht Lola zur Terrassentür. »Gut.« Sie lässt das Handy sinken und geht raus.

Ich folge ihr. »Alles okay?«

Sie nickt zwar, sieht aber nicht danach aus. Wie ein Häufchen Elend lehnt sie am Geländer der Holzveranda direkt unter einem Wärmestrahler.

Ich stelle mich neben sie. Eine so kurzfristige Absage ist doof. »Tut mir leid, dass er heute nicht kommt.«

»Mir auch.« Ihre Stimme ist nur ein Flüstern.

»Ist Terrence viel unterwegs?«, hake ich vorsichtig nach.

»Ununterbrochen. Er versucht aber, morgen wieder einen Flug zurück zu kriegen.«

Klar, Silvester ist das ja wohl Pflicht.

»Magst du?« Sie greift nach zwei Flaschen Cola Zero, die neben einem Teller mit Fingerfood stehen. Obwohl ich es albern finde, Cola ohne Zucker, dafür aber mit jeder Menge Süßstoff zu trinken, nehme ich eine.

»Du weißt ja, wie das ist.« Ihr Seufzen wirkt nicht aufgesetzt, sondern so, als käme es aus tiefstem Herzen.

»Was meinst du?«

»Na, wenn man seinen Freund kaum zu Gesicht kriegt.«

»Hm.« Ich bin mir nicht sicher, ob ihre Situation mit meiner vergleichbar ist. Immerhin lebt sie mit ihrem Lover in derselben Stadt, auch wenn er viel herumreist.

»Man vermisst sich«, fährt sie fort. »Und SMS oder Skype ersetzen den anderen nicht.«

»Manchmal geht es eben nicht anders. Immerhin müssen wir die Post nicht mehr mit Pferdekutschen schicken und Monate auf Antwort warten.« Ich grinse bei dem Gedanken an Mirellas Filmbericht, und auch Lolas Mundwinkel heben sich leicht.

»Stimmt.« Sie nimmt ein paar Schlucke von ihrer Cola. »Terrence ist sehr viel auf Reisen. Sein Vater hat Hotels auf der ganzen Welt und will ihn seit dem Schulabschluss in sein Unternehmen einführen. Manchmal verpassen wir uns auch, weil ich Aufträge habe. Ich wünschte, es wäre anders. Ganz ehrlich, manchmal frage ich mich, ob das mit uns eine Perspektive hat.«

»Kann ich nachvollziehen.« Ihre Offenheit überrascht mich. Sie scheint Terrence richtig zu mögen. Ich tunke eine Scheibe Weißbrot in einen Currydip und schiebe sie mir in den Mund. So langsam kriecht die Kälte von unten hoch. Bei Minusgraden hilft auf Dauer kein noch so starker Wärmestrahler, wenn man keine Jacke trägt.

»Wo nimmst du das her?« Lolas Bergsee-Augen blicken mich ehrlich interessiert an.

Um meine Verwirrung zu vertuschen, tunke ich schnell noch ein weiteres Stück Weißbrot in eine rote Paste. »Was genau?«

»Na, das Vertrauen?«

Ich kriege einen Hustenanfall. Der Dip besteht offenbar aus scharfen Chilischoten, die unbarmherzig meinen Hals abfackeln. Nachdem ich die halbe Flasche Cola hinuntergekippt und mir die tränenden Augen gewischt habe, zucke ich mit den Schultern. Seit der Nummer mit Paradies-Eva bin ich mir nicht mehr sicher, wie viel Vertrauen ich eigentlich besitze oder aufbringen sollte.

»Ich weiß nicht, ob ich das schaffe«, murmelt Lola.

Puh, dank der Chilis ist mir wieder richtig warm. »Wie meinst du das?«

»Na ja, er könnte mit sonst wem unterwegs sein. Er lernt immer interessante Leute kennen.«

»Du doch auch.« Ich fasse es nicht, dass ich mit Miss Langbein gerade Beziehungsprobleme austausche. Wo ist die eingebildete Lola hin, die ich bisher kannte? Befindet sich unter der hübschen Maske vielleicht doch keine hinterhältige Medusa mit Schlangenhaaren und versteinerndem Blick?

»Das ist etwas anderes. Die Jungs, die ich beruflich treffe, sind stockschwul.«

Jetzt kann ich mir ein Grinsen nicht verkneifen, weil ich an ihren Kollegen Brad denken muss, den ich während meines Praktikums kennenlernte. Bei ihm war ich mir anfangs nicht mal sicher, welchem Geschlecht er angehört.

»Terrence laufen die Mädchen massenhaft hinterher.« Sie holt Luft, hält kurz inne und spricht dann weiter. »Es ist schwer, zu vertrauen.«

Hat sie echt so schlimmen Liebeskummer, wie es scheint? Oder ist das hier eines ihrer Spielchen? Skeptisch blicke ich sie von der Seite an. Vielleicht will sie mich nur aus der Reserve locken, indem sie mir vor Augen hält, wie schwierig eine Fernbeziehung ist. Dummerweise trifft sie damit zielgenau meinen wunden Punkt.

»Neulich hat er eine offene Beziehung vorgeschlagen.«

Ich verschlucke mich fast an der Traube, die ich mir gerade in den Mund geschoben habe. »Bitte was?«

Sie nickt und fährt mit ihrem Finger am Geländer entlang. »Genau so habe ich auch reagiert.«

»Entweder ganz oder gar nicht«, erwidere ich entschieden.

»Das habe ich ihm auch gesagt. Jetzt versuchen wir weiterhin Ersteres.«

»Versuchen klingt nicht sehr verbindlich.«

»Stimmt.« Ihr schiefes Lächeln sieht endlich mal überhaupt nicht nach Zahnpastawerbung aus. Heute Abend ahne ich zum ersten Mal, wieso Chris sie nicht so doof findet wie ich bisher. Vielleicht ist Lola tatsächlich ein ganz normales Mädchen, das ihre Verletzlichkeit meistens hinter einer dicken Schutzschicht aus Schminke und Arroganz versteckt. Ihr Benehmen im Sommer spricht für meine Medusen-Theorie. Aber im Grunde hat sie nur mit allen Mitteln um Chris gekämpft. Und ihr Verhalten im Kino war, wenn ich es mir recht überlege, auch verständlich. Sicher ist es schwer für sie, Chris mit einer anderen zu sehen, auch wenn sie nichts mehr von ihm will. Vielleicht könnten wir uns sogar ganz gut verstehen. Irgendwann.

»Ehrlich gesagt habe ich Angst, dass er mir das Herz bricht«, flüstert sie.

Oh ja, davon kann ich ein Lied singen. Ich wundere mich gelegentlich noch immer, dass mein Herz nach der Sache mit Lukas wieder so vollständig zusammengewachsen ist. »Das wird schon funktionieren mit euch«, sage ich mit sämtlicher Überzeugungskraft, die ich aufbringen kann.

»Das hoffe ich auch.«

Wir schweigen eine Weile, und ich rücke immer näher an den Wärmestrahler ran. Irgendwann drückt sie sich vom Geländer weg und reibt ihre Hände. »Ich gehe rein und sage Mister Peers Hallo. Er ist ein bekannter Designer und guter Freund meines Vaters. Kennst du ihn?« Sie winkt ab, ohne meine Antwort abzuwarten. »Quatsch. Woher solltest du? Vergiss die Frage.«

Perplex sehe ich ihr nach und betrachte dann das Etikett auf meiner Flasche. Wie viel Süßstoff ist da drin? Kann eine Überdosis davon den gesunden Menschenverstand lahmlegen? Ich habe gerade nicht wirklich Verständnis für Lola Langbein, alias Catwoman, aufgebracht, oder? Tief atme ich ein, stelle die Flasche weg und schaue einen Moment lang auf den See. Das Wasser zwischen den Eisschollen schimmert wie Diamanten unter einer Halogenlampe. Der Small Talk einer Gruppe rauchender Gäste auf dem Rasen schwappt bruchstückhaft zu mir rüber.

»Gewonnen«, höre ich Chris brüllen und mache mich auf den Weg zu den Jungs.

Simon rennt lachend mit dem Queue hinter ihm her und tut so, als wolle er ihn damit schlagen.

»Ich will Revanche«, keucht er. »Jetzt sofort.«

»Nee, ich muss deine Niederlage noch eine Weile auskosten.« Chris umarmt mich fest, als er sieht, wie durchgefroren ich bin.

»Wie wär's mit zwei gegen zwei«, schlägt Simon vor. »Mädels gegen Jungs. Wie neulich.«

»Wir haben euch schon mal besiegt«, frotzele ich.

Angeberisch winkt Simon ab. »Pah, das war ein Mal beim Kickern. Bildet euch bloß nicht ein, dass ihr das noch mal schafft. Mein Schwesterherz taucht sicher gleich wieder auf, und dann kann der Kampf beginnen.«

»Herausforderung angenommen.« Ich ziehe einen Queue aus der Halterung an der Wand und schnappe mir die Kreide. Dass ich noch nie im Leben Billard gespielt habe, erwähne ich lieber nicht.

# 14

»**IHR KOMMT NATÜRLICH** mit zur Party im Showroom von Guido Maria Kretschmer.« KDW sieht uns auffordernd an. »Das wird großartig. Ein bisschen Abwechslung, Modewelt pur, ein toller Blick über die Stadt. Mimi, dir verpasse ich den Look einer griechischen Göttin mit XXL-Dutt. Das verleiht Grandezza.« Er streicht über mein Haar. »Ich habe auch ein schönes Satinband zur Abrundung.«

»Mach es uns nicht noch schwerer«, unterbricht Chris KDWs Pläne. »Wir müssen uns schon zwischen zwei Einladungen entscheiden.«

Ich nicke beipflichtend, obwohl mir die Wahl leichtfällt. Natürlich will ich lieber zum Fest auf dem Hausboot. Es ist sicher wahnsinnig romantisch, vom Wasser aus das Feuerwerk zu beobachten, all die bunten Lichter, die es in den Himmel zaubert. Vielleicht hat Caro auch Paul eingeladen, und ich kann die beiden endlich verkuppeln.

»Du möchtest lieber zu Caro«, sagt Chris, als könne er

meine Gedanken lesen. Ich nicke stumm, und er drückt auf die automatische Kaffeemühle, die ohrenbetäubend zu rattern beginnt. »Simon hat mich gefragt«, brüllt er über das Knattern hinweg, »ob er den Kicker für die Party ausleihen kann. Den will ich auf alle Fälle mit ihm in die Wohnung tragen.« Die Mühle verstummt, und Chris füllt die lecker duftenden pulverisierten Bohnen in den Träger.

»Wenn du schon nicht als Göttin gehst«, wirft KDW, noch immer in seine Stylisten-Welt versunken, ein, »kriegst du wenigstens einen meiner neuen Metallic-Lippenstifte.«

»Och, KDW«, brummt Chris.

»Was denn? Damit wirkt sie futuristisch und geheimnisvoll. Und für dich, mein Lieber, habe ich bei einem Event gestern eine topmoderne Oversize-Pilotenbrille ergattert.«

»Weil ich die nachts ja brauche.«

Chris' Zweifel stacheln KDW nur umso mehr an. Theatralisch wischt er mit der Hand durch die Luft. »Darum geht es doch nicht. Du schiebst sie dir in die Haare. Das ist Pariser Chic.«

Kopfschüttelnd stellt Chris drei Tassen Espresso vor uns ab und streicht mir über den Rücken. »Vielleicht kriegen wir ja beides unter einen Hut. Zuerst zu Simon und dann zu Caro?«

»Zwei Partys an einem Tag?«, jauchzt KDW. »Was für ein Jetsetter-Leben.«

»Caro hat gefragt, ob ich ihr bei den Vorbereitungen helfe. Das würde ich auch gerne tun«, erkläre ich mit einem schlechten Gewissen und knabbere an einem Brötchen. Verzwickt, das Ganze. »Aber ich kann ihr simsen und sagen, dass ich es nicht schaffe und wir später kommen.«

Nachdenklich trinkt Chris seinen Espresso. »Weißt du was, ich schaue einfach alleine bei Simon vorbei, und du gehst schon vor.«

Getrennt in den Abend starten? »Ich weiß nicht.«

»Ich komme nach, so schnell es geht. Vor Mitternacht bin ich allemal da, sodass wir zusammen reinfeiern können.«

»Hm. Meinst du echt?« Ganz wohl ist mir bei dem Gedanken nicht.

»Auf jeden Fall.« Er drückt mir einen Kuss auf die Stirn, und ich gebe klein bei. Es klingt nach einem guten Kompromiss.

»Ausgezeichnet. Das wäre also geklärt.« KDW reibt sich die Hände. »Wen soll ich zuerst stylen?«

Unisono stoßen Chris und ich einen Seufzer aus.

Gegen sieben bahne ich mir einen Weg über den schwankenden Steg auf die *Elsa*, von deren Bug aus Caro mir gut gelaunt entgegenwinkt. Sie trägt ein langes dunkelblaues Wollkleid, das ihr hübsches Gesicht mit den leuchtenden Haaren mehr denn je erstrahlen lässt. »Hey.« Schwungvoll umarmt sie mich. »Du siehst klasse aus.«

»Und du erst! Ich konnte KDW gerade noch davon abhalten, mir die Augen zuzupflastern.«

Lachend nimmt sie mir die gefüllte Salatschüssel ab und blickt über meine Schulter. »Wo hast du Chris gelassen?«

»Er kommt später.«

»Alles klar, dann mal los.«

In der Bordküche unter Deck arbeiten Mirella und Caros Mutter bereits auf Hochtouren. Beim Gemüseschnippeln und Anrühren der Dips können sie meine Hilfe gut gebrauchen. Nachdem die Essenvorbereitungen abgeschlossen sind, schieben wir oben im großen Zimmer die Tische zusammen und stellen die Schüsseln und Platten darauf. Ein DJ, den Caro angeheuert hat, baut derweil seine Anlage auf.

»Hast du Paul noch eingeladen?«, erkundige ich mich beiläufig.

Caro nickt. »Er meinte, er könne es vielleicht einrichten, obwohl er schon was anderes vorhat.«

»Angeber«, antworte ich lachend.

»Wirkt nicht so, als würde er sich für mich interessieren. Habe ich dir ja gleich gesagt.«

Ich muss an seinen Gig auf dem Dach des Shoppingcenters denken und an unser Gespräch hinterher. »Na klar, und deshalb hat er dir neulich in der Bar auch die ganze Zeit verliebte Blicke zugeworfen.«

Caro wird so rot wie die Paprikastreifen, die sie auf einem Teller drapiert. »Du übertreibst.«

»Tu ich nicht. Du hast es nur nicht bemerkt, weil du im Häkelrausch warst.« Und zu schüchtern und vorsichtig bist, um die Signale zu erkennen, füge ich in Gedanken hinzu.

**Wie läuft's?,** simse ich Chris, erhalte aber keine Antwort. Bestimmt schleppt er gerade den Kicker in die schicke Wohnung von Simons Eltern.

Immer wieder kommen Leute über den Steg, und auch die Hausgäste finden sich an Deck ein. Als der DJ die erste Platte auflegt und wir bunte Lampions über die Birnen der Lichterkette am Geländer schieben, schlendert Paul auf die *Elsa.* »Hier soll heute eine Party steigen«, sagt er lässig mit seinem Gitarrenkoffer unterm Arm.

Ich wickle ein Verlängerungskabel aus, das Mirella neben dem Eingang in eine Steckdose schiebt. »Habe ich auch gehört.«

»Hi«, haucht Caro.

»Hi.« Er lächelt. Glühen seine Wangen etwa wegen ihr, oder sorgt der kalte Wind dafür, dass sein Gesicht plötzlich so rosig ist? »Gute Musik scheint ihr auch zu brauchen.« Schief grinsend zeigt er auf den DJ.

Ich rolle die Augen. Immer diese Sprüche.

»Der Mann kostet viel Geld, also beschwer dich nicht«, meckert Mirella, bevor sie sich die Hände abklopft und reingeht, um ein weiteres Verlängerungskabel zu suchen.

Paul stellt seinen Koffer ab und zieht mehrere Tüten Chips aus seiner Tasche. »Wo sollen die hin?«

»Zu mir.« Caro schnappt sich die Knabbereien. Dann folgt sie ihrer Cousine nach drinnen.

Einen Moment lang steht Paul etwas unschlüssig neben mir. Dann macht er sich nützlich, indem er mir einen Lampion reicht. »Boah, der DJ ist echt grauenhaft«, jammert er.

»Na, da ist es ja gut, dass du Caros Einladung angenommen hast. Das rettet ihr womöglich den Abend.« Bewusst lasse ich im Unklaren, ob ich seine Musikkünste meine oder die Tatsache, dass er überhaupt aufgetaucht ist.

Gegen acht begrüßt Caros Mutter die Partygäste in einer kurzen Ansprache und erklärt das Büfett für eröffnet. Wir stürzen uns alle gierig darauf. Schon vorhin bei der Vorbereitung ist mir das Wasser im Mund zusammengelaufen.

**Hier geht es total ab,** simst Chris um halb neun. **Und bei dir?**

**Stimmung gut. Du fehlst,** antworte ich, mache ein Bild von der beleuchteten Oberbaumbrücke und schicke es ihm.

**Bin bald bei dir.**

So schlecht, wie Paul den DJ findet, ist der gar nicht. Seine Musik ist leicht und beschwingt. Der gedämpfte Bass sorgt für entspanntes Lounge-Flair. Das macht gute Laune.

Gegen neun verkündet Caros Mutter über die Bordsprechanlage, dass wir eine Runde mit dem Schiff drehen.

Alarmiert suche ich in dem Getümmel nach Caro. Sie füllt gerade ein paar Getränke auf. Ich helfe ihr und verstaue einige leere Flaschen in den Kisten. »Wie lange werden wir unterwegs sein? Chris kommt doch nach.«

»Nur kurz. Keine Sorge.«

Bevor wir mit einem lauten Tröten ablegen, gebe ich Chris Bescheid. **Drehen eine kleine Runde mit dem Schiff.**

Den ganzen Tag lang war es bewölkt. Jetzt ist der Himmel endlich klar. Die Sterne leuchten um die Wette. Mit Volldampf fahren wir unter der Oberbaumbrücke hindurch, vorbei am Badeschiff und der Drei-Personen-Skulptur, die wie ein metallener Riese aus dem Wasser ragt. *Molecule Man* heißt sie, hat Chris mir mal erzählt. Sie wird von starken Scheinwerfern angestrahlt, die pfeilartig durch die löchrigen Eisenplatten schießen. Wir passieren den Treptower Park und umrunden die Insel der Jugend. Der Mond leuchtet so hell, dass ich die Umrisse einiger Fahrgestelle des stillgelegten Spreeparks erkennen kann. Wie schön und aufregend es letzten Sommer hier mit Chris war. Ich seufze. Wieso ist er jetzt nicht bei mir? Der kalte Wind dringt durch jede Pore meiner Gesichtshaut und lässt meine Augen tränen.

# 15

GENAU WIE NEULICH auf dem Shoppingcenter stellt Paul sich irgendwann neben mich und drückt mir eine heiße Tasse in die Hand. »Warmer Punsch?«

Ich nicke dankbar. Eigentlich sollte er jetzt neben Caro stehen. Und ich neben Chris. Eine Weile betrachten wir schweigend die Lichter an Land und erste Feuerfunken, die in die Nacht geschossen werden.

»Hast du einen Plan?«, frage ich, als das Schiff sich langsam wieder auf den Rückweg macht.

»Wofür?«

»Na, komm schon, du weißt, was ich meine.« Ich ziehe die Augenbrauen hoch und nicke mit dem Kopf in Richtung Caro, die sich wild gestikulierend mit Mirella und ein paar Freunden am Büfett unterhält. Pauls schmachtender Blick ist eindeutig. Er ist total verknallt.

Ich nehme einen Schluck. Der Punsch gluckert meinen Rachen hinunter und wärmt mich angenehm von innen. Die Oberbaumbrücke liegt nun hinter uns. Wir fahren im Schritttempo an der *O2-World* vorbei.

»Wie gesagt, das Ding ist durch.« Nervös sieht er auf die Uhr. »Ich glaube, ich ziehe doch noch weiter, wenn wir gleich anlegen.«

Keine Ahnung, wo meine plötzliche Wut herkommt, aber Pauls Reaktion macht mich sauer. »Meine Güte, das ist echt nicht zum Aushalten mit euch!« Wie kann man nur so offensichtlich ineinander verliebt sein und es einfach nicht auf die Reihe kriegen? Die beiden leben in derselben Stadt. Sie könnten eine super Zeit miteinander haben, statt sich immer nur aus der Ferne anzuhimmeln. »Tanz wenigstens mal mit ihr«, fordere ich ihn auf, nachdem ich zur Beruhigung einen weiteren Schluck getrunken habe.

»Ich bin nicht so der Tänzer.«

Wie verbohrt ist der Typ eigentlich? »Stehblues. Den kann jeder«, brumme ich. »Wo ist der lässige Cowboy hin?«

Paul schaut sich lachend um. »In Caros Gegenwart wohl über Bord gefallen.«

Jetzt muss ich grinsen. »Schade.«

»Stehblues käme sowieso nicht infrage. Viel zu uncool. Ein Cowboy würde seine Auserwählte einfach packen.« Er greift meine Schultern und wirft mich zur Seite. Völlig aus dem Gleichgewicht gerissen, hänge ich in seinen Armen. Nur noch meine Zehenspitzen berühren den Boden. Zum Glück habe ich meine Tasse vorher auf der Reling abgestellt.

»Und dann«, fährt er fort, »würde er seine Lippen

auf ihre pressen.« Bevor ich ihn davon abhalten kann, deutet er ein Küsschen auf meine Wange an. Hoffentlich sieht Caro uns so nicht, sonst zieht sie noch falsche Schlüsse. Endlich stellt Paul mich wieder auf die Beine.

»Das wäre genau das Richtige«, bestätige ich mit glühendem Kopf und drücke ihn weg. »Du solltest den Cowboy dringend suchen und ihn aus dem Wasser fischen, damit du nicht weiter mit anderen Mädchen für den Ernstfall proben musst.«

Paul wischt sich unsicher über das Kinn. »Ich versuch's.«

»Gut.« Zeit, unser metaphorisches Geplänkel zu beenden. »Ich verstehe nicht, wieso du manchmal so obercool bist und dann wieder der größte Angsthase unter der Sonne. Das kriege ich echt nicht zusammen. Nur weil sie dich einmal abgewiesen hat?«

»Echte Gefühle«, presst er hervor.

»Echte Gefühle?«, wiederhole ich monoton.

»Damit habe ich Schwierigkeiten.«

»Du meinst, sie zu zeigen?«

Er nickt.

»Oh, okay.« Da haben wir sie wieder, die Angst vor dem gebrochenen Herzen. Sie macht also auch vorm männlichen Geschlecht nicht halt. Mit Mädels zu flirten, die ihm nicht viel bedeuten, ist eine Sache. Sich wirklich zu öffnen, eine andere, denn es macht verletzlich. Das Schiff schwankt, als wir uns in Slow Motion dem Ufer nähern. Unsere Schultern berühren sich, und ich stupse ihn sanft an. »Hör zu, sie mag dich. Du hast nichts zu verlieren.«

Caros Mutter fährt den Landungssteg aus und befestigt die *Elsa* mit zwei dicken Tauen an den Pollern. Ich schnappe mir meinen Punsch und drehe mich um. Am Ufer entdecke ich eine dunkle Gestalt. Es ist Chris. Schnell schaue ich auf die Uhr. Mist, wir waren länger unterwegs als gedacht. Jetzt hat er sicher in der Kälte gewartet. »Geh zu ihr, und sei einfach du selbst«, befehle ich Paul. »Caro steht am Büfett.« Ich nicke ihm zu und mache mich auf den Weg zu Chris. Den Rest muss er wirklich alleine schaffen. Auch Amor hat mal Feierabend.

»Du bist ganz kalt.« Chris' eisige Nasenspitze berührt meine Haut bei unserem Begrüßungskuss.

»Ich musste zwanzig Minuten hier rumstehen«, brummt er und wirft einen flüchtigen Blick auf Pauls Gitarrenkoffer, der neben dem Eingang lehnt.

»Tut mir leid, ich habe dir extra noch gesimst.«

»War zu spät. Da kam ich schon aus der Bahn.« Er wirkt ernsthaft genervt. Das passt gar nicht zu ihm.

»Wenn ich das gewusst hätte, hätten wir vielleicht auf dich warten können.« Ich lehne mich an ihn. »Du hast mir gefehlt. Wie war's auf der Party?«

»Anfangs super. Simon ist in Hochstimmung und macht beim Kickern all seine Gegner platt. Tja, und Lola ging's schlecht. Terrence hat sie versetzt.«

»Shit. Ist er noch in London?«

Chris nickt. »Als er anrief, erzählte er irgendwas von einer Megafete und dass er sich gegen zwölf noch mal meldet. Er weiß noch nicht, wann er wieder zurückkommt.«

Autsch. Arme Lola. »Komm, wir gehen rein zu den anderen. Der Punsch macht dich wieder warm.« Ich greife nach seiner Hand.

Gemeinsam essen wir heißen Gemüsestrudel, obwohl ich eigentlich schon pappsatt bin, und schauen den Leuten beim Tanzen zu. In der Hoffnung, Paul irgendwo zu entdecken, recke ich meinen Hals. Der DJ hat einen ruhigen Schmusesong eingelegt. Das wäre die perfekte Gelegenheit, Caro um einen Tanz zu bitten. Aber ich kann ihn weit und breit nicht finden. Als Mirella mit einer leeren Platte an mir vorbeiläuft, erkundige ich mich nach ihm.

»Er musste leider gehen.«

»Nicht dein Ernst, dieser …« Blödmann, will ich antworten, schlucke es aber runter.

Sie zuckt mit den Schultern. »Ich soll dir ausrichten, dass der Cowboy leider untergetaucht ist.«

Mir entfährt ein Stöhnen.

»Insider?« Chris betrachtet mich stirnrunzelnd, doch statt zu einer Erklärung anzusetzen, schüttle ich den Kopf und ziehe ihn auf die Tanzfläche. Ich habe keine Lust mehr, mir Gedanken über das Liebesleben anderer Leute zu machen. Endlich sind wir zusammen, die Musik ist schön, das Fest in vollem Gange, und wir feiern gemeinsam ins neue Jahr.

Um kurz vor zwölf versammeln sich alle Anwesenden draußen auf dem Schiffsbug. Caros Mutter schaltet die Lampions aus und startet den Countdown. Gemeinsam zählen wir rückwärts zehn – neun – acht – sieben – sechs – fünf – vier – drei – zwei – eins – null. Mit lautem Krachen explodiert der Himmel über uns. Aus allen erdenklichen Richtungen sprüht es Funken. Sie tunken die Skyline der Großstadt in flirrende Regenbogenfarben. Fasziniert beobachte ich das Spektakel.

»Frohes Neues«, flüstert Chris mir von hinten ins Ohr. Ich schmiege meinen Rücken an seine Brust. »Für das nächste Jahr wünsche ich mir«, er dreht mich zu sich um, »dich.« Seine Augen wirken hier draußen im Dämmerlicht dunkler als sonst, nicht mehr maronenbraun, sondern pechschwarz. Normalerweise strahlen sie diese wohltuende Ruhe aus. Jetzt flackert etwas Undefinierbares in der düsteren Iris. Es irritiert mich, weil ich nicht sagen kann, was es bedeutet.

»Du hast mich doch schon«, antworte ich leise.

Chris drückt mich fest an sich. Mir wird ganz warm. Unsere Lippen berühren sich. Mit einem Mal wird das Knallen und Surren der Böller um uns herum leise. Plötzlich gibt es nur noch ein Feuerwerk in mir, das prickelnd durch jede Faser meines Körpers zischt.

Viel zu früh zerstören Caro und Mirella diesen Glücksmoment, indem sie freudig angestürmt kommen und

»Happy New Year!« brüllen. Nur widerwillig löse ich mich von Chris und falle meinen Freundinnen in die Arme.

»Willst du auch eine Wilde Biene?« Caro drückt mir einen Knaller in die Hand und zündet ihn an. Ich lasse ihn los, als er zischend weißen Rauch versprüht. Auf dem Boden dreht er Schleifen, die sich in spiralförmigen Farben entladen. Mirella überreicht Chris eine Wunderkerze. Nachdem sie abgebrannt ist, zieht er sein klingelndes Handy aus der Tasche. »Hey, Simon, ja, euch auch. Was? Ich hör dich kaum. Shit, die Arme.«

»Lola?«, hake ich nach.

Er nickt mir zu. »Dann pass gefälligst besser auf sie auf«, fährt er gereizt fort. »Oh Mann, gib sie mir mal.«

Ein paar Sekunden vergehen. »Hey, hör auf, dich zu betrinken, das bringt nichts. Du kriegst höchstens einen fetten Kater.« Chris' Miene wird weich.

Ich kann nicht verhindern, dass mir seine Anteilnahme einen winzigen Stich versetzt.

»Doch, glaub mir. Sonst brauchst du morgen eine Portion Rollmops. Nein, ich komme nicht zurück. Ich feiere hier mit Mimi.«

Sie ist nur eine Freundin, um die er sich Sorgen macht, sage ich mir. Kein Grund, eifersüchtig zu sein. Wieso nur bin ich es trotzdem?

»Ja, wenn er sich weiterhin so verhält, mach ich das auch. Gemeinsam mit Simon. Wir haben beide einen guten Schlag.« Er lacht leise. »Gib mir deinen Bruder noch mal.« Wieder eine Pause. »Mach ihr einen starken Kaffee, halte sie von der Bowle fern und dich am besten auch. Okay, bis dann.« Kopfschüttelnd schiebt er sein Handy zurück in die Hose.

»Grund, sich Sorgen zu machen?«, will ich wissen.

»Ach, Lola reagiert ein bisschen über, und Simon ist überfordert mit ihr. Aber die zwei kriegen das schon hin.«

Keine Minute später erhält er eine SMS. Schmunzelnd tippt er eine Antwort ein.

»Schon wieder Lola?«, erkundige ich mich.

»Nee, Naomi. Sie schickt Neujahrsküsschen.«

Uns beiden oder nur ihm? Puh, meine Laune passt sich gerade den Temperaturen an. »Ich geh rein, mir ist kalt.«

# 16

WIR SCHLAFEN bis zum frühen Mittag. Heute haben wir bei Chris übernachtet. Ich fühle mich pudelwohl in seinem Zimmer. Sein Bett ist größer als meins bei Tine. Und es riecht so gut. Am liebsten würde ich es mit nach Rust nehmen, um Chris immer ganz nah bei mir zu haben.

Das Klingeln meines Handys lässt mich aufschrecken. Ich gehe ran, ohne nachzusehen, wer mich jetzt schon anruft.

»Frohes Neues! Wie hat dir mein Geschenk gefallen?«

»Lukas?« Fast fliege ich aus den Federn.

»Überlegst du es dir noch mal mit uns?«

Oh Mann, das hatten wir alles schon.

»Ich habe Gefühle für dich, weißt du? Groooooße Gefühle.« Er nuschelt.

Schnell schleiche ich zur Tür, um Chris nicht zu wecken. »Hast du etwa bis jetzt gefeiert?«

»Jaaaaaaa. Hey, wann kommst du wieder? Ich bin noch zwei Tage in Rust.«

»Hör zu, ich kann und will jetzt nicht mit dir reden.«

»Wie findest du den Stein?«

»Mach's gut.« Nachdem ich ihn weggedrückt habe, brauche ich einen Moment, bis mein Atem wieder gleichmäßig geht. Ab wann kann man jemanden als Stalker bezeichnen?

Im Zimmer blinzelt Chris mich mit blassem Gesicht an.

»Hey.« Ich klettere zu ihm und küsse ihn auf den Mund, doch seine Lippen sind fest und abweisend.

»Ich fühl mich nicht gut«, entschuldigt er sich, als ich meinen Kopf zurückziehe und ihn fragend ansehe. Etwas beunruhigt kontrolliere ich seine Stirn. Warm ist er nicht. Und an zu viel Alkohol kann es auch nicht liegen. Bis auf ein Bier hat er nichts getrunken. Wahrscheinlich hat er sich gestern beim Warten am Steg eine Erkältung zugezogen. Am besten koche ich ihm in der Küche einen Salbei- oder Fencheltee. »Soll ich die Guerilla-Aktion mit Caro heute absagen und lieber hierbleiben?«

Kopfschüttelnd zieht er die Decke bis zum Hals. »Nee, lass mal. Schon okay, ich schlafe noch ein bisschen.«

»Gut. Dann gehe ich jetzt.«

Chris nickt.

»Ich melde mich später, ja?«

Er antwortet mit einem matten Brummen, und ich husche aus dem Zimmer.

Als ich in die Bar komme, laufen die Vorbereitungen bereits auf Hochtouren. Noch sind nicht sehr viele Gäste hier. Caros Truppe häkelt, strickt und quasselt durcheinander wie ein Haufen schnatternder Hühner. Auf dem Tisch im Zelt liegt eine Zeichnung des Clubgeländes, das in Abschnitte unterteilt und mit Namen versehen ist. Mirella knabbert an einem Bleistift und hakt eine Liste ab. Wenn ich das richtig sehe, übernehme ich mit Caro den Bereich um die Theke und einen Teil des Gewächshauses.

»Hey, wie lange habt ihr noch gefeiert?« Ich lasse mich auf einen Stuhl fallen.

Caro gähnt demonstrativ. »Frag nicht. Ich glaube, heute Morgen gegen fünf sind die letzten Leute gegangen. War toll, was?«

Ich nicke und hole mir einen Latte macchiato. Paul ist auch da. Er winkt mir von der Bühne aus zu. Ich hebe die Hand und mache dabei ein böses Gesicht, um ihm zu signalisieren, dass ich seinen Abgang gestern alles andere als heldenhaft fand. Entschuldigend zuckt er mit den Schultern. Gleich darauf schleppt er eine schwere Leiter an uns vorbei nach draußen. In seinem engen Longsleeve-Oberteil kommen seine muskulösen Oberarme gut zur Geltung. Das Mädchen mit der Nerdbrille sieht mit großen Augen hinter ihm her. »Manometer, ist der durchtrainiert! So sexy.«

Caro schaut auf und wird ein bisschen rot. Um das zu überspielen, zieht sie schnell einen geringelten Schal aus ihrer Tasche und fordert mich auf, ihn um zwanzig

Reihen zu verlängern. »Ohrenschützer für den Elch«, erklärt sie.

Keine Ahnung, von welchem Elch sie spricht, aber das werde ich sicher bald herausfinden.

Tabea, das Mädchen mir gegenüber, häkelt so schnell, als hinge ihr Leben davon ab. Mir wird schon vom Hinschauen schwindelig. Das Gebilde, das sie in Windeseile entstehen lässt, ist knallgrün und quadratisch. »Für einen der Pflanzenkübel im Gewächshaus«, sagt sie grinsend, als sie meinen beeindruckten Blick bemerkt. »Bin gleich fertig.«

»Sehr gut.« Mirella macht einen Haken auf ihrem Zettel. »Was ist mit dem Laternenanzug?«

Ein anderes Mädchen hält einen gestreiften Häkelteppich hoch. »Nur noch ein paar Mausezähnchen für den Rand.«

Wieder hakt Mirella ihre Liste ab. Dann rührt sie ihren Cappuccino um, trinkt einen letzten Schluck und klatscht in die Hände. »Auf geht's.«

Wie auf Knopfdruck schwärmen alle aus, um sich auf ihre zugewiesenen Bereiche zu stürzen.

»Dann wollen wir dem Elch mal warme Ohren verpassen«, sagt Caro händereibend.

Erst jetzt entdecke ich den Elchkopf am oberen Rand des Barhäuschens. Ein fieser Eisregen hat eingesetzt. Trotz des aufgeregten Gewimmels um mich herum denke ich immer wieder voller Sorge an Chris. Hätte ich nicht lieber bei ihm bleiben sollen?

**Geht es dir besser? Soll ich kommen?**, simse ich schnell, kriege aber keine Antwort. Sicher schläft er noch. Ich trete von einem Fuß auf den anderen.

»Die Klos sind da hinten, falls du mal musst.« Paul lacht mir im Vorbeigehen zu.

»Haha. Sehr witzig.«

Unbarmherzig pfeift der Wind um unsere Köpfe. Ich erkenne kaum die Hand vor Augen. Innerhalb weniger Sekunden verwandeln sich die Stufen der Holzleiter, die Paul für uns aufgestellt hat, in rutschige Schanzen. Caro hangelt sich vorsichtig hoch und wickelt den Schal um die Ohren und das Geweih. »Wir brauchen einen festen Faden, um alles zusammenzunähen.«

»Ich besorg welchen«, schlage ich vor.

»Schau mal in meiner Tasche nach, da findest du alles.«

Im Zelt fummelt Paul am Verteiler herum. Anscheinend hat er bald wieder einen Auftritt. Mit einem Mal kommt mir eine Idee, wie ich gleich zwei Fliegen mit einer Klappe schlagen könnte. Ich ziehe die Wolle aus Caros Tasche, gehe zu Paul rüber und halte sie ihm unter die Nase. »Kannst du das bitte Caro bringen?«

Leicht irritiert sieht er mich über die vielen Schalter hinweg an.

»Na los. Ich übergebe dir hiermit den Stab. Du bist jetzt Caros Teampartner.«

»Wir sind nicht beim Staffellauf.«

»Ich weiß. War ja auch metaphorisch gemeint. Ein gemeinsames Werk verbindet. Du weißt schon, Magie und so.« Ich zwinkere. »Außerdem kann der Cowboy hier definitiv nicht in die Spree plumpsen.« Hektisch wedele ich mit dem Knäuel herum. »Es ist dringend. Caro erstarrt da draußen zur Eissäule, und ich muss gehen.«

**Komme jetzt zu dir. Paul hält für mich die Stellung,** simse ich Chris, als Paul sich endlich auf den Weg macht. »Der Faden ist unterwegs«, rufe ich Caro durch den Zeltausgang zu.

Schwankend streckt sie ihren Arm nach hinten. »Mach schon, Mimi.« Sie steht nur noch mit ihrer rechten Fußspitze auf der Leiter. Paul legt vorsichtig ein Stück Faden in ihre Hand. Dabei berühren seine Finger die ihren. »Brauchst du Hilfe?«

Überrascht dreht Caro sich um, woraufhin sie endgültig das Gleichgewicht verliert und die Leiter hinunterschlittert. Reflexartig mache ich einen Schritt vorwärts, doch Paul hat sie schon fest an den Hüften gepackt und hält sie genauso im Arm wie mich gestern auf dem Boot. Eine gefühlte Ewigkeit verharren die beiden so und starren sich an. Ich weiß genau, was jetzt in ihnen vorgeht. Tausend kleine Schmetterlinge flattern durch ihre Bäuche und wärmen ihr Inneres wie ein kuscheliges Kaminfeuer. Sehnsüchtig denke ich an Chris. Heute Mittag war er so kühl und abweisend. Und dieses komische Flackern in seinen Augen gestern verunsichert mich auch.

Endlich stellt Paul Caro wieder auf die Beine und schiebt die Stricknadel in ihrem Haar zurecht.

»Danke«, haucht sie.

»Gern geschehen.«

Ich seufze. Die Violinen fiedeln mal wieder unüberhörbar. Romantik pur. »Ähm«, schalte ich mich vorsichtig ein. »Ich muss leider gehen, sorry. Chris ist krank.«

Caro drückt mich kurz. »Kein Problem, Paul hilft mir bestimmt noch im Gewächshaus.«

Er nickt und zwinkert mir heimlich zu, bevor er ihr folgt, wie ein treuer Hund seinem Frauchen.

Unterwegs besorge ich eine Dose Hühnersuppe im Supermarkt. Das beste Mittel gegen Grippe. Chris' Handy ist ausgeschaltet, wie ich bei einem Anruf feststellen muss. So langsam mache ich mir richtig Sorgen.

»Hallo, Mimi.« Pit öffnet mir die Tür.

»Hallo.«

»Chris ist nicht da. Tut mir leid. Aber du kannst gerne reinkommen und auf ihn warten.« Er macht einen Schritt zur Seite.

»Nicht da?« Verwirrt blicke ich an Pit vorbei in den Flur. Jetzt verstehe ich gar nichts mehr.

# 17

»WOLLTE ER MICH VIELLEICHT ÜBERRASCHEN und in Neukölln abholen?« Dann hätten wir uns dummerweise verpasst. Oder wartet er bei Tine auf mich?

»Ich glaube, er hat sich mit einer Nooni getroffen oder so.«

»Naomi?«, hake ich vorsichtig nach.

Pit nickt. »Irgendein Mädchen aus dem Zeichenkurs.«

Paradies-Eva! »Aber …« Da verschlägt es mir glatt die Sprache. »Er … er ist doch krank.«

»Ein bisschen müde vielleicht. Aber sind wir das nicht alle nach Silvester?« Pit lacht etwas gezwungen. Sicher steht mir der Schock ins Gesicht geschrieben. »Du bist auch ein bisschen blass. Geh heim und ruh dich aus. Chris meldet sich bestimmt bald bei dir.«

»Okay. Bis dann.« Ich renne die Treppe runter. Meine Ohren rauschen, mein Herz pocht, mein Hals brennt. Verdammt, was soll das? Wieso lügt Chris mich an? Spielt er etwa mit mir?

Kalter Wind schlägt mir entgegen, als ich die Haustür öffne. Die Luft tut gut. Im U-Bahnhof werfe ich die Dosensuppe in den Hut eines bibbernden Musikers.

**Soll ich uns zwei Hübschen später was kochen? Tine ist nicht da,** simst KDW, als ich in der Bahn sitze.

**Ok,** antworte ich knapp.

**Mehr Enthusiasmus, bitte schön!**

Ich seufze. **Tolle Idee. Fühl mich nur gerade nicht so.**

**Versteh schon. Also was gegen Kater? Habe einen Spezialtrunk gegen diese Art von Miezekatzengefühl.**

Miezekatzengefühl, wenn es nur das wäre! Ich bin mindestens so erschlagen wie der Zeichentrickkater Tom, nachdem Jerry mit ihm fertig ist. Von einem Hochhaus gestürzt, mit einem Riesenhammer erschlagen und anschließend von einem Lkw überrollt. So in etwa.

**Kein Spezialtrunk,** tippe ich schnell.

**Hühnersuppe gegen unterkühlte Glieder? War sicher kalt auf dem Schiff.**

Meine Finger zittern. **Nee, bitte was anderes. Hühnersuppe kann ich jetzt beim besten Willen nicht essen.**

**Geht klar.**

Wie narkotisiert steige ich aus der Bahn und stapfe durch den Schnee.

Gegen sieben kommt KDW zu Tine. Pfeifend tapst er durch den Flur in mein Zimmer und hält erschrocken inne, als er mich sieht. »Schätzchen, hast du Fieber?«

Ich schüttle den Kopf.

»Grippe?« Er umarmt mich und schafft dann eine Armlänge Abstand zwischen uns. »Doch nicht etwa Liebeskummer?«

Ich schlucke trocken. Chris hat sich noch immer nicht gemeldet. Sein Handy ist nach wie vor tot.

»Was hat er angestellt?«, brummt er.

»Nichts, wieso?«

»Wahas?« KDW hat einen siebten Sinn für so was. Ich kann ihm einfach nichts vormachen.

»Er hat mich wegen Naomi belogen«, presse ich hervor. »Von Anfang an. Jetzt trifft er sich heimlich mit ihr. Und ich blöde Kuh habe gedacht, so was passiert mir nicht noch mal.« Bei dem Gedanken daran, dass Chris womöglich kein bisschen besser ist als mein Ex, kriegt Kater Tom ein weiteres Mal eins über den Kopf gebraten. Ich kann sogar Jerrys fieses Lachen in meinen dröhnenden Ohren hören.

»Wie bitte? Jetzt mal ganz ruhig und von vorne.« KDW zieht mich in die Küche, rückt mir einen Stuhl zurecht und macht uns eine heiße Milch mit Honig. Eigentlich ist es eher Honig mit heißer Milch. »Zucker ist gut für angeschlagene Nerven«, sagt er fürsorglich.

Vielleicht sollte ich versuchen, erwachsener mit der Situation umzugehen. Lässiger, entspannter. Ich atme tief durch, aber es ist mir ein Rätsel, woher ich die nötige Souveränität nehmen soll. Ich stürze die Hälfte der Tasse auf einmal runter und verbrenne mir dabei ordentlich die Zunge. Keuchend hechte ich zum Spülbecken, um meinen flammenden Hals mit kaltem Wasser zu beruhigen. KDW beobachtet mich kopfschüttelnd. Als ich wieder neben ihn auf den Stuhl sinke, brummt mein Handy. Es ist Chris. Mit pochendem Herzen nehme ich ab.

»Hey«, sagt er, als sei nichts gewesen. »Sorry, mein Akku war alle.«

»Geht's dir besser?«, krächze ich.

»Ja, alles gut.«

»Schön.«

KDW zieht die Augenbrauen hoch und macht eine auffordernde Geste mit der Hand. »Frag ihn, ob er kommt.«

Ich schüttele den Kopf, verlasse die Küche und laufe planlos im Wohnzimmer hin und her.

»Bist du wieder zu Hause?«, will Chris wissen.

»Ja, KDW kocht.«

»Wie war's mit Caro und«, er hält kurz inne, »Paul?«

»Gut.« Und wie war's mit Naomi, will ich schreien, aber Chris soll mir gefälligst von sich aus erzählen, wo und mit wem er den Tag verbracht hat. Das tut er nur leider nicht. Ich kralle meine Finger um das Handy. Eine unangenehme Pause entsteht.

»Alles okay?«, fragt er irgendwann in die Stille hinein.

Ich schüttele den Kopf. Als könnte er das sehen. Nichts ist okay. »Ich war bei dir. Wollte dich überraschen.« Meine Stimme ist dünn.

»Oh, dann haben wir uns verpasst.«

Allerdings. So was von verpasst. Mein Hals schmerzt. Und das liegt nicht an der Verbrennung durch die Milch. Wut und Enttäuschung breiten sich wie eine Welle in mir aus und drohen mich mitzureißen. »KDW ist fertig. Ich muss auflegen.«

»Mimi?«

Ich drücke ihn weg und ignoriere seine nächsten beiden Anrufe.

»Du solltest in Ruhe mit ihm reden.« KDW betrachtet mich eindringlich, als ich mit knirschenden Zähnen wieder in die Küche komme.

»Ich weiß. Aber das ging gerade nicht.« Es gibt zwei Dinge, die mir in einer Beziehung wichtig sind: Treue und Ehrlichkeit. Chris tritt gerade beides mit Füßen. Ich greife nach einem Messer, um KDW beim Gemüseschneiden zu helfen.

»Es muss sich um ein dummes Missverständnis handeln«, bekräftigt er, während er in einem dampfenden Topf rührt.

»Was soll man da falsch verstehen? Zuerst ist er krank und will alleine sein. Dann trifft er sich mit einem anderen Mädchen.« Mit einer Sexgöttin, um genau zu sein. »Und später hält er es noch nicht mal für nötig, mir davon zu erzählen.« Wild fuchtele ich in der Luft herum, bis KDW mir zwei Tomaten reicht und dabei einen Teller als Schutzschild vor sich hält, damit ich ihm nicht aus Versehen das Messer in die Brust ramme. Wenn mir nicht so elend wäre, könnte ich darüber lachen, wie er seine Augen aufreißt und in Deckung geht. Aber so bringe ich noch nicht mal ein Schmunzeln über die Lippen.

Wir schnippeln weiter die Zutaten für die Soße klein und vermengen alles in einer Pfanne.

»Er würde dich nicht hintergehen. Das passt nicht zu ihm«, bemerkt KDW im Brustton der Überzeugung, während sich der leckere Geruch von geschmortem Gemüse in der Küche ausbreitet.

»Aber ich habe das Gefühl, ihn gar nicht zu kennen. Ich meine, was weiß ich denn schon von ihm?« Ich nippe an meiner mittlerweile trinkbaren Milch.

KDW dreht sich zu mir um und starrt mich verständnislos an.

»Bis vor Kurzem wusste ich zum Beispiel nicht mal, dass er Boardshorts zum Schwimmen trägt«, lege ich los und bin mir durchaus bewusst, wie doof sich das anhört. »Außerdem«, fahre ich schnell fort, »liebt er herbe Schokolade und Kickerspiele. Das war mir neu.«

»Alles superwichtige Sachen«, kommentiert KDW mit verschränkten Armen.

Ich ignoriere seinen sarkastischen Unterton. Will oder kann er nicht verstehen, dass es mir nicht um Einzelheiten, sondern ums Prinzip geht? »Der Kurs an der UdK, den ich für eine Art Stillleben-Seminar gehalten habe, ist in Wahrheit ein Aktzeichenkurs.« Das Wort »Akt« betone ich deutlich.

»Oh, gibt es da hübsche nackte Jungs? Dann würde

ich mich auch anmelden.« KDWs Kichern geht in ein Räuspern über. »Nee, im Ernst. Schätzchen, ich kann mir vorstellen, dass das doof ist, aber es ist doch klar, dass ihr nicht jedes blöde Detail vom anderen kennt, wenn ihr so weit auseinander wohnt. Du weißt dafür viel wichtigere Dinge über ihn.« Er schnappt sich einen Holzlöffel und runzelt nach einer Kostprobe die Stirn. Wie ein geübter Chefkoch würzt er mit verschiedenen Kräutern nach und hält dabei schnuppernd die Nase über die Pfanne.

»Und die wären?«, brumme ich trotzig.

Bevor er antwortet, hält er mir den Löffel hin. Ich nippe daran und hebe den Daumen. »Lecker.«

»Zum Beispiel, dass er sich voll und ganz für Themen und Menschen einsetzt, die ihm wichtig sind, dass er wahnsinnig kreativ ist und ein echt netter Typ.«

Und sinnlich und zärtlich und … mies und fies, vervollständige ich die Aufzählung in Gedanken.

»Teller raus!«, befiehlt KDW, bevor ich weiter in Selbstmitleid versinken kann.

»Du solltest dir vielleicht über einige Dinge klar werden.« Jetzt klingt er wie meine Mathelehrerin, die sauer ist, weil ich meine Hausaufgaben nicht gemacht habe. »Stichwort Vertrauen«, murmelt er und reibt Käse über unsere Nudeln.

Autsch. Damit legt er den Finger in meine Wunde. Ich lasse die weichen Gemüsestücke auf meiner noch immer tauben Zunge zergehen.

»Vertraust du ihm oder nicht? Ich meine, wenn ihr beide das zusammen hinkriegen und nicht nur die Momente genießen wollt, in denen ihr euch seht, dann braucht ihr eine Menge Vertrauen. Mindestens eine so große Portion wie die hier.« Grinsend zeigt er auf seinen vollkommen überladenen Spaghettiteller. »Bist du dazu bereit oder nicht? Und wie sieht er das?« Er schiebt sich eine so volle Gabel in den Mund, dass sie gerade noch durch seine Lippen passt.

»Keine Ahnung. Schwieriges Thema.«

»Hat keiner gesagt, dass es leicht ist«, nuschelt KDW, »'ne Fernbeziehung ist nun mal kein Zuckerschlecken.«

»Und wo hast du plötzlich so viel Weisheit her?«

»Man wird eben älter, klüger und reifer.« Mit einer Serviette tupft er sich Soße aus den Mundwinkeln und grinst mich schief an.

»Du und reif?«, pruste ich los. »Mir kannst du nichts vormachen, mein Lieber. Ich habe deinen Christbaumschmuck gesehen.«

»Werd ja nicht frech, sonst koche ich nie wieder für dich.« Er boxt mich in die Seite. »So, nachher essen wir noch eine Portion Double-Chocolate-Chip-Eis, ziehen uns eine neue Folge *How I met your mother* rein, und dann sieht die Welt bestimmt schon wieder ganz anders aus, hm?«

# 18

**GEGEN HALB ZEHN** machen wir es uns im Wohnzimmer bequem. Gerade will KDW die DVD einschieben, da schneit Chris herein. Er sieht bedrückt aus und bleibt im Türrahmen stehen. »Hey.«

»Hey«, antworte ich knapp mit einem Kloß im Hals.

KDW verabschiedet sich sofort. »Ich geh zu Michael. Die Serie lasse ich euch da, falls ihr später noch gucken wollt.« Er haucht uns zwei Küsschen auf die Wangen und verschwindet.

»Was war das denn für ein seltsames Gespräch vorhin?« Jetzt kommt Chris rüber und setzt sich neben mich. Da ist es wieder, dieses Flackern in seinen Augen.

Ich ziehe die Beine an und schlinge meine Arme um die Knie. Statt zu antworten, werfe ich ihm eine Gegenfrage hin. »Wieso spielst du mir was vor?« Meine Stimme ist ganz quietschig.

Verwundert zieht er die Augenbrauen hoch. »Hä?«

»Na, du hast so getan, als wärst du krank.«

Er runzelt die Stirn und sieht mich verwirrt an. Leider schaffe ich es nicht, seinem Blick standzuhalten. Ich wende mich ab und ziehe, im Kampf gegen einen plötzlichen Fluchtreflex, die Sofadecke über meine Füße. Als könnte sie den Wunsch ersticken, einfach wegzurennen.

Chris hingegen wirkt ganz ruhig. Er blickt mich offen an, vermeidet es aber, mich zu berühren. »Ich hab nicht so getan. Heute Morgen ging es mir wirklich nicht gut.«

Gut genug, um dich mit Paradies-Eva zu treffen. »Was läuft da mit Naomi?«, frage ich mit flatternder Stimme.

»Was soll da laufen? Ich verstehe mich einfach mit ihr. Das weißt du doch.«

Hitze steigt in mir hoch, und ich schiebe die Decke wieder beiseite. Diese Unschuldslamm-Nummer ist unerträglich. »Ich dachte, du würdest krank im Bett liegen. Stattdessen triffst du dich heimlich mit ihr.«

»Gar nicht heimlich«, verteidigt er sich und fährt durch seine Haare.

»Zumindest so inoffiziell, dass du mir gegenüber kein Wort darüber verloren hast.«

»Wann denn? Vorhin am Telefon, als du mich weggedrückt hast?« Jetzt ist er nicht mehr so ruhig. In seiner Stimme schwingt leichte Gereiztheit mit. Ich presse die Lippen aufeinander und starre schweigend geradeaus.

»Du warst mit Caro und diesem Paul unterwegs«, knurrt er. »Naomi rief an und fragte, ob ich spontan Zeit hätte. Also habe ich mich mit ihr getroffen. Na und?«

Es wird Zeit, zum zweiten Punkt zu kommen, der mich verrückt macht. Ich löse die Arme von meinen

Knien. »Wieso hast du mir eigentlich nicht gleich gesagt, dass du einen Aktkurs machst und dass Naomi mit den Apfelbrüsten keine Studienkollegin, sondern das Modell ist?«

Chris steht auf. Ein Grinsen huscht über seine Lippen. »Welche Frage soll ich zuerst beantworten?«

Ich bin mir bewusst, dass meine Eifersucht unreif wirkt, aber ich kann nichts dagegen machen. Genauso wenig wie gegen die Wut in meinem Bauch. Ich habe es so satt, belogen zu werden. »Ich bin bei eurer Spezialsession neulich voll ins Messer gelaufen. Das war total peinlich.«

»Tut mir leid, das sollte es nicht. Aber, Mimi, du übertreibst.«

»Ich übertreibe?«

Er läuft genauso ziellos im Zimmer herum wie ich vorhin bei unserem Telefonat. »Nur weil ich dir keine unwichtigen Details aus dem Kurs erzählt habe, musst du nicht so ausflippen.«

Mein Bauch fängt an, nervös zu kribbeln. Wenn er Miss Paradies-Eva, die ihm zu Silvester Küsschen schickt und vollkommen entblößt um ihn herumschwirrt, als unwichtiges Detail betrachtet, bitte schön. Für mich ist sie das nicht.

»Weißt du«, er setzt sich vor mich auf den Wohnzimmertisch, »durch das Fotostudio bin ich quasi mit halb nackten Modellen aufgewachsen. Bei Shootings muss immer alles schnell gehen. Da achtet niemand drauf, ob man zu viel Haut sieht. Das gehört einfach dazu und ist völlig unwichtig. Ich habe nicht gedacht, dass dir das so viel ausmacht.«

Wieder einmal wird mir klar, was für unterschiedliche Leben wir beide führen. »Du integrierst mich überhaupt nicht, und du redest nicht mit mir«, fasse ich meinen Frust zusammen.

»Ausgerechnet du wirfst mir vor, nicht zu reden?« Schwungvoll steht er auf. »Wer hat denn eine komische Nummer mit Paul am Laufen und sagt nichts dazu?«

Überrascht sehe ich ihm ins Gesicht und halte zum ersten Mal seinem Blick stand. »Jetzt verstehe ich gar nichts mehr.«

»Ach, Mimi, sei ehrlich, er bedeutet dir was.«

Ich schnappe nach Luft, doch Chris hebt warnend die Hand. »Ich habe euch gesehen auf dem Boot. Ich stand am Steg, falls du dich erinnerst.«

»Natürlich. Du hast in der Kälte gewartet und warst sauer deswegen. Klar mag ich Paul. Aber nicht so, wie du vielleicht denkst.«

»Du hingst in seinem Arm.« Chris geht langsam zum Fenster. »Es sah so aus, als würde er dich küssen. DESHALB war ich sauer. Nicht wegen der Kälte.«

Ich strecke meine Beine wieder aus, damit ich ausreichend Luft in die Lunge kriege. »Das ist doch Quatsch. Er hat bloß so getan. Und außerdem ist das alles total aus dem Zusammenhang gerissen. Es war ein Spiel, eine Übung gewissermaßen.«

»Übung?« Mit dem Rücken zum Fenster lehnt er sich gegen das Sims und verschränkt die Arme vor der Brust. »Aber du warst total enttäuscht, dass er die Party früher verlassen hat.«

»Blödsinn. Paul interessiert mich doch gar nicht.« So langsam fängt mein Kopf an zu dröhnen. Über was reden wir hier eigentlich?

»Und wieso hast du dann mit ihm geflirtet?«

Das Kribbeln in meinem Bauch breitet sich in Höchstgeschwindigkeit aus und erreicht meine Fuß- und Fingerspitzen. Meine Fäuste ballen sich zusammen. »Ich habe nicht mit ihm geflirtet.«

Ungläubig kneift Chris die Augen zusammen. »Und ich habe nicht mit Naomi geflirtet.«

Zerknirscht denke ich an die vielen SMS-Nachrichten zwischen den beiden und die vermeintliche Fachunterhaltung über den richtigen Stift, der Naomis Brüste besser zur Geltung bringt.

»Naomi hat einen Freund, falls dich das beruhigt.«

»Einen Freund?«

Er nickt. »Ja, und die beiden sind auch ziemlich glücklich miteinander.«

Ich lehne mich zurück. »Wieso hast du mir das nicht früher gesagt?« Zum ersten Mal ahne ich, was das Flimmern in seiner Iris bedeutet. Ich sehe Verzweiflung, Enttäuschung und vielleicht auch eine Prise Eifersucht darin. Die Erkenntnis, dass ich Chris verletzt habe, hinterlässt einen faden Geschmack in meinem Mund.

»Es spielte keine Rolle. Es hatte nichts mit uns zu tun«, sagt er leise.

Hat es wohl! »Ich wünschte, wir wären ehrlich zueinander, damit solche Missverständnisse gar nicht erst aufkommen.«

»Das wünschte ich auch.« Er macht einen Schritt vom Fenster weg. »Und wo wir schon dabei sind, würde mich brennend interessieren, was da zwischen dir und Lukas los ist.«

»Zählen wir jetzt alle Jungs in meinem Leben auf?« Ich bin pampiger als beabsichtigt.

Chris macht einen weiteren Schritt auf mich zu, bleibt aber mitten im Raum stehen und schiebt die Hände in die Hosentaschen. »Ich habe heute Morgen mitgekriegt, wie er angerufen hat. Das war übrigens auch ein Grund dafür, dass es mir nicht gut ging.«

»Shit, ich wollte dich nicht wecken.«

»Ist das alles, was dir dazu einfällt? Du tust immer so, als wäre er dir nicht mehr wichtig, hast aber nach wie vor Kontakt zu ihm und packst an Heiligabend klammheimlich sein Geschenk aus?« Er seufzt. »Für wie blöd hältst du mich eigentlich?«

»Das mit dem Geschenk, das war … das war …« Na super, dieses Rumgestotter macht alles nur noch schlimmer. Hätte ich bloß mit Chris darüber geredet! »Er will noch was von mir«, gebe ich kleinlaut zu. »Aber ich nicht von ihm, ehrlich. Es ist ein bisschen so wie im Sommer bei dir und Lola. Lukas macht sich vergebliche Hoffnungen. Auf dem Weg zum Bahnhof hat er mir das Päckchen quasi aufgedrängt. Ich hatte kaum Zeit, also habe ich es eingepackt. Das hatte nichts zu bedeuten. Rein gar nichts.«

»Okay. Und wieso hast du mir das nicht einfach gesagt?«

»Weil … weil …« Weil es keine Rolle spielte. Weil es nichts mit uns zu tun hatte. Verdammt. Jetzt hat Chris den Spieß umgedreht. Er schlägt mich mit meinen eigenen Argumenten. Wir schweigen. Die Luft ist raus. Ich fühle mich noch elender als zuvor. Habe ich mich wirklich genauso doof verhalten wie er? Langsam setzt er sich in Bewegung und bleibt neben dem Sofa stehen. »Ich glaube, ich gehe jetzt heim und komme morgen Vormittag wieder, okay?«

Traurig greife ich nach seiner Hand. »Bleib doch.«

»Ich muss in Ruhe nachdenken.«

Gemeinsam laufen wir zur Tür, wo ich ihn nur widerwillig wieder freigebe und mir einen flüchtigen Kuss hole.

»Es ist besser, das alles erst mal sacken zu lassen«, haucht er, und ich nicke verzweifelt.

Naomi hat einen Freund, Paul ist kein Thema, Lukas und Lola längst Geschichte. Eigentlich könnte alles perfekt sein.

Ist es aber nicht. Zwischen uns herrscht eine erschreckend kühle Distanz. Ich starre noch eine Weile ins Treppenhaus. Auch nachdem Chris schon längst verschwunden ist.

# 19

**AM NÄCHSTEN MORGEN** pocht bereits beim Aufwachen mein Kopf.

Ich fühle mich wie nach einem Super-Power-Schleudergang in der Waschmaschine: zittrig, wirr und flau im Magen. Heute Nacht habe ich mich stundenlang von einer Seite auf die andere gewälzt. Gegen drei Uhr reichte es mir. Ich nahm mein iPhone mit dem Foto von Ninas halber Tarotkarte und googelte deren Bedeutung: Licht und Wärme, Versöhnung, eine glückliche Veränderung. Klingt wie ein schlechter Scherz. Ich war kurz davor, das Handy gegen die Wand zu werfen.

Unter der Dusche erfrische ich meinen dröhnenden Schädel mit eiskaltem Wasser und mache mir hinterher einen doppelten Espresso. Tine ist schon weg. Sie hat mir einen Zettel hinterlassen, dass sie gegen acht mit KDW, Chris und mir essen gehen will. Heute ist mein letzter Tag. Verdammt! Ich überlege, noch einen weiteren Espresso zu trinken, entscheide mich aber dagegen, damit mein Herzrhythmus vor lauter Koffein nicht zu streiken beginnt und ich nicht anfange zu hyperventilieren. Als ich die Tasse in den Geschirrspüler räume, brummt mein Handy. Es ist eine Nachricht von Caro: **Wir haben uns gestern noch geküsst. Im Gewächshaus. Ich schwebe im siebten Himmel.**

**Genial**, antworte ich. **Wurde ja auch Zeit.**

**Danke fürs Nachhelfen! <3**

**Gerne ;-)**

Chris taucht um elf Uhr auf. Die Schatten unter seinen Augen verraten, dass seine Nacht kein bisschen besser war als meine. »Wollen wir rausgehen?«, fragt er.

»Gerne.« Ich warte bereits in Sneakers und Parka an der Tür, weil ich dasselbe vorschlagen wollte. Beim Laufen lassen sich Probleme am besten lösen. Vielleicht, weil man durch die äußere Bewegung auch innerlich nicht so schnell verkrampft. Wir nehmen die Tram zur Friedrichstraße und schlendern schweigend am Spreeufer entlang zum Reichstag. Keiner greift nach der Hand des anderen. Noch immer ist da diese Mauer zwischen uns.

»Und jetzt?«, frage ich nach einer halben Ewigkeit.

Chris antwortet nicht sofort. Wir gelangen zu mehreren großen Steingebilden, die den Anschein erwecken, als lägen sie hier ganz zufällig herum. Vor einem hochglanzpolierten roten Felsen machen wir halt. *Global Stone Project*, steht auf einer Tafel. Das Kleingedruckte lese ich nicht, weil ich gerade keine Lust auf Geschichtsunterricht habe.

»Ich befürchte, es wird immer eine Naomi, einen Paul oder einen Lukas geben«, sagt Chris. Seine Stimme ist sanft.

»Ähm, klar.« Erst verstehe ich nicht, wie er das meint.

Unruhig fährt er sich durch das Haar, das davon noch wuscheliger wird. Ich unterdrücke den Reflex, die abstehenden Strähnen zu glätten.

»Menschen, die für Verwirrung sorgen und uns verunsichern«, erklärt er, ohne dass ich nachhake.

»Stimmt.« In Gedanken füge ich Lola hinzu.

Er streicht über einen Stein, der an einen gestrandeten Wal erinnert. Einen Moment lang bekommt er seinen unverkennbaren Fotoblick. Diesen Ausdruck, der sich immer einstellt, wenn er etwas entdeckt, das ihn inspiriert. Als würde er in einen geheimen Dialog mit seinem Motiv treten. Ein Kribbeln strömt durch meinen Bauch. Ich möchte mich an Chris' Hals schmiegen und alle Schwierigkeiten zwischen uns vergessen. Leider verabschiedet sich die magische Stimmung genauso schnell, wie sie entstanden ist. Einen gefühlten Wimpernschlag später ist Chris' Miene wieder starr, und ich werde unsanft zurück in die Realität geworfen.

»Ich bezweifle, dass es auf Distanz funktioniert, wenn wir uns so wenig vertrauen«, flüstert er.

Ich will den Gedanken nicht zu Ende denken. »Es tut mir leid.« Damit meine ich meine grundlose Eifersucht gegenüber Naomi, den Vorwurf, er würde mich nicht in sein Leben integrieren, mein Schweigen bezüglich Lukas und meinen vielleicht verwirrenden Umgang mit Paul.

»Mir auch.« Er macht einen Schritt auf mich zu. Ganz nah ist er mir jetzt. Er drückt sein Gesicht kurz in meine Haare, bevor er wieder eine Handbreit Abstand zwischen uns bringt.

Es hat angefangen zu hageln. Millimetergroße Kugeln verteilen sich auf dem graumatschigen Rasen. »Ich hätte nicht gedacht, dass es so …« Sein Atem hinterlässt weißen Dampf in der Luft.

»Kompliziert ist?«, beende ich den Satz.

Er nickt.

»Ich hatte auch gehofft, dass es leichter wird. Aber wir wissen doch jetzt Bescheid und haben alles geklärt!?« Meine Feststellung klingt wie eine Frage. Wir werden das schon hinkriegen. Oder? Der Eisregen peitscht mir ins Gesicht. Er brennt wie kleine Nadelstiche.

»Vielleicht wäre es besser … für uns beide …«, sein Daumen fährt sanft über mein Kinn, »wenn …«

Ich sehe ihn fragend an und entdecke etwas in seinen Augen, das mich den Atem anhalten lässt. Wortfetzen und Fragen von KDW, Nina und dieser dämlichen Wahrsagerin hämmern gegen meine Schädeldecke: kein Zuckerschlecken, Unsicherheiten, Vertrauen, Illusion, Zusammenbruch … Mir wird schwindelig und schlecht. »Du meinst doch nicht etwa, wir sollten es lassen?« Diese Konsequenz habe ich bisher erfolgreich verdrängt.

Chris nickt und lässt mich langsam los.

»Nein.« Mein Murmeln geht im peitschenden Wind unter. Eine eiskalte Hand greift nach meinem Herz und umschließt es wie einen alten Bekannten. »Ich will dich nicht verlieren«, sage ich etwas lauter.

»Ich dich auch nicht.«

Aber das tust du, wenn du Schluss machst. Ich blinzele mir eine Träne aus dem Auge, und er streicht mit dem Handrücken über meine Wange.

»Vielleicht können wir …« Wieder hält er inne.

Bitte sag nicht das, was ich denke, was du sagen willst, bete ich stumm.

»… es genießen, wenn wir uns sehen, und ansonsten versuchen, Freunde zu sein?«

Er hat es doch gesagt. Die Hand zerrt brutal an meinem Herzen und reißt es aus meinem Brustkorb. Eine Windböe peitscht den Schnee auf. In den weißen Nebelschleiern verschwindet die Hand. Mit meinem Herz. Sie fliegt davon wie ein Greifvogel mit seiner Beute.

»Das kann nicht dein Ernst sein«, wimmere ich. Er kämpft nicht um mich. Versucht es nicht mal. Er gibt uns einfach so auf.

»Dann können wir uns wenigstens nicht gegenseitig enttäuschen, weil wir nicht so hohe Erwartungen aneinander haben.«

Hohe Erwartungen? Ich will doch nur mit ihm zusammen sein.

Verdammt, wieso ist er nur so vernünftig? Wieso umarmt er mich nicht weinend, weil ihm gerade das Herz bricht? Bedeute ich ihm so wenig? Ich schlucke den bitteren Geschmack in meinem Mund hinunter. Nur mit Mühe kann ich meine Zähne davon abhalten, heftig gegeneinanderzuschlagen.

»Du frierst. Lass uns gehen«, sagt Chris.

Ich nicke stumm und unterdrücke den Impuls, einfach loszurennen, weg von ihm. Wir kreuzen die Straße des 17. Juni und laufen wieder zurück zur Spree. Sie ist noch immer zugefroren. Nur am Ufer gibt es hier und da ein paar glucksende Löcher. Der Hagel hat sich in Eisregen verwandelt. Er tut fast so weh wie das Schweigen zwischen uns. Ich wickle den Schal fester um meinen Hals.

Am Reichstag bleiben wir stehen. »Wenn es okay ist, drehe ich noch eine Runde alleine«, sagt Chris.

»Ja, klar.« Meine Augen brennen vom Wind. Die Tränen, die ich zuvor gewaltsam wegpressen musste, sind versiegt und einer seltsamen Leere gewichen.

»Ich komme später wie geplant zum Essen.« Chris wendet sich ab.

»Okay.«

Schon verschmilzt seine Silhouette mit dem Grau der Stadt. Warte, will ich rufen, bevor die Dunkelheit ihn gänzlich verschluckt. Doch ich bin wie erstarrt. Es ist im Grunde alles gesagt.

# 20

**ICH SOLLTE IN DIE BADEWANNE** gehen, um mich aufzuwärmen. Oder zumindest einen Tee trinken. Aber ich will nicht. Ich lege mich ins Bett, ziehe die Decke über den Kopf und schließe die Augen.

»Schätzchen, wie geht es dir?« Draußen dämmert es, als KDW in mein Zimmer kommt. Vorsichtig schleicht er um mein Bett herum. »Habt ihr noch mal geredet? Konntet ihr alles klären? Soll ich Tine sagen, dass dein Abschiedsessen ausfällt?«

Abschied! Ich könnte schreien. Er zieht mir sanft die Decke vom Gesicht und schlägt die Hand vor den Mund. »Meine Güte, gestern dachte ich schon, das kann nicht schlimmer werden, aber es kann. Da wird noch nicht mal mein neues Magic-Face-Make-up was ausrichten. Du siehst aus wie eine Leiche.« Mitleidig streicht er über mein Haar und legt seine Hand auf meine Stirn.

Ich stemme mich hoch. »Wir haben Schluss gemacht.« Meine Stimme bricht weg.

»Waaaaaas? Wegen Naomi?«

Ich schüttele den Kopf. »Es ist kompliziert.«

Langsam schlurfe ich hinter ihm her in die Küche, wo er einen heißen Kakao macht. »Schokolade setzt Glückshormone frei«, kommentiert er, als ich die Tasse ablehne. Weder zehn Kilo Schokolade noch eine Spezialmilch aus neunzig Prozent Honig können mir jetzt helfen.

»Ich werde ein ernstes Wort mit Chris reden müssen.« KDW verzieht wütend das Gesicht.

»Auf keinen Fall. Es ist okay so, wie es ist, klar?«

»Nur wegen ein paar kleinen Komplikationen gebt ihr auf?«

»Alles andere ist zu schwierig.« Schlapp rühre ich in der Schokolade. »Wir haben uns nicht genug vertraut und würden uns nur wehtun.« Das haben wir ja bereits. Ich hätte mir denken können, dass Chris mein Verhalten gegenüber Paul komisch findet und die Sache mit Lukas' Geschenk und dem Treffen im Europapark bei ihm nachwirkt. Verbittert presse ich meine Lippen aufeinander. Da spiele ich den Amor für andere und bin in meinem eigenen Liebesleben ein Trampeltier. Ein dummes, blindes Trampeltier.

»Es funktioniert einfach nicht«, wispere ich und nippe nun doch an der heißen Schokolade. »Ich bin noch zwei Jahre in Rust, er will hier auf die Uni. Wie sollen wir eine Fernbeziehung führen, wenn wir es nicht mal ein paar Wochen schaffen?«

»Ach, Schätzchen«, seufzt KDW und umarmt mich.

Noch immer fühle ich mich seltsam leer. Und noch

immer spüre ich die eisige Kälte von vorhin in meinen Adern. Mein Hals kratzt ganz entsetzlich.

Als Tine endlich Feierabend macht, beschließen wir einvernehmlich, nicht auszugehen, sondern uns etwas beim Asiaten zu bestellen. Chris kommt kurz nach acht. Wir umarmen uns flüchtig. Ich bin wie betäubt. Unser Gespräch ist zu frisch, um wirklich bei mir angekommen zu sein. Freunde!? Wie soll das gehen, wenn man Gefühle füreinander hat?

Auch er ist blass und wirkt wie ein Schatten seiner selbst.

Zum Glück überspielt Tine die unübersehbare Spannung mit frischen Anekdoten aus der Modewelt, und KDW hält sich diplomatisch mit jeglichen Anspielungen zurück. Eine halbe Stunde später stößt Michael zu uns. Er futtert hungrig die Reste auf, die sich in etlichen Schachteln auf dem Tisch türmen, und schlägt dann eine Runde *Kniffel* vor. Lustlos beteilige ich mich daran und finde es überhaupt nicht schlimm, dass KDW und Michael sich früh verabschieden. Chris brummt etwas, das sich nach »Taxi teilen« anhört, und verschwindet mit den beiden im Flur.

**Wir haben Schluss gemacht,** bringe ich Nina per SMS auf den neuesten Stand. Ich habe mich tief in die Decke auf meinem Bett vergraben. Mein gepackter Koffer steht neben der Tür.

**OMG, hat meine Glückskarte nicht gewirkt? :-(**, antwortet sie umgehend.

**Null. Bitte nicht anrufen. Ich erzähle dir morgen alles ganz in Ruhe.**

**Okay, Süße. Umarmung aus der Ferne. HDGDL :-***

Mit geschlossenen Augen liege ich noch eine ganze Weile da, bis der Schlaf mich endlich erlöst.

Seit Stunden sitze ich reglos im Zug. Die Welt draußen fliegt nur so an mir vorbei. Der Abschied aus Berlin war herzlich. Zumindest von Tine und KDW. Caro, die eigentlich noch mit Paul zum Bahnhof kommen wollte, habe ich vertröstet. Das war mir einfach zu viel.

Chris und ich haben uns kurz umarmt und es vermieden, uns in die Augen zu schauen. Das Flackern in seiner Iris war weg. Es ist einer dunklen Traurigkeit gewichen, die einem das Herz brechen könnte. Vorausgesetzt, man hat noch eins.

Lola hat mir heute Morgen auch gesimst: **Tut mir leid! Ich weiß, wie du dich fühlst. Terrence und ich haben auch Schluss gemacht. :-(**

Sie ist also tatsächlich keine Medusa. Trotzdem will ich keinen Kontakt zu ihr. Sie ist eine Freundin von Chris, nicht von mir.

Aus meiner Tasche hole ich die Schmetterlingsbrosche, die er mir geschenkt hat. Mit dem Zeigefinger fahre ich über die gelben Flügel. Sie sind so zart und schön. Ich schlucke.

Die Schmetterlinge in meinem Bauch rühren sich nicht mehr. Vor Schock sind sie wahrscheinlich ins Koma gefallen.

Der Wind peitscht gegen das Fenster. Draußen ist es grau. Bei Chris fühlt es sich anders an als nach dem Beziehungsende mit Lukas. Damals lag mein Herz zersprengt in meiner Brust. Jetzt wurde es herausgerissen, und geblieben ist nur ein großes schwarzes Loch.

# 21

**LIEBER CHRIS,** wie geht es dir? Kopfschüttelnd drücke ich auf die Clear-Taste und setze erneut an. **Hey, Chris, du fehlst mir. Ich dir auch?** Ich halte inne und starre auf den Bildschirm. Wieso hört sich das so dämlich an? Wieso fällt es mir so schwer, die richtigen Worte zu finden und Chris zu sagen, dass ich mich nach ihm sehne, ohne gleich verkrampft zu wirken? Wieder lösche ich alles. Vielleicht sollte ich im lockeren Plauderton starten. **Hi, ist ja schon eine Weile her, dass wir voneinander gehört haben. Was treibst du so?** Klingt für den Anfang ganz gut. Jetzt mit einem unverfänglichen Thema weitermachen. **Bei meiner Rückkehr war es hier fast so kalt wie in Berlin. Der Boden war gefroren, und man konnte kaum atmen. Einmal habe ich sogar gedacht, mein kleiner Zeh wäre erfroren. Richtig gruselig. In der Schule ist es auch schrecklich kalt. Die Heizungen sind teilweise ausgefallen. Wir fragen uns schon, wann es endlich Kältefrei gibt. Vorgestern roch es allerdings zum ersten Mal ein bisschen nach Frühling. Ich**

**hoffe, er kommt bald.** Entgeistert blicke ich auf meine Worte. Sie sind hohl und nichtssagend. **Wenn du nicht bei mir bist, ist sowieso alles kalt und kahl. Daran wird auch der Frühling nichts ändern. Ich fühle mich wie ein Eisklotz. Ein elender, einsamer Eisklotz.** Langsam lasse ich meinen Kopf auf die Tastatur sinken und hebe ihn erst wieder, als ich schon Druckrillen auf der Stirn habe. **ikkuggggggggggggggggggggkkkkkkkkkkk kkuztrrdflujkjkmmmmmmmmmmmmmmmmmm mmmmmmmmmmmmmmmöääääääääääääölјbv-cxxxxxxxxxxxxxyyy.** Vielleicht sollte ich Chris dieses Buchstabenchaos schicken. Hieroglyphen drücken am besten aus, was in mir vorgeht. Ich klappe den Laptop zu und krabbele in mein Bett.

Seit meiner Rückkehr vor einer Woche ist das mein liebster Ort. Meine Mutter weiß natürlich von der Trennung, hält sich aber zurück. Wahrscheinlich haben Tine und sie beschlossen, sich nicht einzumischen. Nina kümmert sich rührend um mich. Ununterbrochen will sie mich mit der Planung ihrer Geburtstagsparty am nächsten Samstag ablenken. Als sie hörte, dass es mir schlecht geht, wollte sie die Feier sogar verschieben. Doch dafür war es bereits zu spät, weil mehrere Freunde und Verwandte extra anreisen.

Wieso meldet sich Chris eigentlich nicht bei mir? Er könnte ja auch den ersten Schritt machen. Es wäre viel leichter, auf eine Mail von ihm zu antworten. Ich ziehe mir die Decke über den Kopf. Bin ich ihm egal? Ist er froh über die Funkstille? Streicht er mich aus seinem Leben, als hätte es ein »uns« nie gegeben? Oder vermisst er mich und weiß genauso wenig wie ich, was er sagen soll? Es klopft leise an meiner Tür, und Nina schlüpft rein. »Hey.«

»Hey.«

»Zieh dich an!« Sie macht eine auffordernde Geste. »Los, los, bummel nicht rum!«

Meine Freundin kann so verdammt bestimmend sein. Beim Militär würde sie sicher eine gute Figur machen. Eigentlich wollte ich mich den Rest des Tages verkriechen und mich schlecht fühlen. Hätte ich mir ja denken können, dass Nina mir einen Strich durch die Rechnung macht.

»Husch, husch!« Sie hält mir meinen bunten Schal hin. »Zieh dich warm an.«

Murrend wälze ich mich aus dem Bett und blinzele sie an. »Was hast du vor?«

»Ablenkungsmanöver.«

Wenig später stapfen wir gemeinsam durch den knirschenden Schnee. Nina hat meine Hand genommen und lotst mich die Dorfstraßen entlang. Bestimmt will sie noch weitere Partyeinkäufe mit mir erledigen. Als der heitere Mickey-Maus-Song vom Eingang des Europaparks zu uns rüberweht und wir genau darauf zuhalten, schwant mir Schlimmes. Fröhliche Touristenmassen sind das Letzte, was ich momentan gebrauchen kann.

»Du hast doch nicht vor …« Ich bleibe stehen, aber Nina zerrt mich unbarmherzig weiter.

»Richtig erkannt. Wir zwei amüsieren uns jetzt. Die habe ich zu Weihnachten gekriegt.« Sie wedelt mit zwei Eintrittskarten herum. »So kommst du mal auf andere Gedanken.«

Andere Gedanken? Ich war mit Chris im Park. Vor gar nicht allzu langer Zeit. Noch immer schmecke ich die pappsüße Zuckerwatte, die er für uns gekauft hat, auf der Zunge. Und ich höre sein Lachen ganz nah an meinem Ohr, als wir in der Wildwasserbahn pitschnass wurden.

Nina schaut mich streng an. »Mimi, du musst loslassen.«

Ich nicke zerknirscht. Sie hat recht. »Also gut«, sage ich so überzeugt wie möglich.

Kaum angekommen, steuert sie zielstrebig auf den *Silver Star* zu. Eigentlich hasse ich diese Selbstmord-Achterbahn. Schon beim Betrachten der megahohen, schnörkeligen Schienen wird mir schwindelig. Loslassen, befehle ich mir selbst und steige neben Nina ein. Mein Herz beginnt wild zu klopfen, als sich die massiven Eisenbügel vor meinem Brustkorb schließen. Jetzt gibt es kein Zurück mehr. Ich fühle mich wie ein Astronaut, der im nächsten Moment ins All geschossen wird. Mindestens so vertikal wie eine Rakete jagt unser Waggon die steile Bahn hinauf. An der obersten Spitze bleibt er stehen und gönnt uns noch einen

Moment Ruhe. Ich greife Ninas Hand, schaue in den Himmel, schicke ein Stoßgebet hoch, und schon rattern wir über die Spitze hinweg und rasen in einem Höllentempo in den Abgrund. Es reißt mich aus dem Sitz, hoch gegen die Bügel. Für Sekundenbruchteile bin ich schwerelos. Leicht wie eine Feder. Dann lande ich wieder auf dem Hintern und fliege mit gefühlten zweihundert Stundenkilometern neben meiner Freundin über die Schienen hinweg, die in alle Himmelsrichtungen führen. Ich schreie mir die Seele aus dem Leib, schreie, schreie und höre erst wieder auf, als wir endlich im Ziel einfahren.

Mit zitternden Knien steige ich aus. Mein Puls rast, mein Herz flattert, mein Atem geht schnell, und mir ist etwas schwummrig. Aber zum ersten Mal seit meiner Rückkehr habe ich keinen Zentnersack mehr auf den Schultern. Ich bin seltsam befreit.

»Noch mal«, krächze ich.

Nina blickt mich skeptisch an. »Nee, du bist viel zu blass. Wir gehen jetzt ins *FoodLoop*. Da macht nur das Essen Loopings. Komm, lass uns die Panoramabahn nehmen.«

Sie flitzt zum alten Dampfzug, der soeben in einen der vielen kleinen Bahnhöfe einfährt. Ich hechte hinterher und lasse mir, während wir gemütlich durch den Park tuckern, von Nina erklären, was es mit dem neuen Restaurant auf sich hat. Essen und Trinken bestellt man via Touchscreen und bekommt es über ein kurvenreiches

Schienensystem vollautomatisch direkt an den Tisch geliefert. Klingt aufregend.

»Hey«, jauchzt Nina, als wir das gastronomische Highlight betreten. »Da ist Steffi aus meinem Spanischkurs.«

An einem der Tische, über dem sich eine silberne Metallwinde bis unter die Decke dreht, sitzt ein Mädchen mit langen blonden Haaren zusammen mit drei weiteren Jugendlichen. Sie winkt uns zu sich und stellt uns ihre Freunde und ihren Cousin Niklas vor. Er strahlt mich aus großen braunen Augen an. Sofort muss ich an Chris denken. Das Adrenalin von der *Silver Star*-Fahrt verpufft mit einem Schlag, und ich lande wieder auf dem Boden der Tatsachen. Schnell konzentriere ich mich auf die elektronische Bestellung.

Keine vier Minuten später stehen zwei dampfende Tassen Kakao mit Sahne vor uns. Wie die es geschafft haben, über das Schienensystem zu uns zu gelangen, ohne auch nur ein kleines bisschen überzuschwappen, ist mir ein Rätsel. Steffi und die anderen unterhalten sich fröhlich über neue Attraktionen im Park und darüber, womit sie heute noch fahren wollen. Nina genießt die ausgelassene Stimmung ganz offensichtlich, und ich versuche, wenigstens höflich zu lächeln, um kein Miesepeter zu sein. Schließlich hat meine Freundin es schon schwer genug mit mir. Niklas' interessierten Blicken weiche ich, so gut es geht, aus.

Mein Handy brummt, und auf dem Display lacht

mir KDWs Foto entgegen. Seit meiner Abreise haben wir nicht miteinander gesprochen, nur ein paarmal gesimst.

»Ich geh kurz ran«, entschuldige ich mich und nehme ab.

»Schätzchen«, quietscht es mir entgegen, »wie geht es dir?«

Eine einfache Frage, auf die es keine einfache Antwort gibt. »Ganz okay«, antworte ich vage.

Steffi klatscht kreischend in die Hände, als das Mädchen neben ihr sie mit einem Kuchenkrümel bewirft. Die anderen stimmen sofort in das Gebrüll mit ein.

»Was ist denn bei dir los?«, will KDW wissen.

Ich stehe auf und gehe zu den Toiletten rüber. »Nina hat mich in den Europapark geschleppt. Gerade trinken wir was und haben ein paar Freunde von ihr getroffen.«

Ich höre ein erleichtertes Seufzen. »Dann geht es dir gut … ihr geht es gut. Ich habe mir echt Sorgen gemacht … sie amüsiert sich wieder.«

»Ist jemand bei dir?« Normalerweise spricht er nicht in der dritten Person mit mir.

»Nur Michael«, erklärt KDW, und im Hintergrund ruft mir sein Freund ein nettes »Hallo, Mimi« zu.

»Wir vermissen dich hier.« KDWs Stimme klingt gepresst.

»Ihr fehlt mir auch.« Ich schlucke und fixiere die wackelnden Mausohren der überdimensionalen Figur vor dem Fenster. »Sehr!«

»Ich bin so froh, dass du was unternimmst und dich nicht verkriechst.«

Ich lächle müde. Wenn er wüsste …

»So muss ich mir wenigstens nur noch um einen von euch Sorgen machen.«

»Inwiefern?« Plötzlich bin ich hellwach. Ausgerechnet jetzt macht sich die Gruppe an unserem Tisch fertig, und auch Nina zieht ihre Jacke an. »Wie geht es Chris?« Ich habe Angst vor der Antwort, muss sie aber unbedingt hören.

»Na ja«, druckst KDW herum.

»Spuck's aus.« Jetzt klinge ich genau wie Nina mit ihrem Feldwebel-Ton, der keine Widerrede duldet.

Er seufzt. »Weiß ich nicht.«

»Wie jetzt?«

»Seit du abgereist bist, habe ich ihn nicht gesehen.« Vielleicht will er alleine sein, weil er leidet. Vielleicht tingelt er aber auch feiernd durch die Stadt.

»Wir haben uns nur ein Mal gesimst. Auf meine Anrufe meldet er sich nicht. Er will seine Ruhe.«

»Und was meint Tine?«

»Die ist wieder in der Weltgeschichte unterwegs. Habe schon mit Pit gesprochen, aber er kriegt ihn auch kaum zu Gesicht.«

»Muss ich mir Sorgen machen?«

»Quatsch.« Doch KDW klingt wenig überzeugt. »Kümmere dich bitte um dich selbst, Schätzchen. Ich hab hier alles im Griff.«

Steffi und ihre Freunde laufen johlend an mir vorbei. Sie winken zum Abschied. Niklas zwinkert mir mit seinen Chris-Augen zu. Währenddessen wechselt KDW gekonnt das Thema und berichtet stolz von einem Schuhladen, der sich bereit erklärt hat, zwei seiner Bommel-Kreationen ins Sortiment zu nehmen.

»Wahnsinn.« Ich klinge nicht so begeistert, wie ich gerne würde. KDW hat es verdient, endlich Erfolg mit seinen Designstücken zu haben. »Das freut mich total für dich, ehrlich.«

»Danke, Schätzchen. Dann will ich dich nicht länger stören. Ich melde mich wieder.«

»Ja, mach's gut.« Ein bisschen bedröppelt schiebe ich mein Handy zurück in die Tasche. Nina hat bereits an der Theke bezahlt. Als ich zurück an den Tisch komme, grinst sie mich verschmitzt an. »Steffis Cousin hat mich nach deiner Nummer gefragt.«

»Nee, oder?«

Jetzt nickt sie so wild, dass sie mich an die wackelnden Mauseohren vor der Tür erinnert.

»Du hast sie ihm doch nicht gegeben?«

»Quatsch, was denkst du denn von mir?« Sie legt mir einen Arm um die Schulter. »Wollen wir die anderen gleich beim *Alpenexpress* treffen und danach 'ne Dschungel-Floßfahrt machen?«

Ich schüttele langsam den Kopf. »Eigentlich möchte ich lieber heimgehen. Mir reicht es für heute. Aber du kannst gerne bleiben, wenn du magst. Ist das okay?«

»Na klar.« Verständnisvoll hakt sie sich bei mir unter. »Ich begleite dich noch zum Ausgang.«

»Komm schon. Rot oder blau?« Es ist Sonntag, und wir sitzen auf meinem Bett, wo Nina mir ihr iPad mit Bildern von riesigen Pompons unter die Nase hält.

»Gibt's kein Schwarz?«, frage ich und ernte dafür ein empörtes Schnauben.

»Das ist keine Beerdigung.«

»Du hast doch schon so viel Deko«, gebe ich zu bedenken. »Luftschlangen, Ballons und so weiter.«

»Ja, aber die Pompons sind cool. Und megagroß. Ich will ein ganzes Zimmer damit schmücken. Also gut, dann kaufe ich eben beide.« Sie schickt die Bestellung ab. »Willst du es dir nicht noch überlegen?« Sie sieht mich mit großen Hundeaugen an.

»Tut mir leid. Ich kann momentan einfach nicht auf so eine Party mit Schmusemusik …«

»Es wird nur Techno laufen. Oder meinetwegen Rock. Oder Pop.«

»… lachenden Leuten …«

»Alle müssen versprechen, ein ernstes Gesicht zu machen.«

»… und Pärchen. Das ertrage ich einfach nicht.«

Nina reibt sich die Nase. »Hm, das wird schwierig. Ich könnte ein Anfass-Verbot aussprechen. Ob die Gäste sich daran halten, wage ich allerdings zu bezweifeln.«

Ich umarme sie schwungvoll. »Danke, du bist so

lieb, aber ich will, dass du die Party genießt. Auch ohne mich.«

»Okay, ich versteh dich ja. Trotzdem. Vielleicht komme ich vorher vorbei und schleife dich zu meinem Fest, ob du willst oder nicht.« Sie klopft sich auf die Oberschenkel. »Aber jetzt gehen wir erst mal ins Kino.«

»Lieber DVD-Abend.«

»Na gut. Bei mir. Vorher müssen wir noch was erledigen.« Kurzerhand geht Nina zu meinem Schreibtisch und zieht die Schublade auf.

»He, was wird das?«

»Wo ist die Karte?«

Obwohl ich weiß, wovon sie spricht, stelle ich mich dumm. »Welche Karte?«

»Wahrsagerin, Turm, Weltuntergang«, erwidert sie im Stakkato-Stil.

Ich zeige auf das Buch neben meinem Nachttisch. Sie klappt es auf und zieht die Karte aus dem Umschlagband. »Du bist an allem schuld, du mieses Omen.« Entschlossen läuft sie zur Tür. »Los, komm mit.«

Da ich weiß, wie unnachgiebig sie sein kann, werfe ich meinen Parka über und schlüpfe in die Boots. Dann folge ich ihr nach draußen und zu ihrem Haus, wo sie schnurstracks in den Schuppen stiefelt.

»Was hast du vor?«

»Sichergehen, dass die Karte lichterloh brennt. Mit einem angemessenen rituellen Akt.«

»Aha.« Manchmal hat meine Freundin echt einen Knall. So was zaubert mir mein Herz auch nicht wieder her. Nina ignoriert meinen Widerwillen. Sie kramt den Grill hervor, organisiert eine Packung Anzünder und ein paar Holzscheite und stellt alles im Garten auf. Zum Glück schneit es gerade nicht, sodass die Flammen bald einen halben Meter hoch züngeln. Feierlich reicht sie mir die Fleischzange, an deren Ende die Karte steckt, und nickt mir zu. Wozu sie den ganzen Aufwand mit dem Anzünder und dem Holz betreibt, ist mir ein Rätsel. Wir hätten die Karte auch einfach so verbrennen können. Aber das wäre Nina wohl zu unspektakulär gewesen.

»Na gut«, ergebe ich mich in mein Schicksal. »Ich bin voll auf dem Boden der Realität aufgeschlagen. Genau wie diese Astrologie-Tante es prophezeit hat.« Trübsinnig halte ich das Bild mit dem Blitz, dem Turm und dem herunterstürzenden Menschen über den Grill. Obwohl ich die Aktion eben noch unsinnig fand, beobachte ich nun voller Genugtuung, wie sich das Papier wellt, zischend blaue und grüne Blasen wirft und schließlich ganz von den Flammen gefressen wird.

Nina legt einen Arm um mich, ohne ihren Blick vom Feuer zu lösen. »Das Loslassen hat gestern schon super geklappt. Ab sofort schauen wir nach vorne.«

Obwohl mir klar ist, dass ich noch längst nicht so weit bin, nicke ich. Am liebsten würde ich die nächsten Monate nichts anderes tun, als mich zu verkriechen und meine Wunden zu lecken.

»Was treibt ihr denn da?«, ruft Ninas Mutter aus der Küche nach draußen. »Ihr grillt doch nicht ernsthaft zu dieser Jahreszeit?!«

»Doch, aber nur das Pech«, brüllt Nina zurück. Kopfschüttelnd schließt ihre Mutter das Fenster wieder, und wir kichern ein bisschen. Danach machen wir es uns vor dem Fernseher bequem.

»Hast du ihm endlich geschrieben?« Nina hält mir eine Packung Chips unter die Nase.

»Ich kann nicht. Was soll ich denn sagen?«

»Zum Beispiel, dass du leidest wie ein Hund.« Sie schiebt sich mehrere Chips gleichzeitig in den Mund.

»Und was bringt das?«

Genervt hebt sie die Augenbrauen. »Das macht man so. Besonders, wenn man sich aufs Freunde-Sein geeinigt hat.«

Ich zucke zusammen. Das Wort »Freunde« tut in diesem Zusammenhang echt weh.

»Tut mir leid. Ich finde nur, du solltest nicht ständig E-Mails an ihn schreiben und sie nicht abschicken. Er fehlt dir. Das kannst du ihm doch sagen.«

In der Dunkelheit spaziere ich zurück nach Hause. Es ist ruhig auf den Straßen. Die meisten Anwohner sind schon in ihren Häusern verschwunden oder schlafen bereits. Die Luft ist kalt, aber angenehm klar. Sie riecht nach Natur und Eis. Über mir leuchten unzählige Sterne, die ich dank der minimalistischen Straßenbeleuchtung gut sehen kann. Das könnte ein so romantischer Moment sein. Wenn man nicht alleine wäre. Mir wird ein bisschen übel. Vielleicht waren eine ganze Packung Chips, mehrere Kugeln Eis und eine Dreivierteltafel Schokolade doch zu viel. Ich frage mich, was Chris gerade macht. Ob er auch durch die Straßen zieht und in die Sterne schaut?

Vorgestern kam eine Nachricht von Lukas, in der er sich für sein Verhalten an Neujahr entschuldigte. Er sei betrunken gewesen und hätte sich nicht im Griff gehabt. Ach nee.

Ich lehne mich an eine Laterne. Sie ist kalt und kahl. Kurzerhand nehme ich meinen Schal ab und wickele ihn um das Eisen.

**Urban Knitting in Rust-Manier,** simse ich Caro mitsamt einem Bild.

**Schickes Lampenhalsband ;-),** antwortet sie.

Mein Display blinkt erneut. Paul hat ein Selfie geschickt, auf dem er seine Wange an ihre presst.

**Klasse Paar, ihr zwei,** schreibe ich ihm.

**:-D Und was macht dein Cowboy?**

Ich lächle traurig. **Leider über Bord gegangen.**

Keine drei Sekunden später klingelt mein Handy. Es ist Paul. »Krass.« Seine Stimme klingt ehrlich bestürzt.

»Hey, Paul.«

»Schöne Scheiße! Wenn ich noch frei wäre, würde ich dich nehmen.« Er gluckst. »Au! Caro hat mich geschlagen.«

»Gut so. In ihrer Gegenwart solltest du so was nicht

sagen. Das kann man leicht in den falschen Hals kriegen. So wie Chris deine Trockenübung auf dem Boot.«

»Oh, Shit.«

Ich nicke. »Kannst du laut sagen.«

»Gib sie mir mal«, höre ich Caro im Hintergrund rufen.

Es raschelt. »Hey, Mimi, bist du etwa nicht mehr mit Chris zusammen?«

»Nee, wir haben Schluss gemacht.«

»Mensch, das tut mir leid.«

»Ja, mir auch.«

»Wollen wir die Tage in Ruhe quatschen?«

»Gerne. Habt noch einen schönen Abend.«

»Du auch, tschau! Ich drück dich.«

# 22

ENDLICH IST WIEDER WOCHENENDE. Mama will zum Friseur und danach mit ihren Kaffeeklatsch-Freundinnen ausgehen. Sie wird erst spät zu Hause sein. Nina erledigt die letzten Einkäufe für die Party, und ich bleibe den ganzen Tag im Bett. So gut es ging, habe ich ihr bei den Vorbereitungen geholfen. Die Pompons sind nicht mehr rechtzeitig gekommen, worüber sie sich maßlos geärgert hat. Zum Glück brachte ihre Mutter ersatzweise ein buntes Lametta-Sortiment aus der Weihnachtskiste, mit dem wir jeden Quadratzentimeter ihres Zimmers zugepflastert haben.

»Lass dich nicht so hängen«, tadelt mich Mama, als ich in die Küche schlurfe, um mir was zu trinken zu besorgen. Sie drückt mir einen Kuss auf den Kopf und runzelt die Stirn. »Du siehst aus wie ein Zombie.«

Instinktiv greife ich nach dem Schietwettertee, weil der am besten zu meiner Stimmung passt, und streiche mir eine Strähne hinters Ohr. »Na und, sieht mich ja keiner.«

Ich ernte ein mitleidiges Kopfschütteln. »Eine Dusche und frische Klamotten können trotzdem nicht schaden.« Sie geht zum Sofatisch und holt das Buch, das ich ihr zu Weihnachten geschenkt habe. »Magst du? Ist wirklich spannend.«

Ich nicke dankbar. In eine imaginäre Welt abzutauchen, ist genau das Richtige, um die dunklen Kastanienaugen, den holzigen Duft, die zärtlichen Arme und die weichen Lippen zu vergessen. Oh Mann, ich bin ein Wrack.

Nachdem Mama weg ist, verkrieche ich mich wieder in meinem Bett.

Erst gegen sieben schäle ich mich aus den Kissen, um mir in der Küche eine Pizza in den Ofen zu schieben. Nina schickt mir Fotos von der Party und ein Bild von sich mit einem Hundeblick, der mich doch noch zum Kommen überreden soll. Das Teewasser beginnt zu kochen, und ich nasche einen Keks.

Vielleicht setze ich mich gleich an den Computer und schreibe Chris eine Mail, die ich dann auch abschicke. Nina hat recht. Ich sollte ihm sagen, wie schwer unsere Trennung für mich ist und wie sehr ich ihn vermisse. Gedankenverloren hole ich eine Pizza Diabolo aus dem Gefrierschrank und reiße sie auf. Als es klingelt, befürchte ich, dass Nina ihre Drohung wahr macht und mich abholen kommt, um mich zu ihrer Party zu schleifen. Schnell schiebe ich mir einen weiteren Keks in den Mund.

»Ich kann echt nicht«, schmettere ich ihr durch den Flur entgegen, öffne die Tür und verschlucke mich fast an den letzten Krümeln. Da steht nicht Nina. Sondern Chris.

Ich blinzele ein paarmal, um sicherzugehen, dass ich nicht halluziniere. Immerhin habe ich mich heute ausschließlich von Tee ernährt und bin komplett unterzuckert. Aber nein, das ist keine Fata Morgana. Mit einem Rucksack über der Schulter, dicken Handschuhen und roten Wangen grinst er mich an und sieht dabei aus wie der Sohn vom Weihnachtsmann höchstpersönlich.

Verlegen streiche ich über meinen Blümchenpyjama. »Was, äh, machst du hier?«

»Darf ich reinkommen?«

»Klar.« Instinktiv trete ich zur Seite, um ihn vorbeizulassen.

»Hör zu«, beginnt er, während ich die Tür schließe, damit der eisige Wind draußen bleibt. »Du fehlst mir.«

»Du mir auch«, wispere ich. Mein Hals ist völlig ausgetrocknet.

»Ich wollte dich anrufen, dir schreiben.« Er sucht nach den richtigen Worten.

»Ich auch.«

»Aber ich konnte nicht.«

»Ich auch nicht.« Mein Gott, ich klinge wie ein Papagei, der gerade mal fünf Wörter am Stück sagen kann.

Er macht einen Schritt auf mich zu. »Paul hat sich bei mir gemeldet.«

»Paul?« Überrascht reiße ich die Augen auf.

Chris nickt. »Er hat ein paar Dinge klargestellt.«

»Ach, und was für Dinge?«

Jetzt sieht er auf meine Fußspitzen hinunter. Unsicher wackele ich mit den Zehen, die in bunten Ringelsocken stecken. »Zum Beispiel, dass er unglücklich in Caro verknallt war und du ihm geholfen hast.«

»Ich hab dir doch gesagt, dass er mich nicht interessiert.«

»Ja, ich weiß. Aber auf dem Boot sah das eben anders aus. Ich war echt eifersüchtig, Mimi.« Er seufzt. »Es tut mir leid, ich war ein Idiot.«

Ein Kribbeln breitet sich in mir aus. Will er wieder mit mir zusammen sein? Verwirrt streiche ich mir eine Strähne hinters Ohr. »Es wird immer Leute geben, die uns Schwierigkeiten machen. Das hast du selbst gesagt.« Endlich habe ich wieder Spucke im Mund.

Er nickt. Ich spüre seinen Atem an meiner Wange. »Nur, wenn wir sie lassen.« Sein Lächeln ist warm und zärtlich. Es bringt mein Herz zum Pochen. Mein Herz? Ich fasse mir an die Brust. Es ist wieder da. Die wohlbekannten Violinen setzen ein. Schnell wische ich sie weg. Es gibt keine Perspektive für uns. Das haben wir beide schon festgestellt. »Ja, aber …«

Chris kommt noch näher. Er riecht so verdammt gut. »Wir müssen uns vertrauen und offener miteinander sein.«

»Du meinst wirklich, wir sollten es noch mal versuchen?« Krampfhaft versuche ich, meinen Atem unter Kontrolle zu kriegen.

Er nickt, beugt sich hinunter, um mich zu küssen, und ich grabe meine Hand tief in sein Haar. Ich bin froh, dass er mich festhält, weil ich gerade den letzten Rest Bodenhaftung verliere.

Nach einer Ewigkeit löst er sich von mir. »Was meintest du eigentlich mit ›Ich kann echt nicht‹?«

»Na ja, Nina schmeißt heute ihre Geburtstagsparty und hat gedroht, mich zu holen, wenn ich nicht freiwillig komme. Aber ich wollte nicht.«

Überrascht zieht er die Augenbrauen hoch.

»Mir war nicht nach Feiern zumute.«

»Sie ist deine beste Freundin. Lass uns wenigstens kurz vorbeischauen und ihr gratulieren.«

»Bist du sicher?«

»Klar.«

»Okay, dann los.« Ich mache einen Schritt zur Tür.

»Äh, ist das 'ne Pyjama-Fete?«, fragt er schmunzelnd.

»Ups.« Ich bin noch immer im Blümchendress.

Nach einer ausgiebigen Dusche und einem zwanzigminütigen Styling verlassen wir das Haus.

Die Party ist schon in vollem Gange. Im Vorgarten stehen jede Menge Leute herum, die sich lautstark unterhalten. Wir schieben uns an ihnen vorbei durch die Tür.

»Ist ganz Rust heute Abend hier?«, fragt Chris von hinten. Seine Lippen berühren dabei sanft mein Ohr, und ich kriege eine Gänsehaut am ganzen Körper. »Nee, nur ein paar Freunde und Verwandte. Dachtest du etwa, wir können hier keine fetten Partys feiern?«

Chris lacht. Einen Moment lang lehne ich mich an seine Brust und genieße die Wärme, die er ausstrahlt. Erst als uns zwei vorbeilaufende Gäste anrempeln, löse ich mich von ihm und gehe weiter. Wo steckt Nina denn nur? Neben der Küche entdecke ich Steffi und Niklas.

»Hey«, schreie ich ihnen über mindestens drei Köpfe hinweg zu.

»Hey, Mimi«, brüllt Steffi zurück. Ihr Cousin fixiert mich mit seinen dunklen Augen und lächelt mich an.

»Habt ihr Nina gesehen?«

»Was?« Steffi runzelt die Stirn. Die Musik ist so laut, dass man sein eigenes Wort nicht versteht. Ich drängele mich zu ihr durch. »Ob du Nina gesehen hast?«

»Glaube, die ist in ihrem Zimmer.«

»Danke. Bis später.« Ich greife nach Chris' Hand und schlängele mich mit ihm nach oben in den Lametta-Tempel. Nina hat noch weitere bunte Papierschnipsel verteilt und eine Discokugel aufgehängt. Der Raum blitzt und blinkt wie das Schlaraffenland im Europapark. Zwischen einer Gruppe von Leuten entdecke ich sie endlich. Sie sitzt auf ihrem Bett und unterhält sich angeregt mit einem Mädchen. Hier oben ist die Musik etwas gedämpfter, sodass man wenigstens ein bisschen quatschen kann. Als sie mich sieht, springt sie auf und rast mir entgegen. Sie hat sich falsche Wimpern angeklebt, die mindestens zwei Zentimeter lang und von bunten Streifen durchzogen sind. An beiden Außenkanten laufen sie in grünen Federn aus. Passt außerordentlich gut zum schrillen Zimmer. »Wow«, stoße ich hervor. Bevor sie mich in die Arme nimmt, vollführt meine Freundin einen kleinen Freudentanz. Ein Junge neben der Tür klatscht enthusiastisch Beifall. Dann drückt sie mich fest. »Du bist doch gekommen, yeah! Schau mal, was du verpasst hättest.«

»Einiges«, versichere ich ihr.

»Zur Belohnung verspreche ich dir auch, dass niemand sich in deiner Nähe küsst. Dafür werde ich als Hausherrin höchstpersönlich sorgen. Schmuseverbot im Mimi-Umkreis von zehn Metern.«

»Nicht nötig«, presse ich unter ihrer Umarmung hervor und drehe mich grinsend nach Chris um, der im Türrahmen stehen geblieben ist.

Nina weiß sofort, wer er ist. Immerhin kennt sie ihn von Fotos. »Hi.« Sie blinzelt ein paarmal mit den Glitzerwimpern, als müsste sie, genau wie ich vorhin, sicherstellen, dass sie nicht träumt.

»Hi.« Lächelnd gesellt er sich zu uns. »Happy Birthday!«

»Danke. Du, äh, bist hier?«

»Er ist hier«, bestätige ich freudestrahlend.

Die Art, wie sie ihn ansieht, verrät mir, dass sie ihn sofort ins Herz geschlossen hat. »Wie cool. Schön, dich endlich kennenzulernen.«

»Dito. Soll ich uns was zu trinken besorgen?«, bietet Chris gentlemanlike an.

»Auf jeden Fall. Meine Fruchtbowle ist legendär. Du findest sie unten in der Küche.«

Kaum hat Chris sich auf den Weg gemacht, reißt Nina mich mit sich ins Bad. »Oh. Mein. Gott.« Sie ist ganz außer Atmen. »Ist er spontan hergekommen? Bereut er etwa, was passiert ist? Liebt er dich noch? Seid ihr wieder zusammen? Du siehst glücklich aus.«

»Ja, ja, ja und ja«, beantworte ich alle vier Fragen auf einmal.

»Hammer.« Wie ein Flummi springt Nina hoch und runter. »Du musst mir alles erzählen, haarklein.« Ihre schimmernden Augen blinken unablässig.

»Mach ich, aber nicht jetzt.« Ich linse durch den Türspalt. Mit drei Bechern beladen, bahnt Chris sich bereits einen Weg die Treppe hinauf.

Etwas enttäuscht folgt Nina mir nach draußen. »Na gut, na gut. Dann eben morgen.« Sie deutet unauffällig über das Geländer nach unten, wo Niklas Chris mit zusammengekniffenen Augen beobachtet. »Du weißt, dass du soeben ein Männerherz gebrochen hast.«

Ich zucke mit den Schultern. »Er wird jemand anderen daten müssen. Ich bin bereits vergeben.« Meine Güte, tut es gut, das zu sagen.

Nachdem wir mehrfach angestoßen haben, bleiben wir noch eine Weile auf der Galerie stehen und schauen dem Treiben der Gäste unter uns zu. Es freut mich für

Nina, dass ihre Party so ein Erfolg ist. Die ganze Vorbereitung hat sich wirklich gelohnt. Später tanzen Chris und ich eng umschlungen zu ein paar Schmusesongs, verabschieden uns aber bald darauf. Hier ist es so eng und laut und voll. Es wird Zeit, endlich alleine zu sein. Nina hat natürlich vollstes Verständnis. Bevor wir gehen, informiere ich Mama noch per SMS über den unerwarteten Übernachtungsgast. Nicht dass sie einen Herzinfarkt kriegt, wenn sie morgen früh in mein Zimmer schaut und Chris in meinem Bett findet.

**Bin bereits im Bilde ;-),** antwortet sie mir. Na klar, der Tine-Buschfunk funktioniert einwandfrei.

Draußen ist es still. Die Welt scheint für einen Moment innezuhalten. Nur der Schnee knarzt leise unter unseren Füßen. Ich höre Chris' gleichmäßigen Atem neben mir und halte seine Hand ganz fest. An der Laterne, die meinen Schal trägt, bleiben wir stehen. Der Eisgriesel glitzert im diffusen gelben Lampenlicht.

»Am liebsten würde ich dich nie mehr loslassen«, flüstere ich. »Ich will gar nicht daran denken, dass du bald schon wieder weg bist.«

Chris zieht mich an sich. »Das musst du auch nicht.«

»Wie meinst du das?«

Sanft streicht er mit der Hand über meinen Hals. »Ich werde nach Freiburg ziehen.« Er hält meinem ungläubigen Blick stand. »Das ist gleich um die Ecke. Mit dem Bus gerade mal eine halbe Stunde von hier entfernt.«

Die Tragweite seiner Worte erreicht mich in Zeitlupe. Er will umziehen? In meine Nähe? Meinetwegen? »Ist das dein Ernst? Du würdest Berlin verlassen?« Ich schlucke und schüttele dann den Kopf. »Ich möchte nicht, dass du deinen Traum vom Kunststudium für mich aufgibst.«

Chris lächelt. »Das tue ich auch nicht. Ich habe mich an der Hochschule für Kunst, Design und Populäre Musik in Freiburg beworben und werde dort studieren.«

»Echt jetzt?« Wir würden so was wie eine normale Beziehung führen. Ich starre ihn an wie Pit neulich die Marsmenschenanhänger von KDW.

»Yep. Ich will mit dir zusammen sein.«

»Ich mit dir auch.« Vor meinem inneren Auge taucht Ninas Glücks-Tarotkarte mit der lächelnden Sonne auf. Mir wird ganz warm. Als Chris meinen Mund mit seinen weichen Lippen berührt, beginnt mein Bauch zu kribbeln. Die Schmetterlinge öffnen ihre samtigen Flügel und bahnen sich ihren Weg durch meinen Körper. Ganz so, als hätten sie nie in tiefstem Winterschlaf gelegen.

Pink

Printed in Poland
by Amazon Fulfillment
Poland Sp. z o.o., Wrocław

32706258R00087

# 1 Einführung

Die Idee für dieses Buch entstand, nachdem ich mir meinen ersten Terminplaner gekauft hatte und feststellte, dass dieser mir wohl das Leben erleichterte, aber einige Unzulänglichkeiten aufwies. Mein Hauptkritikpunkt war die künstliche Trennung von Terminen und Aufgaben, was praktisch ein Hin- und Herspringen zwischen dem Kalender und der Aufgabenliste erforderte. Dieses Problem habe ich technisch gelöst, wie, werde ich in diesem Buch beschreiben.

Es wurde mir aber klar, dass es über die »technische« Lösung der Integration von Terminen und Aufgaben hinaus noch andere relevante Punkte gab, die die Effizienz von dem, was man gemeinhin »Zeit- und Aufgabenmanagement« nennt, verbessern würden. Also habe ich auf der Suche nach dem »perfekten System« tiefer gegraben, und immer mehr Fragen tauchten auf.

Offensichtlich gibt es unterschiedliche Aufgabenarten, zum Beispiel einmalige und wiederkehrende Aufgaben. Wie sollte man diese jeweils behandeln? Wie entscheidet man, ob eine Aufgabe es überhaupt wert ist, getan zu werden? Wie vermeide ich unnötige Verkomplizierungen, ich will ja keine Mondlandung vorbereiten (manche Zeitmanagement-Apps scheinen darauf angelegt zu sein, Projekte dieser Größenordnung planen zu können). Soll ich ein papierbasiertes System benutzen oder ein elektronisches? Wie treffe ich die Mitte zwischen Perfektion und Alltagstauglichkeit? Wie gut ist gut genug? Und zu guter Letzt: Wie finde ich überhaupt die Kraft, meine Aufgaben zu erledigen?

Im Übrigen sind das nun alles keine neuen Fragen, und es gibt bereits zahlreiche nützliche Antworten. In vielen Fällen ist die Lösung auch einfach eine Frage des persönlichen Geschmackes. Der Sinn dieses Buches besteht darin, dem Leser zu helfen, für sich die beste Lösung zu finden. Möglicherweise wird er sich für mein System

entscheiden, das, wie ich denke, einfach, benutzerfreundlich und alltagstauglich ist.

Ursprünglich umfasste das Buch lediglich die Beschreibung der technischen Lösung. Wie sich allerdings beim Schreiben herausstellte, ist das Thema »Zeit- und Aufgabenmanagement« in einen umfangreicheren Kontext eingebettet. Ich gebe deshalb am Anfang ein paar allgemeine Denkanstöße, um bestimmte Prinzipien zu verdeutlichen, die, wie ich glaube, immer zur Anwendung kommen sollten. Weiterhin werde ich am Ende des Buches auf das Thema »Motivation und Energie« zu sprechen kommen, denn oft haben wir wohl den Wunsch, unser Leben besser zu gestalten, lassen aber dann den Antrieb, dies zu tun, vermissen. Das wird meistens auf fehlende Willenskraft zurückgeführt. Ich glaube nicht, dass dem wirklich so ist, sondern dass uns einfach oft die Energie fehlt. Warum das der Fall ist und wie wir dieses Problem lösen können, musste deshalb ebenfalls Bestandteil dieses Buches sein.

Wer möchte, kann sich ausschließlich auf die technische Lösung konzentrieren, ich empfehle aber auch, den allgemeinen Überlegungen zu den grundlegenden Prinzipien des Zeit- und Aufgabenmanagements und der dafür nötigen geistigen und körperlichen Energie etwas Aufmerksamkeit zu schenken.

Im Anhang stelle ich eine Lösung vor, um Einwahldaten und Passwörter für Homebanking, soziale Medien und Clouddienste sicher in einem papierbasierten Zeitplaner aufzubewahren.

# 2 Struktur des Buches

**Kapitel 1**, das Sie wahrscheinlich schon gelesen haben, gibt eine kurze Einführung darüber, warum dieses Buch geschrieben wurde: um dem Leser ein simples und effizientes System des Zeit- und Aufgabenmanagements nahe zu bringen. Ich erläutere außerdem, welche grundlegenden Fragen zu beantworten waren, nachdem sich während des Schreibens sehr schnell herausstellte, dass die ursprünglich empfohlene »technische« Lösung nur die praktische Umsetzung weitaus grundlegenderer Gedanken sein kann.

**Kapitel 3** befasst sich mit diesen grundlegenden Gedanken. Sie umfassen einige Paradigmen, um den Umfang dessen, was wir überhaupt managen wollen (oder können!) zu definieren. Wenn das klar ist, zeige ich Ansätze, wie man das, was man managen MUSS, einfach hält, und verhindert, dass einem andere (und man sich selbst) im Weg stehen. Für das, was an Problemen übrig bleibt, folgen einige Lösungsmöglichkeiten, von denen 80 % eher Ausweich- und Vermeidungsstrategien sind. Denn Probleme, die man umgehen kann, braucht man nicht zu lösen. Abschließend einige Worte zu »Stress«, denn um den zu vermeiden, machen wir ja das alles.

**Kapitel 4** behandelt Ziele beziehungsweise Zielhierarchien. Es wird erklärt, wie grundlegende Ziele auf Unterziele heruntergebrochen werden. Ich werde erklären, warum manche Ziele überhaupt keine sind, gleichzeitig unerreichbare Ziele es trotzdem wert sein können, verfolgt zu werden. Sodann befassen wir uns mit der Planung der Zielerreichung und es wird erklärt, warum es manchmal besser ist, Optionen zu schaffen, statt präzise zu planen.

**Kapitel 5** führt uns an die Übersetzung der Ziele in Aufgaben heran und erläutert die unterschiedlichen Aufgabentypen. Es werden Strategien für die Behandlung der verschiedenen Aufgabentypen vorgestellt.

**Kapitel 6** stellt die Werkzeuge vor, die wir benötigen. Dazu wird zunächst auf die »Hardware« eingegangen. Es wird anhand verschiedener Kriterien erklärt, warum papierbasierte Planer elektronischen Lösungen überlegen sein können. Sodann werden einige Typen papierbasierter Planer verglichen und der Planer mit Ringbindung präferiert. Die Schwachstelle eines jeden Planers wird identifiziert, nämlich die sogenannte To-do-Liste und ihre Kombinationen mit Terminen im Kalender. Als Alternative wird das Kanban-Board angeboten und im Detail an einem Beispiel erläutert.

**Kapitel 7** erläutert, wie wir eine Synthese von Planer und Kanban erreichen. Anhand von Bildern wird detailliert erläutert, wie die Kanbankarten in den Kalender kommen und sich dort durch den »Workflow« bewegen. Es werden außerdem einige praktische Hinweise für weitere nützliche Bestandteile eines Planers gegeben.

**Kapitel 8** geht auf die Themen Motivation und Energie ein. Es wird erklärt, warum Motivation und Energie nicht dasselbe sind und warum es bei der Bewältigung von Aufgaben vor allem auf die Energie ankommt. Es werden Bereiche identifiziert, die uns unnötig Energie kosten und Hinweise gegeben, wie diese Energieverluste vermieden werden können.

**Kapitel 9** soll Sie noch einmal abschließend motivieren, Ihr Leben aktiv zu gestalten.

**Kapitel 10** ist ein Anhang, der das Thema Datensicherheit behandelt und einige Bedrohungsszenarien vergleicht. Die Schwierigkeit der Aufbewahrung von Passwörtern in einem Papierplaner wird beschrieben und eine Methode vorgeschlagen, um dieses Problem zu lösen. Da es hier etwas mathematisch wird, gibt es einen kleinen Ausflug in die Wissenschaft der Verschlüsselung und eine detaillierte grafische Beschreibung, wie man mit Bleistift und Papier absolut sicher verschlüsselt.

# 3 Grundlegende Gedanken

## 3.1 Paradigmen

Was wollen wir eigentlich? Meine Tochter, im Alter von 4 Jahren, beantwortete die Frage, was sie einmal werden wolle, kurz und klar:

»Reich und schön!«

Nun, die Schönheit habe ich ihr hoffentlich vererbt, zum reich werden bedarf es allerdings einiger Anstrengungen. Vor den Genuss haben die Götter bekanntlich den Schweiß gesetzt. Also – auf gehts! Fangen wir an zu malochen und nehmen die Dinge in Angriff! Aber halt! Besteht jetzt unser Daseinszweck darin, eine nicht endende Abfolge von Aufgaben zu lösen, von denen uns ein großer Teil von außen »aufgedrückt« wird? Schließlich ist unser Leben kein Projekt, das es irgendwie »abzuarbeiten« gilt. Es ist auch kein Computerspiel, in dem man sich von Level zu Level hocharbeitet.

Grob gesagt, kann man Lebensqualität auf zwei Bereiche reduzieren:

- Materielle Grundlagen (»Reich«)
- Geistiges und körperliches Wohlbefinden (»Schön« oder allgemeiner das Nichtmaterielle)

Die materiellen Grundlagen bilden die Basis unserer Existenz: Nahrung, Kleidung, ein Dach über dem Kopf usw. bis zum Lamborghini (und da muss es nicht aufhören).

Das geistige und körperliche Wohlbefinden misst sich an der Qualität unseres sozialen Umfeldes, an körperlicher Fitness und an – nennen wir es – »geistiger Gesundheit«, also Zufriedenheit, Ausgeglichenheit, frei zu sein von Ängsten und Zweifeln. Auch hier geht es

manchmal unfair zu, manche von uns haben es schwerer, glücklich zu sein, sei es, weil sie genetisch benachteiligt sind, z.B. durch eine Anfälligkeit für Depressionen oder Phobien oder einfach in einer schwierigen Umgebung leben.

Wir reden also über zwei Dimensionen, die man in einer Matrix darstellen kann: senkrecht die Qualität des Nichtmateriellen, waagerecht die Ausprägung des Materiellen. Ich habe simplifiziert und unterscheide nur zwischen gut und schlecht. Dazwischen gibt es unendlich viele Abstufungen. Ich zeige hier die Extreme. Die meisten Menschen sollten sich wohl im unteren rechten Quadranten wiederfinden, vermuten das aber nicht einmal, abgesehen von einer diffusen Unzufriedenheit. Denn kurioserweise herrscht dort eine gewisse Verdrängungsmentalität; manch einem, der sich durchs Leben wurstelt, ist gar nicht klar, um wie viel besser die Situation sein könnte. Man kennt es ja nicht anders. Solange man jedes Wochenende grillen und Bier trinken kann und die Medienberieselung sichergestellt ist, kann es nicht so schlecht sein.

| | Materielle Grundlage **Stark** | Materielle Grundlage **Schwach** |
|---|---|---|
| Geistiges/körperliches Wohlbefinden **Gut** | Start-up-Millionär: wohlhabend und erfolgreich, körperlich fit und allseits beliebt | Hippie: arm, aber glücklich |
| Geistiges/körperliches Wohlbefinden **Schlecht** | Leitender Angestellter: im beruflichen Hamsterrad, nicht nur leitend, sondern auch leidend. Job läuft, Familie … welche Familie? | Die sich durchwurstelnde Masse, die auf die Frage »Wie geht es?« antwortet: »Na ja, es geht so.« Das Leben hat ein paar Glanzpunkte, ist aber in Gänze nicht zufriedenstellend. |

Abbildung: 3.1./1_Lebensqualität
*Quelle: Eigene Darstellung*

Wie gesagt, die Matrix ist sehr grob und vereinfachend. Außerdem beeinflussen sich geistiges Wohlbefinden und materielles Auskommen gegenseitig. Nun hört man immer wieder, Geld mache nicht glücklich. Meistens von Leuten, die keines haben (Verdrängung!). Aber es hilft, die vielen kleinen Unannehmlichkeiten, mit denen wir täglich konfrontiert werden, besser aus dem Weg zu räumen. Oder glauben Sie, dass Sie den Tag unbeschwert genießen können, wenn Sie jedes Mal, wenn Sie in ihr Auto einsteigen, beten, dass es anspringt, weil Sie sich die Werkstatt nicht leisten können? Oder wenn Sie Ihrem Kind sagen müssen, dass es nicht an der Klassenfahrt teilnehmen kann, weil Sie das Geld dafür nicht haben? Wenn ich aber nur noch an das Materielle denke und mich, um Karriere zu machen, jeden Tag in der Firma durch den Wolf drehen lassen muss, schadet das meinem geistigen Wohlbefinden ebenso sehr.

Was ich sagen will, ist, dass wir versuchen sollten, die Balance zu finden. Gut leben, ohne im täglichen Kampf ums Dasein die Seele zu verkaufen (und sich Wirbelsäule und Gelenke zu ruinieren).

## Gesetz der abnehmenden Grenzerträge

Wenn wir uns in Richtung der oberen linken Ecke in der Matrix bewegen wollen, sollten wir außerdem berücksichtigen, dass in beiden Dimensionen das Gesetz der abnehmenden Grenzerträge gilt. Man kann grob sagen, dass die ersten 80 % des Ergebnisses 20 % des Aufwandes erfordern, um die letzten 20 % herauszuholen, brauchen Sie 80 % der Anstrengung oder das Vierfache. Das trifft nicht nur auf messbare Ergebnisse, sondern auch auf unsere Wahrnehmung zu. Eine absolute Verbesserung ist vom Empfinden her relativ gesehen immer weniger wert.

### *Beispiele*

Als ich mein erstes Auto im Alter von 29 Jahren kaufen konnte, war das für mich im Verhältnis gesehen, eine wesentlich größere Verbesserung als der Umstieg von einer Massenmarke auf ein teures Auto zwanzig Jahre später. Jeder zusätzliche Euro kauft immer weniger zusätzlichen empfundenen Wert. Und so war übrigens die größte relative Verbesserung meiner Mobilität mein erstes Fahrrad.

Wenn Sie ins Fitnessstudio gehen, um muskulös zu werden, werden Sie am Anfang mit relativ wenig Aufwand erstaunliche Ergebnisse erzielen. Aber irgendwann erreichen Sie ein Plateau, von dem es nicht mehr weitergeht. Um jetzt noch stärker oder besser modelliert zu werden, ist eine neue Größenordnung an Aufwand nötig, der sich nicht nur auf einen enormen Anstieg des Zeitaufwandes und der Intensität des Trainings bezieht, sondern eine Änderung der gesamten Lebensweise (Ernährung) erfordert. Jede zusätzliche Stunde im Fitnessstudio bringt immer weniger Muskelzuwachs.

Wie meine Mutter zu sagen pflegte: »Junge, übertreibe es nicht!« Und »Der Überfluss ist genauso schädlich wie der Mangel!«

Wenn man sich über diese Sachverhalte im Klaren ist, kann man anfangen, Ordnung und Struktur in sein Leben zu bringen, und zwar in einer ausgewogenen Weise. Termin- und Aufgabenplanung ist ein Werkzeug dazu.

Es ist hilfreich, sich dabei an einigen grundlegenden Paradigmen zu orientieren:

### 3.1.1 Komplexität reduzieren

Wir leben in einer komplizierten und komplexen Welt. Kompliziertheit und Komplexität sind zwei verschiedene Dinge. Um ein Beispiel zu nennen: Eine mechanische Uhr ist kompliziert. Sie besteht aus vielen Einzelteilen, die genau zusammenpassen, auf bestimmte Weise interagieren und ein System bilden. Wir sind in der Lage, dieses System genau zu definieren, indem wir jedes einzelne Teil und alle Interaktionen zwischen den Teilen präzise beschreiben. Wir wissen genau, was die Uhr macht und wie sie es macht. Man kann exakt dieselbe Uhr immer wieder bauen und sie wird genauso funktionieren wie die erste.

Ein komplexes System hingegen produziert Ergebnisse, die nicht mehr exakt vorhersagbar sind, sondern denen wir nur eine bestimmte Wahrscheinlichkeit zuordnen können. Das ist in der Regel der Fall, wenn einzelne Komponenten des Systems verschiedene andere Komponenten beeinflussen, Wechselwirkungen nicht-linear sind und Rückkopplungseffekte existieren. Kurz gesagt, wenn alles mit allem zusammenhängt. Für den Außenstehenden hat es den Anschein, als ob solch ein System ein Eigenleben hat (zum Beispiel Ihr Computer, der von Zeit zu Zeit ein eigenes Bewusstsein zu entwickeln scheint und dann »macht, was er will«).

Ein typisches Beispiel ist das Wetter. Wir können mit einer gewissen Wahrscheinlichkeit vorhersagen, in welchem Bereich sich die Niederschläge in einem bestimmten Gebiet morgen bewegen werden. Aber niemand kann sagen, wie viel es exakt zu einer genauen Zeit an einem konkreten Punkt regnen wird. Und nicht nur das: es können auch völlig unerwartete Ereignisse eintreten, es kann zum Beispiel hageln …

Komplizierte Systeme können komplex werden bzw. wenn wir nicht aufpassen, können wir sie komplex machen. Beispielsweise ist die Organisation einer Hochzeit kompliziert. Eine Menge Dinge und Leute müssen zur richtigen Zeit am richtigen Ort sein. Wie macht man so etwas komplex und legt den Grundstein für ein richtiges Desaster? Indem man den gesamten Prozess auf verschiedene Akteure aufteilt, die miteinander nicht oder nur unzureichend kommunizieren bzw. deren Verhalten man nicht vorhersehen kann.

### *Beispiel*

Sie möchten heiraten. Die Trauung findet im 10 km entfernten Nachbarort statt, die Mehrzahl der Gäste ist aber in einem Hotel in Ihrem Heimatort untergebracht. Das bringt ein Transportproblem ins Spiel und damit zusätzliche Kompliziertheit. Diese wird nicht erkannt, sondern es wird angenommen, dass jeder schon irgendwie zur Feier kommt. Nun wird es komplex, denn alle wollen zur gleichen Zeit unabhängig voneinander ein Taxi bestellen. Jede Bestellung beeinflusst somit das Taxiangebot und damit die Verfügbarkeit für die anderen Gäste. Und so trifft eine schlagartig erhöhte Nachfrage nach 15 Taxis auf ein Angebot von 5. Gleichzeitig findet vielleicht noch ein Kongress statt und reduziert zusätzlich das Angebot (Merke: Alles, was schief gehen kann, wird irgendwann schiefgehen, und zwar dann, wenn der größtmögliche Schaden angerichtet wird und gleichzeitig, wenn man am wenigsten damit rechnet). Die Straße zwischen den beiden Orten ist an einer Stelle wegen eines Unfalls gesperrt mit einer langen Umleitung. Während Sie nervös vor dem Standesamt herumzappeln, versuchen Sie mit ihrem Mobiltelefon der Lage Herr zu werden. Dummerweise gibt es in dem Kaff kein stabiles Netz (sie haben natürlich nicht mit so etwas gerechnet) und sie müssen auf den Dachboden des Standesamtes gehen, um Empfang zu haben. Dort bleiben Sie mit der Hose an einem Nagel hängen – ratsch! Nach zwei Minuten macht dann Ihr Akku schlapp …

Karl Popper hat einmal gesagt: »Alles Leben ist Problemlösen.« Ich würde in aller Bescheidenheit ergänzen, dass Komplexitätsreduktion eine wichtige Rolle beim Problemlösen spielt.

Zunächst einmal versucht man dabei, alles so einfach wie möglich zu halten. Das heißt vor allem, Interaktionen und Abhängigkeiten zu reduzieren. Abhängigkeiten von nicht zu beeinflussenden Faktoren

werden auf lange Sicht immer zu Problemen führen. Notwendige Interaktionen mit anderen Akteuren verlangen klare Kommunikation, vor allem glauben Sie nie zu wissen, was andere denken. Und im Umkehrschluss glauben Sie auch nicht, dass andere wissen, was Sie denken. Viele Probleme rühren von simplen Missverständnissen her.

Machen Sie vor allem keine komplizierten Pläne, es sei denn, Sie wollen Gott zum Lachen bringen!

Da das nicht immer möglich ist, sollte man Optionen (der berühmte Plan B) schaffen, um bereit zu sein für

- Das Wahrscheinliche (Wenn es Winter ist, sollte man Scheibenenteiser im Auto haben)
- Das Unwahrscheinliche (Blitzeis auf der Autobahn, alles steht, und zwar bis zum nächsten Morgen. Eine Decke im Kofferraum, eine Flasche Wasser und ein paar Schokoriegel im Handschuhfach können nie schaden)
- Das »Unmögliche« (Da kann ich nur sagen, es empfiehlt sich, immer ein Taschenmesser dabei zu haben)

Das heißt, wir sind sehr stark von externen Faktoren abhängig, die wir weder beeinflussen noch in allen Fällen voraussehen können. Also – halten Sie alles einfach und überschaubar, soweit das möglich ist! Falls Sie eine größere Aktion vorhaben wie die erwähnte Hochzeit, testen Sie das Set-up, wenn Sie können, zum Beispiel in kleinerem Rahmen mit einer Geburtstagsfeier. Amundsen ist auch nicht aus dem Stand zum Südpol aufgebrochen, sondern hat in Nordnorwegen sukzessiv größere Expeditionen unternommen, auf denen Schwachstellen und Risiken identifiziert und ausgemerzt werden konnten. Sein Konkurrent hat das nicht gemacht, mit letalem Ausgang.

### 3.1.2 Fremdkontrolle minimieren

Wer hat nicht gerne sein Leben unter Kontrolle? Nun, unser Leben wird immer kontrolliert, aber leider oft nicht von uns selbst. Der Teil, den wir selbst kontrollieren, ist die Selbstbestimmung, der Teil, der von anderen kontrolliert wird, ist die Fremdbestimmung. Daneben gibt es noch objektive Gegebenheiten, die ebenfalls »sind, wie sie sind«. Man könnte sie als unveränderbaren Teil der Fremdbestimmung sehen. Die Grenze zwischen Selbstbestimmung und Fremdbestimmung ist verschiebbar, allerdings nicht beliebig. Ein Teil der empfundenen Fremdbestimmung ist subjektiv, das heißt, es handelt sich um als objektiv empfundene Zwänge, die aber nur in Ihrem Kopf existieren. Und zwar perfiderweise, ohne dass Ihnen das bewusst ist. Das betrifft vor allem soziale Verpflichtungen und Gruppendruck. Nein, ich »muss« nicht zum Geburtstag eines Onkels gehen, den ich hasse. Die Kunst ist, die Balance zu finden zwischen dem, was man noch bereit ist, in Kauf zu nehmen, und dem, wo man sagt »Ihr könnt mich mal …«. Manch einer braucht mehr Zuneigung und Bestätigung durch andere und »bezahlt« das mit dem Zurücknehmen der eigenen Persönlichkeit, manch einer hat einfach ein dickeres Fell. Insgesamt gilt: Je selbstbestimmter man ist, desto freier, glücklicher und stressfreier lebt man.

Mit manchen Dingen muss man einfach leben. Regen Sie sich nicht über Dinge auf, die Sie nicht ändern können. Fokussieren wir uns also auf den Teil unseres Lebens, den wir selbst bestimmen können. Dieser Teil kann und soll optimiert werden, um für uns das meiste herauszuholen.

### 3.1.3 Einfachheit und Robustheit anstreben

Das geht ein bisschen in die gleiche Richtung wie die Komplexitätsreduktion. Während allerdings die Komplexität einer Sache vor allem durch Wechselwirkungen zwischen ihren einzelnen Teilen bestimmt wird, geht es hier um die Einzelteile an sich. Was heißt einfach und robust? Es gibt die Anekdote, dass die Amerikaner für ihre Astronauten ein Schreibgerät brauchten, das in der Schwerelosigkeit, unter Wasser und auf dem Kopf stehend funktioniert. Dafür wurde für viel Geld der »Space Pen« entwickelt, ein Kugelschreiber, dessen Mine mit einem komprimierten Gas unter Druck gehalten wird. Ich habe auch einen, die Schreibqualität ist eher mäßig. Die Russen nahmen einfach einen Bleistift ..., das ist preiswert und er tut, was er soll (Man sagt, dass diese Geschichte nicht wahr ist, aber wenn sie auch nicht wahr wäre, so ist sie doch gut erfunden). Ich komme auf das Thema später zurück, wenn es um die Unterschiede von Papierplanern und Mobiltelefon-Apps geht. Dazu nur so viel: Mein Terminplaner braucht keine Internetverbindung und er hat auch keine Batterie, die plötzlich leer sein kann. Einfach und robust.

### 3.1.4 Dopaminsucht stoppen

Das letzte Paradigma hat mit Selbstsabotage zu tun. Unser Primatengehirn ist darauf ausgerichtet, ständig die Umwelt nach Nahrung, Sexualpartnern und Bedrohungen abzusuchen. Sie sehen den Unterschied zu anderen Lebewesen in jedem Zoo. Während die Büffel ruhig vor sich hin grasen, sind die Schimpansen immer in Bewegung. Den hyperaktiven Affen, die wir Menschen sind, wird schnell langweilig. Unser Gehirn braucht einfach permanent ein gewisses Reizniveau. Jeder hat hier seine eigene Schwelle. Manche Menschen können stundenlang aus dem Fenster schauen, ohne an etwas zu denken. Andere sind mehr vom Typ Zappelphilipp. Wird

diese persönliche Schwelle überschritten, leiden wir unter Reizüberflutung, wird sie unterschritten, versuchen wir die Lücke zu füllen. Wenn genau das richtige Reizniveau erreicht wird, fühlen wir uns wohl. Unser Belohnungssystem wird aktiviert, schüttet Dopamin aus und wir sind glücklich. Das Perfide dabei ist, dass die Dopaminausschüttung schon einsetzt, bevor wir etwas tun, was mit einer Belohnung verbunden ist. Gleichzeitig wird das Belohnungszentrum im Gehirn aktiviert. Wir wollen jetzt Aktion und möglichst eine Belohnung, und zwar sofort!

Der bloße Gedanke reicht aus. Wie man zu sagen pflegt: »Vorfreude ist schöner als Weihnachten!«. Es wird sozusagen der Hahn gespannt, wir müssen nur noch abdrücken.

Und so wedelt unser Unterbewusstsein ständig mit der Aussicht auf die nächste Annehmlichkeit vor unserer Nase herum. Und natürlich ist es genau wie Oscar Wilde zu sagen pflegte: »Ich kann allem widerstehen, außer der Versuchung.«

Das Mobiltelefon ist die perfekte Maschine, um diese Reiz-Belohnungs-Kette ständig aufrechtzuerhalten. Bling! Eine Nachricht, gleich nachschauen! Und so geht es in einem fort. Hinterhältigerweise sind die meisten sozialen Medien und Webseiten so gestaltet, dass man animiert wird, »drauf zu bleiben«. Die ausgeklügelten psychologischen Strategien dahinter kann man nur noch als bösartig bezeichnen. Jedes Youtube-Video kommt mit Empfehlungen für das nächste Video, jede Nachricht animiert zu einer Antwort. Nachrichten von unseren Freunden oder wen wir dafür halten … Bling, bling, bling. Ich bin immer wieder erstaunt, wenn ich sehe, wie Leute im Restaurant, nachdem das Essen serviert ist, dieses erst einmal fotografieren und die Bilder an sämtliche Kontakte in ihrem Adressbuch senden. Natürlich müssen die Empfänger das jetzt auch kommentieren, und sei es nur mit einem Emoji. Schon hat man wieder ein Nachrichten-Ping-Pong gestartet, mit dem man sich während der Mahlzeit beschäftigen kann. Man weiß zwar hinterher nicht mehr,

was man eigentlich gegessen hat, aber das kann man ja jederzeit in den Fotos nachschauen. Langeweile im Bus? Gott sei Dank ist das nächste Bling nicht weit!

Da man Nachrichten per Verteiler an mehrere Adressaten schicken kann, ist es möglich, ganze Kaskaden von trivialen Nachrichten, Kommentaren dazu und Kommentaren zu den Kommentaren auszulösen. Und so verschwendet man seine Zeit mit einer Art verbaler Selbstbefriedigung und die Zeit anderer gleich mit.

Nutzen Sie soziale Medien sparsam, um mit Menschen, die Ihnen wichtig sind, zu kommunizieren, und beschränken sie die Kommunikation auf Inhalte, die es wirklich wert sind, geteilt zu werden. Wenn mir morgens das Marmeladenbrot runterfällt, muss das nicht die ganze Welt erfahren.

Eine Spielart dieser Art von Zeitverschwendung ist das ständige Konsumieren von »Nachrichten«. Der größte Teil dieser sogenannten Nachrichten, mit denen uns die Medien pausenlos überfluten, bezieht sich auf den berühmten Sack Reis, der in China umfällt, also auf Dinge, die für uns völlig irrelevant sind (zum Beispiel, wie vorhin in einem »Qualitätsmedium« gelesen, dass sich heute Morgen ein besoffener Autofahrer in Hintertupfingen mit seinem Wagen überschlagen hat, ihm aber glücklicherweise nichts passiert ist. Einfluss auf mein Leben – null!). Außerdem sind die meisten Nachrichten schlechte Nachrichten. Wie ebenfalls heute Morgen (wieder einmal) berichtet wurde, könnten die Aluminiumsalze in Deodorants schädlich sein. Nichts Genaues weiß man zwar nicht, aber was wäre, wenn? Da bleibt zumindest ein mulmiges Gefühl. Nachdem man die Zeitung gelesen hat, möchte man meinen, der Weltuntergang stünde unmittelbar bevor. Hysterie und Panik, es ist nur nicht klar, ob wir alle demnächst ertrinken, weil die Polkappen abschmelzen oder wir dagegen von einem Asteroiden erschlagen werden. Und überall russische Hacker, mein Gott!

Verschwenden Sie nicht Ihre Zeit. Man muss nicht so radikal sein wie ich und prinzipiell keine sozialen Medien nutzen (ich kann damit einfach nichts anfangen). Wie immer tut es not, das rechte Maß zu finden.

Noch eine letzte Bemerkung zur E-Mail. Und zwar deshalb, weil wir zu ihrer Benutzung in der Regel aus beruflichen Gründen gezwungen sind, wir kommen da also nicht so einfach raus. Eine rechte Plage, befeuert durch das ständige Gefühl, etwas zu verpassen. Jeder weiß, dass dem nicht so ist, trotzdem nimmt das Bedürfnis, jede Nachricht sofort zu lesen und zu beantworten, bei vielen suchtartige Züge an. Deshalb hier ein paar Punkte, die helfen können, mit dem Problem fertig zu werden:

- Schauen Sie nur zu bestimmten Zeiten in Ihre Mailbox
- Schalten Sie Benachrichtigungen ab
- Benutzen Sie die dienstliche Mail nicht zu Hause und in der Freizeit und VOR ALLEM nicht im Urlaub (Abwesenheitsnachricht einschalten)
- Antworten Sie nicht auf Mails, wenn keine Antwort erwartet wird
- Antworten Sie nicht auf Mails, in denen Sie nur »cc:« sind, diese sind nur zur Kenntnisnahme
- Unterbrechen Sie endloses Hin und Her mit einem Anruf (zumal Sie sicher schneller sprechen als schreiben können)

Sie haben Angst, etwas zu verpassen? Keine Sorge, wenn etwas wirklich wichtig und dringend ist, erreicht man Sie schon, dann klingelt das Telefon! Und ich habe jedes Mal folgende Erfahrung gemacht, wenn ich von einem zweiwöchigen Urlaub an den Arbeitsplatz zurückgekehrt bin: Viele superdringende Dinge aus den Mails während dieser Zeit hatten sich schlicht und einfach bereits von selbst erledigt.

Kleiner Tipp: Sollte Ihnen im Büro ohne ständige E-Mail-Benutzung langweilig werden (soll es ja geben), lesen Sie auf dem PC mit der Kindle-App ein Fachbuch; wenn man nichts zu tun hat, kann man sich zumindest weiterbilden. Weniger Bildungshungrige spielen auch Solitär …

## 3.2 Problemlösungsstrategien

### 3.2.1 Vermeiden

Die meisten Ihrer Probleme sind überhaupt nicht Ihre Probleme, sondern es sind die Probleme anderer, die man Ihnen aufhalst. Sie zu lösen, bringt Sie keinen Schritt weiter, außer dass jemand Ihnen sagt, was Sie doch für ein toller Kerl sind. Diese Person macht das, um Ihnen ein gutes Gefühl zu geben, so dass Sie gerne das nächste Problem auf sich abladen lassen. Das nennt sich im Englischen »Monkey-Transfer«, eine deutsche Entsprechung habe ich nicht gefunden. Vielleicht noch »Arbeit abdrücken«.

Vor allem Ausdrücke wie »Können wir …« oder »Wir sollten …« müssen Sie sofort stutzig machen. Das ist Monkey-Transfer mit Ansage.

Helfen Sie Menschen, die auch Ihnen helfen und die Ihnen wichtig sind. Ignorieren Sie Abdrücker, nach einer Weile werden diese Sie in Ruhe lassen, wenn sie merken, dass hier nichts zu holen ist. Eine gute Strategie, deren Wirksamkeit auch experimentell bewiesen wurde, ist »Wie Du mir, so ich Dir!« oder auf Englisch »Tit-for-tat!«. Auf lange Sicht zahlt sich kooperatives Verhalten immer aus, wenn es von beiden Seiten gezeigt wird.

Hier der Algorithmus für »Tit-for-tat« als Schema:

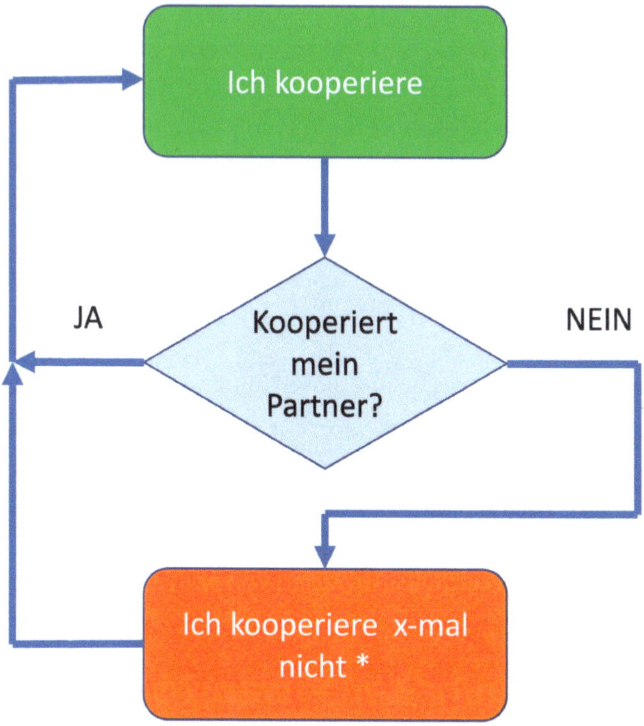


Abbildung: 3.2.1./1_Tit-for-tat
*Quelle: Eigene Darstellung*

* Der springende Punkt hier ist das x! Wie oft sollte man die Kooperation verweigern, um einen (potenziellen) Partner zur Kooperation zu erziehen? Ich empfehle, mit 1-mal anzufangen. Das reicht bei den meisten Leuten aus, um ihnen klarzumachen, dass es nichts für umsonst gibt. Man kann dann vorsichtig steigern, falls die Botschaft nicht verstanden wird. Alles größer als 3 kann in einer Dauerfehde enden, da der Partner, wenn irgendwann wieder ein Kooperationsangebot gemacht wird, dieses dann für einen Trick hält oder möglicherweise gar nicht als solches erkennt.

### 3.2.2 Verschieben!!!

Jawohl, Sie haben richtig gelesen, verschieben. Manchmal erledigt sich ein Problem von selbst. Churchill soll in Anbetracht der drohenden deutschen Invasion gesagt haben: »Ein Problem, das man verschieben kann, ist schon halb gelöst!« Er hatte recht, auf anderen Kriegsschauplätzen passierte einiges, Prioritäten wurden neu gesetzt, und irgendwann war das Problem vom Tisch. Aber Vorsicht, manche Probleme haben die unangenehme Eigenart, größer zu werden, wenn man sie lässt. Einen kaputten Dachziegel sollte man sofort ersetzen, bevor das ganze Dachgebälk verrottet ist. Siehe nächster Punkt.

Andererseits gilt aber auch die Regel »Repariere es nicht, wenn es nicht defekt ist!« Das gilt besonders für alles, was mit Computern zu tun hat. Ich habe schon erlebt, dass jemand seinen kompletten PC in den Auslieferungszustand zurückversetzt hat, nur weil er das Hintergrundbild, das er nicht mehr mochte, ändern wollte. Wie immer helfen Nachdenken und das Abwägen von Nutzen und Risiko.

### 3.2.3 Klein halten – wehret den Anfängen!

Nicht alles kann man vermeiden oder verschieben. Und in manchen Fällen kann ein Verschieben fatal sein, nämlich dann, wenn ein Problem mit der Zeit größer wird. So wie ein Loch im Zahn weder von allein verschwindet noch kleiner wird. Da muss man gleich ran und kommt mit einer Füllung davon, der Preis des Verschiebens ist die Wurzelbehandlung.

### 3.2.4 Verwandeln oder transferieren

Ein Problem in ein anderes zu verwandeln, das leichter gelöst werden kann, ist oft ein eleganter Weg.

### *Beispiel*

Wenn ich mein Badezimmer gereinigt habe, habe ich immer die Klobürste und den dazugehörigen Behälter gereinigt. Das allein hat mir den ganzen Spaß am Putzen verdorben. Jetzt mache ich das anders: Ich werfe die Klobürste jedes Mal weg und kaufe eine neue, die billigsten kosten einen Euro, das ist zu verschmerzen (wenn möglicherweise auch umweltpolitisch nicht ganz korrekt). Ich habe also das Problem »unangenehme Arbeit« durch ein anderes »1 Euro Kosten« ersetzt, das allerdings für mich subjektiv kleiner ist. Sie werden staunen, wie viele Probleme sich lösen lassen, indem man sie mit ein bisschen Kreativität durch ein anderes ersetzt.

Vor allem eingefahrene Gewohnheiten sollte man von Zeit zu Zeit hinterfragen (Was wäre, wenn ich etwas anders mache oder auch nicht mehr mache?)

### *Beispiel*

Meine Zimmerpflanzen müssen von Zeit zu Zeit mit Wasser besprüht werden, das entfernt den Staub von den Blättern und ist generell gut für die Pflanzen. Besprühen mit einem Wasserzerstäuber bewässert aber gleichzeitig auch die hölzernen Fensterbänke, was nicht gut ist. Außerdem ist das normale Leitungswasser ziemlich hart und macht Kalkflecken. Die Pflanzen in die Badewanne stellen und »duschen« kann man machen, führt aber immer noch zu Kalkflecken. Die Lösung ist, wenn es regnet, die Blumentöpfe rauszustellen, wo sie mit weichem Regenwasser völlig umsonst berieselt werden.

### 3.2.5 Lösen

Wenn nun das vorher Gesagte alles nichts hilft, müssen wir das Problem halt lösen … Oft kommen wir da nicht drum herum, aber es macht sich immer bezahlt, vorher ein bisschen nachzudenken.

## 3.3 Was ist Stress?

Ich möchte an dieser Stelle noch auf einen wichtigen Punkt eingehen: Stress. Und zwar deshalb, weil die Kontrolle unseres Lebens sehr viel damit zu tun hat, mit Stress fertig zu werden. Wörtlich übersetzt bedeutet Stress, eine Belastung durch eine äußere Kraft, zum Beispiel Druck oder Zug. Wir meinen meistens psychischen Stress, wenn wir den Begriff benutzen, also mental empfundenen Druck. Stress kann übrigens positiv und negativ sein. Freude kann eine als angenehm empfundene Anspannung auslösen, das wird dann als Eustress bezeichnet, im Gegensatz zu Disstress, der als negativ empfundenen Anspannung. Aber in der Regel meinen wir die negative Variante, wenn wir sagen, wir stehen unter Stress. Oft wird Stress mit Zeitdruck gleichgesetzt. Das ist falsch, weil es nicht das gesamte Phänomen abdeckt. Zeitdruck kann zwar Stress verursachen, ist aber nicht die einzige mögliche Ursache. Ich persönlich würde Stress definieren als die Diskrepanz zwischen Wollen/Sollen und Können. Ein äußerer Einfluss, mit dem wir nicht »zurechtkommen«, wird als Stress empfunden. Unsere natürliche Reaktion auf die Notwendigkeit zu handeln, ist der Reflex, entweder wegzulaufen (»flight«) oder zu kämpfen (»fight«). Nun sind in der Zivilisation die Stressoren oft von einer Art, gegen die weder das eine noch das andere hilft. Wenn Sie zum Beispiel bei Ihrer ersten Fahrstunde unter extremer Reizüberflutung leiden und Schweißperlen so groß wie Billardkugeln auf der Stirn haben, können Sie weder aus dem Auto springen noch voll aufs Gas treten, um die Vorfahrt zu erzwingen. Man könnte also auch sagen, (unbewältigter) Stress ist heutzutage das Aufeinandertreffen von archaischen, genetisch programmierten Verhaltensweisen und modernen Herausforderungen.

Interessanterweise zeigen wir unsere natürliche Reaktion auf Stress nicht nur, wenn wir diesen im aktuellen Moment erleben. Auch nur erwarteter Stress wird bereits als unmittelbare und präsente Bedrohung empfunden.

- Präsent: Der Zahnarztbesuch kommende Woche stresst uns schon heute
- Unmittelbar: Eine Konfrontation mit einem Kollegen wird als stressige Erfahrung erlebt, und zwar auch dann noch, wenn sie längst vorbei ist und wir das Büro bereits verlassen haben

Zum Zahnarztbesuch: Wir können nächste Woche noch genug Angst haben, für heute ist die ganze Sache irrelevant, einfach nur ein Gedanke, sonst nichts. Und zum Kollegen: Er oder Sie mag mich jetzt nicht mehr. Na und? Kann er mir schaden? Wenn nicht, ist auch das irrelevant. Hat sie Sie beleidigt? Kann sie gar nicht. Sie können beschließen, sich beleidigt zu fühlen. Niemand kann Ihnen mit Worten Leid zufügen. Dazu gibt es übrigens ein schönes Zitat von Schopenhauer: » … die Ehre ist, objektiv, die Meinung anderer von unserm Wert, und subjektiv, unsere Furcht vor dieser Meinung.« Furcht ist nur eine weitere Manifestation von Stress. Wir sind durch unsere Erziehung darauf konditioniert, mit genau dieser Furcht ständig zu leben, ist sie doch ein hervorragendes Mittel zur Manipulation. Vielleicht können Sie das nicht völlig abstreifen, aber seien Sie sich dessen wenigstens bewusst, auch das hilft schon. Nun ist jeder unterschiedlich stressresistent, was dem einen völlig am A …sch vorbeigeht, wie es so schön heißt, beschert dem anderen schlaflose Nächte. Aber indem man etwas reflektiert, kann man den empfundenen Stress - und Stress ist fast immer lediglich empfunden - möglicherweise etwas abmildern. Seien Sie ruhig ein bisschen fatalistisch und sagen Sie sich »Na und?« Bus verpasst? Na und, komme ich eben mal zu spät, meistens hat das überhaupt keine Konsequenzen. Manche Leute kommen übrigens immer zu spät und fühlen dabei keinerlei Stress.

Ich hatte vorhin erwähnt, dass Stress mehr ist als bloßer Zeitdruck. Allerdings ist Zeitdruck für einen großen Teil des empfundenen Stresses verantwortlich. Früher gab es weniger Zeitdruck, ganz einfach, weil Zeit nicht gemessen wurde. Menschen reagierten auf Ereignisse. Es wird dunkel, man geht ins Bett. Im Winter wird es früher dunkel, also geht man früher ins Bett. Mit der Erfindung der Uhr änderte sich allerdings alles. Das Leben bekam einen Takt, erst gemessen in Stunden, dann in Minuten und heute oft in Sekunden. Damit wurde unsere moderne Produktions- und Lebensweise erst möglich. Arbeitsteilung als Voraussetzung für hohe Produktivität verlangt strikte Synchronisation. Diese Zeittaktung schwappte in alle Bereiche über, ich kann mich an die Worte meiner Mutter erinnern: »Mittag gegessen wird um zwölf!« Diese Regel ist nicht ganz unsinnig, denn die Mahlzeiten und ihre Vorbereitung in einer großen Familie (Eltern, vier Kinder und Oma) stellen ein Synchronisationsproblem dar. Praktisch werden irgendwann alle Ereignisse und Aufgaben in unserer modernen Welt als zeitkritisch (Essen zu einem bestimmten Zeitpunkt), und nicht, obwohl das möglich wäre, als ereigniskritisch (Essen, wenn man Hunger hat, oder in einer Familie, wenn das Essen fertig ist) behandelt. Wir werden auf das Thema später zurückkommen, wenn wir über Aufgabentypen und ihre Behandlung in unserer Zeitplanung sprechen.

# 4 Ziele

Nachdem wir uns mit den grundlegenden Paradigmen und Problemlösungsstrategien befasst haben, müssen wir uns überlegen, wo Probleme und Aufgaben überhaupt herkommen. Ich werde im Folgenden die Aufmerksamkeit auf den eigenbestimmten Bereich unseres Lebens richten, denn nur dort können wir selbst Ziele definieren. Bevor wir aber den fremdbestimmten Bereich abhaken, eine kurze Bemerkung hierzu: Zweifeln Sie fremdbestimmte Ziele grundsätzlich an! Fragen Sie sich, wer von der Zielerreichung eigentlich profitiert und warum die Person, die das Ziel vorgibt, dies tut. Ein fremdbestimmtes Ziel kann für Sie nützlich sein, oft ist es dies aber nicht. In vielen Fällen werden Sie einfach nur manipuliert oder gar mit Gewalt gezwungen. Ein bisschen Misstrauen gegenüber Ihren Mitmenschen, die alle nur das Beste für Sie wollen, ist immer angebracht. Und da, wo man Ihnen Ziele aufzwingt, sollten Sie einfach kreativ sein. Da darf man schwindeln, schummeln und sabotieren, solange man nicht gegen das 11. Gebot verstößt, das da heißt: »Du sollst Dich nicht erwischen lassen!« Diese Kreativität fällt praktisch unter Selbstverteidigung und ist damit eine lässliche Sünde.

## 4.1 Metaziele

Wir könnten die Metaziele auf nur zwei Ziele herunterbrechen: Lustgewinn und Schmerzvermeidung. Aber ganz so einfach wollen wir es uns dann doch nicht machen. Etwas mehr Details finden wir in der Maslow'schen Bedürfnispyramide, die Sie unten sehen (Die Pyramide ist hier oben abgeschnitten, es gibt auch Varianten, wo es mit Transzendenz an der Spitze weitergeht, aber da wird es meiner Meinung nach ein bisschen zu esoterisch):

**_Bedürfnispyramide nach Maslow:_**

Abbildung: 4.1./1_Bedürfnispyramide nach Maslow
*Quelle: https://commons.wikimedia.org/wiki/File:Maslow_Bedürfnispyramide.svg*

Bertolt Brecht hat das in seiner brachialen Art auf den Satz verkürzt:

»Erst kommt das Fressen, dann die Moral!«

## 4.2 Unterziele

Metaziele sind wichtig, aber ihre Erreichung lässt sich nicht direkt in Aktionen übersetzen. Ein CEO eines großen deutschen Unternehmens hat mir einmal gesagt: »Ich brauche nur zwei Dinge: Fokus und Ressourcen!« Die Metaziele müssen also

- **Auf Ziele heruntergebrochen werden, die sich durch eine konkrete, ausführbare Aktion erreichen lassen**

### *Beispiel*

»10 kg abnehmen«, kann nicht direkt in eine ausführbare Aktion transformiert werden. Sie können sich nicht hinstellen und »abnehmen«. Selbst »Kalorienaufnahme auf 2500 kcal reduzieren« ist noch nicht ausführbar. Kochen und essen nach einem bestimmten Rezept für eine bestimmte Mahlzeit sind es.

- **Ressourcen zugeteilt bekommen (also Zeit und materielle Mittel, die zu ihrer Erreichung aufgewendet werden sollen)**

Unrealistische Ziele, für die wir weder Zeit, Geld, Willen oder sonstige Voraussetzungen haben, führen lediglich zu Frustration. Die Frage nach den notwendigen Ressourcen hilft auch, einen anderen Fehler zu vermeiden, nämlich ein Missverhältnis zwischen Aufwand und Nutzen zu haben. Lohnt es sich, mit einem riesigen Aufwand (dem Leiden im Fitnessstudio und ständig hungrig ins Bett zu gehen) den Körper zu stählen, so dass Sie im Urlaub Schaulaufen am Pool machen können? Vielleicht sollten Sie lieber die Zeit nutzen, um sich weiterzubilden und in eine höhere Gehaltsklasse aufzusteigen? Es soll potenzielle Sexualpartner geben, die mehr am Kontostand als an einem knackigen Hintern interessiert sind … Hier haben wir übrigens ein schönes Beispiel, wie ein Problem durch ein anderes ersetzt wird, das möglicherweise leichter zu bewältigen ist. Und zwar, indem man das Metaproblem (Attraktivität) auf andere Art angeht.

### Beispiele

Wenn ich Tanzen lernen möchte, kostet mich das ein oder zwei Abende die Woche und vielleicht die Gebühr für einen Tanzkurs. Kann oder will ich diese Zeit nicht aufbringen, brauche ich gar nicht erst anzufangen. Übernehmen Sie sich nicht!

»Sixpack in 3 Wochen!« ist eine schöne Überschrift in den bunten Blättchen, die im Wartezimmer des Zahnarztes herumliegen. Um das zu erreichen, müssen Sie in Wirklichkeit dreimal die Woche hart trainieren und Ihre gesamte Ernährung umstellen. Und zwar für mindestens 1 Jahr. Können und wollen Sie das?

- **Mit einem Erreichungskriterium versehen werden (Wann gilt das Ziel als erreicht?)**

Das klingt trivial, ist es aber nicht. Hier ergeben sich unzählige Möglichkeiten zum Selbstbetrug. Außerdem können unklar formulierte Erreichungskriterien dazu führen, dass das Ziel nie erreicht wird. Oft wird man eine Aufgabe verschieben müssen. Im technischen Teil des Buches werden wir sehen, wie man das im Terminplaner macht, ohne jeden Tag die To-do-Liste umzuschreiben.

### *Beispiele*

Das Ziel ist: »Sonntags Freund X anrufen«. Nimmt er ab und Sie haben ein nettes Gespräch, ist das Ziel zweifellos erreicht. Was aber, wenn er nicht erreichbar ist? Zählt dann der Versuch? Oder gelten drei (erfolglose) Versuche als Erledigung der Aufgabe? Das mag in diesem Fall wie Erbsenzählerei anmuten. Ich erwähne es aber, weil es hier viele Möglichkeiten gibt, sich selbst zu betrügen. »Ich wollte ja einen 3000-Meter-Lauf machen, aber … es hat geregnet, der Nachbar kam zu Besuch, ich hatte so ein komisches Ziehen im Rücken« usw.

Oder das Ziel ist, einen schönen Garten zu haben. Aber wann ist das der Fall? Wenn er schöner ist als der des Nachbarn? Wenn ich der Meinung bin, dass es jetzt so ist? Einen schönen Garten zu haben, dürfte eher in die Kategorie »Der Weg ist das Ziel!« fallen, ich komme im Punkt *»4.2.2. Unerreichbare aber zu verfolgende Ziele«* darauf zurück. In diesem Falle wäre das dann »heute schöner als gestern«.

- **Mit einem Termin versehen werden (Wann muss das Ziel spätestens erreicht sein?)**

Auch wenn die Versuchung besteht, Termine schwammig zu formulieren, setzen Sie ein konkretes Datum! Also nicht »bis zum Ende des Sommers«, sondern »bis zum 31. August dieses Jahres«. Übrigens, wo wäre die Seite für Sommer in Ihrem Terminplaner?

Noch zwei Definitionen, um Klarheit zu schaffen:

### 4.2.1 Diskrete Ziele

Ein diskretes Ziel hat ein klar definiertes Erreichungskriterium, man kann es sozusagen »abhaken«. Entweder erfüllt oder nicht. Wenn Sie abnehmen wollen, wird die Waage Ihnen präzise anzeigen, ob das Ziel erreicht wurde.

### 4.2.2 Unerreichbare, aber zu verfolgende Ziele

Diese Ziele sind ihrem Wesen nach oft Metaziele, das heißt, es gibt kein festes Erreichungskriterium, zum Beispiel eine robuste Gesundheit. Es können aber auch tatsächlich unerreichbare diskrete Ziele sein. Zum Beispiel könnte ich mir vornehmen, einen Marathon unter zwei Stunden zu laufen. Werde ich das schaffen? Niemals! Aber nehmen wir mal an, ich würde es versuchen und entsprechend trainieren (dreimal die Woche 15 km laufen wäre dazu ein passendes Unterziel). Wäre das gut? Definitiv, solange ich es nicht übertreibe und mich mit dem Training umbringe. Mein Fitnessniveau würde sicher davon profitieren. Hier ist wieder einmal der Weg das Ziel. Das Setzen solcher (evtl. unrealistischer) Ziele hat neben der reinen Planungskomponente einen gewissen Motivationscharakter. Um den Fortschritt zu messen, könnte ich in einer Tabelle verfolgen, wie nahe ich an die zwei Stunden rankomme.

Oft ist es sogar so, dass, wenn man nichts tut, man sich von einem Ziel entfernt! Gerade bei der körperlichen Fitness ist das Alter unerbittlich. Insofern könnte ein Ziel auch sein, einfach nur den Status quo aufrechtzuerhalten:

*»Meine Liebe, hier müssen wir so schnell rennen, wie wir können, nur um an Ort und Stelle zu bleiben.« (Lewis Carroll, »Alice hinter den Spiegeln«)*

## 4.3 Zielerreichung planen

Eine militärische Weisheit besagt: »Kein Schlachtplan überlebt den ersten Feindkontakt!« Natürlich geht es nicht ganz ohne Planung, aber man sollte sich im Klaren darüber sein, dass es Dinge gibt, die einfach nicht planbar sind. Entweder, weil sie zu komplex sind oder sie Wissen erfordern, das wir nicht haben oder aber Voraussetzungen erfüllt sein müssen, die wir überhaupt nicht beeinflussen können. Das heißt nicht, dass wir vollkommen planlos durchs Leben schlittern sollen. Wenn wir aber planen müssen, zum Beispiel einen Urlaub, sollten wir ein paar Grundregeln beachten. Annahmen, die zur Planung notwendig sind, sind eher auf der pessimistischen Seite zu treffen. Im Projektmanagement kann man zum Beispiel die Zeit schätzen, die für ein Projekt im günstigsten Fall benötigt wird. Die nimmt man dann mal drei. Ja, richtig gelesen, mal drei. Wer das nicht glaubt, schaue sich mal die Historie großer Bauprojekte (Elbphilharmonie, Flughafen Berlin) oder der Einführung von IT-Systemen an. Und diese werden üblicherweise bereits mit einem gewissen Puffer geplant. Wobei wir beim Stichwort wären: Puffer. Das kann ein Zeit- oder ein Ressourcenpuffer sein. Wenn Sie in den Urlaub fliegen wollen, nehmen Sie nicht den Zug zum Flughafen, mit dem Sie den Flieger genau erreichen, nehmen sie einen Zug früher, es ist ja nicht so, dass die Bahn keine Verspätung haben könnte … Wenn Sie Gäste haben, kaufen Sie ein paar Flaschen Bier mehr, vielleicht sind die Leute ja heute besonders durstig. Wenn auf dem Höhepunkt der Party der Stoff ausgeht, ist das katastrophal. Es sind zwar alle noch nicht ausreichend betrunken, aber schon zu betrunken, um mit dem Auto zur Tankstelle zu fahren und Nachschub zu holen. Kleiner Tipp für diesen Fall: Taxi anrufen und was bringen lassen, dies wird aber teuer. Also die Sachen, die man planen kann, realistisch planen und Puffer für Eventualitäten einbauen.

Aber was macht man, wenn etwas nicht oder schwer planbar ist?

## 4.4 Optionen schaffen, statt präzise zu planen

Ein eleganter Weg, die Unsicherheiten der Planung zu umgehen, ist das Schaffen von Optionen. Das heißt, Sie schaffen die Möglichkeit, eine Wahl treffen zu können (optio ist lateinisch für Wahl). Damit verschieben Sie die Entscheidung, die Sie für einen Plan treffen müssten, zeitlich nach hinten, wenn Sie mehr Informationen haben.

### *Beispiele*

Nehmen wir einmal an, Sie möchten sich ein Auto kaufen. Sie fahren gerne Auto, und zwar sportlich. Also einen hochmotorisierten Zweisitzer, tiefergelegt und mit 20-Zoll-Felgen, die im Grunde nichts anderes sind als dünn mit Gummi beschichtetes Aluminium. Mit dem Auto geben Sie vor dem anderen Geschlecht an, sind erfolgreich und werden dafür mit einer Ehe bestraft. Dann ist ein Baby da. Jetzt brauchen Sie ein neues Auto oder ein zweites. Hätten Sie einen gut motorisierten Kombi gekauft, könnten Sie jetzt für Einkäufe und Kinderwagen einfach die Rücksitzbank umlegen (Ich meine diese Kombis von Autoherstellern im süddeutschen Raum, die sportwagenähnliche Fahrleistungen aufweisen, mit Zusatzbezeichnungen wie AMG, Alpina oder RS). Nicht ganz das puristische Renngefühl (wegen zu hohem Fahrzeuggewicht), aber Optionen haben einen gewissen Preis bzw. Opportunitätskosten.

Optionen zu haben verschafft Freiheit. Wenn man sich bei der Berufswahl nicht ganz sicher ist, sollte man etwas lernen, was immer gefragt ist und sich nicht sofort zu sehr spezialisieren. Wer gerne mit Holz arbeitet, könnte zum Beispiel Tischler werden und nicht gleich mit Orgelbau anfangen. Wie viele Orgelbauer gibt es in Deutschland?

Ein Jobwechsel wird dann fast immer mit einem Umzug und den damit zusammenhängenden Unannehmlichkeiten (z. B. Schulwechsel für die Kinder) verbunden sein. Als Tischler hat man wesentlich mehr Möglichkeiten, übrigens auch die, später doch noch mal Orgelbauer zu werden. Halten Sie Ihre Optionen offen!

### Beispiele

Mein Bruder ist übrigens Tischler. Als er sein Haus gebaut hat, hat er in die Mauern in regelmäßigen Abständen Holzblöcke einbetoniert. Auf meine Frage, wozu das gut sei, hat er geantwortet: »Da kann ich später dann ganz einfach Schrauben reindrehen und ein Regal befestigen. Das geht mit wenig Aufwand, denn ich brauche keine Löcher ins Mauerwerk bohren. Weil ich aber noch nicht genau weiß, wo mal ein Regal hinkommt, betoniere ich die Holzblöcke an allen Stellen ein, wo möglicherweise einmal ein Regal hinkommen könnte!« Wer schon einmal Löcher in eine bewehrte Betonwand gebohrt hat, wird das verstehen. Er hat rechtzeitig Optionen geschaffen.

Ziele sind nicht ausführbar, sie müssen übersetzt werden, und zwar in Aufgaben.

# 5 Aufgaben

Eine Aufgabe ist die Herstellung eines bestimmten Zustandes (Ziel) durch die Ausführung einer Tätigkeit. Manchmal kann das auch die Unterlassung einer bestimmten Tätigkeit sein, ich komme auf diese spezielle Variante zurück, wenn ich über Gewohnheiten spreche.

## 5.1 Aufgabentypen

### 5.1.1 Zeitkritische Aufgaben

Eine zeitkritische Aufgabe muss bis zu einem bestimmten Termin erledigt sein. Man kann hier noch einmal unterteilen in Aufgaben, die

**a) Genau zu einem bestimmten Termin erledigt werden müssen**

Das könnte zum Beispiel der Kauf eines Blumenstraußes für einen Geburtstag sein. Man kann den Kauf nicht früher, sozusagen auf Vorrat erledigen, denn dann sind die Blumen verwelkt, wenn sie verschenkt werden sollen.

**b) Spätestens bis zu einem bestimmten Termin erledigt werden müssen**

Die Abgabe der Steuererklärung bietet sich hier als Beispiel an. Es gibt einen Fälligkeitstermin, aber man kann sie auch früher abgeben (macht aber kaum einer). Wenn man kann, empfiehlt es sich, Aufgaben mit einem Endtermin so bald als möglich zu erledigen. Man schleppt dann den mentalen Ballast von »losen Enden« nicht mit sich herum. Was die Steuererklärung angeht: Mit etwas Selbstdisziplin ist es möglich, die Abgabe sozusagen »fließend« zu gestalten. Sobald ein Beleg anfällt, wird dieser abgeheftet oder eingescannt,

und zwar in eine Ordnerstruktur, die genau die Struktur der Steuererklärung widerspiegelt. Die eigentliche Erklärung macht sich dann wie von selbst, man braucht nicht einmal mehr vom Schreibtisch aufzustehen, um zum Beispiel verschusselte Handwerkerrechnungen zu suchen.

Das präferierte Werkzeug, um zeitkritische Aufgaben zu managen, ist der Terminkalender. Aber Vorsicht: Wenn ich einen Termin für einen bestimmten Zeitpunkt eintrage, die zugehörige Aufgabe aber eine bestimmte Zeit braucht, kann es böse Überraschungen geben. Wenn ich morgens um 8 Uhr die Seite im Kalender umblättere, um zu sehen, was der heutige Tag bringt und dort steht: »Steuererklärung abgeben«, komme ich sicher etwas unter Druck. Es empfiehlt sich also, auch eine Art Vorwarntermin einzutragen, für den Tag, an dem man spätestens anfangen muss.

### 5.1.2 Ereigniskritische Aufgaben

Das sind Aufgaben, die durch das Eintreten eines Ereignisses, das Vorhandensein eines bestimmten Zustandes oder den Wunsch, einen bestimmten Zustand zu erreichen, ausgelöst werden.

Ereigniskritische Aufgaben müssen »früher oder später« erledigt werden, haben also keine oder eine elastische Deadline. Das heißt nicht, dass sie nicht dringend sein können. Wenn Ihr Auto einen Platten hat, wird es kein »früher oder später« geben (außer für eine mir bekannte Dame, die der Meinung war, das kurze Stück bis zum Kosmetiksalon könne man auch mit einem Platten zurücklegen und dann noch mit dem luftlosen Vorderreifen über die Bordsteinkante fahren, um auf dem Bürgersteig zu parken. Die Reparaturkosten (Radaufhängung, Lenkung etc. gingen in die Tausende). Ein solches Ereignis verlangt sofortiges Handeln. Nicht zeitkritische Aufgaben werden üblicherweise in einer Aufgabenliste verwaltet (Wenn Sie es Englisch mögen: To-do-Liste).

Im einfachsten Fall werden alle Aufgaben untereinander gelistet und nach Erledigung abgehakt oder durchgestrichen. Man kann das Ganze noch etwas funktioneller gestalten, indem man beispielsweise Prioritäten vergibt (zum Beispiel gekennzeichnet durch Farben oder das Setzen von Prioritätsstufen – diese kann man aus der Eisenhower-Matrix ableiten, also wichtig / dringend, wichtig / nicht dringend etc.):

| | DRINGEND | NICHT DRINGEND |
|---|---|---|
| WICHTIG | Erledigen | Einplanen |
| NICHT WICHTIG | Delegieren | Eliminieren |

Abbildung: 5.1.2./1_Eisenhower-Matrix
*Quelle: Eigene Darstellung nach Dwight D. Eisenhower*

Übrigens kann es sein, dass der linke untere Quadrant für Sie (wie auch für mich) modifiziert werden muss. Delegieren ist ja schön, wenn man jemanden hat, an den man delegieren kann. Falls nicht, ist »Delegieren« durch »Selbst mit dem geringsten Aufwand erledigen« zu ersetzen …

Sie können sich auch Notizzettel an den Kühlschrank kleben, der Fantasie sind hier keine Grenzen gesetzt.

Hier eine typische Aufgabenliste:

- Rasen mähen
- Auto waschen
- Wäsche in die Reinigung bringen
- …

Wie Sie sehen, ist keine dieser Aufgaben zeitkritisch (sie können es aber werden: Wenn Sie das letzte Hemd aus dem Schrank nehmen, wird »Wäsche in die Reinigung bringen« plötzlich sehr zeitkritisch

mit der Deadline »Sofort« und in diesem Fall auch teuer, mit einem saftigen Aufschlag für Reinigung am selben Tag).

Überhaupt eine Aufgabenliste zu haben, und sei es nur ein aus einem Notizbuch herausgerissenes Stück Papier, ist schon ein gewaltiger Fortschritt. Sozusagen die halbe Miete.

Die positiven Effekte sind:

- Es wird nichts mehr vergessen (Unser Gedächtnis scheint eine spezielle Löschfunktion für Dinge, die wir nicht mögen, zu haben, eine Art Verdrängungsmechanismus für unangenehme Aufgaben)
- Es wird psychologischer Druck aufgebaut, wir wollen nicht dieselbe hinausgeschobene Aufgabe jeden Morgen wieder sehen
- Eine Priorisierung wird erleichtert, die Reihenfolge der Erledigung von Aufgaben ist nicht mehr davon abhängig, was einem als Erstes einfällt
- Die Aufgabenliste muss nicht mehr im Kopf gespeichert werden, was mental anstrengend ist und uns unseren inneren Frieden raubt. Je nach Grad der persönlichen Paranoia hat man dann das ständige Gefühl, möglicherweise etwas vergessen zu haben. Unangenehm!

Zum letzten Punkt eine kleine Exkursion in die Mechanik unseres Verstandes:

## Wie unser Gehirn sich unzusammenhängende Fakten merkt und warum das ineffizient und belastend ist

Nehmen wir an, wir haben unsere Aufgabenliste im Kopf. Wie speichern wir sie dort, wie greifen wir darauf zu und wie verändern wir

sie? Dazu schauen wir uns zunächst an, wie wir uns Fakten merken. Das geschieht durch Assoziation und Wiederholung.

Wollen wir uns etwas merken, zum Beispiel eine Aufgabe, müssen wir diesen Fakt im Gedächtnis mit irgendetwas assoziieren, ihn sozusagen in das Gerüst bereits vorhandenen Wissens einhängen. Meistens passiert das unbewusst. Das Auslösen der Assoziation hat dann den Effekt, dass uns etwas »plötzlich einfällt«. Das passiert oft automatisch, man sieht ein schmutziges Auto und erinnert sich, dass man das eigene waschen wollte (Manchmal nimmt man das schmutzige Auto dabei überhaupt nicht bewusst wahr.).

Diese Assoziation muss nun dauerhaft gemacht werden. Das geschieht durch Wiederholung. Wir rufen uns den Fakt immer wieder ins Gedächtnis und mit jeder Wiederholung wird er dort fester verankert. Je besser die Assoziation ist, desto weniger Wiederholungen braucht es übrigens. Wir müssen das Wiederholen noch nicht einmal bewusst machen. Wenn wir einen Fakt mit dem Attribut »darf nicht vergessen werden« kennzeichnen, wird unser Gehirn diesen Fakt automatisch immer wieder aufrufen, um die Verankerung im Gedächtnis zu verfestigen.

Bezogen auf unsere Aufgabenliste haben wir nun folgenden Effekt: Eine Liste mit Aufgaben wird mit dem Attribut »Nicht vergessen« versehen und abgespeichert. Da diese Aufgaben über die Aufgabenliste miteinander verbunden sind, dient oft eine Aufgabe als Assoziation für eine andere. Das heißt: Wenn wir an den Friseurtermin denken, fällt uns auch ein, dass wir Milch kaufen wollten. Das ist ein bisschen wie bei einem Gedicht, wo eine Zeile uns zur nächsten leitet. Diese Assoziationsvorgänge laufen zum großen Teil unbewusst ab. Man kann sie auch bewusst steuern, indem man beispielsweise eine Liste (z.B. von Gegenständen oder Orten) auswendig lernt und dann die Punkte der Aufgabenliste mit den Punkten der gelernten Liste verbindet. Beim Erinnern wird dann von der auswendig gelernten Referenzliste auf die zu merkende Liste assoziiert. Es gibt Leute,

die sich so die ersten 10.000 Stellen von Pi oder die Reihenfolge von Tausenden gemischter Spielkarten merken können. Ich habe das auch probiert, hatte dann aber Probleme, einzelne Punkte wieder zu vergessen. Also gut für Telefonnummern, aber schlecht für Einkaufslisten.

Soweit zum Mechanismus. Nun haben wir aber ein Problem: Um die Aufgaben im Gedächtnis zu behalten, müssen wir sie wiederholt aufrufen, das heißt erinnern, genauso wie man ein Gedicht oder Vokabeln lernt, durch Wiederholung. Leider ist unser Gehirn nicht dafür konstruiert, sich abstrakte Listen zu merken (oder Gedichte), sondern eher dafür gemacht, Muster zu erkennen und eben zu assoziieren. Um sich also die Aufgabenliste zu merken, rattert unser Gehirn immer wieder durch die einzelnen Aufgaben: »Was durfte ich nicht vergessen? – Ach so, Friseurtermin!« Wie fühlt sich das an? Stressig! Erstens werden wir dauernd von Gedanken an Aufgaben abgelenkt, die getan werden müssen, aber eben noch nicht jetzt. Zweitens denken wir ständig daran, dass wir ja etwas vergessen könnten. Wir blockieren also nicht nur Gehirnkapazität, sondern fühlen uns auch die ganze Zeit abgelenkt und nicht fokussiert.

Dazu kommt ein anderes Problem: Wir müssen erledigte Aufgaben vergessen, auch dies kostet Kraft. Sie werden ja weiter erinnert, nur mit dem Unterschied, dass jedes Mal, wenn sie aus den Tiefen des Gedächtnisses heraufkommen, wir sie als erledigt abtun.

Die Lösung ist also, die Dinge aus dem Kopf herauszubekommen. Das erreicht man, wenn man diesen Teil des Gedächtnisses in einen Termin-/Aufgabenplaner auslagert. Nach einer Weile verschwindet dann auch dieser nervige Zwang, Aufgaben ständig zu repetieren.

### 5.1.3 Sich wiederholende Aufgaben – Gewohnheiten

Sowohl zeitkritische als auch ereigniskritische Aufgaben können sich durch ein besonderes Attribut auszeichnen: Sie wiederholen sich regelmäßig. Sich wiederholende Aufgaben nehmen irgendwann den Status einer Gewohnheit an und brauchen bei der Planung nur noch berücksichtigt werden, wenn sie Zeit benötigen, die nicht mehr für andere Aufgaben zur Verfügung steht. Wir schreiben uns ja auch nicht »Duschen« jeden Tag in unsere Aufgabenliste. Das Transformieren von Aufgaben in Gewohnheiten ist ein spezielles Feld. Dies würde den Rahmen dieses Buches sprengen. Es ist sozusagen eine Kunst und geht in seiner Wirkung weit über das hinaus, was wir unter Zeit- und Aufgabenmanagement verstehen. Regelmäßigen Sport in den Terminkalender aufzunehmen und durchzuhalten ist gut. Automatisch das innere Bedürfnis zu spüren, Sport zu treiben und ohne nachzudenken, sich morgens die Laufschuhe anzuziehen, ist ein ganz anderes Niveau.

# 6 Werkzeuge

Nachdem wir die grundlegende Philosophie unseres Zeit- und Aufgabenmanagements umrissen haben, ist es nun an der Zeit, die praktische Umsetzung in Angriff zu nehmen.

Dazu brauchen wir

- ein physisches Planungswerkzeug,
- einen Ansatz, wie wir mit Terminen umgehen,
- einen Ansatz, wie wir mit Aufgaben umgehen,
- einen Weg, das Terminmanagement mit dem Aufgabenmanagement zu verbinden.

## 6.1 Die Hardware – der Planer

Ich werde in diesem Kapitel einige Optionen aufzeigen. Unterteilt wird erst einmal grob nach papierbasierten Werkzeugen und elektronischen Lösungen. Für jede Option werde ich die Vor- und Nachteile darstellen.

Wie Sie sehen werden, habe ich eine klare Präferenz, aber erstens wollen wir uns alle Alternativen anschauen und zweitens bevorzugen Sie vielleicht eine andere Lösung oder eine Mischung aus verschiedenen Optionen.

### Funktion eines Planers

Grob gesagt dient ein Planer dazu, Ziele in ausführbare Aufgaben zu übersetzen, diese in einer praktisch nutzbaren Weise darzustellen und in irgendeiner Form den Erfolg zu kontrollieren. An der Erfüllung

dieser Forderungen müssen sich letztendlich alle Lösungen messen lassen. Und wie immer gilt: Alles, was funktioniert, ist erlaubt.

Kriterien sind:

- Funktionalität
- Einfachheit
- Flexibilität / Erweiterbarkeit
- Sicherheit
- Ästhetik

Im Folgenden werde ich zunächst elektronische mit papierbasierten Planern vergleichen und begründen, warum ein Papierplaner aus meiner Sicht als persönlicher Planer vorzuziehen ist. Ich versuche aber, ungeachtet meiner persönlichen Präferenzen, fair zu vergleichen. Sie entscheiden.

### 6.1.1 Elektronische Planer im Vergleich zu papierbasierten Lösungen

Von diesen gibt es eine ganze Menge. In der Regel sind Planungstools, meistens Kalender und To-do-Listen, vorinstalliert auf Mobiltelefonen und Computern zu finden. Weiter gibt es eine Unzahl von freien und kostenpflichtigen Apps zum Herunterladen. Wenn man in die App-Stores geht, findet man Hunderte davon. Ich will mit diesem Buch eine Lanze für papierbasierte Planer brechen, weil ich überzeugt bin, dass diese für den persönlichen Gebrauch den elektronischen Varianten überlegen sein können. Schauen wir uns aber einmal unvoreingenommen die Vor- und Nachteile der elektronischen Lösungen an:

#### 6.1.1.1 Funktionalität

Hinsichtlich der Funktionalität gibt es bei den elektronischen Planern keine Grenze. Oder anders ausgedrückt, Sie können buchstäblich jede Funktion integriert haben, die Sie sich vorstellen können (Sie können allerdings keine Funktionen selbst hinzufügen!). Das können Erinnerungen an Termine sein, das automatische Springen zum Telefonbuch, wenn Sie einen Anruf als Aufgabe eingetragen haben oder wenn ein Termin mit einer Adresse vermerkt ist, das automatische Öffnen einer Navigationsapp. Es gibt Möglichkeiten, Visitenkarten direkt in die Adressliste einzuscannen (Dies muss aber meistens nachbearbeitet werden) und, und, und.

Eine nette Funktionalität ist, seinen Planer mit denen anderer Personen zu koordinieren, was aber den Begriff des »personal planners« ad absurdum führt. Diese teilweise überbordende Funktionalität kann auch ein Nachteil sein. Einen großen Teil der verfügbaren Funktionen wird man nicht oder nur selten nutzen. Vor allem dann, wenn es sich beim Planer bereits um ein ausgewachsenes Work-Management-System für ein ganzes Team handelt. Die Anbieter haben das erkannt. Daher gibt es mittlerweile einige minimalistische Apps, die nur die wirklich wichtigen Funktionen beinhalten. Meines Erachtens ist dies ein guter Weg, aber damit hat man nur einen traditionellen Terminplaner digitalisiert. Die Funktionalität wird auf das reduziert, was ein Papierplaner auch kann, die digitalen Nachteile bleiben aber. Was mich am meisten stört, ist, dass viele Apps meinen, besser zu wissen, was ich brauche als ich selbst und mich einfach nicht machen lassen wollen, was ich will. Je simpler die App ist (gut), desto rigider sind diese Einschränkungen (schlecht). Sie wollen ein rechteckiges Bild in einen Kontakt einfügen? Der Computer sagt »Nein! Rundes Bild oder nichts!« Apple hat ja diese Besserwisserei zu einer Art Firmenphilosophie erhoben.

Ein weiterer Malus in puncto Funktionalität ist die Schwierigkeit der Eingabe. Meistens werden wir einen elektronischen Planer auf

einem Mobiltelefon nutzen. Und da kann es schon ein bisschen nervig sein, etwas auf dem Mäuseklavier der Touchscreen-Tastatur einzutippen. Die Spracheingabe funktioniert auch noch nicht so richtig. Manchmal gibt es auch Kompatibilitätsprobleme: Das Übertragen von Daten in eine andere App kann schwierig oder unmöglich sein. Oft ist man gezwungen, im selben Ökosystem zu bleiben, das heißt, einen Terminkalender in Android mit einer Adressliste auf einem Apple-Gerät zu kombinieren ist schwierig. Zumal Sie bei Apple in der Regel nicht auf die Rohdaten zugreifen können, diese sind in der App eingekapselt. Das schützt den unbedarften Benutzer vor sich selbst und treibt den erfahrenen in den Wahnsinn.

**Fazit:** Um die klassischen Funktionen eines Planers abzudecken, kann man eine App nutzen, muss es aber nicht. Ich persönlich empfinde das Verwenden eines Planers auf einem Mobiltelefon als etwas umständlich. Sagen wir also abschließend: Hinsichtlich der Funktionalität ist die Entscheidung zwischen elektronisch und Papier Geschmackssache, solange man im Rahmen dessen bleibt, was ein Planer gewöhnlich können muss. Das Urteil lautet hier auf unentschieden.

### 6.1.1.2 Einfachheit

Hier verliert das Digitale ganz klar. Ein Papierplaner braucht weder Strom noch Internet (viele Planer-Apps laufen heute in der Cloud). Ich kann mit einem Bleistift, einem Kugelschreiber oder mit einem Stück Holzkohle Einträge machen. Mein Planer ist noch nie »abgestürzt«, außer vom Tisch, und ich werde auch nicht erleben, dass eines Morgens plötzlich alle Seiten für März im Kalender verschwunden sind, weil das Programm glaubt, es gäbe einen 30. Februar. Ich erlebe das manchmal in Outlook, dass auf einmal Termine weg sind, dafür am nächsten Tag wieder auftauchen, allerdings dann doppelt, offensichtlich ein Effekt falscher Synchronisierung mit anderen Geräten. Eine Visitenkarte stecke ich beim Papierplaner einfach in

eine der Plastiktäschchen, die ich eingeheftet habe. Ich musste auch noch nie im Internet googeln, wie ich meinen Filofax benutze. Sollte ich mir ein neues Ringbuch kaufen, hefte ich die Seiten einfach um.

**Fazit:** Sieg für den Papierplaner

### 6.1.1.3 Flexibilität / Erweiterbarkeit

Elektronische Planer kann man so komplex wie möglich haben, siehe Funktionalität, aber dann hat man, was man hat. Sie können keine Funktionen, die vorher nicht da waren, hinzufügen. Es gibt in der Regel verschiedene Konfigurationsmenüs, aber diese ändern meist nur die Darstellungsweisen oder Formate. Eine negative Art von Flexibilität zeigt sich hin und wieder bei Updates: Plötzlich sieht die Oberfläche anders aus, Funktionen, um die man nicht gebeten hat, werden ergänzt, lieb gewonnene Funktionen sind plötzlich verschwunden. Beim Papierplaner können Sie ergänzen, was Sie wollen, solange Sie Löcher zum Abheften hineinstanzen können: vom Bahnfahrplan bis zum Menstruationskalender. Und diese kleinen abheftbaren Plastiktaschen können so ziemlich alles aufnehmen: Kreditkarten, Bargeld und die Kinokarte vom letzten Wochenende.

**Fazit:** Der Papierplaner ist überlegen.

### 6.1.1.4 Sicherheit

Bei der Sicherheit müssen wir zwischen zwei Arten von Risiken unterscheiden. Erstens die Möglichkeit, dass der Planer in falsche Hände gerät und zweitens, dass ein Unbefugter den Inhalt lesen kann. Das erste Risiko ist für beide Planertypen gleich: Sie verlieren ihren Planer oder er wird gestohlen. Ein elektronischer Planer hat hier möglicherweise den Vorteil, dass das Gerät passwortgeschützt ist, vorausgesetzt der Passwortschutz kann nicht umgangen werden

(Das kann er in der Regel, allerdings erfordert das spezielle Kenntnisse. Glauben Sie nicht, Gesichtserkennung und Fingerabdrucksensor wären sicher, sie sind viel leichter zu umgehen als ein PIN-Code. Ich will mich da aber nicht in Details verlieren, bei Youtube gibt es interessante Videos zum Thema).

Risiko Nummer zwei: Ein Unbefugter kann den Inhalt lesen. Nun, beim Papierplaner geht das, wenn man ihn in der Hand hat (Weiter unten werde ich beschreiben, wie man sensible Daten auch in einem Papierplaner verschlüsseln kann.). Beim elektronischen Planer geht das von überall her. Sind die Daten in der Cloud, sind sie nicht sicher (auch wenn die Cloud-Anbieter das behaupten, ungeachtet der immer wiederkehrenden Meldungen über Hacks und Datenlecks) und auch jedes elektronische Gerät kann jederzeit gehackt werden. Alles nur eine Frage des Aufwandes. Und der Staat kann sowieso alles lesen, da er jederzeit Zugriff auf die Daten der Provider hat.

**Fazit:** Unentschieden, da beide Alternativen (jeweils verschiedene) Schwächen aufweisen.

### 6.1.1.5 Ästhetik

Da brauche ich gar nicht lange zu reden. Kein Mobiltelefon kann es mit einem in echtes Leder gebundenen Planer aufnehmen (außer vielleicht einige Versace-Modelle aus purem Gold mit Diamanten). Und wenn Sie künstlerisch veranlagt sind, können Sie aus Ihrem Papierplaner ein wahres Kunstwerk machen; besonders manche Bullet-Journal-Besitzer schaffen wunderschöne Exemplare. Das ist aber meine persönliche Ansicht, jemand anders mag es anders sehen

**Fazit:** Über Geschmack lässt sich nicht streiten, deshalb fälle ich hier ein salomonisches Urteil: Unentschieden.

#### 6.1.1.6 Gesamtvergleich

Summa summarum: Bei allen Vorteilen, die ein elektronischer Planer haben kann, erscheint mir persönlich ein Papierplaner der alten Schule menschlicher und charmanter, während er trotzdem nichts vermissen lässt, was man wirklich braucht. Damit erledigen wir das Thema elektronische Planer im Rahmen dieses Buches.

### 6.1.2 Papierbasierte Planer und ihre hauptsächlichen Typen

Die ersten Planer, die vor einigen Jahrzehnten auf den Markt kamen, wurden als »Zeitmanagement-Systeme« verkauft. Für eine Grundausstattung, also ein elegantes Lederringbuch und eine Jahresausstattung an Einlagen konnte man ohne Weiteres 1.000 DM hinblättern, vor allem, wenn man noch ein paar Gimmicks hinzufügte, wie zum Beispiel Kunststofftaschen für Visitenkarten, ein abheftbares Lineal usw. Natürlich waren die Ringbindungen immer proprietär, so dass man nicht einfach andere, billigere Einlagen verwenden konnte. Sollte man doch Notizblätter abheften wollen, ohne die standardmäßigen Pakete zu kaufen, die leicht um die 10 DM für 30 oder 50 Blatt kosten konnten, gab es selbstverständlich passende Locher zu Preisen, die vermuten ließen, dass der Locher aus purem Gold war und lediglich aus Understatement mit Aluminium beschichtet wurde. Diese Planer waren auch Statussymbole, vor allem im Vertrieb und auf den Teppichetagen der Firmen. Ich hatte auch einen solchen in schönem Leder. Ich habe ihn als Luxusgegenstand geliebt (Straußenleder, ich weiß gar nicht, ob so etwas heute noch politisch korrekt ist), mit ihm als Statussymbol angegeben, ihn aber auch jeden Tag benutzt.

Irgendwann gab es dann Kunstlederausführungen mit nicht ganz so feinem Papier in den Grabbelkisten, in denen um die Weihnachtszeit

Taschenkalender verkauft wurden. Die Funktionalität war die gleiche, aber für einen Bruchteil des Preises erhältlich (so um die 20 DM, die D-Mark wurde inzwischen durch den Euro ersetzt, die Zahl ist in der Regel bei 20 geblieben).

Abgesehen davon, dass man für ein »Zeitmanagement-System« einen höheren Preis aufrufen kann als für einen schnöden Kalender, verfügten diese Planer über einen neuen, überaus logischen Ansatz, der sie vom bisherigen Terminkalender unterschied. Zum einen wurde eine Trennung von Terminen und Aufgaben eingeführt, eine sehr vernünftige Unterscheidung, die jedoch einige technische Probleme mit sich brachte; ich werde später darauf eingehen. Zum anderen war der Ansatz ganzheitlicher, es wurden langfristige Ziele gesetzt, diese auf mittel- und kurzfristige Ziele heruntergebrochen und dann in konkrete Aufgaben übersetzt. Und genau das war eben das »System«. Einige Firmen haben sogar Seminare angeboten, wie das »System« am besten zu nutzen ist.

Falls Sie nun der Meinung sind, die Verwendung eines papierbasierten Planers sei zumindest erwägenswert, wollen wir uns einmal die verschiedenen Typen anschauen und ihre jeweiligen Vor- und Nachteile gegenüberstellen. Anzumerken sei jedoch, dass diese immer für Sie persönlich gelten müssen, was den einen stört, mag für den anderen wünschenswert sein.

## 6.1.2.1 Einfacher Planer in Buchform

### Beschreibung

- Buchform mit fester Bindung
- Hauptinhalt ist der Kalender mit meistens einem Tag pro Seite, manchmal auch einer Woche pro Seite / Doppelseite
- Aufgabenlisten können einen separaten Teil ausmachen. Alternativ gibt es im Kalender dedizierte Felder für Aufgaben

- Manchmal Adressenteil
- Leere Seiten für Notizen

Abbildung: 6.1.2.1./1_Buchkalender
*Quelle: https://commons.wikimedia.org/wiki/File:Axenda.JPG*

## Vorteile

- Intuitiv benutzbar
- In vielen Größen erhältlich, vom Scheckkartenformat bis DIN A4
- Große Auswahl, vom preiswerten Pappkalender bis zu eleganten Ledereinbänden

### Nachteile

- Unflexibel, Seiten können weder entfernt noch eingefügt werden
- Probleme bei der Kombination von Terminen und Aufgaben
- Wenn Aufgaben separat vom Kalendarium aufgelistet werden, ist eine Zuordnung zu Zeiträumen nicht offensichtlich. Man hat für einen bestimmten Tag nicht alles auf einen Blick
- Sind die Aufgaben aber im Kalenderteil eingetragen, also auf der Seite für einen betreffenden Tag / Woche notiert werden, müssen sie bei Verschiebung / Nichterledigung auf einen späteren Zeitpunkt von Hand kopiert werden. Das kann dazu führen, dass eine Aufgabe praktisch durch den Kalender wandert und jeden Tag wieder aufs Neue eingetragen wird (Aufschieberitis ist keine schöne Sache, passiert aber)
- Informationen, die man behalten möchte (z. B. Adressen), müssen jedes Jahr in einen neuen Kalender übertragen werden

### Gesamteinschätzung

Der Schwerpunkt liegt ganz klar auf dem Kalender. Wem das reicht, der ist mit einem Buchplaner / Jahreskalender gut bedient. Für ein vernünftiges Aufgabenmanagement ist dieser aber gänzlich ungeeignet.

## 6.1.2.2 Klassischer Planer

### Beschreibung

- Ring oder andere Bindung (z. B. Klemmbindung)
- Zahlreiche Formate und Qualitätsstufen verfügbar
- Kalendarium und andere Formblätter (z. B. Aufgabenlisten, Adresslisten) können nachgekauft werden

- Struktur folgt oft einem Zeitmanagement-System, das auf die Erreichung von Zielen ausgerichtet ist.

Abbildung: 6.1.2.2./1_Klassischer Planer
*Quelle: https://commons.wikimedia.org/wiki/File:Myfilofax.jpg*

Abbildung: 6.1.2.2./2_Klassischer Planer
*Quelle: Eigene Darstellung*

## Vorteile

- Im Hochpreisbereich sind sehr schöne Modelle verfügbar
- Flexibel, Seiten können eingefügt oder entfernt werden
- Es muss nicht jedes Jahr ein neuer Planer angeschafft werden, sondern nur ein neuer Kalender bzw. andere Seiten nach Bedarf
- Statt des gesamten Jahreskalenders kann man nur den aktuellen Monat und evtl. Folgemonat im Kalender einheften, was Platz spart
- Seiten können archiviert werden
- Dauerhaft benötigte Informationen (Adressen) können in Folgejahre übernommen werden
- Eigene Seiten / Formblätter können ergänzt werden
- Oft sind Fächer für Kreditkarten etc. vorhanden
- Für einige Modelle sind abheftbare Kunststofftaschen für Visitenkarten, Quittungen usw. erhältlich (Wenn man den Planer mit einem Portemonnaie kombinieren möchte, kann man dort Kleingeld aufbewahren.)

- Große Planer (DIN A4-Mappen) lassen sich als Minibüro mit Fächern für Mobiltelefon, Tablett-PC oder kleine Laptops verwenden

## Nachteile

- Die Erstanschaffung eines Planers in guter Qualität kostet leicht über 100 EUR
- Die Ringbindung ist in der Regel nicht mit anderen Herstellern kompatibel. Dadurch besteht der Zwang, vom Originalhersteller zu kaufen – Nachfüllseiten (z. B. neuer Kalender) sind meist exorbitant teuer
- Locher für die spezielle Ringbindung sind teuer
- Probleme bei der Kombination von Terminen und Aufgaben:
    - Wenn Aufgaben separat vom Kalendarium aufgelistet werden, ist eine Zuordnung zu Zeiträumen nicht eindeutig. Man hat für den aktuellen Tag nicht alles auf einen Blick
    - Sind die Aufgaben im Kalenderteil eingetragen, also auf der Seite für einen betreffenden Tag bzw. eine Woche, müssen sie bei Verschiebung / Nichterledigung auf einen späteren Zeitpunkt von Hand kopiert werden. Dadurch kann eine Aufgabe durch den Kalender wandern; sie muss jeden Tag aufs Neue eingetragen werden

## Gesamteinschätzung

Klassische Planer sind dem einfachen Jahreskalender klar überlegen. Hauptvorteil ist die Flexibilität der Seitenanordnung und die Möglichkeit, Seiten (auch selbst entworfene) zu ergänzen. Teile (Adressen) können in Folgejahre durch einfaches Umheften übertragen werden. Markenprodukte sind teuer und haben aufgrund proprietärer Bindungen hohe Folgekosten. Nachteil ist die Trennung von Terminen und Aufgaben, dies kann allerdings behoben werden, wie wir später sehen werden.

# 6.1.2.3 Bullet Journal

## Beschreibung

- Ein Bullet Journal ist ursprünglich ein leeres Buch / Heft, das man selbst entsprechend den Bullet-Journal-Prinzipien strukturiert. Mittlerweile sind auch vorgedruckte Journale verfügbar
- Termine, Aufgaben und Notizen werden mit unterschiedlichen »Bullet Points« markiert und zusammen gelistet
- Hauptsächliche Struktureinheit ist ein Monatsplan, der nach Kalendertagen/-wochen unterteilt ist, unter denen Termine, Aufgaben und Notizen gelistet werden
- Ein »Future Log« dient zum Sammeln von Terminen / Aufgaben, die in der Zukunft liegen und sukzessive in den jeweils laufenden Monat übertragen werden
- Weitere Teile können nach Geschmack ergänzt werden (Ernährungstagebuch, Kochrezepte, Trainingspläne, Ideensammlungen)
- Ein Index hilft beim Auffinden der einzelnen Teile

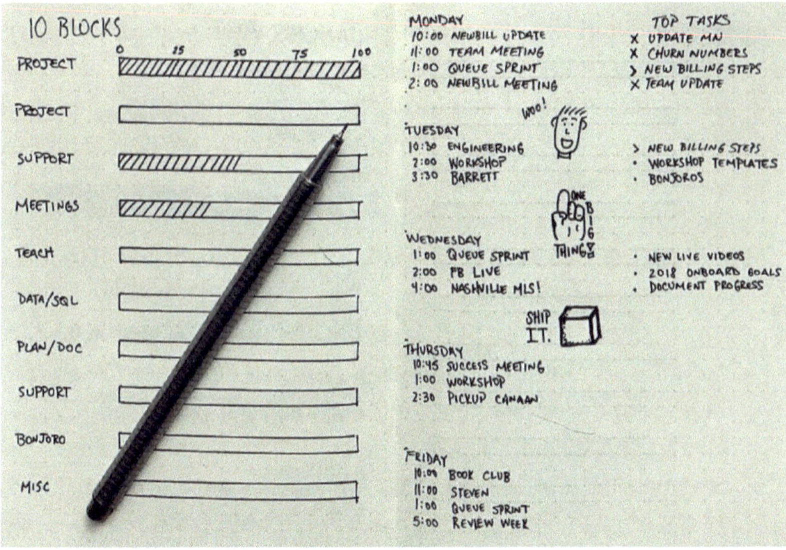


Abbildung: 6.1.2.3./1_Bullet Journal
*Quelle: https://commons.wikimedia.org/wiki/File:Bullet-Journal-by-Matt-Ragland.jpg*

## Vorteile

- Niedrige Anschaffungskosten, ein leeres Schulheft reicht aus
- Alle Ereignisse eines Tages sind auf einen Blick sichtbar
- Unbegrenzte Gestaltungsmöglichkeiten (einige Benutzer haben das Bullet Journal zur Kunstform erhoben, mit farbigen Bildern, Grafiken, bunten Stickern usw.)

## Nachteile

- Die Seiten müssen selbst gegliedert werden. Wenn man eine Seite über die einfache Angabe des Datums strukturieren möchte (z. B. Tag nach Stunden unterteilt, separater Block für Aufgaben, Block für Notizen), muss man diese von Hand einzeichnen. Ein vorgefertigtes Bullet Journal zu benutzen,

konterkariert die eigentliche Idee, aber alles, was funktioniert, ist erlaubt. Aufgaben und Termine werden innerhalb eines Tages gemischt; wird eine Aufgabe nicht erledigt, muss sie von Hand auf einen anderen Tag übertragen werden (Dafür gibt es sogar ein spezielles Icon)

- Langfristig aufzubewahrende Informationen müssen entweder separat gehalten oder manuell in das jeweils nächste Journal übertragen werden
- Aus meiner Sicht ist der Hauptnachteil, dass die Seitenanordnung fix ist. Man muss also zwischen den einzelnen Teilen (z.B. Tagesplanung, Monatsplanung, Future Log für langfristige Ziele) freie Seiten lassen. Dies kann dazu führen, dass man Platz verschenkt oder ein Teil mit dem Anfang eines anderen kollidiert. In diesem Fall wird auf den nächsten leeren Seiten fortgesetzt, der Index zeigt an, wo es weitergeht. Das ist aber eben auch der größte Nachteil, da zusammenhängende Journalteile fragmentiert und über das gesamte Journal verteilt werden. Man könnte ein Bullet Journal mit flexibler Bindung erstellen, aber das fiele dann unter die Rubrik »Wir basteln uns einen Zeitplaner« (Das geht natürlich auch, siehe exotische Lösungen weiter unten)

## Gesamteinschätzung

Das Bullet Journal stellt praktisch einen manuell erstellten Jahreskalender mit Ergänzungen dar. Die Mischung von Terminen und Aufgaben erlaubt, den aktuellen Tag auf einen Blick zu überschauen, wobei die Kennzeichnung der einzelnen Punkte durch die Art der »Bullets« vorgenommen wird. Beim Übertragen von unerledigten Aufgaben in die Zukunft oder durch die Übertragung von Aufgaben vom »Future Log« in den aktuellen Monat entsteht ein großer Aufwand. Mögliche Fragmentierung durch die fixe Seitenanordnung wird durch den Index nicht zufriedenstellend gelöst.

#### 6.1.2.4 Exotische und DIY-Lösungen

Stellvertretend für etwas ausgefallenere Lösungen möchte ich hier den »Hipster PDA« vorstellen. Dieser besteht im Wesentlichen aus einem Stapel Karteikarten, die durch eine Klammer zusammengehalten werden. Es werden Karteikarten in der Größe 3 Zoll x 5 Zoll (7,6 cm x 12,7 cm) verwendet. Das ist eine handliche Größe, größer oder kleiner geht auch. Karteikarten zu verwenden, hat Vor- und Nachteile. Auf der einen Seite geben die Karten dem Hipster eine gewisse Stabilität, auf der anderen Seite kann der Kartenstapel schnell ziemlich dick werden. Außerdem kann man praktisch nicht blättern. Zur Benutzung muss meistens die Klammer entfernt werden, was etwas umständlich ist. Man kann anstatt der Karteikarten normales Papier verwenden, aber dann zerfleddert das ganz schnell und bekommt Eselsohren. Die einzelnen Karten werden wie die Seiten eines traditionellen Papierplaners »konfiguriert«, zum Beispiel als Kalenderseite, To-do-Liste oder Kontaktliste.

Hier ein extrem minimalistisches Exemplar, praktisch nur ein zusammengeklammerter Stapel Karteikarten ohne weitere Struktur:

Abbildung: 6.1.2.4./1_Hipster PDA
*Quelle: https://en.wikipedia.org/wiki/Hipster_PDA#/media/File:Hipster_PDA.jpg*

Es gibt im Internet eine Menge Templates zum Herunterladen, mit denen man sich Planerseiten ausdrucken kann. Ansonsten sind eigenen Designideen keine Grenzen gesetzt. Eine nähere Beschreibung finden Sie hier:

https://www.diyplanner.com/how-to-make-a-planner/

Ich habe das Konzept ausprobiert, aber festgestellt, dass ich, wenn ich das Design meinen Anforderungen entsprechend abwandele, letztendlich den Planer mit Ringbindung neu erfinde.

### Zusammenfassung:

Empfehlenswert ist der klassische Planer mit Ringbindung, der alle Vorteile, die ein papierbasierter Planer haben kann, auf sich vereinigt. Sollten Sie sich für einen anderen Typ entscheiden, macht das aber nichts, die folgenden Ansätze zum Termin- und Aufgabenmanagement lassen sich ohne Weiteres auf alle Formate übertragen.

## 6.2 Die Terminmanagement-Komponente

### 6.2.1 Struktur

Diesen Punkt können wir recht kurz abhandeln, denn die Struktur für das Terminmanagement ist unveränderlich: Es ist der Kalender.

Diesen kann man unterschiedlich »dicht« gestalten: jeweils eine oder zwei Seiten pro Tag, pro Woche oder pro Monat. Das hängt davon ab, wie groß Ihr Planer ist und wie viele Einträge Sie pro Tag machen wollen. Ich persönlich habe eine Woche auf zwei Seiten im Format »Personal Organizer« von Filofax (Das ist ungefähr ein schlankes Format  DIN A6.). Da ich eine kleine Schrift habe, bekomme ich damit pro Tag 6–7 Zeilen unter, die ich für Termine und Aufgaben nutzen kann.

### 6.2.2 Benutzung

Die Termine werden wie folgt eingetragen:

Ein quadratisches Kästchen, gefolgt von der Uhrzeit, dem Ort (optional) und der Beschreibung des Termins. Ich benutze einen Bleistift, um radieren zu können. Außerdem ist ein Bleistift wasserfest und schmiert nicht.

Das Kästchen habe ich aus dem Bullet Journal übernommen und benutze es analog, indem ich in das Kästchen eintrage:

x: Erledigt

>: Verschoben

-: Gestrichen / abgesagt

Langfristige Termine (z. B. für das ganze Jahr) kann man auf einem speziellen Jahresblatt vermerken und dann monatlich übertragen, wenn Sie z. B. immer nur den laufenden und den nächsten Monat im Planer bei sich haben. Für Geburtstage eignet sich ein fixer (ausklappbarer) Jahreskalender, diese Daten ändern sich ja nicht.

Das war es auch schon mit den Terminen. Das Aufgabenmanagement ist ein bisschen komplizierter.

## 6.3 Die Aufgabenmanagement-Komponente

### 6.3.1 Struktur und Probleme

Die Aufgaben kann man einfach in den Kalender schreiben. Solange sie jedoch nicht an einen bestimmten Ausführungstermin gebunden sind, gehören sie da nicht hin. Das Hauptproblem ist, dass, sollte man die Aufgabe verschieben müssen, das Streichen und Radieren losgeht. Sie wollen »Autowäsche« sicher nicht an jedem Tag der Woche (und jedes Mal durchgestrichen, weil verschoben) im Kalender haben. Die Aufgaben müssen also vom Kalender getrennt werden. Hier kommt im einfachsten Fall die sogenannte To-do-Liste ins Spiel: eine Aufzählung aller laufenden Aufgaben. Erledigtes kann man bequem abhaken, neue Aufgaben werden unten ergänzt. Nachteil: Es gibt auch Aufgaben, die zu einem bestimmten Termin erledigt werden müssen. Was tun? Doch in den Kalender schreiben oder das Ausführungsdatum in die To-do-Liste aufnehmen? Das Hauptproblem dürfte aber sein, dass man Kalender und To-do-Liste getrennt und damit nicht auf einen Blick hat. Außerdem lässt eine Liste per se keine Prioritäten erkennen. Die Einträge werden ja immer linear angefügt. Man könnte eine zweite Dimension schaffen und drei Listen nebeneinander anordnen mit den Kategorien: wichtig, normal, bei Gelegenheit. Na ja, alles nicht so optimal.

Erinnern wir uns an das Paradigma, die Dinge einfach zu halten. Letztendlich haben wir zwei Probleme zu lösen:

- Die Aufgaben vernünftig zu verwalten und
- Irgendwie die Aufgaben und Termine zu kombinieren

Fangen wir mit dem ersten Punkt an, die Aufgabenverwaltung optimal zu gestalten. Wir tun dies, indem wir sie als eigenständiges

Problem behandeln, zunächst, ohne den Gesamtkontext zu beachten. Wir optimieren also erst einmal lokal. Das hat den Vorteil, dass wir das Gesamtproblem in Teilprobleme zerlegen können, die dann hoffentlich einfacher zu lösen sind. Wir müssen dabei aber immer das Gesamtproblem im Auge behalten! Die optimierten Teile müssen anschließend wieder zusammenpassen. Es hat keinen Zweck, die Aufgabenverwaltung zu optimieren und dann Probleme zu bekommen, diese mit den Terminen zu kombinieren. Aber das weiß man eben nicht vorher, und Versuch macht klug. Kleiner Spoileralarm: Natürlich werde ich Sie hier nicht mit allen Ansätzen langweilen, die ich ausprobiert habe und die im Gesamtkontext nicht funktioniert haben.

### 6.3.2 Die Lösung für das Aufgabenmanagement: Kanban

Kanban kommt aus dem Japanischen und lässt sich am besten mit Informationstafel übersetzen. Es beschreibt ein System, das bei Toyota eingeführt wurde, um den Fertigungsprozess zu steuern. In der Praxis wird dabei der Fluss von Teilen und Material im Produktionsprozess mit kleinen Kärtchen gesteuert. Zur besseren Vorstellung nehmen wir an, Sie steuern Ihre Haushaltsvorräte mit diesem System. Dann haben Sie am Brotkasten eine Kanbankarte hängen, auf der steht »Brot kaufen«. Wenn Sie das Brot fast verbraucht haben, legen Sie die Karte auf einen Stapel, auf dem evtl. schon die Karten »Butter kaufen« und »Wurst kaufen« liegen. Dieser Stapel ist beim nächsten Einkauf Ihre Einkaufsliste. Wenn das Brot im Brotkasten ersetzt ist, kommt die Karte zurück an den Kasten. Die eigentliche Idee ist nicht, dass man vermeidet, den Broteinkauf zu vergessen, sondern dass verhindert wird, ZUVIEL Brot zu kaufen. Es wird nur gekauft, wenn eine Kanbankarte signalisiert, dass Brot gebraucht wird. Das ist stark vereinfacht: Wenn Sie am System im Detail interessiert sind, gibt es jede Menge Möglichkeiten zum Nachlesen:

https://de.wikipedia.org/wiki/Kanban

Das System erzeugt also eine Liste mit notwendigen Tätigkeiten (z.B. xyz kaufen) und zwar ausgehend von Aufgaben, die durch ein bestimmtes Ereignis ausgelöst werden (z.B. Brotvorrat nur noch 10 Scheiben). Es wird also eine Aufgabe erschaffen. Ob sich diese Aufgabe innerhalb eines festen Prozesses (Vorratshaltung von Lebensmitteln) materialisiert oder ad hoc definiert wird, ist egal. Wir erstellen sie aus einer Notwendigkeit heraus und damit ist sie auf der Liste. Um diese Darstellung und Abarbeitung von Aufgaben geht es uns ja. Diese »Liste« kann man nun auf einer Informationstafel darstellen, eben dem Kanban. Das Schöne ist, dass es, da die Tafel zweidimensional ist, möglich ist, verschiedene Stufen der Aufgabenerledigung abzubilden, also auf der vertikalen Achse die Aufgaben untereinander und auf der horizontalen Achse den jeweiligen Bearbeitungsstand der Aufgabe. Im einfachsten Fall sind das drei Bereiche nebeneinander wie »Zu erledigen«, »In Arbeit« und »Erledigt«. Jede Aufgabe startet links in »Zu erledigen« und wandert dann, wenn sie dran ist, nach rechts zu »In Arbeit« und endet nach Beendigung in »Erledigt«. Man weiß also immer, was insgesamt zu tun ist, aber auch, was im aktuellen Moment zu tun ist.

Schauen wir uns einmal ein Kanban-Board an und verfolgen den Aufgabenfluss. Ich habe für die nachfolgenden Illustrationen ein ganz einfaches Kanban-Board gebastelt: ein Stück Papier, unterteilt in die drei verschiedenen Stadien, in denen sich eine Aufgabe befinden kann. Eleganter ist ein echtes »Brett«, zum Beispiel aus Kork, an das man Karten pinnen kann, oder eine Magnettafel, die allerdings etwas teuer ist, seltsamerweise aber nur in Deutschland. Sie können auch an Ihrer Kühlschranktür ein Kanban-Board markieren (entweder indem Sie es mit Markern aufzeichnen oder die einzelnen Teile mit Klebestreifen abstecken), dort halten sowohl Klebezettel als auch Magnete. Hier also unser Demonstrationsobjekt:

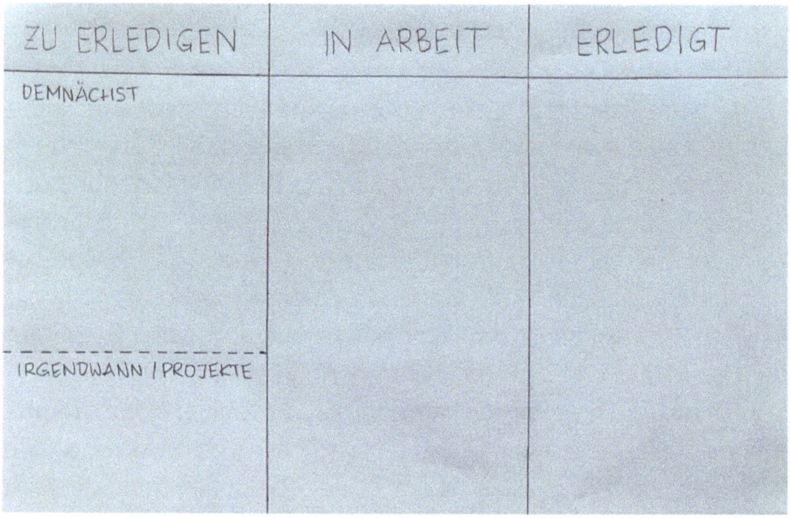


Abbildung: 6.3.2./1_Leeres Kanban
*Quelle: Eigene Darstellung*

Als Kanbankarten verwende ich zur Demonstration Klebezettel.

Abbildung: 6.3.2./2_Klebezettel als Kanbankarten
*Quelle: Eigene Darstellung*

Jetzt können wir anfangen, unser Board zu füllen. Dazu sammle ich alle anstehenden Aufgaben und schreibe jede einzelne auf einen Klebezettel (unsere Kanbankarte). Diese kommen in das erste Drittel des Kanbanboards »Zu erledigen«. Ich habe dieses Drittel horizontal noch einmal unterteilt, im oberen Teil befinden sich Aufgaben, die eine gewisse Dringlichkeit haben und genau spezifiziert sind. Der untere Teil ist für Aufgaben gedacht, die entweder noch in mehrere Teilaufgaben zerlegt werden müssen oder den Dringlichkeitsstatus »Bei Gelegenheit« haben. Man könnte das linke Drittel auch mit einer Matrix entlang der Dimensionen »Dringend« und »Wichtig« strukturieren, aber hier geht es erst einmal darum, die grundlegende Funktionsweise der Kanban-Methode zu veranschaulichen. Die zwei obersten Karten habe ich mit einem eingekreisten »T« versehen, das bedeutet »Termin«, die Aufgabe muss also bis zu einem bestimmten Zeitpunkt erledigt sein. Aber nicht zu einem bestimmten Zeitpunkt ausgeführt werden, sonst käme sie in den Kalender.

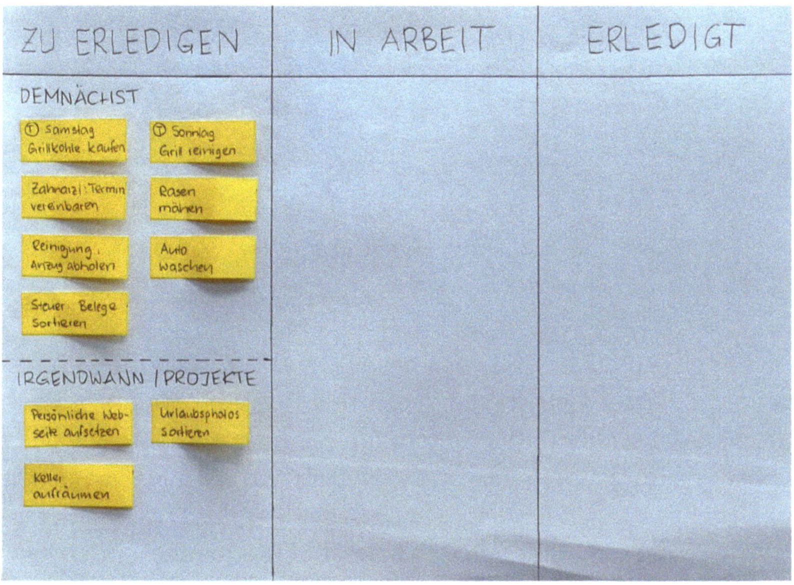


Abbildung: 6.3.2./3_Füllen der »Zu erledigen«-Spalte
*Quelle: Eigene Darstellung*

Im folgenden Schritt wählen wir aus der linken Spalte drei Aufgaben aus, die als Nächstes drankommen. Wir nehmen an, heute wäre Samstag. Damit muss zwangsläufig die Aufgabe »Grillkohle kaufen« nach »In Arbeit« verschoben werden, denn sie ist auf Samstag terminiert. Außerdem nehmen wir »Rasen mähen« und »Auto waschen«. Beides sind beliebte Samstagsbeschäftigungen, bei denen man leicht einen angenehmen Flow-Zustand erreicht.

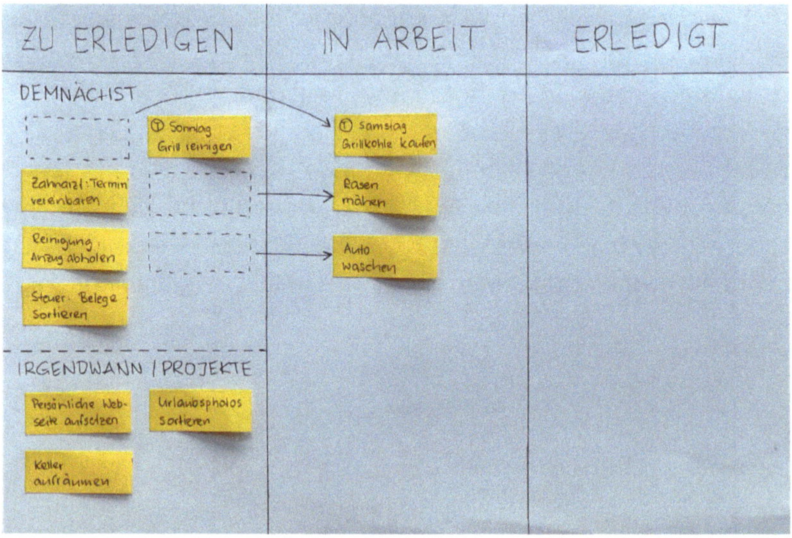


Abbildung: 6.3.2./4_Auswahl von 3 Aufgaben für »In Arbeit«
*Quelle: Eigene Darstellung*

Da uns die Aufgaben im Leben nie ausgehen und wir unter »Zu erledigen« wieder Platz haben, fallen uns zwei neue Aufgaben ein, die wir in der linken Spalte unterbringen: »Oma anrufen« und »Kaffeemaschine reinigen« (Sie hat beim Frühstückskaffee röchelnde Geräusche von sich gegeben, ist also wieder mal verkalkt. Die Kaffeemaschine, nicht die Oma). Ich habe für die entsprechenden Kanbankarten blau gewählt, damit man besser sieht, wie sich die Aufgaben durch das Board bewegen.

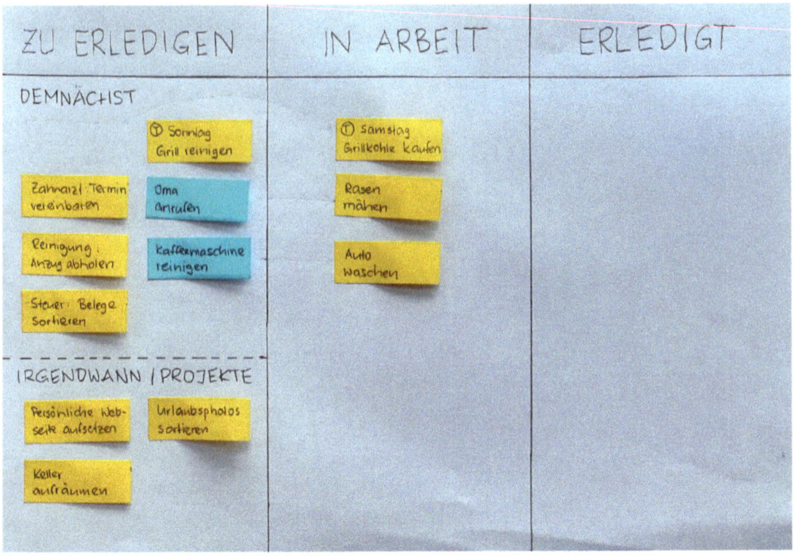


Abbildung: 6.3.2./5_Zwei neue Aufgaben in »Zu erledigen«
*Quelle: Eigene Darstellung*

Am Samstagabend haben wir die drei Aufgaben, die für den Tag anstanden, erledigt. Daher verschieben wir die entsprechenden Kanbankarten in die rechte Spalte »Erledigt«. Es ist psychologisch ein sehr gutes Gefühl, wenn man die mittlere Spalte leert. Manchmal passiert es, dass sich eine Aufgabe in der mittleren Spalte »festsetzt«, man bekommt sie einfach nicht erledigt. Das kann verschiedene Gründe haben, entweder, weil irgendwelche Voraussetzungen nicht gegeben sind, z.B. weil man auf etwas warten muss, das jemand anders erst noch zu erledigen hat, oder aber, weil man einfach den Hintern nicht hochbekommt. Ein großer Vorteil von Kanban ist, dass man dadurch diese Bremsklötze identifiziert, man hat sie ja jeden Tag vor der Nase. Also erledigen! Oder wenn man lange damit leben kann, dass man etwas NICHT macht, ist dies ein Zeichen dafür, dass es vielleicht nicht unbedingt nötig ist, und die Karte wandert in den Papierkorb.

So sieht das Kanban-Board am Samstagabend aus:

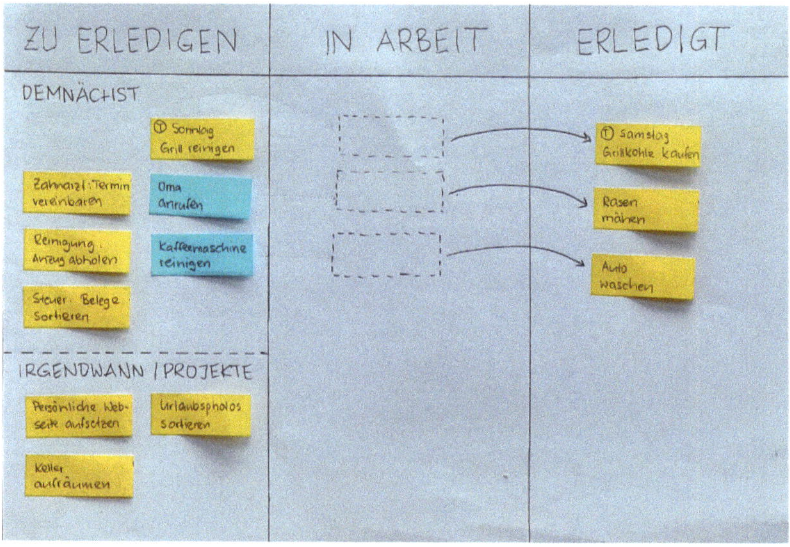


Abbildung: 6.3.2./6_Drei aktuelle Aufgaben erledigt
*Quelle: Eigene Darstellung*

Wir haben damit wieder Bearbeitungskapazität für neue Aufgaben und verschieben drei neue Aufgaben für den nächsten Tag von »Zu erledigen« zu »In Arbeit«. Das ist zwangsläufig »Grill reinigen«, denn diese Aufgabe ist für Sonntag terminiert (Kleiner Tipp: Man sollte den Grillrost sofort nach dem Grillen mit Spülmittel einreiben und dann in feuchtes Papier einschlagen, dann geht es am nächsten Tag leichter). Außerdem nehmen wir noch die beiden (neuen) Aufgaben »Oma anrufen« und »Kaffeemaschine reinigen«. »Zahnarzttermin vereinbaren« geht sowieso nicht am Sonntag und auch die Reinigung hat zu, so dass wir den Anzug nicht abholen können.

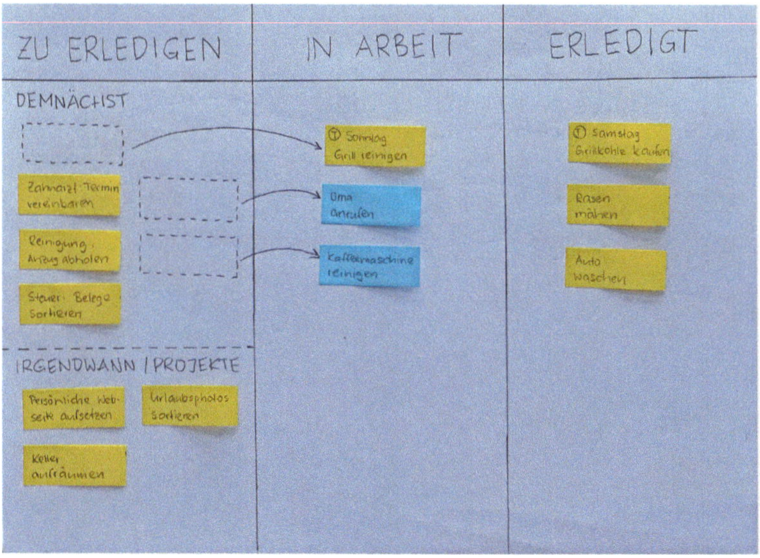


Abbildung: 6.3.2./7_Drei neue Aufgaben aus »Zu erledigen« zu »In Arbeit« verschoben
*Quelle: Eigene Darstellung*

**Anmerkung:**
*Wie der aufmerksame Leser möglicherweise bemerkt hat: Der gestrichelte Kasten oben links in »zu erledigen« (»Grill reinigen«) sollte eigentlich rechts oben sein, denn von dort kommt der gelbe Kanbanzettel. Während des Layouts konnte die Abbildung nicht mehr geändert werden, und da sich an der Aussage nichts ändert, wurde die Abbildung so belassen.*

Jetzt fügen wir noch neue Aufgaben auf der linken Seite hinzu. Bei den häufigen Abstiegen in den Keller am Samstag, um Biernachschub zu holen, fiel der Blick auf den Heizöltank und eine kurze Prüfung ergab, dass man Öl bestellen könnte, denn es ist Sommer und die Preise sind dann niedriger als im Herbst. Das assoziierte den Gedanken an die fällige Abgasmessung sowie die Heizungswartung und schon haben wir zwei neue Aufgaben: »Heizöl bestellen« und »Termin Heizungswartung«. Diese tragen wir auf der linken Seite in unsere Aufgabenpipeline ein. Ich habe eine neue Farbe (rosa) genommen, um den Aufgabenfluss zu visualisieren.

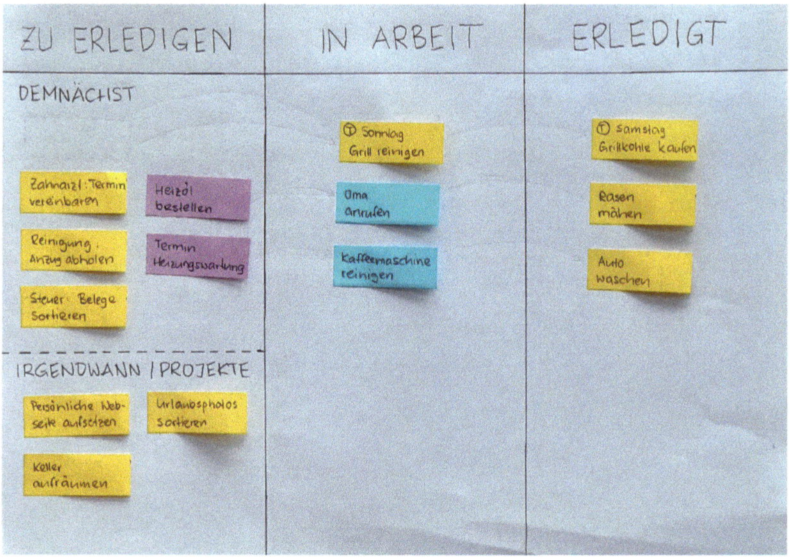


Abbildung: 6.3.2./8_Zwei neue Aufgaben in »Zu erledigen« angelegt
*Quelle: Eigene Darstellung*

Kann also ein Kanban für uns funktionieren? Definitiv ja, es ist übersichtlich, einfach zu handhaben sowie flexibel. Sie können das Prinzip beliebig an Ihre jeweiligen Bedürfnisse anpassen. Es fokussiert uns auf die Aufgaben, die zum aktuellen Zeitpunkt zu erledigen sind. Es hilft zu vermeiden, dass wir uns mehr auf den Teller packen, als wir essen können, indem wir eine Obergrenze für Aufgaben »In Arbeit« festlegen. Gleichzeitig wird deutlich, wo eventuell ein Stau bei der Abarbeitung auftritt, so dass eine Aufgabe lange Zeit die Pipeline »verstopft«.

## 6.3.3 Variationen und Erweiterungen

- »Fahrspuren« für Aufgaben, die in irgendeiner Weise verknüpft sind. Dazu ziehen Sie Linien quer über das Board und gruppieren zusammenhängende Aufgaben zwischen zwei Linien, eben in einer Fahrspur
- Mehrere Benutzer (Teamarbeit). Dafür erhalten die Karten der einzelnen Benutzer eine Markierung zur persönlichen Zuordnung

## 6.3.4 Grundregel: Obergrenze für Aufgaben »in Arbeit«

Die wichtigste Grundregel ist, die Anzahl der Aufgaben, die sich in der Spalte »In Arbeit« befinden, zu begrenzen. Das sind die Aufgaben, die zu einem bestimmten Zeitpunkt tatsächlich bearbeitet und meistens auch am selben Tag erledigt werden. Sollte eine Aufgabe sehr umfangreich sein und mehrere Tage oder Wochen benötigen (also den Charakter eines Projektes haben), ist zu überlegen, sie auf Teilaufgaben herunterzubrechen und ihr eventuell eine eigene »Fahrspur« einzurichten.

Eine sinnvolle Obergrenze für die Anzahl der gleichzeitig aktiven Aufgaben ist drei. Eine dieser Aufgaben sollte man als »wichtigste Aufgabe des Tages« definieren. Diese ist unter allen Umständen und vor allen anderen Aufgaben zu erledigen. Man wird dafür entweder die wichtigste/dringendste oder die unangenehmste auswählen. Die unangenehmste Aufgabe zuerst zu erledigen, hat im Wesentlichen psychologische Gründe:

- Erstens: Ein Hinauszögern hat oft den Effekt, dass die Angelegenheit auf den nächsten Tag verschoben wird, weil am Ende des Tages, wenn man die Sache wirklich in Angriff nehmen

möchte, etwas dazwischenkommt und man dann keinen zeitlichen Spielraum mehr hat

- Zweitens: Hat man die Kröte schon am Morgen geschluckt, sieht der Tag gleich viel freundlicher aus. Man trägt die Aussicht auf etwas Unangenehmes nicht den ganzen Tag mit sich herum
- Drittens: Die unangenehme Sache vom Hals zu haben und die Zufriedenheit etwas geschafft zu haben, erhöht die Motivation für die verbleibenden Aufgaben

# 7 Synthese von Planer und Kanban

## 7.1 Das Prinzip

Wir haben nun den Terminteil unseres Planungswerkzeuges, das durch den Kalender dargestellt wird und den Aufgabenteil, den wir mit Kanban managen. Wie machen wir daraus eine Einheit? Wir könnten zum Beispiel das Kanban-Board einfach als eine Seite im Planer definieren. Immerhin ein Fortschritt gegenüber einer schnöden To-do-Liste, aber kein wirklicher Durchbruch. Wir werden daher einen anderen Weg wählen und feststellen, dass eins plus eins mehr als zwei sein kann, das heißt, das Gesamte ist mehr als die Summe der Teile. Bilden wir also unser Kanban auf den Kalender ab, als eine zweite Ebene. Die Spalte »Irgendwann erledigen« ist eine Seite, auf die wir unsere selbstklebenden Papierstreifen mit den entsprechenden Aufgaben untereinander kleben, sozusagen eine Sammlung potenzieller Aufgaben.

Die nächste Seite ist »Zu erledigen« und enthält ebenfalls Aufgaben auf untereinander geklebten Papierstreifen. Sie bildet das Reservoir, aus dem wir die Aufgaben für »In Arbeit« entnehmen. Diese kleben wir nun aber nicht auf eine separate Seite, sondern IN DEN KALENDER auf den Tag, an dem wir die Aufgabe erledigen wollen. Damit haben wir einen gravierenden Nachteil der klassischen To-do-Liste ausgemerzt, nämlich die Schwierigkeit, Aufgaben in einer linearen Liste mit Terminen zu versehen. Sollte eine Aufgabe verschoben werden, kleben wir sie auf den nächsten Tag um. Damit haben wir auch nicht das Radierproblem, das entsteht, wenn man Aufgaben in den Kalender hinein SCHREIBT. Noch eine pragmatische Bemerkung. Wenn ich eine Aufgabe definiere und bereits weiß, wann ich sie erledigen will, brauche ich nicht über die Aufgabensammlung in »Zu

erledigen« gehen, sondern kann sie gleich im entsprechenden Tag platzieren. Wir sollten aber nicht mehr als drei Aufgaben am selben Tag haben! Ist eine Aufgabe erledigt, vermerkt man das Datum der Erledigung auf dem selbstklebenden Papierstreifen, dieser wandert auf die Seite »Erledigt« und wird dort unter die zuletzt erledigte Aufgabe platziert. Wenn eine »Erledigt«-Seite voll ist, kann man sie aus dem Planer herausnehmen und archivieren.

## 7.2 Die praktische Ausführung in Bildern

### 7.2.1 Die Kanbankarten

Zur Illustration eines Kanban-Boards hatte ich kleine Klebezettel verwendet. Dieses Format ist allerdings für die Verwendung im Planer schlecht geeignet, da die Karten zu groß sind. Ich verwende folgende Lösung: Ich schneide Klebezettel der Größe 7,5 cm x 7,5 cm in Streifen mit einer Breite (oder Höhe, denn sie werden waagerecht eingeklebt) von einem Zentimeter. Die klebende Beschichtung befindet sich dabei links. Ein Zentimeter Höhe ist ausreichend für 2 Zeilen in kleiner Schrift.

Abbildung: 7.2.1./1_Herstellen der Kanbanstreifen
*Quelle: Eigene Darstellung*

Abbildung: 7.2.1./2_Herstellen der Kanbanstreifen
*Quelle: Eigene Darstellung*

Ich unterscheide sechs Aufgabenkategorien, die jeweils eine bestimmte Farbe haben, und zwar folgende:

- Grün: Kaufen (oder allgemeiner: Dinge, die beschafft werden müssen)
- Gelb: Allgemeine Aufgaben
- Blau: Am Computer zu erledigende Aufgaben
- Violett: Telefonate
- Beige: Im Büro (oder an einem anderen bestimmten Ort) zu erledigende Aufgaben, die allerdings einen privaten Bezug haben. Die berufliche Zeit und Aufgabenplanung sollte von der privaten getrennt sein.
- Rot: Dringende Aufgaben

Die Verwendung verschiedener Farben hat den Vorteil, dass, wenn ich zum Beispiel gerade am Computer sitze, ich auf einen Blick sehen kann, ob ich eine »blaue« (das bedeutet, am Computer zu erledigen) Aufgabe in der Pipeline habe, die ich dann erledigen kann.

### 7.2.2 Der Workflow

Auf den folgenden Seiten illustriere ich den Workflow, also den Fluss der Aufgaben durch die Pipeline. Ich werde dazu dieselben Aufgaben verwenden, die ich bei der Illustration des Kanban-Systems benutzt habe.

#### 7.2.2.1 Speicher für leere Kanbankarten

Die leeren Kanbanstreifen klebe ich auf eine Seite hinter dem Kalender, wo ich sie nach Bedarf entnehmen kann. Man kann ungefähr 8 – 10 Streifen übereinander kleben, ohne dass das zu dick wird. Als

Unterlage für die Kanbanstreifen verwende ich einen Vordruck für eine Standard To-do-Liste (die ich ja jetzt nicht mehr brauche), die 12 Zeilen hat, so dass ich von jedem Aufgabentyp zwei Streifenblöcke einkleben kann. Damit habe ich pro Aufgabentyp etwa 20 Streifen Vorrat, das reicht für ein bis zwei Wochen.

Der Kanbanstreifen-Speicher sieht dann wie folgt aus:

Abbildung: 7.2.2.1./1_ Speicher für leere Kanbankarten
*Quelle: Eigene Darstellung*

## 7.2.2.2 Erstellen von Aufgaben

Eine neue Aufgabe wird erstellt, indem sie auf einen leeren Kanbanstreifen geschrieben wird. Vor der Aufgabe mache ich einen kleinen Kreis, in den ich nach Erledigung ein Kreuz mache. Oben rechts lasse ich auf dem Papierstreifen etwas Raum, in den ich nach Erledigung das Erledigungsdatum eintrage. Man kann dann später, wenn die

einzelnen Kanbanstreifen archiviert worden sind, nachvollziehen, wann genau die Tätigkeit abgeschlossen worden ist.

Der beschriftete Streifen wird nun in die Aufgaben-Pipeline geschoben. Dies kann an zwei Stellen geschehen. Erstens, im Sammelspeicher »Irgendwann erledigen«, den wir der Stufe »Demnächst« vorgelagert haben. Wir erinnern uns: Hier sammeln wir Aufgaben, die im Moment nicht zeitkritisch sind und deshalb nicht unmittelbar zur Ausführung anstehen, die wir aber nicht vergessen wollen. Bei Gelegenheit können diese in die nächste Stufe »Demnächst« verschoben werden (Sollte eine Aufgabe zu lange auf dieser Stufe herumgeistern, nehmen Sie sie wieder raus. Sie ist dann offensichtlich nicht so wichtig). Oder aber die Aufgabe ist unmittelbar zu erledigen, dann landet sie gleich im Bereich »Demnächst«.

Abbildung: 7.2.2.2./1_ Zu erledigende Aufgaben
*Quelle: Eigene Darstellung*

### 7.2.2.3 Aktivierung von Aufgaben zur Ausführung (»In Arbeit«) und Platzierung im Kalender

Eine Aufgabe wird aktiviert, indem sie von »Demnächst (zu erledigen)« auf »In Arbeit« hochgestuft wird. Das passiert durch Umkleben des Kanbanstreifens von der Seite »Demnächst« IN DEN KALENDER, denn der Kalender ist praktisch der Kanbanbereich »In Arbeit«. Wir ordnen die Aufgabe dem Tag im Kalender zu, an dem wir sie erledigen wollen, sofern an diesem Tag noch Kapazität vorhanden ist (das heißt, weniger als 3 Aufgaben PRO TAG anstehen). Ich fange am unteren Ende des Tagesbereiches an. Termineinträge beginnen am oberen Ende. Irgendwo in der Mitte können sich Termine und Aufgaben treffen. Ich verwende persönlich einen Kalender mit einer Woche auf zwei Seiten, bekomme also neben ein oder zwei Terminen zwei oder drei Aufgaben untergebracht, und mehr als drei Aufgaben pro Tag sollen es ohnehin nicht sein. Wenn es wirklich eng wird, klebe ich die Aufgabe auf den Vortag. Das sollte man aber nicht »wochenübergreifend« machen, also in die Vorwoche kleben. Man könnte dadurch die Aufgabe leicht übersehen. Man wird aber immer ein Plätzchen finden, um einen Streifen unterzubringen.

Sollte die Aufgaben-Pipeline für den fraglichen Tag bereits gefüllt sein und eine Aufgabe mit hoher Dringlichkeit auftauchen, so werden wir sie in den Kalender einfügen und um unsere Maximal-3-Aufgaben-pro-Tag-Regel einzuhalten, dafür eine bereits existierende Aufgabe dieses Tages durch Umkleben entweder in die Zukunft verschieben oder in die Rubrik »Zu erledigen« zurückstufen. Falls dieses Problem öfters auftaucht, also die Pipeline bereits voll ist, sollten Sie darüber nachdenken, ob sie zu viele Aufgaben »am Hals« haben oder zu viel Kleinkram, den man in ein paar Minuten erledigen kann, in die Aufgabenliste aufnehmen. Es ist generell eine gute Strategie, kleine Dinge, die nur ein paar Minuten dauern, sofort zu erledigen, anstatt damit die Pipeline zu verstopfen. Außerdem lohnt es sich

nicht, für etwas, das mit einem Handgriff erledigt werden kann, extra eine Aufgabe anzulegen. Die Zuordnung von Aufgaben zu Kalendertagen macht man üblicherweise einmal am Tag.

Anmerkung: Wie Sie sehen, habe ich auch einige Termine in den Kalender eingetragen. Ein Kreuz im Quadrat bedeutet »erledigt«, ein Dreieck mit der Spitze nach rechts »verschoben«.

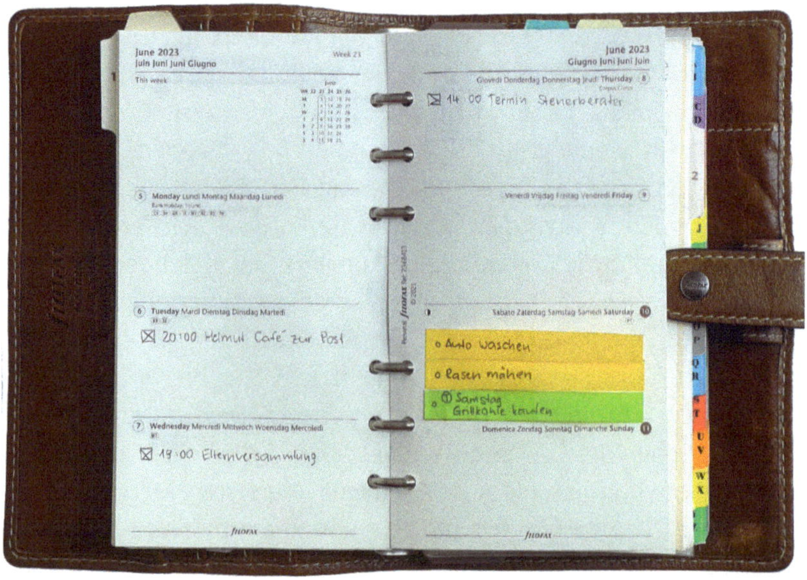


Abbildung: 7.2.2.3./1_ Aufgaben »In Arbeit« im Kalender platziert
*Quelle: Eigene Darstellung*

Wie so oft im Leben erleichtert Schummeln die Arbeit. Oft wird eine neue Aufgabe auftauchen, von der wir schon wissen, wann wir sie erledigen wollen und für die am fraglichen Tag Kapazität vorhanden ist. Ich gehe in diesem Fall nicht über die Stufe »Zu erledigen«, also die Seite, wo wir zu erledigende Aufgaben sammeln, sondern platziere die Aufgabe direkt in den Kalender. Wir bewegen sie also nur »virtuell« durch diese Stufe. Ich habe die Erfahrung gemacht, dass dies oft der Fall ist. Nachteil: Dies kann die Priorisierung von

Aufgaben nachteilig beeinflussen, da auf diese Weise Aufgaben »vordrängeln« können und sich nicht mehr der Priorisierung auf der Stufe »Zu erledigen« stellen müssen.

## 7.2.2.4 Ablage erledigter Aufgaben

Ist eine Aufgabe erledigt, machen wir ein Kreuz im kleinen Kreis links auf dem Kanbanstreifen (so sehen wir auch im Kalender sofort, was bereits getan ist) und schreiben das Datum der Erledigung in die rechte obere Ecke. Dadurch können wir später nachvollziehen, wann etwas tatsächlich getan wurde. Einmal am Tag oder alle paar Tage kleben wir die erledigten Aufgaben in unser Archiv, und zwar in der Reihenfolge ihrer Erledigung. Das Archiv ist einfach eine Reihe von Seiten mit weißem Papier. Ich nehme wieder alte, nicht mehr benötigte To-do-Listen, schon gelocht und mit einer Unterteilung, in die die Kanbanstreifen genau hineinpassen.

Abbildung: 7.2.2.4./1_ Erledigte und archivierte Aufgaben
*Quelle: Eigene Darstellung*

Einmal im Quartal, wenn ich Kalenderblätter austausche (ich bewahre immer drei Monate im Planer auf, damit er nicht zu dick wird), nehme ich die Seiten mit den vergangenen Aufgaben raus und archiviere sie.

Das war es auch schon.

Um bei unserem Erklärungsbeispiel eines Kanban weiter vorn zu bleiben, gehe ich noch einmal durch die weiteren Schritte aus dem Beispiel und zwar so, wie sie im Kalender in Erscheinung treten:

Aufnahme neuer Aufgaben »Oma anrufen« und »Kaffeemaschine reinigen« in »Zu erledigen«:

Abbildung: 7.2.2.4./2_Definition weiterer Aufgaben
*Quelle: Eigene Darstellung*

Auswahl von drei Aufgaben aus »Demnächst« und Platzierung im Kalender für Sonntag:

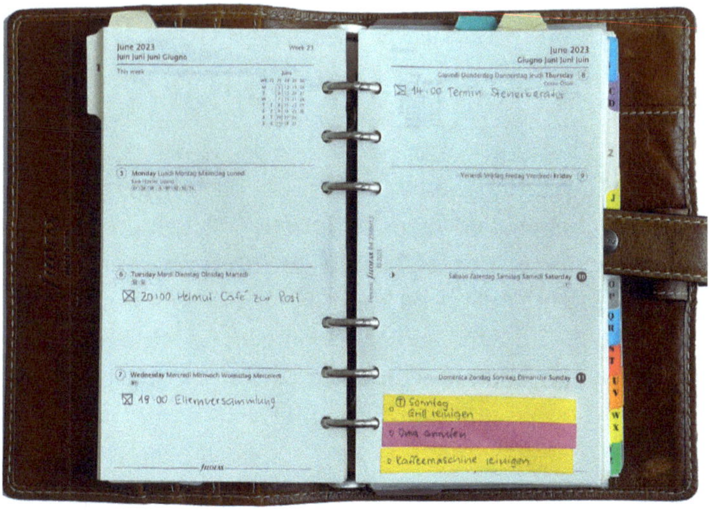


Abbildung: 7.2.2.4./3_Auswahl und Verschieben in den Kalender von drei Aufgaben für Sonntag – ***Quelle: Eigene Darstellung***

Und wieder das Aufgabenreservoir auffüllen: »Heizöl bestellen« und »Termin Heizungswartung«

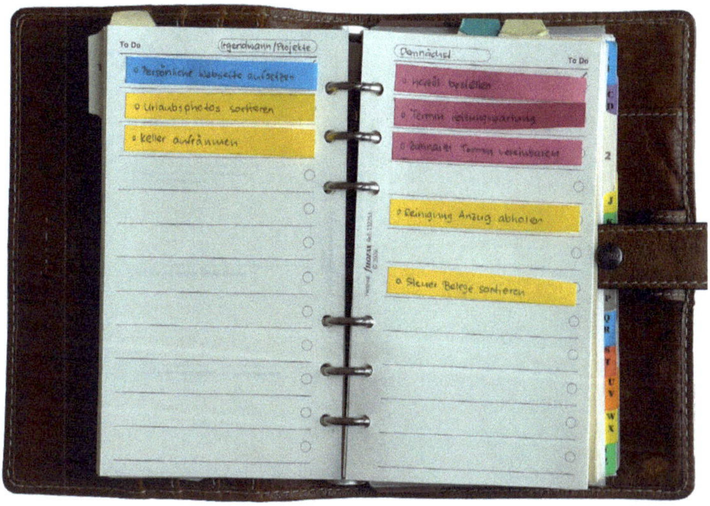


Abbildung: 7.2.2.4./4_Und wieder werden zu erledigende Aufgaben nachgefüllt – ***Quelle: Eigene Darstellung***

# 7.2.3 Pragmatische Behandlung wiederkehrender Aufgaben

Wir werden es oft mit Aufgaben zu tun haben, die sich in einem bestimmten Rhythmus wiederholen. Dafür jedes Mal einen Kanbanstreifen anzulegen, ist aufwendig und verstopft letztendlich die Pipeline. Bei dieser Art Aufgaben kommt es weniger darauf an, sie nicht zu vergessen, sondern vielmehr darauf, im Nachhinein zu dokumentieren, dass sie erledigt worden sind. Typische Beispiele sind tägliches Vokabellernen oder der Besuch im Fitnessstudio dreimal die Woche. In diesen Fällen empfehle ich, eine Tabelle anzulegen und die jeweilige Tätigkeit für den in Frage kommenden Tag abzuhaken. Eine solche Tabelle hat den Vorteil, dass man wiederkehrende Tätigkeiten als Zeitreihe sofort im Blick hat. Außerdem kann man weitere Informationen eintragen wie zum Beispiel die Anzahl der Minuten, die beim Sport aufgewendet wurden.

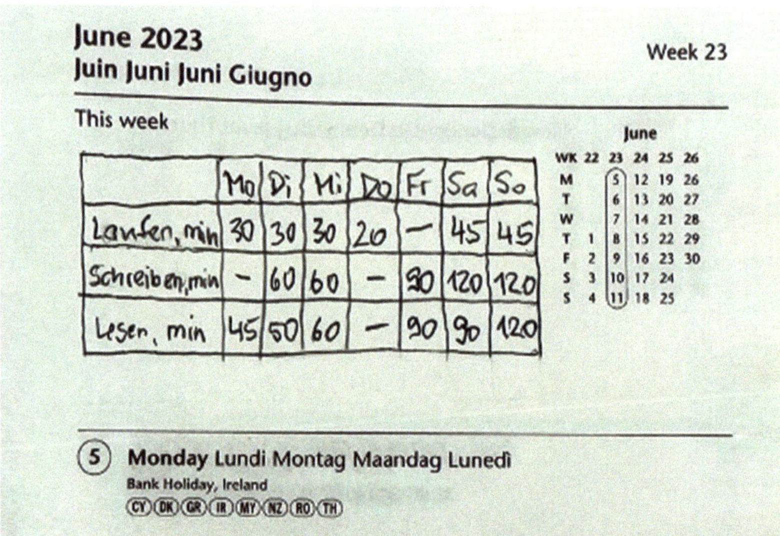


Abbildung: 7.2.3./1_Wochentabelle für wiederkehrende Aufgaben
*Quelle: Eigene Darstellung*

## 7.3 Weitere nützliche Bestandteile eines Planers

### 7.3.1 Jahreskalender

In der Regel wird man auf der ersten Seite einen Jahreskalender haben, einfach zum Überblick. Ich habe dort in der Vergangenheit immer meine Urlaubstage farbig markiert. Da ich jetzt selbstständig bin, habe ich keinen Urlaub mehr (aus der Perspektive meiner Frau habe ich allerdings nun immer Urlaub und stehe unbegrenzt für häusliche Tätigkeiten zur Verfügung). Man kann den Jahreskalender auch für einen psychologischen Trick verwenden. Nehmen wir an, Sie wollen mit dem Rauchen aufhören. Dann markieren Sie jeden Tag, an dem Sie nicht geraucht haben. Praktisch ziehen Sie damit eine Linie durch das Jahr, die jeden Tag etwas länger wird. Diese Linie darf nicht unterbrochen werden. Glauben Sie mir, je länger die Linie wird, desto stärker wird der psychologische Druck, sie nicht durch Rauchen zu unterbrechen. Kurz und gut, die Methode funktioniert.

### 7.3.2 Jahrestagskalender

Der Jahrestagskalender dient im Wesentlichen dazu, keine Geburtstage oder noch schlimmer, den Hochzeitstag zu vergessen. Hier gibt es brauchbare wie eine Ziehharmonika gefaltete Vordrucke. Er kann, wenn der Planer für ein neues Jahr mit einem neuen Kalender gefüllt wird, einfach übernommen werden, Geburtstage ändern sich nicht. Neue Geburtstage werden ergänzt, sollte jemand bedauerlicherweise keinen Geburtstag mehr feiern können, haben Sie die Wahl zwischen Ausradieren oder einem kleinen Kreuz am Ende des Namens. Aus sentimentalen Gründen wird man eher zum Kreuz neigen.

### 7.3.3 Adressenteil

Der Adressenteil ist relativ simpel, ich empfehle, hier die angebotenen Vordrucke zu verwenden. Allerdings ist dieser Teil etwas heikel, was die Datensicherheit betrifft, da Adressen und Telefonnummern sehr sensible persönliche Daten sind. Ein weiterer Punkt ist, dass es natürlich bequemer ist, diese Daten, vor allem Telefonnummern, gleich im Telefon zu speichern. So kombinieren wir pragmatisch moderne Technik mit unserem Planer, der selbstverständlich immer noch als Back-up dienen kann.

### 7.3.4 Aufbewahrung unstrukturierter und temporärer Informationen sowie nützlichen Kleinkrams

Unter diesen Punkt fallen Dinge, die nicht unmittelbar für einen Planer notwendig sind, die man aber aus Nützlichkeitsgründen dabeihaben möchte. Das können sein: Einkaufslisten, kurze Notizen auf Zetteln, Visitenkarten, Kreditkarten, Parkscheine, Fotos, eine Kopie vom Stadtplan, Kalorientabellen etc. Hier gilt: Alles, was man lochen kann, kann man einheften. Was man nicht lochen kann, kann man in kleine Plastiktaschen stecken, die wiederum die nötigen Löcher haben. Aber übertreiben Sie es nicht und vor allem misten sie hin und wieder aus. Ich habe schon Planer gesehen, die nur noch mit Einweckgummis zu schließen waren. Eine Restaurantrechnung vom Rhodos-Urlaub von vor fünf Jahren kann man irgendwann wegwerfen. Noch eine Bemerkung zu Kreditkarten. Man kann diese im Planer aufbewahren, es gibt auch entsprechende Plastiktaschen für diesen Zweck, aber Zahlungsmittel sollte man immer am Mann bzw. an der Frau haben. Sie wollen sicher nicht Ihren Terminplaner jedes Mal mit auf die Toilette nehmen, wenn sie im Büro sind. Vergessen Sie nicht: Gelegenheit macht Diebe!

### 7.3.5 Werkzeuge

Unverzichtbar ist ein ordentliches Schreibgerät. Ich empfehle, einen Bleistift zu benutzen und zwar wegen der eingebauten Delete-Funktion (Radiergummi). Außerdem kann man mit einem Bleistift wesentlich feiner/kleiner schreiben. Er kleckst nicht und läuft im Flugzeug (der Kabinendruck entspricht etwa einer Höhe von 2000 Metern) nicht aus. Ein inkontinenter Füllhalter kann eine ziemliche Sauerei anrichten. Mir ist mal im Flugzeug ein Füllhalter mit grüner Tinte, den ich in der Brusttasche meines Hemdes hatte, ausgelaufen. Ich sah aus wie ein Außerirdischer, die ja grünes Blut haben sollen, nach einem Herzdurchschuss. Ich empfehle einen Druckbleistift (kein Anspitzen nötig) mit 0,5 Millimeter Minenstärke und integriertem Radiergummi. Als Minen haben sich solche mit Härtegrad 2B (etwas weicher als die meistens verwendeten HB-Minen) bewährt. Eine weichere Mine erlaubt einen dunkleren Strich für bessere Lesbarkeit, ohne stark aufdrücken zu müssen.

Weiterhin gibt es abheftbare Lineale und Taschenrechner, beides ist irrsinnig teuer. Ich habe kürzlich sogar einen abheftbaren Locher gefunden. Den Liebhaber wird das nicht abschrecken.

## 7.4 Zusammenfassung der praktischen Ausführung

Wie Sie bemerkt haben, ist die Synthese von Planer und Kanban technisch einfach bzw. ich habe versucht, sie einfach zu halten. Sie können das noch weiter vereinfachen (z. B. keine farbigen Kanbanstreifen verwenden) oder es auch komplizierter machen (z. B. ein Kalendarium mit einem Tag pro Seite benutzen und den zusätzlichen Raum für projektbezogene Informationen benutzen, eine Art Minitagebuch zu führen, alles, was man auf Papier unterbringen kann, ist möglich).

Und noch eine Bemerkung zur »Hardware«. Ich habe als Beispiel einen Filofax benutzt, ganz einfach, weil ich einen habe. Jedes andere System funktioniert genauso gut. Wenn Sie das Geld für diese teuren Systemplaner nicht ausgeben können oder wollen, basteln Sie sich einen Planer selbst. Kalenderblätter kann man selbst entwerfen oder Vorlagen aus dem Internet herunterladen und ausdrucken. Ein kleines Ringbuch gibt es für wenig Geld, noch ein Locher, eine Schere und ein Lineal und schon sind Sie im Geschäft. Was zählt, sind das Prinzip Kalender + Kanban und die grundlegenden Paradigmen, auf die ich im Anfang des Buches eingegangen bin.

# 8 Motivation und Energie

Motivation (Ich will oder ich muss) und Energie (Ich kann) werden oft verwechselt oder als Synonyme gebraucht. Es sind aber zwei völlig verschiedene Dinge. Ich werde deshalb im Folgenden beide Begriffe versuchen zu erklären und voneinander abzugrenzen. Ich bin der Meinung, dass in der Regel die Energie der limitierende Faktor bei der Erreichung unserer, durch Motivation bestimmten Ziele ist und einige Überlegungen anstellen, was die beiden relevanten Parameter für unsere innere Energie oder Lebenskraft sind. Weiterhin gebe ich einige Ratschläge, wo wir ansetzen können, um jederzeit genügend Energie zur Erreichung unserer Ziele aufbringen zu können.

## 8.1 Motivation

Wenn wir uns zu etwas nicht aufraffen können, reden wir oft davon, dass wir nicht motiviert sind. Was aber ist Motivation? Es gibt zwei Arten von Motivation, jeweils aus äußeren und inneren Quellen kommend:

### Äußere Quellen sind

- Die Aussicht auf Vorteile oder Belohnungen (Geld, Macht, Sex – also die angenehmen Dinge des Lebens, wenn auch in der Regel negativ konnotiert)
- Erwartungen unseres Umfeldes (Erfüllung unserer Rolle in einem bestimmten sozialen Kontext oder einer Gruppe)
- Die Verinnerlichung von Zielen einer bestimmten Gruppe, zu der wir uns zugehörig fühlen (auch diese »verinnerlichten« Ziele kommen von außen, denn sie werden durch die Gruppe gestellt. Wir haben sie nur so weit internalisiert, dass wir sie oft für unsere eigenen halten. Sie sollten deshalb ständig hinterfragt

werden, um zu verhindern, dass wir zu unserem Nachteil manipuliert werden)

### Innere Quellen sind

- Spaß an einer bestimmten Sache (angenehm und dabei meist weniger »anrüchig« als die in Punkt Eins genannten Belohnungen)
- Inneres Selbstverständnis oder verinnerlichte Ideale (herrührend von dem, was wir sind oder sein möchten)

Nehmen wir an, ich muss meine Steuererklärung machen (äußere Motivation), ich habe aber keinen rechten Antrieb dazu. Was fehlt da? Die Motivation? Eher nicht, die ist schon da, in Form von verzögerter Rückerstattung und, wenn ich über die Frist komme, Verzugszinsen. Der Wille? Der ist auch da, ich will das schließlich machen. Was hindert mich also, was ist stärker als Motivation und Wille, nur mit einem negativen Vorzeichen? Meiner Meinung nach ist es der Mangel an Energie. Ich sage ja nicht, ich will nicht, sondern eher, ich kann nicht. Wir leiden dann nicht unter Motivationsmangel, sondern unter Energiemangel. Die Energie ist der springende Punkt.

## 8.2 Energie

Im bisherigen Verlauf des Buches haben wir eine Methode kennengelernt, die uns hilft, unser Leben zu strukturieren und zu kontrollieren. Das allein reicht aber nicht. Planen ist nicht Tun! Wir haben jetzt mit unserem Planer ein effizientes Werkzeug zur Kontrolle unserer Aktivitäten, aber nun müssen wir auch aktiv werden. Und da kommt uns im übertragenen Sinne, das erste Newtonsche Gesetz in die Quere:

*Ein kräftefreier Körper bleibt in Ruhe (oder bewegt sich geradlinig mit konstanter Geschwindigkeit).*

Solange keine Kraft wirkt, passiert überhaupt nichts! Diese Kraft wird entlang eines Weges (den wir in unserem Planer als zu erledigende Aufgaben definiert haben) ausgeübt. Das Produkt aus Kraft und Weg ist Arbeit oder in ihrer kristallisierten Form: Energie. Energie ist somit die Fähigkeit, Arbeit zu verrichten.

Um etwas zu bewegen, braucht es Energie! In unserem Falle keine Energie im physikalischen Sinne, sondern die Fähigkeit, etwas zu tun.

## 8.2.1 Energie speichern und nutzen

Wenn wir über Energie reden, sind zwei Aspekte von Bedeutung. Erstens die Fähigkeit, Energie irgendwo zu speichern und zweitens, sie aus diesem Speicher entnehmen zu können. Die Größe des Speichers ist seine Kapazität, die definiert, wie viel Energie maximal »eingefüllt« werden kann. Was dann tatsächlich enthalten ist und entnommen werden kann, bestimmt die Energieverfügbarkeit. Ich möchte das am Beispiel eines Mobiltelefons erläutern.

### Speicherkapazität für die Energie

Wenn Sie sich ein neues Mobiltelefon kaufen, dann hat es einen Akku, aus dem es die Energie für den Betrieb bezieht. Dieser Akku hat eine bestimmte Kapazität, die die Grenze der maximal speicherbaren Energie darstellt. Üblicherweise reicht die Energie bei voller Aufladung einen Tag. Diese Kapazität kann nicht erhöht werden, sie verringert sich im Gegenteil mit zunehmendem Alter des Akkus.

### Energieverfügbarkeit

Im Rahmen der vorhandenen Kapazität hat der Akku einen bestimmten Ladestatus. Dieser reicht von voll aufgeladen bis leer. Immer wenn das Telefon aktiv ist, wird Energie verbraucht und der Ladestatus sinkt.

## 8.2.2 Schlussfolgerungen bezüglich der effektiv zur Verfügung stehenden Energie

Die beiden relevanten Parameter, die die Leistungsfähigkeit bestimmen, sind demzufolge die Kapazität, d.h. wie viel der Akku maximal speichern kann und die momentane Ladesituation, also wieviel Energie im gegenwärtigen Moment gespeichert ist und damit für die Verrichtung von Arbeit verfügbar ist. Beide Parameter müssen hinreichend hohe Werte haben, sie sind sozusagen multiplikativ verknüpft.

# 8.3 Lebenskraft – Die Kapazität unseres inneren Akkus und seine Pflege

Stellen Sie sich einfach vor, Sie hätten auch einen solchen Akku. Er enthält die Energie, physische und psychische Herausforderungen zu bewältigen. Ich will diese Energie im sehr weiten Sinne »Lebenskraft« nennen, das klingt etwas altmodisch, trifft aber den Punkt. Die Kapazität dieses Akkus ist zum großen Teil angeboren. Manch einer ist ein Energiebündel bis hin zur Hyperaktivität. Andere wieder sind eher lustlos und phlegmatisch. Alles und jedes kostet sie eine enorme Überwindung und sie fühlen sich permanent angestrengt. Und

wie beim Telefonakku reduziert sich die Kapazität unseres Lebenskraftspeichers im Laufe des Lebens, je älter man ist, desto weniger Kapazität.

Die Kapazität, Arbeit zu verrichten, hat also ein festes Limit. Man kann nur eine endliche Quantität an Arbeit am Tag erbringen. Wir kennen das alle aus dem Berufsleben, morgens, wenn man noch frisch ist, schafft man eine ganze Menge, später fühlt man sich zunehmend erschöpft und irgendwann geht es nicht mehr. Den Arbeitstag zu verlängern, bringt da auch nicht viel. In 16 Stunden schaffen Sie nicht das Doppelte von dem, was Sie in 8 Stunden schaffen können.

Die Kapazität kann man, wenn überhaupt, nur langsam und mühsam erhöhen oder wenigstens mit zunehmendem Alter erhalten. Dazu gibt es folgende Möglichkeiten, die aber Zeit und auch einen gewissen Aufwand erfordern. Das sind

### 8.3.1 Verbesserung der physischen Fitness

Wenn man gesund und fit ist, kann man in der Regel mehr leisten, man hat einen größeren Lebenskraftspeicher, der sich auch schneller regenerieren kann. Gesunde Ernährung, ausreichend Schlaf und Bewegung sind die Grundlagen dafür. Mit zunehmendem Alter sinken aber die Kapazität und auch die Effizienz, mit der der Speicher aufgeladen werden kann. Verlangsamen Sie diesen Prozess, indem Sie Ihren Körper pfleglich behandeln.

### 8.3.2 Verbesserung der geistigen Gesundheit

Dieser Aspekt ist mindestens genauso wichtig wie die körperliche Fitness. Wenn man mental nicht in der Balance ist, so hat das die gleichen Auswirkungen, als wenn man krank wäre. Ja, mentale Probleme wirken sogar auf das körperliche Befinden zurück (und umgekehrt). Das ist ein weites Feld und ich möchte darauf nicht im Detail eingehen, das würde den Rahmen dieses Buches sprengen. Um es kurz zu machen, würde ich sagen, dass ein Zustand innerer Ausgeglichenheit anzustreben ist. Ein erfülltes Familienleben, ein interessantes Hobby und vielleicht hin und wieder alle fünfe gerade sein zu lassen, sind der Schlüssel dazu.

Wir werden der Einfachheit halber die Kapazität unseres inneren Akkus, unsere Lebenskraft, als gegeben hinnehmen und uns auf die optimale Nutzung fokussieren. Man muss die Karten spielen, die man auf der Hand hat.

## 8.4 Effiziente Nutzung unseres Lebenskraftspeichers

Nachdem wir uns bewusst geworden sind, dass die von uns speicherbare Energie oder Lebenskraft begrenzt ist, können wir wenigstens dafür sorgen, dass wir unseren inneren Speicher maximal ausnutzen. Dafür haben wir zwei Hebel, wir können steuern, wie viel hineingeht (im Rahmen der vorhandenen Kapazität) und wie viel herauskommt.

### 8.4.1 Auffüllen des Lebenskraftspeichers

Unser innerer Speicher wird hauptsächlich in der Nacht aufgeladen, buchstäblich im Schlaf. Deshalb ist Schlaf so wichtig. Nicht nur quantitativ, sondern auch qualitativ. Die zweite Komponente ist eine ausgewogene Ernährung, die dritte ausreichende Bewegung. Wie schon erwähnt, können diese drei Faktoren langfristig sogar die Gesamtkapazität unseres Speichers erhöhen bzw. erhalten. Dabei will ich es belassen, zu jedem der drei Faktoren gibt es unzählige Ratschläge, die ebenfalls den Rahmen dieses Buches sprengen würden.

Der Einfachheit halber wollen wir annehmen, dass, wenn Sie morgens aufwachen, Ihr Lebenskraftspeicher zu hundert Prozent gefüllt ist. Diese hundert Prozent gilt es maximal auszunutzen.

### 8.4.2 Vernünftige Nutzung unserer zur Verfügung stehenden Lebenskraft

Unser wichtigster Hebel ist also, mit der zur Verfügung stehenden Lebenskraft vernünftig umzugehen, das heißt, sie nutzbringend zur Erreichung unserer Ziele einzusetzen. Und das ist das Einfachste, aber auch das Schwierigste. Einfach, weil wir nur die richtigen Entscheidungen treffen müssen, wofür wir unsere Energie verbrauchen. Der positive Effekt zeigt sich sofort. Schwierig, weil wir diese Entscheidungen ständig treffen müssen, Hunderte Male am Tag. Erschwerend kommt hinzu, dass die angenehmen Dinge meistens mit einer sofortigen Belohnung verbunden sind, die unangenehmen aber mit einer späteren. Richtige Entscheidungen fallen deshalb nicht immer

leicht. Die Verlockungen, Zeit und Energie zu verschwenden, lauern überall.

Was können wir tun?

Zunächst einmal gilt es, alle unnützen oder parasitären Energieverbraucher zu eliminieren. Dazu zählen

#### 8.4.2.1 Negative und belastende Gedanken

Negative Gedanken, die einem ständig im Kopf herumkreisen, sind starke Energiefresser. Ihnen ist auch nur schwer beizukommen, da unser Gehirn, wenn es gerade nichts Besseres zu tun hat, pausenlos vor sich hin brabbelt. Das nervt. Viele östliche Philosophien beinhalten deshalb Übungen, um das destruktive Geschwätz unseres Bewusstseins im Kopf abzuschalten (Zum Beispiel Zen). Mögliche Strategien für uns sind:

##### Überführen Sie Ihre Emotionen auf die rationale Ebene!

Nehmen wir an, Sie finden einen Kratzer an Ihrem Auto, den ein Depp beim Ausparken verursacht hat. Das kann einem schon den Tag verderben. Rational gesehen ändert Ihre Wut aber nichts am Fakt. Die Werkstatt kann das richten. Kostet ein bisschen, aber das sind eben die kleinen Probleme, mit denen wir leben müssen. Nehmen Sie den Kratzer zur Kenntnis, fluchen Sie herzhaft und dann haken Sie das ab.

Ein weiteres Beispiel ist der uns allen innewohnende Hang zur Hypochondrie, also der Angst vor Krankheiten. Von einer Zecke gebissen?

Oh Gott, was, wenn ich jetzt FSME (Frühsommer-Meningoenzephalitis) bekomme und qualvoll sterbe? Wie mein Hauptfeldwebel beim Militär einmal bemerkte: »Was, Hirnhautentzündung? Kenne ich, hatte ich als Kind auch – entweder man stirbt, oder man wird blöd!« Damit kann ich mich tagelang irre machen. Aber schauen wir einmal auf die statistischen Fakten: 2021 wurden 390 Fälle von FSME gemeldet. In der Regel treten keine oder grippeähnliche Beschwerden auf, nach einer Woche ist das ausgestanden. Ein Prozent der Infektionen verläuft tödlich. Das macht dann ungefähr 4 Tote pro Jahr. Eine Radtour ist statistisch gesehen gefährlicher. Wissen schützt vor unbegründeter Angst. Halbwissen allerdings nicht, das kann alles noch schlimmer machen. Also: Googeln Sie nie nach Krankheitssymptomen, das ist die unfehlbare Art und Weise, Angstzustände zu bekommen. Wenn Sie wirklich ernsthaft besorgt sind, gehen Sie zum Arzt.

## Relativieren Sie Ihr empfundenes Elend!

Eine meiner Methoden ist, dass ich die Augen schließe und mir meinen eigenen Grabstein vorstelle. Name, Geburtsdatum, als Todesdatum nehmen Sie einen Tag in der jüngeren Vergangenheit. Sie sind jetzt tot, ausgelöscht, game over. Jetzt machen Sie die Augen wieder auf. Ist das, was Ihnen augenblicklich Sorgen macht, immer noch so schlimm? Vergessen Sie auch nie, dass Sie wahrscheinlich zu den oberen 10 % der Weltbevölkerung zählen, die nicht hungern oder frieren müssen und Zugang zu sauberem Wasser, medizinischer Versorgung und weiteren Annehmlichkeiten haben. Was wollen Sie sich da über eine Schramme am Auto aufregen? Viele haben gar kein Auto. Wie meine Mutter immer sagte: »Es hätt' könn' schlimmer kommen!«

### Finden Sie eine Zeit am Tage, in der Sie zur Ruhe kommen!

Manche meditieren, andere haben beruhigende Hobbys, es muss ja nicht gleich Briefmarken sammeln oder Aquaristik sein. Gartenarbeit wirkt Wunder, um den Geist zu beruhigen, selbst wenn man sich nur um ein paar Balkonpflanzen kümmert.

### Versuchen Sie, sich einen gewissen Stoizismus zu eigen zu machen!

Der Stoiker nimmt die Dinge, wie sie sind, und versucht zu akzeptieren, was er ohnehin nicht ändern kann. Der Weg dazu ist emotionale Selbstbeherrschung mit einem anzustrebenden Zustand von Gelassenheit. Das Endziel ist die Erlangung von Weisheit, aber auch wenn Sie nur bis zur Gelassenheit kommen, ist das schon ein großer Fortschritt.

### Reden Sie mit anderen über Probleme, die Sie belasten!

Über ein Problem mit anderen zu reden, also »sein Herz auszuschütten« kann ungemein erleichternd sein. Sie werden feststellen, dass die meisten Leute genau die gleichen Probleme wie sie haben, und geteiltes Leid ist ja bekanntlich halbes Leid. Außerdem müssen Sie, wenn Sie jemandem Ihr Problem schildern, dieses intellektuell aufarbeiten, es also aus dem Zustand diffuser Unbehaglichkeit in verständliche Sprache übersetzen. Das zwingt Sie bereits, Ihre Schwierigkeiten zu strukturieren und damit auch für sich selbst besser verständlich zu machen, also von der emotionalen auf die rationale Ebene zu kommen.

### 8.4.2.2 Reizüberflutung

Manchmal bekommt man es von allen Seiten reingewürgt. Das Baby schreit, das Telefon klingelt und das Abendessen brennt gerade an. Wenn man dann versucht, unreflektiert auf alles, was auf einen einstürmt zu reagieren, wird man hektisch bis panisch und macht jede Menge Fehler, ohne etwas zu erreichen. Der innere Akku entleert sich in atemberaubender Geschwindigkeit. Mögliche Strategien sind:

#### Stoppen Sie für einen Augenblick alle Aktivitäten!

Denken Sie erst mal nach, was Sie wirklich JETZT als Erstes machen müssen. Ein Berufspilot hat mir mal erzählt, was ein Flieger macht, wenn im Cockpit plötzlich der Alarm losgeht – nichts! Die Maschine fliegt ja noch. Dann geht er durch die Checkliste und stellt fest, was das Problem ist. Kann auch ein Fehlalarm sein … Für unseren erwähnten Fall Baby/Telefon/anbrennendes Essen heißt das, dass man sich fragt, was als erstes in Angriff genommen werden muss. Und dann macht man genau das, dann erst kommt das nächste Problem. Also Abendessen vom Herd, das Baby kann auch noch zehn Sekunden länger brüllen, hat wahrscheinlich die Windeln voll. Das Telefon kann man getrost klingeln lassen, wenn es wichtig ist, versucht es der Anrufer mit Sicherheit noch einmal. Ich habe noch nie erlebt, dass mich eine schlechte Nachricht nicht erreicht hat.

#### Versuchen Sie kein »Multitasking«!

Ich sage mit Absicht nicht, tun Sie es nicht, sondern versuchen Sie es nicht. Multitasking ist ein Märchen. Sie können nicht an zwei Dinge zur gleichen Zeit denken. Was Ihr Gehirn stattdessen macht, ist an verschiedene Tätigkeiten oder Denkprozesse kurze Zeitspannen zu vergeben und dann ständig hin und her zu schalten. Das fühlt sich

dann für uns wie Gleichzeitigkeit an. Ein Mikroprozessor macht das übrigens auch so. Wenn zu viele parallele Prozesse ablaufen, wird das System aber insgesamt immer langsamer. Das Umschalten zwischen verschiedenen Tätigkeiten verbraucht mehr Energie und Zeit als Sie denken. Sie müssen ja, genau wie der Prozessor, einen Denkprozess abspeichern, den nächsten in Ihr Arbeitsgedächtnis holen (oft mit Übertragungsfehlern) und können dann erst weitermachen. Wenn Sie mit zu vielen Bällen jonglieren, fallen Ihnen am Ende alle runter.

### Denken Sie voraus, um Zeitdruck zu vermeiden!

Wenn Sie am nächsten Tag einen wichtigen Termin beim Finanzamt haben, legen Sie sich alle wichtigen Dokumente am Abend vorher zurecht. Fahren Sie etwas früher los, manchmal ist ja Stau. Kurz gesagt, entzerren Sie Ihre Arbeitsabläufe und bauen Sie Puffer ein.

## 8.4.2.3 Entscheidungen treffen

Entscheidungen zu treffen, kostet viel Energie. Man sollte das nicht glauben, aber vielleicht werden Sie schon bemerkt haben, dass nach einem Tag voller Entscheidungen eine gewisse Entscheidungsmüdigkeit bis zur körperlichen Erschöpfung auftritt. Sie fühlen sich ausgelaugt. Manchmal nickt man dann Dinge einfach ab, über die man vielleicht doch hätte etwas mehr nachdenken sollen. Clevere Verkäufer machen sich das manchmal zunutze. Wenn Sie beim Kauf eines neuen Autos schon jede Menge Entscheidungen zur Ausstattung treffen mussten, sagen Sie möglicherweise am Ende »Ja« zum teuren Schiebedach, das Sie überhaupt nicht brauchen, nur um zum Ende zu kommen. Mögliche Strategien sind:

## Vermeiden Sie es, die gleichen Entscheidungen immer wieder treffen zu müssen!

Ich habe gelesen, dass der CEO von Facebook, Mark Zuckerberg, jeden Tag ein graues T-Shirt anzieht. Er muss also die Entscheidung über seine Tagesgarderobe nicht jeden Morgen treffen. Steve Jobs trug ausnahmslos schwarze Rollkragenpullover, allerdings, wie berichtet wird, oft denselben mehrere Tage hintereinander. Effizient, aber für die Umwelt olfaktorisch belastend.

## Lassen Sie sich nicht unter Entscheidungsdruck setzen!

Entscheidungen unter Zeitdruck treffen zu müssen, kostet das Vielfache an Energie, die für gewöhnliche Entscheidungen ohnehin schon aufzubringen ist. Auch das ist ein beliebter Verkaufstrick, das unschlagbare Sonderangebot gilt nur heute! Der Verkäufer saugt Ihnen die Energie ab, die Sie benötigen würden, um »Nein!« zu sagen. Keine Angst, nächste Woche gibt es ein neues Sonderangebot für das gleiche Produkt.

## Treffen Sie Entscheidungen anhand von allgemeinen Regeln!

Wenn Sie sich partout nicht entscheiden können, dann lassen Sie es entweder ganz oder werfen Sie eine Münze. Sich nicht entscheiden zu können ist ja ein Indiz dafür, dass beide Optionen in etwa gleich gut sind. Ich hatte mal einen Kollegen, der ein ganzes Jahr gebraucht hat, um sich einen Geschirrspüler auszusuchen. Er hat sämtliche Modelle in komplizierten Excel-Tabellen verglichen, fand aber immer noch einen neuen Test, der berücksichtigt werden musste. Das Ganze war eine enorme Zeit- und Energieverschwendung. Wenn er in der Zeit, die seine Vergleichsorgie in Anspruche nahm, Zeitungen

ausgetragen hätte, hätte er sich von den Einnahmen drei Geschirrspüler kaufen können. Ich kaufe Haushaltsgeräte meistens, indem ich den Preis für das beste/teuerste Produkt in Erfahrung bringe und dann ein Markengerät nehme, das maximal zwei Drittel des Preises des Referenzgerätes kostet. Da kann man nichts falsch machen. Ich ersetze also wiederkehrende Entscheidungen durch eine allgemeine Regel, für die ich mich nur einmal entscheiden muss.

#### Treffen Sie Entscheidungen zu einem Zeitpunkt, an dem sie Ihnen (noch) leichtfallen!

Wenn Sie regelmäßig Sport treiben wollen, verabreden Sie sich an bestimmten Tagen mit einem Freund, um dies gemeinsam zu tun. Die, wirklich schwere, Entscheidung, sich am Abend die Turnschuhe anzuziehen ist nicht mehr nötig, denn Sie sind dann in der Pflicht. Die Entscheidung, keine Schokolade mehr essen zu wollen, sollte man im Supermarkt treffen, indem man keine kauft. Das ist leichter, als wenn man sie zu Hause vor der Nase hat.

### 8.4.2.4 Nicht zielführende Tätigkeiten

Wir neigen dazu, Energie zu verschwenden, indem wir entweder Dinge tun, die unnötig sind oder für nötige Dinge zu viel Aufwand betreiben. Mögliche Strategien gegen diese Energiefresser sind:

#### Vermeiden Sie Perfektionismus!

Machen Sie alles so gut wie nötig, nicht so gut wie möglich. Ich hatte an anderer Stelle bereits erwähnt, dass man in der Regel mit 20 % des möglichen Aufwandes bereits 80 % des maximalen Ergebnisses erreicht. Müssen Sie wirklich Ihre Socken bügeln? Reicht es nicht einfach, die Dinger kurz glatt zu ziehen?

## Verlieren Sie keine Zeit mit Scheinaktivitäten!

Wenn wir viele und vor allem unangenehme Dinge erledigen müssen, erzeugt das einen generellen Handlungsdruck. Man fühlt sich unwohl und ruhelos. Wir müssen jetzt etwas tun, einfach um uns sagen zu können, dass wir ja etwas tun. Aber machen Sie auch das Notwendige! Und von diesem das Wichtigste! Wenn Sie Ihre Steuererklärung abgeben müssen, bringt es wenig, wenn Sie anfangen, die Küche sauber zu machen. Sicher, das gibt Ihnen im Moment das Gefühl, etwas zu tun, bringt Sie aber beim Hauptproblem keinen Schritt weiter. Napoleon III hat sich in der Schlacht bei Sedan, anstatt die Armee zu führen, damit beschäftigt, eine einzelne Artilleriebatterie perfekt in Stellung zu bringen (offensichtlich eine Folge von Reizüberflutung). Das hat er gut gemacht, er war gelernter Artillerist, aber gleichzeitig hat er die Schlacht verloren.

## Setzen Sie sich keinem unnötigen sozialen Stress aus!

Das ist ein weites Feld und reicht von Ehekrisen bis zu gegenseitigen Beschimpfungen auf Facebook. Generell birgt jede soziale Beziehung das Potenzial für Ärger in sich. Nun werden Sie nicht als Einsiedler leben wollen, dessen einzige soziale Beziehung zu seiner Katze besteht. Aber seien Sie sich einfach bewusst, dass der Umgang mit anderen Menschen eben auch Energie erfordert. Freundlichkeit und Rücksichtnahme im Umgang mit anderen lässt viele Konflikte erst gar nicht entstehen. Und wenn eine soziale Beziehung zu viel Kraft kostet, dann beenden Sie sie. Es werden Sie niemals alle lieb haben, leben Sie damit!

## 8.4.2.5 Körperliche Einschränkungen

Wenn Sie physische Problem haben, wird Ihr Körper all seine Energie darauf verwenden, um mit diesen fertig zu werden, da bleibt oft nicht mehr viel übrig, um nutzbringende Tätigkeiten zu verrichten. Mögliche Strategien sind:

### Halten Sie Maß!

Sie kennen sicher das Leistungstief nach einem opulenten Mittagessen. Kein Wunder, wenn das ganze Blut im Verdauungssystem im Einsatz ist und für die Versorgung des Gehirns nicht mehr viel übrig ist. Ein voller Bauch studiert nicht gut. Es ist auch keine empfehlenswerte Idee, am Abend vor anstrengenden beruflichen Herausforderungen »einen drauf zu machen«. Eine Geschäftspräsentation mit einem Kater ist einfach eine qualvolle Erfahrung.

### Behandeln Sie Ihren Körper pfleglich!

Mit zunehmendem Alter leiden viele von uns unter chronischen Problemen, zum Beispiel Rückenschmerzen. Tun Sie etwas dagegen! Ständig anhaltender Schmerz saugt den inneren Akku in kurzer Zeit leer. Gehen Sie regelmäßig zur Vorsorgeuntersuchung, viele Gesundheitsprobleme fangen klein an, werden aber irgendwann irreversibel. Das ist wie bei einem Haus, erst ist nur ein einziger Dachziegel kaputt und es tropft bei Regen rein. Macht man nichts, wird das Loch immer größer, und irgendwann verrottet das ganze Haus irreparabel. Wenn es im Alter zu Osteoporose, bei der die Knochen brüchig werden, kommt, ist das nicht mehr umkehrbar. Eine rechtzeitige Messung der Knochendichte kann das Problem erkennen. Mit einer täglichen Kalktablette für 10 Cent kann man sich das Drama ständiger Knochenbrüche im Alter ersparen.

Dies waren nur einige Beispiele für Energiefresser. Generell kann man sagen, dass alles, was dazu führt, dass Sie sich unwohl oder erschöpft fühlen, vermieden werden sollte. Außerdem sollten Sie keine Kraft für Aktivitäten verschwenden, von denen Sie keinen Nutzen haben. Also hin und wieder innehalten und sich fragen: Muss das sein und warum mache ich es?

### *Warnung: Akku-Tiefentladung*

Um wieder auf unseren Mobiltelefonvergleich zurückzukommen: Den Akku ständig komplett zu entladen, ist nicht ratsam, denn das zerstört ihn auf die Dauer, und er wird nie mehr seine volle Kapazität erreichen. Ihr Telefon wird sich deshalb abschalten, BEVOR dieser Zustand erreicht ist. Diese sogenannte Tiefentladung ist ein Akkukiller, sie kann eintreten, wenn man ein Telefon, das bereits weitgehend entladen ist, liegen lässt und der unausweichliche langsame Ladungsverlust (ein Akku entlädt sich immer, auch bei Nichtbenutzung), die Ladung bis auf null absinken lässt. Wenn Sie Pech haben, ist der Akku dann hinüber.

Eine solche Tiefentladung können Sie auch mit ihrem inneren Energiespeicher erreichen. Unser Körper hat für Notfälle die Möglichkeit, auf die letzten Reserven zuzugreifen. Sollten wir in eine Situation kommen, in der es buchstäblich um Leben und Tod geht, pumpt der Organismus so viel Adrenalin ins System, dass erstaunliche Leistungen für eine kurze Zeit abgerufen werden können. Leistungssportler versuchen, diesen Zustand regelmäßig zu erreichen.

Man kann solch eine Ausnahmesituation auch von außen hervorrufen. Dazu gibt es eine Reihe Stimulanzien, manche relativ sanft, manche extrem effektiv und damit gefährlich. Beispiel für eine verhältnismäßig sanfte Stimulanz ist Kaffee. Kaffee macht munter. Jedenfalls für eine Weile. Allerdings geht man sozusagen eine »Munterseins-Schuld« ein. Man »borgt« sich Energie aus dem Speicher, die dann aber später fehlt. Wenn die Wirkung des Koffeins nachlässt, ist die Müdigkeit nur umso stärker. Dazu kommt, dass der Körper sich wie bei jeder Droge an die Stimulanz gewöhnt und diese irgendwann braucht, nur um noch normal zu funktionieren. Die Nebenwirkungen hat man allerdings trotzdem.

Während Kaffee mehr oder weniger eine lässliche Sünde darstellt, sofern man es nicht übertreibt, geht es natürlich auch härter. Amphetamine beispielsweise versetzen Körper und Geist in den Turbomodus. Im zweiten Weltkrieg wurde an die Truppen »Pervitin« ausgegeben. Pervitin erhöht die körperliche Leistungsfähigkeit enorm und reduziert das Schlafbedürfnis. Es macht euphorisch und angstfrei. Nach dem Krieg war das Zeug noch bis in die 50er-Jahre frei verkäuflich und wurde als kleiner Muntermacher z. B. für die gestresste Hausfrau angepriesen. Pervitin ist heute als Crystal Meth bekannt. Stimulanzien dieser Art zu nehmen, ist das Gleiche, als ob man bei einem Kernreaktor alle Regelstäbe herauszieht. Irgendwann macht es »Bumm!«, so geschehen in Tschernobyl. Im Krieg wahrscheinlich akzeptabel, denn da geht es um Leben und Tod. Aber seien wir ehrlich, das Halten einer Deadline im Büro ist keine Sache auf Leben und Tod.

Betreiben Sie keinen Raubbau an Ihrem inneren Akku, irgendwann kommt die Rechnung!

# 9 Fazit

Sie haben nur ein Leben, und das ist kurz und oft mühsam. Wenn wir auf die Welt kommen, haben wir als Ressourcen unseren Körper, unseren Verstand und ein bestimmtes Maß an Lebenszeit. Diese »Grundausstattung« ist limitiert. Ihnen zu helfen, diese begrenzten Ressourcen so zu nutzen, dass Sie das Optimum für sich herausholen, ist das Ziel dieses Buches. Es war ursprünglich als rein technische Anleitung gedacht, um einen Zeitplaner mit den Vorteilen des Kanban-Systems zu verbinden, um so den Prozess der Zeit und Aufgabenplanung mit wenig Aufwand effizienter zu gestalten. Beim Schreiben wurde schnell klar, dass eine effiziente Planungsmethode hilfreich ist, aber für sich allein wenig bringt. Ich habe im Buch oft Beispiele und Vergleiche benutzt, deshalb sei mir in diesem Zusammenhang noch ein letzter Vergleich gestattet. Ich kann ein Auto tunen, um es schneller zu machen. Ich muss aber auch wissen, wo ich hinfahren will, und brauche genügend Kraftstoff im Tank. Konsequenterweise habe ich deshalb auch die Themen Ziele und effiziente Nutzung von Energie behandelt.

Das Leben ist komplex und die Möglichkeiten zu seiner Gestaltung sind unendlich. Sehen Sie deshalb das in dem Buch Gesagte als Anregungen und die Aufforderung zur Selbstreflexion.

Ich habe das Buch mit einem Zitat von Jack Welch begonnen, lassen Sie mich es mit einem Zitat von Johann Wolfgang von Goethe beenden:

»Du musst steigen oder sinken,
Du musst herrschen und gewinnen
Oder dienen und verlieren,
Leiden oder triumphieren,
Amboss oder Hammer sein.«

Sie haben nur ein Leben, also machen Sie was draus! Viel Erfolg!

Juli 2023
Torsten Peschek

# 10 Anhang – Datensicherheit

Ich habe das Thema Datensicherheit bereits im Zusammenhang mit dem Adressenteil angeschnitten. Es gibt aber eine Facette bei der Datensicherheit, die noch wesentlich sensibler ist: Passwörter.

Jeder von uns benutzt heute zahlreiche Passwörter, um Geräte zu entsperren oder sich bei Onlinediensten einzuloggen. Da ist man natürlich versucht, sich diese Passwörter zu notieren. Und was kommt einem dazu als Erstes in den Sinn? Der Planer! Notieren Sie NIEMALS Passwörter im Klartext! Nirgendwo! Nicht auf Klebezetteln, im Planer, auf losen Zetteln in Ihrer Brieftasche oder sonst wo (auch nicht gespeichert im Online-Browser oder als Text in einer Datei auf Ihrem PC oder dem Mobiltelefon). Ein Passwortmanager auf dem Mobiltelefon wäre akzeptabel, könnte aber mit etwas Aufwand auch gehackt werden. Kommt ein Passwort in die falschen Hände, kann das verheerende Folgen haben. Ich mache Ihnen jetzt mal ein bisschen Angst und liste einige Szenarien auf. Dabei gehe ich getrennt auf die Risiken für mobile Geräte und Papierplaner ein.

## 10.1 Bedrohungsszenarien

Ich unterscheide zunächst zwischen Papierplaner und mobilen Geräten. Beim Papierplaner ist die Sache einfach, er ging verloren oder wurde gestohlen und befindet sich damit in der Hand einer anderen Person.

Das heißt: Diese kann ALLES lesen, was dort steht (ich kenne allerdings Leute, die so eine schlimme Handschrift haben, dass man fast schon von Verschlüsselung sprechen kann), – aber mehr eben auch nicht. Sie kann über den Planer weder auf andere Geräte, Cloud-Services noch Ihre gesamte Kommunikation zugreifen. Und niemand

kann Ihren Planer aus der Ferne hacken. Man muss ihn schon in der Hand haben.

Bei mobilen Endgeräten wird die Sache für eine unbefugte Person interessanter und für Sie um Größenordnungen gefährlicher.

### 10.1.1 Physischer Zugriff auf das Gerät / den Planer

#### Szenario 1

Das Log-in-Passwort für ein mobiles Gerät ist dem Angreifer bekannt und er hat Zugriff auf das Gerät. Im Falle des Papierplaners hat er diesen in seinem Besitz. Ich gehe auf den Papierplaner hier nicht weiter ein, denn die Folgen sind offensichtlich.

#### Beispiel

Ihre Aktentasche mit dem Laptop und / oder Mobiltelefon darin wurde verloren oder gestohlen. Ebenfalls in der Aktentasche befindet sich ein Notizbuch mit Geräte- und Kontenpasswörtern. Eventuell sind weitere Passwörter für Online-Dienste bekannt, wenn sie zum Beispiel auf dem Gerät oder im Browser gespeichert sind und ausgelesen werden können. Ein ähnliches Szenario wäre, dass jemand zum Beispiel im Bus über Ihre Schulter schaut, während sie das Mobiltelefon oder den Laptop entsperren, sich das Passwort merkt und anschließend das Gerät stiehlt.

## Folgen

Der Angreifer kann das Gerät entsperren und auf alle Daten zugreifen. Er kann sich in die E-Mail einloggen und diese lesen. Falls er das Telefon entsperren kann, kann er sogar eine 2-Faktor-Authentifizierung, wie sie im Online-Banking üblich ist, aushebeln, er bekommt ja die Authentifizierungs-SMS auf das in seinem Besitz befindliche entsperrte Telefon. Er hat also auch Zugriff auf Ihre Finanzen. Passwörter, die für ein schnelleres Log-in im Browser gespeichert wurden (oder in anderen Apps) können ausgelesen werden. So bekommt der Angreifer zusätzliche Passwörter, selbst wenn diese nirgendwo notiert waren. Kurz gesagt: Die Katastrophe schlechthin. In diesem Fall können Sie nur noch Computer und Telefon sperren, falls dies technisch möglich ist, und beten, dass Sie schnell genug waren. Sowohl Apple als auch Android bieten diese Funktion an. Vergessen Sie aber nicht, sie zu aktivieren! Der eigentliche Stress kommt dann noch: Sie müssen alle Ihre Online-Konten mit neuen Zugangsdaten versehen, in diesem Fall können Sie nur hoffen, dass der Angreifer nicht bereits ihre Passwörter geändert hat, so dass sie selbst nicht mehr zugreifen können.

## Szenario 2

Der Angreifer hat physischen Zugriff auf Computer oder Mobiltelefon, kennt aber die Passwörter nicht.

## Beispiel

Wie im Szenario 1 werden Computer und/oder Mobiltelefon gestohlen. Ein versierter Hacker wird in vielen Fällen immer noch in der Lage sein, sich Zugriff zu verschaffen, z.B. durch Booten des Computers von einem USB-Stick, auf dem Linux als Betriebssystem installiert ist. Sollte ihre Festplatte nicht verschlüsselt sein, hat er danach

vollen Zugriff auf das System und alle Daten. Bei einem Mobiltelefon mit aktivierter Gesichtserkennung reicht es manchmal, wenn man einfach ein Foto des Besitzers vor die Kamera hält. Sollten Ihre Geräte gezielt gestohlen worden sein, können sie davon ausgehen, dass der Angreifer auch die nötigen Kenntnisse und die Ausrüstung besitzt, um sich Zugriff zu verschaffen.

#### Folgen

Im schlimmsten Falle wie in Szenario 1, wenn sie Glück haben, verlieren Sie nur die Geräte.

### 10.1.2 Providerhacks

Bedauerlicherweise muss man für die Benutzung vieler Apps heute einen Account anlegen. Dies geschieht in erster Linie, damit der Anbieter Ihre Daten abgreifen und vermarkten kann. Das macht Sie verwundbar, wenn die Sicherheitslücken eines Providers genutzt werden, um massenhaft Kundendaten zu stehlen. Das passiert immer wieder, teils durch Schlamperei, aber auch, weil moderne Systeme so kompliziert sind, dass man sie eben nie zu hundert Prozent sicher bekommt. Ändern Sie also Ihre Passwörter von Zeit zu Zeit (aber nicht zu oft, also nicht jeden Monat), und benutzen Sie, wo es möglich ist, die Zwei-Faktor-Authentifizierung. Benutzen Sie vor allem NIEMALS das gleiche Passwort für verschiedene Accounts.

### 10.1.3 Massenhacks durch kriminelle Hacker auf Benutzerebene

Dabei werden ganze Gruppen von Benutzern ins Visier genommen, zum Beispiel mit Phishingmails. Öffnen Sie keine Anhänge oder

Dateien in Mails von Absendern, die Sie nicht kennen. Wenn Ihnen schon der Absender einer Mail oder die Betreffzeile verdächtig vorkommen, löschen Sie die Mail, ohne sie zu öffnen. Schon das bloße Öffnen einer Mail kann Ihr Gerät mit Schadsoftware verseuchen. Benutzen Sie einen Virenscanner. Machen Sie regelmäßig Sicherheitsupdates. Geben Sie niemals Passwörter, PINs oder TANs am Telefon preis, auch nicht, wenn der nette Herr oder die nette Dame am anderen Ende behauptet, er oder sie wäre von der IT-Abteilung Ihrer Bank.

### 10.1.4 Staatliche Akteure

Sie werden aus irgendeinem Grund gezielt angegriffen. Staatliche Organisationen (im Inland oder Ausland) können Sie einfach so ausspähen, sozusagen prophylaktisch. Diese Akteure haben alle technischen Mittel dazu, einschließlich vollen Zugriff auf Ihr Mobiltelefon zu erlangen, ohne dass Sie irgendetwas falsch machen müssen. Die Onlineprovider sind verpflichtet, dabei zu unterstützen. Wenn man es auf Sie abgesehen hat, können Sie NICHTS tun, um Ihre Daten zu schützen. Es gibt Möglichkeiten, die Sicherheit zu erhöhen, aber die sind komplex und teuer. Sie werden nicht für jeden Anruf ein neues Telefon benutzen wollen und dieses anschließend schreddern.

## 10.2 Fazit

Wie Sie sehen, gibt es keine absolute Sicherheit. Man kann es aber einem Gegner schwer machen. Wenn ein Einbrecher die Wahl hat zwischen einer Haustür mit einem ordentlichen Schloss und einer mit einem Baumarktschloss für 9,99 EUR, wird er wahrscheinlich die leichtere Möglichkeit wählen, er hat ja nicht den ganzen Tag Zeit. Professionelle Serieneinbrecher wickeln einen »Standardeinbruch« in wenigen Minuten ab. Die Tür ist meist in Sekunden offen und ein paar Minuten reichen aus, um Wertgegenstände zu finden, wenn

man weiß, wo man suchen muss. Die zehntausend Euro, die Sie in der Kaffeedose ganz hinten im Kühlschrank versteckt haben, finden die Einbrecher übrigens als Erstes, sie sind vom Fach und kennen ihre Kunden.

Was also sollte man tun?

- Gute Passwörter sollten mindestens 10 Zeichen lang sein, aus Groß- und Kleinbuchstaben sowie Sonderzeichen bestehen
- Sie sollten in keinem Wörterbuch stehen. Moderne Passwortcracker nutzen umfangreiche Wörterbücher, um in Sekundenschnelle Millionen möglicher Passwörter auszuprobieren. Auch die Kombination von Wörtern oder das Anhängen von Zahlen hilft gegen diese Tools nicht viel (z. B. FritzFerdinand89)
- Verwenden Sie keine Passwörter, die man erraten kann, zum Beispiel den Namen von Familienangehörigen, des Lieblingsfußballvereins usw.
- Benutzen Sie für jedes Nutzerkonto ein anderes Passwort
- Verwenden Sie, wo es geht, die Zwei-Faktor-Authentifikation (nach der Eingabe von Nutzername und Passwort erhalten Sie eine SMS oder Mail mit einem Bestätigungslink)

## 10.3 Lösung des Passwortproblems bei Benutzung eines Papierplaners

Wir nehmen jetzt einmal an, Sie speichern ihre Passwörter nicht elektronisch und verwenden auch keine leicht zu erratenden Passwörter wie »Passwort123«. Dann haben wir ein kleines Dilemma. Ein Passwort sollte lang und nicht zu erraten sein. Das heißt, es sollte aus einer Kombination zufällig ausgewählter Zeichen bestehen. Dann ist es aber schwierig bis unmöglich, sich dieses zu merken. Zum Beispiel Z6#k8d$bhKÄn6Yl7? (Deutsche Umlaute in Passwörtern liebe

ich besonders). Das muss man sich irgendwo aufschreiben. Aber wie und wo?

Einfach in den Planer zu schreiben, wäre dumm. Also werden wir das Passwort verschlüsseln, und zwar von Hand!

### 10.3.1 Kleiner Ausflug in die Kryptografie

Manuelle Verschlüsselung von Text wird seit Tausenden von Jahren verwendet. Die ersten Versuche waren durchaus brauchbar, vor allem, da die Masse der Bevölkerung aus Analphabeten bestand. Ein einfaches Beispiel ist die Ersetzung von Buchstaben durch Zahlen. Das ist nicht ohne Weiteres zu lesen, allerdings bei einem hinreichend langen Text auch leicht zu knacken. Und zwar, indem man erstens die relative Häufigkeit der Buchstaben berücksichtigt. Die mit der größten Häufigkeit vorkommende Zahl im Text steht mit großer Wahrscheinlichkeit für den Buchstaben »e«. Und zweitens auf bestimmte Muster achtet, zum Beispiel zweibuchstabige Wörter gibt es nicht so viele, da kann man schon mal die Möglichkeiten eingrenzen. Und ein dreibuchstabiges Wort am Textanfang ist mit ziemlicher Sicherheit »Der«, »Die«, oder »Das«.

Im Laufe der Zeit wurden die Verschlüsselungstechniken ausgefeilter, aber nie hundertprozentig sicher. Generell läuft das Ganze darauf hinaus, die Schlüssellänge zu erhöhen, wobei der Schlüssel aus zufälligen Zeichen bestehen muss (sonst kann man wieder Muster finden und ausnutzen). Der beste Schlüssel hat die gleiche Länge wie der Originaltext. Das ist natürlich, vorsichtig ausgedrückt, umständlich, vor allem, wenn man Schlüssel zwischen Sender und Empfänger austauschen muss. Moderne, computergestützte Verfahren benutzen deshalb Schlüssellängen von 128 Bit (nicht mehr sicher) bis 2048 Bit (wahrscheinlich für die nächsten Jahre noch sicher). Es

wird aber nicht direkt mit diesen Schlüsseln verschlüsselt, sondern sie werden benutzt, um einen Effekt zu erzeugen, der einem quasizufälligen Schlüssel mit der gleichen Länge wie der Originaltext entspricht. Diese Verfahren sind von Hand nicht durchführbar. Das war jetzt brutal vereinfacht, aber ich denke, Sie verstehen das Prinzip. Was für uns relevant ist, ist die Tatsache, dass es darauf ankommt, einen Schlüssel zu benutzen, der genauso lang ist wie der Originaltext. Dazu werden wir eine Technik namens One-Time-Pad einsetzen. Falls sie Details nachlesen wollen:

https://de.wikipedia.org/wiki/One-Time-Pad

Dazu müssen folgende Bedingungen erfüllt sein:

- Der Schlüssel muss genauso lang sein wir der Originaltext
- Der Schlüssel muss aus zufälligen Zeichen mit statistischer Gleichverteilung bestehen (also echte Zufallszahlen)
- Er muss geheim sein
- Man darf den Schlüssel niemals für einen anderen Text noch einmal verwenden (daher der Name »One-Time-Pad«)

Sofern diese Bedingungen eingehalten werden, ist die Verschlüsslung nicht zu knacken! Das ist mathematisch bewiesen.

Für längere Texte ist das nicht brauchbar, aber wir haben keine längeren Texte, sondern wollen nur Passwörter mit maximal 10 – 12 Zeichen verschlüsseln. Wir müssen auch keine Schlüssel austauschen (in den Zeiten des Kalten Krieges hat man dazu ganze Bücher mit Zufallszahlen im Diplomatengepäck transportiert.).

Unseren speziellen Fall können wir deshalb mit einem »Kunstgriff« angehen.

Mein Mathematiklehrer wurde immer fuchsteufelswild, wenn wir den Begriff »Trick« zur Lösung eines mathematischen Problems

benutzten (z.B. indem ein mathematischer Term substituiert wurde). »Trick« klingt wohl irgendwie halbseiden und illegal. Wir wurden belehrt, dass man sich in der Mathematik eines »Kunstgriffes« bedient. Was ist ein »Kunstgriff«? Ein Trick …

Worin besteht dieser in unserem konkreten Fall? Normalerweise verschlüsselt man einen sinnvollen Text mit einer Folge zufälliger Zeichen. Wir machen es genau andersherum. Im Folgenden erkläre ich die Methode, zunächst prinzipiell und dann für ein echtes Passwort. Selbst wenn Sie mit Mathematik überhaupt nichts am Hut haben, können Sie die Methode anwenden, indem Sie einfach den Schritten folgen.

### 10.3.2 Erläuterung der Anwendung für unsere speziellen Passwörter

Ich werde zunächst an einem simplifizierten Beispiel die Methode erläutern und dann das Prinzip auf unsere Bedürfnisse übertragen.

Wir nehmen an, dass unser Alphabet aus nur sechs Zeichen besteht. Diese sollen »A, B, C, D, E, F« sein. Der zu verschlüsselnde Text soll vier Zeichen lang sein. Damit brauchen wir einen Schlüssel, der ebenfalls mindestens vier Zeichen lang ist. Ich habe mit einem Würfel einen Schlüssel erzeugt, indem ich eine 1 als A, 2 als B, 3 als C etc. »übersetze«.

Unser zu verschlüsselnder Text soll sein »AFFE«.

Der gewürfelte Schlüssel lautet »CEBB«. Wie sie bemerken werden, haben wir hier dasselbe Zeichen zweimal hintereinander. Trotzdem ist das eine zufällige Folge, denn die einzelnen Würfelergebnisse sind voneinander unabhängig. Die Gleichverteilung ist nicht

optimal, aber bei einer so kurzen Folge passiert das. Sie werden sehen, dass das doppelte Vorkommen des Buchstabens »B« KEINEN Einfluss auf die Qualität der Verschlüsselung hat!

Die Verschlüsselung erfolgt, indem die Buchstaben des Schlüssels zu den Buchstaben des Klartextes jeweils Buchstabe für Buchstabe addiert werden. Da man Buchstaben nicht addieren kann, bilden wir unser kurzes Alphabet auf eine Zahlenreihe ab und rechnen mit diesen Zahlen. Anschließend konvertieren wir die Zahlen wieder in Buchstaben zurück.

Unsere Konversionstabelle Buchstaben – Zahlen sieht wie folgt aus:

A – 1

B – 2

C – 3

D – 4

E – 5

F – 6

Zuerst konvertieren wir den Klartext in eine Zahlenfolge:

| **A** | **F** | **F** | **E** |
|---|---|---|---|
| 1 | 6 | 6 | 5 |

Dann machen wir dasselbe mit dem Schlüssel:

| **C** | **E** | **B** | **B** |
|---|---|---|---|
| 3 | 5 | 2 | 2 |

Nun addieren wir die beiden Zahlenfolgen, und zwar Stelle für Stelle, es gibt keinen Übertrag!

| | | | | |
|---|---|---|---|---|
| | 1 | 6 | 6 | 5 |
| + | 3 | 5 | 2 | 2 |
| = | 4 | 11 | 8 | 7 |

Ups, jetzt sind wir bei einigen Zahlen des Ergebnisses über unseren »Zahlenraum«, der ja nur von 1 bis 6 reicht, hinausgeschossen!

Dieses Problem lösen wir, indem wir beim Ergebnis bei allen Stellen, die größer als 6 sind, 6 abziehen. Das nennt sich Modulo-Arithmetik. Klingt kompliziert, ist es aber nicht, denn Sie verwenden sie jeden Tag. Nehmen wir an, Sie gehen um 22:00 ins Bett und schlafen 8 Stunden. Wann stehen Sie auf, um 22:00 Uhr plus 08:00 Stunden, also um 30:00 Uhr? Natürlich nicht, sie stehen um 06:00 Uhr auf, das heißt, ganz unbewusst haben Sie die Zeit mit einer Modulo-Arithmetik mit mod (Modulo) 24 berechnet.

Unser Ergebnis sieht also wie folgt aus:

| | | | | | |
|---|---|---|---|---|---|
| Klartext in Zahlen | | 1 | 6 | 6 | 5 |
| Schlüssel in Zahlen | + | 3 | 5 | 2 | 2 |
| Summe | = | 4 | 11 | 8 | 7 |
| Modulo 6 | mod 6 | 4 | 5 | 2 | 1 |

Wenn wir jetzt die Zahlen in Buchstaben anhand unserer Zuordnungstabelle zurückkonvertieren, erhalten wir unseren verschlüsselten Text:

| | | | | |
|---|---|---|---|---|
| Verschlüsselter Text als Zahlen | 4 | 5 | 2 | 1 |
| Transformation lt. Zuordnungstabelle | ⬇ | ⬇ | ⬇ | ⬇ |
| Verschlüsselter Text als Buchstaben | **D** | **E** | **B** | **A** |

Da ein möglicher Angreifer den Schlüssel nicht kennt und alle möglichen Schlüssel gleich wahrscheinlich sind, nützt hier nicht einmal ein »Brute Force« – Angriff etwas. (»Brute Force« bedeutet »Rohe Gewalt« und bedeutet, dass einfach alle möglichen Schlüssel ausprobiert werden). Wenn man in unserem Falle also alle möglichen Schlüssel ausprobiert, bekommt man alle möglichen Kombinationen aus vier Buchstaben, einschließlich sämtlicher 4-buchstabigen Wörter, die aber alle gleich wahrscheinlich sind, also für den Angreifer keine verwertbaren Informationen liefern. Natürlich wird er auch den Klartext »Affe« als Kombination haben. Aber auch Edda, Babe, Bebe, Bade etc. Mit zwölf Stellen Klartext und einem Alphabet von 100 Zeichen, das wir verwenden werden, ergeben sich bereits $100^{12}$ Kombinationen, das ist eine 1 mit 24 Nullen, die alle gleich wahrscheinlich sind.

Nun das Ganze rückwärts, also die Entschlüsselung. Ich mache das der Kürze halber in einer einzigen Tabelle. Eine Bemerkung hierzu: Wir werden jetzt vom verschlüsselten Text den Schlüssel subtrahieren. Auch das passiert mit Modulo-Arithmetik, sonst würden wir möglicherweise in einigen Fällen negative Zahlen erhalten. Zum Beispiel für den vierten Buchstaben im verschlüsselten Text ist 1 – 2 = -1. Sollte das der Fall sein, addieren wir 6 und erhalten korrekterweise 5. Stellen Sie sich das Rechnen in »unserem« Zahlenraum wie das Drehen eines Zeigers an einer Uhr vor, die nur von 1 bis 6 geht. Die Addition von, sagen wir 5, bedeutet: Man zählt fünf Schritte weiter, wenn man über die 6 kommt, setzt man einfach bei 1 fort. Rückwärts genauso. Kommt man rückwärts über die 1, geht es von 6 weiter rückwärts.

| | | | | | |
|---|---|---|---|---|---|
| Verschlüsselter Text | | **D** | **E** | **B** | **A** |
| Schlüssel | | C | E | B | B |
| Verschlüsselter Text in Zahlen konvertiert | | 4 | 5 | 2 | 1 |
| Schlüssel in Zahlen konvertiert | - | 3 | 5 | 2 | 2 |
| Differenz (Schlüssel vom verschlüsselten Text subtrahiert) | = | 1 | 0 | 0 | -1 |
| | mod 6 | 1 | 6 | 6 | 5 |
| Zuordnung lt. Tabelle | | ↓ | ↓ | ↓ | ↓ |
| Zahlen in Buchstaben konvertiert | | **A** | **F** | **F** | **E** |

Und da ist er wieder, unser Affe!

Und jetzt kommt der »Kunstgriff«! Normalerweise würden wir einen sinnvollen Klartext mit einer zufälligen Zeichenfolge verschlüsseln. Wir machen es aber umgekehrt: Wir verschlüsseln eine zufällige Zeichenfolge mit einem sinnvollen Wort, das wir uns merken können. Da wir die Verschlüsselung als Addition durchführen, macht das keinen Unterschied. 2 plus 3 ist 5 und 3 plus 2 ist auch 5. In keinem der beiden Fälle kann man auf die einzelnen Summanden zurückschließen. Einer der beiden Summanden MUSS aber zufällig sein, und das ist in unserem Fall eben nicht der Schlüssel, sondern der »Klartext«, also das zu verschlüsselnde Passwort.

Auf unser Beispiel angewandt würden wir also die zufällige Zeichenfolge CEBB (unser Passwort) mit dem sinnvollen Wort AFFE verschlüsseln. Rein theoretisch nutzen wir damit den verfügbaren Schlüsselraum nicht vollständig aus, denn wir haben nur so viele Schlüssel,

wie es sinnvolle 4-buchstabige Wörter oder Kombinationen davon gibt. Das sind aber immer noch genug Schlüssel. Nach der Erklärung der Methode kommen wir jetzt zur praktischen Durchführung. Wir erzeugen zunächst die zufälligen Passwörter. Ich nehme für sensible Daten (Online-Banking) immer 12 Stellen. Diese wähle ich aus einem Alphabet von 100 möglichen Zeichen. Diese Zeichen sind die ASCII-Zeichen (American Standard Code for Information Interchange) und zwar von Zeichen Nummer 33 (»!«) bis Zeichen 126 (»~«). Das sind insgesamt 94 Zeichen, die wir um die deutschen Umlaute (jeweils groß und klein geschrieben) ergänzen (Ä, Ö, Ü, ä, ö, ü). Das macht genau 100 Zeichen, die unser Alphabet darstellen. Für die Zuordnung zu Zahlen fangen wir bei 0 an und gehen bis 99.

Die Zuordnungstabelle sieht also wie folgt aus:

! – 0
" – 1 (Anführungsstriche oben)
# – 2
$ – 3
…
ä – 97
ö – 98
ü – 99

Um keine ellenlange Liste zu haben, habe ich die Zeichen unseres Alphabets in einer Matrix angeordnet. Die Zeile ist die Zehnerstelle und die Spalte die Einerstelle. Also »N« -> 45 (Zeile 4, Spalte 5). Wie Sie sehen werden, stellt das auch eine Erleichterung bei der Verschlüsselung dar, wenn wir Zeichen addieren und dies in der Matrix ganz ohne Rechnen durchführen können.

| | 0 | 1 | 2 | 3 | 4 | 5 | 6 | 7 | 8 | 9 |
|---|---|---|---|---|---|---|---|---|---|---|
| 0 | ! | " | # | $ | % | & | ' | ( | ) | * |
| 1 | + | , | - | . | / | 0 | 1 | 2 | 3 | 4 |
| 2 | 5 | 6 | 7 | 8 | 9 | : | ; | < | = | > |
| 3 | ? | @ | A | B | C | D | E | F | G | H |
| 4 | I | J | K | L | M | N | O | P | Q | R |
| 5 | S | T | U | V | W | X | Y | Z | [ | \ |
| 6 | ] | ^ | _ | ` | a | b | c | d | e | f |
| 7 | g | h | i | j | k | l | m | n | o | p |
| 8 | q | r | s | t | u | v | w | x | y | z |
| 9 | { | \| | } | ~ | Ä | Ö | Ü | ä | ö | ü |

Abbildung: 10.3.2./1_Zuordnungsmatrix
*Quelle: Eigene Darstellung*

Damit decken wir Groß- und Kleinbuchstaben sowie Sonderzeichen ab. Unsere Passwörter erzeugen wir, indem wir aus diesen Zeichen zufällig zwölf auswählen. Schön mischen, damit man den »Lottoscheineffekt« vermeidet! Es ist nämlich so, dass viele Menschen beim Ankreuzen eines Lottoscheines eher Felder am Rand ankreuzen, bestimmte Muster erzeugen oder Geburtstage von Familienmitgliedern als Zahlen verwenden (Kleiner Tipp: Daher sollte man Zahlen über 31 tippen, diese Kombinationen sind zwar auch nicht wahrscheinlicher als andere, aber wenn man gewinnt, ist die Quote höher, weil es weniger Gewinner gibt.). Wenn man richtig paranoid ist, kann man die Passwörter würfeln. Der erste Wurf ergibt in

unserer Tabelle die Spalte, der zweite die Zeile. Dazu braucht man allerdings einen Würfel, der Zahlen von Eins bis Zehn liefert. Gibt es! Einfach googeln.

Das Ergebnis könnte so aussehen: 5A!bg9$Öv8hG. Das ist das Passwort für, sagen wir mal, unser Onlinebanking. Um es zu verschlüsseln, nehmen wir eine sinnvolle Zeichenfolge als Schlüssel, denn diese müssen wir uns merken (sie aufzuschreiben, würde den Sinn der ganzen Sache konterkarieren). Da wir nicht nur ein einziges Passwort verschlüsseln wollen, empfiehlt sich eine Liste von Wörtern, von denen immer nur eines pro Passwort verwendet wird. Nehmen wir an, wir wählen die Liste der deutschen Bundeskanzler.

1. Konrad Adenauer
2. Ludwig Erhard
3. Kurt Georg Kiesinger

und so weiter bis Olaf Scholz

Das erste Passwort wird also mit KonradAdenau(er) verschlüsselt (Leerzeichen lassen wir weg. Da sie nicht druckbar sind, können sie in Passwörtern für Online-Zugänge nicht verwendet werden und sind somit nicht Bestandteil unseres Schlüsselalphabetes).

Unsere Schlüsseltabelle müssen wir uns merken. Zu empfehlen sind Listen, die man leicht auswendig lernen kann. Also zum Beispiel die angeführte Liste der deutschen Bundeskanzler, die Liste der Weltfußballer oder die Liste Ihrer ehemaligen Lebensgefährten / Lebensgefährtinnen, falls die für alle Passwörter reichen. Manchmal wird ein Wort in der Liste keine zwölf Stellen haben, dann kann man das gleiche Wort hinten anhängen, also GertrautGert(raut). Das sollte man allerdings vermeiden, denn damit verkürzt man den Schlüssel.

**Heften Sie die Liste nicht im Planer ab! Diese darf nur in Ihrem Kopf existieren!**

Die Matrix können Sie dagegen im Planer aufbewahren. Die verschlüsselten Passwörter können Sie in eine Liste schreiben und diese im Planer aufbewahren. Die Matrix sollten Sie nicht unmittelbar daneben heften, aber selbst wenn Sie das machen, ist das unproblematisch. Passwortraten ginge immer noch, der Angreifer könnte Hunderte von Listen durchprobieren, würde dann aber nur Hunderte von zufälligen Zeichenfolgen erhalten, von denen jede oder keine die richtige sein kann. Und dreimal das falsche Passwort eingeben, sperrt normalerweise den Zugang.

Sie werden erstaunt sein, wie leicht das System funktioniert, wenn man erst einmal die Listen im Kopf hat.

Ich hatte versprochen, dass all das ohne Rechnen möglich ist (wenn Sie lieber rechnen wollen, geht das natürlich auch). Die einzige Voraussetzung ist, dass Sie bis 10 zählen können.

Hier die Schritt-für-Schritt-Erklärung mit unserem angenommenen Online-Passwort und dem Schlüssel-Alphabet in der Matrix.

**Passwort: 5A!bg9$Öv8hG**
**Schlüssel: KonradAdenau(er)**

Wir addieren jetzt also 5 + K. 5 ist laut unserer Tabelle der 20 (Zeile 2, Spalte 0) zugeordnet und K der 42 (Zeile 4, Spalte 2). Das verschlüsselte Zeichen hat also die Nummer 62 (20 + 42). Das ist »_« (Zeile 6, Spalte 2). Wie erwähnt, geht es aber noch einfacher (ohne Rechnen, nur mit Zählen). Wir gehen in der Tabelle auf das Kästchen mit der »5«. Nun schauen wir nach, welche Zahl dem »K« entspricht. Das ist die 42. Die Addition von 42 ist also plus 40 und dann noch mal plus 2. Plus 40 ist aber nichts anderes als vom Kästchen mit der »5« unserer ersten Stelle des Passwortes 4 Zeilen nach unten zu gehen, also zur Spalte 6. Um die 2 zu addieren, gehen wir noch 2 Spalten nach rechts und landen richtig auf »_«.

| | 0 | 1 | 2 | 3 | 4 | 5 | 6 | 7 | 8 | 9 |
|---|---|---|---|---|---|---|---|---|---|---|
| 0 | ! | " | # | $ | % | & | ' | ( | ) | * |
| 1 | + | , | - | . | / | 0 | 1 | 2 | 3 | 4 |
| 2 | 5 | 6 | 7 | 8 | 9 | : | ; | < | = | > |
| 3 | | @ | A | B | C | D | E | F | G | H |
| 4 | +40 | J | K | L | M | N | O | P | Q | R |
| 5 | | T | U | V | W | X | Y | Z | [ | \ |
| 6 | ] +2 | | _ | ` | a | b | c | d | e | f |
| 7 | g | h | i | j | k | l | m | n | o | p |
| 8 | q | r | s | t | u | v | w | x | y | z |
| 9 | { | \| | } | ~ | Ä | Ö | Ü | ä | ö | ü |

Abbildung: 10.3.2./2_Verschlüsselung erstes Zeichen
*Quelle: Eigene Darstellung*

Für das zweite Zeichen addieren wir »A« und »o«. »A« hat die Nummer 32 und »o« die Nummer 78, macht 110. Um in unserem Schlüsselraum zu bleiben, ziehen wir 100 als Modulo ab. Das Ergebnis ist 10 und das Zeichen mit der Nummer 10 ist »+«; damit haben wir das zweite Zeichen unseres verschlüsselten Textes.

Wenn wir nicht rechnen, sondern innerhalb der Matrix »weiterzählen«, werden wir feststellen, dass wir jetzt einen »Überlauf« haben. Wenn ich vom »A« in Zeile 3 beginnend 7 Zeilen weiterzähle, komme ich über den unteren Rand der Matrix. Wir zählen dann einfach oben weiter: Also 6 Zeilen nach unten, Überlauf, die fehlende Zeile wird dann von der oberen Kante beginnend weitergezählt, so dass

wir zur Zeile »0« gelangen und dort auf dem »#« landen). Für die Einer starten wir auf dem »#« in Spalte 2 und zählen 8 Spalten nach rechts, wieder mit Überlauf und dann von vorn weiter und landen in Spalte »0« auf dem »!«. Hier ist allerdings eines zu beachten: 2 plus 8 ergibt 10, wegen des Überlaufs sind wir nun in Spalte »0«. Für den Überlauf haben wir aber, wie bei jeder Addition, einen Übertrag von 1 bei den Zehnern, so dass wir bei den Zeilen nun eine Zeile zusätzlich nach unten weiterzählen müssen (bei der Zeilenaddition ist das nicht nötig, da wir ja sowieso Modulo 100 rechnen).

Also jedes Mal, wenn es bei den Spalten einen Überlauf gibt, zählt man in der darunterliegenden Zeile weiter.

Aus unserem zweiten Klartextbuchstaben unseres Onlinepasswortes »A« wird durch die Verschlüsselung »+«.

Im Falle des ersten Zeichens war die Verschlüsselung mithilfe der Matrix trivial. Beim zweiten Zeichen überschreiten wir aber die Ränder (haben also einen »Überlauf«). Für das zweite Zeichen habe ich deshalb Ent- und Verschlüsselung jeweils unterhalb der Illustration in der Matrix noch einmal mit einer nummerierten Schritt-für-Schritt-Anleitung versehen.

Abbildung: 10.3.2./3_Verschlüsselung zweites Zeichen mit Überlauf
*Quelle: Eigene Darstellung*

**Verschlüsselung – Schritt für Schritt (für das zweite Zeichen):**

Start auf »A« (Zeile 3, Spalte 2), addiert wird 78 für das »o« also 7 Zeilen nach unten und 8 Spalten nach rechts:

1. 6 Zeilen nach unten, Überschreitung des unteren Randes.
2. Wegen der Überschreitung setzen wir oben fort. Da wir uns schon 6 Zeilen nach unten bewegt haben, fehlt noch eine Zeile und wir landen in der ersten Zeile der Matrix auf dem »#«.
3. Nun 7 Spalten nach rechts, Überschreitung des rechten Randes.
4. Links in derselben Zeile die verbleibende eine Spalte nach rechts weiterzählen, sieben haben wir schon, wir landen auf dem »!«.
5. Eine weitere Zeile nach unten zählen für den Übertrag bei den Spalten und wir sind auf dem »+«.

Nun folgt die Entschlüsselung, also das Ganze rückwärts. Ich erläutere das anhand des zweiten Zeichens, so dass ich wieder auf die Problematik des Übertrages eingehen kann.

Zunächst die Rechnung: Unser verschlüsseltes Zeichen ist »+« (in der Zuordnungstabelle die Nummer 10). Das zweite Zeichen des Schlüssels ist »o« (in der Zuordnungstabelle die Nummer 78). Um den Klartext, also das zweite Zeichen des Passwortes zu erhalten, ziehen wir 78 von 10 ab. Das ergibt -68. Aufgrund der Modulo-Arithmetik addieren wir 100 und erhalten 32 und das ist unser zweites Zeichen des Passwortes, also »A«.

Nun das Ganze wieder ohne Rechnen in der Matrix.

Ausgangspunkt ist das verschlüsselte Zeichen, das ein »+« ist. Der Schlüssel ist »o« (Spalte 7, Zeile 8), macht 70 + 8, also 78, die

abgezogen werden. Folgerichtig gehen wir 7 Zeilen nach oben und 8 Spalten nach links. Wir haben wieder einen Übertrag, das heißt, wir überschreiten die Ränder der Matrix. Da wir jetzt subtrahieren, müssen wir beim Überschreiten des linken Matrixrandes wieder einen Übertrag (diesmal aber negativ da wir subtrahieren) berücksichtigen. Wir gehen also eine zusätzliche Zeile nach oben und landen korrekt auf dem »A«.

Abbildung: 10.3.2./4_Entschlüsselung zweites Zeichen mit Überlauf
*Quelle: Eigene Darstellung*

**Entschlüsselung – Schritt für Schritt (für das zweite Zeichen):**

Start auf »+« (Zeile 1, Spalte 0), subtrahiert wird 78 (für das »o« als zweites Zeichen im Schlüssel), also 7 Zeilen nach oben und 8 Spalten nach links:

1. 1 Zeile nach oben, Überschreitung des oberen Randes.
2. Unten in derselben Spalte die 6 verbleibenden Zeilen nach oben weiterzählen, wir landen auf dem »l«.
3. Nun 8 Spalten nach links, da wir den Rand überschreiten, setzen wir von rechts kommend fort.
4. Von rechts in derselben Zeile die verbleibenden 7 Spalten nach links weiterzählen, eine haben wir schon, wir landen auf dem »K«.
5. Eine weitere Zeile nach oben zählen für den (negativen) Übertrag und wir sind korrekt auf dem »A«.

So, das war jetzt die James-Bond-Methode. Diese mag dem einen oder anderen ein bisschen freakig erscheinen, aber ich setze mal voraus, dass jemand, der heutzutage noch einen Papierplaner verwendet, schon ein bisschen anders tickt als der durchschnittliche Mobiltelefonbenutzer.

Übrigens: wenn wir schon bei James Bond sind. Man wird nicht sein Online-Passwort Zeichen für Zeichen entschlüsseln und eingeben wollen. Man kann die Entschlüsselung auch auf einem Blatt Papier durchführen, also erst einmal komplett vornehmen, bevor man das entschlüsselte Passwort eingibt. Das Papier muss man dann selbstverständlich aufessen, da es das Passwort im Klartext enthält. Kleiner Scherz. Ausweg: Kaufen Sie sich ein Briefchen Zigarettenpapier und schreiben Sie auf eines der kleinen Blättchen, Feuerzeug an eine Ecke halten und das Papier verwandelt sich ohne Flamme in Asche.

# Inhalt

»Kontrolliere Dein Schicksal
oder jemand anderes
wird es für dich tun!«

*Jack Welch*

© 2023 Torsten Peschek

Lektorat: Dr. Dieter Meißl, lektorat-dr-meissl.de, Mannheim

Layout, Satz & Umschlaggestaltung: Die BUCHPROFIS, München

Korrektorat: Martin Harbich

Independently Published

ISBN 9798852848369

# ALLES UNTER KONTROLLE!

## Monolithisches Zeit- und Aufgabenmanagement

von

Torsten Peschek

**Torsten Peschek**, Dipl. oec., wurde am 9. Dezember 1961 in Stolberg/Harz geboren. Nach dem Abschluss seines Studiums der Internationalen Ökonomischen Beziehungen in Moskau war er für verschiedene internationale Beratungsunternehmen wie McKinsey, Roland Berger und Capgemini Consulting tätig. Im Jahr 2014 übernahm Torsten die Position eines Associate Director für Strategieentwicklung in einem führenden Bauunternehmen in Saudi-Arabien. 2020 gründete er mit einigen Partnern die Strategieberatung Noumena Consulting in Jeddah, Saudi-Arabien. Der Name »Noumena« ist bei Kant entlehnt und bedeutet »die Dinge an sich«. Torsten ist nämlich fest davon überzeugt, dass einfache Lösungen die besten sind und dass die wichtigsten Werkzeuge beim Problemlösen logisches Denken, gesunder Menschenverstand und solide faktenbasierte Analyse sind. Er lebt mit seiner Familie abwechselnd in Jeddah und Dubai.

Torsten Peschek · Alles unter Kontrolle!

W0313677

# LE CRÉPUSCULE DES VOYOUS

Dix-sept minutes que le film est commencé. Sur une musique aux accents aigus composée par le maestro Ennio Morricone, un ascenseur descend lentement. Un homme au visage fermé ouvre la grille, sort de la cage. Il n'arrive pas dans une prison mais dans son repaire. Ici, il fomente ses mauvais coups sous une apparence d'honnête commerçant parisien. Ici, il reçoit discrètement un truand que ses proches viennent de faire évader. Costume bleu anthracite impeccable, cravate d'un bleu plus clair assorti à ses yeux, chemise et pochette aussi blanches que sa chevelure, il en impose. Il se nomme Vittorio Manalese. Bien que parlant la langue de Molière sans la moindre trace d'accent, il est d'origine sicilienne et reste attaché à ses racines : « J'avais 9 ans quand j'ai quitté la Sicile, et à coups de pompe dans le train encore. Alors quand je retournerai là-bas j'aurai droit aux courbettes de tous ceux qui m'ont vu mendier sur le port. Ce sera un spectacle, crois-moi. »

D'où le titre du film qu'il préside de tout le poids de sa présence : *Le Clan des Siciliens.*

Jean Gabin affiche 65 ans. Par sa carrière, son allure et son phrasé, il appartient à la vieille garde. La garde impériale. Un poids lourd du cinéma français. Certains le désignent numéro un. Tête de liste des acteurs. Un cador, une épée, comme on dirait dans le monde des truands. Or, justement, Manalese en est un. Un sacré numéro, même. Qui, de par ses origines italiennes, possède des accointances dans le monde entier. Capable d'organiser le détournement d'un avion de ligne pour le délester de bijoux estimés à 25 milliards (de centimes). Un truand soutenu par un noyau solide et indéfectible composé par sa famille. Qu'il dirige d'une main de fer, n'admettant pas le moindre écart.

« T'as bien failli nous envoyer tous en galère cette nuit, et tout ça pour aller faire le con dans un hôtel de passe », assène Vittorio au nouveau venu, Roger Sartet (Alain Delon).

Manalese, le brigand à l'ancienne. Comme on n'en fait plus. Si discret que pas un policier ne subodore sa malhonnêteté. Fiché nulle part, blanc comme neige. Il ne le sait pas mais il constitue un des derniers représentants d'une race en voie d'extinction. Presque le dernier dinosaure. Gabin, qui a relancé la mode des gangsters avec *Touchez pas au grisbi*, sorti quinze ans plus tôt, va lui-même clore sa longue liste de bandits cinématographiques. Il n'y reviendra que pour son ultime film, *L'Année sainte* – dont une grande partie se déroulera aussi dans un avion de ligne –, mais ce sera une comédie ayant peu à voir avec le pur polar. *Le Clan des Siciliens* est son chant du cygne. Adieu, gangsters, adieu, figures monolithiques. Le monde change, place aux jeunes.

Un chant qui résonne aux oreilles de millions de spectateurs. Car ce film est orchestré par un orfèvre : Henri Verneuil. Il excelle à réunir des atouts attractifs : scénario solide, musique exceptionnelle, trio de choc (Gabin-Delon-Ventura), suspense, final déroutant et... truand à l'ancienne.

Ça fonctionne. Ça fonctionne même très bien. Avec 4,8 millions de spectateurs en France, *Le Clan des Siciliens* est un des gros succès de l'année. Il apparaît sur les écrans en décembre 1969. Pourtant il marque moins la fin d'une décennie que le début d'une autre. À sa manière, il annonce les années 1970 qui trépignent d'impatience. Il en sera d'ailleurs « le » film policier français, de ces dix glorieuses. Dans une certaine mesure, il s'impose comme référence.

Depuis une quinzaine d'années le genre policier dans son ensemble, tout en brillant dans les collections « Série noire »,

« Fleuve noir » et « Le Masque », ainsi que dans certaines salles obscures de quartier, ne se porte pas aussi bien qu'il en a l'air. Non que les amateurs de cinéma le rejettent mais ils le préfèrent à la sauce anglaise. Plus précisément aux piments hitchcockiens. *La Main au collet* et *La Mort aux trousses* connurent des beaux jours en leur temps, s'offrant le luxe de rivaliser avec comédies, grands films d'aventure et westerns, plus prisés. Seul Jean Gabin, justement, parvint à maintenir le polar français à flot. Avec ses trois Maigret, avec *Du rififi à Paname, Le Soleil des voyous,* et surtout avec *Mélodie en sous-sol,* dû déjà à Verneuil. Sans Gabin, le polar français aurait peut-être sombré façon pastiche à la Eddie Constantine. Bientôt, Gabin ne fut plus seul. Jean-Pierre Melville vint bouleverser les traditions à grands coups de *Deuxième souffle* et de *Samouraï* qui ramenèrent les foules en dépit de l'absence du cador, « remplacé » par ses « héritiers » Lino Ventura puis Alain Delon. Derrière ces chênes, la forêt continua de croître mais souvent dans l'ombre avec des productions ronronnantes qui passionnèrent de moins en moins le public.

*Le Clan des Siciliens* remet les pendules à l'heure et les compteurs au sommet. Oui, on peut parler de bandits et de flics et réunir des millions de spectateurs. Les années 1970 sauront en tirer les leçons, jusqu'à proposer plus d'une centaine de films policiers en dix ans, sans forcément chercher à imiter Verneuil.

Son film constitue une passerelle entre les années 1950, 1960, celles d'une certaine routine pour ne pas dire d'un certain conformisme, et ces années 1970 qui se veulent plus originales. *Le Clan des Siciliens* oppose la famille Manalese, héritière de traditions parfois désuètes, à Roger Sartet, jeune loup solitaire uniquement préoccupé par son propre intérêt. Les Anciens contre les Modernes. Cette opposition jaillit dès le début puisque, loin de montrer allégeance à son aîné, Sartet n'en fait qu'à sa tête. Son comportement fort peu discipliné – il couche avec la bru du chef de gang ! – sonnera sa perte mais aussi l'explosion de la cellule familiale, donc du clan.

Sartet n'a rien d'un enfant de chœur. Ce fils de Nancy (où il naquit le 15 octobre 1935) a le casier judiciaire chargé ou, comme le dit la police, « un lourd dossier » : une longue série d'agressions où il a fait preuve de « la plus froide brutalité ». Il a même tiré sur les forces de l'ordre et tué deux inspecteurs. Le passé – le passif – de Vittorio Manalese n'est pas dévoilé mais il ne doit pas être tout rose non plus. Contrairement à Sartet, lui et les siens ont su se montrer discrets puisque, quand le commissaire vient l'interroger, il ne soupçonne à aucun moment qu'il est en train de parler à un chef de gang. Manalese tient à sa réputation et à sa sécurité. Pas Sartet.

Vittorio admet qu'il défend des valeurs appartenant à une époque révolue parce que peu adaptée au monde moderne. Un monde qui le dépasse déjà par ses avancées technologiques. Preuve en est la scène de repérages à la villa Borghèse où Vittorio tombe sur un système d'alarme sophistiqué dont il ne connaissait pas l'existence. Au lieu du casse élaboré envisagé, il en revient aux bonnes vieilles méthodes : le braquage. Le chef du clan sent qu'il sera bientôt dépassé, quasi obsolète, mais il a grandi dans le respect des valeurs et y reste attaché fermement, presque aveuglément. La Sicile n'est pas réputée terre d'innovations.

Cette île presque oubliée n'a pas encore été magnifiée par Francis Ford Coppola et son *Parrain*. Pour le public français, c'est une terre sauvage qui ne revient sur l'écume de l'actualité qu'à l'occasion de sanglants règlements de comptes. La Mafia. En dépit de cette imagerie de feu et de sang, la Sicile reste surtout dans l'imagerie populaire celle du *Guépard* de Luchino Visconti, un monde isolé et rural peu enclin à se laisser broyer par les rouages du progrès.

La construction du film pousse le spectateur à prendre fait et cause pour Manalese, bafoué dans son honneur. Il a accueilli un « révolutionnaire » en son sein et en paye les conséquences. Pourtant le cinéma policier français prendra une autre voie et, *grosso modo*, s'érigera plus souvent en défenseur d'un Sartet que d'un Manalese. Signe des temps. Signe aussi d'une évolution normale. Gommer les traces du passé comptait parmi les aspirations de 1968.

Et puis, des truands à l'ancienne, il n'y en aura plus. Même Jean-Pierre Melville, qui n'a pas pour ambition de renouveler la garde-robe du bandit, évite de tomber dans le piège du gangster *old fashion*. Dans *Le Cercle rouge*, son trio est composé d'un solitaire (à nouveau incarné par Delon), trahi et abandonné par les siens, plus proche du samouraï que de Sartet, d'un ancien flic à la ramasse et d'un fugitif méfiant, sorte de bête fauve prête à tout détruire sur son passage, donc forcément esseulée. Singulière association bien dans l'air du temps : entre mis à l'écart, on se réunit pour une affaire et on se sépare aussitôt après. Pas question de continuer sur le long terme. Les loups ne chassent plus en meute.

Les héros du *Cercle rouge* sont très dissemblables de ceux du *Clan des Siciliens*. Eux aussi ont grandi au temps des bandes rivales de Pigalle, des juges de paix et des costumes trois-pièces mais ils se sont déconnectés de toute réalité. Dans ces années 1970 qui vont aller trop vite pour eux, ils sont perdus. Ils savent qu'ils n'iront pas jusqu'au bout. Avec leurs chapeaux mous et leurs gabardines, ils ont vingt ans de retard. Ce ne sont pas des dinosaures en fin de course mais des fantômes, des morts vivants. Leur fin n'est qu'une question de temps. Ils marchent inexorablement vers ce cercle rouge qui n'est autre que le cercle de la mort. Rouge sang.

Des héros en forme de symboles. Melville n'évolue pas dans une réalité tangible mais dans le mythe. « Je ne suis pas dupe, admet-il. Je sais que la pègre que je décris n'est pas la vraie pègre. Mes films sont des films rêvés. Les boîtes de nuit que l'on y voit ont l'air imaginées par un enfant de 9 ans. Mon cinéma est le contraire du cinéma documentaliste que font mes confrères, où l'on voit la vie telle qu'elle est. Moi, je pars d'une idée, d'une réflexion, d'une vision. J'invente ma réalité et j'essaie de la recréer par des moyens artificiels. »

Ses bandits sont des icônes, des figures de style, tout droit sorties du polar et du western américains. Bien sûr, le réalisateur préfère que l'on évoque à leur endroit les héros japonais, samouraïs et autres ronins incapables de s'adapter aux exigences et au rythme de l'après-guerre. Des cavaliers égarés au siècle de l'automobile. *Le Cercle rouge* s'ouvre d'ailleurs sur une citation exotique attribuée à Ramakrishna, dont bien peu de spectateurs savent qu'il fut un spiritualiste hindouiste du XIX^e^ siècle : « Çakyamuni le Solitaire, dit Sidarta Gautama le Sage, dit le Bouddah, se saisit d'un morceau de craie rouge, traça un cercle et dit : "Quand des hommes, même s'ils l'ignorent, doivent se retrouver un jour, tout peut arriver à chacun d'entre eux et ils peuvent suivre des chemins divergents. Au jour dit, inéluctablement, ils seront réunis dans le cercle rouge." »

Melville manqua de peu de devoir renoncer à cette référence. Lorsqu'il annonça la mise en chantier de son film, il apprit que le titre *Le Cercle rouge* était déposé depuis le 2 avril 1958 à l'Association des auteurs par un certain Pierre Balzac. Ce dernier n'ayant jamais concrétisé son projet, un arrangement à l'amiable fut trouvé. Le mysticisme asiatique cher à Melville en fut sauvé. Et puisqu'il est de bon ton de placer des citations en début de film, pour son *Clan*, Verneuil va chercher moins loin : Tchekhov, et moins obscur : « Quand je peins des voleurs de chevaux, je ne dis pas qu'il est mal de voler des chevaux. C'est l'affaire du jury et non la mienne... » Chacun son style.

Au quotidien, les deux cinéastes ne se fréquentent pas et s'apprécient peu. Bien que tous deux nourris au lait du cinéma américain, ils n'en ont pas conservé les mêmes souvenirs et ne concoctent pas les mêmes plats. Henri aime filmer des personnages en marche, Jean-Pierre fige des individus déjà morts. L'un est un optimiste blessé, l'autre un pessimiste désabusé.

Verneuil est un conteur oriental, du fait de ses origines arméniennes, un homme affable qui aime se réunir avec des amis autour d'une bonne table, entretenir des relations de fidèle complicité avec des Gabin et des Ventura. Vittorio Manalese n'est pas bavard mais apprécie les joies de la vie de famille. Roger Sartet est un jouisseur qui pense un peu trop à la bagatelle.

Melville, pour sa part, se cache derrière un masque. Avec son Stetson au large bord qui couvre sa calvitie et ses Ray-Ban noires, il frôle la caricature. Une sorte de faux cow-boy finalement plus parisien qu'américain. Peu disert, Melville n'accepte de se confier qu'avec parcimonie et adore se fâcher avec ses collaborateurs, acteurs et techniciens. Exaspéré, Gian Maria Volontè qu'il a fait venir d'Italie menace plus d'une fois de quitter le plateau de tournage. Les personnages de Melville sont emmurés dans leur mutisme et semblent passer loin des plaisirs du quotidien. Chez Henri l'alcool est synonyme de fête, chez Jean-Pierre, il conduit à l'ivresse et au désespoir.

Bien que *Le Cercle* ait peu à voir avec *Le Clan*, et vice versa, ils sont reliés par une donnée d'importance : les stars. Nécessaires non seulement pour leur impact commercial mais aussi par ce qu'elles dégagent. Une star apparaît sur l'écran chargée de son passé, de sa réputation et des rôles qui l'ont rendue célèbre.

Verneuil joue la sécurité, la continuité assumée. Nul ne s'étonne de voir Gabin en chef de clan, Delon en marginal solitaire et Ventura en flic têtu. Du déjà-vu, du confortable.

Melville brouille, un peu, les cartes. Contre son gré, d'ailleurs. Au départ, il envisageait Jean-Paul Belmondo pour le rôle finalement tenu par Gian Maria Volontè, Paul Meurisse dans la peau du flic passé de l'autre côté de la loi (joué par Yves Montand) et Lino Ventura en commissaire Mattei. Plus Delon. Melville aurait pu avoir un quatuor de stars, il doit se contenter d'un trio. Volontè étant un parfait inconnu du grand public français, restent Montand et Delon. Pour le commissaire, ce sera Bourvil dans un de ses rares emplois dramatiques. De quoi surprendre. Bourvil en flic, pourquoi pas de Funès en chanoine ? « J'ai dû faire un effort, avoue l'acteur, je n'ai pas l'âme d'un commissaire. C'est un métier que je n'aurais pas aimé faire. » Mais Melville a raison et le succès du *Cercle rouge* (qui fait presque jeu égal avec *Le Clan des Siciliens*) le lui confirme.

Un personnage pourrait faire la jonction entre les deux films : Santi (François Périer). Il opère dans *Le Cercle* mais ne déparerait pas dans *Le Clan*. Un vrai truand à l'ancienne. Quoique le fait qu'il tienne un cabaret avec danseuses peu habillées le classe à part. Dans le grand escalier qui conduit à l'aristocratie de la pègre, il croupit sur les premières marches. Car, c'est bien connu – tant dans la réalité qu'au cinéma –, bistrotiers et autres cabaretiers sont de fervents auxiliaires de police, autrement dit des indicateurs. Parce qu'ils ont des commerces à protéger, ils deviennent la proie rêvée des flics toujours à l'affût d'informations indispensables à la bonne marche de leurs enquêtes. Santi s'évertue à défendre un code d'honneur passéiste. S'adressant au commissaire, il plastronne :

« D'abord je ne suis pas au courant de ce qui se dit chez moi, et si je le savais…

– … tu ne me dirais rien, je sais », lui rétorque Mattei.

Mais son assurance fond bien vite sous le chantage du flic (le fils de Santi est impliqué dans une bénigne affaire de drogue) :

« On peut dire que vous êtes une bonne ordure, finit par lâcher l'homme de la nuit.

– Chut ! Outrage à magistrat dans l'exercice de ses fonctions, n'aggrave pas ton cas. »

Par ses aveux, Santi quitte définitivement le microcosme des « vrais » bandits pour entrer dans le cloaque des balances. Même sous la torture, Vittorio Manalese n'aurait pas soufflé le moindre nom. Le mythe du gangster s'effrite. La réalité n'est plus glorieuse, le hors-la-loi devient un individu comme les autres.

L'heure n'est plus aux familles ni aux liens de sang mais aux indépendants débrouillards. Des free-lances, comme disent les anglophiles.

Certaines associations perdurent. Mais elles le doivent plus à une même origine sociale qu'à une appartenance au gangstérisme. Tels les larrons de *Max et les ferrailleurs* et des voleurs d'occasion de *Trois milliards sans ascenseur.*

Dans *Max et les Ferrailleurs*, Claude Sautet présente une bande de petits malfrats sévissant dans le vol de ferraille et de pièces détachées de voitures du côté de Nanterre. Un groupe de copains qui se débrouille tant bien que mal, n'osant pas imaginer entrer dans le grand banditisme. Il resterait à son bas niveau si un flic retors ne le poussait à commettre une attaque à main armée. Le ciment pour ces petits voleurs est celui de l'amitié, teintée de naïveté, et non un code érigé sur d'antiques traditions. Ils croient en la valeur du copain, plus qu'en des règles transmises par un chef de clan à ses exécutants.

Bande de copains aussi dans *Trois milliards sans ascenseur* de Roger Pigaut. Tous habitent le quartier de Courbevoie promis à une proche démolition. Tous ont grandi sur place. Certains commettent des petits larcins mais difficile de les caser dans la rubrique des voleurs. Ils n'ont pas besoin d'être poussés par un mauvais flic pour envisager le vol des « dix plus beaux joyaux d'Europe » exposés au sommet (28e étage) d'une récente tour de la Défense. L'affaire se complique singulièrement. Les copains n'effectuent pas le casse mais font chanter ses véritables auteurs. Au lieu des 3 milliards espérés, ils récoltent 5 millions. La morale est sauve (le vrai voleur est soupçonné par la police, les bijoux retrouvent leurs légitimes propriétaires) et les petits gars de Courbevoie n'ont rien perdu. Au contraire, ils ont appris l'action en groupe. Ce qui leur donnera peut-être des idées pour l'avenir...

Les potes de Pigaut s'en sortent mieux que ceux de Sautet, qui se font arrêter en flagrant délit – l'un est même abattu par les flics. L'amitié n'est pas suffisante pour réussir un gros coup.

Les authentiques truands le savent. Désormais, ils doivent prendre des risques en s'acoquinant avec des nouveaux venus. Dans les années 1950, Manalese n'aurait jamais accepté de s'associer avec un Sartet. Vingt ans après, tout change.

Non loin de la Sicile, enracinée dans ses coutumes, se trouve la Corse qui, dans le style lavage de linge sale, n'est pas tendre non plus. Les taches d'honneur s'y nettoient dans le sang. De plus, la plupart des ressortissants candidats à l'exil paraissent n'avoir d'autre choix que de servir la loi ou de la défier. Ou de devenir homme politique, ce qui, dans les années 1970, revient aussi à bafouer la loi en faisant mine de la défendre.

Pour *Le Fils* de Pierre Granier-Deferre (sur un projet initialement destiné à Costa-Gavras), Yves Montand devient corse. Un natif qui a réussi loin des cigales puisqu'il a fait fortune à New York. Pour des raisons familiales, Ange Orahona retourne sur la terre de ses aïeux, un village perché dans la montagne avec ses petites places ombragées et son inévitable café où les autochtones mâles refont le monde. La région n'a pas beaucoup changé mais s'est vidée.

« Eh oui, Ange, la Corse est devenue un pays de vieux, tu vois. Les jeunes s'en vont. Et quand on y revient, c'est pour mourir. »

Paroles prémonitoires.

La Corse est aussi un pays où on vit comme autrefois. Ange est un bandit. Un caïd même. Mais un bandit à l'américaine, qui a oublié les défauts de son île natale. Oublié qu'ici tout se règle à coups de feu au détour d'une route. Des méthodes de paysans. Ange, le Corse américanisé, aurait dû s'en souvenir. Ne pas se laisser bercer par la nostalgie de son enfance. Cet oubli lui vaut d'être abattu.

Le contraste est fort : Siciliens et Corses sont condamnés à moyen terme s'ils quittent leur île en emportant leurs traditions. Déracinés, ils ne s'adaptent pas au monde moderne ; *a contrario*, un îlien qui réfute les vieilles habitudes pour s'intégrer dans le progrès ne peut survivre une fois de retour dans son île, qui, elle, n'a pas évolué. Rester ou partir, il faut choisir, mais pas dans n'importe quelles conditions. De là à conclure que Corse et Sicile sont les derniers bastions des truands à l'ancienne...

D'autres malfrats semblent appartenir au passé plus du fait de leur âge que de leur comportement. Ainsi Lino Ventura (54 ans) dans *La Bonne Année*. Lui aussi était de l'aventure de *Touchez pas au grisbi* mais, désormais sous la férule de Claude Lelouch, il se débarrasse des lourds oripeaux du gangster pour se rapprocher des jeunes solitaires. Son casse sur la Côte d'Azur, il ne le commet qu'avec un seul complice, qui lui est proche, non avec l'aide d'une puissante organisation. Il n'en défend pas moins certaines valeurs propres aux « grands » gangsters.

Bernard Solville (Michel Constantin), héros du *Mataf* de Serge Leroy, appartient à l'ancienne école. Même s'il ne fait partie d'aucun clan ni d'aucune famille, il possède des relations dans le banditisme et une solide réputation de voleur. Cette dernière lui vaut d'être « engagé » malgré lui (il est victime d'un chantage) pour dérober des microfilms contre une forte récompense. La trahison de son employeur le pousse à se venger seul, tout en bénéficiant de solides contacts. À la fin, il part vers des rivages lointains, unique passager de son voilier. Ce mataf est un ancien séduit par l'indépendance des modernes ou un moderne qui retire certains avantages des méthodes anciennes.

En dépit de ces exceptions, les années 1970 vont imposer l'image d'un forban totalement différent de Vittorio Manalese et même de Roger Sartet. Signe distinctif : la décontraction. Fini les visages fermés, les regards menaçants, les phrases assassines ; on peut être malfrat avec le sourire. Ces malandrins new-look évoluent dans un esprit d'indépendance plus proche de la culture pop *peace and love* que des dépaveurs de rues soixante-huitards. Si Gabin ne sourit pratiquement pas tout au long du *Clan des Siciliens*, eux vont passer leur temps à s'amuser.

Jean-Louis Trintignant ouvre la marche dès 1970, lui aussi grâce à Claude Lelouch : *Le Voyou*. Symboliquement ce film sort seulement un mois après *Le Cercle rouge.* Deux styles, deux mondes. Le personnage de Simon, dit « le Suisse », pour sympathique qu'il soit, n'a pourtant rien de recommandable. Pour subvenir à ses besoins, il met au point le rapt d'un enfant ! Certes, il le fait avec la complicité du père, mais jamais un truand à l'ancienne n'aurait osé tremper dans une telle combine. La famille, c'est sacré ! Eh bien, non, plus rien n'est sacré aux yeux de ces indépendants pétardiers. Simon a pour lui sa désinvolture et le plaisir qu'il prend à choyer l'enfant. Pourtant l'idée du kidnapping rebuta les producteurs. Sujet scabreux. Lelouch s'entête et sait atténuer l'aspect choquant en l'enrobant d'un ton proche de la comédie.

Un Lelouch qui semble avoir un problème – ou une fixation ? – avec l'enlèvement de personnes puisqu'il en est également question dans *À nous deux* et dans *Le Bon et les Méchants* !

Le tournage du *Voyou* quoique léger n'est pas sans surprises.

Lelouch exige des dollars américains imprimés recto verso, ce qui est interdit par la loi. Il trouve un imprimeur qui consent à sortir de ses machines des faux présentant une vague ressemblance avec les vrais. Le « magot » est placé dans une mallette. Qu'il faut transporter à Bruxelles où se déroule une partie de l'action – le personnage de Simon emporte en Belgique la rançon, payée en monnaie américaine. Claude Pinoteau, assistant de Lelouch, se charge du transport en voiture. Pas de souci à la douane. Arrivé à son hôtel, il place la mallette sur le lit de sa chambre et s'en va rejoindre l'équipe du film.

Il ne sait pas qu'en son absence une femme de chambre un peu trop curieuse ouvre l'objet pour en voir le contenu. Les liasses de billets attirent sa convoitise. Elle prend trois exemplaires de 100 dollars, convaincue que le propriétaire n'y verra que du feu. Elle court les porter à la gare pour les changer. L'employé repère illico les faux et alerte les autorités. La dame est sommée de s'expliquer. Elle avoue avoir trouvé l'argent dans une mallette de la chambre 17. Les policiers débarquent sur le lieu du crime, n'y trouvent personne mais font main basse sur la mallette. L'affaire est grave : le royaume est-il en passe d'être inondé de faux talbins ?

Peu de temps après, deux officiers de police surgissent sur le plateau de tournage et demandent M. Pinoteau. Arrestation pour trafic de devises et de fausse monnaie. Une journée entière est nécessaire pour clarifier la situation, avec l'aide des coproducteurs belges. Le spectre de la prison finit par s'éloigner et le tournage par reprendre. La femme de chambre est renvoyée...

Dans *Le Casse* – encore réalisé par Verneuil –, Jean-Paul Belmondo ne respecte pas l'institution policière, représentée, il est vrai, par un flic corrompu et dangereux. Difficile de faire montre de plus de décontraction que Belmondo. Il en a fait son credo, sa marque de fabrique. Ici, il s'offre le culot de se moquer du flic local qui le surprend presque en flagrant délit. Et pendant tout le film, il mène double jeu pour mieux le berner. Cette fois Verneuil installe les spectateurs du côté du voleur (comment pourrait-il en être autrement avec Belmondo ?) au détriment du policier dont l'avidité signe l'arrêt de mort.

Lelouch, toujours, mise à fond sur la désinvolture de Jacques Dutronc avec *À nous deux*, où le héros affronte une somme de problèmes avec philosophie et même humour. Le Simon qu'il incarne a de qui tenir puisqu'il est le fils d'un des membres du gang des Tractions avant, « un des plus grands hors-la-loi de l'après-guerre ». Il n'en est pas moins individualiste. De haut vol puisqu'il réussit un casse pendant un match de foot. Trop isolé, il se lance dans une longue cavale en solitaire. Il s'en sortirait beaucoup mieux s'il disposait de solides relations dans la truanderie internationale. En chemin, il rencontre Françoise (Catherine Deneuve), spécialiste du chantage à l'adultère. Et le film policier de glisser vers la romance à la Lelouch.

Ces héros « modernes » n'ont ni la gravité d'un Manalese ni la tragédie chevillée au corps d'un Sartet. Ils s'amusent, virevoltent comme des gamins insolents. Comparée aux anciens et assimilés, cette jeunesse paraît désorganisée, agissant plus par impulsions que par réflexion. Des chiots indisciplinés.

Tout le monde ne partage pas le faux je-m'en-foutisme affiché par ces nouveaux venus dans la truanderie. Les années 1970 sont politiques et les malfrats aussi. Et la politique, c'est forcément sérieux, surtout quand on voit la tête de ceux qui en font profession.

Dans *Un officier de police sans importance* de Jean Larriaga, trois jeunes malfrats de très petite envergure (ils dévalisent des pharmacies et les caisses des cinémas) enlèvent un inspecteur de police sur un coup de tête. Leur but : l'échanger contre le frère de l'un d'eux qui vient d'être arrêté. Ledit policier leur signale à titre gracieux qu'en vertu de l'article 343 du Code pénal ils risquent jusqu'à vingt ans de prison. Qu'ils en profitent car, en 1992, à l'issue d'une refonte du Code, la peine maximale passera à la perpétuité ! Bien moins futés que leur confrère du *Voyou*, ces ravisseurs commettent bourde sur bourde et finissent sous les balles de la police.

Cet inefficace trio tente d'invoquer des motifs politiques. Stratagème qui fait long feu mais bien dans l'air du temps. Autrefois arme politique, l'enlèvement devient ressource du banditisme. Les Brigades rouges ont ouvert une voie dans laquelle s'engouffre, de manière désordonnée, une certaine jeunesse.

Les protagonistes du *Gang des otages* d'Édouard Molinaro ne sont pas bien vieux et n'affichent pas d'opinions politiques ; pourtant ils se comportent comme des révolutionnaires. Au départ, ils ne sont guère plus glorieux que leurs homologues d'*Un officier de police sans importance*. Leur truc, c'est de piquer les sacs des prostituées. Loin de l'élégance d'un Arsène Lupin et de l'image du grand truand. Ils passent quand même à l'échelon supérieur en s'attaquant à des supermarchés ou en détroussant les clients d'une maison de rendez-vous. Pas de quoi se vanter. Leur compétence se situant au niveau de leur ambition, le trio se fait arrêter. L'unique femme est placée en liberté provisoire. Elle en profite pour organiser une prise d'otages – d'où le titre du film ! – en plein palais de justice. Juge, greffier et gendarmes servent de monnaie d'échange. Du jamais-vu. Ou comment détourner les méthodes d'extrémistes politiques au profit de criminels de droit commun. Leur audace réussit. Hélas, ces jeunes audacieux sont eux aussi trop brouillons pour survivre dans une ville quadrillée par la police. Ils se font reprendre bêtement, presque par hasard.

La trame de ce film, qui sort en février 1973, s'inspire d'une histoire vraie survenue le 11 avril 1972 quand Christian Jubin, aidé par deux complices, prit en otage son juge d'instruction et deux autres personnes. Le trio parvint à s'échapper mais Jubin fut rattrapé peu après. Un inconscient, ce Jubin, puisque, pour principal méfait, il ne trouva rien de mieux que de commettre un triple crime dans le bar de Jo Attia, l'une des plus grandes figures du banditisme. Jubin y tua la barmaid et son petit ami avant de violer la fille d'Attia. Si la police ne lui avait pas mis le grappin dessus, il y a fort à parier que d'autres ne se seraient pas embarrassés de menottes...

Dans le fond de sa prison, que pense Vittorio Manalese de cette nouvelle race de voyous ?

Comme tous les gangsters à l'ancienne, son temps est révolu. Le progrès est en marche, presque en cavale. Vittorio va s'éteindre doucement. En perdant son honneur, plus exactement celui de sa famille, il a tout perdu. Même sa mortelle vengeance (il a tué Sartet) ne peut laver l'affront. Comment va évoluer son clan ? Va-t-il réussir à s'en remettre et à s'adapter aux temps modernes ou chacun de ses membres tentera-t-il sa chance de son côté, entrant dans une nouvelle indépendance ? L'évolution est vitale. Depuis les années 1950, les mœurs ont changé mais aussi les mentalités et les techniques. Les figures de patriarche font désormais sourire les jeunes, qui les regardent avec l'ennui d'un gamin face à une statue antique.

Le milieu est en train d'imploser sous les coups de boutoir d'une génération qui n'a que faire des traditions, des principes et même du respect des aînés. Un monde s'effondre. Place aux nouveaux écumeurs des mers qui vont employer des méthodes inédites et provoquer l'apparition d'une race de policiers plus coriaces.

# HARO SUR LES MAGOTS

Le cinéma policier français ment. Il n'est pas le seul mais il ment. Par omission. Peu désireux de montrer la réalité du banditisme hexagonal, il braque ses caméras sur des sujets particuliers. Son but est de jouer avec les codes et les archétypes, non de faire office de simili-documentaires. Ainsi, la plupart des malfrats qui s'offrent aux regards des publics des salles obscures sont des voleurs. De plus ou moins haute voltige. À en croire le septième art, le territoire serait sillonné par des détrousseurs de tout acabit. Du sac à main de la vieille dame aux coffres de la Société générale, plus aucun bien n'est en sécurité.

Sur le terrain, le quotidien est autre. En ces années 1970 la drogue commence à faire son apparition – s'apprêtant à envahir les marchés internationaux et à bouleverser toutes les donnes. Pourtant, bien que déjà présent dans *Razzia sur la chnouf* (1955), le trafic de drogue n'est plus le vrai sujet d'aucun polar français. Alors qu'au même moment les Américains mettent les pieds dans le plat avec *French Connection*. À travers cette œuvre qui révolutionne le genre, William Friedkin met en évidence le fait que la marchandise qui arrive aux États-Unis a transité par la France – et par les environs de Marseille –, où la matière première a été transformée dans des laboratoires clandestins. Dès 1971, un agent du Narcotic Bureau dénonce le trafic dans la cité phocéenne. Quelques mois plus tard, un chalutier, le *Caprice du temps*, contenant 425 kilos d'héroïne, est arraisonné au large de la ville. Le trafic s'organise, et pour longtemps.

Chaque année, des quantités de plus en plus importantes de poudre blanche sont saisies dans l'Hexagone. Mais ce trafic inquiète modérément les autorités. La France n'est que terre de passage. On y consomme peu de drogue, en comparaison des statistiques américaines. C'est un épiphénomène. Qui ne tardera pas à prendre de l'ampleur. Les policiers ne sont ni motivés, ni formés pour chasser les trafiquants. Et le cinéma passe à côté du sujet.

Le plus souvent ne sont évoqués que de vagues consommateurs, jeunes gens à la dérive (*Comme un boomerang, Cran d'arrêt, Le Cercle rouge...*). Le trafic est présent dans *Un condé,* où le propriétaire d'une boîte de nuit est tué pour avoir refusé de vendre de la drogue dans son établissement. Il est présent aussi dans *La Horse,* où il se heurte à l'entêtement paysan. Pas de quoi inquiéter le spectateur moyen. La chnouf reste une nébuleuse lointaine.

Dans les années 1970, ceux qui s'enrichissent grâce à la came – et ils accumulent des fortunes en un temps record – sont tous liés au gangstérisme américain. Ils appartiennent, en quelque sorte, à des multinationales pendant que les officines françaises continuent de vivre sur leurs acquis.

Depuis la fin de la guerre, les sources de revenus de la voyoucratie hexagonale sont de deux ordres : prostitution et racket. Une évidence qui file une grande claque au romantisme du bandit. Montrer sur les écrans des gars aux mines patibulaires expédier des donzelles sur le trottoir ou menacer d'honnêtes commerçants a fort peu de chance d'attirer les foules. Delon allant rançonner un épicier, Ventura relevant les compteurs au bois de Boulogne et balançant des corrections aux récalcitrantes, Gabin en patron de maison d'abattage, qui voudrait voir cela ? La pègre en serait humiliée, et le cinéma français honteux. Plus vendeur est de montrer des voleurs. D'où la multiplication de braqueurs et de casseurs. Les premiers crient et sortent leurs flingues pour arriver à leurs fins, les seconds travaillent dans le feutré et utilisent un appareillage high-tech. Les casseurs sont plus honorables que les braqueurs car ils ne font peur à personne et ne risquent pas de blesser ni même de maltraiter quelqu'un. De plus, ils s'en prennent aux riches et aux banques, donc rien de grave pour les économies du contribuable anonyme. Les vrais casseurs sont rares.

Le modèle de base du voleur est le perceur de coffres. Sorte d'artisan consciencieux qui débarque nuitamment avec son petit matériel dans l'unique intention d'ouvrir une porte blindée. Il prend soin de ne rien abîmer sur son passage et ne s'intéresse pas aux divers objets, parfois de prix, qui jalonnent son chemin. Le perceur de coffres est un chien en chasse, pas un dilettante. Il travaille sans décrocher les mâchoires, avec une concentration digne d'un neurochirurgien. De mémoire de voleur, on n'a jamais vu un perceur distiller des blagues en plein travail. Seul diffère le matériel. Cela va de la simple chignole, disponible dans n'importe quel magasin de bricolage, au bazar sophistiqué qui annonce les ordinateurs de demain. En ce domaine, Azad (Jean-Paul Belmondo) du *Casse* et Kuq (Paul Meurisse) du *Gitan* sont nettement mieux équipés que leurs confrères. Kuq opère avec un drôle d'engin muni d'un oscilloscope. Azad trimballe une sorte de valise magique qui lui permet tout à la fois de voir à l'intérieur d'une porte blindée, de tailler une clef aux dimensions exactes de la serrure du coffre et de repérer une combinaison grâce au bruit. Félicitations aux ingénieurs, créateurs de ces petites merveilles. Rien ne semble pouvoir leur résister. Ce type d'outils reviendra à l'infini dans pratiquement tous les films de casses. On y verra des voleurs dotés d'appareils de plus en plus époustouflants d'efficacité, capables d'identifier n'importe quelle combinaison et de détourner les systèmes d'alarme.

*Le Gitan*, de José Giovanni, offre au passage un intéressant contraste entre les méthodes douces du perceur de coffres et les méthodes expéditives d'un braqueur de fourgons blindés (Alain

Delon). L'un a besoin de doigté, l'autre d'audace. Tellement d'audace que cela bouscule les institutions. José Giovanni a prévu de filmer l'attaque d'un bureau de poste. Les PTT tiquent et refusent de lui accorder la moindre autorisation d'utiliser leurs locaux. Le réalisateur cherche un lieu d'apparence similaire et jette son dévolu sur... une école ! Dont la façade est transformée par les décorateurs.

De son côté aussi, Verneuil subit des modifications de lieu pour son *Casse*. Il est d'abord question de le tourner à Hambourg en plein hiver lors du déploiement de la très prisée foire aux Sexes. Verneuil l'immortalise finalement sous le soleil d'Athènes en l'absence de toute fête. La capitale n'est jamais citée durant la projection. Il s'agit d'une « ville quelconque de la Méditerranée »... De plus, au tout début du projet, le flic ripou se nomme Stork et le cinéaste pense à l'Américain Charles Bronson, qu'il a déjà dirigé dans *La Bataille de San Sebastian*. Revirement : il l'appelle Zacharia et le confie à l'Égyptien Omar Sharif.

Arsène Lupin n'étant jamais loin dès qu'il s'agit de voleurs, plus le casse est élégant, plus sympathique paraît son auteur. Un beau casse force l'admiration, pour ne pas dire le respect. Et le cinéma français n'en manque pas.

Depuis 1955, il s'est imposé comme une référence. Envié par ses homologues du monde entier, y compris à Hollywood ! Auparavant, les grands films sur les voleurs présentaient des braquages souvent assez rugueux. Tel *Quand la ville dort* de John Huston. Mais *Du rififi chez les hommes* de Jules Dassin offrit le casse d'une bijouterie de la rue de la Paix, non loin de la place Vendôme, à Paris. Un casse d'une trentaine de minutes, quasiment sans un mot. Un casse de légende. Plus qu'une prouesse inoubliable, un classique, un exemple. Qui mériterait d'être étudié dans les prisons et les officines pour malfaisants. D'ailleurs, les autorités mexicaines finirent par interdire sa projection après avoir constaté que nombre de voleurs cinéphiles s'en inspiraient... avec succès ! Pour la première fois, Dassin centra tout un film sur l'exécution minutieuse d'un cambriolage. Avec succès, tant public que critique. À sa suite, les fomenteurs de gros coups au cinéma pullulèrent. *Du rififi chez les hommes* relança la mode des voleurs.

Tandis que les États-Unis reprenaient du poil de la bête (avec *L'Ultime Razzia*, notamment), la France continua de défendre son pré carré. Les années 1970 en fournissent de nouvelles preuves. Des casses de tous styles, forcément ingénieux, souvent réussis, mais pratiquement toujours suivis par une succession de malchances, histoire de préserver la bonne morale et de ne pas faire l'apologie du crime. Pour spectaculaires qu'ils soient, ces vols audacieux ne résistent pas à l'analyse. Même les spécialistes se prennent les pieds dans le tapis.

Et, en matière de spécialistes, on retrouve les sempiternels deux mêmes noms : Henri Verneuil et Jean-Pierre Melville.

En 1956, l'homme au Stetson ouvrit le feu avec *Bob, le flambeur*, où les protagonistes montent le vol du casino de Deauville. Tout y est détaillé, y compris les préparatifs, mais l'opération échoue, la faute à Bob, plus flambeur que voleur. Sept ans plus tard, l'Arménien sortit *Mélodie en sous-sol*, qui avait autrement plus d'allure du fait de la présence de Gabin et Delon. Encore un casino, mais à Cannes. L'un des voleurs passait par les gaines d'aération surplombant la salle de jeu. Ça, c'était du cinéma ! Le coup réussit mais les complices voient leur argent partir non pas en fumée mais en eau de boudin, ou presque. La scène finale montrant les billets s'échappant de deux sacs dans une piscine est entrée dans le panthéon cinématographique. Résultats : 700 000 entrées en France pour *Bob, le flambeur* ; 3 500 000 pour *Mélodie en sous-sol*. Il est des casinos qui rapportent plus que d'autres.

À la fin des années 1960, Melville et Verneuil affûtent leurs crayons pour peaufiner deux nouveaux vols. Ils doivent viser l'excellence car, entre-temps, les grands casses cinématographiques se sont multipliés (dont *Topkapi* et *L'Affaire Thomas Crown*). Chacun besogne de son côté. Les deux hommes ne risquant pas de se parler et encore moins d'échanger des idées. Pour *Le Cercle rouge*, Jean-Pierre imagine le casse nocturne d'une bijouterie de la place Vendôme. Bonne idée mais peu novatrice. Bien réalisée, comme on est en droit de s'y attendre d'un cinéaste de sa trempe. Au même moment, pour *Le Clan des Siciliens* d'après un roman d'Auguste Le Breton – déjà auteur du roman *Du rififi chez les hommes* –, Henri met au point le braquage d'un avion de ligne. Cinématographiquement cela a plus d'impact.

Deux vols d'importance, deux modèles du genre.

*Le Cercle rouge* : le casse de la salle d'exposition de la bijouterie Mauboussin, située au premier étage d'un immeuble, paraît impossible.

« Les vitrines sont en glace anti-balles et servent de coffre-fort. Toutes les vitrines sont bloquées électriquement. Une clef dans le mur commande non seulement toutes les vitrines mais aussi les cellules photoélectriques qui interdisent l'accès en venant de la porte palière. Il n'est pas question d'arriver dans le hall par un autre chemin. »

Cerise sur le gâteau : la salle est surveillée par des caméras reliées à un poste de garde. Pour réussir ce coup, il faut un tireur d'élite capable de faire mouche (neutraliser la serrure commandant les alarmes) à 30 mètres. Il faut aussi des voleurs suffisamment souples pour enjamber la première cellule photoélectrique et passer en dessous de la seconde. Cellules qui, si elles avaient été placées l'une en dessous de l'autre, comme cela paraît logique, et non distantes de 1 mètre, auraient rendu le vol impossible. Et quitte à placer des alarmes, les responsables de la sécurité auraient pu en placer une aussi sur la fenêtre des toilettes, seul accès non protégé de toute la bijouterie. Par là qu'entrent les malfrats ! Pour le reste, Melville commet peu d'impairs et son casse (qui n'en est pas tout à fait un puisqu'un gardien est neutralisé) prête difficilement le flanc aux critiques.

Comparativement, *Le Clan des Siciliens* pèche en plusieurs endroits. La réussite du coup repose en grande partie sur la substitution d'Edward G. Evans, agent de la compagnie qui assure les bijoux. Il sera à bord de l'avion escorté par quatre diamantaires et trois convoyeurs. Roger Sartet doit prendre sa place. Conséquence : le clan Manalese commet un kidnapping, action qui paraît pourtant contraire à ses principes. Il faut vivre avec son temps... Sartet usurpe l'identité d'Evans, prend son passeport et se présente à sa place à l'hôtel Minerva. Le tour est joué.

Pas tout à fait. Comment sait-il que cet Evans n'a jamais mis les pieds à l'hôtel Minerva ? Qu'il ne connaît aucune des personnes accompagnant les bijoux et qu'il ne leur a même pas parlé au téléphone ? Plus inquiétant, le fait que le douanier qui rend les passeports omet de vérifier les photos. Auquel cas il se rendrait compte que celle de M. Evans ne correspond pas à l'homme qui tend la main pour récupérer le document officiel. D'autant que les noms figurant sur les passeports devraient se trouver à l'intérieur et non à l'extérieur comme la scène semble l'indiquer. Par ailleurs, Mme Evans, inquiète de ne pas trouver son mari, monte dans l'avion et ne le voit pas. Forcément. Elle n'a pas la présence d'esprit de s'enquérir auprès de l'une des personnes présentes si M. Evans est dans le secteur (il pourrait être aux toilettes ou en train de fricoter avec une hôtesse, voire les deux !) et quitte le DC8 sans demander son reste.

En réalité, ces incohérences – qui reposent plus sur un facteur humain que technique – ne sont pas la première préoccupation d'Henri Verneuil. Homme d'images, il veut impressionner le spectateur et concentre le gros de son énergie sur l'avion, son détournement, son atterrissage (sur une autoroute en construction selon le film).

Il ne ménage pas ses efforts et en vient presque à créer une vraie compagnie aérienne ! Désireux d'utiliser un authentique DC8 (et non une banale maquette d'avion comme le fera un certain Melville), il s'adresse à la plupart des compagnies en exercice. À l'instar des PTT, ces firmes se montrent réticentes. Refus unanime car aucune n'a envie de donner de mauvaises idées à des malfaiteurs. À force d'insister, Verneuil réussit à convaincre la firme UTA de lui louer un avion, à condition que son nom soit effacé au profit d'une compagnie fictive. Et Henri d'inventer la UOA ! « Je me suis retrouvé dans la peau d'un P-DG qui monte une société, expliquera-t-il. Nous avons dessiné des costumes pour les hôtesses, imaginé un sigle, commandé des bonbons au nom de notre nouvelle compagnie, fait repeindre l'avion. » Il demande à des ingénieurs de la Douglas Company de lui construire une réplique exacte d'un cockpit de DC8 dans les studios Saint-Maurice, et à un pilote chevronné de conseiller les acteurs dans tous les gestes qu'ils doivent exécuter, tout en vérifiant que chacun des cadrans porte les bonnes indications !

L'atterrissage a lieu non sur une autoroute en construction, ni même sur un bout de route prêté par les autorités américaines (celui-là ne sert que pour les prises de vues aériennes) mais sur... la base militaire de Châteauroux ! Il faut y dessiner des bandes blanches sur 400 mètres de piste afin de faire croire à une autoroute. Le DC8 décolle du Bourget avec, à son bord, Alain Delon et une grande partie des acteurs prévus. Mais non Jean Gabin qui, détestant l'avion, préfère venir par la route.

Verneuil entame très tôt des discussions avec les autorités américaines pour décrocher l'autorisation de survoler, et de filmer, Manhattan à basse altitude. Trois mois de démarches pour quelques secondes d'images à l'écran. C'est cela aussi, le goût de l'authentique.

Deux gros coups à gros succès pour les deux réalisateurs. Mais la palme de l'originalité revient à Verneuil. Attaquer un avion est moins fréquent et plus impressionnant qu'une bijouterie, qui relève du déjà-vu. *Le Clan des Siciliens* appartient résolument aux années 1970 alors que *Le Cercle rouge*, qui lui est pourtant postérieur (de dix mois), ressemble à un produit des années 1960.

Agacé, et le mot est faible, Melville rumine sa vengeance. Puisque son rival a placé son action dans un avion, lui la placera dans... un train! Il aurait pu penser au paquebot[1] mais il affectionne les trains. Un super-casse, un morceau d'anthologie. On en parlera encore quarante ans plus tard, espère-t-il. Ainsi, deux ans après *Le Cercle rouge*, se construit *Un flic*.

Il s'agit d'intercepter une « marchandise » (qui se révélera être de la drogue) à bord du Paris-Lyon. Trois hommes sont sur le coup. Qu'il faut impérativement réussir avant la frontière espagnole. Simon (Richard Crenna) a repéré une longue ligne droite de 65 kilomètres sur laquelle le train ralentira en raison de travaux. Il calcule que le vol doit être effectué en vingt minutes chrono. Touché par le génie, il ajoute : « Quand la marchandise sera à nous, ce seront ceux-là mêmes à qui nous l'aurons volée qui viendront la racheter. Aucune plainte ne sera déposée et il n'y aura aucun policier à nos trousses. » Admirable.

Pour parvenir à ses fins, Simon doit accéder au train en marche à partir d'un hélicoptère. Une fois dans le wagon, il changera de vêtements, dépouillera le possesseur des deux mallettes et repartira par la voie des airs. Tout ça sent la cascade à couper le souffle. Le tout filmé en temps réel et sans paroles. De quoi enfoncer à jamais le film de Jules Dassin.

Entre la volonté affichée sur le papier et le résultat sur l'écran, il y a un monde. Et même un gouffre. Pour une raison qu'il ne prendra jamais soin de dévoiler, Melville ne filme pas un vrai train mais une maquette à peine digne d'un Ed Wood lobotomisé. Son hélicoptère n'est qu'un jouet pendant lamentablement au bout d'une ficelle. Tout cela est tellement mal fagoté que le spectateur a l'impression que le train roule à 10 à l'heure. Pas une seule seconde, il ne peut croire à ce casse idiot. Au mieux, il en ricane, au pire, il en pleure de désespoir... À l'en croire, Alain Delon (qui joue le rôle-titre du flic) est le premier à alerter le cinéaste sur cette accumulation de

1. Les Américains y ont déjà pensé avec *Le Hold-up du siècle* (*Assault on a Queen*), où Frank Sinatra s'attaque au *Queen Mary*.

bévues : « Vous vous souvenez de ce hold-up en temps réel avec un petit train électrique, confia-t-il. Je lui disais : "Ça ne passe pas, Jean-Pierre." "Mais si, mon coco." "Mais non, ça crève les yeux que c'est une maquette !" Il n'a rien voulu entendre et il l'a reconnu trop tard. Il a beaucoup souffert du flop du film. » Melville se fourvoie du début à la fin. Le critique Louis Chauvet a beau jeu de parler du « hold-up le plus lent et le plus languissant du siècle ».

D'autant plus languissant que, hormis les foireuses allées et venues depuis et vers l'hélicoptère, l'action est cruellement absente. Et les erreurs, colossales. Pourquoi Simon ne monte-t-il tout simplement pas dans le train à Paris ou à Bordeaux ? Il n'est pas soupçonné par la police et n'a aucune raison de se compliquer la vie en passant par le ciel. De plus, il éprouve le besoin de se changer pour traverser 3 mètres de couloir d'un wagon désert (à l'exception d'un vieux British). Il aurait très bien pu officier dans sa blouse, même sale, ou, mieux, travailler en costume s'il était monté dans le train comme un banal passager. Donc, cet homme pour qui chaque minute compte perd un temps fou à entrer puis sortir du train par les airs puis à se changer et se rechanger. Sur les vingt minutes que dure ce casse, près de la moitié se déroule dans les toilettes ! Simon est plus souvent en train de se recoiffer que de passer à l'action.

Henri Verneuil, qui a sorti *Le Casse* en octobre 1971, exactement un an avant *Un flic*, doit bien s'amuser. Au jeu des « cerveaux » de gros coups, il sort largement gagnant. Lui aussi propose un casse en temps réel et sans paroles. D'une facture un peu plus classique puisqu'il s'agit de dérober des diamants contenus dans le coffre d'une villa. Dans son souci de trop bien faire, ou plutôt de tout montrer, Verneuil commet quelques écarts... anodins face aux bourdes de Melville.

On peut reprocher à Azad (donc à Verneuil) sa trop grande méticulosité : il note sur une plaque de verre un numéro parfaitement visible, même à l'envers ; il tire un trait sur une page contenant des colonnes de chiffres alors que son doigt suivant la ligne aurait suffi. Mais en matière de casse on n'est jamais trop prudent et mieux vaut être tatillon que pressé. La réussite du vol prouve qu'Azad a raison. D'autant que, contrairement à Simon, il n'est pas pressé.

Sa principale gaffe est d'avoir mal garé sa voiture. On ne place jamais son moyen de fuir face au lieu du vol. Principe élémentaire qu'il aurait dû respecter. Surtout quand il n'y a aucun autre véhicule dans la rue et que le rouge de la Fiat brille comme un diamant en plein soleil. Mais si Azad ne s'était pas trompé de la sorte, il n'y aurait pas de film puisque toute l'intrigue repose là-dessus !

Quatre films, quatre vols conçus par les deux réalisateurs phares du polar français et soutenus par des piliers du vedettariat.

Lino Ventura, parce que incarnant le flic du *Clan des Siciliens*, ne peut légitimement participer au détournement d'avion. Il se rattrape grâce à Claude Lelouch en commettant dans *La Bonne Année* le premier « casse psychologique ». C'est ainsi qu'il est présenté. Alors qu'il ne s'agit que d'une arnaque à la confiance. L'escroc s'arrange pour se retrouver seul avec le bijoutier après l'heure de fermeture. Il le menace d'une arme et fait main basse sur les joyaux. Malheureusement pour lui, il ne sait pas que la porte du sas et celle du coffre ne doivent surtout pas être ouvertes en même temps durant plus de deux minutes. Lacune quelque peu étrange car, pour le reste, il est très bien renseigné. Des informations qu'il ne peut pas posséder à la suite d'observations, même accrues. Il sait que le sas protégeant le coffre est bloqué par une porte à barreaux et non une porte blindée. Sinon le vol serait voué à l'échec puisque impossibilité matérielle de menacer le bijoutier. Il sait aussi que celui-ci n'acceptera pas un chèque en cette heure tardive mais préférera du liquide. Il sait tout cela. Bravo. Mais il ne sait pas l'essentiel (les deux portes) et cela l'expédie en prison.

Ces minimes erreurs n'empêchent pas le pourtant archi-méticuleux Stanley Kubrick d'apprécier *La Bonne Année*. Plus du fait de son ambiance générale que de son casse. Lors des préparatifs d'*Eyes Wide Shut* il montrera le film de Lelouch à Tom Cruise.

Il est aussi question d'un « gros coup » dans *La Course du lièvre à travers les champs* de René Clément. Il ne s'agit pas véritablement d'un hold-up puisque les truands qui entrent nuitamment dans un poste de police américain ne cherchent pas une marchandise mais un individu. Cela s'apparente donc à un kidnapping, pas même une évasion. Opération rendue d'autant plus complexe (et quelque peu incompréhensible) par le fait que ledit individu est décédé et que, finalement, ils ne vont chercher personne ! Mais ils y vont quand même. Ces singuliers voleurs pénètrent au 19e étage de la tour de la police à partir d'un parking situé dans l'immeuble en face. Comment ? À l'aide d'une échelle de camion de pompiers tendue dans le vide ! Trouvaille originale qui, mieux exploitée, aurait pu donner naissance à une belle séquence. Hélas, René Clément bâcle ce passage, comme il bâcle le reste de son film. Le scénario, pourtant signé Sébastien Japrisot, s'englue dans la lourdeur et tourne au pensum. Ainsi que l'écrit avec humour Marcel Martin dans *Les Lettres françaises* : « *La Course du lièvre à travers les champs* ne vaut pas un pet de lapin. »

Coup toujours dans *La Part des lions* de Jean Larriaga. Hold-up traditionnel. À l'ancienne. Comme dans un western, les voleurs déboulent (déguisés) dans une banque et braquent leurs armes. Deux surveillent clients et employés pendant que deux autres descendent dans la salle des coffres. Le coffre central, qui paraît incassable, s'ouvre sous la dextérité d'un expert (Robert Hossein).

Tout cela en apparence très banal et même un peu bancal (le vigile, planqué dans une salle et censé tout surveiller à l'aide de caméras, ne sert strictement à rien !). Pourtant ce braquage est issu de l'imagination fertile d'un amateur. Un écrivain (Charles Aznavour) connu et reconnu qui vient de décrocher le (fictif) prix Honoré de Balzac pour son œuvre *Les Enfants de la guerre.* Non seulement il est client de la banque mais elle est implantée juste en face de chez lui. D'ailleurs, il surveille le vol depuis son appartement, ce qui ne lui est guère utile parce qu'il ne peut entrer en contact avec les braqueurs. Son idée « géniale » est de glisser deux comparses parmi les clients. Ils sont abattus d'entrée de jeu, ce qui est censé terroriser le reste des otages. Efficace. Hélas, un inévitable grain de sable vient mettre à mal cette belle mécanique : un photographe prend un cliché d'un des braqueurs au moment de sa sortie, idée que l'on retrouve dans *Quand la ville s'éveille* de Pierre Grasset où un journaliste photographie une sanglante attaque de fourgon blindé.

Ce qui est, finalement, dénoncé dans ce film est que l'amateurisme ne paie pas. Un vol doit être imaginé et exécuté par des professionnels. Car l'écrivain, croyant bien faire, amène la police jusqu'à la planque des malfrats. Ce qui lui vaut cette amère réflexion de la part du chef de bande (Raymond Pellegrin) : « Il s'est fait avoir comme un gamin. » L'homme de plume sera quand même le seul à sortir vivant, mais blessé, de l'assaut donné par les flics. Comme souvent en ces années 1970, la police ne fait pas dans la dentelle et tire à vue. Sempiternel *remake* de fort Chabrol.

Pas d'amateur, donc, chez les voyous. Chasse gardée. Un écrivain ne peut s'improviser gangster. Pourtant, comme le remarque un commissaire divisionnaire, l'inverse s'est, hélas, trop souvent produit. Combien de malfrats, bandits, voleurs, repris de justice, taulards ont investi sans vergogne la littérature ? « Les truands deviennent intellectuels, mon cher... Il y en a même qui écrivent leurs mémoires. Et on les édite. Et ça marche. D'ailleurs, il va bientôt falloir laisser tomber les bars de Pigalle pour les cafés littéraires. »

Le pont entre les deux mondes n'est ouvert que dans un sens. Possible de passer du voyou à auteur mais non l'inverse. De là à conclure que le métier d'écrivain est un métier facile...

Dans *Les Caïds* de Robert Enrico, les voleurs menés par Weiss (Michel Constantin) doivent dérober le contenu du (petit) coffre personnel (n° 806) d'un particulier, situé dans une banque. Ils utilisent des méthodes de plus en plus en vogue dans la voyoucratie. Plutôt que d'élaborer un casse aussi ingénieux qu'audacieux, ils prennent la famille du directeur de banque en otage et se font remettre les clefs de l'établissement. Prise d'otages et kidnapping ont le vent en poupe.

Coup sans éclat et indigne de grands professionnels. Trop facile même car le trio néglige des détails importants et déclenche le signal d'alarme. Deux des membres se retrouvent coincés à l'intérieur de la banque, le troisième devient la cible de policiers qui n'hésitent pas à se servir de leurs armes. En dépit de sa durée, le casse des *Caïds* peut difficilement être classé parmi les références du genre.

Restent les bonnes vieilles attaques à main armée. Celle du *Juge Fayard* d'Yves Boisset, par exemple. Un fourgon blindé qui pourrait transporter jusqu'à 1 milliard d'anciens francs (il ne contiendra finalement « que » 850 millions). Fin du vol élégant, voici l'opération militaire. Le chef de gang est un ancien parachutiste ayant sévi en Indochine, en Algérie et au Katanga et s'étant fourvoyé du côté de l'OAS. L'attaque a lieu de jour dans un tunnel. Les voleurs utilisent des grenades et provoquent des accidents pour bloquer la circulation, faisant fi des éventuels blessés. La porte du fourgon est « ouverte » à l'aide d'un... bazooka ! Pour couvrir leur fuite, ces peu commodes tirent à l'arme de guerre sur les gardiens. Bien préparés, ils s'échappent grâce à une série d'échafaudages, gagnent la route surplombant le tunnel où ils s'engouffrent dans des camionnettes EDF. Conclusion d'un commissaire dépêché sur place : « 850 millions en quatre minutes, sans faille, sans bavure : une opération de commando. »

Très efficace sur le plan cinématographique.

Les militaires ou assimilés prennent petit à petit le pas sur les as de la cambriole. Vittorio Manalese a montré le mauvais exemple en détournant un avion de ligne. À sa suite, les armes deviennent plus souvent les auxiliaires des voleurs que les pinces-monseigneur et autres passe-partout. Les monte-en-l'air appartiennent à une époque révolue. Traînent encore de ci de-là des fignoleurs ciselant des casses d'exception mais ils sont de plus en plus supplantés par des audacieux sanguinaires. À quoi bon perdre son temps à percer un coffre quand une roquette fait le même travail en moins d'une seconde ? Dans *Les Caïds*, les voleurs investissent la banque armés de mitraillettes et de grenades alors qu'ils ne sont censés rencontrer aucune résistance (c'est un casse, non une attaque à main armée !). Dans *Le Juge Fayard*, ils tirent sur tout ce qui les gêne. Méthodes modernes, dit-on.

Au milieu de cette débauche de violence les protagonistes des *Égouts du paradis* de José Giovanni se détachent comme des taches blanches dans une marée noire. Eux agissent sans armes, ni haine ni violence. Ils ne menacent personne, ne tirent aucun coup de feu, creusent un tunnel et raflent un magot colossal. Ils sont les auteurs du fameux casse de Nice.

# MADE IN USA

« J'admire le cinéma américain, affirme Alain Corneau. Tant les grands classiques que le cinéma américain contemporain. Le cinéma américain est le seul actuellement, à de très rares exceptions près, à apporter quelque chose de réellement novateur au niveau de la forme. Les grandes leçons qu'il nous donne c'est que, de [Raoul] Walsh à [Don] Siegel, il y a d'abord des histoires et ensuite, en conséquence, un témoignage irremplaçable sur la vie américaine. »

À tort, le cinéma français s'est toujours montré jaloux de son homologue américain. Un peu comme le joueur de pétanque à casquette face au surfeur des plages californiennes. Bien que le polar français puisse s'enorgueillir de quelques fleurons, il ne s'est jamais remis d'une certaine suprématie de son homologue d'outre-Atlantique qui a développé le « film noir », introduit d'authentiques scènes d'action dans un genre prédisposé pour cela et imposé des œuvres devenues des modèles. Surtout, Hollywood sait créer une ambiance.

« Il faudrait évoquer un autre problème, souligne Yves Boisset : lorsqu'on voit un type en chapeau mou traverser la 5e Avenue, on se dit qu'il va vraiment lui arriver quelque chose de passionnant. Par contre, voir un bougre déambuler en duffle-coat sur le boulevard Haussmann, c'est beaucoup moins palpitant ! Cinq flics en casquette entourés de bouches d'égout qui fument, c'est intéressant ; cinq saoulards en képi, avec une petite moustache et le ceinturon de travers, qui descendent d'un car Citroën, ce n'est pas générateur d'un romanesque à couper le souffle. C'est peut-être idiot, mais cela constitue un vrai problème à résoudre dès qu'il s'agit de filmer ce genre de scènes. Lorsqu'on tourne un assaut de policiers français, il est bien difficile d'éviter le comique ! »

Ce qu'agrée Lino Ventura lorsqu'il constate : « Les Américains disposent d'atouts que nous n'avons pas. Quand vous voyez arriver une Cadillac sous la pluie, toutes sirènes dehors, avec quatorze lanternes rouges et douze bleues, et à l'intérieur il y a une "bête" – c'est le capitaine –, des galons comme ça sur les épaules et son flingue à la hanche... Vous voyez le tableau ?... Nous, qu'est-ce qu'on a chez nous ? Deux minus dans une 4L !... En France, si on fait un film policier, qu'est-ce qu'on peut faire ? On ne peut pas échapper au "pin-pon, pin-pon" de la petite 4L qui arrive ventre à terre[1]. Les agents qui vont se tenir le képi de la main gauche et le bâton de la main droite pour courir !... Je veux dire que cela a souvent un côté opérette à Mogador. Les bagnoles américaines, leurs avertisseurs, les flics en manteau de cuir, les lunettes cerclées d'or, les cartouchières ; ça a quand même une autre gueule ! »

*Du rififi chez les hommes* et *Touchez pas au grisbi* ont été copiés dans le monde entier – y compris à Hollywood – mais, depuis, les Ricains ont réagi. Au lieu de les combattre, la France tente de s'en faire des alliés. Douce illusion.

Le complexe d'infériorité grandit durant les années 1970. Les Américains modernisent un sacré coup leur arsenal en proposant, entre autres, *French Connection, Chinatown, L'Inspecteur Harry, Guet-apens, L'Arnaque, Les Nuits rouges de Harlem (Shaft), Les Chiens de paille, Klute, Marathon Man, Gloria, Les flics ne dorment pas la nuit* et, bien entendu, *Le Parrain*. La lutte s'annonce inégale. Pour éviter l'affrontement, la France tente de pactiser, voire de sympathiser. D'une part, en expédiant des ambassadeurs de bonne volonté de l'autre côté de

1. Au cinéma, les policiers se déplacent plus souvent en R16 qu'en R4 !

l'Atlantique, d'autre part, en conviant des enfants de l'oncle Sam à venir œuvrer dans l'Hexagone. Le développement de l'aviation favorise les échanges internationaux et les rapprochements cinématographiques. L'entente franco-américaine passe par le septième art. Ou, du moins, essaie.

Les acteurs français s'étalent dans une sorte de catalogue dans lequel les firmes californiennes sont invitées à puiser. La « qualité française » est reconnue dans le monde entier, signe d'élégance, de charme et d'efficacité.

Alain Delon retrouve Burt Lancaster, son partenaire du *Guépard*, dans *Scorpio*, polar de Michael Winner. Lancaster-Delon, bien des réalisateurs français ont l'œil mouillé à l'idée de réunir une telle tête d'affiche. Ce duo est-il vendeur ? Pas autant qu'on pourrait le penser. En France, tout au moins. Avec à peine plus de 1 million d'entrées, *Scorpio* fait moins que *Traitement de choc*, sorti la même année, qui compte aussi Delon mais sans Lancaster (à la place, les spectateurs ont droit à Annie Girardot)... Lino Ventura aussi part jouer en terre américaine, mais sous l'égide du cinéma italien ! Le producteur Dino De Laurentiis, qui a un pied sur chaque continent, l'invite à incarner un chef gangster dans *Cosa Nostra* – où Lino se retrouve face à Charles Bronson – et un curé dans *Les Durs*. Marcel Bozzuffi, l'un des meilleurs seconds rôles du cinéma français, ajoute *French Connection* à son tableau de chasse. Quant à Jean-Paul Belmondo, peu à l'aise avec la langue de Shakespeare, il repousse toutes les offres en provenance d'Amérique.

Les comédiennes font partie des voyages. Elles symbolisent le charme enivrant de la femme française. Catherine Deneuve se retrouve dans *La Cité des dangers* de Robert Aldrich et la fraîchement starifiée Isabelle Adjani dans *Driver* de Walter Hill. Elles n'ont, hélas, pas grand-chose à y faire dans des rôles quasi décoratifs. La première est la fiancée prostituée d'un flic (Burt Reynolds), la deuxième la complice malgré elle d'un truand

(Ryan O'Neal). Est-il nécessaire de franchir l'Atlantique pour se retrouver dans de tels rôles ? Les deux dames font rapidement chemin inverse.

Pendant ce temps, l'idée de placer un acteur américain dans un film français fait son chemin. Comme si cela donnait à un produit manufacturé en France des allures grandioses. Même s'il est beaucoup plus facile pour Hollywood de se payer des grands noms français que l'inverse, il s'agit moins de viser le public américain – tâche quasi impossible – que de faire rêver le public français. Les célébrités françaises sont au mieux des vedettes, les célébrités américaines sont des stars. Ça change la donne. On en fantasme. Plus dans les bureaux lambrissés des producteurs que dans les chaumières cévenoles.

Humphrey Bogart, à lui seul symbole de tout le polar américain, ayant eu la mauvaise idée de défunter, on évoque d'autres noms. On délire parce que le cinéma est l'un des derniers endroits où on peut encore le faire. On s'imagine importer des poids lourds de la trempe de John Wayne, Robert Mitchum, Burt Lancaster, Kirk Douglas, Marlon Brando, Steve McQueen, Paul Newman, Robert Redford... Des noms qui font rêver les cinéastes aux yeux braqués sur le Nouveau Monde. Rêve peu accessible. Ces messieurs de Hollywood sont chers, très chers. Leur seule présence risque de faire exploser les budgets français. De plus, la plupart du temps, l'Hexagone n'a que des rôles secondaires à leur proposer. Au mieux, ils partagent l'affiche avec une gloire locale. Or la star est peu partageuse. Confortablement installées dans leurs villas californiennes, les célébrités américaines ne voient guère l'intérêt d'aller traîner leurs guêtres dans un cinéma policier un peu trop franchouillard à leur goût.

Bilan : les Français fantasment sur les acteurs américains mais ne peuvent convaincre le haut du panier. Ils se rabattent sur des moins connus, des espèces de mercenaires internationaux vendus aux plus offrants. Le cinéma italien en profite déjà à travers ses westerns spaghettis, le polar français s'y met. D'où la présence d'acteurs que le public sait avoir vus dans des films américains sans forcément se souvenir de leurs patronymes.

Exception de taille, et de poids : Orson Welles. Claude Chabrol parvient à le prendre dans ses rets pour sa *Décade prodigieuse*, œuvre policière aux allures ésotériques. Dans le même mouvement, il attrape aussi Anthony Perkins, à jamais auréolé de son personnage de *Psychose*. Orson Welles, ce n'est pas rien. C'est même du très lourd. Plus en tant que réalisateur qu'en tant qu'acteur. *Citizen Kane*, *La Dame de Shanghai* et *La Soif du mal* ont forcément marqué tous les amateurs cinéphiles. Sans oublier *Le Troisième Homme* où, officiellement, il n'était que comédien. Pourtant, depuis la fin des années 1950, Welles a rejoint la cohorte des mercenaires, traînant sa silhouette de plus en plus imposante dans des productions cosmopolites. La France l'a déjà accueilli à l'occasion de *La Fayette* et de *Paris brûle-t-il ?* mais Orson s'est aussi compromis dans des films d'aventure du style *L'Étoile du Sud* et *Les Tartares* qui n'ajoutent rien à sa légende. Il a même été appointé par le cinéma russe (*Waterloo*) et le cinéma yougoslave (*La Bataille de la Neretva*). Difficile de faire plus aventurier que lui. Mais Orson Welles reste Orson Welles. Un monument. Que le public français n'a guère envie de visiter. *La Décade prodigieuse* est un échec. Non imputable à Orson.

Comment diriger le réalisateur de *Citizen Kane* ? En lui tenant tête, répondra Chabrol qui illustrera ses propos par cette anecdote : « Il a quand même voulu me tester le premier jour. Je me doutais qu'il préparait quelque chose et j'étais aux aguets. Nous avons commencé à éclairer, et j'avais placé la caméra. Il a écouté mes indications et, au bout d'un moment, a déclaré : "Non, je ne crois pas que je pourrai faire ça." Je me suis aperçu que ses indications à lui nous obligeaient à modifier entièrement les éclairages. Je suis resté calme et lui ai dit : "Très bien, Orson, mais tu peux aller te reposer car nous ne t'appellerons pas avant une demi-heure." Il est parti et j'ai dit à Rabier [chef opérateur] de ne rien changer. Finalement, il est revenu et m'a dit : "J'ai changé d'avis. Tu avais raison, il vaut mieux faire comme tu avais prévu." J'ai répondu : "Effectivement, j'ai pensé que tu t'étais trompé et je n'ai touché à rien." À partir de là, nous rapports furent extrêmement cordiaux. J'étais fier de l'avoir couillonné et lui était finalement heureux de voir que j'avais réussi à déjouer son stratagème. »

La présence de Welles aurait dû transcender *La Décade prodigieuse.* Il n'en est rien. De l'aveu même de Chabrol, c'est une œuvre ratée. D'abord parce qu'il n'est jamais parvenu à se dépatouiller d'un scénario emberlificoté, ensuite parce qu'à ses yeux Marlène Jobert ne pouvait convenir au premier rôle féminin. Claude aurait préféré Catherine Deneuve mais elle n'était pas libre aux mêmes dates que Welles. Le réalisateur de *La Soif du mal*, l'un des plus puissants polars du septième art, a manqué son rendez-vous avec le cinéma policier français.

Pour le reste, ce dernier convie des gueules plus que des célébrités. L'une des plus prisées du moment est celle de Charles Bronson. Depuis le brillantissime *Il était une fois dans l'Ouest* de Sergio Leone, tout le monde en Europe se l'arrache. Avec sa carrure de M. Muscles, sa démarche de léopard prêt à bondir, sa moustache en croc et son sourire aussi rare qu'énigmatique, il est à la fois attachant et inquiétant. Depuis quelques années, il partage son temps entre la France et l'Italie. Sa cote grimpe en même temps que ses cachets et ses exigences. Dans ce combat à la surenchère, seul René Clément réussit à l'avoir. Pour *Le Passager de la pluie*, où Bronson est remarquable dans un jeu du chat et de la souris avec Marlène Jobert.

Clément, qui cherche un acteur américain, suit les conseils d'Alain Delon en contactant Bronson. Les deux acteurs viennent de tourner ensemble *Adieu l'ami* et Delon reste admiratif de la présence animale de son partenaire. Seulement, convaincre l'ours Bronson de sortir de sa tanière relève de l'exploit. Il commence par refuser le script. Sans l'avoir lu. Uniquement parce que signé Sébastien Japrisot avec qui Charles ne s'est pas bien entendu sur le plateau d'*Adieu l'ami*. Une seule personne peut le faire revenir sur sa décision : sa femme, Jill Ireland. Elle consent à lire le scénario, qu'elle trouve excellent. Quelques semaines plus tard, le couple s'installe sur la presqu'île de Giens (Var), où ont lieu les prises de vues.

L'une des exigences de Bronson est que son épouse ait un petit rôle dans le film. On lui offre celui de la meilleure amie de l'héroïne qui l'abreuve de conseils qu'elle ne suit pas. La présence de Jill à ses côtés atténue le côté bourru de l'acteur. Il préfère toujours se tenir à l'écart plutôt que de se mêler à l'équipe. René Clément, qui connaît bien les stars américaines pour en avoir dirigé plus d'une (notamment pour *Paris brûle-t-il ?*), réussit à l'amadouer.

« Je me souviens de Bronson débarquant de l'avion, racontera le metteur en scène, dans un pays qu'il ne connaissait pas, méfiant vis-à-vis de la région. Il avait apporté une niche pour son chien. Puis, il est devenu reconnaissant. Le rôle que je lui proposais était intéressant, c'était une sorte de performance. À la fin du film, il m'a fait des cadeaux pour me remercier. »

Marlène Jobert, principal rôle féminin, confirmera : « Charlie, comme on le surnommait sur le tournage, était un acteur un peu sauvage, qui observait tout en silence, d'un regard très particulier, inoubliable. Ses yeux de chat, à peine ouverts et perçants, vous scrutaient avec un tel magnétisme... Quelle personnalité fascinante ! Il ne parlait pas un mot de français. Le premier jour, il m'a beaucoup impressionnée par la sobriété de son jeu. Dans la vie, il était proche de son personnage cinématographique : un peu ours, en apparence, très mystérieux, mais profondément sympathique et généreux. »

Si beaucoup d'acteurs américains invités en France doivent se contenter de rôles d'arrière-plan, voire de silhouettes, tel n'est pas le cas de Bronson dans *Le Passager de la pluie*. L'histoire reste concentrée sur Mellie – diminutif de Mélancolie –, agressée par un inconnu récemment arrivé par l'autobus, mais c'est Harry Dobbs qui mène l'enquête. À sa manière puisqu'il sème le trouble dans l'esprit de la jeune femme.

Bronson n'apparaît qu'après vingt-six minutes de projection et sa présence modifie la donne. Loin d'éclaircir le mystère, il ne fait que l'épaissir. En réalité, il profite de la découverte par la police de deux cadavres presque au même moment et dans un même périmètre pour mélanger deux enquêtes. La mission de Dobbs n'est point d'identifier l'agresseur de Mellie mais de récupérer 60 000 dollars appartenant au gouvernement américain. Charles Bronson remplit son cahier des charges personnel dans le sens où il se montre torse nu (comme dans la plupart de ses films) et participe à une bagarre (extrait le plus diffusé à la télévision lors de la promotion du *Passager de la pluie*). À l'écran, la voix de l'acteur sera doublée par celle du réalisateur John Berry.

Au vu de sa réputation, tout le monde peut craindre que Bronson cause des soucis. Non, c'est Marlène Jobert qui perturbe René Clément. Il ne l'a pas vraiment choisie puisqu'elle lui a été imposée par Sébastien Japrisot. Il la fait travailler durement, lui demandant de suivre ses indications au cordeau. Après une semaine de tension, il consent à relâcher son emprise et l'ambiance générale s'en trouve améliorée.

Le jeu félin de Bronson apporte un plus considérable. Le succès est au rendez-vous : premier polar au box-office de l'année 1970, devant *Borsalino* et *Le Cercle rouge*. L'Américain se retrouve propulsé parmi les acteurs favoris des Français. Le score du *Passager de la pluie* justifie à lui seul la présence d'acteurs d'outre-Atlantique dans le polar français tout au long de la décennie.

Tout le monde ne disposant pas des arguments ni du budget de René Clément, les réalisateurs se tournent vers des seconds rôles un peu oubliés. Tel Sterling Hayden, qui ne fut jamais une star et dont bien peu en France se souviennent qu'il fut au générique de *Quand la ville dort*, *L'Ultime Razzia*, *Johnny Guitare*, *Dr Folamour* et une ribambelle de polars d'excellente facture.

Cette grande gueule se trouve sur le déclin depuis sa collaboration avec la commission antiaméricaine du sénateur McCarthy, lors de la tristement célèbre chasse aux sorcières. Hayden apparaît dans *Le Saut de l'ange* d'Yves Boisset qui restera son unique expérience française. Il n'a pas grand-chose à faire et ne paraît pas passionné par son rôle. Sa présence se justifie par l'intrusion dans l'intrigue d'un flic américain. Logique. Mais ladite intrigue tourne autour d'une vengeance personnelle assumée par un Français. Le Ricain compte les points jusqu'à la séquence finale. L'occasion pour ce zélé fonctionnaire de prouver son respect de la loi puisqu'il abat son ami (Jean Yanne), coupable d'avoir transgressé le code.

Dans la même lignée se distingue Robert Ryan que les amateurs de westerns connaissent tant il a joué des rôles de méchants. Comme Bronson, comme Hayden, il a une gueule. Dont Clément, encore lui, hérite pour *La Course du lièvre à travers les champs*. Ryan y joue un gangster, vétéran du braquage. L'un des derniers rôles pour cet acteur qui décédera l'année suivante. Ryan apporte-t-il un plus à cette production française ? Pas si sûr.

Ce film offre une particularité. Un rôle secondaire est interprété par l'Américain Aldo Ray, qui récite son dialogue en français. Avec un accent à couper au couteau. Ailleurs, tous les acteurs américains sont doublés. De deux manières : avec un accent, pour rappeler leurs origines, ou sans aucun accent comme s'ils avaient grandi à Paname. Devant la caméra, certains jouent dans leur langue maternelle, d'autres font l'effort de dire les phrases françaises (même s'ils sont doublés par la suite), d'autres, enfin, font n'importe quoi. Robert Ryan ne comprend pas une broque à son texte. René Clément lui demande de baragouiner ce qu'il veut à condition que son intervention ait la même durée que le dialogue prévu.

Rod Steiger pourrait avoir l'impact de Charles Bronson. Lui aussi a été découvert en Europe grâce à Sergio Leone, dans *Il était une fois la révolution*. Hélas, dans ce film, la vraie révélation fut James Coburn, non Steiger. À l'occasion des *Innocents aux mains sales*, Claude Chabrol découvre un comédien fort peu malléable et fort peu agréable.

Le réalisateur s'est pourtant bien entendu avec Orson Welles mais ne sympathise pas, mais alors pas du tout avec ce Steiger. Il n'est pas le seul. Romy Schneider, vraie vedette du film, le prend en grippe. Cela tourne à l'insulte. Tandis que Rod la traite avec mépris de « star européenne », Romy le qualifie de « vieux cochon ». Une telle animosité n'étonne pas ceux qui connaissent le parcours de l'Américain. À chaque film, il semble prendre un malin plaisir à se faire haïr de toutes les personnes avec lesquelles il travaille. Même Sergio Leone dut refréner ses envies de le virer du tournage d'*Il était une fois la révolution*.

Steiger personnifie tout le mauvais côté d'un comédien formé à l'Actors Studio. De cette formation, il n'a gardé que les défauts, les tics et même les grimaces. De surcroît, totalement imperméable à la moindre suggestion. Il exige d'être toujours dans le champ de la caméra et ne peut imaginer que le spectateur l'entende sans le voir.

Steiger est d'autant plus agacé de se retrouver face à Chabrol qu'il sait que celui-ci lui préfère Peter Finch. Hélas, Finch s'est désisté au dernier moment. En désespoir de cause, la production a engagé le premier Anglo-Saxon disponible. C'est Rod Steiger. Pour prouver qu'il est un grand acteur, il fignole les détails. Avant même d'avoir parlé de son personnage avec le réalisateur, il lui impose un costume de marin, avec casquette et perruque. Uniquement parce qu'il a lu que l'histoire se déroulait en bord de mer. Chabrol n'ose pas lui souligner le ridicule de son accoutrement, sous peine de voir Steiger repartir par le premier avion. Car, en guise de bord de mer, il s'agit de Saint-Tropez, non d'un petit port breton.

Comme, par ailleurs, le cinéaste ne partage pas le point de vue de Romy Schneider sur le sens du film – elle voit une tragédie là où lui voit une caricature de polar –, Chabrol sait son film voué à l'échec. Il ne se trompe pas. Montrer Romy en train de bronzer nue dans un jardin ne suffit pas à attirer les foules...

L'excellent Roy Scheider, remarqué par le grand public depuis *French Connection*, se retrouve au générique de *L'Attentat*, en France, et d'*Un homme est mort*, aux États-Unis – qui sortent à trois mois d'intervalle. Il n'a pas encore atteint la renommée mondiale que lui offriront, coup sur coup, *Les Dents de la mer* et *Marathon Man*. Sa façon de jouer apporte une indéniable touche américaine. Contrairement à Steiger, il trouve le ton juste sans avoir recours à l'artillerie lourde. Dans *L'Attentat* d'Yves Boisset, Roy croise une autre Américaine, habituée des plateaux français depuis *À bout de souffle*, Jean Seberg.

Pour *Un flic*, Jean-Pierre Melville emploie Richard Crenna. Bon acteur mais pratiquement inconnu en France, hormis de quelques passionnés de télévision à la mémoire solide – la plupart des séries auxquelles il a participé restant inédites dans l'Hexagone. Au cinéma, seul *La Canonnière du Yang-Tsé*, où il a un rôle secondaire, peut éveiller des souvenirs. En aucun cas sa présence ne saurait avoir le moindre impact commercial. À se demander pourquoi Melville a jeté son dévolu sur lui. Il a lui aussi une gueule, mais beaucoup moins marquante que celle d'Hayden, Ryan et consorts. Pas l'animalité d'un Bronson ni la dangerosité d'un Hayden. Trop lisse. Son passage en France est éclair. Au moins pourra-t-il se vanter auprès de ses compatriotes d'avoir été dirigé par Melville et d'avoir été l'amant (cinématographique) de Catherine Deneuve.

En guise de gueule, mieux vaut encore Henry Silva. Le Lee Van Cleef du pauvre. Celui à qui on ne fait appel que pour boucher les trous de films à petit budget. Sa présence dans *Les Hommes* est due au prix jugé exorbitant réclamé par Jack Palance, autre gueule, premier pressenti. Silva n'est pas très cher. Normal, il n'est pas très connu. Sa silhouette longiligne et son faciès en lame de couteau ont traversé moult films mais de manière fugace. En général, il profère quelques menaces avant de se faire étendre par le héros de service. Seule sa prestation dans *La Revanche du Sicilien* a marqué les esprits, mais qui a vu ce film en France ? D'autant qu'il remonte à 1964. Silva a au moins le mérite de porter son emploi sur sa figure. Avec lui dans les parages, le spectateur sait que les choses vont forcément mal se passer. Une pointe de sadisme à craindre ou à espérer. Henry Silva apparaît dans *Les Hommes* de Daniel Vigne et *L'Insolent* de Jean-Claude Roy, deux productions sorties dans le premier trimestre 1973.

Pour Vigne, il est un chef qui double ses partenaires au cœur d'une banale histoire de gangsters sur fond de trafic de cigarettes. Rôle secondaire. Par contre, pour Roy, il tient seul la tête d'affiche et apparaît premier au générique, cas rare dans le cinéma français. Ancien déserteur, récemment évadé de la prison de la Santé, cet « insolent » (son surnom) prépare l'attaque d'un fourgon blindé. Volontairement, il n'engage que des truands de petite envergure. Le coup a lieu sur une route de campagne. Le fourgon, qui n'a pas l'air si blindé que ça, est éperonné et vidé de son chargement tandis que deux motards d'escorte mordent la poussière. En réalité, il s'agit d'une fausse attaque, un leurre construit dans le seul but de tromper un bandit français (André Pousse) qui assiste à l'assaut non loin de là. Le film ne joue pas sur l'américanisation de Silva (qui n'a aucun d'accent), parfaitement intégré à la pègre hexagonale. Parier sur lui s'avère un mauvais calcul car les deux films sont des échecs commerciaux. Aucune importance pour Silva qui continuera de traîner sa silhouette dans d'autres films et téléfilms et reviendra tardivement au polar français en s'opposant à Belmondo dans *Le Marginal*.

Plus amusante car plus étonnante, la présence de John Garko dans *Un condé*. Acteur peu connu. Quelques férus du cinéma italien, polars et westerns, ainsi que des assidus de *Don Camillo en Russie*, peuvent l'identifier. John Garko n'est pas américain mais italien. Se faisant appeler aussi Gianni Garko (son véritable patronyme est Giovanni Garcovich), il n'a jamais vraiment accédé au vedettariat. *Idem* avec Tony Kendall de *Flic ou voyou*, lui aussi italien (vrai nom : Luciano Stella).

Dans cet échange international, les actrices américaines sont moins demandées. Ce qui pourrait laisser sous-entendre qu'en la matière le cinéma français est déjà suffisamment bien fourni. Certes, Angie Dickinson dans *Un homme est mort* et *L'Homme en colère*, certes, Jean Seberg. Plus Mimsy Farmer dans *La Traque* (qui considérera bien des années plus tard qu'il s'agit de son meilleur rôle) et dans *Les Suspects*. Dans ces deux films, elle est tuée par des autochtones. Certes aussi, Sydne Rome, native de l'Ohio, mais qui a fait quasiment toute sa carrière d'actrice en Europe. À la demande insistante de la Fox, elle apparaît, charmante, dans *Il faut vivre dangereusement*. Le réalisateur apprécie sa plastique mais moins sa ponctualité car Sydne met un point d'honneur à arriver systématiquement avec deux heures de retard.

Les Français aiment inviter les Américains à jouer des truands ou des personnages un peu louches mais très peu de flics. Aucun film ne présente la collaboration étroite entre un policier français et son homologue américain. Ce qui aurait permis des comparaisons de styles et de méthodes d'investigation. Le Sterling Hayden du *Saut de l'ange* ne fait pas grand-chose... Aucun film français, s'entend, car Hollywood n'hésite pas à franchir le pas avec *French Connection 2*, dans lequel Popeye Doyle (Gene Hackman) se retrouve à Marseille, où il est cornaqué par un flic local (Bernard Fresson). Aurait-on plus de culot outre-Atlantique ? Ou plus d'imagination ?

Toutes ces tentatives d'importation de produits étrangers fournissent la preuve que, hormis Bronson, les acteurs américains ne font pas vendre. Le cinéma français va devoir apprendre à s'en passer.

Mais il ne peut se passer de l'Amérique. Rien que son évocation provoque une profusion d'étincelles. Des décors, des ambiances. Que ce soit dans les villes ou les campagnes.

L'Amérique, c'est le parfum de l'aventure, l'effluve du danger. Là-bas, tout y est *bigger than life*. Alors, les cinéastes français se creusent la cervelle pour trouver un moyen d'aller filmer dans le Nouveau Monde. Des scènes qu'ils pourraient situer dans l'Hexagone ou dans les pays limitrophes trouvent un nouvel éclat sous la lumière américaine.

Toutefois, les conditions de travail à Hollywood se révèlent drastiques. Les puissants syndicats des techniciens imposent des équipes peu compatibles avec la maigreur des budgets français. Pour les contourner, les réalisateurs français privilégient le Canada. Choix d'autant plus judicieux que ce pays parle, dans toute une partie, français et propose des facilités tant techniques que financières pour des tournages étrangers. Pourquoi s'en priver ?

Alain Corneau, qui connaît le polar américain sur le bout du doigt, situe la dernière partie de *La Menace* au Canada. À la différence de ses confrères, Corneau opte pour la région de Vancouver, de l'autre côté du pays, et non celle de Québec. Tournage au nord du mont Garibaldi, le long de la rivière Lillooet. Choix qui ne doit rien au hasard puisque ces lieux sont historiquement liés à la ruée vers l'or. De plus on y trouve une réserve indienne et des villages perdus qui font directement référence au western (mais que Corneau ne montre pas à l'écran).

Travailler dans cette partie du Canada, c'est travailler selon les normes américaines. Avec ses obligations et ses contraintes. Le réalisateur français est obligé d'engager une équipe technique locale, en plus de la sienne. Une centaine de personnes qui œuvrent à un rythme de sénateur. Trop lent pour le nerveux Corneau. Il place cette main-d'œuvre locale sur le côté, tout en la payant (en liquide), et fonce avec ses Français. Il est heureux : il tourne son film dans un décor à l'américaine. Un rêve de cinéphile qui se concrétise.

Pour la dernière partie d'*À nous deux*, Claude Lelouch entraîne ses héros, Jacques Dutronc et Catherine Deneuve, au

Canada qui devient plus que jamais terre d'accueil. Terre de transit aussi puisque les protagonistes visent les États-Unis.

Alors qu'il rêve de tourner à New York, Claude Pinoteau place Lino Ventura dans une ville qu'il ne connaît pas, Montréal, dans *L'Homme en colère* (initialement intitulé *Le Labyrinthe*). Chance : tous les Canadiens y parlent un français sans la moindre trace d'accent. Adieu, le côté couleur locale qui risque de faire sourire alors que le héros se démène en pleine tragédie – il est à la recherche de son fils mystérieusement disparu. À aucun moment, la justification du Canada n'est dévoilée. De beaux décors, c'est tout. Déjà pas si mal. En fait, l'important est un pays hors d'Europe puisque le thème central est l'enquête d'un homme loin de ses terres. Cela aurait pu être la Papouasie ou la Mongolie intérieure, mais aurait surgi la barrière des langues. Un pays lointain où l'on parle français paraît idéal. L'Afrique, c'est bien, mais le Canada, c'est mieux, car c'est américain. Donc, c'est retrouver l'univers du pur polar.

Romain Dupré (Ventura) débarque, donc, pour identifier le cadavre de son fils. Double surprise : il ne savait pas que son rejeton se trouvait de l'autre côté de l'Atlantique et... ce n'est pas son corps ! Dans une ville où il ne dispose d'aucun contact, Dupré part à la recherche de ce fils perdu. L'occasion pour le spectateur français de découvrir quelques rues de Montréal.

Afin de renforcer l'aspect américain, Pinoteau fait appel à une actrice hollywoodienne. Pas une star mais une « déjà-vue » dans pas mal de films, dont *Rio Bravo* où elle ensorcelait John Wayne : Angie Dickinson. Qui parle aussi sans accent vu qu'elle est doublée (par Jacqueline Porel). Donald Pleasence, habitué des films fantastiques, vient jouer quelques scènes.

Claude Chabrol effectue également le voyage vers la « belle province » à l'occasion des *Liens de sang*. Il prône même l'américanisation totale puisqu'au lieu d'exporter un produit français (Ventura ou Trintignant chez ses confrères), il opte pour un acteur du cru, Donald Sutherland, né au Canada mais faisant carrière aux États-Unis. Sutherland connu et reconnu pour son rôle de chirurgien peu orthodoxe dans *MASH*, *Les Liens de sang* a donc l'apparence d'une enquête américaine. L'apparence seulement.

Le sujet est tiré d'un roman de l'excellent Ed McBain. Originellement, l'action se situait dans la cité fictive d'Isola, aux fortes ressemblances avec New York. Chabrol la replace à Montréal. Pourquoi pas ? Son flic devient américain mais emploie des méthodes classiques. Les mêmes qu'un policier français ou allemand. Il enquête avec minutie sur le meurtre d'une jeune fille de 17 ans. Steve Carella (Sutherland) finira par identifier le coupable.

Sorte de produit hybride, *Les Liens de sang* ne convainc ni les fans de polars américains, ni les amateurs de polars français. L'américanisation à tous crins semble une mauvaise idée. Demande-t-on aux cinéastes de Hollywood de faire des films français ?

Or, ce Carella est présent dans un autre polar français, *Sans mobile apparent*, tiré lui aussi d'un livre d'Ed McBain. Cette fois, le réalisateur, Philippe Labro, préfère tout « franciser ». Il installe son histoire et ses caméras à Nice. Sous le soleil de la Côte d'Azur, Carella (Jean-Louis Trintignant) enquête sur une série de meurtres. Actes gratuits ou reliés entre eux ?... *Sans mobile apparent* n'a plus rien d'américain et attire plus de 1,2 million de spectateurs en France. Peut-être une leçon à tirer pour Chabrol.

Comme ses confrères, René Clément situe toute sa *Course du lièvre à travers les champs* au Canada. Mais lui privilégie la campagne, même si l'on voit brièvement Montréal. Au bout du compte, le produit n'a rien d'un film américain. Il s'inspire beaucoup plus du western spaghetti. Les images du train en début de projection paraissent calquées sur *Il était une fois dans l'Ouest* avec, en fond sonore, une flûte à la place de l'harmonica. Comme Leone, Clément cherche à filmer la lenteur. Mais chez Sergio, celle-ci ne sert pas à cacher le vide du scénario.

De rares élus ont droit de tourner sur les arpents de l'oncle Sam. Pour *La Saignée*, film à petit budget, Claude Mulot vole quelques belles scènes dans les rues de New York. On y voit un Français (Bruno Pradal) courir à perdre haleine. Ce petit mangeur de grenouilles fuyant au milieu des buildings américains peut être interprété comme un symbole. Il est au moins un contraste puisque le reste du film se déroule au bord d'une plage normande.

Le grand vainqueur des années 1970, le seul à pouvoir tourner l'intégralité de son film à Los Angeles, se nomme Jacques Deray. En réalité, il se trouve sur place pour un autre projet qui tarde à se concrétiser. Peu désireux de regagner la France sans rapporter la moindre image, il concocte un scénario avec Jean-Claude Carrière, fait venir Jean-Louis Trintignant et met en scène *Un homme est mort*, sorte de longue chasse à l'homme dans les rues de la ville.

Œuvrer sur place facilite l'engagement d'acteurs américains. Encore une fois, la production se heurte aux coûts des stars. Seules des personnalités de moindre envergure peuvent être embauchées : la pulpeuse Ann-Margret, la sculpturale Angie Dickinson (sept ans avant *L'Homme en colère*) et Roy Scheider. « Quand je me promène avec Ann-Margret, écrira Deray, je suis comme un gamin découvrant le cinéma pour la première fois. Et si je dîne en tête à tête avec Angie Dickinson, mon regard se trouble. Je la vois en guêpière, collant noir et talons hauts. Œil de velours et jambes gainées de soie, comme dans *Rio Bravo*. »

Pour diriger ce petit monde, il apprend l'anglais. *Un homme est mort* est la première production totalement française filmée à Hollywood. Elle devient vite un objet de curiosité. Steve McQueen, Ryan O'Neal, Jack Nicholson, Barbra Streisand et beaucoup d'autres viennent faire un tour sur le plateau... et s'attardent pour savourer la cuisine française de la cantine. Jane Fonda en profite pour rappeler qu'elle est une ardente militante et prodiguer quelques « conseils » politiques.

Deray s'est entouré d'une équipe technique américaine. Pas le choix, puisque tels sont les règlements en vigueur aux États-Unis. Comme Corneau, il aime travailler « léger », avec peu de gens et peu de matériel. Léger ? Un mot qui n'a pas cours à Hollywood ! Il se retrouve devant 15 énormes camions qui contiennent le matériel mais aussi les loges, les toilettes, la cafétéria. Un véritable convoi qu'il est difficile de bouger. Un jour, Deray compte filmer un plan panoramique. Pour y parvenir, toute l'infrastructure doit disparaître pour ne pas se retrouver à l'image. Déplacer ces 15 camions et leur trouver des places aux alentours prend plusieurs heures !

Une telle lourdeur plombe le plan de travail et met en péril le budget du film. On perd du temps, donc de l'argent. Même quand il veut faire vite, Deray ne peut pas. Ainsi décide-t-il de s'adresser directement aux figurants pour leur indiquer leurs déplacements. Un assistant américain lui tombe sur le râble en lui rappelant que c'est son job. Le réalisateur n'a le droit de ne parler qu'aux comédiens. S'il parle à un figurant, celui-ci devient *ipso facto* un acteur... et son cachet doit être revu en conséquence !

Les ouvriers locaux ne partagent pas forcément l'enthousiasme de la petite unité française – réalisateur, producteur, scénariste, acteur. Lorsque Deray leur propose de participer aux festivités du 14 Juillet avec eux, ils acceptent tous. À condition d'être payés en heures supplémentaires.

Au final, Deray gardera un souvenir mitigé de son expérience américaine. Peu désireux de renouer avec les professionnels du cru, il refusera de réaliser *French Connection 2*... qui se tournera pourtant en France !

L'ayant déjà prouvé avec *Rififi à Tokyo*, Deray aime filmer les villes. À Los Angeles, il se régale et confère une vraie dimension américaine à son film, prenant plaisir à immortaliser les faubourgs et des endroits n'ayant pas (encore) leurs équivalents en France. Au passage, il ne manque pas de mettre en valeur ces fameuses voitures américaines qui paraissent plus spacieuses que des paquebots.

Voitures qui, de manière générale, causent des tracas aux cinéastes français tant ils les trouvent photogéniques et même charismatiques dès qu'elles sont impliquées dans des poursuites.

À la veille de la décennie 1970 – en mars 1969 –, la France découvre *Bullitt*, qui doit beaucoup à son producteur et interprète principal, Steve McQueen. Ce diable d'homme, féru de sports mécaniques, a l'idée d'inclure une course-poursuite dans les rues de San Francisco. Et cela provoque des dégâts, beaucoup de dégâts. Pas tant sur le plan matériel – quoiqu'il y eût de la casse sur le tournage – que dans les esprits. La poursuite, supplantant la bagarre et la fusillade, devient un ingrédient incontournable du cinéma policier. William Friedkin le comprend vite et en inclut une de légende dans son *French Connection*. Le virus gagne l'ensemble de la planète. Les Anglais sont parmi les premiers atteints, comme le prouve *L'or se barre* et son génial ballet des Mini Morris. La France ne peut demeurer en reste.

Elle le peut d'autant moins que le plus grand spécialiste mondial de la cascade automobile est français : Rémy Julienne. L'auteur des séquences incroyables de *L'or se barre*. Il est du devoir national de ne pas laisser s'échapper un talent de cette envergure. La France a besoin de lui, le cinéma français a besoin de cascades.

Avant même la sortie de *French Connection*, Yves Boisset a compris cet état de fait. Il sait que le polar se trouve à un virage, le cas de le dire. Un virage en épingle à cheveux, même. Boisset intègre une poursuite de voitures dans *Cran d'arrêt*. Poursuite longue mais, finalement, peu spectaculaire, dont l'originalité est de se terminer sur un pont en construction – trouvaille réutilisée dans de nombreux films ! Un an plus tard, Boisset récidive avec une autre poursuite, moto contre voiture, dans *Le Saut de l'ange*.

En France, la cascade automobile a mauvaise réputation. Presque mauvais œil. Le 31 mai 1966 elle a coûté la vie au « prince des cascadeurs », Gil Delamare. Cet as des as, qui devint le complice et le coach de Belmondo avec *Cartouche* et *L'Homme de Rio*, devait exécuter un tête-à-queue au volant d'une Caravelle Renault décapotable. Une scène d'action du *Saint prend l'affût* dont la vedette était Jean Marais. Ce dernier a pour habitude d'exécuter lui-même la plupart de ses scènes d'action mais, s'estimant piètre conducteur, préfère laisser les cascades mécaniques à des spécialistes. Gil Delamare en était un. Ce tête-à-queue constitue un exercice presque banal. Encore qu'en matière de cascade rien n'est jamais vraiment banal. Ce jour-là, Gil fut gêné par trois défauts : une voiture de série non renforcée, une portion d'autoroute neuve au bitume trop lisse, un cruel manque de temps de préparation. Malgré cela, il effectua le tête-à-queue à six reprises sans aucune anicroche. Du travail de pro. Perfectionniste, il réclama une dernière. Il ne croyait pas si bien dire. La Caravelle amorça son virage, les roues, soumises à trop d'efforts, cédèrent, le véhicule se retourna brusquement, entamant un tonneau mortel. Gil fut tué sur le coup... Son successeur désigné, Rémy Julienne, retiendra l'amère leçon et refusera toute cascade mal préparée. Comme il le répétera souvent : cascadeur mais pas casse-cou.

Pour *Le Casse*, Julienne et Henri Verneuil échafaudent une série d'exploits mécaniques. L'influence américaine est évidente et le réalisateur ne la renie pas.

« On sortait de *Bullitt*, alors j'ai fait venir Rémy Julienne à Athènes et je lui ai dit : "Rémy, ou je fais une poursuite comme on n'en a jamais fait, ou je n'en fais pas du tout parce qu'elle n'est pas vraiment indispensable à l'intrigue. Qu'a fait Steve McQueen dans *Bullitt* ? Il a profité des rues de San Francisco mais, si tu as bien regardé, tu as remarqué qu'il n'y a pas une seule voiture dans les rues pendant toute la poursuite. Alors, moi, je le fais, si tout ça se passe dans la circulation !" Nous avons loué des voitures et nous avons préparé la cascade. Mais tous les chauffeurs étaient prévenus et rien n'a pu être tourné parce qu'ils avaient peur. Comme ils savaient que les voitures allaient débouler, ils ralentissaient. Ce n'était donc plus une circulation normale. J'ai pris la décision de renvoyer tout le monde et de faire la poursuite dans la vraie circulation. J'ai pu le faire parce que nous avions un contrat avec la ville stipulant que nous pouvions utiliser les feux rouges à notre gré. J'ai donc dit : "On va bloquer la circulation avec des feux rouges et, quand nous serons prêts, nous allons tous les mettre au vert." Et Rémy Julienne s'est lancé là-dedans avec son assistant. C'est d'ailleurs la seule fois où Belmondo n'a pas participé à la cascade. Elle a vraiment été tournée dans des conditions réelles grâce au savoir-faire de Julienne et de son assistant. Je leur avais même demandé de prendre en sens contraire une rue à sens unique. Nous avons donc filmé ça avec les gens qui étaient affolés de voir ces deux dingues rouler comme ça. Mais tout avait été soigneusement répété, plan par plan. »

*Le Casse* est cofinancé par la firme américaine Columbia. Respectant son contrat, Verneuil expédie régulièrement les images de son travail à Hollywood. La réaction est enthousiaste : bravo pour les cascades ! Au point d'exiger de nouvelles séquences de la même veine. Verneuil, Belmondo et Julienne n'ont pas besoin d'être poussés beaucoup pour en rajouter. Le réalisateur français démontre qu'en ce domaine l'on peut damer le pion aux Américains. Et le public suit. Car la succession de cascades entre pour une large part dans le succès du *Casse*. Qui réussit à faire beaucoup mieux au box-office français que *Bullitt* !

Avec ce réalisateur et ce cascadeur, Belmondo récidive pour *Peur sur la ville* (dont l'affiche est, volontairement, un hommage à celle de *Bullitt*). Cette fois, outre une poursuite en voitures, le film propose un coup de force à l'aide d'un hélicoptère et une cascade sur le métro. Dans une œuvre 100 % française (l'action se passe à Paris), Verneuil atteint la dimension américaine ou, plutôt, s'affranchit de celle-ci. Hollywood saura s'en souvenir. Quelques années plus tard, Steve McQueen placera dans *Le Chasseur* une poursuite dans le métro fortement inspirée de celle de *Peur sur la ville*.

Autre amateur de sports mécaniques, Jean-Louis Trintignant se retrouve dans une voiture cernée par des motards pour les besoins de *L'Agression* de Gérard Pirès. Ce dernier sait de quoi il parle. Depuis toujours il fréquente les courses autos et motos. Il possède de nombreux contacts dans ces deux disciplines et sait s'en servir. D'ailleurs, il construit *L'Agression* comme une sorte de plaidoyer en faveur des motards. Ou comment combattre le délit de sale gueule qui leur colle au blouson.

Pirès propose à Rémy Julienne d'engager non pas des cascadeurs professionnels mais des pilotes chevronnés. Une bande de professionnels comptant parmi les meilleurs du moment réunis sous le vocable de « la bande de Maisons-Alfort ». Lui-même motard émérite, Rémy approuve. Les scènes d'action y gagnent en véracité. Les pros des deux-roues sont constamment à leur aise aux commandes de grosses cylindrées et multiplient les prouesses techniques. Ce qui ne va pas sans dégâts. Sept voitures de location subissent tellement de chocs qu'elles partent directement à la casse. Plus aucun loueur ne consent à fournir des véhicules... Les motos aussi sont soumises à rude épreuve. De même que leurs pilotes. Michel Rougerie heurte un obstacle et termine sa course dans un Abribus. Os du coude en morceaux. Rémy Julienne lui-même se casse le péroné le dernier jour de tournage.

Croire que ces fanas de vitesse se calment une fois les caméras à l'arrêt serait une colossale méprise. Ils improvisent des courses folles, voitures contre motos. Avec des pointes jusqu'à 170 sur la nationale autour d'Avignon. La Ferrari de Gérard Pirès a du mal à s'en remettre.

Trintignant reste dans l'univers automobile avec *Les Passagers* de Serge Leroy. Alors qu'il conduit son jeune beau-fils de

Rome à Paris, il est pris en chasse par une mystérieuse camionnette noire. Le chauffeur anonyme (Bernard Fresson) tue un policier italien trop curieux et ne lâche pas sa proie. Cela donne lieu notamment à une course-poursuite dans la montagne. Le résultat fait penser à *Duel* de Steven Spielberg à cette différence près que l'agresseur a un motif : la jalousie l'a rendu fou au point de vouloir se venger de Nicole (Mireille Darc), la mère du gamin...

Alain Delon entre dans la partie. À moto. Dans *Le Gitan*, il participe à une poursuite auto contre moto.

Même un film à petit budget comme *Le Gang des otages* se doit d'avoir sa poursuite. *Idem* pour *La Part des lions*. La poursuite flic-gangster a pour cadre une forêt. Solidement exécutée et habilement filmée. Le seul moment fort de cette production, pour ne pas dire son seul attrait.

Présent aux États-Unis, haut lieu de la cascade automobile, Jacques Deray en inclut une dans *Un homme est mort*. Mauvaise surprise.

« Je tournais une scène de poursuite avec deux voitures, racontera-t-il. Elles passaient l'une après l'autre sur un petit pont qui devait les faire décoller de la route. Personne n'avait pu prévoir que la première perdrait de l'huile à cet endroit-là. La seconde roulait très vite quand le conducteur perdit le contrôle de l'auto en roulant sur l'huile. Au lieu de passer à quelques centimètres de la caméra, comme l'autre, elle fila droit dessus sans pouvoir s'arrêter et écrasa l'appareil. Le cadreur, qui avait l'œil dans le viseur, ne se rendit pas compte de la distance et fut sauvé *in extremis* par un membre de l'équipe. J'ai gardé cette scène dans le film car on a pu sauvegarder la pellicule, mais nous avons évité la catastrophe. Rien n'est jamais sans risque dans une scène d'action. »

Alain Corneau préfère les camions. Pas les fourgonnettes de l'épicier de Charenton-le-Pont mais des engins énormes qui sillonnent l'Amérique. À voir *La Menace*, le spectateur peut penser que tout est fait pour aboutir aux scènes finales où Henri Savin (Yves Montand) précipite un camion dans un ravin. Pas une coïncidence si, en France, ce Savin dirige une entreprise de poids lourds. Pour cette cascade spectaculaire, Corneau a des exigences : filmer le saut de l'ange d'un gros camion-citerne qui explose en vol ! Rien que cela. Le numérique appartenant à la science-fiction, tout doit être 100 % réel. Trouver l'endroit, préparer le véhicule et tout calculer au millimètre. Rémy Julienne s'en charge. Il se charge aussi de la conduite du camion qu'il quitte à l'ultime seconde pour sauter dans un autre, plus léger, équipé d'un filet de réception. Il n'a droit qu'à un seul essai. C'est le bon ! Les publicitaires ne manquent pas d'exploiter à fond cet exploit en basant toute la promotion de *La Menace* sur lui. À croire que les camions sont omniprésents dans ce film ou que Montand y reprend son rôle du *Salaire de la peur.*

L'influence du cinéma américain se niche également dans les détails. Clint Eastwood fait des envieux en manipulant un Smith & Wesson 44 Magnum dans *L'Inspecteur Harry* et sa suite *Magnum Force.* Alain Corneau fait plus que s'en inspirer en prenant comme titre d'un de ses films une autre arme de poing : *Police Python 357* (colt 4 pouces). L'affiche montre Yves Montand allongé à terre tenant l'arme à bout de bras. Impressionnant. Bien entendu, l'acteur s'entraîne au tir et même au tir « instinctif ». Deux mois avec les moniteurs du Centre national de perfectionnement de la police, à Livry-Gargan. « Il a joué le jeu à tel point, rapportera Corneau, qu'il a lui-même "travaillé" l'étui de son Python pendant des semaines, pour l'avoir bien en main... Exactement comme le font les vrais professionnels. » Comme un pro, il leste également la poche de sa veste de clefs et ne quitte pratiquement pas son arme pendant tout le tournage, procédant lui-même à son nettoyage.

Une telle approche ne se fait pas sans hésitation. Montand est attiré par le rôle mais cette apologie des revolvers le gêne. Il s'en ouvre à son épouse, Simone Signoret, qui déteste les armes à feu. Elle voit les qualités du scénario, pousse Yves à l'accepter et sollicite le principal rôle féminin.

Signoret n'a pas tort. En dépit de tout le battage publicitaire, *Police Python 357* n'est pas un film de flingueur. L'inspecteur Ferrot (Montand) est peu comparable à l'inspecteur Harry qui dégaine à tout-va. L'intrigue du film lorgne d'ailleurs plus vers le cinéma italien (*Enquête sur un citoyen au-dessus de tout soupçon*) que sur son confrère américain.

Le goût des gros flingues gagne l'ensemble du polar français. Belmondo ne manque pas de s'en servir, que ce soit dans *Peur sur la ville*, *L'Alpagueur* (qui sort trois semaines avant *Police Python 357*) ou *Flic ou voyou*, Brasseur dans *La Guerre des polices*, etc. Cela change de l'arme de service traditionnelle des policiers français. Jean Yanne dans *Le Saut de l'ange* est contaminé. Son personnage est surnommé « le Cobra » en raison du pistolet à canon court qu'il porte constamment sur lui.

« Vous savez ce que c'est, ça ? Ça s'appelle un Cobra. Ça fait des trous larges comme des ronds de serviette. »

L'arme devient de plus en plus un argument publicitaire, à l'image du Smith & Wesson Model 14 que Belmondo brandit en gros plan sur l'affiche de *L'Alpagueur*.

Quant au pont bricolé entre le polar américain et le polar français, il peut être symbolisé par des images qui clôturent deux œuvres dissemblables. *La Menace* s'achève sur un plan du *Concorde*, alors fierté nationale, en plein vol. *À nous deux* se referme sur une vision des tours jumelles du World Trade Center se profilant au loin. Prémonitions ?

Les gangsters à l'ancienne ont eux aussi le regard tourné vers l'autre rivage de l'Atlantique. À la fin de *Borsalino and Co*, Roch Siffredi (Alain Delon) embarque pour l'Amérique tandis que sur l'écran s'affiche « À suivre »… À suivre même de très près.

# LE SOUFFLE DE LA NOSTALGIE

Mai 68 étant passé par là, la France, mue par un élan de jeunesse, devrait avoir fait table rase de son passé. La France peut-être, mais son cinéma sûrement pas. Il se montre même un tantinet nostalgique. Du côté du polar, il aime à répéter, comme une douce chanson, « c'était mieux avant ». Avant, les voyous respectaient un code de l'honneur, s'entraidaient au moindre pépin, respectaient la veuve et l'orphelin. En face, les policiers accomplissaient leurs tâches avec méthode et détermination sans y glisser de sentiments personnels.

Selon des spécialistes en la matière, le code de l'honneur a disparu avec l'embourgeoisement des gangsters. On sait depuis le légendaire *Touchez pas au grisbi* de Jacques Becker que les gangsters aspirent à une vie paisible. L'aventure ne dure qu'un temps. Villa cossue, quotidien confortable, revenus réguliers, voilà leur rêve. Quitte à malmener les règles censées être les leurs. Ce que constate la clairvoyante Léa (Simone Signoret) dans *Comptes à rebours* : « Ah, les truands, ils sont bien devenus comme tout le monde… La vie facile les a gâtés, alors le sens de l'honneur, la morale… »

Tout était plus simple « avant » : frontières mieux définies, grandeurs de caractère mieux découpées.

C'était quand, « avant » ?

Sans remonter aux Apaches de *Casque d'or*, « avant », c'était surtout la période qui précédait la guerre – et un peu celle qui l'a suivie. Les années 1930. Celles des vrais gangsters, des mitraillettes à chargeur camembert et des voitures si peu aérodynamiques.

Dans cette veine, *Borsalino* s'impose comme le film le plus emblématique de la décennie. D'abord parce qu'il sort en mars 1970 et justifiera d'autres productions sur la même période ; ensuite parce qu'il réunit pour la première fois en haut de l'affiche Delon et Belmondo ; enfin parce que c'est un énorme succès.

*Borsalino* est une idée d'Alain Delon producteur : un film de gangsters à la mode américaine. Il se souvient trop bien des productions avec James Cagney, Humphrey Bogart, George Raft et consorts, de *Scarface* et de *L'Ennemi public*. Il sait aussi que la série *Les Incorruptibles*, qui raconte l'affrontement entre Eliot Ness et la pègre de Chicago, cartonne à la télévision française. Que *Bonnie and Clyde*, sorti moins de deux ans plus tôt, est encore dans tous les esprits. Alain a envie de tout cela mais dans un cadre français. Pour ce faire, il dispose d'un livre, *Bandits à Marseille*, narrant le parcours de Paul Bonnaventure Carbone et François Spirito, célèbres figures de la pègre phocéenne des années 1930.

Delon connaît l'impact d'une belle tête d'affiche. Il l'a encore récemment testé avec *Adieu l'ami*, où il affrontait Charles Bronson. Sans parler du *Clan des Siciliens*. Belmondo-Delon, ça a de la gueule ! Et même une sacrée gueule si on les habille tous deux à la mode des années 1930. Dès le départ, Alain veut Jean-Paul comme coéquipier. « Depuis cinq ans, affirme-t-il, je voulais tourner avec Jean-Paul parce que c'est bien de faire tourner ensemble les deux plus grandes vedettes de leur génération. Si c'est de la prétention de dire ça ? Non. De la lucidité. »

Le scénario s'établit tant bien que mal, avec l'apport de Claude Sautet, et exploite à fond l'image des deux vedettes. Roch Siffredi et François Capella correspondent en tout point à ce que le public était en droit d'attendre de Delon et de Belmondo. François est plus immédiatement sympathique, parce que moins distant que son complice...

On ne sait pas grand-chose du passé de Capella. On devine qu'il vient de la rue, où il a souffert d'une enfance difficile puisqu'il déclare avoir attendu l'âge de 7 ans pour manger de la viande pour la première fois... On en sait un peu plus sur les premières années de Siffredi. D'origine italienne, il reste très attaché à sa mère. Laquelle vit dans une très modeste demeure et continue de travailler, signe qu'elle n'a pas dû connaître que des jours fastes. Roch a passé deux ans dans un bataillon disciplinaire en Tunisie... Ces deux hommes ont trouvé dans la délinquance un exutoire et une porte de sortie. Le premier a l'étoffe d'un chef de bande, le second l'envergure d'un chef de gang. On peut venir d'un même endroit, viser un même but sans adopter les mêmes attitudes.

La première présentation que le film fait de ces deux truands accentue leurs divergences. Roch Siffredi, qui sort de prison, affiche un air sérieux et menaçant. Il parle d'une voix ferme et d'autant plus inquiétante qu'elle paraît douce. Il n'a pas besoin de hausser le ton pour menacer. Ni même de bouger. Tout est dans l'attitude. Et le regard. C'est avec des gestes lents qu'il met calmement le feu à un bar... François Capella se révèle tout aussi menaçant mais a besoin de la puissance physique de son corps pour faire passer le message. Quand il se retrouve face à Boccace, il lui pose la main sur l'épaule pour le ramener à une certaine docilité. À travers cette main passe toute son énergie.

Capella est plus un bélier (signe zodiacal de Belmondo) prêt à foncer dans tout, peu soucieux des risques. Le court passage le montrant en train de forcer un barrage formé par deux camions – alors que son ami lui dit « Ça ne passe pas » – est significatif. De même le fait que Capella donne le premier coup de poing, qui sonne le départ de la bagarre entre les deux hommes, dans les premières images.

Siffredi est un scorpion (signe de Delon) qui surgit là où on ne l'attend pas. Froid calculateur, il prépare ses coups. Les deux personnages, comme les deux acteurs, sont complémentaires.

Sur l'écran, les spectateurs retrouvent donc Belmondo et Delon tels qu'ils ont l'habitude de les voir. Rassurant. Deux des acteurs français les plus populaires du moment, Marseille, les années 1930, des scènes d'action, des politiciens véreux, *Borsalino* remplit à la virgule près son cahier des charges. Le metteur en scène revendique cette évidence, déclarant avant le tournage : « Belmondo, ce sera la bonhomie, la rondeur, la gentillesse, ce sera le jouisseur de la vie. Delon, ce sera la sécheresse, la froideur, l'homme qui voit plus loin, l'homme qui veut toujours plus de la vie. Je veux me servir de la mythologie de l'acteur Belmondo et de l'acteur Delon pour ce film qui sera fait comme une chronique romanesque, qui passera du rose au noir et qui se terminera par les ravages de la violence. »

L'intrigue repose sur des personnages ayant existé. Peu recommandables, car pendant la guerre Carbone et Spirito ne choisirent pas le bon camp. Lorsque les Allemands envahirent la cité phocéenne, il y aurait eu des « négociations » avec les deux caïds. Charge à eux de fournir hommes et matériel pour traquer juifs et Résistance, en échange d'une immunité totale. La pègre reçut même la consigne de surveiller la police locale, peu désireuse de plier sous le joug teuton. L'élégant Carbone périt en décembre 1942 dans un accident de train dû à un sabotage de la Résistance. Le trapu Spirito, après avoir cherché des cieux plus cléments du côté de l'Espagne et des États-Unis (d'où il fut extradé), finit ses jours comme « simple » restaurateur à Sausset-les-Pins, non loin de Marseille.

Dans la pègre marseillaise, on apprécie peu cette future évocation filmée d'un proche passé. Trop de mauvais souvenirs remués. Les plus irrités sont les frères de feu Carbone. Ils le font savoir. Après s'être procuré un scénario, ils réagissent vivement, défendant une certaine image de leur parent : « On ne voit pas Paul négocier avec Canaris la reddition des sous-marins allemands, ni faisant partir Einstein, ou faire passer plus de 500 résistants en Espagne. On a oublié qu'il avait été condamné à mort par Laval et sa femme placée en résidence surveillée par les Allemands. » Carbone super-résistant !

En coulisse les rumeurs vont bon train. On dit que si le film se tourne à Marseille il pourrait être victime de divers « incidents ». *Idem* lors de sa sortie en salles. Des figurants pourraient ne pas jouer le jeu, des accidents sans gravité retarder les prises de vues, d'anachroniques objets modernes surgir dans le cadre, etc. Le réalisateur Jacques Deray reçoit des menaces anonymes. Alain Delon comprend le message et prend le taureau par les cornes. Il en appelle à l'arbitrage de la famille Guérini qui « tient » Marseille. Mais le problème n'est pas de son ressort. Pour le résoudre, Alain s'envole pour la Corse, vu que les Carbone sont originaires de Propriano. Voyage éclair d'où il revient avec un accord mais des changements significatifs. D'abord sur les noms des deux principaux protagonistes. *Exit* Carbone et Spirito (qui formaient également le titre du projet). On bricole à la hâte le patronyme de François Capella et on pique le nom du régisseur du film, Roch Siffredi. Changement de titre aussi. Après avoir envisagé *Marseille 1930*, Delon sort de son chapeau celui de *Borsalino*. Plus significatif : changement de scénario. Plus question de parler de la guerre ni de l'Occupation. Le film s'achève en 1933 par la mort d'un des héros dans les bras de son ami, presque comme dans une tragédie grecque.

Une fois ces problèmes réglés, le tournage se déroule sans heurts. Belmondo et Delon, qui s'estiment mutuellement, ne cherchent pas à se nuire et font confiance à Deray qui leur a promis d'équilibrer leurs rôles. Au quotidien, Alain a loué une maison près d'Aix-en-Provence qu'il regagne tous les soirs et où il reste chaque week-end tandis que Jean-Paul habite avec sa « troupe » dans un hôtel marseillais et profite des fins de semaine pour s'envoler pour Paris ou Londres, rejoindre Ursula Andress.

La sortie de *Borsalino* constitue l'un des événements cinématographiques du premier trimestre 1970. Pas seulement parce que c'est « la » grosse production française du moment

(14 millions de francs) mais du fait que les deux vedettes se fâchent. Au cours d'une projection privée, Jean-Paul constate que le film débute par « Alain Delon présente ». Or, ce n'est pas ce qui est prévu dans le contrat, épluché par avocats et agents. Alain aurait dû se réfugier derrière le nom de sa firme : « Adel Productions présente ». On se fait des réflexions désobligeantes par journaux interposés, on se boude, et Belmondo refuse d'assister à l'avant-première parisienne, qui a lieu le 19 mars (officiellement, il se trouve à Londres ce jour-là). *Borsalino* a-t-il du plomb dans l'aile ? Que nenni. Le public est au rendez-vous. Les deux acteurs attendront plus de vingt-cinq ans avant de refaire un film ensemble. Non produit par Delon.

Ce dernier se félicite à plus d'un titre du succès de ce film de gangsters des années 1930. Aussi décide-t-il d'en produire une suite. La mode n'a pas encore gangrené le cinéma français – ce sera la seule suite de la décennie, catégorie polar – et sa décision surprend. D'autant plus que Capella est mort à la fin du premier film. On pourrait imaginer ce que les Américains appellent un « prequel », une histoire se déroulant avant *Borsalino*, mais complication inutile puisque, pour un temps, Belmondo et Delon préfèrent s'observer de loin. *Borsalino and Co* se fera forcément sans Jean-Paul.

« Je pensais à ce film depuis le dernier tour de manivelle de *Borsalino*, affirme Alain, et avant même que je connaisse le succès public de cette production. Je sentais que l'on restait sur sa faim et qu'il fallait que le personnage joué par Belmondo soit vengé. J'ai dû attendre quatre ans que mon emploi du temps coïncide avec celui de Deray. »

*Borsalino and Co* est donc une suite. Qui débute par l'enterrement de Capella. Son ami Siffredi jure de venger son meurtre et se heurte au redoutable Volpone, qui compte des appuis politiques dans l'extrême droite parisienne et des accointances avec nazis et fascistes. Les années 1930 sont éminemment politiques. Le spectacle reste proche du film de gangsters avec règlements de comptes en tout genre. Ça défouraille, ça mitraille et ça expédie *ad patres*. Comme il n'est toujours pas question d'évoquer l'Occupation, le film s'arrête prudemment en 1937.

Cette production bénéficie du même budget que son prédécesseur, ce qui permet de réunir une cinquantaine de voitures d'époque et de sortir une locomotive Pacific 231 des réserves de la SNCF. La reconstitution dans Marseille se doit d'être précise, ce qui n'est pas toujours aisé.

« Il nous a souvent fallu éliminer les feux de signalisation, les antennes de télévision et dégager à la grue 200 véhicules avant de pouvoir commencer à travailler, explique Deray. Comme il n'existe plus un seul cheval à Marseille, j'ai dû les faire venir de Paris, accompagnés de gardes mobiles, pour reconstituer une scène d'émeute en 1936. »

*Borsalino and Co* sort en octobre 1974 et fait le tiers des entrées de *Borsalino*. Insatisfaisant. Il n'y aura pas *de Borsalino and Co-Co*.

N'en demeure pas moins que le premier opus relance le parfum de nostalgie des années 1930 qui survole le polar français. Belmondo succombe par deux fois à la tentation. Avec *Stavisky*, qui n'est pas vraiment un polar, même s'il met en scène un escroc de haute volée et des flics de basse extraction. Avec *La Scoumoune*, qui, en s'étalant sur douze années, débute avant la guerre pour se terminer après.

« Dans cette période de douze ans, explique son réalisateur José Giovanni, il y a l'avant-guerre, la guerre, l'Occupation, la Libération et cela correspond à une évolution permanente du milieu. Le cadre unique du film est celui de la pègre, un monde marginal avec ses lois et ses règles, dans lequel il n'y a pas de gens "honnêtes". Pas de police, non plus, sinon des apparitions épisodiques. Ce qui m'intéresse, c'est de raconter un personnage immuable alors que, autour de lui, tout se modifie : les gens, les techniques. Il ne bouge pas, utilise toujours les mêmes méthodes. Il est un héros hors du temps. »

Comme pour *Borsalino*, le héros de *La Scoumoune* est inspiré d'un véritable gangster, Antoine La Rocca (devenu Roberto Borgo à l'écran). Ce Napolitain débarqua tout jeune à Marseille. Le 20 mars 1923, pour venger un ami assassiné, il abattit les deux femmes des tueurs au Bar Pierre, établissement qu'elles tenaient rue Saint-Laurent à Marseille. Évitant les représailles, il partit pour Le Caire puis l'Amérique du Sud, notamment en Argentine. Surnommé « l'Excommunié », il affronta les souteneurs sud-américains, qu'il descendit par pelletées entières. De retour en France, il fut condamné à quinze ans de prison et sortit en 1946. Ne disposant plus d'aucun contact, il devint videur dans une boîte de Pigalle. Le 1er septembre 1947, des tueurs venus d'Amérique du Sud lui logèrent pas moins de 14 balles dans le corps. « C'était un pistolero qui offrait ses services à qui les voulait, résuma Giovanni. Il avait été un caïd et ne se rendait pas compte des modifications de son environnement. » *La Scoumoune* démontre que les bandits doivent savoir évoluer et ne pas rester figés.

Les années 1930 ne sont pas seulement celles des gangsters et de la pègre. Y défraient la chronique bien d'autres événements intéressant la police au premier chef. Des crimes commis par des particuliers, parfois très particuliers. Ainsi ceux dont sont accusés la jeune Violette Nozière dans le film de Claude Chabrol, et le trio infernal qui occit pour de viles raisons financières dans le film de Francis Girod. Deux productions inspirées de faits divers authentiques.

Tiré d'un roman de Georges Simenon, *La Veuve Couderc* a toute l'apparence de l'authentique mais reste une fiction. L'action se déroule en juin 1934 dans un petit village du val de Saône (Cheuge), c'est-à-dire loin de tout. Un village presque de carte postale avec ses écluses et ses péniches si chères à Simenon. « Si j'ai eu envie de faire *La Veuve Couderc*, expliquera Pierre Granier-Deferre, c'est parce que ça se passait au bord d'un canal, près d'une écluse, avec des péniches. J'avais envie de filmer des péniches à travers champs. »

Ici, les gangsters ne traînent jamais. Ici, la corruption n'a pas encore vérolé les élus. Cette vie à la campagne paraît bucolique en dépit d'un retard flagrant question progrès. Mais la carte postale va se craqueler de partout.

Inutile d'effectuer des recherches poussées pour constater que les indigènes détestent « l'étranger » sous toutes ses formes. Un brave citoyen – commandant des Croix-de-Feu ! – s'exclame : « Chasser la racaille hors de France est un devoir pour tous les Français. » On n'attend plus que le Maréchal pour le conforter dans ses dires.

Dans ce cadre débarque, venu de nulle part, Jean Lavigne (Alain Delon). Pas tout à fait de nulle part puisqu'il s'est évadé du bagne à l'aide de faux papiers. Il trouve refuge chez la bougonne veuve Couderc (Simone Signoret). Lavigne découvre bien vite qu'il aurait mieux fait de se cacher ailleurs. En ville, par exemple. Car dans ce village si paisible tout le monde surveille tout le monde. Des voisins, forcément bienveillants, remarquent la présence de ce nouveau venu et s'en inquiètent auprès des autorités locales. « Depuis qu'il est là, on n'est pas rassuré dans le village. »

De plus, Jean apprend de la bouche même de la veuve que sa vie n'a pas été un jardin de roses : « J'avais 14 ans quand je suis arrivée ici. Servante. Le père m'a violée et le fils m'a engrossée. Pour rien d'ailleurs parce que l'enfant n'a pas vécu. Après, j'ai soigné la mère, jusqu'à ce qu'elle meure. Puis, après, mon ivrogne de mari, jusqu'à ce que je devienne veuve. »

Zola n'est jamais loin.

Le mythe de la vie à la campagne en prend un rude coup. Il n'est pas le seul. Ceux qui estiment, non sans raison, que la police des années 1970 a jeté aux orties son code de déontologie feraient mieux de regarder en arrière. Pour procéder à l'arrestation de Lavigne, les officiels ne se contentent pas d'expédier une escouade de gendarmes. Ils déploient des hordes de gardes mobiles. Même le préfet se déplace pour diriger les opérations.

Peu rompus à l'art de la négociation et de la diplomatie, ces gens-là tirent sans discernement. Une balle perdue atteint la veuve Couderc.

C'est la nostalgie qui vole en éclats. Les années 1930 étaient période de violence et de tensions extrêmes au sein desquelles il ne faisait pas forcément bon vivre.

*La Veuve Couderc* repose aussi sur la rencontre, voire l'affrontement, entre Delon et Signoret. Ils avaient déjà failli jouer ensemble, notamment dans une adaptation de *Chéri* de Colette, mais c'est Granier-Deferre qui, le premier, forme le duo. Les deux comédiens sont réputés pour leurs positions politiques tranchées – et opposées ! – mais possèdent suffisamment de professionnalisme pour passer outre ces considérations. Dans son autobiographie, Simone écrira : « Je déteste les armes à feu, mes options et mes opinions sont totalement à l'opposé des siennes. Ses amis ne sont pas mes amis. Il est fou mais c'est un fou tendre qui prend des airs de dur, et c'est un fou généreux. On est heureux quand on travaille ensemble parce qu'on travaille bien ensemble. L'autre Delon, celui des chevaux de course et des grandes entreprises, je ne le connais pas. Mais je connais celui qui, pendant la pause, raconte comment on l'a forcé à se porter volontaire à 17 ans… »

Entre les fantastiques années 1930 et les désuètes années 1950 se situe… la guerre !

Claude Lelouch est pratiquement le seul à oser dévoiler les agissements de certains truands et policiers durant cette noire période. Le sujet est sensible tant il ravive des passions et complexe car, contrairement à ce que croit le grand public, les séparations entre le collaborationnisme et la Résistance ne furent jamais clairement tracées. Dans la police, autant que dans la voyoucratie, beaucoup louvoyèrent entre ces deux extrêmes soit par goût du lucre, soit pour protéger leurs arrières. Ce que suggère Lelouch.

Dans *Le Bon et les Méchants*, ses deux protagonistes majeurs sont un jeune truand, Jacques (Jacques Dutronc), récemment versé au banditisme, et un policier, Bruno (Bruno Cremer) à l'ambition dénuée de tout scrupule. Tous deux entament leur carrière peu avant le conflit mondial.

Parce que mécanicien, Jacques comprend vite la supériorité des nouvelles tractions avant de chez Citroën. Avec une telle voiture, il se fait fort de semer n'importe qui. Et le prouve en se lançant dans le braquage de bureaux de poste.

« Cette traction, ça va changer l'histoire du hold-up, moi, je te le dis ! »

Bruno, inspecteur qui ne répugne jamais à se servir de son arme, comprend où se situe son intérêt en épousant la fille d'un haut fonctionnaire.

Quand les Allemands s'installent à Paris, tout change. Lelouch montre bien la soudaine montée en puissance d'Henri Lafont (Jean-Pierre Kalfon) – de son vrai nom Chamberlin –, propulsé chef de la Gestapo française. Disposant de pleins pouvoirs pour arrêter juifs et résistants tout autant que pour piller la France. Il montre aussi ce Lafont faire son marché dans les prisons, c'est-à-dire y libérer des détenus de droit commun dans le but d'en faire ses auxiliaires. Sont ainsi évoqués les noms et surnoms de (Georges) Boucheseiche, Jo « le Corse », « le Mammouth » (Abel Danos) ainsi que Pierrot « le Fou » (Pierre Loutrel). Lelouch montre, enfin, la présence d'un autre policier, l'inspecteur Bonny (déjà présent dans *Stavisky*), sorte de tête pensante de ce groupe odieux. Ces deux chefs proposent la liberté et le fric, « deux choses que la Résistance ne peut vous offrir ».

Pour survivre, flics et voyous doivent faire un choix : prendre le maquis ou prendre les ordres auprès des collabos. Pour Bruno, la décision est vite arrêtée. Fonctionnaire zélé, il obéit à sa hiérarchie et se rend à Vichy où il prend du galon. De retour à Paris, il pratique le chantage, la menace et la torture, tout en étant à tu et à toi avec les officiers allemands. Ce policier-là peut difficilement passer pour un modèle de la Résistance. Quoique.

Pendant ce temps, Jacques évite de se mêler de ce qui ne le regarde pas et continue ses malhonnêtes activités loin des maquisards et des profiteurs. Cette neutralité n'a qu'un temps et s'arrête dans un train quand les Allemands viennent l'alpaguer. Pour sauver sa peau, celles de son épouse et de son meilleur ami, il en appelle à l'assistance de Lafont. Ce qui l'oblige à plonger dans la collaboration. Avec lucidité.

La compagne de Jacques demande au truand Lafont :

« Et ça ne vous gêne pas d'arrêter des Français ?

– Mademoiselle, en temps de paix, ce sont les Français qui nous arrêtent. »

Maigre explication.

Jacques en sort très vite par une sorte de rébellion qui consiste à voler les œuvres d'art détournées par Lafont. Un peu contraint, il offre ses services à la Résistance, à laquelle il fournit de précieux renseignements. Claude Lelouch s'éloigne de la cause policière pour embrasser la cause de l'histoire.

« En fait, souligne la voix off de son film, ce qui fit la grande différence entre Hitler et ses prédécesseurs, c'est qu'il organisa sa guerre avec des antennes de voyous dans toute l'Europe, plus comme un grand patron de la Mafia que comme un homme d'État respectueux de certaines règles. »

Jacques finit décoré pour faits de Résistance. Mais il n'est pas le seul. Bruno aussi ! Au même moment et au même endroit. Suite à une dénonciation de sa femme, le flic félon s'est retrouvé emprisonné avec des résistants pur jus (qui, bizarrement, ne lui ont pas fait la peau !). Démonstration éclatante que, du point de vue des gendarmes comme des voleurs, les bons et les méchants étaient intimement liés.

Avant de se lancer dans *L'Horloger de Saint-Paul*, Bertrand Tavernier caressa l'idée de construire un film autour de Lafont et Bonny, donc sur la Gestapo française. Il y renonça quand il apprit que Raoul Coutard travaillait sur un projet similaire. Mais Coutard jeta l'éponge à son tour.

Dans *La Scoumoune*, José Giovanni évoque la période de la guerre mais sans entrer dans ses méandres. Et pour cause, son personnage, Robert Borgo, se trouve derrière les barreaux – condamné à vingt ans de travaux forcés – quand éclate le conflit. Comme d'autres, il fait une demande d'engagement dans l'armée, mais elle reste sans suite. De la guerre, Borgo ne voit que le changement de couleur des uniformes des gardiens, qui virent au vert-de-gris. Une fois les nazis repartis outre-Rhin, Borgo gagne sa liberté en se portant volontaire pour déminer les plages. Travail éminemment dangereux – et rigoureusement historique – où plus d'un y laisse la vie.

*Quid* des années d'après guerre ?

Moins nostalgiques. Plus dures. On s'y débarrasse de toute forme de romantisme.

*Les Hommes*, qui débute en septembre 1952, en fournit un exemple. Héritage des temps anciens, on y pratique encore le code d'honneur. Surtout chez certaines peuplades rétives au progrès : « Chez les Corses, le mépris, ça retombe sur toute la famille. Plus tard, vos enfants, ce seront toujours les enfants d'un lâche. »

Le film est une ode à l'île de Beauté incluant une encombrante scène de chants. D'une manière générale il reprend sans discernement codes et clichés marseillais et corses pour aboutir à une drôle de ratatouille.

Le code d'honneur est désormais assujetti à la dure loi des affaires. À la fin des *Hommes*, un gangster tue son meilleur ami de sang-froid car celui-ci est devenu incontrôlable. Il sera abattu à son tour peu après.

Ce code, s'il a jamais existé, disparaît dans les années 1970. Chacun règle ses comptes quand il veut, comme il veut. On en retrouve quelques bribes, aux accents obsolètes, dans diverses productions. « Tu peux même te conduire comme une salope, si ça peut te faire plaisir, mais tu ne riras pas des Orsini. » (*Le Saut de l'ange*.)

Les années d'immédiat après-guerre conservent le mérite d'un certain folklore. Les truands y évoluent encore en costume-cravate. Le temps du jean et du blouson n'a pas encore sonné.

Dans le polar français, ces années teintées de nostalgie sont surtout celles de Roger Borniche. Cet ancien inspecteur de la Sûreté nationale, recyclé dans les enquêtes privées, publie en 1973 *Flic Story* (Fayard) ou « l'incroyable duel entre un tueur impitoyable et un policier pas comme les autres ». Ce tueur se nomme Émile Buisson, braqueur audacieux et membre du gang des Tractions avant. Il se promène toujours lesté d'un revolver chargé et d'une grenade qu'il rêve de dégoupiller pour se faire sauter en même temps que le policier qui viendra l'arrêter.

Le livre est un best-seller. Pour une fois qu'un policier narre sa propre expérience, les amateurs se précipitent. « Si je romps le silence, écrit Borniche dans sa préface, à une époque où la police est plus particulièrement mal vue que par le passé, ce n'est pas pour justifier ceux qui combattent le crime et le délit. Ni même pour raconter ma vie. C'est pour essayer d'expliquer qui sont ces hommes mal aimés, mal connus, les flics, les poulets, les cognes, ces hommes sans lesquels la société – qu'elle l'admette ou pas – serait livrée à l'insécurité. »

Le cinéma ne peut manquer une telle occasion : une enquête basée sur des faits réels, un bandit particulièrement dangereux. Sans perdre une seconde, Alain Delon acquiert les droits du livre et demande à son ami Jacques Deray de le mettre en images.

*Flic Story* se déroule à la fin des années 1940 (y sont évoquées les grèves des mineurs de 1948). Reconstitution soignée – notamment dans des quartiers de Paris promis à la démolition. Si les flics étaient délaissés, voire ridiculisés, dans *Borsalino, La Scoumoune* et même *Les Hommes*, ils occupent désormais la place centrale. Roger Borniche (Delon) et sa maigre équipe. Ce qui frappe, c'est leur manque de moyens. La police à l'ancienne. Qui ne fonctionne que par le bouche-à-oreille. Elle ne cherche pas des indices mais des informations. Il lui faut interroger tout le monde pour localiser Buisson (Jean-Louis Trintignant). Même le propre frère du gangster est passé au gril. Respectant lui aussi un ersatz de code d'honneur, il refuse de balancer et s'amuse à briser les règles :

« Comment tu t'appelles ? demande-t-il à Borniche.

– Tu inverses les rôles.

– Je ne vois pas pourquoi ce serait toujours les flics qui poseraient les questions. »

La police aussi respecte une forme de code d'honneur. Bien que démunie, bien que désireuse de retirer Buisson de la circulation, elle ne saurait admettre certaines bassesses. Dont le passage à tabac.

« Je ne suis pas rentré dans la police pour ça ! s'énerve Borniche. Quand j'ai touché ma carte, je savais que je risquais de me faire descendre, mais je savais aussi que le fait d'être policier ne me donnait pas tous les droits ! »

La Gestapo a laissé des traces, dans tous les sens du terme.

Film soigné, *Flic Story* sort deux ans seulement après le livre et convainc le public, même si l'après-guerre fonctionne un peu moins bien que les années 1930 (au box-office, ce film fait jeu égal avec *La Scoumoune* et *La Veuve Couderc* mais attire beaucoup moins que *Borsalino*).

Borniche a le vent en poupe. Delon s'empresse d'acheter les droits du *Gang*, autre ouvrage de l'ex-inspecteur.

Cette fois, la cible en est Pierrot le Fou, tout aussi dangereux que Buisson mais dans un autre style. Pierre Loutrel sévit lui aussi dans l'immédiat après-guerre. En compagnie d'une équipe de gros bras formée de Jo Attia, Raymond Naudy, Georges Boucheseiche et Abel Danos, ils forment le gang des Tractions avant (évoqué par Lelouch dans *À nous deux*).

Contre toute attente, Delon, toujours producteur, change la donne. Au lieu de se lancer dans ce qui pourrait constituer une suite à *Flic Story*, où il reprendrait le rôle de Borniche, il centre le sujet sur les malfrats. Jacques Deray doit focaliser ses caméras sur Pierrot et ses comparses. Pour ce faire, obligation de modifier et même de malmener la réalité historique. À moins de filmer une œuvre noire, très noire; ce qui aurait pu donner un résultat intéressant. Car ce Loutrel était quand même un ancien tueur de la Gestapo française, un complice de la Carlingue. Une brute épaisse sans foi ni loi. Ni truand au grand cœur ni gentleman cambrioleur. Delon refuse d'endosser une telle image et de se risquer dans ces zones sombres. Il cherche, au contraire, à orienter *Le Gang* vers une forme de décontraction, limite bande dessinée.

« Très vite, explique Deray, nous avons oublié le personnage de Pierrot le Fou parce que nous avons eu envie de faire un film fou et tendre. Alors, tout en conservant quelques faits précis comme la scène du commissariat où notre dingue s'empare d'une mitraillette et braque les gardiens, ou encore celle du fort Chabrol qui tourne à la déconfiture du préfet Luizet, nous avons tourné le dos au genre "reconstitution fidèle" qu'était *Flic Story*. Nous sommes partis de l'idée que ce type de truand n'était pas un angoissé mais un inconscient. Nous allons à l'encontre des clichés habituels. C'est pourquoi Alain Delon a accepté de composer une nouvelle apparence physique. »

En gros, le côté « Pierrot » a été abandonné au profit du « Fou ». Un fou dangereux mais pas tant que cela. Un fou qui se voudrait sympathique. Presque un Pierrot lunaire. Pour forcer le trait, et tenter de rendre son personnage attachant, Delon s'affuble d'une perruque bouclée à la Harpo Marx. Pas la meilleure idée de sa longue carrière de comédien. Il se veut amusant, il n'est que ridicule. D'autant que la décontraction lui sied mal. Il n'a rien d'un Belmondo et l'on n'attend pas forcément de l'interprète du *Samouraï* qu'il se retrouve à faire le guignolo. Bref, la mayonnaise ne prend pas et le public ne se laisse pas piéger. Un peu plus de un million d'inconditionnels de l'acteur se déplacent dans les salles. Pas si mal, mais presque moitié moins que pour *Flic Story*.

L'histoire d'amour entre Borniche et Delon s'arrête là.

Mais elle se poursuit avec l'adaptation de *René la Canne*, deuxième livre de l'ex-inspecteur, qui sort sur les écrans début 1977, un mois après *Le Gang*.

Ce René n'est autre que René Girier. Lui aussi ex-membre du gang des Tractions avant. Surtout connu pour quelques vols audacieux dont le hold-up de bijoux à Deauville en 1949 (65 millions de francs) et pour ses nombreuses évasions. L'une d'elles, depuis un fourgon cellulaire, inspire Henri Verneuil dans sa séquence d'ouverture du *Clan des Siciliens*. Un grand monsieur, aux dires de Borniche qui l'a bien connu et a fini par entretenir des relations amicales avec ce bandit rangé des voitures.

Aidé par l'inspecteur Leclerc, Borniche arrêta Girier le 26 janvier 1951, place de l'Opéra à Paris, alors que le voleur sortait... d'un cinéma !

Si le film *Le Gang* a vidé le livre de son contenu, *René la Canne* le jette carrément à la poubelle. Lorsqu'on soumet le projet à Francis Girod, celui-ci refuse de faire un nouveau *Flic Story*. Au lieu de chercher quelqu'un d'autre, les producteurs lui laissent carte blanche. Girod, qui a une âme d'iconoclaste – il fut assistant réalisateur de Jean-Pierre Mocky –, explique qu'il veut « pervertir » le genre policer en construisant une forme de pastiche. Une bouffonnerie à tendance anarchiste. Il songe à modifier le titre au profit de *L'Entourloupe*. Cette fois, les producteurs mettent leur veto. Ils n'ont pas acheté à prix d'or les droits d'un livre pour en voir retirer le titre.

Girod persiste et signe. « Le personnage de René la Canne m'intéressait car il était dans la tradition d'Arsène Lupin, de Cartouche, de Mandrin, toutes les figures de brigands bien-aimés, expliquera-t-il. Ce sont des personnages hors du commun qui, même s'ils font des choses que la morale traditionnelle réprouve, ont automatiquement la sympathie des gens. Ils n'ont rien à voir avec les gangsters idiots, magnifiés par les films de Jean-Pierre Melville. »

Le réalisateur oublie le roman pour mieux se consacrer à René Girier, qu'il rencontre pour lui demander de raconter ce qui n'est pas dans le livre, c'est-à-dire une foultitude d'anecdotes.

Comme son scénario n'a plus grand-chose à voir avec la réalité ni avec le texte de Borniche, Girod change le nom des personnages centraux. Borniche devient Marchand et Girier devient Bornier. Le vétéran Michel Piccoli et le nouveau « jeune premier » Gérard Depardieu leur donnent vie, ou plus exactement outrance et exubérance.

*René la Canne* a le mérite de débuter pendant la guerre. Mais l'ensemble se situant plus près du burlesque que du polar, la réalité de la police et de la pègre sous l'Occupation est escamotée. D'autant que les deux « héros » se retrouvent en Allemagne pour cause de STO (Service du travail obligatoire). Marchand se contrefiche du code d'honneur à la Borniche et fraie avec la voyoucratie. Ami de Bornier, il trempe avec lui dans de vilains coups, et ils se partagent une maîtresse (Sylvia Kristel) qui provoque des crises de jalousie.

L'idée d'effacer les frontières séparant les flics des voyous est plaisante. « C'est une espèce de kaléidoscope où on essaie de montrer à quel point les cartes sont brouillées », estime Piccoli. Mais les cartes sont tellement brouillées que le film devient brouillon.

Le polar cède le pas à l'outrance quand Michel Piccoli se déguise en femme fardée à l'extrême. Grosse rigolade. Francis Girod revendique une parenté avec *Certains l'aiment chaud* (où il y a, effectivement, des travestis), mais n'est pas Billy Wilder qui veut.

Dans l'état, c'est-à-dire avec son scénario aussi confus que bancal et sa situation de faux polar, pas tout à fait comédie, pas vraiment film achevé, *René la Canne* n'a aucune chance d'attirer les foules. Le revers au box-office est logique mais cinglant. Et met fin pour un temps à l'exploitation cinématographique des écrits de Roger Borniche. Girod, qui envisageait une suite à *René la Canne*, abandonne définitivement cette idée. Pire : plus aucun producteur n'accepte de le rencontrer et, *a fortiori*, de le financer. Le coup de *La Canne* le laisse meurtri.

# LA MAISON POULAGA

« Oh, vous savez, vous pouvez nous baptiser comme vous voulez, on sera toujours des poulets. On ne fait pas un métier très élégant, on le sait, on le lit tous les jours dans la presse. On nous méprise, on nous engueule, c'est la mode. Ceci dit, quand on a besoin de nous, on est bien content de nous trouver. » (*Le Tueur*.)

Au crépuscule des voyous correspond l'avènement des flics. Durant les années 1970, pratiquement tous les acteurs mâles de renom vont se mettre au service de la loi. Pour certains, dont Gabin et Ventura, c'est presque un retour aux sources. Si le public se souvient de Jean en gangster de *Touchez pas au grisbi*, il se le rappelle aussi dans sa trilogie des *Maigret*. Pour d'autres, c'est une intrusion un peu surprenante. Qui aurait pu se douter que Delon et Belmondo, qui paraissaient voués à jouer *ad vitam aeternam* les voyous plus ou moins sympathiques, franchiraient la frontière ? Deux ans après avoir été un bandit impitoyable dans *Le Cercle rouge* de Melville, Alain devient un flic pour ce même cinéaste. *Idem* pour Jean-Paul qui, peu après avoir été voleur dans *Le Casse*, passe du bon côté de la loi dans *Peur sur la ville*, toujours pour Verneuil ! Sacrés revirements. Yves Montand, qui fut un éphémère inspecteur dans *Compartiment tueurs*, redevient officier de police, nettement plus redoutable dans *Police Python 357*. Jean-Louis Trintignant, que personne n'attend dans un tel emploi, pas même lui, endosse le costume du limier Carella dans *Sans mobile apparent*. Ils ne sont pas les seuls. Philippe Noiret, Michel Piccoli, Serge Reggiani, Michel Bouquet, Bruno Cremer finissent par émarger chez les policiers. Sans oublier Jean Rochefort, Jean Carmet, Jean-Pierre Marielle, Claude Brasseur, Claude Rich, Roger Hanin, Michel Galabru... Plus inattendu : Patrick Dewaere. Ce nouveau rebelle du cinéma français incarne un jeune flic aux côtés de Ventura dans *Adieu poulet*. Jamais campagne de recrutement n'a autant porté ses fruits. L'insigne de police serait-il plus rentable que la casquette du voyou ?

Bien entendu, cette rafle dans le gratin cinématographique correspond à un changement dans les mœurs. Les années Pompidou-Giscard sont des années où tout doit rentrer dans l'ordre. Oublié, 1968. Fini l'apologie du crime, fini les œuvres valorisant les exploits des hors-la-loi. La police française, il n'y a que ça de vrai. À cet égard, le fameux casse de Nice, qui survient en 1976, bouscule un équilibre que l'on croyait bien établi, car le grand public se prend de passion pour ces audacieux voleurs, s'affirmant prêt à les féliciter. En dépit de ce regrettable écueil, force reste à la loi et à ceux qui sont chargés de la faire respecter. Tout au moins au cinéma.

S'attendre que cet art devienne servile serait douloureuse illusion. Bien qu'une commission de censure et divers ministères veillent à la bonne tenue du cinéma national, ils ne sauraient le canaliser, ni même le brider. On peut toujours rêver, dans les lambris du pouvoir, à des films érigés à la gloire de cette noble institution qu'est la police. Le polar français, s'il aime toucher une certaine vérité, n'a pas pour vocation de cirer les pompes. Depuis le départ des occupants allemands, la propagande n'est plus sa tasse de schnaps. La plupart des flics surgissant sur les écrans ne sont pas des exemples à suivre. Soit parce qu'ils appliquent des méthodes très personnelles et non autorisées, soit parce qu'ils entrent en rébellion avec leur hiérarchie, soit, souvent, les deux. D'ailleurs pour cela que le cinéma français montre avec plus de facilité des policiers (civils) que des gendarmes (militaires). Cette catégorie d'argousins ne présente un certain attrait que quand elle officie du côté de Saint-Tropez.

Des flics, donc. Des poulets évoluant dans une basse-cour qui sent rarement la rose. Mais pas n'importe quelle catégorie de poulets. Dans son énorme majorité, le polar français ne s'intéresse qu'aux inspecteurs et aux commissaires s'ils daignent descendre sur le terrain. Les emplois subalternes, de planton à enquêteur, sont relégués à la figuration. Charge pour eux de répondre par de sonores « Bien, patron » et de quitter les lieux *fissa*. Quant aux sphères supérieures, qui passent plus de temps dans les bureaux que sous la pluie, elles paraissent tellement inféodées au pouvoir qu'elles en deviennent suspectes. On ne se hisse pas au sommet sans compromission ou, pour reprendre un langage en vogue dans la maréchaussée, sans baisser son froc.

Le cinéma policier français offre ainsi une belle galerie de portraits de flics intermédiaires qui paraissent dissemblables mais sont unis par un même souci d'indépendance, voire de marginalité. Encore que tout le monde n'accole pas les mêmes définitions à ces deux termes.

Qu'est-ce qu'un flic ?

Au cinéma, et un peu au quotidien, c'est un professionnel qui doit résoudre une enquête, mener à bien une mission. Sans faire de vagues. Enquêtes criminelles la plupart du temps car, selon la recette chère à Hitchcock, plus dangereux est le méchant, meilleur est le film. Au menu : crimes de sang et vols audacieux. Un assassin de nanti est plus appétissant qu'un détrousseur de vieilles dames. Si ça flingue, c'est un plus, parce que spectaculaire. Peu importe que la majorité des policiers n'ait jamais pointé son arme de service en dehors des stands de tir. Encore une fois, le polar n'a pas pour vocation d'être strictement documentaire.

Le flic est fonctionnaire. Donc élément d'une grande chaîne qui grimpe jusqu'au sommet. Il se doit d'obéir. En silence. Ses états d'âme, il les garde pour lui.

« Croyez-vous que les policiers ne se posent jamais de question ? Ils ont, eux aussi, donné leur parole, même s'ils ne sont pas entièrement d'accord avec le gouvernement, il suffit qu'il soit légitime. » (*Le Complot.*)

« À titre personnel, je pense que c'est parfaitement dégueulasse, à titre officiel, je ne pense rien, j'exécute. » (*Dupont Lajoie.*)

« Si vous avez des problèmes de conscience, vous pouvez toujours faire un rapport à l'IGS [Inspection générale des services]. » (*La Guerre des polices.*)

« On s'en prend toujours aux flics ! Changez le régime, changez la société, ça changera peut-être les flics ! » (*Le Saut de l'ange.*)

Un policier possède ses propres opinions politiques, dont il est prié de ne pas faire état, surtout si elles ne correspondent pas à celles du pouvoir en place. Or, durant toute la décennie, ce pouvoir est de droite. Résolument, indubitablement et, il l'espère, éternellement. Si la police paraît largement à droite elle aussi, elle compte nombre d'éléments de gauche – qui surgiront, et parfois se vengeront, au lendemain des élections de 1981.

Pour l'aider dans son enquête, le flic dispose de peu d'outils.

Depuis les années 1950, les choses ont timidement évolué. La police scientifique n'en est toujours qu'à ses balbutiements. Une scène de crime est systématiquement piétinée par une horde de chaussures à clous dont on se demande ce qu'elles viennent faire là. Le cas le plus flagrant se situe dans *Solo* de Jean-Pierre Mocky. Ici, les limiers enquêtent sur un véritable massacre : 18 personnes mitraillées dans une boîte à partouzes, du Vésinet. Que fait la police ? Elle traîne au milieu des cadavres comme des chats au milieu d'immondices puis, sans avoir effectué le moindre relevé, ramasse les nombreuses douilles pour les fourrer en vrac dans un sac plastique. Les experts de la police scientifique du XXI^e^ siècle en auraient une attaque d'apoplexie !

Au diable les indices... Seul élément scientifique qui semble compter : les empreintes digitales. Et encore, fort peu. « Vous prenez l'affaire en main : indices, empreintes, constatations. C'est rarement utile mais, enfin, on ne sait jamais. » (*Dupont Lajoie.*)

Ce qui compte plus que tout, ce que visent les flics, ce sont les aveux. À la rigueur l'arrestation la main dans le sac (voire sur le flingue).

Pour obtenir des aveux, il faut procéder à une succession d'interrogatoires, traquer l'erreur dans une déposition. Un travail de fourmi qui n'est pas sans conséquences sur la santé du policier.

« J'ai des maux d'estomac. Avec ces interrogatoires qui durent des heures, surtout la nuit, on fume trop, on boit trop de café. » (*La Faille.*)

En vue de faire craquer le suspect en accumulant les preuves contre lui, la police se modernise : tables d'écoute, micros planqués, caméras de surveillance. Elle observe de loin, analyse, suppute. Elle peut même avoir recours à ces machines dont on dit le plus grand bien : les ordinateurs.

« Un ordinateur va vous indiquer toutes les options possibles de Gassot. Dans sa situation actuelle, il ne devrait pas aller loin ! »

Ces méthodes prônées par le directeur de la PJ (Bernard Blier) dans *Le Tueur* laissent sceptique le vétéran commissaire divisionnaire Le Guen (Jean Gabin). Pourtant, comme les gangsters, ce dernier est obligé d'évoluer : « Le monde change, la police doit changer aussi, que vous le vouliez ou non. »

Ce qu'affirme également le chef de l'IGS du *Cercle rouge* : « En quinze ans, le monde change. »

Mais ces méthodes modernes sont trop récentes pour se révéler pleinement efficaces. Le flic lambda, tel un vieux chien de chasse, préfère recourir aux procédés qui ont fait leurs preuves depuis des temps ancestraux : poser des questions, recouper les informations. Éventuellement compulser des agendas pour savoir qui était où à l'heure du crime. Sans oublier les si précieux indicateurs, toujours là pour remettre la flicaille dans le droit chemin.

« Il n'y a pas de police sans indicateurs. » (*Le Cercle rouge.*)

« Il va rejoindre l'armée des morts anonymes, sauf si la providence des policiers veille : un coup de téléphone, ou une lettre d'un non moins anonyme indicateur. » (*Un flic.*)

*Dernier domicile connu* de José Giovanni aborde le sujet différemment parce qu'il se veut film sur la procédure policière. Avec Lino Ventura en haut de l'affiche, le spectateur peut espérer que ça va cogner. Et d'imaginer déjà des voyous passant par la fenêtre ou traversant un hall de gare sans toucher le sol. Erreur. Il y a bien une bagarre, mais dont Lino est la victime (il est mis hors course à coup-de-poing américain). Pour le reste, l'enquête principale n'a rien d'enthousiasmant. L'une de ces tâches comme les policiers anonymes en effectuent des centaines chaque jour sur tout le territoire.

« L'idée m'avait passionné de montrer un flic qui marchait dans la ville, qui ne prenait pas de bagnole rapide, ni tout ce folklore qu'on voit dans les films, expliquera José Giovanni. Je l'ai fait pour cette raison, ce film, en contrepoint de tout ce qui existait. »

Retrouver un homme. Un témoin clef dans une affaire qui passe en jugement. Il a disparu depuis cinq ans. Ne reste que sa dernière adresse ou, en termes policiers, son dernier domicile connu.

« Il y a un mandat d'amener concernant un certain Martin. Roger Martin. Dernier domicile connu : cité de la Glacière dans le 13$^{e}$. »

L'inspecteur Marceau Leonetti part de quasiment rien. Une adresse qui n'est plus la bonne. Remonter une piste qui n'est plus très fraîche. Il n'a d'autre choix que de poser des questions, faire du porte-à-porte comme un banal vendeur de serpillières. Il a huit jours pour clore ce dossier, pas un de plus. Il traîne dans les immeubles, les HLM, chez les garde-meubles, dans les salles de vente, pour en revenir au point de départ. Afin de montrer ce travail de fourmi, Giovanni promène sa caméra dans une centaine de lieux de la capitale. Le métier de flic gagne en précision ce qu'il perd en noblesse. Il n'en est pas moins efficace. Leonetti découvre que le témoin a une fille, malade de surcroît. L'enquête, qui se dirige désormais vers les médecins et les dispensaires, aboutit à une autre impasse. En dernier recours, l'inspecteur épluche les registres des pharmaciens établis à proximité de ce dernier domicile connu. Il déniche une ordonnance sur laquelle figure le nom d'un spécialiste. Lequel donne l'adresse de son client. La même adresse qu'au départ ! Tout est à refaire. Pas tout à fait. Le témoin et sa fille ont rendez-vous chez le praticien ce même jour à 11 h 45… L'homme est amené jusqu'au tribunal. Bravo, la police.

Enfin, pas tout à fait, car ce même homme est abandonné par les forces de l'ordre dès sa sortie du tribunal. Scène qui fait hausser le sourcil de la censure. Menace d'interdiction du film. Giovanni s'en étonne : « Pourquoi ? Aucune scène de sexe. La violence ? Je n'ai tourné qu'une bataille de rue de deux minutes à coups de poing. Du patronage. La censure a dû se tromper de film. Non. L'esprit du film calomnie l'institution de la justice. J'ai montré un témoin protégé jusqu'à ce qu'il témoigne pour rendre service aux autorités, et, à la minute où il a parlé, les flics l'abandonnent. Sans défense contre le vengeur qui rôde, il est assassiné une heure après son témoignage. »

Le cinéaste en appelle au Premier ministre, Jacques Chaban-Delmas – qu'il a connu dans sa jeunesse – pour faire lever cette menace.

Dans *Le Clan des Siciliens*, Henri Verneuil aussi cherche à atteindre une certaine véracité. Pour toutes les scènes avec le commissaire Le Goff (également Ventura !), il sollicite l'aide de Gustave Jobard, commissaire divisionnaire et patron de la Criminelle. Cette fois, il est question de retrouver un dangereux meurtrier en fuite. On interroge ses anciens contacts et, fait novateur, on place le téléphone de sa sœur sur écoute.

Jean-Pierre Melville s'efforce de montrer la sempiternelle routine d'un policier de la brigade territoriale dans *Un flic* avec cette phrase qui revient comme un leitmotiv : « On y va, je vous rappelle après. »

D'autres films reposent sur les difficultés d'une enquête qui ne tient que sur peu d'éléments. Dans *Sans mobile apparent* et, sur le ton de la comédie, dans *Tendre poulet*, le but est ambitieux puisqu'il s'agit de stopper des tueurs en série. Mais les méthodes ne sont toujours pas modernes : interroger, se rendre sur place, vérifier. Dans les deux cas, les victimes sont reliées par un lien discret. Dans les deux cas, il s'agit d'une femme. Nécessité de fouiller le passé de tous ces gens, d'explorer les zones d'ombre. On interroge la ou les maîtresses de messieurs assassinés. Cherchez la femme ! Le vieil adage est toujours en vigueur. Les flics savent bien que la plupart des crimes trouvent leur origine dans le sexe ou l'argent.

Dans *Armaguedon* d'Alain Jessua, il y a aussi un tueur en série mais celui-ci échappe aux normes traditionnelles et agit pour des raisons strictement politiques. Il interfère dans un jeu télévisé, *Welcome la vie*, « spectacle public enregistré en direct (*sic*) au Théâtre de la Renaissance ».

« Plusieurs charges explosives ont été placées dans le théâtre », affirme le tueur.

Délirant certes, cinglé peut-être, mais conscient que grâce à la télévision il va faire passer son message. Il va essayer en tout cas. Mais la mort l'attend au bout de la scène. Tel est souvent le destin des tueurs hors norme.

Dans *Le Chat et la Souris* de Claude Lelouch, le commissaire Lechat (Serge Reggiani) enquête sur un meurtre d'apparence classique : un riche homme d'affaires tué au cours d'un vol de tableaux dans sa propriété. Trop classique pour ce flic qui sait reconnaître une mise en scène quand elle lui crève les yeux. Il est convaincu que la coupable est la veuve aux yeux bleus (Michèle Morgan) mais ne dispose d'aucune preuve. Ne lui reste plus qu'à la travailler au corps et à vérifier à la seconde près son emploi du temps. Il croit détenir l'élément clef mais se trompe. Les fautifs sont les employés (le chauffeur et la bonne) du défunt...

La vraie police se fait sur le terrain. C'est une évidence, quasi une lapalissade. Pour autant elle n'a pas la tâche facile. Il ne lui suffit pas d'exhiber sa carte barrée de lignes tricolores ni de faire sa grosse voix pour décrocher des renseignements. Elle se heurte à de nombreux obstacles.

D'abord la mémoire. De nombreux témoins, de bonne foi, ne se souviennent pas ou mal. D'où des renseignements tronqués, des pistes sans issue...

Ensuite, la mauvaise volonté. La France a beau avoir élevé la délation au rang de sport national, ses citoyens ne se montrent pas toujours prêts à aider les forces de l'ordre. Ou alors dans un mercantile esprit de vengeance. Plus le témoin est proche du suspect, moins il parle. Parfois, il ne se gêne pas pour envoyer le flic dans les cordes, au propre comme au figuré.

La police est aussi victime de ses propres préjugés. Pour elle, un truand reste un truand, un coupable un coupable. Qu'il ait purgé sa peine ou non. C'est l'un des thèmes de *Deux hommes dans la ville* de José Giovanni.

« J'ai voulu montrer qu'un homme qui a été en prison ne peut jamais vraiment échapper à son passé, explique le cinéaste. Si, au cours d'une rafle, on arrête un ancien condamné et qu'on s'aperçoit, en consultant ses papiers, qu'il est directeur de société, on est très poli avec lui jusqu'à ce qu'un dossier arrive des "sommiers" et qu'on voie qu'il est tombé pour une escroquerie quelconque douze ans plus tôt. Alors les flics changent d'attitude et se mettent à le tutoyer. »

Mauvaise habitude que l'on retrouve en toile de fond de bien des films.

Chez Giovanni : « Quant à payer sa dette [à la société], vous savez, on vous réclame toujours des intérêts. » (*Comme un boomerang.*)

Et chez Melville dans *Le Cercle rouge* : « Qu'est-ce que tu crois, Corey, avec ton pedigree et tes cinq ans de centrale, qu'on va te faire une situation en rapport avec tes capacités ? »

Dans ce même film, un policier de haut rang, puisque inspecteur général des services, va plus loin. Pour lui, les anciens bandits sont d'actuels coupables, *idem* pour un simple suspect. Sentiment peu partagé par son subalterne :

« Monsieur Mattei, vous ne saviez pas qu'un suspect doit être considéré comme un coupable ?

– Pas pour moi, monsieur l'inspecteur général. Il m'est passé entre les mains tant de suspects qui étaient innocents. »

Ce brave inspecteur général affiche une conception de l'humanité plus nietzschéenne que bouddhiste : « Il n'y a pas d'innocents. Les hommes sont coupables. Ils viennent au monde innocents mais ça ne dure pas. »

Lui au moins est coupable d'une incommensurable bêtise.

Parmi les autres obstacles, plus inattendu, se trouvent les collègues. Ou assimilés. Entre différents services on ne s'aime pas. Loin de se tenir les coudes, on se tire dans les pattes. D'où *La Guerre des polices* de Robin Davis. La brigade antigang contre la brigade territoriale. Elles visent un même but, arrêter un dangereux bandit. Si dangereux que la gloire de son arrestation rejaillira sur tout le service. Deux méthodes s'opposent : celle du commissaire Fush (Claude Brasseur), flic de terrain en jean et blouson de cuir, et celle du commissaire Ballestrat (Claude Rich), flic de bureau en veste et pantalon de velours. Leur antagonisme est tel qu'il provoque la mort d'un des membres de l'antigang. Ce qui n'empêche pas Ballestrat, responsable de la bévue, de dormir.

Il est également question de mésentente entre services de police dans *Le Tueur* de Denys de La Patellière. Mais là, il s'agit plutôt d'une querelle entre les anciens et les modernes.

*La Guerre des polices* surgit en novembre 1979 et, en sortant des sentiers battus, montre une vision très moderne de la police. De ce fait, il redonne des couleurs à l'ensemble du cinéma policier.

Car, en cette fin de décennie, le genre n'a plus le vent en poupe. Les scores médiocres ou mauvais obtenus par *Le Gang*, *René la Canne*, *Armaguedon*, *La Menace* échaudent les producteurs. L'année 1978 est une année noire : seulement quatre films policiers proposés au public, dont une comédie (*Tendre poulet*) – contre dix-huit trois ans plus tôt ! Le public préfère, et de beaucoup, les comédies, quel qu'en soit le sujet. Les militaires de la 7e compagnie, les travestis de *La Cage aux folles*, les vacanciers des *Bronzés* et de *L'Hôtel de la plage* emplissent les caisses des exploitants, expédiant les policiers au rang des incongruités, voire des antiquités.

Dans ce contexte, Robin Davis a du mal à monter son film. Même son casting ne suffit pas à convaincre les investisseurs. Marlène Jobert baguenaude dans le creux de la vague alors que ni Claude Brasseur ni Claude Rich ne peuvent être considérés comme des stars. Davis lui-même ne peut que se reposer sur son dernier film, *Ce cher Victor*, qui a recueilli l'approbation des critiques sans vrai succès public, autant dire pas grand-chose. Soutenu par ses comédiens, il tient bon. Il sait son sujet original et sent que son souci de coller à une plausible réalité peut intéresser les masses. La guerre des polices est partout dans les journaux, pourquoi ne serait-elle pas aussi dans les cinémas ? Presque en désespoir de cause, UGC accepte de l'accompagner dans cette folle aventure, mais avec un budget réduit. Résultat : *La Guerre des polices* cartonne au box-office et, fait exceptionnel, reçoit une nomination aux César (Brasseur emportera celui du meilleur acteur).

*La Guerre des polices* offre un autre aspect original : la femme flic. Jouée par Marlène Jobert. Qui le fut déjà dans *Dernier domicile connu*. Marque de l'évolution de la société. Qui se féminise, donc qui évolue. Auprès de Ventura, Jobert incarnait une discrète auxiliaire d'abord engagée pour traquer les maniaques sexuels sévissant dans les cinémas pornos. Entre Brasseur et Rich, elle prend du galon et de l'envergure. Une vraie flic, qui n'hésite pas à braquer son arme de gros calibre, quelle que soit sa tenue (y compris en tenue d'Ève). Si cette Marie Garcin devait traquer les maniaques, elle le ferait en leur mettant son flingue sous le nez, non en jouant les saintes-nitouches...

Pour incarner cette représentante du beau sexe fichtrement moderne, Marlène apprend auprès de vrais policiers à tirer et à se battre. Elle suit également pendant plusieurs jours le quotidien d'une femme policière. « C'est une profession d'homme, conclut l'actrice, mais une femme peut très bien réussir. Elle sera moins lente. Sa féminité, qui détonne dans ce milieu, peut l'aider à désarçonner les truands. Elle utilisera ses arguments propres : la douceur, la persuasion. »

Les femmes flics jouées par Marlène Jobert reçoivent des ordres ; elles n'en donnent pas. La seule – et première dans l'histoire du polar français – à diriger une équipe se nomme Lise Tanquerelle (Annie Girardot) dans *Tendre poulet*, de Philippe de Broca. Tout en préservant sa féminité, elle démontre qu'en matière de police ces dames n'ont plus de leçons à recevoir de ces messieurs. À quand une femme dans le siège du ministre de l'Intérieur ?

Quand sort *Tendre poulet*, en janvier 1978, les femmes n'ont le droit de postuler à la fonction de commissaire de police que depuis moins de quatre ans et la première nomination d'une dame à ce grade date de moins d'un an. Ce qui explique leur rareté sur les écrans.

Au moins, Lise a le mérite d'expliquer comment et pourquoi elle est entrée dans la police : « Ne croyez surtout pas que je suis la fille d'un gendarme et d'une cantinière. Non, maman était dans la mode ; j'ai grandi dans le taffetas, l'organdi et le crêpe Georgette. J'ai ânonné *Rosa la Rose*, j'ai pianoté des sonates. Tout me portait à devenir honnête. Ce sont les lectures qui m'ont dévoyée. J'étais folle de romans policiers. Je me voyais traquant Fantômas et Belphégor par monts et par vaux, arrêtant Jack l'Éventreur à Whitechapel ou le docteur Fu Manchu à Hong Kong. Je vagabondais des brouillards aux tropiques, cueillant les roses de Gambais, les orchidées de miss Blandish, les lupins d'Arsène. Et j'ai passé le concours de l'école de police comme on entre au cinéma. »

Pour s'approcher d'une certaine véracité de la vie des policiers, autant montrer leur cadre quotidien. Car, à la différence de leurs amis les gendarmes, ils ne vivent pas en caserne et ont droit à leurs intérieurs douillets.

Première constatation : ces messieurs vivent seuls. Célibat forcené, divorce inévitable ou veuvage douloureux. L'image d'un Maigret content de mettre les pieds sous la table pendant que bobonne y dépose un plat mijoté a vécu. Le policier des années 1970 est indépendant.

Deuxième constatation : leurs homes sont d'une redoutable banalité. Des intérieurs petits-bourgeois dénués de la moindre once d'originalité au mobilier tout droit sorti du catalogue de La Redoute ou du magasin But du quartier quand ce ne sont pas des meubles de famille aussi encombrants que hideux. Le policier, trop préoccupé par son métier, n'a pas l'âme d'un décorateur. Son chez-lui ressemble à celui d'un comptable, d'un employé de l'état civil ou d'un huissier de justice. Ça ne donne pas forcément l'envie d'y traîner.

Celui, faussement moderne, du commissaire Mattei (*Le Cercle rouge*) est occupé par des chats. Il les aime tellement qu'il a des gravures de félins sur les murs. Inévitable moquette sur tout le sol et cuisine séparée par une porte coulissante ressemblant à celle d'une armoire. Gros fauteuils confortables mais envahissants. Salle de bains qui donne sur le salon. L'appartement du célibataire qui n'y reçoit pas grand monde (sans doute parce que ça pue le chat).

Celui du commissaire Fush (*La Guerre des polices*) paraît moins austère. Logement bohème avec son piano, ses rangées de livres et ses grandes fenêtres donnant sur un jardin. Pas de moquette mais du parquet. Salon plus vaste que le bureau d'un ministre. Canapé où peuvent s'allonger des femmes. Indubitablement plus accueillant en dépit de meubles (dont une armoire gigantesque) qui bouffent l'espace.

On voit peu et mal le foyer de l'inspecteur Leonetti (*Dernier domicile connu*) mais on sait que sa cuisine y est en désordre. Encore un célibataire mal organisé.

L'inspecteur Ferrot (*Police Python 357*) détonne radicalement entre tous ses collègues en pratiquant l'ascétisme spartiate. Dans son très modeste appartement, il n'y a rien. Rien sur les murs. À peine un lit de camp (d'une personne) posé dans un coin et une table qui lui sert plus souvent pour préparer ses balles que pour se taper la cloche. Dans un tel cadre, Ferrot peut difficilement inviter ses amis à des gueuletons. Mais en a-t-il vraiment ?

La palme du quotidien le plus triste revient à Serge Monnier (Charles Denner) dans *Un officier de police sans importance*. Cet inspecteur qui se vante d'être scrupuleux et honnête vit en solitaire enferré dans ses habitudes dans un quartier sans attrait du côté de Belleville. Son appartement n'est pas montré mais on l'imagine, ce qui est pire. Il y vit avec un chat – que lui a peut-être offert le commissaire Mattei.

En règle générale, la banalité de ces logements engendre plus l'ennui que l'envie. On n'a jamais vu un spectateur sauter sur ses pieds à la vision d'un tel lieu en s'exclamant : « Je veux le même ! » Ces policiers ne sont pas des jouisseurs.

Surtout, ils se contrefichent de la mode. Ils ont beau se mettre à porter des blousons pour faire jeunes, dans leurs têtes ils sont restés traditionnels, pour ne pas dire rétrogrades (un exemple : l'appartement de Fush, qui fait très bourgeoisie de province). Alors que les années 1970 sont celles de l'explosion de nouveaux styles décoratifs, ou design, avec des formes rondes et des couleurs qui flashent (alternance de blanc et d'orange), le phénomène n'a pas atteint la maréchaussée. Il a pourtant atteint le cinéma mais côté comédies.

Figés dans leur esprit et dans leurs goûts, les flics français le sont moins dans leur métier. Ceux montrés à l'écran ne peuvent figurer parmi les modèles à citer dans les écoles mais restent intéressants à observer. Des dissidents aux dossiers entachés, limite révocation.

Pour leur défense, ils expliquent qu'ils ont en marre. Marre du manque de moyens, marre de leur hiérarchie pesante, marre d'être la risée des voyous, marre des journalistes qui les conspuent, marre de cette justice qui libère les malfrats sitôt après leur arrestation. Marre, marre, marre. D'où des dérives parfois qualifiées d'abus, ou de bavures.

« Camarade commissaire, y a un ver dans le fruit. Soigner le fruit, ça peut demander longtemps. Moi, je vais tuer le ver. »

En s'exprimant de la sorte, le commissaire divisionnaire Stanislas Borowitz (Jean-Paul Belmondo) de *Flic ou voyou* annonce ses méthodes peu orthodoxes. Il envoie valdinguer le règlement pour identifier les meurtriers d'un de ses collègues. Il utilise des pratiques de bandit, piétine les lois, fait exploser des bâtiments... Un véritable bulldozer que ses supérieurs ont bien du mal à couvrir.

Parmi les peccadilles à mettre à son actif – ou son passif, c'est selon – figurent l'accusation mensongère et l'arrestation arbitraire : « Je sais bien que t'as pas buté l'autre imbécile. Mais t'en as fait flinguer d'autres. Si on rajoute à ça le racket, la drogue, les putes, ça fait une jolie carrière quand même. Les vingt ans que tu vas prendre, c'est un peu la médaille du travail qu'on va te remettre. »

De telles pratiques sont courantes dans le polar français. Le chantage fait partie des mœurs policières.

Le commissaire Blot (Marcel Bozzuffi) du *Gitan* ne voit aucun mal à truquer le registre des gardes à vue, ce qui lui permet de prolonger un interrogatoire bien au-delà du temps légal :

« Voici le livre des gardes à vue. Ça compte à partir du jour où le nom est inscrit là-dedans. C'est drôle, le vôtre n'est pas encore inscrit.

– Quand on vous voit travailler, on a envie de se joindre à ceux qui vous balancent des cocktails Molotov. »

Le commissaire Letellier (Jean-Paul Belmondo) de *Peur sur la ville* s'en prend à un truand qu'il vient de blesser. L'homme réclame une ambulance. Le flic lui répond : « Tu parles d'abord, on appelle l'ambulance après. »

Dans *La Guerre des polices*, il est clairement démontré que respecter le code à la virgule n'aboutit à aucun résultat. On y pratique quotidiennement la menace. Quitte à sortir son arme pour la pointer directement sur l'informateur. « De toute façon tu sais très bien que je suis un flic et que je te taperai dessus jusqu'à ce que tu parles et tu sais très bien que tu finiras par parler. Tu la connais la règle du jeu, alors merde ! »

Sacrée règle du jeu en vérité. Totalement illégale. Mais tellement pratique.

D'autres franchissent la ligne avec moins d'éclat. Marceau Leonetti (*Dernier domicile connu*) se retrouve muté dans un minable commissariat de quartier parce qu'on l'accuse d'une faute qu'il n'a pas commise. Alors qu'il rentrait chez lui après une harassante journée de travail, cet inspecteur zélé, décoré de la Légion d'honneur, apprécié par ses pairs, croise la route d'un jeune chauffard ivre. Nom : Henri de Faillac. Signe particulier : fils d'un célèbre et puissant avocat. L'action se retourne contre le flic, qui devient accusé. Jugement rapide et définitif au cours duquel il n'a pas le droit à la parole : « Et mon passé ici dans cette maison, qu'est-ce que vous en faites ? »

On lui reproche ses méthodes brutales qui ont pourtant fait leurs preuves. En lui lisant à la fois l'acte d'accusation et le verdict, son supérieur explique : « Dans sa plainte, le père [avocat] conclut en demandant si un policier enclin à se servir d'un revolver ou de ses poings avait encore une place dans notre société. »

Voilà où le bât blesse : les méthodes brutales.

Bât qui blesse aussi du côté des *Assassins de l'ordre* de Marcel Carné. Le passé « émérite » d'un policier ne fait qu'éveiller les soupçons chez un juge d'instruction tatillon :

« Quinze ans de carrière dans la police, médaille militaire, quatre citations. Oui, j'ai fait l'Indochine et l'Algérie, monsieur le juge.

– Je suppose que tout cela mérite des félicitations. Mais cela laisse à penser que vous avez l'habitude d'une certaine violence. »

Et toc !

Secouer un indicateur, molester un suspect, remettre à sa place un vindicatif n'ont plus leur place dans une société qui se veut policée. Problématique qui se retrouve d'ailleurs au centre d'un vaste débat national. Tout le monde a encore en tête les images de rangées de CRS chargeant des étudiants dans les rues du Quartier latin en mai 1968. Depuis, les témoignages sur les brutalités policières ont afflué de partout. Du coup de matraque au passage à tabac, la liste est longue. La France de De Gaulle, c'est fini. Le pays dirigé par un militaire, c'est fini. Qu'on se le dise ! Pratiques révolues à remiser à jamais dans l'armoire aux tristes souvenirs.

Noble attitude, digne du pays des droits de l'homme, mais la question reste posée : peut-on faire une bonne police sans mordre la ligne ? Sur un plan encore plus vaste : jusqu'où a-t-on le droit d'enfreindre le règlement ? La fin justifie-t-elle tous les moyens ? S'il paraît impensable de castagner un paumé qui a volé une boîte de biscuits, n'est-il pas légitime d'exercer une énorme pression sur quelqu'un qui sait où se cache un dangereux suspect ? Car, comme le rappelle l'ensemble des policiers, en face ils ont rarement affaire à des enfants de chœur. Le truand moderne ne se balade jamais sans une arme de gros calibre, revolvérise à tire-larigot, se moquant des balles perdues et de futurs orphelins de la police. Dans les cas les plus bénins, le voyou se contente de mentir et d'insulter avec une morgue insolente. Jusqu'au la police a-t-elle le droit de se servir des mêmes « outils » ?

La loi elle-même a ses limites. Trop la respecter rend aveugle. Ou pire. Quand, dans *La Guerre des polices*, Ballestrat s'érige en ardent défenseur du code, il provoque la crainte de sa subalterne :

« J'aime la loi. J'aime passionnément la loi. Pas l'ordre. L'ordre, je m'en fous, je serais même un excellent fouteur de merde. Mais la loi, c'est différent. Lorsque quelqu'un enfreint la loi, mon plaisir, ma joie profonde, c'est de l'arrêter et de savoir qu'il sera puni.

– C'est dangereux, les types comme vous.

– Absolument, c'est pour ça qu'on m'utilise. »

Ballestrat finit par ressembler à un intégriste qui ne voit plus que les mots, sans prendre du recul pour comprendre l'intention qu'ils cachent. Il ne fait plus la différence entre les textes de loi et l'esprit de la loi.

Pour soutenir leurs actions, les flics de cinéma se réfugient toujours derrière le but à atteindre. Ainsi protégés, ils estiment prendre leurs responsabilités. Et commettent des bavures. De toutes tailles.

Dans *Un flic*, le commissaire Édouard Coleman (Alain Delon) gifle un suspect. Interdit ! Or, cela n'est rien, mais rien du tout, comparé aux travers de certains collègues. Dans *Un condé* d'Yves Boisset, on pratique un passage à tabac proche de la torture. Au sortir d'une de ces séances, l'un des flics constate : « On s'est pété les poings sur lui. »

L'une des scènes du film provoque l'ire de la commission de censure. L'inspecteur Favenin (Michel Bouquet) y maltraite un suspect qui avait déjà le visage et le corps en sang. Boisset est contraint d'en tourner une nouvelle version, éliminant beaucoup de sang et s'arrangeant pour que le flic ne touche plus la victime (il se contente de lui parler).

En agissant de la sorte, la commission fait preuve à la fois de ridicule et de vision à court terme. Elle croit qu'en brandissant les ciseaux elle peut enrayer la carrière d'un film. Bien entendu, l'effet inverse se produit. Quelle est donc cette œuvre qui suscite tant de haine ? D'autant que la presse s'empare du sujet, qui vire au scandale. Raymond Marcellin, ministre de l'Intérieur, reste inflexible. Il estime même les simples coupures insuffisantes. Si on l'écoutait, tout le film passerait à la trappe. Mais qui écoute encore ce Marcellin ? Cet éphémère avocat breton est arrivé place Beauvau en plein délire soixante-huitard. Si on l'avait laissé aller au bout de ses envies, les CRS auraient eu la main encore plus lourde. Il déteste *Un condé* et la seule évocation de ce titre le met dans une colère noire. On le calme mais on demande quand même à Boisset de jeter vingt minutes de son film qui bafoue l'honneur de la police. Le cinéaste se bat, discute plan par plan, presque image par image. Un bras de fer de plusieurs mois qui passionne le microcosme cinématographique. Pour prouver qu'il n'est pas un énergumène sorti d'une officine anarchiste ni d'un asile d'aliénés, Boisset explique que certains dialogues incriminés sont tirés des écrits de Joseph Fouché, duc d'Orléans et ministre de l'Intérieur (plus exactement ministre de la Police) d'une envergure plus impressionnante que celle de Marcellin (surnommé Saint-Nectaire par ses détracteurs). Au bout des comptes d'apothicaire, *Un condé* est amputé d'une dizaine de minutes, plus d'autres scènes à revoir. Quand le film sort enfin – après six mois de tergiversations et négociations –, les spectateurs se ruent. Ils en ont tant entendu parler qu'ils trépignent d'impatience. Le premier grand succès d'Yves Boisset, qui, bon prince, reconnaîtra qu'il doit son lancement à un ministre qui le déteste. Merci, Raymond.

*Un condé* se situe dans le petit groupe d'œuvres visant à dénoncer les violences policières. Un véritable pamphlet.

Favenin est un policier mal noté, muté pour indiscipline. Le genre de type capable d'abattre un gangster de sang-froid au prétexte qu'il refuse de parler. Quand son ami l'inspecteur Barnero (Bernard Fresson) est mortellement touché sous ses yeux par des tueurs à gages, Favenin décide de le venger. À sa manière.

Pour lui, à force de courber l'échine, la police s'est dévoyée. Sa conception du métier est à l'ancienne. Le policier doit avoir les mains sales puisqu'il remue la fange : « La fonction de policier n'est pas une fonction noble. Un corps qui fonctionne bien n'est pas un corps qui ne produit pas de déchets, c'est un corps qui les élimine convenablement. Comme toutes les fonctions d'élimination, il convient que la fonction de police soit assurée rapidement, proprement, discrètement. »

Avec un tel état d'esprit, il refuse de croire en une police trop respectueuse des règlements, faisant passer les droits du citoyen avant la défense de la société. Ce que d'aucuns appellent une police propre, presque une police en gants blancs, il n'y croit pas : « Barnero est mort d'avoir cru à une police propre. Maintenant je sais une chose : la police est un métier sale. Qu'on ne peut faire que salement. »

Ce disant, il a conscience de rejoindre les propos du voleur anarchiste Georges Darien qui ne s'embarrassait jamais de délicatesse et se justifiait de la sorte : « Je fais un sale métier, c'est vrai ; mais j'ai une excuse : je le fais salement. » Policier et voleur, même combat ou, du moins, mêmes méthodes.

À sa manière, Favenin est un idéaliste. Selon lui, plus crainte sera la police, meilleure sera la société. Or, un idéaliste, quel qu'il soit, n'a pas sa place dans la police, plongée dans les remugles du quotidien. Ce qu'estime de son côté son supérieur : « Personne ne vous demande de refaire le monde. Croyez-en un vieux flic, la police est faite pour servir la société telle qu'elle est, pas pour la réformer. »

*Un condé* ne vise pas l'ensemble de la police. Comment le pourrait-il ? Il isole une cellule malade comme le ferait un chercheur. Subtilité remarquée par Janick Beaulieu dans *La Revue du cinéma* : « Après tout, quand on y réfléchit bien, il n'y avait pas de quoi fouetter un policier ou un réalisateur. Toutes les précautions d'usage se donnaient rendez-vous. En premier lieu le titre : *Un condé*. Il s'agit bien d'un cas d'espèce ou d'une espèce de cas. Le système policier n'avait donc rien à craindre d'une exception qui ne confirme pas la règle de l'honnêteté policière.

D'autre part, on prend bien soin de nous avertir que l'inspecteur Favenin est un pauvre subalterne déjà rappelé à l'ordre par ses supérieurs pour cause d'indiscipline. Donc, le bon public ne pourra pas douter de l'intégrité de ses policiers en général, puisqu'on y trouve tellement de brebis non galeuses. Il apparaît clairement aussi que Favenin agit en pleine crise d'agressivité. Ce qui en fait un sujet d'élection pour diriger une enquête au service d'une vengeance personnelle. »

Sorti en octobre 1970, *Un condé* est le premier en date de la décennie à s'exprimer de manière explicite. Il n'est pas isolé dans sa dénonciation des brutalités policières. *Les Aveux les plus doux* d'Édouard Molinaro l'accompagne. À cette différence que l'action ne s'y situe pas en France mais dans un pays non identifié (le tournage a lieu en Algérie). Peu importe pour le spectateur, qui a tôt fait de ramener l'histoire dans l'Hexagone.

Le prétexte de base est presque insignifiant : deux jeunes volent la recette d'un cirque, après avoir frappé son propriétaire – qui s'en remettra vite. Jean (Marc Porel) est arrêté puis identifié par la victime. Les policiers veulent plus, ils exigent ses aveux signés.

« Chacun son rôle, explique un inspecteur, les policiers interrogent et les coupables avouent. »

Ils vont tout faire pour les obtenir. D'abord, parce qu'ils en ont l'habitude, ils usent et abusent du passage à tabac. Pas avec le dos de la cuillère. L'inspecteur Muller (Philippe Noiret) fait mine de calmer ses hommes mais se révèle plus retors qu'eux. Il endosse l'apparence du flic gentil – opposé aux méchants – et entraîne Jean dans un chantage odieux qui n'est qu'une forme de torture psychologique. Le coupable finit par céder, mais en apposant son paraphe sur le document, il lance aux deux policiers qui lui font face : « Je devrais vous remercier, vous m'avez appris quelque chose aujourd'hui : au fond, je suis un type plutôt pas mal. Et sans vous, je ne m'en serais peut-être jamais aperçu. Je vais passer des années en prison, mais pour vous, ça va continuer, votre métier, les femmes, les enfants, les vacances. N'empêche, de nous trois, c'est moi le plus libre. »

Les policiers sont veules, mais la police a gagné.

Sorti sept mois après *Un condé, Les Assassins de l'ordre* pointe également les brutalités policières, mais d'une manière moins agressive. Le réalisateur Marcel Carné n'a pas le punch de son cadet Yves Boisset.

Tout le thème repose sur une enquête effectuée par un juge d'instruction à propos d'un singulier incident qui a tout de la bavure policière. À 8 heures, du côté de Marseille, un père de famille ancien truand est réveillé par trois policiers pour être emmené au commissariat. On l'accuse d'être l'auteur d'un casse au chalumeau, son ancienne spécialité. L'homme nie. À midi, il quitte le commissariat. Les pieds devant ! Mort des suites d'un traumatisme crânien. Le passage à tabac ne fait aucun doute selon le médecin légiste. Question : est-il mort de ce passage à tabac ou pour une autre raison ? La veuve porte plainte. Le juge Bernard Level (Jacques Brel) se charge du dossier.

Il rencontre des flics qui, rayon veulerie, n'ont rien à envier à leurs collègues étrangers des *Aveux les plus doux*. Toute la fonction policière est symbolisée par deux fonctionnaires aux apparences placides. D'abord le commissaire Bertrand (Michael Lonsdale) qui couvre ses hommes en s'affirmant zélé : « Nous autres policiers, nous dégrossissons le travail. Je n'ai jamais vu un magistrat fâché qu'on lui amène des aveux. »

Il ne se pose pas la question du prix à payer, donc des méthodes à employer, pour arracher ces aveux.

Ensuite, un commissaire divisionnaire (Jean-Roger Caussimon) qui voit les choses de haut et pour qui la mort d'un ancien taulard ne saurait remettre en cause les fondements d'une institution séculaire.

« J'instruis un meurtre, monsieur le divisionnaire.

– Non, vous instruisez un accident, une erreur de parcours. Souvenez-vous de l'Occupation. Lorsque les aviateurs alliés bombardaient des territoires occupés, leurs bombes tuaient des femmes et des enfants, et pourtant sans ces femmes et ces enfants morts, nous n'aurions jamais été délivrés de l'occupation nazie. »

Comparaison audacieuse qui ne prend pas en compte le fait que Level est un homme de loi. *Dura lex sed lex*, comme disent les latinistes. Ce qu'il exprime en langage moins précieux : « Faut-il qu'il y ait deux lois ? Une pour les policiers, une pour les non-policiers ? »

En dépit de sa notoriété internationale, Marcel Carné peine à monter son film. Plus de cinq ans pour y parvenir. Il dispose d'un livre de Jean Laborde, chroniqueur judiciaire à *France-Soir* et *L'Aurore*, grand spécialiste des questions policières. Il y évoque une affaire survenue à Bordeaux en... 1954 ! Les gendarmes furent alors mis en cause. Quinze ans après, rien n'a changé. À chaque producteur qu'il contacte, Carné s'entend répondre : « Ça ne passera jamais. » Preuve de la toute-puissance de dame Anastasie. Elle peut mutiler des œuvres à peine écloses mais aussi les étouffer avant leur naissance. Dans ses promesses électorales, Valéry Giscard d'Estaing insérera l'abolition de la censure mais, en 1970, il n'est pas encore à l'Élysée. Le cinéma dépend du ministère de la Culture mais, dès qu'il touche à la police, il passe sous le joug de l'Intérieur. Raymond Marcellin veille au grain, défendant sa police comme une mère poule, prônant une police propre, plus dans les mots que dans les faits.

Carné finit par trouver quelques sous pour mettre en images *Les Assassin de l'ordre* du côté d'Aix-en-Provence. « Je me défends de faire un film politique, affirme-t-il. Je raconte une histoire avec un maximum d'objectivité. Je ne prends pas parti parce que je n'ai pas à imposer mon point de vue au spectateur. Mais j'ai tout de même, je l'espère, mis l'accent sur les agissements pour le moins curieux d'une certaine police. Il faut que je sois un peu fou pour m'attaquer à un sujet comme ça. J'aurais peut-être dû tourner un film comique ou érotique, enfin ce qui a la faveur du public. Au lieu de quoi, je tourne un film de combat. Je ne suis pas assez stupide pour avoir voulu faire un film contre la police. Je ne pars pas en guerre contre la police, mais contre certaines brebis galeuses. J'ai voulu simplement stigmatiser des abus qui sont un peu trop fréquents. »

Carné n'en a pas fini avec la police. On lui refuse l'autorisation de filmer devant le palais de justice de Marseille. On lui interdit même de déguiser ses figurants en CRS. De leur côté, les étudiants se joignent à la partie. Mal informés, ils croient qu'il s'agit d'un « film bourgeois » à la gloire des cognes. L'âge de Marcel Carné (64 ans) les a probablement induits en erreur.

Quand arrive dans les salles obscures cette production objet de tant de polémiques, elle ne récolte que l'indifférence générale. Tort de venir après *Un condé*, qui va beaucoup plus loin. Tort de n'évoquer que le passage à tabac sans jamais le montrer. Tort de dérouler une enquête d'un juge d'instruction, donc une vision extérieure. Tort dans certains détails, dont la présentation de la jeunesse qui sombre dans les clichés. Tort d'un didactisme général. Bien qu'audacieux, *Les Assassins de l'ordre* ne peut être marquant.

Pour le reste, la violence semble indissociable de la fonction policière. Jusqu'à en devenir, presque, une banalité.

« La police est la police. Elle cogne, c'est son métier. On la supprime ou on encaisse mais, en attendant, on ne se met pas à pleurer. » (*L'Attentat*.)

« Pourquoi vos collègues m'ont mis la tête au carré ?

– Ils sont impulsifs. » (*Flic Story*.)

« Faites comme chez vous !

– J'ai frappé.

– Sur qui ?

– Oh, dans la journée un pédé, deux ou trois Arabes et des gauchistes. » (*La Menace*.)

« On sait bien comment ça se passe dans vos commissariats.

– Oh, on abîme un peu les gens, je ne dis pas, mais c'est pour les faire parler, pour leur faire peur. Ça, c'est pour les Arabes. Si votre fils avait le type algérien ou les cheveux longs, je ne dis pas... Vous savez, les bonshommes dégoulinant de sang et les matraques, tout ça, c'est du cinéma. » (*L'Horloger de Saint-Paul.*)

Dans *La Guerre des polices*, le chef de la police livre sa vision du corps qu'il dirige : « Ce n'est pas pour moi qu'ils doivent se défoncer, moi, je m'en fous. C'est pour la société. En retour, la société leur permet de cogner sur tout ce qui ne leur plaît pas : Arabes, Noirs, pédés, tout ce que vous voulez. Avec, en prime, un peu d'argent. Et moi je suis là, justement, pour vous faire aimer de la société. Donc elle vous permet de cogner aussi fort que vous voulez. »

Torture psychologique, chantage, manipulation sont pratiques très en vogue dans les rangs de la maréchaussée. *La Faille* de Peter Fleischmann a en commun avec *Les Aveux les plus doux* son déroulement dans un pays non cité mais dont on devine qu'il est sous une dictature (tournage en Grèce). Ici, tout un scénario, digne d'un épisode de *Mission impossible*, est échafaudé pour piéger un suspect.

Tout commence par l'arrestation de Georgis (Ugo Tognazzi), citoyen paisible. Son crime est d'avoir croisé dans un café un homme faisant partie d'une « organisation subversive ».

« Pour le service spécial il y a des gens qui sont pour le régime et des gens qui sont contre le régime. "Celui qui n'est pas avec moi est contre moi." Vous savez qui a dit ça ?

– Hitler ?

– Non ! C'est le Christ. »

La police, suivant un raisonnement vicieux, décortique ses faits et gestes anodins pour les rendre suspects. Georgis ne peut apporter la preuve de son innocence face à des accusations qui relèvent de l'affabulation. Un enquêteur (Michel Piccoli) s'affirme capable de le faire craquer sans avoir recours à l'interrogatoire direct ni au passage à tabac. Prétexte : un transfert vers une ville éloignée. En route, la voiture tombe en panne. La réparation prendra du temps. L'enquêteur en profite pour nouer des liens semi-amicaux avec Georgis. Au début, celui-ci joue les naïfs mais, peu à peu, se relâche. Il n'est pas du tout le citoyen ordinaire qu'il prétend être et appartient bien à une organisation en train de préparer un complot. Les liens entre les deux hommes diminuent l'importance de ces aveux. Mais force reste à la police : les supérieurs de l'enquêteur, méfiants, l'ont placé sur écoute. Ils n'ont plus qu'à arrêter à la fois Georgis et le policier : « Il faut tenir compte des sentiments humains, explique un haut responsable à l'enquêteur. Même la possibilité d'une faille chez un homme comme vous, nous l'avions prévue. »

La leçon à tirer est qu'on ne se méfie jamais assez de la police. Ne jamais lui faire confiance si l'on a quelque chose à se reprocher. Le policier gentil n'existe pas. S'il le devient vraiment, il court à sa perte, comme dans *La Faille*. Aimable, oui ; gentil, non. En retour, le flic n'a pas à sympathiser avec un suspect. Ni son rôle, ni son but.

Dans *Max et les ferrailleurs*, ledit Max (Piccoli dans un rôle refusé par Yves Montand puis Alain Delon), ancien juge d'instruction devenu policier, va plus loin encore que le chantage et, lui aussi, monte un piège : organiser une attaque à main armée dans laquelle il pousse une bande de copains qui n'ont pas l'envergure pour un tel coup. Pourquoi fait-il cela ? Parce que, comme tant d'autres, il en a marre. Marre des truands qui lui filent entre les doigts. Il cherche un beau flagrant délit.

Tout en instruisant une œuvre sur la manipulation (Max lui est inspiré par un militant communiste, manipulateur hors pair, rencontré dans sa jeunesse), Claude Sautet pose aussi le problème de l'infiltration policière. Un flic peut et doit infiltrer des groupes de malfrats pour mieux les démanteler. Jusqu'où ? Entre infiltration, manipulation et provocation, les frontières restent floues. Et les textes législatifs, quasiment inexistants ou imprécis. Max effectue le travail pour lequel il est payé en voulant arrêter des voyous (quoiqu'il pourrait viser plus haut). Il continue de le faire en les infiltrant. Le fait-il toujours en les poussant à commettre un crime auquel, en d'autres circonstances, ils n'auraient jamais pensé ? Dans l'univers policier, telle pratique n'a rien de choquant. D'ailleurs ce brave Marcellin ainsi que la commission de censure laissent passer cette production, pourtant subversive, sans la moindre réticence. Un policier manipulateur ? Normal ! Mais peut-être ces messieurs ont-ils été aveuglés par la beauté de Romy Schneider, troublante prostituée elle aussi manipulée...

Max s'en serait tiré avec les félicitations en haut lieu si l'affaire n'avait pas tourné mal. Avec la mort de l'un des braqueurs, la ligne est irrémédiablement franchie. Le supérieur direct du flic, le commissaire Rosinsky (François Périer), ne peut couvrir de tels agissements. Il menace de faire tomber Max pour complicité. Mal lui en prend, ce dernier l'abat.

« En tirant sur Rosinsky, il a rejoint les autres. Il a rejoint ceux qu'il poursuivait, dans le trou où il voulait les mettre. »

Quand il y a mort d'homme, il n'y a plus de justification. La bavure, ou l'écart de conduite, atteint des dimensions démesurées. Elle sort de toute forme de contrôle. Dans *À nous deux*, les choses vont très loin. Trop loin. Dans des circonstances mal définies, la police tue deux braves gens, perdus dans leur montagne, dont le seul crime est d'avoir hébergé des fugitifs. Bavure similaire que s'apprêtent à commettre d'autres policiers à la fin de *Comme un boomerang*. Depuis un hélicoptère, ils vont tirer sur un père et son fils en fuite à travers la montagne. Une bavure qui s'annonce de taille internationale puisque les deux victimes viennent de passer la frontière italienne ! Quitte à faire une entorse au règlement, autant qu'elle soit inoubliable...

Des bavures meurtrières, voilà de quoi la police se montre capable et coupable.

Le cinéma français dénonce plus facilement la violence que la corruption. Celle-ci serait-elle à ce point passée dans les mœurs policières qu'elle ne mérite plus d'attention ? Dans *Adieu poulet*, l'inspecteur Lefèvre (Patrick Dewaere) cherche justement à attirer l'attention sur lui. Il veut se faire accuser de corruption et mouille son collègue commissaire. En réalité, une combine pour permettre à ce dernier de poursuivre son enquête.

Vrai flic qui en croque : le commissaire Lechat (Serge Reggiani) du *Chat et la Souris.* Il détourne de l'argent, mais comme il le fait au sein d'un système qu'il estime déjà largement pourri, cela ne paraît pas si grave. Il semblerait même que ce Lechat ait trouvé le moyen de se rétribuer à sa juste valeur.

« Lechat est notre meilleur, monsieur le préfet. Si nous voulons le garder, il faut le payer comme une star. Et puisque des voyous lui donnent directement les primes que notre administration lui refuse, de quoi nous plaignons-nous ? Je préfère des flics qui touchent et arrêtent que des flics qui attendent la retraite. » *Dixit* son supérieur direct.

D'après lui, un flic qui touche est un flic qui arrête. Corollaire : les flics qui arrêtent sont-ils tous des flics qui touchent ? Peuvent-ils arrêter ceux auprès de qui ils touchent ?

Les plus pourris (futurs ripoux) de la décennie sont les inspecteurs Rey (Tony Kendall) et Massart (Jean-François Balmer) dans *Flic ou voyou.* Un duo complètement vendu à la pègre niçoise pour laquelle ils truquent les enquêtes et éliminent des gêneurs. Ils paraissent agir en toute impunité et à visage quasi découvert.

« Celui qu'a des lunettes, c'est Rey. Le plus dangereux, c'est Rey. Le plus con, c'est Rey. L'autre, c'est Massart. »

Jusqu'à la venue d'un commissaire de la police des polices qui va remettre de l'ordre dans cette pétaudière et expédier les fautifs non derrière les barreaux mais au cimetière.

La question du policier 100 % intègre se glisse dans la plupart des polars. S'il est rarement corrompu au sens strict, le flic des années 1970 ne se montre guère respectueux des lois et règlements. Il les fait cuire à sa propre sauce, affichant un irrespect certain vis-à-vis de sa hiérarchie. Attitude qui peut paraître bien française (même si on la retrouve dans le polar américain). Mais s'il est un mur qu'il ne peut franchir, c'est celui érigé par la classe politique. Un mur fait de silences, de compromissions et d'argent.

# COUPS BAS ET HAUTES SPHÈRES

L'image de la police française des années 1970 est celle d'un corps totalement assujetti à la politique. La véritable police ne se fait plus sur le terrain mais dans les ministères. Le flic, quel que soit son rang, ne peut survivre que s'il courbe l'échine. Se plier aux ordres ! Ou alors il reprend sa liberté en rendant son arme de service. Se soumettre ou se démettre, rarement la formule apparaît aussi pertinente.

« Je serais vous, je démissionnerais, ils ne vous méritent pas, ces enfoirés !

– Et tu ferais quoi pour vivre ?

– Je ne sais pas… N'importe quoi.

– C'est à peu près ce que font tous les flics qui démissionnent. » (*Adieu poulet.*)

Ce n'est certes pas une nouveauté. La police ne s'est jamais distinguée par son indépendance. Néanmoins, plus de deux décennies après la guerre, le citoyen aurait pu espérer un plus grand relâchement. Qu'au moins elle ait les coudées franches pour exercer son métier. Que nenni. Fonctionnaire tu es, fonctionnaire tu resteras.

Les vrais chefs ne sont plus des policiers ayant grimpé les échelons à force d'efficacité mais des politiciens forcément véreux, eux-mêmes soumis au pouvoir de l'argent. Combines et compagnie.

« Les combinards d'aujourd'hui occupent le temple, dirigent les journaux, subventionnent les campagnes électorales. Ils font élire ceux qui ensuite leur distribueront les marchés, leur accordant tous les passe-droits. Ils forment une nouvelle élite. Leurs descendants constitueront l'aristocratie de demain. Nous allons vers l'époque du voyou de droit divin. » (*Mort d'un pourri.*)

Une telle infiltration de la police par la politique dans ce qu'elle a de plus vil provoque des conséquences aussi nombreuses que fâcheuses.

Des enquêtes policières sont stoppées. Non pour raison d'État mais pour de plus insidieuses raisons politiques. Dans ce cadre, n'importe quel suspect peut se retrouver catalogué extrémiste même s'il n'a jamais émis la moindre opinion politique. Du moment que cela arrange les autorités en place, il devient un pantin. *A contrario*, une affaire aux relents politiques peut être reléguée dans la masse des crimes de droit commun pour ne pas faire de bruit. La valse des étiquettes.

Plus inquiétant, le fait que, dès qu'une personnalité politique est impliquée, directement ou non, tout le système se bloque. Une sorte d'impunité non de droit mais de fait. Voir les démêlés de Marceau Leonetti. Cela génère une sorte de brouillard dans lequel le flic avance à tâtons, quand on ne lui demande pas de faire demi-tour. Or, les choses se compliquent singulièrement du fait que bien des truands sont en cheville avec des politiciens, et vice versa. Pour leur rendre de menus services, pour les arroser d'argent sale. Ces bandits deviennent intouchables. Le brouillard s'épaissit jusqu'à se transformer en nuit noire.

« Les gangsters, c'est une chose, les hommes politiques, une autre.

– Vous m'expliquerez la différence un jour, monsieur le directeur. » (*Adieu poulet.*)

Non loin des gangsters se trouvent les puissants. Banquiers, hommes d'affaires, ils disposent de mannes d'argent qui leur permettent de tout écraser sur leur passage. Ils s'achètent aussi facilement des politiciens que des tueurs à gages. Eux aussi intouchables. Au-dessus des lois, au-dessus du commun des mortels, se sentant au-dessus de tout. Organisés sur le plan international, en plus : « En attendant qu'ils installent l'Internationale des prolos, on a mis en place l'Internationale du pognon, c'est un peu plus sérieux, croyez-moi. Des mots comme "belligérants" ou "alliés" n'ont plus de sens. Nous n'avons plus d'amis, nous avons des partenaires ; nous n'avons plus d'ennemis, nous avons des clients. Le capital ne connaît plus de frontière. » (*Mort d'un pourri*.)

Bien que tiré d'un roman policier de Raf Vallet (alias Jean Laborde), *Mort d'un pourri* puise dans l'actualité et dans une certaine affaire Aranda. Ancien membre du cabinet du ministre de l'Équipement et du Logement, Gabriel Aranda fournit en septembre 1972 les preuves d'une collusion dans le secteur de la construction. En clair : des politiciens chargés de l'attribution de marchés touchaient d'importants dessous-de-table. Un scandale à épisodes car les documents montraient d'innombrables ramifications. Mais un scandale de plus dans une décennie qui en compte déjà beaucoup. Tous jettent le discrédit sur l'ensemble de la caste politique. Si l'affaire Aranda tient la une des journaux pendant plusieurs semaines, elle ne provoque finalement aucun séisme dans le monde des politicards, équipé pour résister à tout. Quelques changements de postes, divers renvois et beaucoup de commentaires pour minimiser la portée de ces « pseudo-révélations ».

Le problème avec les hommes politiques est que, non contents d'être corrompus, ils ne sont pas fiables. Dans *Un cave* de Gilles Grangier, un promoteur immobilier qui n'a pas grand-chose à se reprocher hormis de classiques magouilles financières l'apprend à ses dépens. Il se targue d'avoir « deux députés » dans sa manche et d'être l'ami d'un ministre. Ce qui, selon lui, devrait lui assurer une solide protection. Seulement, quand la police s'intéresse à son douteux cas – non pour l'accuser mais pour s'en servir comme « chèvre » –, le mur de protection s'effondre. Et ce promoteur qui devait se trouver sur le faîte tombe de haut :

« Écoutez bien ce que je vais vous dire : la chèvre, en sortant d'ici, elle cavale chez le préfet. Vous êtes saqué, mon vieux.

Vous pouvez rentrer chez vous vous préparer une musette de lacrymogènes. Fini le boulot peinard, aux manifs !

– Désolé de vous décevoir, monsieur, lui répond le commissaire, mais je dois vous informer que j'ai reçu de l'Intérieur une note vous concernant recommandant chaleureusement votre protection… Mais, "sans tenir compte des appuis officiels, abusivement évoqués par cette personne. On s'en tiendra donc aux opérations démocratiquement acceptables, telles que dues à tous les citoyens"… Vous comprenez ce que ça veut dire, je pense.

– Ça veut dire que, démocratiquement, on commence à me lâcher. Les empaffés ! »

La politique se trouvant partout et surtout là où elle ne devrait pas être, le travail du policier s'en trouve forcément et fortement réduit. On lui demande trop souvent de regarder ailleurs, voire de fermer les yeux. Obéir à ce genre d'ordre représente déjà une forme de corruption, de déviation. C'est dans une marge très étroite qu'évoluent les flics de cinéma.

*Adieu poulet* de Pierre Granier-Deferre plonge sans masque dans le marigot politique en pleine période électorale. Tout commence par une bagarre entre colleurs d'affiches. Incident si banal en ces années 1970 que les médias se contentent de les évoquer en quelques phrases. On en vient souvent aux mains entre partisans de candidats opposés et on casse des voitures qui traînent dans le coin. Pour cela que les politiciens ont recours à des gros bras, donc à des costauds au casier judiciaire chargé.

Ici, à Rouen, ça commence à cogner sec – un des colleurs est tué à coups de barre de fer ! L'inspecteur Moitrier s'interpose. Il a tort. Un des belligérants l'abat en tirant à bout portant. Quelques heures plus tard, à l'hôpital, le policier révèle le nom de son agresseur, Antoine Portor. Individu connu des services de police. Connu aussi pour être l'un des hommes de main de Pierre Lardatte (Victor Lanoux), conseiller municipal et candidat aux élections. Terrain miné ! Ce que comprend vite le commissaire principal Verjeat (Lino Ventura). Lardatte nie toute implication avec ce Portor et même avec l'ensemble des membres de son service d'ordre : « Vous voyez, près de la porte, ces deux tas de muscles à l'air abruti ? Regardez de l'autre côté, vous verrez les mêmes têtes de brutes. Ils travaillent tous pour moi. Croyez-vous que ce sont mes amis ? Que je partage leur intimité ? Ce n'est pas moi qui engage le service d'ordre, j'ai autre chose à faire. »

Verjeat n'en croit pas un mot et continue son enquête. Il dérange, car Lardatte appartient au parti de la majorité, donc au pouvoir. Quand le policier permet au père du colleur d'affiches décédé de hurler sa vindicte dans des haut-parleurs (« Lardatte est un salaud, un assassin, une ordure ! »), il dépasse les bornes. Sa mutation pour Montpellier l'attend sur son bureau.

Le scénario écrit par Francis Veber s'inspire d'un autre roman de Raf Vallet. Surtout, il repose sur un fait divers survenu en février 1971 à Puteaux lors de la campagne pour les municipales. Des colleurs d'affiches socialistes furent agressés par une bande armée. Un mort et six blessés. Les attaquants étaient des partisans du maire en place, Charles Ceccaldi-Raynaud, homme de droite. Le pouvoir ne put étouffer l'affaire, dont les journaux s'emparèrent. Elle déboucha sur un procès. Plusieurs auteurs de l'agression étant employés municipaux, le maire fut jugé responsable au civil. Il n'écopa que d'une condamnation pécuniaire (200 000 francs). À aucun moment il ne fut question de son implication personnelle ni d'une éventuelle collision entre son parti et des malfrats, donc entre le pouvoir et la pègre.

Pour faire circuler ses directives, aussi iniques soient-elles, le pouvoir dispose d'une arme redoutable : la hiérarchie. Jamais un ministre ou un élu n'osera convoquer un commissaire pour lui signifier sa façon de penser et pour lui imposer sa façon d'agir. Tout cela relève d'un jeu plus subtil, plein de non-dits. L'information filtre, passe sous les portes matelassées, se glisse dans les couloirs, aboutit dans des officines, s'exécute sans explications superflues.

Dans *Adieu poulet*, Verjeat se fait remonter les bretelles par son contrôleur général (Julien Guiomar), chef de la brigade criminelle. Tout le monde, excepté Verjeat, aimerait bien extirper ce tragique incident de son contexte politique, afin de le renvoyer au niveau d'une querelle entre gens de basse extraction.

Dans *Sans mobile apparent*, une série de crimes, qui n'ont rien de politique, manque de basculer dans la guerre entre partis. N'y comprenant rien, incapable de deviner le lien qui relie ces meurtres, le sous-préfet local s'annonce convaincu qu'il s'agit d'un acte politique. Explication facile qui ne repose sur aucun élément solide mais permettrait aux gens en place de fustiger la lie extrémiste. Formaté par une grande école, ce représentant de l'État ne voit que ce qu'il veut voir. Pour lui, l'élimination de notables a obligatoirement une signification politique. Si les victimes avaient été des ouvriers ou des immigrés, il ne serait sans doute pas sorti de son bureau. Avec un tel zèle, ce sous-préfet va sûrement prendre du galon.

Zèle identique chez le préfet de police (Jacques François) du *Chat et la Souris*. Face au crime d'un notable, il invente un coupable : un homme qui s'accuserait du meurtre au nom d'un groupuscule d'extrême gauche. Normal, on est en pleine période électorale. Affoler le bourgeois avec une menace extrémiste fait toujours son effet. L'image du communiste le couteau entre les dents n'a jamais complètement disparu. Bien entendu, les vrais coupables n'ont aucun motif politique, si ce n'est la répartition des richesses à leur unique profit.

L'inspecteur Boulard (Jean Bouise) a affaire à des travailleurs immigrés dans *Dupont Lajoie* d'Yves Boisset. Pas victimes – quoique... –, mais coupables ! Boulard enquête sur la mort d'une jeune touriste dont le corps a été retrouvé près d'un chantier, donc non loin d'un foyer d'ouvriers étrangers. Indice suffisant pour désigner ces hommes à la vindicte populaire et déclencher une ratonnade. Inquiétude en haut lieu. Les élus locaux s'émeuvent. Si la Côte d'Azur devient le cadre de meurtres de jeunes filles et de règlements de comptes sanglants, les vacanciers risquent de prendre leurs cliques et leurs claques pour aller se faire bronzer au Larzac ou en Bretagne. Quand un élu s'enrhume, un policier éternue. Boulard est convoqué par son supérieur, qui réfute les conclusions de son enquête. Les responsables ne peuvent être ces campeurs venus des quatre coins de France.

« Inculpez des Français, d'honnêtes pères de famille en vacances, pour cette ratonnade et demain vous avez des incidents anti-arabes à Toulon, à Marseille, à Nice, partout ! »

L'inspecteur n'a plus le choix. Il connaît les auteurs de cette ratonnade mais ne peut rien contre eux.

*Dupont Lajoie* montre comment un crime sordide (un viol qui a viré au meurtre) commis par un bistrotier parisien bas de plafond peut « dégénérer » en affaire politique d'ampleur nationale. Il montre aussi à quel point les politiciens manquent de courage. Au lieu de prendre la situation en main, d'identifier formellement le meurtrier de Brigitte, le pouvoir en place préfère laisser les choses s'envenimer, faire marche arrière pour finir par se cacher derrière un écran de fumée. Pas de vagues, surtout pas de vagues. La France se doit d'être à l'image de la Côte d'Azur en été : beau temps, mer calme.

« Le film est l'analyse du mécanisme d'une ratonnade, explique Boisset. Il s'inspire d'un fait divers réel qui s'est déroulé près de Grasse. Le propos du film est clair. D'autre part, l'intrusion de la tragédie dans un univers de gugusses m'intéressait également. J'ai volontiers choisi des acteurs qui représentent, aux yeux du spectateur moyen, le Français débonnaire, gentil, brave mec, un peu naïf mais roublard. Le film démarre d'ailleurs comme une comédie bien française. »

Bilan : les Français sont racistes et ont la vue basse. Le cinéma ne fait que confirmer une certaine réalité. En août 1973, à Marseille, un Algérien égorge un chauffeur de bus. Un crime ni politique ni crapuleux mais œuvre d'un déséquilibré qui provoque une sorte de raz de marée raciste dans toute la France. Dans *Le Méridional*, journal marseillais, Gabriel Domenech publie un éditorial cinglant : « Nous en avons assez ! Assez des voleurs algériens, assez des casseurs algériens, assez des fanfarons algériens, assez des trublions algériens, assez des syphilitiques algériens, assez des violeurs algériens, assez des proxénètes algériens, assez des fous algériens, assez des tueurs algériens. »

Bilan confirmé par *L'Agression*, où les cibles ne sont plus des travailleurs étrangers mais des motards. Sans chercher à savoir ni qui ils sont ni quelles sont leurs motivations, ils sont assimilés à de dangereux loubards et, aussitôt, ostracisés. Syndrome *Easy Rider* mâtiné de *L'Équipée sauvage*. En dénonçant cet amalgame, le réalisateur Gérard Pirès fait acte politique.

De tels sujets dérangent une France qui devrait être paisible, si on en croit la propagande officielle. *Dupont Lajoie* se voit retirer ses autorisations de tournage les unes après les autres et Boisset doit jongler pour parvenir à filmer dans le Var. Ses ennuis sont loin d'être terminés car un groupe d'extrémistes de droite qui se fait appeler groupe Charles-Martel (à qui l'on doit un attentat à la bombe contre le consulat algérien à Marseille) veut bouter les trublions hors des plages. Le camping, principal lieu de tournage, est visé par des pierres, grenades et cocktails Molotov. Les Maghrébins sont des cibles de choix. Les figurants ne trouvent aucun hôtel où loger. L'acteur Mohamed Zinet est agressé par quatre gros bras. Hospitalisé, il ne peut terminer le tournage.

Non sans mal, *Dupont Lajoie* finit par trouver la route des écrans. En février 1975, presque six ans après Mai 68, les esprits devraient être plus ouverts. Non ! Des exploitants de salles hésitent ou refusent de le diffuser. Le patron du Pathé Clichy, à Paris, s'inquiète de la nouvelle clientèle que ce film attire, essentiellement des Arabes. Craignant que cela ne fasse fuir ses habitués, il retire *Dupont Lajoie* de l'affiche !

Avec ce film, Boisset dénonce le racisme ordinaire qui sourd dans toutes les couches de la population, y compris celle qui, apparemment bon enfant, fréquente les campings. Preuve que le cinéma policier en montrant la société telle qu'elle est peut faire œuvre de dénonciation. Ce que fait également Henri Verneuil quand, au début de *Peur sur la ville*, il montre la cave d'un bistrot sordide peuplé de travailleurs immigrés entassés comme des bêtes. Dans *Traitement de choc*, Alain Jessua, d'une manière volontairement moins réaliste, met en exergue des jeunes employés portugais exploités... jusqu'au sang.

Après *Dupont Lajoie*, Jean Bouise retrouve un emploi de flic intègre dans *Mort d'un pourri* de Georges Lautner. Il tente de sauver une certaine conception de la police et de la justice face à un collègue totalement corrompu, le commissaire Moreau (Michel Aumont). Si pourri de l'intérieur, le cas de le dire, qu'il en perd la tête.

« La vérité, c'est que vous êtes un con, Moreau. Rassurez-vous, il y en a eu d'historiques. Vos prédécesseurs s'appellent Savonarole, Fouquier-Tinville. Les deux fléaux qui menacent l'humanité sont le désordre et l'ordre. La corruption me dégoûte, la vertu me donne le frisson. »

La hiérarchie ne fait pas que désigner des coupables, elle en écarte d'autres. Quiconque dispose d'une « relation », donc de quelqu'un de suffisamment bien placé pour influer sur la machine policière, n'a plus rien à craindre. Le mieux, bien sûr, est d'avoir un homme politique dans sa manche. Et les hommes politiques, élus ou non, ne manquent pas dans cette France pompidolienne puis giscardienne. Députés, sénateurs, conseillers en tout genre, maires, membres de partis, ça pullule et ça obstrue.

« Si vous pensez que j'ai tué mon mari, en haut lieu on doit le penser également. Et en haut lieu, on ferme les yeux.

– C'est-à-dire qu'en haut lieu on préfère avoir une criminelle en liberté plutôt qu'un changement de régime. » (*Le Chat et la Souris.*)

Dans le confort lambrissé des ministères et des mairies, on aime le classement immuable. Chaque chose à sa place et une place pour chaque chose. Les crimes doivent être motivés par des raisons sordides ou une certaine forme de folie. Point. On enquête, on arrête et on enferme. De son côté, la politique se charge de gérer le pays au mieux des intérêts de la majorité. Un bon politicien ne se mêle pas de crime et un bon criminel ne fait pas de politique. Voilà une société bien structurée.

En existe-t-il ? Pas dans la France des années 1970, où chacun a son mot à dire et sa réflexion à faire sur cette fameuse gestion. Entre les voraces qui convoitent une part du gâteau et les idéalistes qui rêvent à un monde meilleur, cela fait plus de monde prompt à haranguer que d'électeurs dans les isoloirs. Et dans cette foire d'empoigne, quand un crime repose sur la politique, cela provoque la panique. Pas la même selon les orientations. Si le coup bas vient de droite, la panique se soigne dans le silence, s'il vient de gauche, il se traite dans la fureur.

*Le Complot* de René Gainville met en scène des militaires portés sur la droite, voire l'extrême droite. Tendance OAS. Attachés à un improbable maintien de l'Algérie dans le giron français (l'action se déroule en 1962). En vue de financer leurs opérations, officiers et troufions commettent des hold-up. Ils envisagent aussi de libérer par la force le général Challe, détenu à la prison de Tulle. Leur but, sans surprise de la part de militaires, est de renverser le pouvoir en place et d'installer des dirigeants galonnés à la poigne de fer. Un putsch ! Fi de ce président et général quatre étoiles qui passe d'un mensonge à l'autre. Cette agitation, bien que secrète, finit par s'ébruiter. Les gens en place tremblent. Et par voie de conséquence, la police. Il est hors de question de laisser ces fauteurs de troubles agir à leur guise. Le chef de l'État n'est peut-être pas homme exceptionnel mais il est de droite et il est élu, deux qualités suffisantes pour le laisser en place. Malheureusement, ces militaires sont aussi de droite et défendent des idées séditieuses mais partagées par une large frange de l'électorat gaulliste. Frapper trop fort risquerait de mécontenter ces braves électeurs. Donc faire le jeu de la gauche. Donc mettre l'avenir de la droite en péril. Imaginer l'arrivée d'un chef de l'État de gauche donne la nausée à tous ceux qui tiennent les rênes du pouvoir dans leurs petites mimines.

Le commissaire Lelong (Michel Bouquet) dispose d'une marge de manœuvre plus que réduite. D'un côté, une affaire politique qui provoque la pression de sa hiérarchie, de l'autre, le mur construit par celle que l'on ne surnomme pas sans raison la Grande Muette. Entre les questions à ne pas poser et le refus de donner des réponses, Lelong ne peut espérer aller loin.

« Excusez-moi, dit-il, jusqu'ici je fichais et traquais les voyous, pas les officiers et les anciens d'Indochine. »

Comment peut-il mener son enquête ? Grâce à une entité jamais clairement définie et pourtant bougrement efficace. Représentée par un singulier personnage, Paraux (Raymond Pellegrin). Il ne fait pas partie des rangs de la police officielle mais dispose de pouvoirs exorbitants et donne des ordres à Lelong et son équipe.

Un remplaçant de choc. Pas un vantard. Il préfère agir que bavasser, ce qui l'exclut *de facto* du microcosme politique. Sur le terrain, il obtient des résultats rapides et fiables. Comment ? Mieux vaut ne pas le savoir. Il court loin devant pendant que la police piétine. Le projet d'évasion finit par capoter et les comploteurs sont annihilés. Tout cela sans bruit, à peine celui des armes automatiques…

La trame du *Complot* repose sur des faits authentiques. Le général en retraite Maurice Challe avait participé à un putsch destiné à reprendre le pouvoir en Algérie et à garder ce territoire sous la tutelle de la République française. La fameuse histoire du « quarteron de généraux en retraite » raillée par de Gaulle. Challe et de nombreux participants à cette tentative mort-née se retrouvèrent à la prison de Tulle. Un plan d'évasion fut mis en place, impliquant le lieutenant-colonel de La Chapelle, lui aussi enfermé à Tulle. Plan découvert (ou dénoncé) qui entraîna le transfert immédiat – le 21 mars 1961 – du lieutenant-colonel vers la prison des Baumettes à Marseille (transport spécial en hélicoptère !).

On retrouve des militaires comploteurs dans *Sans sommation* de Bruno Gantillon. Bien que leur but soit confus, leur dangerosité est évidente. Leur chef, le commandant Capra (Mario Adorf), est craint pour plusieurs raisons : parce qu'il n'a rien à perdre, et beaucoup à dire.

« Je vous rappelle les états de service de Capra, égrène un commissaire : détournement de matériel de guerre, rébellion armée, incitation à l'émeute, tentative de putsch et j'en passe. Après quoi, retour dans la métropole et attaque d'une prison pour libérer des amis à lui. [...] Vous ne devez pas perdre de vue que l'ex-commandant Capra est surtout dangereux du fait que, s'il était traduit devant la Cour de sûreté de l'État, il pourrait être amené à faire certaines confidences qui pourraient, disons, indisposer quelques personnalités civiles et militaires situées à l'échelon gouvernemental. Donc, si l'un d'entre vous, en présence de Capra, s'estimait en état de légitime défense et faisait usage de son arme, je ne pense pas qu'on lui en tienne rigueur en haut lieu. »

Le message est clair : les policiers reçoivent un blanc-seing pour abattre Capra, un véritable permis de tuer digne de l'agent 007. La preuve que les militaires félons, même versés dans le banditisme, ne peuvent être traités comme des malfaisants lambda. À délinquance spéciale, traitement spécial.

Dans les faits, un policier, Raoul Maury (Maurice Ronet), parce que bénéficiant d'une certaine ressemblance avec un officier, est chargé d'infiltrer le groupe de Capra. Il fait tant et si bien qu'il se lie d'amitié avec le commandant et commet le braquage d'un casino à son côté ! Maury étant un déçu de la police, il semble avoir plus ou moins adhéré aux thèses musclées de Capra.

Militaires encore, comploteurs toujours, dans *Le Point de mire* de Jean-Claude Tramont. Mais des militaires américains, cette fois. Pour sauver la puissance du Pentagone, ils viennent régler leurs sales affaires en terre européenne. Le plan se monte près de Paris mais le meurtre – d'un ministre américain – a lieu près de Bruxelles. Et, pour bien faire les choses, les soldats félons font porter le chapeau à une photographe française (Annie Girardot), qui meurt sans avoir rien compris. L'armée est décidément retorse.

À l'autre extrémité de l'éventail politique surgissent les comploteurs de *Nada* de Claude Chabrol. Des civils. Brouillons. Nettement moins organisés que les militaires. Même leurs revendications sont floues. Ils veulent massacrer tout ce qui est lié de près ou de loin à l'autorité et faire passer un message sur les ondes : « En tout état de cause, la majorité de la population en France et ailleurs ressent, sans nul doute, un enthousiasme spontané et sain en apprenant qu'un diplomate est séquestré et que des flics sont morts. [...] Allez-y aussi. À chacun son homme d'État, son flic, son prêtre, son enseignant, son artiste. »

Réjouissant programme. Un chouïa badin.

En mars 1970, des individus se déclarant maoïstes avaient pillé l'épicier de luxe Fauchon, à Paris, pour en redistribuer les produits dans les quartiers pauvres. Genre d'action qui put faire sourire mais laissa vite place à une violence totale dans toute l'Europe. *Nada* en est l'héritier.

Pour appuyer leurs dires, ces réformateurs armés enlèvent l'ambassadeur des États-Unis en France. Geste symbolique, car cet Américain – qui fera montre d'une coupable couardise – ne leur a rien fait de personnel.

Ces bouillants jeunes gens ne cachent pas leurs opinions d'extrême gauche. Au silence de l'armée ils opposent une logorrhée qui donne le vertige. Les formules s'entrechoquent, se contredisent parfois. Clinquants mais pas toujours dans la finesse : « J'aime mieux finir dans le sang que dans le caca ! »

Évidemment, le rapt d'un ambassadeur se remarque plus que la préparation d'un putsch. Comme il s'agit d'agités gauchistes, le commissaire Goemond (Michel Aumont) dispose des pleins pouvoirs. Quoi qu'il fasse, il sera couvert. Il n'a pas été choisi au hasard. Ni un modèle d'intégrité, ni un prix de vertu, mais obéissant, servile.

Pour l'aider dans sa tâche, il bénéficie d'une grossière erreur du groupe Nada, dont l'amateurisme est patent. Ces démolisseurs ne savaient pas que l'établissement où ils ont alpagué l'ambassadeur était placé sous la secrète surveillance de la police (probablement les renseignements généraux). Leur action d'éclat a été filmée ! Fort de ce document, Goemond remonte sans peine la filière. Sans y mettre les formes. Le premier suspect qu'il doit interroger se fait cogner dessus à peine la porte de son appartement entrouverte ! Plus tard, lorsque la planque des ravisseurs est repérée, dans la campagne, la police organise un siège digne de *La Veuve Couderc* (dont l'action se déroule pourtant une vingtaine d'années plus tôt !). Les assaillis ne s'y trompent pas : « Ils ne sont pas venus pour nous prendre, ils sont venus pour nous massacrer ! »

Les flics tirent sans discernement. Anéantir des gauchistes criminels ne peut que réconforter l'électorat de droite et renforcer les relations franco-américaines, tout en calmant les éventuels désirs d'agitation d'énergumènes dévoyés. Presque une œuvre de salubrité publique.

Dans *Nada*, la critique de la police et du pouvoir se niche également dans les détails, chers à Chabrol. Ainsi, tous les bureaux officiels affichent, bien en vue sur l'un des murs, la photo du président Pompidou, sorte de Big Brother surveillant tout et tous. Une manière de rappeler que l'Administration est en forme de pyramide vouée à un seul homme, seul maître après Dieu et quelquefois avant. À noter que, dans *Le Saut de l'ange* (dont l'action se situe dans les années 1970), Boisset place un grand portrait du maréchal Pétain dans les locaux de la police !

Plus amusante est la présentation du logement du ministre de l'Intérieur, personnage falot comme de bien entendu. Dérangé en plein week-end par cette affaire de révolutionnaires gauchisants, il habite dans un somptueux château, flanqué d'une épouse pomponnée comme Marie-Antoinette. Chabrol se garde bien de dire si ce somptueux bâtiment a été mis à sa disposition par la République, s'il s'agit d'un bien de famille ou si le ministre l'a acquis grâce à de juteux dessous-de-table. Quand la Ve a des allures de monarchie...

Chabrol écrit le scénario de *Nada* en compagnie de Jean-Patrick Manchette, auteur engagé (à gauche), d'après le roman éponyme de celui-ci. Volonté affichée de secouer le cocotier et de jeter tous les fruits pourris dans le même panier.

« J'ai fait *Nada* pour une mauvaise raison, dira Chabrol : l'irritation. À force de lire un peu partout, et à propos de n'importe quoi : "Ah, quel grand film politique !", "Ah, quel courage de dénoncer la guerre et la violence !", ce genre de conneries m'avait échauffé les oreilles. Et le bouquin de Manchette m'a paru une excellente riposte. Tout s'est décidé très vite : on s'est partagé l'adaptation, Manchette et moi. J'ai fait les 120 premières pages, il a fait les 120 suivantes. Dans l'ensemble le film est très fidèle au livre, sauf pour une phrase qui assimilait l'anarchie au terrorisme, et que j'ai tenu à changer... "Le terrorisme politique et le terrorisme d'État sont les deux mâchoires d'un même piège à cons !" Voilà une vérité première énoncée par Fabio Testi dans *Nada* – on la trouve aussi dans le livre –, qui me semble très claire. Mes opinions politiques sont extrêmement simples : je pense que le terrorisme politique et le terrorisme d'État sont les deux mâchoires du même piège à cons et qu'il faut essayer de les éviter tous les deux. Et le chaos peut aussi bien naître de l'organisation de l'État que de sa désorganisation. »

Le résultat ne se hisse sans doute pas à la hauteur des espérances du cinéaste. *Nada* apparaît, œuvre brouillonne d'où ne se détachent ni personnalité marquante, ni groupe attachant. Les kidnappeurs amateurs sont plus pitoyables que sympathiques et la police n'inspire que dégoût. Le tout noyé dans des formules à l'emporte-pièce et des raccourcis faciles. Le public ne se passionne pas pour ce pamphlet.

Dans *Solo,* Jean-Pierre Mocky met en action de jeunes révolutionnaires qui tuent des bourgeois. Leur ambition paraît claire :

« On a décidé de tout faire péter, tout casser.

– Voilà un bel objectif et qui ne manque pas d'ambition. Et où voulez-vous en venir exactement ?

– Supprimer tout ce qui sent l'argent, tout ce qui est pourri et corrompu. »

Leur amateurisme leur coûtera cher.

L'idée du film vient à Mocky en mai 1968 quand, traînant dans un bistrot parisien, il entend de jeunes gens affirmer vouloir poser des bombes pour mener une vraie révolution. *Solo* reste le polar le plus soixante-huitard de la décennie.

En 1977, Yves Boisset envisage d'aller plus loin. Dans son projet *Crimes obscurs en Extrême-Occident,* il veut montrer comment les Brigades rouges étaient manipulées par la CIA, qui les finançait en sous-main. Il y ajoute l'assassinat du pape !

« Le but du film était de montrer comment les Brigades rouges – dans beaucoup de cas sans le savoir, d'ailleurs – étaient manipulées par le capital et en particulier par Fiat. Tout cela était avéré. Le scénario montrait la complicité des communistes qui faisaient une alliance avec le diable, la CIA, pour calmer le jeu social en Italie. La violence des Brigades rouges permettait de mettre fin aux grèves parce que les gens se retournaient contre elles. »

Des producteurs s'intéressent à ce projet et à ce que Boisset estime « le meilleur scénario que j'aie jamais eu entre les mains ». Patrick Dewaere (qui se met à l'anglais à raison de quatre heures par jour) doit tenir le rôle principal au cœur d'une distribution internationale comprenant, entre autres, Lauren Bacall, James Coburn et Ugo Tognazzi.

« C'est un sujet assez difficile à expliquer, affirme Dewaere. Disons qu'il traite du terrorisme, de ces actions individuelles qui sont finalement beaucoup plus fortes, qui font beaucoup plus mal, que les actions militantes. Je suis un jeune anarchiste complètement individualiste, isolé, qui se fait manipuler par un mec de la CIA pour assassiner le pape ! Je joue un mec qui veut tout foutre en l'air. Un mec comme je les aime, quoi ! »

Boisset emmène son équipe au Vatican pour « voler » des images.

« C'était épique, racontera-t-il. On s'était déguisés en une équipe de reportage de France 2 et on était sur les toits du Vatican. On avait les autorisations parce qu'on avait dit qu'on tournait un reportage sur la bénédiction *urbi et orbi* place Saint-Pierre. On avait goupillé un truc où Patrick faisait comme s'il était perchman. Sa perche ressemblait à un canon de fusil puisqu'on y avait mis une lunette. J'ai tourné des plans montrant Patrick avec le vrai pape dans la visée de son fusil. Les gardes du Vatican qui étaient à côté de nous n'y ont vu que du feu. Un coup de bol terrible car, au moment où l'on suit le pape qui marche vers sa papamobile, il trébuche et sort du champ de notre caméra. J'aurais pu arranger tout ça au montage pour que l'on croie à un vrai attentat. »

Après quatorze mois de préparation, le projet capote. Sans doute en raison de pressions exercées par le capital et le pouvoir. « Le petit voyou de producteur a touché un maximum de pognon pour ne pas faire le film, conclura Boisset. Moi je n'ai rien touché et Patrick non plus. Le plus malin fut James Coburn qui avait signé le film et a touché un dédommagement sans jamais bouger de chez lui. »

Police et politique font bon ménage dans un autre film de Boisset, *L'Attentat*. Film plutôt policier ou plutôt politique ?

« Ça fonctionne dans les deux sens, répond l'intéressé. Mais, indiscutablement, *L'Attentat* est un film politique dont les intentions sont claires, au moins dans notre esprit. Nous avons voulu faire passer un certain nombre d'idées, de points de réflexion. »

Plus question, officiellement, d'enlèvement ni d'assassinat mais de monter un piège. Le redoutable colonel Kassar (Michel Piccoli), ministre de l'Intérieur d'un pays non identifié d'Afrique du Nord, « souhaite » rencontrer Sadiel (Gian Maria Volontè), leader de gauche, chef de l'opposition en exil, condamné à mort par contumace, à la popularité grandissante. La France accepte d'organiser la rencontre à Paris mais en piégeant Sadiel, c'est-à-dire en le faisant venir sous un prétexte fallacieux. L'opération implique la police (dont la brigade mondaine). Pour piéger Sadiel, il faut piéger Darien (Jean-Louis Trintignant), journaliste de peu d'envergure, ami de l'opposant. Rien de plus facile, comme l'explique un haut fonctionnaire :

« On a un dossier sur ce Darien ? On peut faire pression sur lui ?

– On peut faire pression sur tout le monde. »

Coincé, Darien doit, malgré lui, participer à l'opération qui mêle également un avocat (Michel Bouquet) au service du pouvoir et des banques, un journaliste influent de la télévision (Philippe Noiret) et même un ancien de la Gestapo (Daniel Ivernel) ! Du beau linge. Tout cela orchestré et manipulé par des personnalités très puissantes.

L'ensemble de la police n'est cependant pas impliqué dans ce qui tournera à l'enlèvement puis à la disparition pure et simple. Le commissaire Rouannet (François Périer) veut savoir ce qu'il est advenu de Sadiel. Il enquête dans la villa où l'opposant a été vu pour la dernière fois. En dépit des pressions, Rouannet persévère. Mais il n'est qu'un flic parmi tant d'autres. Sa bonne volonté ne saurait suffire à surmonter son manque d'informations, ni même son souhait de pousser ses hommes :

« Dites-moi, commissaire, on marche sur les plates-bandes de quelqu'un dans cette affaire ? Vous savez, quand on pose des questions sur Sadiel ou Kassar, on n'est pas très bien reçus.

– Et alors, c'est la première fois que ça vous arrive ? Vous ne serez jamais bien reçus nulle part, mettez-vous bien ça dans la tête ou alors changez de métier. »

Rouannet agit sur le terrain, au grand jour. Dans l'ombre évolue un autre policier (Jean Bouise) qui peut pratiquer en toute tranquillité les écoutes illégales et mettre en scène le suicide de Darien. La partie était truquée dès le départ, Rouannet aurait dû le savoir.

Ni Boisset ni son scénariste, Jorge Semprun, ne cachent le démarquage de *L'Attentat* sur l'affaire Ben Barka, homme politique marocain enlevé en plein Paris le 29 octobre 1965 dans des circonstances jamais vraiment élucidées. Une évocation très appuyée qui dérange le gouvernement pompidolien. « L'affaire Ben Barka, cela séduisait les producteurs et les financiers, rappellera Yves, mais cela leur faisait peur. Ils craignaient certaines complications fiscales ou administratives. Car on ne touche pas impunément, en France, à certains sujets. »

Boisset est considéré comme un dangereux dissident qui a pour mauvaise habitude de remuer les odeurs nauséabondes. Au lieu de filmer de gentilles comédies avec de fraîches jeunes filles, il s'enfonce dans des œuvres sombres et perturbantes. Il faut le stopper ! Interdire purement et simplement son film pourrait faire jaser, d'autant que les journalistes dégainent facilement leur plume pour dénoncer toute atteinte à la liberté d'expression. D'autant, aussi, que ce Boisset sait mener sa barque, dans laquelle l'accompagnent une quinzaine d'acteurs réputés et appréciés. Non, décidément, on ne peut barrer la route à ce cinéaste mais on peut lui mettre des bâtons dans les roues, ou des bois flottants dans le gouvernail.

Commencer par taper là où ça fait mal : l'argent. *L'Attentat* a obtenu l'avance sur recettes, aide publique qui lui permettra de boucler son budget. Pour le pouvoir, cela revient à financer le bâton avec lequel il va se faire frapper. On s'arrange pour prétexter un dossier mal rempli, l'absence de documents, donc pour ne pas verser un fifrelin. L'Administration a l'art de noyer le poisson dans la paperasserie.

Cela ne suffit pas à faire renoncer Boisset. Il débute son tournage. À Paris, comme prévu. Sur les voies publiques. Qui dit voies publiques dit autorisations municipales, préfectorales et *tutti quanti*. Les lieux sollicités ne sauraient être bloqués pour raisons cinématographiques, explique-t-on au trublion. Même au petit matin. Qu'à cela ne tienne. Yves part tourner certaines scènes – dont celles dans le métro et à l'aéroport – à l'étranger, d'autres dans la proche banlieue parisienne – où les « nécessités de circulation sur la voie publique » ne peuvent plus lui être opposées. D'autant que les maires, de gauche, adorent faire la nique au pouvoir étatique. Pour le reste, il volera des images dans Paris, sans la moindre autorisation.

Toutefois, il a besoin d'immortaliser certaines scènes dans et autour de la brasserie Lipp, en plein cœur de Paris, là même où Ben Barka fut enlevé. Le directeur donne son accord. Presque dans l'heure qui suit, on lui annonce la proche visite de commissions de sécurité, d'hygiène et de tout un tas de trucs suffisants pour gêner son service et embarrasser sa clientèle. On vérifiera ses cuisines, ses issues de secours, ses sanitaires... Avant, probablement, de vérifier ses comptes. Les maîtres chanteurs administratifs en sont pour leurs frais. Le directeur maintient sa décision. Et puis, faudrait voir à ne pas trop le chatouiller, car la fine fleur politique vient déjeuner chez lui, dont un certain François Mitterrand. Lipp étant un établissement privé, il peut y convier qui bon lui semble ; y compris une équipe de cinéma. *Idem* pour les abords immédiats, bien qu'extérieurs, de la brasserie. La police, très impliquée dans ce dossier, agrée.

Quand Boisset arrive, il constate la présence de policiers en uniforme partout. Un véritable quadrillage du quartier. Quelle que soit la direction dans laquelle il braque sa caméra, y figure un flic dans sa belle tenue. Or, historiquement, ils ne sont pas censés être là. Ils étaient même cruellement absents le jour de l'enlèvement de Ben Barka. Le réalisateur réplique du tac au tac. Il décroche son téléphone et rameute tous les acteurs de son film. Soudain, Saint-Germain-des-Prés grouille de plus de vedettes que le Festival de Cannes à son apogée. Qui dit déploiement de vedettes dit curiosité des journalistes. Les policiers disparaissent comme par enchantement.

« *L'Attentat* était un film très difficile à monter, résumera Boisset. Je m'étais très bien entendu avec tous les acteurs et c'est vraiment grâce à eux que le film s'est fait. Un certain nombre de gens sont mis en cause, sinon nommément du moins expressément ; bien évidemment, ils ne souhaitaient pas que le film soit tourné. Les vedettes, dans ce cas précis, ont permis de monter l'affaire financièrement et ont été une sorte de protection contre les menaces auxquelles nous avons été exposés. Il faut dire que tous les acteurs qui jouaient dans le film étaient au moins des "bourgeois libéraux". Il est clair qu'Alain Delon n'aurait jamais accepté de tourner dans ce film. Pourtant, moi, je ne serai pas contre le fait de travailler avec lui ; mais il refuserait et, d'une certaine manière, c'est plutôt à son honneur. »

Pour entraver la carrière de *L'Attentat*, le pouvoir dispose d'une ultime alliée, dame Anastasie. Hélas pour elle, elle tombe sur un os. Boisset a retenu la leçon d'*Un condé*. Il a projeté son film à une armada d'avocats spécialisés dans ce domaine en leur demandant de scruter le moindre détail. Tous ont donné leur feu vert. Dépitée, la censure repart dans sa cage.

Yves Boisset croit avoir gagné son rude combat contre les autorités. Il se trompe. Le coup vient de là où il ne l'attend pas du tout. Pour obtenir certains détails, le réalisateur et le scénariste ont interrogé le journaliste Philippe Bernier, qui inspire le personnage de Darien. L'homme vend ses informations au prix fort mais accepte de ne pas attaquer en diffamation *L'Attentat* à sa sortie. Il tient à peu près parole mais critique vertement le film, qu'il qualifie de « fumisterie ». Le sang de Boisset ne fait qu'un tour : il accuse Bernier d'avoir vendu son honneur et le désigne comme indicateur de police ! Procès. Qui condamnera Boisset à payer la coquette somme de 200 000 francs (soit l'équivalent de ses bénéfices tirés du film) de dommages et intérêts à la « victime »...

*L'Attentat* le répète parmi d'autres : une « certaine partie » de la police est gangrenée ou entravée par la politique. Il s'agit de la police officielle. Celle dont on parle dans les médias. Car il en existe une autre. Plus secrète, mais pas tant que ça. Celle qu'évoque *Le Complot* sans citer son nom. Une police parallèle que définit clairement Paraux : « Je suis gaulliste depuis vingt-deux ans, mes amis aussi. Chaque fois qu'on a eu besoin de nous, nous sommes venus. Jadis on nous appelait les terroristes, les francs-tireurs. Aujourd'hui, nous sommes les gorilles, barbouzes, les polices parallèles... Je m'en fous, mes amis aussi. Mais si la police non parallèle faisait son métier, moi, je serais tranquillement chez moi. »

Cette description ne trompe personne. Il s'agit de toute évidence du Service d'action civique. Le SAC.

Une association de type 1901 – au même rang que les amicales boulistes, les clubs de philatélistes et les réunions d'adeptes du macramé – au service d'un seul homme et qui prône plus l'action que le civisme. Créée le 4 janvier 1960. Non *par* mais *pour* le général de Gaulle, fraîchement revenu au pouvoir. Il convenait de consolider son assise, pour le moins branlante. Surtout avec les « événements » d'Algérie. Nécessité d'une garde prétorienne nouveau genre. D'où le SAC, « association ayant pour but de défendre et de faire connaître la pensée et l'action du général de Gaulle ». Ça, c'était pour la façade. Car le SAC ne se contente pas de distribuer des tracts, d'organiser des meetings ou des goûters pour analyser la pensée du général. Il combat. Ses membres sont des gaullistes purs et durs. Plus durs que purs. Officiellement recrutés un peu partout mais, dans les faits, beaucoup d'hommes politiques en place, de policiers, de gendarmes et de messieurs au casier judiciaire chargé. Le SAC fait du service d'ordre. Car il aime l'ordre. Mais son service s'étend partout. Il se mêle de tout, intervient dans tout, souvent avec violence. Dès qu'une menace gauchiste, réelle ou supposée, pointe le bout de son museau, il se précipite à la rescousse, chevalier noir plus que chevalier blanc. Protégé par le pouvoir en place, soutenu par une partie de la police, il joue les bulldozers en toute impunité. D'où sa réputation, justifiée, de police parallèle. Les membres du SAC disposent d'une carte tricolore, semblable à celle des policiers, qui leur sert de bouclier.

Les émeutes de 1968 rendirent le SAC quasi fou furieux. La bave aux lèvres, il voulut empêcher la « chienlit » de gagner toute la France et s'efforça de ramener ces suppôts du communisme dans les amphithéâtres qu'ils n'auraient jamais dû quitter. Le SAC envisagea même, aidé par la police officielle, de procéder à l'arrestation de centaines d'émeutiers pour les parquer dans des stades. Dont le stade Vélodrome de Marseille, au nom si évocateur. Six ans plus tard, *Le Nouvel Observateur* affirme, sans être contredit : « En mai 1968, des dispositions avaient été prises par les polices officielles et parallèles pour s'emparer de certaines personnes, dans le cas où la situation aurait évolué dans un sens défavorable pour le pouvoir. »

La décennie 1970 marque une certaine forme d'apogée du SAC. « Au cours des dix dernières années, écrira Michel Labro dans *L'Express* du 18 juin 1982, on recensera plus de 200 membres du SAC cités dans des rapports de police concernant des trafics d'armes, de drogue, d'alcool, de faux papiers. Dans plus d'un grand scandale, du meurtre d'un caïd lyonnais à celui d'un gréviste à Rennes, d'une officine de trafic d'influence aux raids anti-autonomistes en Corse, on retrouve de nouveau la marque du SAC. »

En 1981, la gauche à peine installée à l'Élysée, dans les ministères et sur bien des bancs de l'Assemblée, le Sénat crée une « commission d'enquête pour faire toute la lumière sur les activités du Service d'action civique (SAC) et déterminer les complicités dont il a pu bénéficier à tous les niveaux ».

Le texte préparatoire qui réclamera la dissolution de cette association est explicite : « Cette association déclarée au titre de la loi de 1901 a joué un rôle de service d'ordre du pouvoir et de lutte contre les mouvements de gauche en France pendant et après la guerre d'Algérie. Son nom a été cité de plus en plus souvent à l'occasion de nombreuses affaires pénales, meurtres, trafics de drogue, rackets et récemment encore à l'occasion d'un délit lié à l'affaire de Broglie. Les protections politiques importantes dont le SAC et ses membres ont pu bénéficier pendant des années jusqu'aux plus hauts niveaux de l'État ont assuré son impunité, notamment pour des activités de police parallèle et l'exécution de missions aux frontières de la politique et du banditisme. Il y a quelques années, devant le nombre d'affaires de droit commun où avaient été compromis mercenaires et hommes de main du SAC, la carte tricolore dont disposèrent ses membres fut retirée, mais plusieurs milliers d'adhérents du SAC récupérèrent une nouvelle carte. Les députés communistes sont intervenus à de nombreuses reprises pour dénoncer les agissements du SAC et demander une enquête et la dissolution de cette organisation. Les gouvernements et les ministres de l'Intérieur précédents s'y sont refusés. M. Poniatowski, alors ministre de l'Intérieur, avait déclaré qu'il n'y avait pas de polices parallèles et que le SAC n'était pas "justiciable d'une dissolution". Un pays démocratique comme la France se doit d'interdire une association comme le SAC dont l'illégalité et la violence au service d'une faction constituent une menace permanente pour l'exercice des libertés. Ses activités sont contraires à la légalité républicaine. »

Mais cela sera en 1981. Tout au long des années 1970, le SAC dispose de toute latitude pour laminer, frapper, tricher, piéger, mentir, etc.

Au cinéma aussi, le SAC est présent. Il reste anonyme dans *Le Complot*. Dans *Adieu poulet*, le scénario gomme toutes les références à cette association alors que le maire de Puteaux, Charles Ceccaldi-Raynaud – qui inspira une partie du scénario – est membre du SAC.

Yves Boisset attaque le SAC bille en tête dans *Le Juge Fayard*. Il a déjà fait allusion – sous forme de clin d'œil – à cette entité dans *Le Saut de l'ange* puisque l'on y voit un gangster, futur député, diriger une entreprise dont les initiales sont SAC !

Mais on ne s'attaque pas impunément à cette police parallèle. Sachant que le cinéaste va soulever un sacré lièvre en montrant les agissements d'un juge d'instruction tenace, des gens bien-pensants vont chercher à le stopper. Heureusement, le pouvoir des sympathisants du SAC est insuffisant pour contrer la réalisation d'un film. Quand Boisset livre son produit fini, stupeur et damnation : le SAC y est nommément cité ! Et pas en bien. La fameuse association réclame une interdiction totale du *Juge Fayard* pour diffamation. Elle n'a jamais fait dans la demi-mesure. Un juge se penche prestement sur cet épineux dossier et en conclut qu'au pire il faudrait revoir certains dialogues. Pourtant, ce ne sont pas les répliques concernant le SAC qui doivent être revues et corrigées mais celles concernant un fictif homme politique corrompu, Chalamont. Nom qui pourrait entraîner une confusion (certes fortuite) avec un ministre en exercice, Chalandon !

Le SAC obtient quand même que son label soit censuré. On en arrive à une situation aussi unique qu'ubuesque : chaque fois que le mot SAC est prononcé il est couvert par un bip sonore. Cela deviendra un jeu dans les salles de cinéma : au bip, le public criera comme un seul homme : « SAC ». L'association a obtenu exactement l'effet inverse de ce qu'elle escomptait ! Elle tente de récupérer le coup en discréditant le film – par des pressions auprès de divers journaux – mais sans véritable effet. Impossible, bien sûr, de savoir qui a cédé aux pressions, mais la subite tiédeur d'un Michel Mohrt dans *Le Figaro* laisse rêveur : « Yves Boisset veut faire un cinéma qui dérange et "fasse réfléchir". Mais le cinéma qu'il nous donne est le plus conformiste qui soit. Ce qui serait "dérangeant", ce serait de nous montrer un juge intègre, quoique traditionaliste, et qui croit qu'un magistrat est fait pour appliquer les lois, non pour les contester et faire de la politique. »

Il faudra attendre la fin des années 1980 pour que le stupide bip disparaisse des copies.

Le SAC vit ses dernières années de gloire. En jetant son nom en pâture sur la place publique, Boisset lui porte un coup. Tel est son but. Chez lui, le polar devient politique.

Claude Chabrol aussi parle du SAC, dans *Nada* puisqu'il y est question de « dissidents du SAC », sans guère plus de précision. Un troublant télex tombe sur les téléscripteurs et apparaît à l'écran : « M. Joseph Craboliot, ancien secrétaire national du Service d'action civique, grand maître de la chancellerie druidique mondialiste, a été remis en liberté ce matin à 11 h 30 en raison de son état de santé. Il a aussitôt pris l'avion en direction de Madrid. »

Le polar français reste politique quand il s'agit de dénoncer la peine de mort. Deux réalisateurs s'en chargent et dénoncent avec véhémence cette mortelle pratique qui a encore quelques années devant elle.

*Deux hommes dans la ville* de José Giovanni chemine cahin-caha dans l'unique but de montrer la scène finale où Gino Strabliggi (Alain Delon) est conduit à la guillotine. Cet ancien truand, qui a essayé de revenir à une vie paisible, a tué un flic qui le harcelait, lui et son épouse. Pour José Giovanni – qui échappa lui-même au couperet fatidique – la peine de mort est une aberration qui couronne un système judiciaire caduc : « C'est aux conditions du crime qu'il faut s'attaquer, beaucoup plus qu'aux criminels. »

Le réalisateur organise une avant-première avec l'Association française contre la peine de mort, qui s'affirme « profondément touchée par cette œuvre courageuse qui démontre aussi bien la fragilité de la justice que l'absurdité de la peine de mort ».

Jean-Pierre Mocky enfourche le même cheval de bataille avec *Le Témoin*, qui sort cinq ans plus tard. Chez lui, c'est une grossière erreur qui amène un pauvre hère, de surcroît étranger, devant la veuve. Comme *Deux hommes dans la ville*, le film se termine sur des images d'un condamné marchant vers la mort. Images supprimées dans la version italienne car, de l'autre côté des Alpes, la peine de mort a été abolie. De plus, le producteur italien rechigne à montrer un acteur comique populaire, Alberto Sordi, se faire couper la tête.

Ces œuvres deviennent deux pierres apportées à un édifice dont le début de la construction remonte à longtemps et qui, sous l'impulsion de Robert Badinter, aboutira en 1981 à la fin définitive de la peine de mort en France.

# LES ANGES DANS NOS CAMPAGNES

Le cinéma français reste trop souvent parisien, vice dont il ne parvient pas à se départir. Il lui arrive parfois d'oser sortir des étroites limites de la capitale pour aller voir si ailleurs l'herbe n'est pas plus verte et les crimes plus appétissants. Grandes villes et petits villages ont ainsi droit à la visite de cinéastes exploitant des histoires les mettant rarement en valeur. Le polar n'est pas une annexe des offices de tourisme.

Marseille, par exemple, ne sort pas grandie de l'image que le septième art en donne. Il faut dire que la cité phocéenne se situe à part, si profondément ancrée dans le banditisme qu'à côté Chicago fait figure de camp de vacances. Marseille, c'est la plaque tournante de tous les trafics, l'écrin de toutes les corruptions, le lieu de tous les règlements de comptes, le point de rendez-vous de tous les malfrats. Le folklore à la Pagnol y perd ce que l'ambiance à la *Scarface* y gagne.

*Borsalino* se déroule dans et autour de Marseille, avec ses fusillades et ses coups fourrés.

« Le film ne pouvait pas se faire ailleurs, confie Jacques Deray. C'est une ville mystérieuse et attirante qui ne se dévoile pas du premier coup. C'est une jolie femme qu'il faut savoir aborder. Ce qui me plaît, ici, c'est la chaleur, la forme de liberté que l'on ne retrouve pas exactement ailleurs. On aborde les choses avec désinvolture, ce qui est pour moi une grande qualité car cela veut dire que l'on situe les choses à leur juste niveau. Si je m'étais écouté, je tournais un mois de plus à Marseille. J'ai été très sensibilisé par le vieux Marseille et par la lumière qu'il y a dans la ville. »

L'occasion pour le citoyen lambda d'apprendre que la forteresse marseillaise est entre les mains de voyous chevronnés et d'une municipalité pourrie. La loi y est peu respectée et la police réduite à compter les points. Le commissaire Fanti (Daniel Ivernel) est très clair : « Tant que les choses se passent entre vous, nous avons l'habitude d'intervenir le moins possible. Quand les loups se dévorent, ça fait l'affaire du berger. »

Marseille, peuplée de loups et de moutons ou, plus précisément, de chacals et de pigeons. Mais *Borsalino*, ce sont les années 1930. Depuis, les choses ont-elles changé ? Les lendemains de guerre ont-ils apporté un peu d'ordre dans cette pétaudière ? Pas du tout !

*Les Hommes* se déroule également dans l'arène du crime. Il n'y est question que de trafics de cigarettes et de personnages louches dessoudés en pleine rue. Massilia, terre de feu.

Pour éclaircir cette noirceur, Marseille offre un climat ensoleillé (il pleut rarement dans les films tournés en son sein), sans mistral (qui y souffle pourtant la moitié de l'année) et avec des rues pittoresques : le quartier du Panier avec ses artères pentues est systématiquement présent avec vue sur d'accortes jeunes femmes dont certaines ont la plastique de Mireille Darc (*Borsalino*).

Globalement, Marseille devient le passage obligé pour tout polar qui aspire à une certaine ampleur. À la recherche d'un dangereux assassin récidiviste, le commissaire divisionnaire Le Guen (Jean Gabin), pourtant basé à Paris, fait une rapide incursion à Marseille, dans *Le Tueur* de Denys de La Patellière. D'où des vues « couleur locale » sur le vallon des Auffes et les Goudes.

*Le Cercle rouge* débute lui aussi dans cette ville puisque le commissaire Mattei embarque avec son prisonnier en gare de Marseille-Blancarde, plus discrète que la gare Saint-Charles.

Dans *Le Gitan*, quand la police décide de faire tomber Hugo Sennart, c'est à Marseille qu'elle agit. Faire pression sur les commerçants, c'est faire pression sur la pègre. Aussi simple ! Méthode efficace puisque les frères Rinaldi qui ont pignon sur le Vieux-Port, où ils tiennent un bistrot, balancent le Gitan. Bévue qui leur coûtera la vie.

« Je croyais que chez vous il y avait certaines règles. Dans la haute pègre, peut-être. Mais ici ça sent la décharge publique », leur assène Hugo avant de les abattre.

Bilan : dans tout Marseillais, il y a un gangster qui sommeille. Prompt à se réveiller bien vite pour tremper dans diverses magouilles. Plus grave : quand on a été marseillais, on le reste. Ainsi, dans *Le Saut de l'ange* d'Yves Boisset, Louis (Jean Yanne) doit abandonner ses affaires thaïlandaises (il possède une plantation près de Bangkok) pour revenir régler certains comptes phocéens. Le clan Orsini, auquel il appartient, a été décimé par une nouvelle guerre des gangs. Tout cela sur fond politique. Les élus locaux sont liés aux truands et un quasi-gangster passe même de l'autre côté pour se présenter aux élections législatives avec de bonnes chances de l'emporter.

« C'est le plus grand promoteur immobilier de Marseille.

– C'est la plus grande crapule de Marseille, oui.

– Vous vous trompez, Louis, il se présente même aux élections. »

Depuis *Borsalino*, rien n'a changé.

Respectant la tradition – ou le cahier des charges ? –, Boisset ne manque pas de transporter ses caméras dans les rues du Panier, dames incluses. Mais, faute de budget, il ne peut se rendre en Thaïlande et se contente de filmer dans une bambouseraie proche d'Anduze, dans le Gard.

Les meurtriers du *Trio infernal*, qui n'ont rien à voir avec les gangsters, opèrent aussi à Marseille. Avec une relative impunité du fait de la personnalité du meneur (officier de la Légion d'honneur à titre militaire, croix de guerre avec onze citations). Le trio trucide à tour de bras et à grand renfort d'acide sulfurique. Et, comme dans cette ville la politique n'est jamais loin, ce monsieur qui a des médailles sur la poitrine et du sang sur les mains se présente aux élections !

*Le Trio infernal* est tiré d'un fait divers authentique, tout comme *L'Affaire Dominici* de Claude-Bernard Aubert qui a pour cadre la Provence mais une Provence sauvage, presque austère, du côté de Manosque, à 80 kilomètres au nord de Marseille. Là-bas aussi, on préfère le coup de fusil à la poignée de main...

Loin de tous ces tumultes, loin des gangsters et des politiciens, des crimes insolubles surgissent sous les figuiers où chantent les cigales. Et occupent les deux flics aux apparences débonnaires de *Plus ça va, moins ça va* de Michel Vianey. L'action est censée se dérouler en Provence, même si, pour des raisons de coproduction, elle est filmée en Espagne. Les inspecteurs Pignon (Jean-Pierre Marielle) et Melville (Jean Carmet) enquêtent sur le meurtre d'une jeune fille en pleine campagne – ce qui tranche avec les habituels polars urbains. Deux flics peut-être emblématiques de leur profession : partisans de l'abus du pouvoir que leur confère leur carte tricolore et un tantinet racistes.

« Dis donc, je croyais que tu ne soupçonnais jamais personne ?

– Sauf les bicots. Quand y a un bicot dans les parages, je ne peux pas m'empêcher de le soupçonner. »

Ils effectuent leur travail mollement, traînant d'un témoin à un autre sans jamais poser les bonnes questions. Ils se désintéressent même du passé de la victime (qui est-elle ? d'où vient-elle ?). Bel exemple d'efficacité policière. Est-ce le soleil provençal ou le pastis qui a amoindri leur compétence ?

Provence à l'honneur dans *Les Suspects* de Michel Wyn. En plein été – et, ici aussi, en pleine campagne – le cadavre d'une jeune et belle Américaine (Mimsy Farmer) est découvert au pied des Baux-de-Provence. Pour comprendre ce crime, et identifier son auteur, il faut reconstituer l'emploi du temps de cette touriste depuis son arrivée en France quelques semaines plus tôt.

Wyn propose une véritable enquête policière dont l'originalité est de mêler différents services de police (Paris et province) et de gendarmerie. Chacun part d'indices infimes, fouille et trie.

« Dans une affaire comme celle-ci tout peut être un hasard, explique un commissaire divisionnaire (Jacques Fabbri), et parmi tous ces hasards, il y en a forcément un qui ne l'est pas. »

Il se trouve que la belle Américaine bien carrossée n'était pas du genre farouche. Elle a couché avec presque tous les hommes qui ont croisé sa route, ce qui fait une belle liste de suspects. Les principaux forment un échantillonnage croquignolet. Un fils d'homme politique qui a « de puissantes amitiés au gouvernement ». L'enquête se déroulant à deux mois des élections, ses « amitiés » lâchent le paternel sans ciller tout en conseillant « la plus grande prudence » au procureur. Un important industriel qui a des accointances dans la Défense nationale. Un gangster. Un chanteur de charme. Un vagabond (le seul à ne pas avoir eu de relation sexuelle avec la victime). Comme tout ce petit monde ment, le travail des limiers n'est en rien facilité.

Bizarrement, au lieu de se concentrer sur les tâches policières, Michel Wyn fait intervenir un journaliste américain chargé d'écrire un article sur ce meurtre. Sa présence n'apporte rien à l'intrigue et ne fait que dévier l'attention du spectateur. Elle permet d'imaginer une vision haute en couleur de la douce France vue par les États-Unis : « Sous réserve de choisir soigneusement la date de son séjour entre deux grèves et deux révolutions gauchistes, le tourisme en France n'est pas dépourvu de charme à condition, bien sûr, de se munir d'un fusil et de munitions. La police dans ce doux pays est donc à peu près aussi efficace que le téléphone et le réseau routier. »

La Provence permet à Michel Wyn de proposer de beaux panoramas, d'autant plus ensoleillés que le meurtre s'est produit en plein été. Les premières images se dévoilent d'ailleurs au son des cigales !

S'il vaut mieux éviter de faire du tourisme à Marseille, de peur de prendre une balle perdue ou de tomber entre les griffes d'un escroc, l'on peut en partir pour visiter la belle Côte d'Azur qui s'étend jusqu'à Menton. Havre de paix et de bien-être. Du moins, c'est ce que soutiennent les dépliants touristiques. La face cachée se révèle moins attirante. Surtout pour les femmes.

Les campings du Var (le film a pour décor Saint-Aygulf et La Garde) peuvent être lieux de viols, crimes sordides qui dégénèrent en bastonnades racistes, comme le rappelle *Dupont Lajoie*.

Yves Boisset tient à filmer dans le Sud mais doit tenir compte des susceptibilités locales. Son sujet jetant le discrédit sur l'ensemble de la région, il n'est pas accueilli à bras ouverts. « On nous foutait carrément à la porte, racontera-t-il. Nous avons été obligés de changer de ville à plusieurs reprises. Un maire est parfaitement habilité à juger que vous n'avez pas le droit de tourner. Pour les raisons les plus diverses, d'ailleurs : il peut dire que les exigences de la circulation ne permettent pas de tourner un film dans sa municipalité. »

Même à la morne saison, il se passe des choses étranges. Les dialogues du *Passager de la pluie* laissent supposer que tout se déroule non loin de Marseille et de Marignane – mais le tournage a lieu quelques dizaines de kilomètres plus à l'est, dans la presqu'île de Giens, près d'Hyères. Ici aussi, il est question de viol. Mais autant l'auteur de celui de *Dupont Lajoie* s'en tire momentanément bien, autant celui du *Passager de la pluie* n'a guère le temps de profiter de son coït.

Une station balnéaire aussi tranquille que Saint-Tropez n'échappe pas au fait divers. Pas une rixe entre VIP éméchés ni une baston pour appontement de yacht mais un crime passionnel comme on en rencontre presque partout ailleurs : une épouse et son amant concoctent le meurtre du mari qui doit passer pour un accident (assommé puis jeté en pleine mer). La police, qui a d'autres pastis à fouetter, doit croire que le défunt s'est noyé après être tombé de son bateau. En réalité, dans *Les Innocents aux mains sales*, l'enquête est plus évoquée que montrée, d'autant que n'importe quel spectateur attentif devine que le mari va réapparaître, ce qu'il ne manque pas de faire après une heure cinq de projection. Ce petit meurtre en famille se déroule dans une cossue villa de Saint-Tropez, prêtée par la comédienne Elsa Martinelli.

Plus loin, voilà la ville de Nice avec sa célèbre Promenade des Anglais, ses vieilles rues et son marché aux fleurs. Nice, ville paisible. Quoique ! Ici, tout de même, s'est déroulé le casse du siècle qui justifie la mise en chantier des *Égouts du paradis*.

Une énorme production (8 millions de francs) pour un film événement. Le célèbre casse narré dans ses détails, tourné sur les lieux mêmes de l'action (donc dans les égouts) et dans des décors reconstitués fidèlement (aux studios de la Victorine à Nice). Le tout réalisé par un « maître » du genre, José Giovanni, avec des dialogues écrits par le pape de la formule choc, Michel Audiard. Pour incarner le soi-disant cerveau du casse, Albert Spaggiari, on fait appel au jeune Francis Huster, plus intellectuel que rebelle. Mais la montagne accouche d'une souris. Le film laisse trop de sujets dans l'ombre, les personnages sont falots, les échanges insipides, les acteurs peu crédibles, le casse laborieux. Tout cela sonne faux. Et l'est, puisque, bien des années plus tard, on découvrira que si le vol a bien eu lieu, la participation de Spaggiari fut tout autre que celle dont il s'est vanté. Quant à la dénonciation par un Marseillais « véritable professionnel de la trahison », c'est de la pure fantaisie.

Giovanni ne fournit aucun détail temporel. Il ne donne même pas la date du casse (le week-end des 17-18 juillet 1976). Le spectateur ne sait pas que le creusement du tunnel s'est étalé sur plus de deux mois. José ne donne pas non plus le montant du butin, évalué à 50 millions de francs (on est loin des 30 milliards annoncés par Spaggiari). Enfin, comme toujours en pareil cas, faute de temps, de nombreux détails sont passés sous silence – dont la visite officielle du président de la République qui obligea les voleurs à suspendre leurs travaux. La nécessité de faire un détour par les égouts n'est pas très clairement expliquée, alors qu'existe une bouche d'égout qui aurait évité bien des déplacements et des courbatures. Ne restent que le long travail dans les entrailles de la ville et la volonté de faire passer le cerveau pour une sorte de héros romantique, qui ne correspond à aucune réalité. Un point de vue tronqué ne peut que donner une mauvaise fiction. *Les Égouts du paradis* dessert la légende du « casse du siècle ».

À Nice aussi, comme nous l'apprend *Flic ou voyou*, des gangs se disputent la mainmise sur la cité. Dispute qui tourne à la guerre sanglante, certes provoquée par l'ineffable commissaire Borowitz. Au menu : coups de feu tous azimuts et explosions inattendues. De quoi faire trembler Niçois pure souche et touristes en goguette. Car *Flic ou voyou* se déroule en plein été.

*Idem* pour *Sans mobile apparent*, qui permet à Philippe Labro d'offrir quelques vues ensoleillées de la ville et de son port – que Jean-Louis Trintignant traverse en courant !

*Comme un boomerang* est aussi un film du Sud et d'été. Les deux fuyards auraient sans doute eu plus de mal à franchir la frontière à travers la montagne sous la neige...

Hiver, en revanche, pour *Les Seins de glace* de Georges Lautner – qui connaît admirablement la région pour y habiter. Entre Nice et Juan-les-Pins, un auteur de feuilletons télévisés, François Rollin (Claude Brasseur) tombe sous le charme d'une belle blonde (Mireille Darc). Et se retrouve embringué dans une histoire complexe.

*Les Seins de glace* n'est pas du tout un projet initié par Lautner. Il y est convié à la demande expresse du producteur Alain Delon – sur une suggestion de Mireille qui connaît Georges depuis ses débuts. Au départ, le roman de Richard Matheson, *Someone is Bleeding*, doit être adapté par Abraham Polonsky pour Catherine Deneuve. Le film ne se faisant pas, Raymond Danon rachète les droits du livre et confie l'adaptation à Jean-Pierre Mocky. Alain Delon donne son accord pour jouer un rôle. On se met en quête de la comédienne principale. Le réalisateur pense à Mia Farrow, qu'il a appréciée dans

*Rosemary's Baby*. Il envisage aussi un autre acteur anglo-saxon pour le rôle de l'écrivain : Jon Finch. Peu connu du grand public mais remarqué depuis sa prestation dans *Frenzy* d'Alfred Hitchcock. Le casting subit des modifications. Jane Birkin remplace Mia Farrow et Mocky songe à Jean-Louis Trintignant pour l'autre rôle masculin ou alors... à lui-même ! Trois semaines avant le tournage, toute la production est annulée. Delon, qui participe au financement, a changé d'avis. Il souhaite sa compagne, Mireille Darc, dans le rôle de la belle blonde et Michel Duchaussoy dans celui de l'homme de plume.

« Alain, j'aime beaucoup Mireille Darc, lui rétorque Mocky, mais je ne la vois pas dans le film.

– C'est ça ou rien. »

Ce sera rien. En tout cas, rien avec Mocky, qui quitte le projet. Plus précisément, il le revend à Delon, qui se tourne illico vers Lautner. Ce dernier hésite un court moment car, bien qu'ayant déjà tourné des drames, il n'est pas rompu aux ficelles du cinéma policier. Et, finalement, Claude Brasseur est engagé en lieu et place de Duchaussoy. Pendant ce temps, Mocky s'en va tourner *L'Ibis rouge*, polar d'une tout autre facture qui n'a pas pour cadre les abords de Nice.

Si le cinéma policier aime transporter ses actions en province, il oublie trop souvent de dénoncer l'un des maux qui vérolent bien des régions, à commencer par la Côte d'Azur : les ravages de l'immobilier à tous crins. Construire, faire de l'argent au détriment de toute autre considération. L'écologie est un terme peu employé, le bon goût une notion abstraite.

« Quand un homme abîme la gueule de son voisin, on le fout en prison. Quand il détruit un paysage, on lui ouvre un compte en banque. » (*Dupont Lajoie*.)

Le Bassin méditerranéen n'est pas qu'une longue bande de terre où se pratiquent *farniente*, pétanque et lever de coude. Le drame est aux aguets, suivi par son proche parent, le crime. À se demander pourquoi tant de gens veulent habiter une région aussi hostile.

Reste à savoir si le reste de l'Hexagone est moins touché.

Lyon ne paraît pas plus idyllique. Deux films suffisent à en arracher le masque de quiétude : *Le Juge Fayard dit « le Shérif »* d'Yves Boisset et *L'Horloger de Saint-Paul*. À noter, au passage, qu'à Lyon la profession s'avère d'une importance primordiale. On y est d'abord juge ou horloger avant même d'être lyonnais. Ici, l'échelle sociale a des barreaux solides.

En réalité, chez Boisset, Lyon n'est jamais formellement identifié. Mais Fayard étant inspiré du juge Renaud, assassiné dans la cité des Canuts, et le gang des Stéphanois n'étant qu'une copie du gang des Lyonnais, la deuxième ville de France (par la taille) se trouve bel et bien au cœur du film. Comme à Marseille, il y a collusion entre gangsters et politiciens (le cerveau d'un audacieux hold-up est lié au responsable local du SAC) et même entre gangsters et policiers puisque Joanno (Marcel Bozzuffi) s'entraîne au stand de tir de la police !

Chez Tavernier, la ville ne se contente plus d'être un décor mais devient partie prenante de l'intrigue. Exploit d'autant plus méritoire que le roman de Georges Simenon[1] dont l'histoire est tirée s'enracinait dans une petite ville américaine. Mais Tavernier veut montrer « sa » ville, les rues du vieux Lyon, les quais, les ponts, y compris la maison où il est né. Il considère que Lyon n'a jamais été vraiment dévoilé au cinéma et n'a pas tort.

« Je sentais, je savais qu'il y avait une atmosphère dans les appartements lyonnais que je n'aurais pas retrouvée, même en décors naturels, à Paris : ces pièces avec un plafond très haut, très grandes et très sombres. Ces cours où l'on entend des enfants faire des gammes, ces restaurants aux tables de marbre, tout cela, je voulais le recréer. C'était un peu mon enfance. »

Pourtant, l'annonce de son projet ne suscite pas l'enthousiasme. Les producteurs font la moue. Simenon ? Pourquoi pas. Lyon ? Bof. Tavernier est soutenu dès le départ par Philippe

1. *L'Horloger d'Everton.*

Noiret, qui croit dur comme fer en cet horloger. Même si, avant lui, le réalisateur avait pensé à Bourvil, décédé entre-temps.

Noiret accompagne le réalisateur – dont c'est le premier film – à tous ses rendez-vous professionnels, lui redonnant le moral chaque fois qu'un producteur le renvoie, le rassurant quand un argentier déclare préférer Nice, Saint-Tropez ou Tahiti à Lyon. Noiret et quelques autres (dont Claude Sautet et Pierre Granier-Deferre) aident financièrement Tavernier. Tous y croient dur comme fer. Le scénario est bon et le film sera original. Entêtement payant puisque *L'Horloger de Saint-Paul* obtiendra le prix Louis-Delluc.

Un crime ne peut que secouer ces bâtisses lyonnaises endormies. Le fils d'un horloger du quartier Saint-Paul a tué un homme avant de prendre la fuite. Plus que l'enquête, ce sont les tourments de Michel Descombes (Noiret) et ses relations avec le commissaire Guiboud (Jean Rochefort) qui intéressent le réalisateur. La détresse de ce père passe au premier plan et c'est presque par incident que le spectateur apprend l'arrestation de l'assassin en Bretagne, donc loin de là où il a fauté (il écopera de vingt ans de prison).

Cette production tranche avec le lot habituel. Le plus souvent, le citoyen se rapproche malgré lui de l'univers policier ; ici, c'est le policier qui quitte son monde pour revenir à des valeurs plus courantes.

« L'intérêt était de jouer un flic assez conventionnel pour que la rencontre avec cet horloger fasse que ce commissaire devienne autre chose, explique Jean Rochefort. C'est un commissaire de police lyonnais qui rencontre le courage par la tendresse. À force de donner des coups de Bottin sur la tête des gens, il est complètement surpris de voir que ça existe. »

Retour au crime passionnel et voyage à Bordeaux.

Là, une femme bafouée se suicide dans l'espoir de faire croire à un crime dont on accusera son mari, Henri Savin (Yves Montand). Il est effectivement soupçonné mais possède un alibi. La police s'intéresse à sa maîtresse, Julie (Carole Laure), et l'arrête. Henri invente alors tout un stratagème pour faire croire à sa propre culpabilité et faire libérer Julie. Il ira même jusqu'à simuler sa propre mort… Il faut que tout ceci se passe en province – où la police est visiblement moins affûtée qu'à Paris. Bordeaux n'en demeure pas moins cruellement absent de *La Menace*.

La curiosité des cinéastes les porte ailleurs, vers le poids de la bourgeoisie locale. Tavernier n'en parle pas, alors qu'elle est présente à Lyon. D'autres le font à sa place. Dont Henri Verneuil dans *Le Corps de mon ennemi*. Lui s'intéresse à la puissance des industries textiles symbolisées par le redoutable Jean-Baptiste Beaumont-Liégard (Bernard Blier), héritier de l'empire. Lille et Roubaix prêtent leurs rues mais la ville fictive s'appelle Cournai (mélange de Courtrai et Tournai, deux cités belges proches de la frontière). Beaumont-Liégard et sa clique ne se contentent pas de contrôler l'économie locale, ils ont aussi la mainmise sur les loisirs via l'équipe de football de la ville et une discothèque, le Number One. Des hommes politiques, dont le maire, sont compromis.

Ici, point de gangsters mais des notables non moins redoutables. Passés maîtres dans l'art de la pression et de la machination, ils déplacent les gens comme des pions et les sacrifient pour sauver leur réputation ou leur argent. La puissance des « grandes familles » si souvent décriée.

Le Nord et son cortège de tristesse. Même s'il fait beau dans *Le Corps de mon ennemi* (tourné au début de l'été), le bassin minier est peu comparable au Bassin méditerranéen.

Le personnage central du *Gang des otages* sort de prison pour retourner sur les lieux de son enfance, dans le Pas-de-Calais, du côté des mines : Hénin-Liétard (futur Hénin-Beaumont). Il n'y rentre qu'après moult détours. Ce qui lui vaudra une remarque de la part d'un juge d'instruction :

« Pourquoi ne pas être rentré plus tôt ?

– Vous connaissez le pays, monsieur le juge ? »

Vrai qu'Hénin-Liétard n'est pas l'endroit idéal pour passer des vacances et s'adonner au *farniente* ensoleillé.

Dans *Armaguedon*, Louis Carrier (Jean Yanne) travaille dans le Nord. Lorsqu'il touche un héritage de 25 millions, il s'empresse de fermer boutique et de… quitter la région !

Les notables du *Corps de mon ennemi* ont des cousins, ou des clones, dans toute la France. L'ignominie fleurit sous tous les climats, à toutes les époques.

*Sept morts sur ordonnance* de Jacques Rouffio se passe à Clermont-Ferrand. Le pouvoir est entre les pattes du corps médical. Une véritable guerre des cliniques. Un brillant chirurgien, le docteur Pierre Losseray (Michel Piccoli), embarrasse le clan Brézé et son aïeul Antoine (Charles Vanel) par ses idées progressistes (il est salarié et prône la médecine pour tous). Or, le conflit qui les oppose en rappelle un autre, survenu dix ans plus tôt. À cette époque, Antoine tentait de faire rentrer dans le rang le turbulent docteur Berg (Gérard Depardieu).

« Nous n'avons pas fait un film sur la médecine, explique le scénariste Georges Conchon, nous avons fait un film sur les notables. »

L'influence des Brézé est non seulement néfaste mais dangereuse. Elle pousse Berg et Losseray aux meurtres et au suicide. Sept morts pour la sauvegarde des cliniques, c'est cher payé. Antoine est un personnage particulièrement odieux, brandissant le conseil de l'Ordre tel une menace, pratiquant quotidiennement mensonge et chantage, comme un flic de base. Personne ne s'en offusque et le commissaire du coin se contente de constater : « Méfiez-vous de cette ville, c'est le silence. »

Au-delà du conflit d'intérêts apparaissent les conflits de classe. Les notables méprisent les petites gens. Leur naissance ne leur a pas permis d'accéder aux sphères de l'aristocratie mais leur argent a favorisé leur ascension sociale. Ils se considèrent au sommet et refusent de partager la moindre miette de pouvoir.

Depuis leur arrivée dans les hauteurs, ils ont tout verrouillé, interdisant l'entrée à qui n'est pas des leurs. Même le talent ne trouve pas grâce à leurs yeux : « Un formidable chirurgien. Le plus grand. Pas reconnu comme patron à cause des origines modestes. Aucun clan derrière lui. »

Si tous les Brézé sont, par la force de la tradition familiale, dans la médecine, aucun ne se caractérise par son brio. Tous besognent à la limite de l'incompétence, mais pas forcément du bon côté.

Le film est d'autant plus intéressant que *Sept morts sur ordonnance* repose sur des faits réels, survenus non à Clermont-Ferrand mais à Reims.

Joseph Bouvier fut maire de Reims sous l'Occupation. Sa position de chirurgien lui conférait un poids certain. Il faut dire que la ville subissait une tradition de mainmise du corps médical depuis des lustres. Tradition qui débuta dès 1879 avec une succession de maires médecins. Lorsque Bouvier quitta son poste, il fut remplacé par un autre chirurgien. Professeur d'anatomie, chirurgien honoraire des hôpitaux et du centre anticancéreux, chargé de travaux de physiologie à l'école de médecine de Reims, Joseph était ce que l'on appelle une sommité. Son nom fut cité à la suite du suicide d'un confrère rémois au début des années 1960, suicide qui faisait suite à un autre, survenu quinze ans plus tôt dans des circonstances similaires : à coup de carabine après avoir exterminé sa famille. Le scénariste Georges Conchon enquêta sur place et mit au jour l'existence d'un véritable clan médical qui imposait sa loi avec une fermeté à rendre jalouse une famille mafieuse sicilienne.

Quand sort *Sept morts sur ordonnance*, la famille Bouvier le juge calomnieux, étant entendu que le désormais patriarche Bouvier n'a pu avoir poussé qui que ce fût au suicide. Pourtant de nombreux jeunes médecins viennent témoigner dans les médias que le chantage et les menaces sont pratique courante de la part des mandarins des hôpitaux et des chirurgiens de renom.

Conchon précise d'ailleurs : « Un directeur des hôpitaux, qui a 80 ans, m'a téléphoné. Il m'a dit : "Vous ne dites pas la moitié de ce qu'il faut dire"... » Mais la fronde ne cesse pas, des journaux médicaux parlent d'une « machine de guerre contre l'hospitalisation privée ».

De son côté, Michel Piccoli est frappé par la réaction de professionnels du bistouri : « Certains médecins de l'ordre se sont sentis agressés par le film de Rouffio, pourtant adapté d'un fait réel. Ils ont voulu voir dans ce scénario l'exagération d'un comportement. Lors d'une projection qui leur était réservée, ils se sont indignés et ont reproché au metteur en scène d'avoir voulu assimiler le cas qui leur était exposé à l'ensemble du comportement de la profession médicale. On aurait dit une catégorie socioprofessionnelle s'efforçant de préserver les avantages d'une impunité chèrement acquise. »

Reims, cadre du *Témoin* de Jean-Pierre Mocky, où la bourgeoisie se serre les coudes. Pas question que l'un de ses plus éminents représentants, Robert Maurisson (Philippe Noiret), banquier, soit accusé d'un crime. Il est pourtant coupable. Coupable d'avoir assassiné une fillette pour laquelle il avait des pulsions sexuelles. Pour sauver la face, pour sauver la ville, les notables font bloc et, à l'aide de faux témoignages, lui construisent un alibi en béton armé. Robert laisse un de ses amis, Antonio Berti (Alberto Sordi), restaurateur de tableaux fraîchement arrivé, se faire accuser à sa place.

S'il y a une justice, elle n'émane pas des tribunaux mais de la figure paternelle puisque le père de la fillette tue le banquier. Ce qui n'empêche par Berti d'être arrêté et condamné à mort.

Pour une fois, Maurisson ne doit pas sa survie (momentanée) à son sang mais à son mariage et à ses compétences. Il a épousé une grande bourgeoise et gère avec efficacité le patrimoine d'un ramassis d'incapables. Sans lui, tout s'écroule. Sûr de sa puissance, il peut se payer le luxe d'insulter ses pairs : « Non, je n'ai pas craché sur votre argent mais maintenant je crache sur vous, je crache sur vos dîners, je crache sur vos cocktails, je crache sur vos vies de cons ! »

Bourgeoisie également du côté d'Orléans et de *Police Python 357*. Elle est représentée par une femme impotente. Cinglant symbole : la bourgeoise a besoin des autres pour avancer mais veut continuer à tout diriger. Cette femme, Thérèse (Simone Signoret), a beaucoup d'argent donc beaucoup d'influence. D'autant plus qu'elle est issue d'une riche famille. Qu'elle ne fasse rien de ses journées ne diminue aucunement son pouvoir. Épouse du commissaire Ganay (François Périer). Elle et lui constituent le haut du panier, par opposition à l'inspecteur Ferrot (Yves Montand), issu de l'Assistance publique. Autant dire qu'il est marqué du sceau de l'infamie. Être de bonne famille est une qualité qui ne s'acquiert qu'à la naissance. Ferrot le sait comme Leclercq du *Corps de mon ennemi*, fils de militant communiste, le sait. À Orléans, à Lille ou ailleurs les barrières sont identiques.

Quand Ganay commet un meurtre sur un coup de sang (il tue sa maîtresse), son épouse ne lui demande pas de se constituer prisonnier. Bien au contraire. Puisque la justice est aveugle, autant la pousser dans la direction souhaitée. Mais Ferrot – qui était également l'amant de la victime – est un bon flic. Il est bien placé pour savoir qu'il n'est pas le coupable, même si de nombreux indices le désignent. Se sentant coincé, Ganay tente d'éliminer Ferrot. Des années d'une vie bourgeoise confortable ont endormi ses facultés intellectuelles et ses réflexes. Il n'a aucune chance face à un as entraîné de la trempe de Ferrot. Ganay meurt. Thérèse n'a plus rien à défendre et préfère trépasser à son tour. La bourgeoisie, incapable d'évoluer, s'est condamnée elle-même et n'a plus qu'à disparaître.

Les notables sont capables des pires exactions. Et la Côte d'Azur n'a pas le monopole du viol. Dans *La Traque* de Serge Leroy, près d'Alençon, des bourgeois du cru s'adonnent à la chasse. Ce qui les oblige à fréquenter des gens de basse extraction dont des ferrailleurs. Au cours d'une sortie, l'un d'eux s'en prend à Helen Wells (Mimsy Farmer), arrivée le matin même pour s'installer dans la région. Il la viole. Pour se défendre, elle réussit à tirer sur son agresseur. L'affaire risque de faire grand bruit et de discréditer ces sept individus bien en place. Rongés par l'inquiétude, même s'ils savent que leur parole aura forcément plus de poids que celle d'une étrangère inconnue : « Tout ce que nous dirons a de fortes chances d'être cru, nous ne sommes pas des gens facilement soupçonnables. »

Deux précautions valant mieux qu'une, ils traquent la jeune femme pour l'abattre, comme dans une banale partie de chasse.

Le portrait que fait Leroy de la bourgeoisie de province a de quoi glacer le sang. Les rares qui tentent de s'opposer à la folie générale sont ramenés à la raison d'autant plus facilement que se rapproche le spectre d'élections cantonales. Mieux vaut un mensonge collectif qui protège qu'une vérité qui dérange.

À Cayeux-sur-Mer (Somme), on partage les mêmes sentiments et on applique les mêmes méthodes. Dans *La Saignée* de Claude Mulot les notables sont aussi des chasseurs. Au sein de la ville – où il n'y a strictement rien à faire –, tenue par un maire forcément corrompu, il faut chasser l'intrus. Quatre hommes s'en prennent à un ancien enfant du pays qui espérait trouver asile dans cette calme localité. Ils le rossent à mort sur une plage.

On s'ennuie à Cayeux hors saison, on s'emmerde ailleurs toute l'année. La ville des *Chiens* d'Alain Jessua n'est pas précisée (le tournage a lieu à Marne-la-Vallée et à Torcy). Une ville où l'on viole comme partout ailleurs. Pour se défendre des voyous et des étrangers de tous bords, les habitants dressent des chiens. La milice des molosses est en marche. Patrouilles nocturnes et lâcher de bestiaux à la moindre alerte. Des quadrupèdes qui agissent sans discernement, aveuglés par la haine de leurs maîtres. Ils tuent un jeune Noir qui n'a commis que de menus larcins et provoquent la mort d'un autre jeune qui chute du haut d'un à-pic.

Que fait la police ?

« Que voulez-vous que la police fasse ? Il faudrait des agents partout, en permanence. »

Elle ne fait donc rien. Ou pas grand-chose. Le commissaire local montre peu d'entrain à poursuivre ses enquêtes. Il est partisan de la milice, qui constitue une étrange variante du maintien de l'ordre pour lequel il est payé. Si le violeur finit par être identifié, c'est grâce à la persévérance de sa victime et non à l'efficacité des flics.

Que fait la politique ?

Elle s'immisce. Le maire en place ne cache pas son refus du développement d'une milice canine. Il le regrettera amèrement puisqu'il trouve la mort dans une attaque de chiens. Et Morel (Gérard Depardieu), l'homme qui a dressé toutes ces charmantes bestioles, se présente à la mairie. Adulé par les personnalités locales, il n'a aucun mal à être élu. L'ordre va revenir dans la ville.

Pour Depardieu, participer à cette production ne signifie pas seulement soutenir son thème dénonciateur mais faire une sorte de catharsis. Quelques mois auparavant, au sortir d'une représentation théâtrale à Lyon, un inconnu lança sur lui un berger allemand dressé à l'attaque. L'acteur se retrouva à l'hôpital. Il se remit vite de ses blessures mais pas des dommages collatéraux. Cinq jours après l'incident, il craqua nerveusement. *Les Chiens* l'aide à reprendre le dessus.

En revanche, cette production irrite les dresseurs de chiens, qui, jugeant leur profession discréditée, tentent d'en empêcher la diffusion. Leurs arguments se révélant légers, ils sont déboutés.

L'entêtement des notables de ce film ne manque pas d'étonner car cette morne et anonyme cité aux rues glaciales et à l'architecture moderne n'offre que peu de raisons d'être défendue. Elle stagne dans un ennui poisseux. Aux dires de l'un de ses habitants, il n'y a strictement rien à faire. Même l'unique cinéma local ne passe que des pornos (ce qui pourrait constituer une réjouissante distraction !). Existe bien une discothèque mais personne ne s'y rend. Seule occupation avouable : s'occuper de son chien.

Non, la France profonde ne donne pas forcément envie de s'y installer. Car, hormis la chasse, la cueillette des champignons et la défense du folklore, on s'y embête pire qu'un rat mort.

Dans *Les Noces rouges* de Claude Chabrol, Lucienne (Stéphane Audran) partage sa vie avec un râleur, vieux barbon avant l'âge. Mais Paul (Claude Piéplu) est député-maire du patelin, tendance gaulliste. Comme si cela était une obligation dès que l'on décroche un mandat électoral, il magouille. Grâce à des appuis jusque dans les ministères, il traficote sur des terrains destinés à être revendus pour l'implantation prochaine d'une usine. Le tout sous couvert d'aider « sa » circonscription : « Il s'agit là d'une occasion unique où tout le monde, et la ville aussi, trouverait son profit. »

Hélas pour ce faux philanthrope, son épouse a un amant. Le député-maire devient encombrant. Les deux tourtereaux décident de l'éliminer en simulant un accident de voiture. Vu les fonctions du défunt, l'affaire remonte à Paris. Un énigmatique « président » téléphone en personne au commissaire local pour lui intimer l'ordre de classer l'affaire en accident. Malheureusement, la fille du couple crache le morceau et expédie les assassins derrière les barreaux.

Claude Chabrol dresse un portrait peu flatteur de la vie dans des petits bourgs (ici Valençay dans l'Indre). Le quotidien y est accablant avec pour seule distraction les spectacles des enfants pour les fêtes de fin d'année. Apparemment, pas même une salle de cinéma. Pour accentuer cette pesante banalité, Chabrol multiplie les dialogues volontairement creux. On comprend mieux pourquoi Lucienne a choisi un amant en guise de dérivatif. Ça la change des programmes de télévision (qui ne compte que deux chaînes !).

Quant à la population, elle est asservie à son député-maire, grand manitou qui dirige le navire comme bon lui semble sans rendre aucun compte. Ici aussi, comme dans *Nada*, dans les locaux administratifs trône la rassurante photo officielle de Georges Pompidou. Big Brother *for ever.*

Cet étonnant personnage de député-maire ne se trouve pas dans le fait divers dont le scénario est tiré. Dans la réalité, il s'agissait d'un modeste commerçant. Mais Chabrol veut fustiger le pouvoir politique en place dans les recoins les plus reculés, ceux dont les médias ne parlent jamais.

Louable tentative, qui provoque d'inévitables heurts avec la censure. *Les Noces rouges* doit sortir en pleine campagne pour les élections législatives de mars 1973. La droite serre les rangs, et pas seulement les rangs, car elle craint de perdre sa mainmise sur l'hémicycle. Le portrait au vitriol du député peut faire reculer des électeurs. Il faut un prétexte pour empêcher sa sortie. Il est tout trouvé. Cette fois, c'est le ministère de la Justice qui s'y colle. Le fait divers original n'ayant pas encore été rejugé – le premier jugement a été cassé pour vice de forme –, cette production cinématographique risque d'exercer une mauvaise influence. Ce qu'explique le comité de censure dans un communiqué en date du 22 février 1973 : « La projection de ce film dans la période actuelle serait de nature à peser sur le cours de la justice et à nuire à la sérénité du nouveau jugement à intervenir. » Décision étrange car il suffirait d'interdire aux jurés et aux personnes concernées d'aller voir le film !

D'où la raillerie d'un Jean-Louis Bory dans *Le Nouvel Observateur* : « *Les Noces rouges* est interdit. Pardon ! Qu'est-ce que je dis ? Pas interdit, il n'y a plus de censure en France, c'est bien connu. Le film est suspendu. Et par pour des raisons politiques, cela tombe sous le sens ; s'il n'y a plus de censure tout court, il y a encore moins de censure politique ; non, c'est pour "précautions judiciaires". [...] Admirable prétexte, et qui montre combien notre justice, en certains cas, déborde de susceptibilité délicate. »

Tout finit par s'arranger comme par magie. Quelques jours après les élections (qui voient une nette percée de l'Union de la gauche), *Les Noces rouges* obtient son visa de sortie (pour le 1er avril !).

S'imposant comme le plus provincial des cinéastes français, Chabrol part dans le Bas-Rhin pour envahir le château de la Leonardsau, cadre glaciale de sa *Décade prodigieuse.* Pas très enthousiasmant non plus comme endroit. L'austère province.

Dans *Le Boucher,* le village de Trémolat (Périgord) et ses 566 habitants trouvent grâce aux yeux du cinéaste. Par contraste total avec Valençay s'y dégage une certaine douceur de vivre.

« Le miracle dans le film est d'avoir trouvé le village de Trémolat, soulignera Chabrol. C'est un lieu où on se sent en totale harmonie avec l'univers. Quand j'avais écrit le scénario, j'avais situé l'action dans cette région mais je n'avais pas choisi délibérément l'endroit, pour la bonne raison que je ne le connaissais pas encore. Je voulais qu'il soit à proximité de grottes, car, comme je voulais utiliser les gens du village, je voulais qu'ils vivent non loin de ces vestiges préhistoriques. Et j'avais raison car ils ont un comportement qui n'est pas loin du sain comportement des gens du temps passé. »

Trémolat bénéficie d'un atout supplémentaire : son école et la maison qui lui fait face correspondent exactement à ce que cherche le réalisateur. Sans oublier ses bonnes tables, chères à Claude Chabrol, et son alcool de vieille prune, cher à Jean Yanne.

L'ambiance peut paraître un peu ridicule aux citadins blasés, à l'image du mariage franchouillard qui ouvre le film, mais il est des joies simples qu'il faut savoir apprécier. À Trémolat on coule des jours tranquilles. Population accueillante et institutrice accorte. Peut-on imaginer que derrière cette image d'Épinal se cache un monstre ? Eh bien, oui ; et c'est là toute la problématique du *Boucher.*

Car on tue, on occit, on dézingue dans la France profonde. Faits rares difficiles à résoudre pour la gendarmerie locale, plus habituée à gérer les querelles de voisinage et les bagarres du samedi soir. On tue même dans le fin fond de la Savoie, du côté du village de La Chaux-de-Gilley (à peine 300 habitants), à 900 mètres d'altitude, entre Pontarlier et Arc-sous-Cicon. Village totalement enneigé quand vient l'hiver et à peine moins quand pointe l'été.

« Il fait toujours froid, il faut s'y faire. »

Le crime des *Granges brûlées* de Jean Chapot ressemble étrangement à celui de *L'Affaire Dominici* – les deux films sortent à deux mois d'écart en 1973. Un cadavre est découvert près d'une ferme familiale tenue par la redoutable chef du clan, Rose (Simone Signoret). Tout porte à croire que l'un de ses habitants est impliqué dans le crime et que ladite Rose sait tout mais ne dit rien. Enquête dans un climat glacé sur tous les plans car dans cette ferme on parle peu et les tensions entre les différents membres de la famille sont palpables.

Chapot, dont c'est le premier film, connaît bien la région et, à l'instar d'un Tavernier avec Lyon, veut lui rendre hommage : « J'avais envie de voir des gens de la campagne s'exprimer car je me sens bien avec eux. *Les Granges brûlées* n'est pas un film de cinéaste parisien plaqué sur la province mais un film de provincial. »

À 200 kilomètres au sud, près de Chamonix, a lieu un autre crime. Celui de *Dites-lui que je l'aime* de Claude Miller. Un drame passionnel dû à David Martinaud (Gérard Depardieu), employé de banque amoureux. Hélas, l'objet de son idylle, mariée et récemment mère, le repousse. D'où crime. Et même double crime.

Au passage, on apprend que le quotidien savoyard s'enfonce dans la triste routine. Comme à Trémolat, pour tromper son ennui on trompe son conjoint : « J'ai l'impression que c'est une femme mariée, vos week-ends. Ça se fait beaucoup en province. »

Plus au sud, mais toujours dans la montagne, à Uriage-les-Bains, il pleut. Presque tout le temps si l'on en croit *La Chair de l'orchidée* de Patrice Chéreau. Cette ambiance maussade ne donne pas envie d'aller y regagner ses pénates. Mais le ton du film, proche du fantastique, se révèle tout aussi maussade et ne donne pas envie d'aller jusqu'au bout de la projection.

L'Ardèche offre des paysages rugueux pour amateurs d'isolement. Robert Enrico y tourne *Le Secret*, où le couple formé par Philippe Noiret et Marlène Jobert vit loin de tout et de tous, dans le château de Craux à 650 mètres d'altitude. Le secteur est peuplé d'indigènes qui apprécient peu d'être importunés.

« Les gens du pays ne parlent pas aux gendarmes. »

France terre d'accueil. Où ça ?

Cap à l'ouest.

Rouen et ses pressions politiques d'*Adieu poulet*. Cheuge et ses habitants charitables de *La Veuve Couderc*...

En Charente, c'est carrément le maire d'une petite commune qui commet un crime. Un vrai, pas l'encaissement de pots-de-vin, pratique devenue monnaie courante. Épris de la jeune institutrice, il tue son époux. Ici aussi, la politique s'en mêle. Bien que coupable aveuglant, cet élu, Bertin (Victor Lanoux), est aussi le principal employeur du secteur via son usine. L'enfermer, c'est fermer l'entreprise. Donc jeter des dizaines de braves citoyens à la rue. La morale reste conforme à celle en vogue dans ces années 1970 : le maire s'en tire avec un non-lieu. Ceci dans le bien nommé *Un si joli village* d'Étienne Périer.

Présents dans *L'Affaire Dominici* et *Les Granges brûlées*, les clans familiaux le sont aussi dans *La Horse* de Pierre Granier-Deferre. Décor : Calvados. La ferme est toujours sous la férule d'un patriarche autoritaire, Auguste Maroilleur (Jean Gabin).

« Le monde a changé.

– Pas moi ! » répond-il à sa fille.

Afin de protéger son petit-fils contre lui-même et contre des trafiquants de drogue, Auguste déclenche une véritable guérilla, enrôlant toute sa famille. Il a détruit un paquet de poudre blanche et fusille toute personne qui ose venir le réclamer.

Auguste est juge et bourreau. Dans un style qui ressemble plus à un western campagnard qu'à un polar.

*La Horse* est l'une des rares productions policières françaises de la décennie à parler ouvertement de la drogue. Le titre fait référence à l'un des nombreux surnoms de la « came ». Même si, au fond, n'importe quelle marchandise illicite aurait aussi bien pu faire l'affaire. Ici, le trafic passe par un transatlantique où le petit-fils travaille comme barman. Le fléau ne peut se combattre ni par la psychologie, ni par la négociation, ni même par l'application des lois, mais par les armes. Qu'on se le dise.

Incidemment *La Horse* apparaît aussi comme une tentative pour Gabin de se faire passer pour un authentique paysan, exploit qu'il ne réussira jamais dans son quotidien.

Et la Bretagne ?

Elle manque de peu d'être totalement oubliée des auteurs de polars. Sans Alain Jessua et son *Traitement de choc*, elle passerait à l'as hélas. Beau cadre (Belle-Île-en-Mer) pour y installer un centre de soins et de régénérescence à base de « cellules fraîches ». Le coût du traitement le réserve à des personnes d'un certain rang, en majorité des notables. Ce qui arrange bien le docteur Devilers (Alain Delon) lorsqu'il est en proie à diverses tracasseries.

« Ils ont des députés dans leur clientèle, tout finit par s'arranger. »

La police se contente du minimum syndical. Quand un client trop curieux est précipité du haut d'une falaise, elle s'empresse de conclure à un suicide. Quand des employés portugais tombent comme des mouches, elle ferme les yeux. Elle a tort car ces jeunes gens sont les pourvoyeurs de ces fameuses « cellules fraîches ». Les médecins les tuent pour les vider de leur sang. Belle parabole sur la fraternité sociale : les nantis ne se contentent plus de s'enrichir sur le dos des prolétaires et des travailleurs immigrés, ils leur sucent désormais le sang !

« Rien n'a changé dans notre société, mademoiselle Masson, comme chez les primitifs, on sacrifie toujours les faibles. »

Puisqu'un médecin l'affirme...

« Je venais de terminer un scénario pour lequel j'avais été payé mais qui ne devait jamais être réalisé, raconte Jessua. J'avais huit jours à perdre et je suis allé avec ma femme et mon fils à Quiberon. Au bout de trois ou quatre jours, bien que le pays soit beau et la cure efficace, j'en avais assez. Alors, pour passer le temps, j'ai laissé vagabonder mon imagination et je me suis dit que ce serait amusant de tourner un film dans un institut de ce genre. »

*Traitement de choc*, en dépit de son décor breton, n'est pas « vendu » au public sur les bienfaits de cette région. Il est propulsé à partir d'une scène au cours de laquelle Annie Girardot, Alain Delon et quelques autres batifolent dans l'eau, dans la joie, dans la bonne humeur et, surtout, dans le plus simple appareil. Cette seule scène – qui tend à prouver qu'il y a du soleil et des plages en Bretagne (le tournage eut lieu en août !) – fait le tour de la France à la vitesse d'un missile. Bien sûr, aucune télé ne la montre, mais tout le monde en parle. Des pavés publicitaires, exhibant Delon courant nu sur le sable, surgissent dans la presse. Ce qui finit par provoquer l'ire de l'acteur, qui trouve que *Traitement de choc* est en train de passer pour un film érotique ! Il n'a pas tort : dans ce climat sulfureux, personne ne parle du sujet du film, autrement plus dérangeant.

Pour clore ce tour de France des faits divers, voici *La Main à couper* d'Étienne Périer. En fait, l'action se déroule dans Paris (le meurtre a lieu dans un appartement rue du Faubourg-Saint-Honoré !) mais les principaux protagonistes, les Noblet, habitent dans une banlieue qui a des allures campagnardes. Belle propriété dotée d'un très vaste jardin. Là, on s'ennuie autant que dans certaines villes de province. Le soir, on écoute de la grande musique en regardant le plafond ou on fait des réussites. Pas de virée à Paris, pas d'amis invités à dîner.

« Passé le seuil de cette maison, dis-moi ce qui compte vraiment pour nous ? » demande le père de famille, médecin de renom (Michel Bouquet) à son épouse (Léa Massari). Il donne lui-même la réponse : « Rien ! » Cinglant résumé de sa propre vie.

Mais cette famille est impliquée dans un meurtre tel qu'on en voit trop souvent dans les chefs-lieux d'ailleurs : celui d'un jeune homme, amant de la mère et ami des enfants ! Tout le monde peut être coupable. Le film adopte le point de vue de l'épouse/mère qui ne comprend plus rien, coincée entre un mari au comportement étrange, un policier faussement badin (Bernard Blier) et un détective privé maître chanteur (Michel Serrault). L'identité de l'assassin n'est, comme il se doit, révélée qu'à la dernière minute.

Ce faux suspense à la Hitchcock a vraiment tout d'un drame provincial et il faut la présence du mythique 36, quai des Orfèvres pour rappeler au spectateur que le cadre en est la capitale. D'autant que toute la petite famille retrouve son confort bourgeois, oubliant ces billevesées qui faillirent la déchirer.

Voilà la France chantée par les poètes, immortalisée par les peintres. Une France pas très folichonne. À l'image de celle, pluvieuse, que montre Melville tout au long de son *Cercle rouge*. Une France qui a craqué sous la pression des crimes et des criminels. Une France où, à regarder le cinéma policier, il ne fait plus bon vivre. Ennui, corruption, pression de la bourgeoisie locale, crimes sordides, incompétence des gendarmes et des flics, rien ne va plus. Douce France, le pays de l'abus de confiance.

Quant à ceux qui n'ont guère envie d'explorer les campagnes gauloises, l'Europe leur tend les bras. Cela peut être la Grèce (*Le Casse*, *La Faille*) mais aussi la Suisse. Lieu du meurtre de *L'assassin frappe à l'aube* (connu aussi sous le titre *Le Champignon*) de Marc Simenon. Bord du lac Léman. Tranquillité assurée. Sauf quand on a pour patiente une artiste qui se complaît dans les substances hallucinogènes. Ce qui arrive à un médecin (Jean-Claude Bouillon). Ladite patiente est retrouvée étranglée. Qui, du docteur, du jardinier amant et ex-taulard, du fils qui n'a pas soigné son complexe d'Œdipe et de la bonne du praticien, est coupable ?...

Ici, comme en France, les occasions de s'amuser ne sont pas nombreuses, hormis les fondues entre copains au restaurant. Pour faire la fête, mieux vaut se rendre à Paris. Ce que fait l'épouse du médecin (Mylène Demongeot). Judicieuse idée puisqu'elle est la seule à disposer d'un alibi pour la nuit du meurtre. Pour le reste, les policiers helvétiques ressemblent comme des frères à leurs homologues français.

# MANUEL D'INSTRUCTION

Le cinéma policier des années 1970 voit émerger une nouvelle race d'enquêteurs : les juges d'instruction. Jusqu'alors, plutôt discrets, voire insignifiants, présents pour reprendre les dossiers établis par les argousins et les critiquer ou leur mettre des bâtons dans les roues.

Soupçonneux à mauvais escient aussi. Dans *L'Agression*, le juge est une femme. Guère plus sympathique. Alors que Paul (Jean-Louis Trintignant) vient de perdre son épouse et sa fille dans des circonstances particulièrement tragiques, elle ne fait montre d'aucune compassion et lui explique à demi-mot qu'il figure en bonne place parmi les coupables possibles. Pas de quoi réconcilier ce veuf avec la justice.

Le juge de *Comme un boomerang* ne cache pas ses opinions politiques. Il est de gauche dans une société officiellement de droite. Il déteste les riches. Il déteste surtout qu'ils s'en sortent toujours mieux que les pauvres.

« Quand on a condamné à mort un assassin de 17 ans, l'accusation avait demandé la condamnation à perpétuité. Mais les jurés ont voté la mort. On a dit que ce n'était que le reflet d'une opinion publique, que les gens en ont assez de la violence, qu'ils ont peur. On n'a oublié qu'une chose, voyez-vous, c'est que ce garçon appartenait à un milieu très pauvre, à l'opposé de celui qui est aujourd'hui le vôtre.

– Je ne vois pas le rapport, monsieur le juge.

– Il y en a pourtant un, monsieur Batkin, c'est que les assassins doivent être jugés de la même façon, quelle que soit la fortune de leur père. »

Allusion à l'affaire Bruno Triplet qui avait 17 ans au moment du crime.

Instruire, c'est affronter des fortes personnalités, comme l'apprend à ses dépens le juge (Pierre Dux) de *La Horse* :

« Profession ?

– Propriétaire.

– Ce n'est pas une profession.

– Pour moi, si. »

Métier à risques aussi, comme en témoigne *Le Gang des otages*, où le juge se retrouve du mauvais côté du pistolet...

D'autres hommes de loi se dressent pour faire éclater la vérité sans sauter sur la première conclusion venue. Désormais, ils vont tout prendre en main. Le fait qu'ils paraissent disposer de plus de pouvoirs – notamment les fameuses commissions rogatoires si indispensables aux enquêteurs de terrain – les rend davantage intéressants.

Ils n'en demeurent pas moins – et peut-être plus – soumis à leur hiérarchie au même titre que les policiers. En juin 1976, le juge Étienne Ceccaldi, dit le « Juge rouge », est un des premiers à se plaindre ouvertement des pressions dont il fait l'objet dans une enquête sur des ententes pétrolières. Propos qui lui valent beaucoup d'ennuis et une mutation à Hazebrouck (Nord).

Le problème reste qu'un juge d'instruction travaille surtout dans son bureau à étudier des rapports et à entendre des témoins. Pas très cinématographique, même avec des dialogues ciselés. Pour conférer de l'attrait à cette profession méconnue, le cinéma va sortir le juge des couloirs des palais de justice. Il va le pousser dehors, sur les lieux des crimes. Les pieds dans la boue, la tête au vent. Comme un gendarme, un pandore ou un gabelou.

Cette nouvelle facette de ces magistrats correspond à une réalité. Symbolisée par un nom : Renaud. Après un parcours mouvementé, qui l'envoie jusque dans les colonies, François Renaud est nommé à 48 ans premier juge d'instruction au tribunal de Lyon en 1972. Il fait beaucoup parler de lui. Refusant d'obéir servilement à un système qui n'a plus de justice que le nom, il se montre indépendant, donc gênant. Pour lui, nul n'est au-dessus des lois et il s'annonce prêt à faire tomber toutes les têtes quelles qu'en soient les origines. Cela lui vaudra le surnom de « Shérif ».

Renaud s'intéresse à un hold-up spectaculaire, l'attaque de l'hôtel des Postes de Strasbourg. Un gros coup forcément exécuté par des spécialistes du genre. La piste conduit sur son territoire : le gang des Lyonnais. Mais Renaud va plus loin. Il veut découvrir où est passé l'argent et mettre au jour les connexions dont bénéficie ce gang. Cela l'amène directement dans le marécage politique. Le SAC apparaît dans l'ombre de toute cette affaire, ce qui n'est pas vraiment une surprise. Et qui dit SAC dit implication de personnalités politiques et d'élus locaux. Le hold-up de Strasbourg a-t-il servi à remplir les caisses d'une organisation politique de droite ? Renaud commence à le croire. Comme il commence à croire que la police et la pègre sont trop étroitement liées. Chaque fois qu'il se rapproche d'un suspect, celui-ci prend la poudre d'escampette comme s'il avait été prévenu.

Surtout, il manque de preuves. Les voyous le narguent. Ils savent trop bien que, si leur culpabilité est aveuglante, les dossiers sont vides. « Alors, comme l'écrivent Huguette Debaisieux et Yves Leridon dans *Le Figaro* du 7 juillet 1975, Renaud s'acharne. Il faut qu'ils parlent, les uns et les autres, il faut qu'ils se contredisent, qu'ils finissent par "manger le morceau". Il rejette les demandes en liberté que les avocats, agrippés au moindre manquement au code pénal, lui soumettent sans relâche. Interrogatoire sur interrogatoire. Il tempête, tape sur la table, les harcèle, les traite de tous les noms et, comble d'injure pour les machistes que sont les hommes du "milieu", il met en doute à la moindre occasion leur virilité. Cela les rend malades, les prévenus, d'autant plus que le juge, pour faire pression sur leur moral, a tendance aussi à interdire le parloir aux familles. »

Le juge Renaud dérange. Il dit trop haut ce que tout le monde tait depuis des lustres, il imagine des combinaisons audacieuses entre respectables politiciens et odieux voyous, voit de l'argent transiter par de drôles de comptes. Ça agace. Le plus important n'est pas le bruit qu'il fait mais les dossiers qu'il met au jour. Et s'il avait raison sur toute la ligne ?

Aux premières heures du 3 juillet 1975, ce juge pas comme les autres rentre chez lui sur la colline de Fourvière. Une voiture fonce sur lui et sur l'amie qui l'accompagne. Trois occupants. Renaud cherche à se réfugier derrière le muret d'un jardin mais les balles l'en empêchent. Il meurt au cours de son transfert en ambulance. Une exécution. Comme on exécute un gangster qui aurait fauté, un proxénète qui se serait trop fait remarquer, un petit revendeur de drogue qui aurait triché. La France découvre que l'on peut abattre un juge dans ses rues. Mais cela n'étonne que le citoyen de base, en haut lieu, on sait l'importance du meurtre pour clore certaines affaires.

Une telle audace mérite d'être punie. On imagine toutes les polices de France et de Navarre partir sur le pied de guerre pour identifier les trois auteurs de cet assassinat. Eh bien, non. La mobilisation est loin d'être générale et l'enquête loin d'être exemplaire. On ne fouine pas, on attend. Les soupçons se portent sur le gang des Lyonnais et son chef Edmond « Momon » Vidal. Mais restent des soupçons. Le dossier passe d'un juge d'instruction à un autre, comme une patate chaude. On parle de l'implication du SAC et de l'un de ses plus dynamiques représentants, Jean Schnaebelé, par ailleurs membre de la pègre locale. On parle mais on ne prouve rien. Le meurtre du juge Renaud ne sera jamais officiellement élucidé. L'enquête aboutira à un non-lieu prononcé en 1992.

Si la police paraît se désintéresser du cas Renaud, le cinéma se passionne pour cette affaire. Au même moment, deux jeunes réalisateurs envisagent de faire un film autour de cette personnalité fauchée par trois balles. Alain Corneau convainc Yves

Montand d'incarner un juge en tout point semblable à celui de Lyon. Le tournage est annoncé dès l'automne 1976, soit seulement un peu plus d'un an après le meurtre, sur un scénario de Jorge Semprun. Semprun-Montand, cela risque de faire des étincelles. Ni l'un ni l'autre ne manient la langue de bois et la fougue de Corneau servira leur propos. Le projet sera financé par André Génovès, habituel producteur de Claude Chabrol. Mais Génovès est trop gourmand : il signe des contrats avec la plupart des grands noms du cinéma français et lance en même temps une volée de projets. Il a de l'ambition mais pas les reins assez solides. Sa maison de production fait faillite, expédiant la plupart de ses futurs films aux oubliettes.

Corneau renonce d'autant plus vite qu'il sait qu'Yves Boisset a bien avancé sur le même sujet. Qu'il démarre lui aussi au second semestre 1976 et aboutira au *Juge Fayard dit « le Shérif »*. Il ne s'agit pas de coller pas à pas à la réalité du juge Renaud mais de s'en inspirer, tout en se montrant suffisamment explicite pour que le spectateur comprenne les allusions. Toutefois, Boisset table plus large et puise dans d'autres affaires, d'autres personnalités, ce que ne manque pas de relever le critique Raymond Lefèvre dans *La Saison cinématographique 77* : « Fayard est surtout un personnage composite : il a la jeunesse du juge Charrette, qui n'hésite pas à faire incarcérer un P-DG responsable d'accidents de travail ; il possède l'obstination contestataire du substitut Ceccaldi dont la nomination à Hazebrouck fit grand bruit ; il a hérité du tempérament turbulent du juge Pascal. [...] On pense à l'affaire des maisons closes où furent compromis le député Charet et le commissaire proxénète Tonnot, à l'action occulte de Jean Augé, patron local du SAC, organisateur de grandes réunions politiques des partis de droite, assassiné en 1973. Ou encore à l'évasion spectaculaire de Pierre Pourret dit "le Docteur", soupçonné d'être l'organisateur du hold-up de Strasbourg. »

Boisset remue la fange sans vergogne.

Cela lui coûte très cher. Il reçoit des menaces et des coups de téléphone anonymes. Il ne s'en émeut pas, commençant à être habitué à ces pratiques peu glorieuses. Mais il s'inquiète quand un de ses informateurs est abattu. Il a, en effet, rencontré à Lyon l'un des assassins du juge Renaud, qui a accepté de lui parler à condition d'être payé. Le lendemain de cette rencontre, Boisset est mené par la police jusqu'à l'institut médico-légal où se trouve le corps de cet informateur, criblé de balles. Officiellement, ce cadavre ne peut être relié à la mort du juge Renaud, officieusement, on fait comprendre à Boisset qu'il n'est pas le bienvenu à Lyon. Il poursuit son film à Saint-Étienne et Aix-en-Provence. Ce semi-exil ne calme pas les esprits. Un soir qu'ils sortent d'un restaurant, Yves Boisset et Patrick Dewaere voient une voiture foncer sur eux et l'un des passagers lâcher une rafale de mitraillette au-dessus de leurs têtes !

En guise de conseiller technique, le réalisateur fait appel au jeune juge Michel, dont on commence à parler beaucoup. Trois ans après le film, il sera flingué à son tour, devant le palais de justice de Marseille.

Le sujet du *Juge Fayard* est brûlant mais, encore une fois, pas forcément cinématographique. Si l'on excepte l'attaque d'un fourgon blindé, le scénario se borne à une succession de rencontres. Boisset en a conscience mais connaît son métier : « *Le Shérif*, ce sont des bavardages dans les bureaux, confiera-t-il, c'est le scénario le plus bavard que j'aie jamais tourné. Il fallait donner l'impression d'un film d'action alors que cela n'en était absolument pas un. Mettre un plan de bagnole qui démarre dans la nuit, même s'il ne s'agit que d'une ponctuation mineure, cela colore soudain la scène, le personnage, d'un appel de romanesque qui rejaillit sur le plan suivant et qui relancera l'intérêt du spectateur. »

Surtout, Boisset bénéficie de la personnalité d'un acteur totalement investi dans le personnage, Patrick Dewaere. Il n'a pas la notoriété d'un Montand mais ne manque pas de pugnacité. Pour lui, jouer dans ce film, c'est faire œuvre politique.

« C'est un film clair qui dit franchement les choses : Messieurs les hommes politiques, c'est plus la peine de nous faire votre danse ! On sait très bien que, pour arriver où vous êtes, il a bien fallu que vous vous salissiez les mains ! explique-t-il. C'est un film fait pour le grand public, mais on y tape sur la gueule de tous les gardiens de la société, de ceux qui ont le pouvoir. Ces gens-là existent, il faut les montrer. Et il faut savoir que ce sont des hommes comme nous qui sont à ces places-là. C'est nous qui les avons fabriqués. Alors, ça ne sert à rien de les montrer du doigt comme si c'étaient des monstres : "Ouh, les vilains !"... »

*Le Juge Fayard* sort en janvier 1977, fait beaucoup de bruit et rencontre un beau succès – équivalent d'un Delon (*Le Gitan*) ou d'un Belmondo (*Le Corps de mon ennemi*). Le juge d'instruction devient un nouveau personnage clef du cinéma. Fayard paraît le plus emblématique mais non le seul.

Jacques Brel en est un autre dans *Les Assassins de l'ordre*.

Efficace, intransigeant, il progresse à son rythme dans une enquête qui l'oppose au corps policier. Il subit des pressions par l'intermédiaire de son fils mais persévère. Semblable à la tortue de la fable, il coiffe tout le monde au poteau et envoie les assassins en cour d'assises. Le reste n'est plus de son ressort. Les accusés, pourtant jugés par un jury populaire, ressortent libres du tribunal. Le juge d'instruction s'en retourne dans sa solitude sans avoir en rien renié ses convictions : « Aucune cause n'est perdue d'avance, l'histoire des hommes le prouve. Les vaincus d'hier peuvent être les vainqueurs de demain. Une seule chose est importante : faire un pas. Même si c'est un tout petit pas. »

Yves Montand, qui ne put devenir « le Shérif », endosse le costume de magistrat dans *I... comme Icare* d'Henri Verneuil. Pas tout à fait un juge mais un procureur. Le procureur Henri Volney qui officie dans un pays non déterminé où il a tous les attributs et tous les moyens d'un juge d'instruction.

Verneuil tire son film d'une réalité totalement différente, quoique meurtrière, de celle du *Juge Fayard*. Lui puise son inspiration du côté des États-Unis et de l'assassinat du président Kennedy. L'enquête officielle, qui aboutit à la conclusion que Lee Harvey Oswald était l'unique tireur, l'a laissé sur sa faim. Verneuil veut prouver, à sa manière, que des faits n'ont pas été pris en compte ou mal interprétés. Henri en appelle à Boris Vian (*L'Écume des jours*) pour son carton d'entrée : « Cette histoire est entièrement vraie puisque je l'ai imaginée d'un bout à l'autre. »

Tout cela dans une fiction et dans un pays presque futuriste qui ressemble fichtrement à bien des décors de films de science-fiction américains des années 1970. Pourtant le tournage a lieu dans la banlieue parisienne, à Cergy-Pontoise !

Pour l'occasion, Yves Montand décide de porter des cheveux blancs en brosse, des petites lunettes cerclées et un costume strict. Telle est sa conception du personnage.

L'histoire d'*I... comme Icare* ressemble un peu au rêve de millions d'Américains. Au moment où une commission, composée de juristes, de politiciens et de militaires, remet son rapport sur l'assassinat du président récemment réélu – rapport de 682 pages qui conclut que le meurtrier a agi seul –, un homme seul refuse de signer ce fatras, le procureur Volney. Et reprend l'enquête à son début.

Fait troublant : ce procureur faisait partie de la commission et n'a, apparemment, rien dit tout au long du travail de celle-ci. Pourquoi ?

Toujours est-il qu'il repart de zéro, constate (tardivement !) que tous les témoins sont morts les uns après les autres, que la police est, évidemment, mouillée jusqu'au cou dans un complot fomenté par les services secrets : l'opération I comme Icare.

Henri Verneuil ne réussit pas à sortir son film d'un ton didactique et bavard. Lui si doué pour filmer l'action et les rebondissements s'empêtre dans tous les pièges du film d'instruction. Faux rebondissements, révélations de dernière minute qui défient toute logique. Certaines trouvailles frôlent le ridicule, comme le fait d'appeler le tireur Daslow (anagramme d'Oswald !).

Enfin, le pointilleux Verneuil commet des bourdes indignes de son talent. Le livre biographique de Daslow n'est constitué que d'une reproduction de la même page, tirée d'un ouvrage sur Oswald ! Cette bio contient une photo, dont on apprendra qu'elle a été truquée par les services secrets, montrant Daslow à côté du vrai tueur. Quel intérêt de truquer une photo pour mentir tout en révélant l'identité de l'authentique assassin ? Le fameux document filmé par un cinéaste amateur est totalement impossible puisque tourné sous plusieurs angles. D'autre part, pourquoi ce petit film si précieux n'a jamais été vu au cours d'un an d'enquête et pourquoi Volney n'a-t-il pas demandé à le voir plus tôt ? La succession d'erreurs grossières décrédibilise le propos et fait passer l'intègre Volney pour un prétentieux incompétent.

Verneuil, qui espérait faire un film à la hauteur de *Z* – et la présence de Montand n'est pas innocente –, se fourvoie complètement.

En réalité, il n'a pas su maîtriser son sujet. Car son véritable propos n'est pas de faire un film policier, ni même un film sur la procédure mais de s'intéresser à la manipulation des êtres humains. D'où un film quasi scientifique.

« Derrière cette histoire, explique le cinéaste, il y a un thème qui provient d'une expérience célèbre que le professeur Stanley Milgram a tentée aux États-Unis. Une expérience de psychologie sur l'obéissance à l'autorité, un des thèmes les plus modernes et les plus essentiels qu'il m'ait été donné d'approcher ces dernières années. Comment un homme au départ gentil, marié, bon père de famille, peut devenir un manipulé, quelqu'un qui va obéir à un ordre. Le monde entier vit ce drame car les mêmes principes de loyauté, de discipline, fantastiques comme qualités, peuvent devenir destructeurs s'ils sont mal appliqués. Et quand on fait le bilan de la tragique histoire de l'humanité, il y a beaucoup plus de morts par obéissance que par révolutions et rébellions. Nous sommes habitués à obéir par réflexes et non plus par réflexion. »

Cette thématique, certes ambitieuse, débouche sur une assommante séquence de vingt minutes qui plombe le film aussi sûrement que le président s'est fait plomber. Sous des allures de grands scientifiques, des personnes en blouse blanche placent un homme sur une sorte de chaise électrique et un autre à une table de commande. Ce dernier est chargé d'envoyer du courant au récalcitrant. Jusqu'où peut-on obéir à un ordre idiot et violent ? Calcul du taux d'obéissance, soumission à l'autorité. Le procureur assiste à tout cela l'œil semi-intéressé pendant que les assassins courent toujours.

Une manière pour Verneuil l'Arménien d'évoquer un sujet qui lui tient plus qu'à cœur, le génocide. D'où cet échange en forme de docte mise au point :

« Dans le cas d'un génocide, par exemple ? Quand un tyran décide de tuer froidement 5 ou 6 millions d'hommes, de femmes, d'enfants, il lui faut au moins 1 million de complices, de tueurs, d'exécuteurs. Comment arrive-t-il à se faire obéir ?

– En morcelant les responsabilités. Un tyran a besoin avant tout d'un État tyran, alors il va recruter 1 million de petits tyrans fonctionnaires qui auront chacun une tâche banale à exécuter. Et chacun va exécuter cette tâche avec compétence, et sans remords, car personne ne se rendra compte qu'il est le millionième maillon de l'acte final. Les uns vont arrêter les victimes, ils n'auront commis que de simples arrestations, d'autres vont conduire ces victimes dans des camps, ils n'auront fait que leur métier de mécaniciens de locomotives, et l'administrateur du camp, en ouvrant ses portes, n'aura fait que son devoir de directeur de prison. Bien entendu, on utilise les individus les plus cruels dans la violence, mais à tous les maillons de la chaîne, on a rendu l'obéissance confortable. »

CQFD.

Bizarrement, *I… comme Icare* est nommé pour le César du meilleur film. Sans doute un dommage collatéral de l'expérience que le professeur Stanley Milgram effectua entre 1960 et 1963 à l'université de Yale.

Cinématographiquement, le juge d'instruction le plus intéressant se nomme Pierre Larcher. Pas seulement par l'enquête qu'il mène dans *Les Granges brûlées* mais par la personnalité de son interprète, Alain Delon.

Pas réputé pour être un acteur malléable, il accepte de se laisser diriger par un cinéaste débutant, mais il faut du doigté et de la fermeté pour mener ce pur-sang. Tout le monde n'est pas Luchino Visconti. Et surtout pas le réalisateur Jean Chapot. À l'image de la plupart des personnages de son film, celui-ci est un homme peu bavard, renfermé, réduisant les rapports humains à leur strict minimum. Pas antipathique mais froid. Aussi froid que la neige qui cerne les granges. Rien d'un tempérament méditerranéen à la Verneuil. Sur le terrain, il ne sait tout simplement pas communiquer avec les acteurs. Aucune indication, aucun commentaire, aucun encouragement. Or Simone Signoret et Alain Delon ne sont pas des comédiens que l'on néglige.

Très vite, Alain s'inquiète du comportement distant du réalisateur. Le cheval se cabre. Le ton monte. Mais d'un côté seulement, car Chapot reste emmuré dans son mutisme. « Mais qu'est-ce que c'est que ce metteur en scène ? » s'emporte Delon. Chacune de leurs rencontres se solde par des mots, des cris, des engueulades. Simone ne dit rien, assistant à un combat non de coqs mais d'un aigle contre un pigeon. Elle sait que Chapot est en train de se faire dévorer. L'équipe technique n'a pas besoin de compter les points, il lui suffit de compter les coups. Et le film est surnommé « Les torchons brûlent ».

Chapot s'efforce de rester stoïque. Il refuse l'affrontement et continue d'agir comme si de rien n'était, se bouchant tant bien que mal les oreilles. Delon se cabre. Il tombe des nues quand, un matin, il voit un huissier sur le plateau. Qu'est-ce que c'est que cet olibrius ? L'homme a été mandaté par Chapot pour noter à quel point l'acteur refuse de suivre ses indications. Un véritable huissier face à un faux juge d'instruction ! Délicate attention.

Le torchon brûle et la marmite explose. Le producteur Raymond Danon débarque dare-dare à Pontarlier pour mettre de l'ordre dans cette pétaudière. Il envisage de virer Jean Chapot sans plus de ménagement. Simone intervient. Le licenciement n'entre pas dans son cadre politique. Un compromis est trouvé : Alain Delon dirigera lui-même toutes les scènes dans lesquelles il intervient pendant que Chapot ira compter les edelweiss. Puis le comédien partira tourner un autre film en Italie comme prévu, laissant le réalisateur terminer son œuvre. Au passage, tout de même, Delon, soutenu par le producteur, modifiera la fin pour conclure par un ultime face-à-face entre lui et Simone.

Ainsi est fait. Tout rentre dans l'ordre. Pas tout à fait. Simone Signoret, déçue par le comportement passif de Jean Chapot, se montre de plus en plus distante.

Dans une lettre en forme de confession, le réalisateur témoignera de ses douleurs : « Ce tournage a été un véritable cauchemar. Le premier jour, je me suis disputé avec Delon. Je n'admettais pas ses méthodes dictatoriales et son comportement humain qui consistait à humilier tout le monde. Nous ne nous sommes donc pas parlé pendant les dix semaines du tournage. Sans parler de Simone Signoret qui s'adonnait abondamment à l'alcool. Pour moi, c'était l'enfer. »

Bien entendu, au moment de la sortie du film, le grand public n'est pas tenu au courant de ces légères anicroches. Pour lui, *Les Granges brûlées* est, comme toujours, un film où tout le monde s'est bien entendu et où a régné un climat de franche camaraderie. Il croit que l'ambiance glaciale qui entoure l'ensemble de cette œuvre est due à la rigueur du climat savoyard. Il est vrai que les personnages du film ne sont pas là pour se rendre sympathiques.

Quant au juge d'instruction, il tranche sur la plupart de ses collègues.

Certes, comme eux, il se montre intègre et exigeant : « Je resterai ici jusqu'à ce qu'on ait découvert le coupable. Je ne peux pas supporter qu'il y ait quelqu'un, quelque part, en liberté. Quelqu'un qui a massacré une femme. »

Certes, il nourrit des convictions. Cet homme, qui découvre la région (auparavant il a toujours instruit dans des villes), croit fermement que le coupable appartient à la ferme et que la chef du clan sait tout. Il insiste, oriente presque ses recherches en ce sens. Il pense même avoir dénoué l'affaire grâce à une voiture qui n'était pas là où elle aurait dû être.

Hélas pour lui, il se trompe et même lourdement. Si deux mineures arrêtées à Genève n'avaient pas avoué, il aurait sans doute commis une erreur judiciaire.

Les juges ne sont pas plus infaillibles que les policiers.

## ENQUÊTES PRIVÉES

Juges d'instruction, policiers et gendarmes appartiennent à des structures puissantes mais pesantes. Ils disposent de pouvoirs mais subissent des contraintes. Même s'ils cherchent à s'en affranchir, ils ne peuvent jamais agir totalement à leur guise. Ailleurs, d'autres disposent apparemment d'une plus grande marge de manœuvre, n'ayant de comptes à rendre qu'à leurs clients ou à eux-mêmes. Eux aussi subissent des pressions mais s'en accommodent ou s'en débarrassent.

Tels les détectives privés. Profession fort méconnue en France mais profitant de l'aura américaine depuis qu'Humphrey Bogart a prêté ses traits et sa silhouette à Sam Spade et Philip Marlowe. Le privé élevé au rang de mythe. Décontraction, efficacité, séduction, ténacité. Face à cette image devenue icône, le cinéma français se sent timoré. Rares, très rares sont les tentatives d'exploitation de ces enquêteurs privés.

Dans *Il faut vivre dangereusement*, Claude Makovski utilise le privé pour s'en amuser en l'envoyant faire le trublion dans un monde de richesse et de faux-semblants. Cela place le film à la limite de la parodie même si enquête il y a. Richard Diquet (Claude Brasseur), ex-inspecteur de la brigade mondaine, est un détective à la Bogart portant imperméable et troublant les femmes – alors qu'il est casé. Tarif : 500 francs par jour plus les frais. Spécialité : adultère.

Obéissant à la tradition des polars américains, l'histoire paraît un peu décousue mais respecte certaines règles : répliques en forme de saillies (« Vous inquiétez pas, j'ai un cœur d'or et des slips en acier »), femme fatale et menteuse, diamant impressionnant (le Grand Mogol), puissant homme d'affaires qui soutient des politiciens en place dans l'attente de se faire lui-même élire malgré quelques casseroles bien accrochées : « Germain Badinget, le roi de la saucisse, le milliardaire. Dans sa chaîne de restaurants, il fait 100 000 couverts par jour et, avec les restes, de la pâtée pour les chats. Il y a quelques années, il a eu à se défendre dans une histoire de viande avariée. Il a fait trépasser tout un asile de vieillards. »

Diquet met au jour diverses turpitudes et laisse derrière lui quelques cadavres, ce qui n'interdit pas au ton du film de rester léger et à l'œuvre d'être plaisante. Grâce à Makovski et Brasseur, le détective privé estampillé pure France semble avoir de beaux jours devant lui.

Pas du tout !

Si l'on excepte le marginal *Change pas de main*, il disparaît pratiquement pendant cinq ans pour ne réapparaître qu'à la toute fin de la décennie sous les traits de... Catherine Deneuve ! Eh oui, le privé peut être une femme. Elle aussi avec les inévitables attributs de Bogart : imperméable et chapeau.

Pour entrer dans son rôle, l'actrice apprend le maniement des armes et quelques prises de karaté. Ce qui ne signifie pas qu'*Écoute voir...* d'Hugo Santiago bascule du côté de la violence à l'américaine. Deneuve n'a pas vraiment l'allure d'un Bronson ni d'un Eastwood. En plus, elle-même serait plutôt tendance pacifiste : « Je ne supporte pas la violence. C'est physique, je ne peux pas. L'extrême violence de certains films américains me révolte. Par exemple, je n'ai pas pu supporter *Orange mécanique*, je suis partie au bout de dix minutes ! »

Claude Alphand (Deneuve) est engagée par un aristocrate pour enquêter sur de mystérieuses visites que reçoit son château en son absence. Ce qui débouche sur la découverte d'une peu folichonne secte religieuse.

Mais là où *Il faut vivre dangereusement* s'oriente vers la comédie, *Écoute voir...* glisse vers l'intellectualisme avec métaphores et second degré. Cela empêtre la vision de ce qui n'est plus un simple polar. Santiago paiera cette audace par un cuisant échec au box-office.

Fin des privés à la française. Déjà. Ils reviendront sous l'apparence d'Alain Delon et de Michel Serrault dans les années 1980[1].

Autre profession d'enquêteur chère aux Américains mais peu usitée en France : le journaliste. Dans le cinéma policier hexagonal, ce métier n'a pas bonne presse. Toujours en quête de sensationnel, prêt à tout pour un scoop, le reporter est vilipendé. L'un des pires cas de figure est constitué par les charognards de *La Liberté du Sud-Est* dans *L'Agression*. En fait de liberté, ils la refusent aux citoyens sous prétexte d'information. Ils veulent un mot, une révélation, une photo, quitte à l'arracher dans des conditions qui ne seraient que ridicules si elles n'entraient pas dans le cadre d'une tragédie. Même comportement abject dans *Dupont Lajoie*, où des vautours de la presse s'acharnent à photographier les parents en plein drame.

Dans un tout autre registre, Garcin (Philippe Noiret) de *L'Attentat* ne donne pas envie d'être fréquenté. Ce journaliste de la télévision est très lié au pouvoir. Il affirme vouloir aider son pays mais ne fait que magouiller pour le gouvernement, ce qui n'est pas tout à fait la même chose. Il participe à un complot sans aucun état d'âme.

Son confrère du *Secret* aime aussi s'attirer les bonnes grâces en haut lieu. Il trahit la confiance de sa propre sœur en alertant la police. Ce faisant, il provoque la perte d'un trio de fugitifs mais aussi la sienne !

Quant au journaliste du *Nouvel Observateur*, dans *Le Protecteur*, il assiste à une séance de torture sans sourciller. Certes le torturé est un salaud, mais quand même.

Faut-il clouer les journalistes au pilori ?

1. Dans, respectivement, *Dans la peau d'un flic* et *Mortelle randonnée*.

Non, car certains dans leurs écrits ou leurs clichés peuvent provoquer de spectaculaires éclats.

Jean-Pierre Mocky s'empare du personnage pour *Un linceul n'a pas de poches*, d'après un roman noir... américain (d'Horace McCoy) ! Michel Dolannes (Mocky) a lui aussi l'allure d'un détective privé d'outre-Atlantique avec son imperméable et son chapeau mou. Toujours prompt à dénoncer les scandales, dont celui d'un fils de préfet peu inquiété après avoir écrasé un ouvrier. Dolannes croit à la liberté de la presse.

« Il y a un code d'honneur des journalistes, vous l'oubliez. [...] La charte des devoirs professionnels des journalistes français stipule ceci : un journaliste français digne de ce nom tient la calomnie, les accusations sans preuve, les mensonges, la déformation des faits pour les fautes professionnelles les plus graves.

– [...] La charte dit aussi ceci, avant-dernier article : un journaliste digne de ce nom tient le scrupule et le souci de la justice pour des règles premières. »

Le code d'honneur – appelé charte – existe bien chez les journalistes. Conçu en juillet 1918 il fut révisé en janvier 1938 :

« Un journaliste, digne de ce nom :

– prend la responsabilité de tous ses écrits, même anonymes ;

– tient la calomnie, les accusations sans preuves, l'altération des documents, la déformation des faits, le mensonge pour les plus graves fautes professionnelles ;

– ne reconnaît que la juridiction de ses pairs, souveraine en matière d'honneur professionnel ;

– n'accepte que des missions compatibles avec la dignité professionnelle ;

– s'interdit d'invoquer un titre ou une qualité imaginaires, d'user de moyens déloyaux pour obtenir une information ou surprendre la bonne foi de quiconque ;

– ne touche pas d'argent dans un service public ou une entreprise privée où sa qualité de journaliste, ses influences, ses relations seraient susceptibles d'être exploitées ;

– ne signe pas de son nom des articles de réclame commerciale ou financière ;

– ne commet aucun plagiat, cite les confrères dont il reproduit un texte quelconque ;

– ne sollicite pas la place d'un confrère, ni ne provoque son renvoi en offrant de travailler à des conditions inférieures ;

– garde le secret professionnel ;

– n'use pas de la liberté de la presse dans une intention intéressée ;

– revendique la liberté de publier honnêtement ses informations ;

– tient le scrupule et le souci de la justice pour des règles premières ;

– ne confond pas son rôle avec celui du policier. »

Charte qui sera à nouveau remaniée en mars 2011.

Renvoyé de son journal, Dolannes crée un hebdomadaire indépendant, *Cosmopolite* : « Un canard qui révélera toutes les turpitudes de cette putain de ville. » Cela l'amène à enquêter sur un chirurgien soupçonné, non officiellement, d'avortements clandestins et de la mort de trois de ses patientes.

Dans un premier temps, Dolannes est aidé par un commissaire de police qui lui glisse des informations, mais il sait que ses jours sont comptés. La vérité n'est jamais bien vue ni bien reçue : « Quand les journalistes se mettent à tout révéler, ça sème l'anarchie. »

*Un linceul n'a pas de poches* a le mérite, voire le courage, de mettre le travail du journaliste-enquêteur sur le devant. Mocky doit se sentir esseulé dans cette démarche car personne ne lui emboîte le pas. Deux ans plus tard, les États-Unis sortiront *Les Hommes du président*, preuve du pouvoir de la presse dans le Nouveau Monde...

Danièle Gaur (Annie Girardot) n'est pas vraiment journaliste (elle réfute ce titre) mais photographe de presse. Dans *Le Point de mire*, elle tente de comprendre les causes de la mort de son mari, officiellement décédé « accidentellement ». Croyant en l'hypothèse d'un assassinat, elle mène mollement une enquête où son amateurisme est criant. Danièle tombe dans tous les pièges, ne voit pas ce qui l'aveugle, fait confiance à des gens qui ne lui veulent que du mal. En réalité, elle est victime d'un complot qui aboutira à la fois à sa propre mort et à l'assassinat d'un ministre américain. Les rares informations dont elle dispose (photographies et cassette audio) lui tombent presque miraculeusement dans les mains et, comme elle n'a rien d'une journaliste d'investigation, elle se révèle incapable de les analyser. D'où sa facilité à se laisser enfermer dans un piège mortel.

Plus intéressant, au regard des auteurs français, le citoyen lambda qui mène sa propre investigation pour des motifs strictement personnels – souvent dans l'unique but de faire justice soi-même.

Dans *L'Homme en colère*, Romain Dupré (Lino Ventura) part à la recherche de son fils perdu du côté de Montréal. Ce pilote de ligne navigue à vue, condamné à avancer seul. Progression non sans danger car ce Français se fait rosser. Il doit aussi contrecarrer les efforts de la police locale, convaincue que son fils est coupable du meurtre d'un policier. Tel un flic ne disposant d'aucune information, Dupré démarre avec rien. Ou pas grand-chose : une salle de boxe que pourrait avoir fréquentée son rejeton. Pas à pas, ce père obtus parvient à ses fins.

Autre père ayant des soucis avec sa progéniture : Alain Delon dans *Comme un boomerang* de José Giovanni. Ce père-là est un industriel influent à la tête d'une société de transport. Ce fils-là est accusé d'avoir accidentellement tué un policier au cours d'une soirée où la poudre blanche circulait à profusion.

La différence de taille qui sépare Romain Dupré de Jacques Batkin est que ce dernier possède un sacré réseau de relations. C'est un ancien caïd de la pègre recyclé honnête. Il n'a guère de mal à remonter la filière de la drogue, même s'il doit user d'arguments musclés. Au bout du compte, il organise l'évasion de son fils, épaulé par un groupe armé ! Tout le monde ne peut pas se le permettre.

« Delon a un fils, j'en ai un, explique Giovanni. Je l'ai vu vivre avec son fils. J'ai senti que pour lui, pour le protéger, il pourrait livrer des combats inégaux et vaincre. Alors j'ai écrit cette histoire. Pour moi, elle est au-dessus du cinéma. Elle pourrait m'arriver, elle pourrait lui arriver. C'est-à-dire que nous agirions comme le fait le héros de l'histoire. Elle nous dépasse. »

Aux antipodes du comportement, peut-être un peu trop placide, de l'horloger de Saint-Paul !...

Incidemment, *Comme un boomerang* fait référence à une affaire réelle qui mit en cause Bruno Triplet, mineur âgé de 17 ans au moment des faits. En novembre 1974, ce jeune homme, hébergé dans un centre d'éducation surveillée de Beauvais, entraîna trois amis dans une folle virée. En fait de sortie, ils entrèrent par effraction chez une dame de 69 ans qu'ils molestèrent pour la dépouiller. Triplet la traîna jusque dans la cave où il la larda de 16 coups de couteau. Butin : un chèque de 6 000 francs et 134 francs en espèces. Triplet fut condamné à mort.

Paul Varlin (Jean-Louis Trintignant) de *L'Agression* s'estime obligé de mener sa propre enquête face à la carence de la gendarmerie. Celle-ci fait montre d'une incompétence crasse. Ainsi demande-t-elle à l'unique survivant de l'agression d'identifier des suspects... portant un casque leur cachant tout le visage !

Varlin veut retrouver les assassins de sa femme et de son enfant. Pour lui, ils sont désignés : des motards avec qui il a eu maille à partir sur la route des vacances. Varlin va très loin puisqu'il retrouve ces jeunes gens et, s'érigeant à la fois juge et bourreau, les abat. Il oublie que, s'il existe des lois, c'est justement pour éviter ce genre de débordement. Car un homme à qui on a arraché sa famille n'a pas l'esprit clair. Aveuglé par sa vengeance, il est incapable d'analyser les faits. En l'occurrence, il se trompe totalement de coupables. Quand il s'en rend compte, il est trop tard, ils sont morts ! Finalement, peut-être aurait-il dû faire plus confiance aux gendarmes…

Dans *Le Protecteur* de Roger Hanin, le personnage central, Samuel Malakian[1] (Georges Géret) est un architecte qui sort de six mois de prison. Il n'appartient pas au milieu mais c'est le milieu qui l'a fait tomber, montant une fausse affaire de détournement de mineure, pour mieux s'occuper de sa charmante fille. Dès dehors, Malakian découvre qu'elle est embringuée dans un réseau de prostitution. Il remonte la filière, aidé par un policier qui ferme les yeux sur ses agissements. La fille finit par sortir de la spirale de la prostitution mais par la petite porte : elle meurt…

François Leclercq (Belmondo) aussi sort de prison dans *Le Corps de mon ennemi*. Lui aussi victime d'une machination. Non ourdie par des truands mais par les bourgeois de la ville – ce qui est proche. À sa sortie, cet Edmond Dantès des temps modernes construit un piège dans lequel ces messieurs tombent comme des mouches. L'un y laissera même sa vie, entamant une partie de golf que jamais il ne terminera… Leclercq agit seul, à peine soutenu par l'ancien videur de la discothèque qu'autrefois il dirigeait.

Dans *Cran d'arrêt* d'Yves Boisset, l'enquête est également menée par un non-professionnel. Duca Lamberti (Bruno Cremer) est médecin. Plus exactement *était* médecin, car il a été radié de l'ordre pour avoir euthanasié sa femme qui « souffrait le martyre ». Chargé d'aider un jeune héritier alcoolique qui vit en reclus dans une villa aux allures de château, il tend l'oreille. Le jeune homme lui parle d'une femme qui se serait suicidée par sa faute. Il a gardé son sac contenant un rouleau de photos compromettantes. Le médecin et son « patient » veulent savoir qui a vraiment tué la « suicidée »…

1. Allusion possible au véritable patronyme d'Henri Verneuil : Achod Malakian.

Alain Delon, qui aime les héros solitaires confrontés à des organisations sans foi ni loi – schéma traditionnel du western –, reprend du service dans *Mort d'un pourri*. Cette fois pour venger son meilleur ami, assassiné après avoir trop fricoté avec les cercles du pouvoir parisien.

Tous ces citoyens qui décident de faire enquête, voire justice eux-mêmes se placent hors la loi. L'un des buts premiers de la police est d'éviter débordements, erreurs de jugement, bévues sanglantes d'amateurs même motivés. Mais, pourraient rétorquer ces derniers, si la police ne fait pas son boulot (refrain connu), c'est une invitation à le faire à sa place.

« Si la police ne fait pas son métier, il faut bien que quelqu'un le fasse. » (*Dupont Lajoie*.)

Telle est aussi la théorie défendue par les notables des *Chiens*. Défendue aussi par un serveur de restoroute dans *L'Agression*. Tirade d'autant plus troublante qu'elle émane d'un assassin : « Si les flics ne protègent pas les honnêtes gens, les honnêtes gens, ils n'ont qu'à se protéger eux-mêmes. Tout ça finira par des milices, moi, je vous le dis. Et, dans le fond, c'est pas plus mal, croyez-moi. Parce que, si on va au fond des choses, qu'est-ce que c'est, la démocratie ? Notre pouvoir, c'est d'être armé, et leur pouvoir à eux, qu'est-ce que c'est ? C'est les juges ! Vous savez ce qu'ils vont leur foutre à vos petits salopards, s'ils les retrouvent ? Je vais vous le dire : ils vont les foutre en éducation surveillée ! Vous trouvez ça normal ? Moi, je trouve ça écœurant. Alors ils vous tuent et vous, vous n'avez pas le droit de les tuer ? Eh bien, non, pas d'accord. Même délit, même peine. Tu me tues, je te tue, y a pas à discuter. Voilà la démocratie ! »

Confondre loi démocratique et loi du talion paraît une régression mais ce personnage n'en est pas à une contradiction près.

En dénonçant cette dérive sécuritaire, Alain Jessua et Gérard Pirès glissent vers la politique, montrant les risques d'une société maladroite parce que trop à droite.

La vengeance motive aussi nombre de voyous qui n'hésitent pas à s'en prendre à des organisations plus puissantes qu'eux.

L'éternel combat du pot de terre contre le pot de fer, voire contre le pot-de-vin.

Le motif peut être l'argent. Comme dans *Le Mataf*. Bernard Solville (Michel Constantin) a non seulement été contraint – suite à un chantage – d'effectuer un sale boulot (vol de micro-films dans les bureaux d'un chantier naval) mais, de plus, n'a pas reçu les 200 000 dollars promis. Or, chez ces gens-là, les dettes ne se règlent ni par l'envoi d'huissiers ni devant les tribunaux mais flingue en pogne. Le « Mataf », qui doit son surnom à cinq années passées dans la marine de guerre, est un navigateur solitaire qui gère ses affaires à sa manière. Il affronte un avocat particulièrement abject puisque torturant, puis assassinant, une femme.

Dans *L'Insolent*, Emmanuel Ristack (Henry Silva) s'évade de la prison de la Santé dans l'unique but de se venger de ses anciens associés. Il monte un faux hold-up pour les piéger. Mais les plans les plus élaborés ne sont rien comparés à une volée de plomb. Comme l'on peut s'y attendre, tout finit dans le sang.

Dans *Comptes à rebours* de Roger Pigaut, François Nolan (Serge Reggiani) a fait de la prison parce que trahi. Par un de ses quatre ex-complices. Lequel ? Il n'en a pas la moindre idée. Plutôt que de perdre son temps à faire dans le détail, il fait dans le gros. Éliminant les quatre hommes, l'un après l'autre, non sans un certain machiavélisme. Nolan exécute sans passion, presque sans envie. Il faut le faire, il doit le faire. Ses victimes n'en savent pas plus que lui sur l'identité du traître. « Vous en discuterez là tous les quatre », déclare Nolan en expédiant le dernier *ad patres*. Seulement Nolan se trompe. Il comprend, trop tard, que la trahison vient d'ailleurs. Comme Varlin, la vengeance l'a rendu lui aussi aveugle et l'a empêché de voir la félonie de son meilleur ami (abattu au final). Faut réfléchir avant de tirer...

À noter dans ce film la présence d'un certain Luigi Zampa (Marcel Bozzuffi), ci-devant ex-gangster et patron d'un cercle de jeu. Il s'agit sans doute de la part des auteurs d'une évocation de Gaëtan Zampa, qui commence à faire beaucoup parler de lui en ces années 1970. Pourtant le prénom renvoie ailleurs : à un réalisateur italien de la mouvance du néoréalisme. Comme quoi un même patronyme peut éveiller des souvenirs différents selon que l'on est bandit ou cinéphile.

*Comptes à rebours* permet aussi de revoir, l'espace de quelques scènes, le couple mythique de *Casque d'or.* « Quand je suis face à face avec Simone Signoret, confie Reggiani, c'est un peu comme si Manda ayant échappé à la guillotine retrouvait Casque d'or. Je veux dire que les rapports affectifs entre Nolan et Léa, qui se retrouvent après une longue absence, sont les mêmes. Cela s'est fait naturellement, c'était la première fois que je tournais à nouveau avec Simone. "Comment vas-tu ? " "Tu as vieilli. " C'est vrai que nous avons vieilli depuis *Casque d'or.* »

Le sang coule aussi dans *Le Saut de l'ange*, où Louis Orsini (Jean Yanne) revient en France pour une dette d'honneur : venger sa famille. Seul contre tous, c'est-à-dire contre les malfrats et leurs inévitables acolytes, les politiciens. Comme d'autres, avant et après lui, Orsini perdra la vie dans cet inégal combat.

Plus intéressant est le cas de Vincent Cabral (Jean-Pierre Mocky) dans *Solo*. Il est un bandit de petite envergure, violoniste à ses heures, opérant dans le trafic de bijoux. Sa lutte solitaire, il la mène pour sauver son jeune frère des griffes de la police. Le plus tout à fait gamin est impliqué dans un attentat sanglant. Vincent doit se rapprocher du groupe de « révolutionnaires » auquel appartient son frère. L'apprenant, les flics sautent illico à la conclusion : cet homme au casier judiciaire chargé ne peut qu'être le cerveau du groupe. Le musicien sauvera son frère mais en se sacrifiant. L'un des rares scénarios construits de Jean-Pierre Mocky qui démontre qu'un truand trimballe toujours son passé avec lui et que la police a la conclusion facile.

Hugo Sennart est un solitaire mais, paradoxalement, soutenu par un groupe solide, sa famille. Pour ne pas dire sa tribu. Dans *Le Gitan*, ce voleur dangereux agit par révolte et nécessité. Révolte contre une société qui n'accepte pas les nomades. Nécessité de nourrir les siens qui ne trouvent pas d'emplois.

« Remarquez ce regard, conseille le commissaire Blot à ses hommes devant une photo de Sennart. Il exprime davantage que de la haine ; du mépris, un profond dégoût qui lui vient de sa race. Il l'avait d'ailleurs déclaré aux assises : "Sur le banc des accusés, les Gitans y sont assis depuis leur naissance" et puis aussi "La société ne les tolère que dans les terrains vagues ou aux abords des décharges publiques", bref, des animaux malades de la peste. »

Hugo n'est pas un enfant de chœur et fait usage de son arme. Le meurtre d'un maire qui voulait expulser les Gitans du territoire de sa commune lui vaut une condamnation à perpétuité.

*Le Gitan* a d'autres ambitions que de montrer un bandit solitaire. Giovanni et Delon ont le souhait de défendre une communauté mal aimée parce que mal connue et vice versa. « C'est un film sur la solitude d'une race et la solitude d'un homme à travers sa race », explique le réalisateur. D'authentiques Gitans, regroupés non loin de Grasse, sont engagés pour la figuration et pour des rôles très secondaires. « Ils ont joué sans rien changer de leurs habitudes et de leurs traditions », soulignera José.

Hugo Sennart est aussi inspiré par Luciano Lutring, braqueur des années 1960 connu pour cacher ses armes dans un étui à violon. Personne ne fut vraiment capable de faire le compte des coups auxquels il avait participé tant en France qu'en Italie mais la centaine semble avoir été largement dépassée. Arrêté en 1965, il fut condamné à vingt-deux ans de prison avant de bénéficier d'une grâce présidentielle.

Les Gitans ressemblent, dans le cinéma français, aux Indiens dans la nouvelle veine du cinéma américain – qui s'efforce de les réhabiliter. Un peuple fier, attaché à ses coutumes, respectueux de la famille. Un peuple qui n'a rien perdu de son maintien, à côté duquel les Corses font figure de dilettantes.

Un peuple dangereux prônant sa propre justice si l'on en croit *La Course du lièvre à travers les champs*. Tony (Jean-Louis Trintignant) est poursuivi par des Gitans pour être à l'origine d'un accident aérien qui a coûté la vie à des enfants de leur communauté. Ils ne veulent pas lui demander des explications mais l'occire. Émules des Indiens de westerns, ces Gitans encerclent un baraquement où se réfugie Tony.

Mais, tandis que les Indiens retrouvent une certaine dignité à travers les films américains, les Gitans doivent se contenter de ces quelques tentatives pour redorer leur image. Bien vite ils remontent dans leurs caravanes et disparaissent des écrans...

Quant aux malfrats solitaires, ils continuent de déstabiliser des constructions précaires échafaudées par des caïds. Ils ont l'avantage sur le citoyen de base de connaître les us et coutumes de la pègre, de savoir employer des arguments efficaces et de pouvoir se procurer des armes. Ils n'en restent pas moins des *mavericks*, comme on disait au Far West, des animaux échappés du troupeau réduits à se débrouiller seuls pour survivre.

Ils possèdent leur exacte réplique de l'autre côté de la loi. Ce que nous apprend *L'Alpagueur* de Philippe Labro – qui faillit s'intituler *Les Animaux de la jungle* ! Nul ne connaît le nom ni le prénom de ce personnage – un auxiliaire de police agissant dans l'ombre sans être référencé sur aucun registre officiel du ministère de l'Intérieur.

« L'alpagueur, c'est un chasseur de têtes, un mercenaire, un marginal. L'alpagueur, c'est l'astuce qu'a trouvée un haut fonctionnaire pour passer au-dessus de la routine policière. Tout à fait illégal mais très efficace. »

Un ancien grand chasseur aux dires du seul flic qui soit en contact avec lui : « Pendant des années il a chassé les fauves les plus dangereux du monde. Un jour il m'a dit : "Le seul animal intéressant qu'il me reste à chasser, c'est l'homme. Après ça, j'irai à la recherche d'autre chose"... »

Stoppant un trafic de drogue à Rotterdam, démantelant un réseau de prostitution près de Perpignan, l'alpagueur travaille vite, bien et seul. À lui d'éliminer l'insaisissable Épervier (Bruno Cremer), nouvel ennemi public numéro un qui se débarrasse sans vergogne des témoins de ses hold-up. Proie difficile, bien sûr. En remontant la piste, l'alpagueur doit beaucoup flinguer. Cinéphile averti, Labro s'inspire d'une séquence de *Guet-apens* de Sam Peckinpah sorti trois ans plus tôt. Steve McQueen y dévastait un hôtel minable à coups de fusil à pompe. Ici, Belmondo nettoie une ferme isolée avec les mêmes arguments.

Un tel auxiliaire de police agissant sans aucune autorisation ni aucune couverture existe-t-il dans la réalité ? Non, s'empresse de répondre Labro, provoquant les ricanements dans certaines officines policières et militaires.

Agir seul ne présente pas que des avantages : on peut commettre d'énormes bourdes et, trop souvent, y laisser sa vie. Dans une société qui se veut civilisée, ils ne peuvent être des exemples à suivre. Pourtant, les actions de ces marginaux mettent en évidence la carence de deux systèmes : le système police-justice, qui se trompe, se désintéresse ou se révèle trop lent ; le système mafieux, incapable d'ériger ses propres lois. L'homme seul sera toujours plus fort que le groupe désorganisé.

# À LA FOLIE

L'une des caractéristiques du polar des années 1970 est l'apparition de la notion de folie. Auparavant, nul ne se souciait des tourments psychiques des suspects. À quoi bon employer des gants pour traiter une personne mentalement dérangée quand une bonne paire de baffes suffit ? Au pire, on l'expédiait au cabanon où une camisole de force était censée la ramener à la raison. Mais ces méthodes barbares sont devenues obsolètes. Désormais, il est recommandé de prendre en compte les circonvolutions cérébrales de tout un chacun et même de comprendre certains assassins pour mieux les absoudre. Autres temps, autres mœurs.

La folie, ou pathologie apparentée, commence à faire son apparition dans les tribunaux, au grand dam des policiers. Des experts qui connaissent Freud, Lacan et toute la lyre sur le bout des ongles, montent à la barre pour justifier, expliquer, décortiquer. Grâce à leurs propos, forcément sensés mais souvent incompréhensibles, ils peuvent éviter la prison à un coupable.

Action qui déconcerte, et agace, le commissaire divisionnaire du *Tueur* confronté à son supérieur au sujet d'un meurtrier récidiviste :

« Je compte sur vous pour le coincer.

– Pour le rendre aux experts qui le renverront à Villejuif ? »

Action qui rebute le flic de *Traitement de choc* : « Le rôle de la police s'arrête là : des faits, des conclusions. Le reste, c'est de la psychologie. »

Le « prétexte » de la folie, brandi par les familles, les avocats et plus ou moins étayé par les médecins, ne fait qu'exaspérer les flics. Dire qu'il le déteste est très en deçà de la vérité. Pour eux, il ne devrait tout simplement pas exister.

« Y a plus qu'à attendre les avocats. Les plus célèbres, évidemment ; les psychiatres et toutes les huiles amies des parents de ces petits anges. » (*Comme un boomerang.*)

Car la folie est souvent argument de nanti. Un riche assassin est un déséquilibré mental, un pauvre meurtrier est un rebut.

Le vrai coupable de *Folle à tuer*, un puissant homme d'affaires, annonce, confiant, au moment de son arrestation : « Je ne finirai pas en prison, vous savez. Je suis sûr que les examens des psychiatres vont démontrer que je suis malade, totalement irresponsable. »

Dans *Le Gang des otages*, l'avocat de Gilbert Nodier (Daniel Cauchy), principal accusé, ne cache pas qu'il « compte sur les rapports du psychiatre ». Son client est un ancien militaire – engagé volontaire dans les parachutistes – qui a connu les « événements » d'Algérie. D'ailleurs, avant de retourner à la vie civile, il est passé par un établissement psychiatrique. Les ravages de l'armée sur l'intellect...

La folie meurtrière existe pourtant. Claude Miller en fournit la preuve avec *Dites-lui que je l'aime* ou comment un homme trop amoureux perd complètement pied et finit par assassiner la femme qu'il aime et le repousse mais aussi une autre femme qui le désire mais dont il ne veut pas.

Dans cette décennie 1970 s'ouvre le règne de la psychologie, de la psychiatrie, de la psychanalyse.

*Armaguedon* enfonce le clou puisque la police, représentée par l'inspecteur Vivien (Michel Duchaussoy), passe au second plan derrière le docteur Michel Ambroise (Alain Delon), spécialiste en pathologie criminelle. Du jamais-vu : la médecine mène l'enquête ! En l'occurrence, comprendre le comportement d'un monsieur qui se permet de proférer des menaces contre des chefs d'État devant prochainement se réunir à Paris. S'en prendre aux dirigeants de ce monde ! Il faut être fou !

D'autant plus fou que Louis Carrier (Jean Yanne) a surtout pour but de faire diffuser un film de sa conception – sorte de pamphlet décousu – sur les chaînes de télévision en Eurovision. Et il croit que les gens vont regarder ça ? Il est vraiment fou !

« Comme mes précédents films, explique le réalisateur Alain Jessua, *Armaguedon* montre un homme qui est dévoré par la société et qui tente de s'en sortir seul. Son erreur – d'autres diront son crime –, c'est de vouloir résoudre un problème global avec une solution totalement individuelle. »

Jessua s'intéresse plus aux remarques du psychiatre et moins au travail de la police. L'ensemble du film s'en ressent. Avec Jessua, le polar devient bavard.

Une telle approche a de quoi dérouter les producteurs. L'idée d'un dangereux individu brandissant l'anathème peut être plaisante, pas celle de le faire traquer par un simili-psychiatre. Raison pour laquelle *Armaguedon* a beaucoup de mal à se concrétiser. Jessua le propose à droite et à gauche pendant plus de trois ans, ne récoltant que des encouragements distants. Une première étape est franchie quand Yanne s'intéresse au rôle de Carrier. L'acteur propose même d'entrer dans la production mais ne trouve aucun partenaire. Même les présences annoncées de Jean-Louis Trintignant et Michel Piccoli – dans les rôles du psy et du flic – ne suffisent pas à faire avancer le dossier. Des dates de tournage – annoncées pour août 1976 – sont annulées. « Yanne dans un film pas comique : non ! » Telle est la conclusion unanime des argentiers du septième art. Jean a pourtant déjà fait ses preuves dans le polar sérieux (*Le Boucher*, *Le Saut de l'ange...*) et a même emporté un prix d'interprétation à Cannes pour un mélodrame (*Nous ne vieillirons pas ensemble*). Mais personne ne le voit dans la peau d'un mentalement dérangé, amateur de solutions radicales. Seule une star de l'importance d'Alain Delon peut débloquer l'affaire. Avec d'autant plus de facilité qu'il assume la production. Delon en tête d'affiche – même si son temps de présence à l'écran est très inférieur à celui de Yanne –, cela suffit à attirer les financiers. « Les premiers distributeurs qui n'en avaient pas voulu au départ sont revenus dare-dare dans le circuit dès qu'il a été question de Delon, conclut Jean. Comme des bons ploucs qu'ils sont. Je dois dire que les distributeurs français, dans leur grande majorité, sont les distributeurs les plus stupides du monde. »

Les réticences premières de la part des professionnels se retrouvent chez les spectateurs. Delon en médecin de la tête et Yanne en prédicateur dément ne donnent guère envie de se déplacer. Les salles ne se remplissent pas. *Armaguedon* parvient difficilement à franchir la barre des 700 000 entrées en France, six fois moins que *Borsalino* ! La psychiatrie ne fait pas recette.

Un tueur en série est-il fou ?

La question se retrouve sous-jacente ou ouvertement débattue dans plusieurs films.

Dans *Peur sur la ville*, le commissaire divisionnaire Letellier (Jean-Paul Belmondo) de la brigade criminelle doit affronter un redoutable récidiviste se faisant appeler Minos (Adalberto Maria Merli). Si Carrier puise son inspiration dans la lecture de la Bible (l'Armaguedon y est le lieu où se déroule l'ultime combat entre les anges du bien et ceux du mal), Minos préfère se servir de *L'Enfer* de Dante. À chacun ses lectures. Pas le style de livre de chevet de Letellier qui, après en avoir parcouru quelques lignes, s'est fait son opinion : « C'est incompréhensible, ce truc-là. »

Il en vient presque à saluer ceux qui sont sortis de cet *Enfer* : « Si l'autre dingue a été jusqu'au bout, ça vaut une remise de peine. »

Minos n'aime pas les femmes, à moins qu'il ne les aime trop. De toute façon, son adversaire, Letellier, n'a que faire de s'embarrasser de considérations psychologiques. Les dossiers des experts, les conclusions tarabiscotées, très peu pour lui. Il en rajoute dans son refus d'entrer dans ce labyrinthe, ce qui lui vaut une remontrance de son supérieur : « Vous ne trouvez pas que vous en faites un peu trop dans le style petite tronche et gros bras, rien dans la tête, tout dans les muscles ? »

Pour Letellier, Minos n'est qu'un assassin qu'il faut stopper par tous les moyens. Et des moyens, il n'en manque pas : suspendu sous un hélicoptère, il déloge Minos réfugié au sommet d'une tour où il a pris une actrice en otage.

Jean Yanne incarne un autre drôle de personnage dans *Le Boucher*. Sa profession rend méfiant. Mais si tous les bouchers de France et de Navarre deviennent des assassins, le sang coulera à flots dans les rigoles des ruelles. Indice supplémentaire : ce Paul Thomas, dit Popaul, a lui aussi un lourd passif militaire. Quinze années sous les drapeaux avec de longues périodes en Indochine et en Algérie. On ne dénoncera jamais assez les ravages de la guerre. Le cinéma américain le fera en se penchant, et s'épanchant, sur les rescapés de l'enfer du Vietnam, le cinéma français ne l'abordera que par petites touches.

Paul est traumatisé par ses aventures militaires. Mais, au cœur du petit village périgordin où il s'installe, aucun médecin ne peut l'aider. Dans la France profonde, on soigne les grippes et les coqueluches, non les maladies mentales. Seule une directrice d'école s'intéresse à son sort, sans soupçonner cet homme d'apparence bourrue mais bonhomme d'avoir tué plusieurs femmes.

Officiellement, personne ne parle de folie. La police, qui traque le criminel, se contente d'affirmer qu'il s'agit de l'œuvre d'un « sadique ». Terme passe-partout, aisé à employer dès qu'il s'agit d'un crime odieux. Or, le sadisme n'est-il pas une forme de maladie mentale ? Les flics ont d'autres chats à fouetter que de répondre à cette interrogation…

Autre tueur en série, autre « cinglé », celui de *L'Ibis rouge* de Jean-Pierre Mocky. Dans le quartier du canal Saint-Martin, à Paris – cher au cinéma depuis *Hôtel du Nord* et *L'Atalante* –, sévit un mystérieux étrangleur. Sept meurtres à son compteur. De quoi affoler les forces de police, qui bougent pourtant peu (l'enquête n'est montrée qu'à travers les informations télévisées !). Zizi (Michel Simon), vieil habitant du quartier, s'accuse de ces meurtres mais, avec raison, personne ne le croit. Le véritable coupable travaille à la Sécurité sociale, signe inquiétant à lui seul. Il se prénomme Jérémie (Michel Serrault) et étrangle les femmes à l'aide d'une écharpe rouge brodée d'un ibis. Les suites néfastes d'un traumatisme d'enfance : la vue d'une mouche se posant sur la généreuse poitrine de son professeur de piano l'a complètement déboussolé.

La réalisation de Mocky et le jeu de Serrault situent cet étrangleur aux antipodes du placide boucher du Périgord; Jérémie est un authentique fêlé!

La folie sert également d'argument pour expliquer divers comportements ou pour isoler un individu (souvent une femme). Dire de quelqu'un qu'il est fou, c'est expliquer à son entourage qu'il ne faut tenir aucun compte de ses propos, forcément décousus. Vrai ou faux fou? Énigme qui se retrouve au cœur de plusieurs productions.

Dans *Traitement de choc*, le spectateur se doute bien qu'Hélène Masson (Annie Girardot) n'est pas folle puisqu'il est entré avec elle dans l'institut de régénérescence et a relevé, comme elle, des faits troublants. Tout le film se place du point de vue de cette patiente curieuse parce que inquiète. Elle est peu de chose face aux diplômes des médecins de l'institut qu'ils utilisent comme des armes pour mieux l'asservir. Ils la déclarent folle. Leur façon de présenter les faits et de tordre le cou à la vérité accrédite cette thèse. La police tombe dans le panneau, trop contente d'avoir une coupable présentée sur un plateau d'argent. Elle oublie que rien n'est pire qu'une femme que l'on accuse de folie...

Dans *Les Seins de glace*, la belle mais froide Peggy (Mireille Darc) est-elle folle, comme l'affirme son avocat, ou victime d'une machination, comme elle le soutient? Ici aussi, le point de vue reste strictement du côté d'un innocent témoin, François Rollin (Claude Brasseur), qui tombe amoureux de la belle ensorceleuse. Peggy n'est pas une énergumène complètement tarée, bavant du sang, s'arrachant les cheveux et pratiquant l'insulte à tour de bras. C'est une jeune femme aux propos mesurés et convaincants. Le meurtre du gardien de la propriété qu'elle occupe inquiète la police, mais une belle blonde peut-elle pratiquer l'homicide ?

Quand les autorités et les puissants s'en mêlent, rien ne va plus.

Pour mieux isoler un homme traqué (parce qu'il a « surpris une chose, quelque chose qu'on ne doit pas savoir » et non pour avoir commis un crime), la presse, largement manipulée par la police, parle de David Daguerre (Jean-Louis Trintignant) comme d'un fou dangereux. Si dangereux qu'il justifie le déploiement de barrages de police et le survol d'hélicoptères. Cette folie affichée inquiète le couple (Philippe Noiret et Marlène Jobert) qui a recueilli David et a tendance à lui faire confiance. Mais, dans *Le Secret*, la machine est plus forte que l'individu.

Gros moyens aussi pour faire passer Julie (Marlène Jobert) pour folle dans le bien nommé *Folle à tuer* d'Yves Boisset. Or, folle, elle l'a été. Cinq ans passés dans une clinique – en réalité, un asile psychiatrique – après avoir tué un policier. Les circonstances plaident largement en sa faveur puisque Julie avait 13 ans et l'homme tentait de la violer. De cette tragédie, elle conserve une aversion totale pour la police.

Julie est chargée de s'occuper de l'éducation d'un gamin pourri par l'argent qui passe son temps à regarder la télévision. De quoi le rendre fou. Son père est mort noyé un an auparavant et sa mère a été assassinée (même si la police a conclu à un accident). En réalité, Julie est victime d'une machination visant la mort du gosse et l'accusation de la jeune femme qui l'aurait tué dans un accès de folie meurtrière. Julie n'est pas si diminuée mentalement qu'on tente de le faire croire et déjoue le complot. En chemin, l'on découvre que le vrai fou est un personnage secondaire (joué par Victor Lanoux), ancien taulard qui a agressé pas moins de 86 femmes !

L'idée d'adapter le roman de Jean-Patrick Manchette, grand prix de la littérature policière, revient à Marlène Jobert, qui s'en ouvre au producteur Raymond Danon. La comédienne souhaite reformer son duo avec Charles Bronson. Non faire une suite au *Passager de la pluie* mais une œuvre dans la même veine. Or, il n'y a pas vraiment de personnage pour la désormais star américaine dans le livre. Il faut tout remanier. Jean-Pierre Mocky accepte de s'en charger. On voit mal ce trublion volontiers brouillon diriger un bloc de la trempe de Bronson mais, après tout, pourquoi pas ? Seulement, Charles croule sous les propositions et accepte à peu près n'importe quoi du moment qu'il y a un gros chèque à la clef. Il n'est pas disponible avant des lustres. Mocky se retire du projet, qui retombe entre les mains de Boisset. Pour lui, un travail de commande qu'il assume totalement, il en a l'habitude.

Boisset avait déjà abordé le thème de la folie dans *Cran d'arrêt*, où le jeune personnage masculin raconte une histoire tellement invraisemblable qu'on est en droit de le croire fou. Par chance, il est épaulé par un médecin qui n'a pas pour habitude d'accoler des étiquettes et l'aide à prouver ses dires.

Folie encore dans *La Chair de l'orchidée*. Une folie qui a bon dos. Une riche et odieuse dame (Edwige Feuillère) séquestre sa nièce pour garder le magot d'un frère/père aussi milliardaire que décédé. Où donc ? Dans un asile d'aliénés. Ce qui laisse supposer soit que la jeune fille a effectivement un grain, soit que les médecins spécialisés sont peu regardants sur l'état mental de leurs patients…

Dans *Le Point de mire*, la photographe accusée, à tort, du meurtre d'un ministre est qualifiée de « déséquilibrée » suite à la mort récente de son mari (avec qui elle était pourtant en instance de divorce). La folie a bon dos.

Le plus tourmenté des personnages du polar français est anglais. Dans *La Décade prodigieuse*, Anthony Perkins ressort son jeu à la *Psychose*, jeu qu'il ne cessera de répéter jusqu'aux ultimes confins de sa carrière.

# RECOURS AUX SOURCES

Les sources d'inspiration des films policiers sont, pour l'essentiel, de deux ordres.

D'abord les romans. La « Série noire » devient le grand pourvoyeur du cinéma français, avec primauté des auteurs anglo-saxons :

• Fredric Brown (*L'Ibis rouge*)
• John Buell (*L'Agression*)
• James Hadley Chase (*La Chair de l'orchidée*)
• Joseph Harrington (*Dernier domicile connu*)
• David Goodis (*Le Casse, La Course du lièvre à travers les champs*)
• Harrison Judd (*Le Témoin*)
• Richard Matheson (*Les Seins de glace*)
• Ed McBain (*Les Liens de sang, Sans mobile apparent*)
• Horace McCoy (*Un linceul n'a pas de poches*)
• Richard Neely (*Les Innocents aux mains sales*)
• Jim Thompson (*Série noire*)

Quelques auteurs français de la « Série noire » sont eux aussi sollicités :

• José Giovanni (*La Scoumoune*)
• Michel Lambesc (*La Horse*)
• Jean-Patrick Manchette (*Folle à tuer, Nada*)
• Francis Ryck (*Le Secret*)
• Raf Vallet (*Adieu poulet, Mort d'un pourri*)

Auteurs et textes non issus de la prestigieuse collection sont appelés à la rescousse :

- M. G. Braun (*Les Caïds*)
- Michel Grisolia (*Flic ou voyou*)
- Patricia Highsmith (*Dites-lui que je l'aime*)
- Auguste Le Breton (*Le Clan des Siciliens*)
- Ellery Queen (*La Décade prodigieuse*)

Sans oublier, bien entendu, l'incontournable Georges Simenon (*L'Horloger de Saint-Paul, La Veuve Couderc*).

Le polar peut également être italien, comme avec Giorgio Scerbanenco, créateur du personnage de Duca Lamberti, ex-médecin reconverti dans les enquêtes, que l'on retrouve dans *Cran d'arrêt*.

Pourquoi privilégier les romans aux scénarios originaux ? Essentiellement parce que cela fait gagner du temps. Gain sur l'idée. Pas la peine de se creuser la cervelle puisque l'histoire est là – même si elle est souvent reconstruite de A à Z. Gain sur l'écriture. Ne reste, normalement, qu'un travail d'adaptation, moins fastidieux si l'on dispose déjà des fondations. Gain aussi sur la présentation à un producteur. Il suffit de lui balancer le roman (qu'il ne lit pas) plutôt que de s'échiner à rédiger un scénario qui risque de ne déboucher sur rien.

De plus, la plupart des auteurs adaptés connaissent leur métier et savent, normalement, construire une intrigue. Ils n'en sont pas à leur coup d'essai et, vieux routiers du polar, connaissent les ficelles soit pour les moderniser, soit pour les contourner.

La deuxième source majeure est ancrée dans la réalité : le fait divers authentique. Les plus célèbres sont identifiés et vendus comme tels, les autres servent de pistes.

L'affaire Dominici restera l'une des grandes énigmes judiciaires du XX^e^ siècle. Si troublante que même Orson Welles effectua le voyage vers la haute Provence pour y réaliser un documentaire.

Au matin du 5 août 1952, du côté de Lurs, trois corps sont retrouvés. Un homme, une femme et une fillette formant la famille Drummond. Des Anglais venus camper dans cette région sauvage. Triple homicide sordide. Qui s'est produit à proximité de la ferme de La Grand'Terre appartenant aux Dominici. Les soupçons de la police ne tardent pas à s'orienter vers ce clan placé sous la tyrannique autorité de Gaston, patriarche renfermé. L'enquête progresse difficilement mais connaît un spectaculaire rebondissement quand les fils Dominici accusent leur père. Gaston finit par avouer, à sa façon. À la satisfaction de la police et de la justice qui ne disposent pourtant ni du mobile ni de preuves tangibles. Gaston Dominici sera condamné à mort en 1954 au terme d'un procès qui fera la une des journaux. Peine commuée en prison à vie avant une grâce accordée par le général de Gaulle.

Vingt ans après les faits, Claude Bernard-Aubert installe ses caméras sur les lieux mêmes du triple meurtre. But : reconstituer « l'affaire » avec précision. Mais comment rester précis avec une énigme ?

Il bénéficie d'un allié de poids en la personne de Jean Gabin. Non sans réticence, l'acteur numéro un du cinéma français accepte de personnifier Gaston. Avant de donner son accord, il a lu tout ce qui se rapporte à l'enquête, s'attachant beaucoup aux écrits de Jean Giono, enfant du pays, qui rédigea un compte rendu du procès. L'écrivain y mit en exergue de nombreuses incongruités, le vide de l'accusation ainsi que le comportement parfois étrange du tribunal (qui suspend la séance au moment précis où l'un des fils Dominici s'apprête à faire une révélation !). Gabin en sort convaincu de l'innocence de Gaston. Raison pour laquelle il dit oui. Il n'aurait pas pu jouer l'assassin d'une fillette.

Pour des raisons pratiques et cinématographiques, Bernard-Aubert doit faire des entorses à la réalité. Gaston, qui ne disposait que d'un maigre vocabulaire, parlait avec un accent provençal à couper au couteau et employait des expressions peu compréhensibles. À l'écran, il s'exprimera sans aucun accent, fera des phrases complètes et puisera dans un champ lexical un peu plus riche.

L'annonce du tournage fait grincer des dents. Sur le plan local, où nul n'a envie de raviver d'anciennes haines. Pourtant, le réalisateur engage ses figurants sur place et la scène de fête de village (filmée à Ribiers) frôle le documentaire. Sur le plan national aussi, où le commissaire Sébeille qui a dirigé l'enquête et le chroniqueur judiciaire Jean Laborde font part de leur mécontentement.

Le film raconte justement l'enquête du commissaire Sébeille (Paul Crauchet). Flic méthodique qui avance pas à pas sans se soucier du brouhaha environnant. Il dispose de peu d'éléments et, en l'absence totale d'une police scientifique, se débrouille comme il peut. Seule avancée technologique à sa disposition : un jeu de photos de la scène de crime ! Comme des milliers de policiers avant lui, Sébeille progresse à travers des témoignages contradictoires et des silences têtus. Il sait que tout le monde ment et doit faire le tri.

Sébeille détient quand même un indice de poids : l'arme du crime. Une carabine de guerre retrouvée cassée en deux non loin du corps de la fillette. À qui appartient-elle ? Sachant qu'il n'y a pas si longtemps de l'argent et des armes tombaient du ciel, pour aider la Résistance, impossible de remonter à l'origine de cette arme. Mais, les fils accusant le père, celui-ci se retrouve devant les tribunaux. L'enquête se termine officiellement le 16 novembre 1953, quinze mois après le triple crime.

*L'Affaire Dominici* reprend des phrases tirées des interrogatoires et du procès mais, comme tout film, ne peut rester impartial. Les choix des dialogues, des scènes, la façon de les présenter orientent forcément l'opinion du spectateur. D'ailleurs, Claude Bernard-Aubert ne cache pas son scepticisme quant à l'accusation suivie de la condamnation. Il termine son film par des propos de M^e^ Pollack : « Condamné sans peur, sur des mots. »

Cette prise de position irrite. Fin observateur de l'affaire, le journaliste Roger-Louis Lachat, du *Dauphiné libéré*, fustige l'attitude de Gaston Dominici : « Nous le clamons, il n'y a point de mystère. Tout est même très simple, net et sans bavure, en cette atroce tuerie. Mais il y a eu, au cœur de l'affaire, un extraordinaire et puissant comédien. [...] Nous, qui l'avons suivi pas à pas durant plus d'un an, eûmes la surprenante révélation que ce gardien de chèvres (sur le tard) possédait l'art au sommet du comédien. Tel que jamais nous n'en vîmes, jamais ! Parce que ce visage de bon grand-père cachait l'abject chevrier ivrogne et incestueux, le tatoué des rues chaudes de Toulon, la terreur des bords de la Durance, celui dont les avocats, malgré leurs efforts, n'ont pu trouver à 40 kilomètres à la ronde un seul témoin à décharge alors que le plus vil des égorgeurs n'en a jamais manqué. » Et d'ajouter : « Un crime stupide. Celui d'un braco faisant la sieste de midi à 6 heures du soir, le chien gardant les chèvres. Celui d'un Dominici au sang chaud, licheur de litres de "gros rouge" et de gnôle. Celui que toutes les femmes des environs craignent et évitent de passer près de lui tant elles ont peur des assauts bestiaux de ce vieux trousseur de jupons. »

Gaston serait-il meilleur comédien que Gabin ? Ce dernier aurait refusé de jouer le vieillard libidineux, colérique, meurtrier décrit par Lachat. Et même si Bernard-Aubert avait plaidé en faveur de la culpabilité du patriarche, il aurait reçu d'autres volées de bois vert. L'affaire Dominici n'a jamais cessé d'attiser les passions, de semer le doute.

Une énigme.

Ce qui n'est pas tout à fait le cas d'une autre affaire qui défraya elle aussi la chronique et passionna la France entière, quelques décennies plus tôt, celle de Violette Nozière. Cette fois, inutile de chercher la coupable, elle était connue et reconnue puisque Violette était passée aux aveux et son geste ne fit aucun doute. D'où une condamnation à mort par un jury strictement masculin, avant d'être elle aussi graciée.

Ce qui compte, ici, est de comprendre les motivations d'une jeune fille qui en vient à empoisonner ses parents.

Or, selon le film que Claude Chabrol tourne en 1977 – donc quarante-quatre ans après les faits –, sa première motivation, c'est l'ennui.

Violette (Isabelle Huppert) habite Paris mais, en ces années 1930, s'y amuse autant que si elle était prisonnière d'un village savoyard. Elle vit dans une étouffante promiscuité, coincée entre son père Baptiste (Jean Carmet), mécanicien, et sa mère Germaine (Stéphane Audran), femme au foyer.

En l'absence de télévision, pour combler son temps libre, Violette sort en cachette de ses parents. Cette donzelle sage le jour devient une provocatrice nocturne. Elle fume, s'enivre et s'envoie en l'air. Des amants de passage pour fille peu sage. Dont l'un lui laisse la syphilis en guise de souvenir. Puis, Violette tombe sous le charme d'un bel étudiant en droit, qu'elle couvre de cadeaux. D'où tire-t-elle cet argent ? D'un chantage exercé à l'encontre de son véritable père et du pillage des économies familiales. Violette a désormais des envies d'ailleurs, de virée à la mer avec son amant. Baptiste et Germaine l'encombrent. Au lieu de fuir, elle se débarrasse d'eux. D'abord en les empoisonnant puis en les asphyxiant au gaz. Seule la mère réchappe de ce mortel traitement.

Chabrol ne montre pas l'enquête policière, préférant dresser un portrait de femme. Il saute ainsi du meurtre à la condamnation.

Si la police est quasi absente du film, c'est aussi parce qu'elle ne se distingua pas par un zèle intempestif. Le riche vrai père de Violette ne fut jamais recherché, alors que des bruits de couloir l'identifiaient comme un député socialiste...

Entre-temps, Violette est passée aux aveux, en précisant que Baptiste la violait depuis l'âge de 13 ans. Affirmation invérifiable qui n'émeut pas les jurés. Violette nie également avoir voulu la mort de sa mère. Sceptique, cette dernière se constitue partie civile.

« Toute la France a été coupée en deux, explique Isabelle Huppert. Il y avait ceux qui voyaient en elle une infâme criminelle qui avait voulu tuer ses parents pour les voler et s'enfuir, ensuite mener la grande vie avec son amant... Et ceux qui croyaient Violette quand elle affirmait que son père, depuis des années, voulait avoir des rapports incestueux avec elle et qui considéraient son acte démesuré et irrationnel comme l'expression d'un tempérament passionné qui ne supportait pas son milieu, ses bassesses, son étroitesse d'esprit. »

Chabrol se veut précis. Il travaille à partir des minutes du procès, des journaux de l'époque et de comptes rendus littéraires. Il souhaite coller à la réalité tant dans la présentation des faits, des décors que dans la restitution des dialogues.

« J'ai voulu être le plus factuel possible, explique-t-il ; que la poésie, ensuite, naisse ou pas, que l'héroïne soit touchante ou non, que le mélo surgisse ou pas. J'ai conçu cela comme un clerc de notaire. »

Tâche délicate qui passe forcément par l'analyse d'historiens tatillons. On lui fait des reproches. Le commentaire final du film n'échappera pas à la critique : « Condamnée à mort le 13 octobre 1934, Violette Nozière fut graciée le 24 décembre par le président Albert Lebrun et sa peine commuée en travaux forcés à perpétuité. Suite à son exemplaire conduite en prison, le maréchal Pétain ramène sa condamnation à douze ans. Résolue à prendre le voile dès l'expiration de sa peine, libérée le 29 août 1945, puis graciée le 1er septembre par le général de Gaulle qui signe en sa faveur un décret annulant les vingt-cinq ans d'interdiction de séjour auxquels elle était condamnée, Violette Nozière épouse finalement le fils du greffier comptable de la prison qui lui donnera cinq enfants. Ils ouvriront un commerce. En 1963, peu avant sa mort, la cour de Rouen, fait unique dans l'histoire de la justice française s'agissant d'un condamné à mort de droit commun, prononce sa réhabilitation. »

Or la condamnation tomba le 12 et non le 13, la grâce présidentielle le 15 novembre et non le 1er septembre et l'interdiction de séjour s'étendait sur vingt ans et non vingt-cinq.

Broutilles que tout cela ? Certes. Seul compte pour Chabrol le déroulement des faits. La mise en place du destin d'une jeune femme des années 1930 déjà moderne sans le savoir puisque rêvant de liberté et d'émancipation.

Contrairement à Claude Bernard-Aubert, Claude Chabrol refuse de prendre parti et ne se passionne pas pour la cause judiciaire. Il a son avis sur la question mais évite de le jeter à l'écran : « Violette était un peu idiote, analyse-t-il, ce n'était pas Einstein. Mais c'était une fille étonnante, avec une force formidable. Et puis, je trouve aussi beau qu'on essaie de survivre en tuant quelqu'un. D'autant que, comme elle a fait cinq enfants par la suite, elle n'a quand même pas dépeuplé la planète ! On ne peut pas lui reprocher d'avoir vidé la France... Ce qui me fascine aussi, c'est que, pour un motif apparent aussi sot que d'aller en Bugatti aux Sables-d'Olonne, un être humain puisse en arriver à tuer. Ici, tout est dérisoire, ce n'est pas une vraie tragédie. C'est ce côté fait divers qui me bouleverse. De toute façon, Violette, en passionnant aussi fort l'opinion publique de l'époque, a touché quelque chose de très profond, mais je ne sais pas quoi. »

Quant aux relations sexuelles entre le père et la fille, il n'y croit pas totalement : « C'est un système de défense qu'elle a trouvé, ajoute-t-il. L'histoire du chiffon me semble prouver que c'est faux. Je veux bien que les gens soient ignobles mais utiliser le même chiffon pour baiser sa femme et sa fille, ça me paraît un peu fort. D'ailleurs, si Violette avait dit la vérité, il aurait été syphilitique, on l'aurait vu à l'autopsie... Mais il la pelotait pas mal. C'était peut-être encore plus insupportable ce côté "À cheval sur mon bidet !". C'est authentique : il l'a fait sauter sur ses genoux jusqu'à l'âge de 13 ans. »

Pour *Les Noces rouges*, Chabrol se sert d'un fait divers moins célèbre référencé sous le label des « amants de Bourganeuf ».

Il s'y intéresse d'autant plus qu'il a vaguement connu l'un des protagonistes, la victime. Le dossier possède tous les archétypes du crime passionnel avec amants qui se débarrassent du mari encombrant. Ce n'est pas *Le facteur sonne toujours deux fois* mais pas loin.

Tout commença par un accident de la route survenu dans la soirée du 23 février 1970. Sans raison apparente, la voiture conduite par le sieur René Balaire, artisan commerçant en chauffage sanitaire, quitta la chaussée pour s'écraser dans un fossé où elle prit feu. La passagère, épouse Balaire, fut éjectée mais non le chauffeur, qui périt dans l'incendie.

Un drame qui embrasa la France car nul n'en comprit véritablement les causes. On s'interrogea et on interrogea. Le défunt avait souscrit une assurance-vie. Maigre élément. Un autre indice inquiéta : la portière par laquelle Mme Balaire est censée avoir été éjectée a été retrouvée verrouillée. Le véhicule fut examiné de près. Si la dame est coupable, comment a-t-elle fait ?

Tout se décoinça grâce à une déclaration du fils Balaire. Dans une lettre adressée au procureur, il fit part de ses soupçons et soutint que le trajet de ses parents, le soir fatidique, comporte des failles temporelles. Cette fois la police porta plus d'attention aux détails et exhuma le corps du défunt. Une autopsie tardive révéla la présence d'une balle dans la poitrine !

Les flics exhumèrent une vieille rumeur d'adultère. Yvette avait un amant. Il fut identifié en la personne de Bernard Cousty, agent d'EDF. Les amants passèrent aux aveux. Ils avaient monté ensemble le piège mortel.

Le 23 février, Cousty s'était tenu sur le bord de la route à faire de l'auto-stop. Balaire, sans doute poussé par son épouse, s'arrêta. Pour faire monter son nouveau passager, il dut sortir de sa voiture. L'amant en profita pour l'assommer avant de lui tirer une balle, comme pour une exécution. Le corps fut replacé devant le volant, la voiture poussée dans le fossé. Cousty versa de l'essence et mit le feu tandis qu'Yvette s'allongeait dans l'herbe non pour le remercier mais pour faire croire qu'elle venait d'échapper à une mort certaine. Un routier s'arrêta sur le bord de la route au moment où Cousty s'enfonçait dans la forêt...

Les amants ne firent aucune difficulté pour raconter par le menu comment se débarrasser d'un homme qui refusait le divorce. Dans son élan, Cousty s'accusa d'un autre meurtre : deux mois auparavant, il avait empoisonné sa propre épouse, Ginette. Si habilement que le médecin avait conclu à une mort naturelle.

Certains se demandèrent pourquoi ces deux amants n'avaient pas pris la fuite ou, simplement, réclamé le divorce. Parce que cela ne se faisait pas ! Le divorce était une procédure complexe et, surtout, très mal vue par une société bien-pensante. Au début des années 1970, moins de 40000 couples divorçaient chaque année. Au début des années 2000 sera franchie la barre des 150000.

Le grand public s'intéressa de près au procès des « amants diaboliques », qui se tint devant la cour d'assises de la Haute-Vienne en mai 1970. Point de révélations sensationnelles mais la confirmation de deux personnalités peu avenantes et d'une machination. L'homme fut condamné à la peine capitale et la femme à dix ans de réclusion.

Prenant l'affaire en main en 1973, Chabrol, contrairement à ce qu'il fera avec *Violette Nozière*, ne cherche pas à coller à la véracité des faits. Bien que peu banal, ce crime met en scène des personnages falots. René, Ginette, Yvette, Bernard, un agent d'EDF, un modeste artisan, tout cela manque singulièrement d'ampleur. Le cinéaste bouscule le respect historique et fait des deux protagonistes mâles un arriviste aux dents longues et un député-maire gaulliste. Avec eux, l'affaire prend une tout autre dimension. Preuve en est quand les deux amants s'enferment dans le château-musée de la ville pour une nuit de libations.

Chabrol en profite pour dénoncer les dangers du mariage provincial. Car, dans sa version, si les amants s'unissent, ce n'est pas mus par une folle passion mais par désœuvrement. Lucienne (Stéphane Audran) s'efforce d'être précise lorsqu'elle évoque son mariage avec son politicien soupe au lait :

« Ça aurait pu être mieux.

– Comment ça ?

– Je ne vais pas te faire un dessin. C'était très, très, très calme. Très, très, très, très calme. »

De son côté, Pierre (Michel Piccoli) a, pour parler de son épouse, des élans lyriques que ne désavouerait pas le Jean-Pierre Marielle des *Galettes de Pont-Aven* : « Elle n'a aucun goût pour rien, c'est terrible. Elle n'a jamais voulu avoir d'enfants. [...] Y a des moments où je me dis qu'elle est sur Terre uniquement pour nous emmerder. »

Claude Chabrol montre le meurtre en restant assez près des faits produits à Bourganeuf. En revanche, il arrête son film au moment de l'arrestation des amants, indiquant par là que les suites judiciaires ne l'intéressent pas (elles ne l'intéresseront pas plus dans *Violette Nozière*).

Michel Piccoli, incarnation du Français légèrement au-dessus de la moyenne du cinéma des années 1970, récidive en jouant un autre assassin tiré de la réalité dans *Le Trio infernal* de Francis Girod. Les chroniqueurs ne sont jamais à court d'adjectifs.

D'origine italienne, Georges Sarrejani préférait se faire appeler Sarret. À Marseille, où il arriva adolescent, il fit de brillantes études qui le menèrent jusqu'au métier d'avocat d'affaires. Apprécié et sollicité, il s'installa dans un bel appartement où il vécut en compagnie de sa femme et de ses deux enfants. Loin d'être un premier prix de vertu, Sarret était un noceur. Sa vie nocturne avait peu à voir avec sa respectabilité de façade. Bamboches et bamboulas constituaient son lot quasi quotidien. Au cours de l'une de ses virées, il fit la connaissance de deux sœurs allemandes, Catherine et Philomène Schmidt. Elles lui tournèrent la tête. Pour elles, il loua une villa dans la banlieue d'Aix-en-Provence. Une façon d'avoir ses deux nouvelles maîtresses sous la main. Étant dociles et pas maladroites, les deux sœurs lui donnèrent des idées. Des idées de meurtre. Il se servit d'elles pour piéger de riches vieillards à la santé chancelante. Le plan était simple : elles les épousaient, ils mourraient, elles touchaient l'héritage ou l'assurance-vie, qu'ils partageaient. Grâce à un complice chargé d'aller signer les papiers en lieu et place des maris, l'affaire fut rondement menée et se révéla juteuse. Des idées de grandeur s'emparèrent du trio qui crut que tout lui était permis. Seulement le complice, jusqu'alors discret, se montra soudain gourmand. Il menaça de faire chanter Sarret. Celui-ci répondit à sa manière : en abattant au fusil de chasse l'importun. Il en profita pour occire l'épouse du comparse, qui se trouvait à son côté. Cette fois, Sarret se retrouva face à un problème : comment se débarrasser des corps ? Jusqu'à présent, tous les défunts, ayant succombé à des morts officiellement naturelles, avaient suivi le parcours classique. Mais difficile de faire passer pour naturels des tués à la chevrotine. Sarret eut l'idée – en réalité saugrenue – de dissoudre les corps dans de l'acide sulfurique. Les cadavres baignèrent trois jours et trois nuits dans le liquide, dégageant une odeur effroyable. Pour un piètre résultat. En désespoir de cause, le trio enterra les restes dans le jardin de la villa. Personne ne cherchant à retrouver les deux disparus, l'avocat et ses deux maîtresses purent reprendre leurs escroqueries à l'assurance. Variante : faire croire à la mort de Catherine, avec pour corps celui d'une tuberculeuse décédée récemment. Cela fonctionna. La fausse défunte fut expédiée à Nice, où elle était censée se cacher. Hélas, elle revint à Marseille au bras d'un nouvel amoureux. Peu discrète, elle se fit reconnaître. La morte n'était pas morte. La police enquêta. Les deux Allemandes balancèrent Sarret. L'avocat, apprécié par les notables locaux, se défendit tant bien que mal. Il réussit à retarder l'heure de son procès mais non celui de sa condamnation. Il fut le dernier condamné à mort à être exécuté publiquement à Aix-en-Provence ; le 10 avril 1934.

*Le Trio infernal* rapporte la plupart de ces faits en reprenant les noms des protagonistes. On y retrouve l'amant et ses deux maîtresses, les mariages blancs, l'assassinat sanglant. La fin est pourtant différente : Philomène se suicide puis Sarret épouse sa sœur. Ni arrestation, ni procès.

Surtout, Francis Girod évoque avec moult détails la difficile dissolution des cadavres dans l'acide. C'est d'ailleurs l'un des arguments de vente du film (que l'on retrouve sur l'affiche). Tout est montré, y compris le transfert de la « solution finale », une espèce de masse gélatineuse dans un trou creusé dans le jardin.

Toutefois, *Le Trio infernal* n'est pas une œuvre policière dans le sens classique du terme. L'absence d'enquête de la part des autorités – bien que les voisins se plaignent d'odeurs pestilentielles – n'est pas en cause. Ce qui différencie ce film est son ton. Un ton plus proche de la farce – macabre, certes – que du polar. Un ton, et un jeu, similaire à celui que développera Piccoli dans *René la Canne*. Un ton qui interdit toute compassion ou empathie pour ce trio meurtrier. Et, même, tout intérêt. Ce sont des bouffons, des caricatures issues de la commedia dell'arte, non des meurtriers sortis de la réalité.

Cela n'empêche pas cette production de connaître un gros succès... en Allemagne, où le public est sans doute plus habitué à ce genre d'exubérance. De plus, la curiosité y est avivée du fait que les deux maîtresses étaient d'origine teutonne et par la présence de Romy Schneider.

Les faits divers inspirant inlassablement les cinéastes, Yves Boisset envisage de réaliser *Les Meurtrières* d'après l'histoire de deux petites filles, d'apparence innocente, tuant un homme qui les a prises en stop. Il y renonce.

Même quand il s'agit de bandes de gangsters, les réalisateurs aiment partir de faits authentiques. Ainsi pour *Les Hommes*, qui s'inspire de l'affaire du *Combinatie*. Il y a de quoi, effectivement, construire un polar avec personnages fourbes, règlements de comptes sanglants, personnalités hautes en couleur.

À la base, il s'agit d'une arnaque à l'assurance. Placido Pedemonte est capitaine du *Combinatie*, navire battant pavillon hollandais. C'est aussi un trafiquant de cigarettes. Dans les années 1950, des tonnes de paquets partent discrètement d'Afrique du Nord pour inonder le sud de la France. Trafic très lucratif.

Pedemonte a l'idée de ne plus agir en loucedé mais, presque, à visage découvert. Sa cargaison de 2700 caisses devient tout à fait officielle et même assurée par une compagnie ayant pignon sur rue. Le capitaine se garde bien de dire qu'il compte foncer sur Marseille. Son plan est de faire disparaître la marchandise en cours de route, de toucher la prime d'assurance et de revendre les cigarettes au marché noir. D'une pierre deux coups.

Tout se passe comme prévu. Un agent d'assurances inspecte la cargaison et paraphe le document. Le *Combinatie* part de Tanger le 4 octobre 1952 (le film situe l'action en septembre 1952). En pleine mer, il est abordé par une vedette rapide, l'*Esme*, chargée d'hommes cagoulés et armés placés sous le commandement d'Eliott Forrest. La précieuse cargaison change de bateau et de destination.

Seulement la météo se mêle de la partie. Une tempête interdit d'approcher de Marseille et de l'île de Riou où les complices de Pedemonte attendent. Il faut se rabattre sur la Corse. Où les « amis » sont nombreux. Dans la baie d'Ajaccio, Antoine Paolini et Jean Colonna se chargent de l'opération. Les cigarettes sont débarquées et planquées. Les choses semblent rentrer dans l'ordre.

Pedemonte n'est pourtant pas tout à fait d'accord. De retour à Tanger, il soupçonne Forrest d'avoir un peu trop rapidement cédé au chant des bandits corses. Il ne croit guère en une « tempête » empêchant d'approcher la cité phocéenne. Pour lui, on a piqué sa marchandise. Le « cerveau » de cette arnaque sur son arnaque serait Nick Venturi.

Les faits semblent lui donner raison quand Paolini commence à revendre une partie des cigarettes. Ce que n'apprécie pas Jean

Colonna, qui le fait savoir. Lui est convaincu que Paolini est bien décidé à faire marron Pedemonte sous le prétexte qu'il va toucher la prime d'assurance et que cela lui suffit. Colonna en appelle à Jo Renucci, basé à Tanger et en cheville avec les familles de gangsters américains.

L'affaire s'envenime. Le ton monte. En Corse, quand le ton monte, les armes sortent. Presque trois ans après les faits, le 15 juillet 1955, l'oncle de Colonna est mitraillé en pleine rue. Il en sort amputé des deux jambes. À Marseille, Antoine Paolini échappe à un attentat mais, sur l'île de Beauté, son cousin passe brutalement de vie à trépas. L'été est chaud pour les deux clans. Sur le continent et sur l'île, ça flingue de partout. Le frère de Jean Colonna mord la poussière, abattu sous les yeux de son fils. Des comparses, des cousins, des relations essuient des coups de feu souvent mortels. En novembre, c'est au tour d'Antoine Paolini lui-même d'être exécuté par deux de ses complices, passés à « l'ennemi ». La police finit par s'en mêler. Elle découvre le lieu de stockage du reste des cigarettes du *Combinatie*. Ce qui ne met pas un terme à la guerre des clans. Ça continue de tomber des deux côtés. Une quarantaine de morts au final. Le dernier – l'un des assassins de Paolini – sera exécuté en 1972 à Marseille, vingt ans après le trafic imaginé par Pedemonte ! Les grands vainqueurs sont les frères Guérini, qui jouent les arbitres mais y gagnent un ascendant certain.

Les personnalités impliquées furent connues : Placido Pedemonte, Nick Venturi, Marcel Francisci, Antoine Paolini, Jean Colonna, Jo Renucci, plus les frères Guérini.

Le film de Daniel Vigne change tous ces noms et modifie les faits. Ce n'est plus une tempête qui empêche le bateau d'accoster à Marseille mais la présence de douaniers, sans doute prévenus par un indic.

*Les Hommes* aurait pu être un grand film de gangsters à la française, pénétrant dans les arcanes de leur organisation et leurs querelles sanglantes. Ce que n'a pas réussi à faire

*Borsalino*, trop attaché à la personnalité de ses deux vedettes. Mais, par manque de moyens, par manque d'ambition, *Les Hommes* se contente de placer les scènes les unes après les autres sans chercher à aller au fond du problème. Là où un véritable auteur de polar aurait dessiné un portrait saisissant d'une société mafieuse, le débutant Daniel Vigne ne peut que filmer des personnages caricaturaux aux répliques faussement cinglantes. Ça sent le scénario bâclé et la volonté de rester au niveau du folklore. *Le Parrain* à la française reste à faire.

# LA COMMISSAIRE A DE JOLIES MENOTTES[1]

Le cinéma des années 1970, c'est aussi la déferlante des films érotiques, qui caracolent vers la pornographie pure et dure. En 1974, *Emmanuelle* montre la voie en s'apprêtant à décrocher un record de longévité (le film restera à l'affiche d'un cinéma des Champs-Élysées pendant cinq cent cinquante-trois semaines !). *Histoire d'O*, du même réalisateur Just Jaeckin, lui emboîte le pas tandis que des dizaines de productions se ruent par la porte ouverte, à défaut de ruer dans les brancards. Les États-Unis exportent *Gorge profonde*, la France propose *Les Jouisseuses*, *Célestine bonne à tout faire*, *Les Charnelles*, *Le sexe qui parle*... En une année, 1974, cent vingt-huit films à caractère érotique envahissent les écrans français, soit plus que le nombre de polars en une décennie !

La geste policière ne peut rester indifférente face à ce phénomène national. Sans verser dans le racolage, elle se doit, en tant que témoin de son temps, d'évoquer une nouvelle réalité dénudée. On ne se contente plus d'en parler, on montre. Ou on suggère.

D'où la présence d'une actrice de porno, Pamela Sweet (actrice de *Perverse Pauline*, un film de Charles Coubé[2]), dans le très chaste *Peur sur la ville*. Rôle tenu par la pulpeuse Italienne Germana Carnacina, nullement issue du cinéma érotique. S'en prendre à une star du pas encore X, phénomène de mode.

1. Au masculin (le commissaire), premier titre de ce qui deviendra *Tendre poulet*.
2. Il s'agit d'un clin d'œil à Charly Koubesserian (dit Koubé), maquilleur et proche ami de Belmondo.

D'où la présence aussi d'une actrice de la même trempe dans *Le Chat et la Souris*. Cette belle créature (Valérie Lagrange) est la maîtresse d'un riche homme d'affaires qui la couvre de cadeaux.

Les actrices apprennent à jouer sans vêtement aucun, y compris les plus célèbres. Ce qu'acceptent, entre autres, Romy Schneider et Marlène Jobert.

En France, on avait plus l'habitude de montrer des dames de petite vertu que des championnes de l'érotisme sur pellicule. Dames qui évoluent, peu discrètement, dans le sillage de harengs, de maquereaux, voire de requins. Elles sont toujours là. Plus souvent victimes que manipulatrices.

Telle la belle et fragile Lily de *Max et les ferrailleurs*, entraînée dans un chantage par un policier méprisant. Un rôle que Claude Sautet destine à Marlène Jobert. Celle-ci le refuse au prétexte qu'elle ne se voit pas dans la peau d'une prostituée. Curieuse réaction car six ans plus tard elle en jouera une dans *Le Bon et les Méchants* ! Catherine Deneuve – ex-*Belle de Jour* et future call-girl de *La Cité des dangers* – se trouve en deuxième position sur la liste de Sautet. Elle refuse à son tour. Romy Schneider accepte avec fougue, scellant une fructueuse collaboration avec le cinéaste.

Autre prostituée victime, Sylvia (Stefania Sandrelli) dans *Police Python 357*. Elle s'est officiellement rangée mais n'en conserve pas moins plusieurs amants, dont l'un généreux et puissant. Avec une attirance plus particulière pour les flics (un commissaire et un inspecteur). Ce qui entraîne son assassinat.

Le sexe pénètre le cinéma policier. En douceur. Le tueur en série de *L'Ibis rouge* agit par pulsion sexuelle. Le commerçant de *Dupont Lajoie* tue en plein acte sexuel. L'argent, la jalousie, la convoitise ne sont plus les seuls motifs de crime. Il faut désormais y ajouter les pulsions sexuelles dans leur cruelle nudité. Elles ne justifient pas mais expliquent.

L'un des distinguos du polar français se situe ailleurs. Alors que chacun sait que nulle enquête américaine ne peut échapper au passage obligé dans une boîte de strip-tease (à croire qu'elles prolifèrent tant dans les mégalopoles que dans les petites villes !), la France propose ses variantes : le club libertin, parfois appelé club échangiste, maison de rendez-vous (nouveau nom du bordel), boîte à partouzes. Des endroits qui se ressemblent et où l'on ne vient que dans un seul but : passer du bon temps en galante compagnie. Ils prolifèrent sur les écrans à la vitesse d'une maladie vénérienne galopante. Systématiquement protégés en haut lieu et toujours appréciés par le gratin de la politique.

Dans *Nada*, c'est l'ambassadeur des États-Unis qui fréquente un « club libertin » situé à l'angle de la rue Kléber et de la rue Manchette. Fréquentation avec une régularité de métronome puisqu'il s'y rend chaque vendredi. Voilà un homme qui domine et même régule ses besoins sexuels.

Les Américains semblent très friands de maisons closes puisque c'est dans un bordel de luxe que des hauts gradés fomentent un complot mortel dans *Le Point de mire*. Belle bâtisse discrète qui bénéficie de toutes les « protections » et « n'a rien à craindre ni de la police ni des journalistes », *dixit* la tenancière de l'endroit qui, bizarrement, est jouée par Françoise Brion, déjà titulaire d'un rôle similaire dans *Adieu poulet*. Inutile d'en tirer des conclusions.

Dans *Le Gang des otages*, le boxon porte un nom, le Val Rose. Mais il est surtout évoqué par la présence de son patron qui ne supporte pas qu'on s'en prenne à ses « filles ».

Dans *Le Passager de la pluie*, la maison, qui a tout du lupanar, est tenue par la blonde Tania (Corinne Marchand). Tout sucre et tout miel mais cornaquée par des messieurs peu commodes. Ils s'en prennent physiquement à une femme. Quand Harry Dobbs leur tombe sur le râble, ils regrettent leur manque d'assiduité aux cours de self-defense.

Autre blonde tenancière, Marthe Rigaud (à ne pas confondre avec Marthe Richard !), jouée, donc, par Françoise Brion dans *Adieu poulet*. Elle ouvre le film puisqu'un mort est retrouvé dans l'un de ses lits (un clin d'œil aux *Barbouzes* ?). Désireuse de conclure l'enquête alors que la police n'est présente dans ses locaux que depuis quelques minutes, elle s'empresse de préciser : « C'est une mort accidentelle, je ne pense pas qu'il y ait grand-chose à dire de plus. »

En tête à tête avec le commissaire, elle précise : « Je suis très amie avec M. Taillefer et aussi M. Laffont. J'entretiens également d'excellentes relations avec MM. Roux et Dupuis. Et je vois aussi assez souvent le président Langlane, qui est un homme tout à fait charmant. »

Elle est à deux doigts de réciter l'annuaire du gotha local. Bonne dame, elle finira par aider la police.

Dans *L'Insolent*, le club libertin de rigueur est tenu par un homme peu amène puisque incarné par André Pousse. À l'extérieur, le portier est habillé comme un adepte de la chasse à courre, à l'intérieur, les filles sont vêtues d'espèces de bikinis modernes. Assis autour d'une table, les messieurs, d'un certain âge, les regardent danser.

Xavier Maréchal (Alain Delon) de *Mort d'un pourri* ne s'étonne aucunement d'apprendre que le gratin de la politique parisienne fréquente un établissement où l'on ne fait pas que parler de physique quantique et de littérature tantriste : « Beaucoup de politiciens, d'aimables clowns, quelques duchesses, pas mal de putes… La qualité française, quoi. »

Ces productions évoquent, suggèrent, dénoncent parfois mais ne montrent rien ou peu. Claude Makovski n'a pas ce genre de pudeur et dans *Il faut vivre dangereusement* met en scène une soirée intime. Enfin, intime par ce qui s'y fait mais non par le nombre de participants. La grande maison d'un homme d'affaires influent sert de cadre à une fête pas comme les autres. Ambiance nullement sordide puisqu'on y est entre gens du bon monde. Le champagne coule à flots et les donzelles gambadent nichons à l'air. Tout cela dans un ton plus proche du libertinage que de l'orgie salace.

Soirée plus habillée, dite « soirée mondaine », dans *L'Attentat*. Organisée cette fois par un avocat en vue qui y trouve le moyen de rincer des politiciens, des journalistes et divers hommes d'influence. Femmes à la clef : « Ne vous faites pas trop d'idées, ce ne sont pas toutes des putes. Il doit bien y avoir une ou deux honnêtes femmes. »

Jean-Pierre Mocky n'est pas d'accord. La soirée qu'il étale au début de *Solo* n'a rien de ragoûtant ni d'émoustillant : une vingtaine de quasi-vieillards débauchés s'amusant avec des jeunes filles dans un climat digne d'une fin de fête de la Bière qui aurait mal tourné. Une boîte à partouzes du Vésinet, dit-on. Un lieu qui ne donne pas envie d'être fréquenté. Les partouzeurs, soi-disant « très convenables », auraient mieux fait de rester devant leur téléviseur puisqu'ils se font massacrer par des révolutionnaires en herbe.

Dans *Le Témoin*, le même Mocky démontre que chacun peut créer son propre petit bordel. À condition de disposer d'un local *ad hoc*. Robert Maurisson (Philippe Noiret) bénéficie d'une ferme isolée. Il y fait venir des amatrices besogneuses et souriantes :

« Ce sont des putains ?

– Non, ce sont des petites-bourgeoises mariées qui profitent de l'absence de leurs maris pour faire des heures supplémentaires, afin de se payer un petit manteau de fourrure. »

Finalement la vie à la campagne ne manque pas d'un certain charme pour qui sait s'organiser.

Roger Hanin, pour sa part, dénonce les méfaits de la prostitution dans *Le Protecteur*. En cette époque où la drogue n'a pas encore envahi le territoire, le chiffre d'affaires de la prostitution est le premier de France !

« Je trouve l'attitude du cinéma français un peu scandaleuse en ce domaine, constate-t-il. On a toujours fait des films de série Z comme *En route pour Rio* ou *Filles à vendre*[1] et on se

1. Dans sa précipitation, Hanin se montre un peu confus. *En route vers Rio* (*Road to Rio*) est une comédie américaine avec Bob Hope et Bing Crosby, *Filles à vendre* est une comédie britannique (*Village of Daughters*, 1962) sans rapport avec le sujet, en revanche *Les Filles de nuit* (1959) évoque la rédemption des prostituées.

donne bonne conscience en se disant qu'on a abordé le sujet alors qu'en fait ce n'est pas vrai du tout. Ce sont des films qui effleurent vaguement le sujet d'une manière imagerie populaire et on ne parle pas des fortunes accumulées sur la déchéance de la femme. Et je trouve qu'il fallait le dire. »

À cela s'ajoute la disparition de nombreuses femmes chaque année en France (10 000, selon le film). Brigitte Grapin, l'une d'elles, disparue en juin 1971, ne fut jamais retrouvée, ce qui provoqua l'émoi de la presse et éveilla l'intérêt d'Hanin : « L'idée est venue d'un fait divers qui m'avait frappé : une fille qui avait disparu. Mais j'ai voulu m'en évader très vite pour ne pas personnaliser le propos. Et j'ai abouti sur un problème plus général qui est la prostitution, le proxénétisme et la collusion que peu de gens connaissent entre la fiscalité et le proxénétisme. Il y a un chiffre d'affaires monumental qu'on évalue à près de 7 milliards par an. Dont 2 sont imposés par le fisc sous forme de boissons, hôtels, etc. Et 5 milliards qui échappent au fisc chaque année. Alors, quand on voit comment le fisc tourmente le contribuable moyen qui est majoré de 10 % quand il ne paie pas ses impôts et qu'on s'aperçoit que des fortunes sont amassées sur la déchéance de la femme, je trouve que c'est à nous, les artistes, d'alerter le public. »

Hanin veut dénoncer. Il le fait notamment par l'intermédiaire d'un flic qui aide un père à retrouver sa fille. Flic qui regrette que l'institution à laquelle il appartient soit pieds et poings liés dès qu'il s'agit de prostitution.

« La police ne fout rien parce que la justice ne fout rien. Et la justice ne fout rien parce que le Code pénal ne fout rien ! Tant que les proxénètes ne risqueront pas plus de six mois à trois ans de prison, les flics ne pourront pas empêcher la multiplication des maquereaux. C'est pas moi qui fixe les tarifs... Tu sais combien prennent les trafiquants de drogue ? Entre cinq et vingt ans. Y a qu'à appliquer aux maquereaux le même tarif et tu vas voir que les vocations vont tomber. »

Y a qu'à.

En dépit de cette ambition affichée, *Le Protecteur* nage à la surface du problème. Son point de vue est strictement masculin et les filles s'en retrouvent reléguées au rang d'accessoires. Jamais leur vie n'est évoquée, devant se contenter d'être des enveloppes charnelles.

Quant à l'érotisme, le vrai, celui qui éveille l'intérêt des spectateurs dans d'autres salles, avec d'autres films, l'heure n'est pas encore venue pour lui de se mêler véritablement au polar. Il peut servir de prétexte ou fournir des décors nouveaux, qui tranchent avec les habituelles salles de boxe et autres rades de Pigalle, mais guère plus. L'érotisme n'est jamais intégré au cinéma policier. Ces deux genres se regardent comme des chiens de faïence.

Roger Vadim se risque à une tentative de cocktail érotisme-polar avec *La Jeune Fille assassinée* mais, au final, il signe un film d'auteur à tendance exhibitionniste où l'enquête, menée par un auteur à succès, ne devient qu'un prétexte pour explorer un monde vaniteux et vain. L'impeccable plastique de la jeune Sirpa Lane fait le reste. Pour sa part, Alain Robbe-Grillet fait mine de s'intéresser à la fois au polar et au film érotique pour livrer une œuvre lourde et absconse, *Le Jeu avec le feu*, où il réussit à entraîner Jean-Louis Trintignant et Philippe Noiret.

L'un des rares à oser aller plus loin est Paul Vecchiali avec *Change pas de main*. Une jeune détective (Myriam Mézières) – brièvement vêtue à la Bogart comme Deneuve dans *Écoute voir...* – enquête dans le milieu de l'échangisme et des partouzes. Intrigue confuse qui tourne autour du Shanghai Lady, lieu d'échangisme, avec fond politique (l'enjeu est un poste de ministre) et anciens de l'OAS à la clef. Le manque de moyens est criant, de même que le manque de motivation des principaux interprètes. « Noël Simsolo et moi avons bâti notre histoire sur des relents chandlériens où les rôles masculins et féminins étaient inversés », expliquera le réalisateur. Sauf que Chandler laisse au lecteur imaginer la suite de certaines scènes de séduction alors que Vecchiali les montre ; signe des temps. Le résultat n'a rien d'un polar agrémenté de séquences pornographiques mais tout d'un porno reposant sur une pseudo-histoire policière.

En revanche, *Un tueur, un flic, ainsi soit-il...* de Jean-Louis Van Belle constitue une exception. À la base, un film policier très classique narrant une enquête sur les trafiquants de drogue du côté de Marseille. Enquête qui met en lumière les agissements d'un inévitable député véreux. Paul Frankeur – celui de *Touchez pas au grisbi* – endosse le costume du coriace commissaire Dutourd et prend la tête d'une distribution respectable comprenant Jean Servais, Roger Dumas, Jacques Monod, André Falcon. Pour des raisons obscures, cette production, filmée en juillet 1973, n'est pas distribuée en salles. Le 2 mars 1977, alors que personne ne l'attend plus, elle resurgit sous un autre titre : *La Balançoire à minouches* ! Nouveau montage et insertions de séquences pornographiques hard. Résultat : un polar classé X.

Hormis ces raretés peu vues, le cinéma policier français reste pudibond. La brigade mondaine est absente des écrans et les passions les plus folles, celles qui conduisent au crime « passionnel », ne sont jamais évoquées dans leurs débordements charnels. Les amants des *Noces rouges*, par exemple, se contentent de couiner sous la couette. *Basic Instinct* ne sortira qu'en 1992.

# POLAR À PART

Alain Corneau est un grand amateur de littérature et de cinéma policiers. Ce qui n'est pas le cas de tous les réalisateurs de polars français. Presque un spécialiste. Il a beaucoup lu, beaucoup vu et beaucoup retenu. Parmi les auteurs qui hantent son panthéon personnel se trouve Jim Thompson.

Un vrai romancier à l'américaine. Fils de shérif, ayant travaillé comme groom dans des hôtels louches du temps de la prohibition, il se lance tôt dans l'écriture. D'abord des nouvelles puis des reportages sur des affaires criminelles. Enfin des romans. Le premier paraît en 1942, alors que Jim affiche déjà 36 ans. Des livres qui ne passent pas inaperçus aux États-Unis. Fasciné par son style, Stanley Kubrick fait appel à lui pour écrire le scénario de *L'Ultime Razzia*, l'un des joyaux du film noir. Tout en continuant de publier des polars, Thompson prend goût à ses activités de scénariste et s'installe à Hollywood, travaillant essentiellement pour la télévision.

En France, la « Série noire » s'intéresse à son œuvre. Le numéro 54 de la célèbre collection, *Cent mètres de silence*, est publié en 1950, un an seulement après sa sortie aux États-Unis (sous le titre *Nothing More Than Murder*).

Corneau, qui dévore quasiment toute la « Série noire », prend un coup en lisant Thompson. Car Jim enfonce le doigt dans toutes les déchirures, que ce soit celles des personnages ou celles de la société moderne. Il écrit sans aucune complaisance dans une noirceur héritée des Hammett et Chandler. Alain ne sait pourtant pas que les traductions françaises de Thompson sont à mille lieues des originaux, proposant un texte taillé et un argot à la française indigne de la plume de l'Américain. Plus tard, le réalisateur relira les ouvrages en version originale.

Le jeune Français n'est encore qu'assistant réalisateur quand il décide de partir en Amérique à la rencontre de son idole. Il arrive à la fois à établir le contact et à le convaincre d'écrire un scénario avec lui, d'après son plus célèbre roman, *1275 âmes* (*Pop. 1280*), n° 1000 de la « Série noire ». Alain s'installe pendant trois mois chez Jim et en repart avec son scénario sous le bras. Impossible de convaincre un producteur français avec un tel matériau. Pourtant les écrits de Thompson continuent d'intéresser et en janvier 1973 sort en France le très dérangeant *Guet-apens* de Sam Peckinpah avec Steve McQueen.

Corneau renonce à adapter Thompson mais non à le lire. Tous les six mois, environ, il replonge dans un des ouvrages de l'écrivain américain. Au lendemain de *La Menace*, qui n'a pas eu le succès escompté, il se décide à franchir le pas. De ses lectures, il retient *Des cliques et des cloaques* (*A Hell of a Woman*), publié dans la « Série noire » en 1967. Pour autant, il n'est pas question d'adapter l'ouvrage au pied de la lettre mais d'en retenir le personnage de Frank Dillon, un représentant en porte-à-porte odieusement veule.

Dès lors, tout s'enchaîne. Pour correspondre au ton et à la noirceur du livre, Corneau envisage une production à petit budget tournée à l'arraché avec une équipe minimale. Fini le confort que lui apporta Yves Montand en participant à ses deux précédents films.

Mais Alain – aidé par l'écrivain Georges Perec – va si loin dans la description du désormais dénommé Frank Poupart qu'il se demande si un comédien acceptera jamais de l'incarner. Il trouve la perle rare en la personne de Patrick Dewaere. Si rare même que, s'il est amené à se retirer, le réalisateur abandonnera illico son projet.

« J'étais sûr qu'il n'y avait que lui pour exprimer à la fois cette fragilité, ce manque de force et cette brutalité, cette panique dans l'œil, affirmera Corneau. J'avais très peur, bien sûr, parce que le film repose à tel point sur lui qu'on aurait très bien pu aller à l'abattoir s'il avait mal compris ou s'il n'avait pas tenu psychologiquement. »

Dewaere est à fond dans la partie. Et le sera de plus en plus. Dès le lendemain de leur première rencontre, Patrick a appelé Alain à 5 heures du matin pour lui annoncer qu'il voulait absolument en être.

Professionnel, Corneau sait qu'il est en train de s'enfoncer sur une voie de traverse. Avec un sujet pareil, un auteur pareil, il ne peut espérer une œuvre grand public.

« Thompson n'a jamais été un écrivain vraiment bien reçu, analyse-t-il. Sa rigueur, son jusqu'au-boutisme provoquent encore une sorte de panique chez le lecteur. Sachant cela, il aurait été aberrant de tenter une adaptation de Thompson pour 1 milliard [de centimes]. Dès le départ, le film était calibré : les distributeurs, qui ne sont pas des imbéciles, se rendent bien compte des risques courus par ce genre de projet où l'on ne retrouve aucun des points de rencontre traditionnels avec le public. Le budget, la sortie, les espaces publicitaires sont donc établis en fonction du calcul de ces risques. »

Il part avec une enveloppe financière particulièrement maigre et l'obligation de boucler son tournage en vingt jours. Pour être rentable, le film devra dépasser les 200 000 entrées. Tout se fera en décors naturels dans la banlieue (Créteil et Saint-Maur-des-Fossés), dans l'urgence. Pas de loges pour les acteurs, pas de maquilleur ni d'habilleuse. Deux caméras en permanence, parfois trois, aucune répétition, pas d'éclairage sophistiqué. Les acteurs sont chargés de se lancer et les techniciens de les suivre, quoi qu'il advienne.

« Tout ça pour dire, expliquera Corneau, que les comédiens, et surtout Patrick, se trouvaient dans une situation particulièrement périlleuse, parce qu'on leur demandait de faire tout. D'une certaine manière, j'attendais que Patrick effectue une mise à sac de son individu pratiquement équivalente à celle que Thompson opère sur ses personnages. »

Cela ne signifie pas que les acteurs doivent improviser. Quand Alain envisage une telle possibilité, Patrick lui répond qu'il n'en est pas question. Il faut se laisser porter par la force du texte et la force des scènes, non les précéder.

Dès le premier tour de manivelle, Dewaere – qui a refusé de lire le roman de Thompson – dépasse toutes les espérances de Corneau. Il se donne à fond, sans jamais chercher à s'économiser.

« Il m'arrive d'être auteur dans ma tête à toutes les scènes, explique le comédien. C'est ça le boulot, c'est ça qui me plaît. Ce n'est pas marrant d'être un acteur-outil. Faire quelque chose de bien ne m'intéresse pas, ce que je veux, c'est quelque chose de génial qui ne fasse pas seulement que les gens soient contents mais ahuris. Voilà ce que je cherche : l'ahurissement ! Chacun son truc. »

Pour une scène où il doit taper sur la carrosserie d'une voiture, Dewaere préfère se servir de sa tête au lieu de ses poings. Il donne de véritables coups de boule sans aucune préparation ni protection.

Plus d'une fois les techniciens l'applaudissent à la fin d'une scène.

Cette intensité finit par inquiéter Corneau.

« Patrick a commencé à ne plus aller très bien, racontera-t-il. Psychologiquement et physiquement, il était de plus en plus attaqué par le rôle. Ce qui est normal, étant donné les méthodes de tournage intensives que nous avions choisies. »

Dewaere ne quitte pratiquement pas le plateau. Il est de la plupart des scènes mais, même quand ce n'est pas le cas, reste présent.

« Seconde après seconde, minute après minute, rapportera Corneau. Je ne crois pas qu'il ait dormi une seule seconde pendant tout le tournage ! C'était une époque où il devait sortir beaucoup. Il arrivait le matin dans un état… Mais dix minutes après il était en forme. »

Autour de Patrick, Alain place des comédiens venus de différents horizons dont Marie Trintignant, Myriam Boyer. Plus, cerise sur le gâteau, Bernard Blier dans la peau d'un patron sournois qui se prend des baffes.

Quand Blier voit le jeu de Dewaere, il est à la fois étonné et désarçonné. Avec son flegme habituel, il tente de le calmer : « Oh, là, lui dit-il, tu prends tout ça trop au sérieux. Le cinéma, c'est un film après l'autre, de quoi tu te préoccupes ? »

Dewaere se contente de répondre par un énigmatique sourire.

Frank Poupart est plus proche du loser que du winner à l'américaine. Un paumé, un raté, doublé d'un caractériel. Même s'il essaie de se convaincre du contraire : « Ben, quoi, c'est pas la peine de me regarder avec les yeux du zouave de l'Alma, là ! Tu me cherches, tu me trouves. Mais tu vois, quand je peux me laisser aller, je suis plutôt le type bien, genre saint-bernard. Le cœur sur la main, la main dans la poche. »

Sa réussite ne crève pas les yeux. Il végète dans un emploi de représentant de commerce. Concrètement, il en est réduit à faire du porte-à-porte pour fourguer des objets qui tiennent plus du bric-à-brac que de l'utilitaire.

Sa vie privée n'est pas plus florissante. Il habite un pavillon de banlieue aussi triste qu'un mouroir, en compagnie d'une épouse qu'il n'aime plus depuis longtemps et qui croupit dans une espèce de crasse symbolique de son ennui. Pour compléter ses activités de vendeur, et ses très modestes revenus, Frank part à la recherche d'un mauvais payeur. Ce qui le met sur la route d'une vieille dame. Elle accepte d'acheter une robe de chambre molletonnée, aussi moche que son intérieur, mais n'a pas d'argent. En échange, elle propose quelques instants d'intimité avec sa nièce Mona, 17 ans. La vieille est une maquerelle qui n'ose se l'avouer. La jeune fille, une pute malgré elle. Elle respire pourtant la beauté et l'innocence. Un ange enfermé en enfer.

Frank voudrait la sortir de là, au forceps s'il le faut, comme il voudrait flinguer la vioque. Il ne sait comment s'y prendre.

Tout ce qu'il réussit à faire, c'est piquer de l'argent dans la caisse de son employeur, qui s'en rend aussitôt compte. Poupart se retrouve derrière les barreaux. Mona l'en fait sortir en remboursant le patron félon.

Un nouveau couple se crée. Frank a désormais des rêves qui dépassent sa condition : plaquer sa bourgeoise, tuer la tante, faire main basse sur son magot (évalué à 500 000 francs) et se barrer avec Mona sous les tropiques. Pour détourner les soupçons, il a besoin d'un bouc émissaire. Qui se fera tuer.

De fait, la police croit à un cambriolage qui a mal tourné : le voleur a tué la vieille dame qui, dans un ultime geste de défense, a abattu son agresseur.

Poupart peut couler des jours heureux. Pas son genre. Sur sa lancée, il étrangle sa femme et donne l'argent volé à son patron, qui le fait chanter et qu'il déteste.

Reste Mona. Il lui fait croire qu'il a toujours le pognon dans une valise.

« On n'a plus rien à craindre maintenant. »

Corneau boucle son film dans les temps. Il s'attelle ensuite au montage. Il est le premier étonné par le résultat. Un véritable coup de poing. Lorsqu'il le montre à Dewaere, c'est un choc pour celui-ci et il se contente de répéter : « Il y a trop de gros plans... Trop de gros plans de moi... »

Sous le titre volontairement ambigu de *Série noire*, cette (petite) production se glisse dans les salles le 25 avril 1979. Fin de décennie. Les plus récents polars français se réfèrent à un style plus classique : *Les Égouts du paradis*, *L'Homme en colère*, *Flic ou voyou*. Un casse célèbre, deux acteurs stars. Dans ce contexte, le ton de Corneau contraste, dérange, surprend. Si différent de ce qui se fait habituellement en matière de cinéma policier que certains veulent lui retirer cette étiquette. Ce que réfute Corneau : « Il est vrai que Thompson est vraiment à part dans la littérature noire, mais j'espère, quand même, naïvement peut-être, que *Série noire* est un polar. Le schéma du personnage tout à fait commun, pris dans l'engrenage et amené à perdre progressivement les pédales me paraît référer inévitablement à la tradition de la "Série noire" des années 1950. »

La critique se sent décontenancée devant ce déferlement. Ses repères habituels s'en trouvent bousculés. Pour *Le Point*, Bertrand Tavernier dresse le bilan : « Difficile de trouver les mots, les phrases exactes pour décrire ce que l'on ressent physiquement après *Série noire* tant on en sort épuisé, lessivé... Comme si l'on avait réellement participé à tout ce qui vient de se dérouler à l'écran. Comme si l'on avait vraiment mené avec Patrick Dewaere, et en même temps que lui, cette course haletante qui, par son lyrisme du sordide, sa poésie du dérisoire, renvoie directement à la fuite vertigineuse de Richard Widmark dans *Les Forbans de la nuit*... Mêmes personnages fantomatiques, étrangers à ce qui les entoure, prisonniers de leurs rêves, même angoisse métaphysique. » De son côté, Patrick Raynal, directeur de l'authentique collection « Série noire », estimera : « C'est le film le plus noir du cinéma français, et peut-être du cinéma tout court ! »

Cinq nominations aux César : meilleur rôle (Dewaere), meilleur second rôle masculin (Blier), meilleur second rôle féminin (Boyer), meilleur scénario (Corneau, Perec) et meilleur montage (Thierry Derocles). Il ne récolte pourtant aucune statuette.

Sur le plan du box-office, comme le craignait Corneau, le film ne peut faire des miracles. Toutefois, avec 890 000 entrées, il dépasse largement les pronostics les plus optimistes.

Le cinéma policier français démontre qu'il n'a plus rien à envier à son cousin américain. Du *Clan des Siciliens* à *Série noire*, les réalisateurs ont su assimiler les leçons, les adapter aux normes hexagonales. Le polar français n'a pas besoin des autres pour exister. Il a fonctionné pendant dix années, s'est régénéré, a couvert de nouveaux domaines, osé bien des styles, conquis de nouveaux publics, enchanté les anciens.

Par sa vigueur, ses audaces, son culot, il va influencer des générations de cinéastes.

# CONTRE-OFFENSIVE

Après un léger essoufflement à la fin des années 1970, le cinéma policier français reprendra du poil de la bête dès le début des années 1980, continuant d'explorer des genres disparates.

Le film d'action comptera toujours Delon et Belmondo parmi ses principaux zélateurs : *Trois hommes à abattre, Le Professionnel, Pour la peau d'un flic, Le Marginal, Le Battant, Parole de flic...* Alain Corneau concrétisera sa passion pour les histoires fortes avec *Le Choix des armes.* Yves Boisset continuera d'explorer des zones d'ombre en s'inspirant de faits divers authentiques (*La Femme flic*) et ne sera désormais plus seul, *Le Bar du téléphone* de Claude Barrois racontera le « massacre de la Saint-Gérard » qui ensanglanta Marseille en 1978. Le polar continuera de sortir des schémas classiques grâce à Bertrand Tavernier, qui l'amènera jusqu'en Afrique (*Coup de torchon*), grâce aussi à des cinéastes considérés comme des « auteurs » qui reviendront au genre après l'avoir longtemps délaissé : Michel Deville (*Eaux profondes*), François Truffaut (*Vivement dimanche*), pendant que Claude Chabrol continuera sur sa lancée (*Poulet au vinaigre*) et que Claude Berri viendra apporter son obole (*Tchao Pantin*). Jusqu'à Michel Audiard qui osera se montrer plus sombre et plus cynique à travers un quadriptyque de légende : *Pile ou face, Garde à vue, Mortelle randonnée, On ne meurt que deux fois,* épaulé par Robert Enrico, Claude Miller et Jacques Deray. De jeunes cinéastes offriront un éclairage nouveau tel Jean-Jacques Beineix avec *Diva.* Les grands casses eux-mêmes auront leur fleuron, brandi notamment par Patrice Leconte avec *Les*

*Spécialistes* qui frappe un grand coup. Et Alexandre Arcady viendra chatouiller *Le Parrain* avec son *Grand Pardon.*

Oui, les années 1980 apparaîtront comme le prolongement auréolé de tout ce qui a été entamé au cours de la décennie précédente, prolongeant des pistes ouvertes. Et le public sera au rendez-vous. 1983 apparaîtra comme une sorte d'apothéose, alignant des titres aussi flamboyants que différents : *Le Marginal, L'Été meurtrier, J'ai épousé une ombre, Rue Barbare, Le Battant, La Crime, Mortelle randonnée, Tchao Pantin, Vivement dimanche, La Lune dans le caniveau*... Plus étonnant – mais pas tant que ça –, la reconnaissance quasi « officielle » d'un genre longtemps sous-considéré. En 1983, *La Balance* de Bob Swaim obtiendra le César du meilleur film. Deux ans plus tard, *Les Ripoux* de Claude Zidi réussira le même exploit. Car l'humour se mêlera au polar grâce à Zidi (*Inspecteur la Bavure, Les Ripoux*...) mais aussi à Francis Veber (*La Chèvre, Les Fugitifs*...).

En réalité, toutes ces œuvres seront regroupées dans la première moitié de la décennie. Car l'année 1986 marquera une fin brutale. Le parcours de Jean-Paul Belmondo sera symptomatique du rude contrecoup que subira le polar français. Il démarrera sur les chapeaux de roue avec *Le Professionnel* (1981) de Georges Lautner, dont le succès dépassera celui du *Clan des Siciliens.* Il confirmera son impact avec *Le Marginal* (1983) de Jacques Deray, qui lui aussi atteindra les sommets. Mais *Hold-up* (1985) d'Alexandre Arcady marquera un net déclin, faisant moitié moins d'entrées que ses prédécesseurs. Et *Le Solitaire* (1987) de Deray signifiera un arrêt brutal pour ne pas dire un désaveu total. « Le polar de trop », comme le dira le réalisateur.

Effectivement, il y aura trop de polars. Et de moins en moins de bonne qualité. Le genre ne parviendra pas à se renouveler, ni à affronter la concurrence.

Celle-ci viendra essentiellement des États-Unis et attaquera sur deux fronts.

Au cinéma, Hollywood proposera des œuvres qui paraîtront un cran au-dessus. Sylvester Stallone (*Cobra*) et Arnold

Schwarzenegger (*Commando*) démontreront qu'en matière de films d'action on peut toujours aller plus loin. Mais l'originalité viendra d'ailleurs. De films noirs plongeant dans des endroits peu fréquentés par le cinéma (*L'Année du dragon, Witness*…) ; d'un mélange subtil d'action et d'humour (*Le Flic de Beverly Hills, L'Arme fatale*…), d'un renouveau dans le polar nostalgique (*Les Incorruptibles*)… Les Américains s'offriront même le luxe de faire côtoyer polar et science-fiction avec le magistral *Blade Runner.*

À la télévision, l'offensive sera tout aussi puissante si ce n'est plus. D'autant que le média se développera à une vitesse sidérante. Aux trois chaînes nationales viendront s'ajouter d'autres (Canal + en 1984, la 5 et M6 en 1986), voire beaucoup d'autres (avec le satellite). Or, comme en Amérique, ces chaînes se nourriront d'enquêtes policières. Bien sûr, le genre existait déjà dans les lucarnes avec des séries comme *Les Incorruptibles, Mission impossible, Amicalement vôtre, L'Homme de fer, Mannix, Les Rues de San Francisco, Kojak*… mais il n'avait pas trop blessé le cinéma policier français. Dans les années 1980, le tir groupé fera des dégâts, *Starsky et Hutch* (qui confirmera un succès entamé en 1978), *Magnum, Deux flics à Miami, Rick Hunter*… réussiront à retenir les téléspectateurs et à assouvir leur soif d'aventures policières. La France ne parvenant pas à contre-attaquer sur grand écran, cela aboutira, le 26 octobre 1989, à la venue de *Navarro* qui, faisant suite à *Commissaire Moulin* (apparu en 1976), imposera les enquêtes à la française…

Le cinéma policier français aura du mal à s'en relever. En réalité, il subit le même sort que le western aux États-Unis, disparaissant pratiquement des salles obscures pour éclairer les téléviseurs avec des intrigues amoindries.

« Et n'oubliez jamais : tous coupables.

– Même les policiers ?

– Tous les hommes, monsieur Mattei. » (*Le Cercle rouge.*)

# BOX-OFFICE

Le cinéma policier reste l'un des genres favoris des Français. En 1970, un sondage émanant du CNC (Centre national du cinéma) révèle que 78 % des spectateurs aiment la comédie et 73 % les films policiers. Chiffres impressionnants mais qui ne correspondent pas tout à fait aux mouvements de foule dans les salles. En effet, le polar champion de la décennie (*Le Clan des Siciliens*) se classe derrière les comédies les plus populaires : *Les Aventures de Rabbi Jacob, L'Aile ou la Cuisse, Les Bidasses en folie, La Folie des grandeurs, Les Fous du stade, La Cage aux folles, Le Gendarme et les extraterrestres*... Il se classe aussi derrière les dessins animés des studios Disney et derrière certaines grosses productions américaines comme *La Tour infernale, Les Dents de la mer* et... *La Guerre des étoiles* !

N'en demeure pas moins que le polar passionne parce qu'il touche du doigt une certaine quotidienneté. Dans la plupart des cas, ce qui y est montré se passe dans des univers connus, référencés. Il offre aussi une autre manière d'analyser le monde moderne. Et surtout des intrigues bien ficelées, des histoires dites à suspense. Avec un peu d'action en prime.

Près de 75 films au-dessus des 500 000 entrées constituent une preuve de la vigueur du genre. Pour l'heure – c'est-à-dire pour dix ans –, il affiche bon moral et bonne santé, rencontrant l'agrément de la critique et des récompenses officielles (César, prix Louis-Delluc, etc.).

Première constatation; si aveuglante qu'elle en paraît incroyable : le star system marche à fond dans les années 1970. Les quinze premières places au box-office sont trustées par quatre acteurs appréciés du public : Alain Delon (six films), Jean-Paul Belmondo (cinq), Jean Gabin et Lino Ventura (trois chacun). Avec eux, le spectateur est assuré d'une certaine « qualité française ». Leurs personnages seront forcément hors du commun et ne se laisseront pas faire, qu'ils soient du bon ou du mauvais côté de la loi.

Dans cette optique, Ventura est surtout accepté en tant que flic. Lorsqu'il est voleur (*La Bonne Année*), il fait moins d'entrées. Un flic opiniâtre, qui ne lâche jamais le morceau et va, dans la mesure du possible, au bout de son enquête, quitte à bousculer habitudes et idées reçues. Mais, surtout, un flic honnête. Scrupuleusement honnête. Ce qui correspond en plein à l'image de marque du comédien, homme intègre toujours prêt à défendre certaines valeurs morales. De plus, le flic à la Ventura n'agit pas seul et accepte de s'entourer d'un homme (Patrick Dewaere) ou d'une femme (Marlène Jobert) qui n'ont rien de béni-oui-oui. Ventura, c'est le flic tel qu'il devrait être dans tous les commissariats de France et de Navarre. Avec lui, les citoyens se sentiraient en sécurité.

Delon, lui, est plus apprécié comme hors-la-loi que comme officier de paix. Sur ses six films du Top 15, il n'est qu'une fois inspecteur (*Flic Story*). Ici aussi, cela correspond à une certaine image de marque. Delon est le rebelle – toutes proportions gardées – du cinéma français, le chien fou. Un rebelle romantique et généreux mais un rebelle quand même. Si, de surcroît, il décède de mort violente (*Le Clan des Siciliens, Le Cercle rouge, La Veuve Couderc*), ça n'en est que mieux. Rebelle tragique.

Belmondo pour sa part, peut évoluer indifféremment dans tous les genres. De toute façon, ses héros, qu'ils soient assermentés ou non, appartiennent à la même famille : indépendants, gouailleurs, décontractés, un brin provocateurs non pour des raisons profondes, simplement parce qu'ils veulent qu'on leur foute la paix. Capables, dans les deux camps, d'exploits spectaculaires qui en font des personnages hors norme. Un flic qui utilise des méthodes musclées, un voyou qui a l'absolution du public.

Quant à Gabin, du moment qu'il joue les patriarches, les spectateurs sont ravis. Pas toujours parce que *L'Affaire Dominici* n'atteint pas les sommets. Un patriarche humain, quoique dur, qui semble un renvoi à la propre vie de l'acteur, monsieur bougon dont on sait qu'il cache un cœur d'or. Seule exception, *Deux hommes dans la ville*, où il devient un homme solitaire menant un combat qu'il ne gagnera pas.

Deuxième constatation : le star system ne fonctionne pas toujours. Le public a beau apprécier ses comédiens favoris, il ne va pas se précipiter au moindre film (d'autant que Delon tourne beaucoup). Seul Belmondo ne connaît pas l'échec. Quoi qu'il fasse, dans le domaine du polar, il est assuré d'expédier son film au-delà de la barre des 1,5 million d'entrées, constance remarquable. Ses confrères n'ont pas sa chance ni son aura. Delon essuie de sévères déconvenues (*Armaguedon*, *Comme un boomerang*) et, ce qui paraît plus étonnant, Gabin aussi (*Le Tueur*). Ventura itou, mais dans une moindre mesure, avec *L'Homme en colère*. On notera que dans ces films – hormis *Le Tueur* –, les vedettes n'y jouent ni des flics ni des bandits *stricto sensu*. Même Yves Montand (qui ne figure pas dans le Top 15) connaît un cinglant revers avec *Le Fils*.

Ce quatuor s'inscrit hors concours durant toutes les années 1970 parce que hors réalité. Presque quatre icônes. Peu représentatives de la réalité. En dépit de leur talent, de leur notoriété, ces quatre ne peuvent être considérés comme les reflets de Français plus ou moins moyens. Les vrais portraits fidèles sont à rechercher du côté de Jean-Louis Trintignant, Michel Piccoli et Michel Bouquet. Un peu aussi Yves Montand. Ils jouent des êtres tourmentés donc moins héroïques et plus proches du commun des mortels.

Ce qui correspond à une attente du public. Trintignant, aidé par Lelouch, réussit à faire passer de la fantaisie dans un emploi de malfaisant (*Le Voyou*). Pourtant il convainc moins dans d'autres emplois de semi-bandit (*La Course du lièvre à travers les champs*, *Un homme est mort*).

Piccoli apporte une crédibilité qui propulse *Max et les ferrailleurs* (16e au box-office) mais, dès qu'il se livre à une certaine exubérance (*Le Trio infernal, René la Canne*), le public décroche.

Ces comédiens ne peuvent ni prétendre ni espérer atteindre les chiffres réguliers des « stars » mais leurs prestations n'en sont pas moins intéressantes.

Question genre, ce sont les voleurs qui tiennent le haut du pavé : trois œuvres parmi les cinq plus gros succès ! Un casse bien préparé rapporte. Mais pas systématiquement : voir *Les Égouts du paradis.*

Comme toujours, un survol de dix ans de box-office provoque des surprises. D'abord *Le Passager de la pluie.* Numéro deux. Le charme de Marlène Jobert lui doit beaucoup mais surtout la présence de Charles Bronson, seul capable de rivaliser avec le quatuor précité. D'où la volonté de nombreux cinéastes français de l'engager. En vain. Autre surprise : *La Guerre des polices.* Sujet porteur, certes, mais servi par deux comédiens plus habitués aux seconds rôles (Claude Brasseur et Claude Rich), que, de plus, on n'attendait pas forcément dans des personnages aussi durs. À nouveau Marlène Jobert apporte l'indispensable touche de féminité ; la plus prolifique des actrices françaises en matière de polars (et la seule à avoir deux films dans le Top 15) puisqu'on la retrouve dans *Dernier domicile connu, Le Secret, Folle à tuer, À nous deux.*

Pour le reste, les films ouvertement polémistes – voire politiques – ne sont pas ceux qui attirent le plus de monde. *Le Juge Fayard* et *L'Attentat* s'en sortent plus que bien mais aucun autre ne franchit la barre des 1,4 million. *Les Aveux les plus doux*, pamphlet au vitriol contre les violences policières, n'intéresse presque personne (183 000 entrées). Et Chabrol et Mocky, cinéastes féconds et provocateurs, doivent se contenter au mieux de demi-succès.

# BOX-OFFICE FRANCE

| | |
|---|---|
| *Le Clan des Siciliens* | 4 821 585 |
| *Le Passager de la pluie* | 4 763 849 |
| *Borsalino* | 4 710 381 |
| *Le Casse* | 4 410 120 |
| *Le Cercle rouge* | 4 339 821 |
| *Flic ou voyou* | 3 950 691 |
| *Peur sur la ville* | 3 948 746 |
| *Le Voyou* | 2 431 305 |
| *Deux hommes dans la ville* | 2 454 112 |
| *Dernier domicile connu* | 2 241 100 |
| *La Horse* | 2 113 540 |
| *La Veuve Couderc* | 2 008 203 |
| *La Scoumoune* | 1 975 895 |
| *Flic Story* | 1 970 875 |
| *Adieu poulet* | 1 945 659 |
| *Max et les ferrailleurs* | 1 903 243 |
| *Traitement de choc* | 1 857 540 |
| *Mort d'un pourri* | 1 854 317 |
| *I... comme Icare* | 1 829 820 |
| *La Guerre des polices* | 1 792 679 |
| *Tendre poulet* | 1 790 827 |
| *Le Gitan* | 1 788 111 |
| *Le Corps de mon ennemi* | 1 771 161 |
| *Le Juge Fayard* | 1 758 456 |
| *Borsalino and Co* | 1 698 380 |
| *L'Alpagueur* | 1 533 183 |

| | |
|---|---|
| *Police Python 357* | 1 464 582 |
| *Un flic* | 1 463 903 |
| *Les Seins de glace* | 1 462 693 |
| *Dupont Lajoie* | 1 454 541 |
| *L'Attentat* | 1 424 436 |
| *La Bonne Année* | 1 373 322 |
| *L'Affaire Dominici* | 1 359 946 |
| *La Menace* | 1 346 966 |
| *Un condé* | 1 328 785 |
| *Sans mobile apparent* | 1 290 572 |
| *L'Agression* | 1 227 990 |
| *Le Gang* | 1 190 355 |
| *Sept morts sur ordonnance* | 1 151 594 |
| *Le Boucher* | 1 148 554 |
| *Les Assassins de l'ordre* | 1 142 534 |
| *Comptes à rebours* | 1 125 489 |
| *Le Chat et la Souris* | 1 110 812 |
| *La Course du lièvre à travers les champs* | 1 077 246 |
| *Violette Nozière* | 1 074 507 |
| *Stavisky* | 1 017 182 |
| *Les Granges brûlées* | 991 624 |
| *L'Horloger de Saint-Paul* | 986 521 |
| *L'Homme en colère* | 924 340 |
| *Le Tueur* | 910 500 |
| *Série noire* | 890 578 |
| *Le Secret* | 866 952 |
| *Les Égouts du paradis* | 851 009 |
| *Le Fils* | 830 931 |
| *Les Noces rouges* | 829 232 |
| *Le Saut de l'ange* | 821 621 |
| *Comme un boomerang* | 787 208 |
| *La Part des lions* | 768 707 |
| *Armaguedon* | 718 098 |
| *La Décade prodigieuse* | 710 067 |

| | |
|---|---|
| *À nous deux* | 686 038 |
| *Solo* | 663 855 |
| *Il faut vivre dangereusement* | 629 088 |
| *Le Trio infernal* | 621 789 |
| *Trois milliards sans ascenseur* | 618 956 |
| *Un homme est mort* | 585 968 |
| *Folle à tuer* | 582 222 |
| *Les Caïds* | 572 730 |
| *Les Innocents aux mains sales* | 553 910 |
| *La Chair de l'orchidée* | 552 107 |
| *René la Canne* | 534 714 |
| *Dites-lui que je l'aime* | 531 770 |
| *Nada* | 517 725 |
| *Plus ça va, moins ça va* | 512 297 |
| *Le Point de mire* | 436 488 |
| *La Main à couper* | 394 004 |
| *Le Complot* | 387 689 |
| *Les Passagers* | 366 027 |
| *Cran d'arrêt* | 347 809 |
| *Les Hommes* | 329 716 |
| *Le Protecteur* | 276 478 |
| *Le Témoin* | 271 449 |
| *Le Gang des otages* | 271 000 |
| *Un linceul n'a pas de poches* | 249 022 |
| *Sans sommation* | 237 969 |
| *Les Suspects* | 234 552 |
| *Un officier de police sans importance* | 232 000 |
| *Le Mataf* | 195 835 |
| *Les Aveux les plus doux* | 183 311 |
| *La Traque* | 174 577 |
| *L'Ibis rouge* | 146 863 |
| *La Faille* | 131 470 |
| *Les Chiens* | 374 702 |

# BIBLIOGRAPHIE

Les documents les plus importants pour qui s'intéresse au cinéma policier français sont ceux nés sous la plume de François Guérif, qui n'a cessé de défendre, explorer, étudier, critiquer ce genre avec une rare clairvoyance. Son *Cinéma policier français* (Artefact, 1981) restera à jamais une référence.

Philippe Barbier et Jacques Moreau, *Gabin*, PAC, 1983

Yves Boisset, *La vie est un choix*, Plon, 2011

Marcel Carné, *Ma vie à belles dents*, L'Archipel, 1996

Claude Chabrol (conversations avec François Guérif), *Un jardin bien à moi*, Denoël, 1999

Alain Corneau, *Projection privée*, Robert Laffont, 2007

Jacques Deray, *J'ai connu une belle époque*, Christian Pirot, 2003

Jean-Luc Douin, *Bertrand Tavernier*, Ramsay, 1997

Jean-Luc Douin, *Dictionnaire de la censure au cinéma*, PUF, 1998

Christian Dureau, *Patrick Dewaere*, PAC, 1985

José Giovanni, *Mes grandes gueules*, Fayard, 2002

Jean-Jacques Jelot-Blanc et Henri-Jacques Huet, *Bourvil*, Stock, 1990

Rémy Julienne, *Silence on casse*, Flammarion, 1978

Jacques Lorcey, *Bourvil*, PAC, 1981

Dominique Maillet, *Philippe Noiret*, Henri Veyrier, 1978

Florence Moncorgé-Gabin, *Quitte à avoir un père, autant qu'il s'appelle Gabin...* , Le Cherche Midi, 2003

Rui Nogueira, *Le Cinéma selon Melville*, Seghers, 1973
Philippe Noiret, *Mémoires cavalières*, Robert Laffont, 2007
Michel Piccoli, *Dialogues égoïstes*, Olivier Orban, 1976
Claude Pinoteau, *Merci la vie !*, Le Cherche Midi, 2005
Jean-Claude Raspiengeas, *Bertrand Tavernier*, Flammarion, 2001
Simone Signoret, *La nostalgie n'est plus ce qu'elle était*, Seuil, 1976
Jacques Zimmer, *Piccoli grandeur nature*, Nouveau Monde, 2008

*L'Aurore*, 17 février 1972, 15 janvier 1973, 18 janvier 1977
*Cinématographe*, juin 1975, février 1977, juin 1978, mai 1979, juillet 1979, novembre 1982, septembre 1984
*Combat*, 17 juillet 1972, 12 décembre 1972
*Côte d'Azur Actualités*, 19 juin 1973
*Le Dauphiné libéré*, 12 septembre 1980
*Le Figaro Magazine*, 8 décembre 1979
*Le Film français*, 11 mars 1977
*France Soir*, 29 mai 1969, 2 juillet 1974, 5 décembre 1975
*Le Monde*, 1er novembre 2005
*Le Parisien*, 8 juin 1973, 16 juillet 1973
*Le Pays*, 17 mars 2012
*Positif*, février 1974
*Première*, novembre 1976, janvier 1977, mars 1977, janvier 1978, février 1978, mai 1978, novembre 1978, décembre 1978, mars 1979, juillet 1979, novembre 1979, décembre 1979, mars 1984, avril 1984, mai 1984, juillet 1987, mai 1991, décembre 1991, août 1993, avril 1994, novembre 1996
*Le Quotidien de Paris*, 25 mai 1974, 23 juillet 1976
*Studio*, juillet 1989, février 1998
*Télérama*, 7 février 1971, 15 octobre 1972
*Vingtième siècle*, juillet 1997

*Mis en pages par Cursives à Paris*
*Imprimé en France par CPI Firmin Didot*
Dépôt légal : novembre 2014
N° d'édition : 00322/02 – N° d'impression : 125381
ISBN 978-2-35584-322-8